全唐诗

第七卷

[清]彭定求等 编

中州古籍出版社
·郑州·

全唐诗卷六百七十

秦韬玉

秦韬玉,字仲明,京兆人。中和二年,得准敕及第。僖宗幸蜀,以工部侍郎为田令孜神策判官。《投知小录》三卷。今编诗一卷。

长安书怀

凉风吹雨滴寒更,乡思欺—作撩人拨不平。长有归心悬马首,可堪无寐枕蛩声。岚收楚岫和空碧,秋染湘江到底清。早晚身闲著蓑去,橘香深处钓船横。

桧树

翠—作率云交干瘦轮囷,啸雨吟风几百春。深盖屈盘青尘尾,老皮张展黑龙鳞。唯堆—作将寒色资琴兴,不放秋声染俗尘。岁月如波事如梦,竟留苍翠待何人?

读五侯传

汉亡金镜道将衰,便有奸臣竞佐时。专国只夸兄弟贵,举家谁念子孙危?后宫得宠人争附,前殿陈诚帝不疑。朱紫盈门自称贵,可嗟区宇尽疮痍。

春雪

云重寒空思寂寥,玉尘如糁满春朝。片才著地轻轻陷,力不禁风旋旋销。惹砌任他香粉妒,萦丛自学小梅娇。谁家醉卷珠帘看,弦管堂深暖易调。

贫女

蓬门未识绮罗香,拟托良媒益自伤。谁爱风流高格调,共怜时世俭梳妆。敢将十指夸偏—作纤巧,不把双眉斗画长。苦恨年年压金线,为他人作嫁衣裳。

题竹

削玉森森幽思清,院家高兴尚分明。卷帘

阴薄漏山色,欹枕韵寒宜雨声。斜对酒缸偏觉好,静笼棋局最多情。却惊九陌轮蹄外,独有溪烟数十茎。

鹦鹉

每闻别雁竞悲鸣,却叹—作向,一作美金笼寄此生。早是翠襟争爱惜,可堪丹觜强分明。云漫陇树魂应断,歌接秦楼梦不成。幸自—作有祢衡—作正平人未识,赚他作赋被时轻。

寄李处士

吕望甘罗道已彰,只凭时数为门—作开张。世涂必竟皆应定,人事都来不在忙。要路强干情本薄,旧山归去意偏长。因君指似封侯骨,渐拟回头别醉乡—作凤凰。

对花

长与韶光暗有期,可怜蜂蝶却先知。谁家促席临低树,何处横钗戴—作带小枝。丽日多情—作晴疑曲照,和风得路合偏吹。向人虽道浑无语,笑—作几劝王孙到醉时。

寄怀

总藏心剑事儒风,大道如今已浑同。会致名津搜俊彦,是张愁网绊英雄。苏公有国皆悬印,楚将无官可赏功。若使重生太平日,也应回首哭涂穷。

题刑部李郎中山亭

依家云水本相知,每到高斋强展眉。瘦竹弹烟遮板阁,卷荷擎—作惊雨出盆池。笑吟山色同欹枕,闲背庭阴对覆棋。不是主人多野兴,肯开青眼重渔师。

八月十五日夜同卫谏议看月

常时月好赖新晴,不似年年此夜生。初出海涛疑尚湿,渐来云路觉偏清。寒光入水蛟龙起,静色当天鬼魅惊。岂独座中堪仰望,孤高应到凤凰城。

亭台

雕楹累栋架崔嵬,院宇生烟次第开。为向西窗添月色,岂辞南海取花栽。意将画地成幽沼,势拟驱山近小台。清境渐深官转重,春时长是别人来。

边将

剑光如电马如风,百捷长轻是掌中。无定河边蕃将死,受降城外虏尘空。旗缝雁翅和竿裹,箭擞雕翎逐隼雄。自指燕山最高石,不知谁为勒殊功。

塞下

到处人皆著战袍,麾旗—作席箕风紧马蹄—作襞劳。黑山霜重弓添硬,青冢沙平月更高。大野几重开—作闲雪岭,长河无限旧云涛。凤林关外皆唐土,何日陈兵戍不毛—作犹尚搜兵数似毛。

织锦妇

桃花日日觅新奇,有镜何曾及画眉。只恐轻梭难作匹,岂辞纤手遍生胝。合蝉巧间双盘带,联雁斜衔小折枝。豪贵大堆酬曲彻,可怜辛苦一丝丝。

钓翁

一竿青竹老江隈,荷叶衣裳可自裁。潭定—作古静悬丝影直,风高斜飐浪纹开。朝携轻棹穿云去,暮背寒塘戴月回。世上无穷崄巇事,算应难入钓船来。

曲江

曲沼深塘跃锦鳞,槐烟径里碧波新。此中境既无佳境,他处春应不是春。金榜真仙开乐席,银鞍公子醉花尘。明年二月重来看,好共东风作主人。

隋堤

种柳开河为胜游,堤前常使路人愁。阴埋野色万条思,翠束寒声千里秋。西日至今悲兔苑,东波终不反龙舟。远山应见繁华事,不语青青对水流。

天街

九衢风景尽争新,独占天门近紫宸。宝马竞随朝暮客,香车争碾古今尘。烟光正入南山色,气势遥连北阙春。莫见繁华只如此,暗中还换往来人。

紫骝马

渥洼奇骨本难求,况是豪家重紫骝。臆大宜悬银压胯,力浑欺著—作却玉衔头。生狞弄影风随步—作起,蹴—作蹚躞冲尘汗满沟。若遇丈—作大夫能控驭,任从骑—作驱取觅封侯。

问古

大底荣枯各自行,兼疑阴骘也难明。无门雪向头中出,得路云从脚下生。深作四溟何浩渺,高为五岳太峥嵘。都来总向人间看,直到皇天可是平。

豪家

石瓮通渠引御波,绿槐阴里五侯家。地衣镇角香狮子,帘额侵钩绣避邪。按彻清歌天未晓,饮回深院漏犹赊。四邻池馆吞将尽,尚自堆金为买花。

陈宫

临春高阁拟瀛洲,贪宠张妃作—作事胜游。便把江山为己有,岂知台榭是身仇?金城暗逐歌声碎,钱瓮潜随舞势休。谁识古宫堪恨处,井桐吟雨不胜秋。

送友人罢举授南陵令

共言愁是酹离杯,况值弦歌柱大才。献赋未为龙化去,除书犹喜凤衔来。花明驿路燕脂暖,山入江亭匾画开。莫把新诗题别处,谢家临水有池台。

投知己

炉中九转炼虽成,教主看时亦自惊。群岳并天先减翠,大江临海恐无声。赋—作晚归已罢吴门钓,身—作垂,一作投老仍抛楚岸耕。唯有太平方寸血,今朝尽向隗台倾。

牡丹

拆妖放艳有谁催,疑就仙中旋折来。图把一春皆占断,固留三月始教开。压枝金蕊香如扑,逐朵檀心巧胜裁。好是酒阑丝竹罢,倚风含笑向楼台。

春游

选胜逢君叙解携,思和芳草远烟迷。小梅香里黄莺啭,垂柳阴中白马嘶。春引美人歌遍—作板熟,风牵公子酒旗低。早知有此关身事,悔不前年住越溪。

仙掌

万仞连峰积翠新,灵踪依旧印轮巡。何如捧日安皇道,莫把回山示世人。已擘峻流穿太岳,长扶王气拥强秦。为余势负天工背,索取风云际会身。

燕子

不知大厦许栖无,频已衔泥到座隅。曾与佳人并头语,几回抛却绣工夫。

奉和春日玩雪

北阙同云掩晓霞,东风春雪满山家。琼章定少千人和。银树先—作长开六出花。

独坐吟

客愁不尽本如水,草色含情更无已。又觉春愁似草生,何人种在情田里?

采茶歌—作紫笋茶歌

天柱香芽露香发,烂研瑟瑟穿荻篾。太守怜才寄野人,山童碾破团团月。倚云便酌泉声煮。兽炭潜然虬珠吐。看著晴天早日明,鼎中飒飒筛风雨。老翠看尘下才熟,搅时绕箸天—作秋云绿。耽书病酒两多情,坐对闽瓯睡先足。洗我胸中幽思清,鬼神应愁歌欲成。

贵公子行

阶前落球绿不卷,银龟喷香挽不断。乱花

织锦柳撚线，妆点池台画屏展。主人公业传国初，六亲联络驰朝车。斗鸡走狗家世事，抱来皆佩—作著黄金鱼。却笑儒生把书卷，学得颜回忍饥面。

吹笙歌

信陵名重怜高才，见我长吹青眼开。便出燕姬再倾醑，此时花下逢仙侣。弯弯狂月压秋波，两条黄金闳黄雾。逸艳初因醉态见，浓春可是韵光与。纤纤软玉捧暖笙，深思香风吹不去。檀唇呼啄宫商改，怨情渐逐清新举。岐山取得娇凤雏，管中藏著轻轻语。好笑襄王大迂阔，曾卧巫云见神女。银锁金簧不得听，空劳翠辇冲泥雨。

咏手

一双十指玉纤纤，不是风流物不拈。鸾镜巧梳匀翠黛，画楼闲望掰珠帘。金杯有喜轻轻点，银鸭无香旋旋添。因把剪刀嫌道冷，泥人呵了弄人髯。

句

女娲罗裙长百尺，搭在湘江作山色。《潇湘》。见《诗话总龟》。

全唐诗卷六百七十一

唐彦谦

唐彦谦,字茂业,并州人。咸通时,举进士十余年不第。乾符末,携家避地汉南。中和中,王重荣镇河中,辟为从事。光启末,贬汉中掾曹。杨守亮镇兴元,署为判官,累官至副使,阆、壁、绛三州刺史。彦谦博学多艺,文词壮丽,至于书画音乐,无不出于辈流,号鹿门先生。集三卷,今编诗二卷。

逢韩喜

相逢浑不觉,只似茂陵贫。袅袅花骄客,潇潇雨净春。借书消茗困,索句写梅真。此去青云上,知君有几人?

夜坐示友

夜久烛花落,凄声生远林。有怀嫌会浅,无事又秋深。黄叶归田梦,白头行路吟。山中亦可乐,不似此同襟。

梅亭

东海穷诗客,西风古驿亭。发从残岁白,山入故乡青。世事徒三窟,儿曹且一经。丁宁速赊酒,煮栗试砂瓶。

岁除

索索风搜客,沉沉雨洗年。残林生猎迹,归鸟避窑烟。节物杯浆外,溪山鬓影前。行藏都未定,笔砚或能捐。

咏月

阴盛此宵中,多为雨与风。坐无风雨至,看与雪霜同。抱湿离遥海,倾寒向远空。年年不相一作可值,还似道难通。

闻应德茂先离棠溪

落日芦花雨,行人谷树村。青山时问路,红叶自知门。苜蓿穷诗味,芭蕉醉墨痕。端知弃城市,经席许频温。

松

托根蟠泰华,倚干蚀莓苔。谁云山泽间,而无梁栋材?

梅

玉人下瑶台,香风动轻素。画角弄江城,鸣珰月中堕。

兰二首

清风摇翠环,凉露滴苍玉。美人胡不纫,幽香蔼空谷。

谢庭漫芳草,楚畹多绿莎。于焉忽相见,岁晏将如何?

葡萄

金谷风露凉,绿珠醉初醒。珠帐夜不收,月明堕清影。

春草

随梦入池塘,无心在金谷。春风自年年,吹遍天涯绿。

渔

相聚即为邻,烟火自成簇。约伴过前溪,撑破蘼芜绿。

留别四首

鹏程三万里,别酒一千钟。好景当三月,春光上国浓。

野花红滴滴,江燕语喃喃。鼓吹翻新调,都亭酒正酣。

登庸趋俊乂,厕用野无遗。起喜赓歌日,明良际会时。

盐车淹素志,长坂入青云。老骥春风里,奔腾独异群。

秋葵

月办团栾剪赭罗,长条排蕊缀鸣珂。倾阳一点丹心在,承得中天雨露多。

春草

天北天南绕路边,托根无处不延绵。萋萋总是无情物,吹绿东风又一年。

春日偶成

篴筝箫管和琵琶,兴满金尊酒量赊。歌舞留春春似海,美人颜色正如花。

秋日感怀

溪上芙蓉映醉颜,悲秋宋玉鬓毛斑。无情最恨东流水,暗逐芳年去不还。

七夕

会合无由叹久违,一年一度是缘非。而予愿乞天孙巧,五色纫针补衮衣。

怀友

金井凉生梧叶秋,闲看新月上帘钩。冰壶总忆人如玉,目断重云十二楼。

翡翠

莎草江汀漫晚潮,翠华香扑水光遥。玉楼春暖笙歌夜,妆点花钿上舞翘。

咏马二首

紫云团影电飞瞳,骏骨龙媒自不同。骑过玉楼金辔响,一声嘶断落花风。

崚嶒高耸骨如山,远放春郊苜蓿间。百战沙场汗流血,梦魂犹在玉门关。

留别

丹湖湖上送行舟,白雁啼残芦叶秋。采石江间旧时路,题诗还忆水边楼。

咏竹

醉卧凉阴沁骨清,石床冰簟梦难成。月明午夜生虚籁,误听风声是雨声。

忆孟浩然

郊外凌兢西复东,雪晴驴背兴无穷。句搜明月梨花内,趣入春风柳絮中。

寄友三首

新酒秦淮缩项鳊，凌霄花下共流连。别来客邸空翘首，细雨春风忆往年。

寒灯孤对拥青毡，牢落何如似客边。却忆花前醋后饮，醉呼明月上遥天。

客里逢春一惘然，梅花落尽柳如烟。无情最恨东来雁，底事音书不肯传。

无题十首

细草铺茵绿满堤，燕飞晴日正迟迟。寻芳陌上花如锦，折得东风第一枝。

锦筝银甲响鹍弦，勾引春声上绮筵。醉倚阑干花下月，犀梳斜觯鬓云边。

楚云湘雨会阳台，锦帐芙蓉向夜开。吹罢玉箫春似海，一双采凤忽飞来。

春江新水促归航，惜别花前酒漫觞。倒尽银瓶浑不醉，却怜和泪入愁肠。

谁知别易会应难，目断青鸾信渺漫。情似蓝桥桥下水，年来流恨几时干。

漏滴铜龙夜已深，柳梢斜月弄疏阴。满园芳草年年恨，剔尽灯花夜夜心。

夜合庭前花正开，轻罗小扇为谁裁？多情惊起双蝴蝶，飞入巫山梦里来。

忆别悠悠岁月长，酒兵无计敌愁肠。柔丝漫折长亭柳，绾得同心欲寄将。

杨柳青青映画楼，翠眉终日锁离愁。杜鹃啼落枝头月，多为伤春恨不休。

云色鲛绡拭泪颜，一帘春雨杏花寒。几时重会鸳鸯侣，月下吹笙和彩鸾。

寄同上人

高高山顶寺，更有最高人。定起松鸣屋，吟圆月上身。云藏三伏热，水散百溪津。曾乞阑花供，无书又过春。

夜坐

愁鬓丁年白，寒灯丙夜青。不眠惊戍鼓，久客厌邮铃。汹汹城喷海，疏疏屋漏星。十年穷父子，相守慰飘零。

吊方干处士二首

不谓高名下，终全玉雪身。交犹及前辈，语不似今人。别号行鸣雁，遗编感获麟。敛衣应自定，只著古衣一作仪巾。

不比他人死，何诗可挽君？渊明元懒仕，东野别攻文。沧海诸公泪，青山处士坟。相看莫浪哭，私谥有前闻。

题证道寺

弯环青径斜，自是野僧家。满涧洗岩液，插天排石牙。炉寒余柏子，架静落藤花。记得逃兵日，门多贵客车。

宿赵嵊别业

溪山兵后县，风雪旅中人。迫夜愁严鼓，冲寒托软巾。摧藏名字在，疏率馈餕真。今代徐元直，高风自可亲。

原上第五句缺一字

危桥横古渡，村野带平林。野鹜寒塘静，山禽晓树深。雨微风蠹□，云暗雪侵寻。安道门前水，清游岂独吟。

寄台省知己

久怀声籍甚，千里致双鱼。宦路终推毂，亲帏且著书。才名贾太傅，文学马相如。辙迹东巡海，何时适我闾？

自咏

白发三千丈，青春四十年。两牙摇欲落，双膝瘦如挛。强仁非时彦，无闻惜昔贤。自期终见恶，未忍舍遗编。

游阳明洞呈王理得诸君

禹穴苍茫不可探，人传灵笈锁烟岚。初晴

鹤点青边嶂,欲雨龙移黑处潭。北半斋坛天寂寂,东风仙洞草毵毵。堪怜尹叟非关吏,犹向江南逐老聃。

新丰

沛中歌舞百余人,帝业功成里巷新。半夜素灵先哭楚,一星遗火下烧秦。豼貅扫尽无三户,鸡犬归来识四邻。惆怅故园前事远,晓风长路起埃尘。

拜越公墓因游定水寺有怀源老

越公已作飞仙去,犹得潭潭好墓田。老树背风深拓地,野云依海细分天。青峰晓接鸣钟寺,玉井秋澄试茗泉。我与源公旧相识,遗言潇洒有人传。

任潜谋隐之作

江边秋日逢任子,大理索诗吾欲忘。为问山资何次第,只余丹诀转凄凉。黄金范蠡曾辞禄,白首虞翻未信方。千古浮云共归思,晓风城郭水花香。

晚秋游中溪

淡竹冈前沙雁飞,小花尖下柘丸肥。山云不卷雨自薄,天气欲寒人正归。招伴只须新稻酒,临风犹有旧苔矶。故人旧业依稀在,怪石老松今是非。

寄陈少府兼简叔高

怀人路绝云归海,避俗门深草蔽丘。万事渐消闲客梦,一年虚白少年头。山蚕啼缓从除架,淮雁来多莫上楼。近日邻家有新酿,每逢诗伴得淹留。

过清凉寺王导墓下

江左风流廊庙人,荒坟抛与梵宫邻。多年羊虎犹眠石,败壁貂蝉只贮尘。万古云山同白骨,一庭花木自青春。永思陵下犹凄切,废屋寒风吹野薪。

第三溪

日晏霜浓十二月,林疏石瘦第三溪。云沙有径紫寒烧,松屋无人闻昼鸡。几聚衣冠埋作土,当年歌舞醉如泥。早知涉世真成梦,不弃山田春雨犁。

蒲津河亭

宿雨清秋霁景澄,广亭高树向晨兴。烟横博望乘槎水,日上文王避雨陵。孤棹夷犹期独往,曲阑愁绝每长凭。思乡怀古多一作人伤别,况此一作此际哀吟意不胜。

毗陵道中

百年只有百清明,狼狈今年又避兵。烟火谁开寒食禁,簪裾那复丽人行。禾麻地废生边气,草木春寒起战声。渺渺飞鸿天断处,古来还是阖闾城。

越城待旦第三句缺一字

策策虚楼竹隔明,悲来展转向谁倾?天寒(胡)雁出万里,月落越鸡啼四更。为底朱颜成老色,看人青史上新名。清溪白石村村有,五尺乌犍托此生。

过浩然先生墓

人间万卷庞眉老,眼见堂堂入草莱。行客须当下马过,故交谁复裹鸡来?山花不语如听讲,溪水无情自荐哀。犹胜黄金买碑碣,百年名字已烟埃。

赠孟德茂浩然子

江海悠悠雪欲飞,抱书空出又空归。沙头人满鸥应笑,船上酒香鱼正肥。尘土竟成谁计是,山林又悔一年非。平生万卷应夫子,两世功名穷布衣。

秋霁丰德寺与玄贞师咏月

露冷风轻霁魄圆,高楼更在碧山巅。四溟水合疑无地,八月槎通好上天。黯黯星辰环紫极,喧喧朝市匝青一作蔽苍烟。夜深独与岩僧语,群动消声举世眠。

长陵

长安高阙此安刘,祔葬累累尽列侯。丰上

旧居无故里,沛中原庙对荒丘。耳闻明—作英主提三尺,眼见愚民盗一坏。千载腐—作竖儒骑瘦马,渭城—作浪斜月—作日重回头。

留别

西入潼关路,何时更盍簪?年来人事改,老去鬓毛侵。花染离筵泪,葵倾报国心。龙潭千尺水,不似别情深。

宿独留

日晚宿留城,人家半掩门。群鸦栖老树,一犬吠荒村。争买鱼添价,新篘酒带浑。船头对新月,谁与共清论?

客中感怀

客路三千里,西风两鬓尘。贪名笑吴起,说国叹苏秦。托兴非耽酒,思家岂为莼。可怜今夜月,独照异乡人。

过三山寺

三山江上寺,宫殿望岩峣。石径侵高树,沙滩半种苗。一僧归晚日,群鹭宿寒潮。遥听风铃语,兴亡话六朝。

望夫石

江上见危矶,人形立翠微。妾来终日望,夫去几时归。明月空悬镜,苍苔漫补衣。可怜双泪眼,千古断斜晖。

过湖口

江湖分两路,此地是通津。云净山浮翠,风高浪泼银。人行俱是客,舟往即为邻。俯仰烟波内,蜉蝣寄此身。

夜泊东溪有怀

水昏天色晚,崖下泊行舟。独客伤归雁,孤眠叹野鸥。溪声牵别恨,乡梦惹离愁。酒醒推篷坐,凄凉望女牛。

登庐山

五老峰巅望,天涯在目前。湘潭浮夜雨,巴蜀蜷寒烟。泰华根同峙,嵩衡脉共联。凭虚有仙骨,日月看推迁。

金陵九日

野菊西风满路香,雨花台上集壶觞。九重天近瞻钟阜,五色云中望建章。绿酒莫辞今日醉,黄金难买少年狂。清歌惊起南飞雁,散作秋声送夕阳。

游清凉寺

白云红树路纡萦,古殿长廊次第行。南望水连桃叶渡,北来山枕石头城。一尘不到心源净,万有俱空眼界清。竹院逢僧旧曾识,旋披禅衲为相迎。

高平九日

云净南山紫翠浮,凭陵绝顶望悠悠。偶逢佳节牵诗兴,漫把芳尊遣客愁。霜染鸦枫迎日醉,寒冲泾水带冰流。乌纱频岸西风里,笑插黄花满鬓秋。

金陵怀古

碧树凉生宿雨收,荷花荷叶满汀洲。登高有酒浑忘醉,慨古无言独倚楼。宫殿六朝遗古迹,衣冠千古漫荒丘。太平时节殊风景,山自青青水自流。

道中逢故人

兰陵市上忽相逢,叙别殷勤兴倍浓。良会若同鸡黍约,暂时不放酒杯空。愁牵白发三千丈,路入青山几万重。行色一鞭催去马,画桥嘶断落花风。

早行遇雪

下马天未明,风高雪何急。须臾路欲迷,顷刻山尽白。鸡犬寂无声,曙光射寒色。荒村绝烟火,髯冻布袍湿。王事不可缓,行行动凄恻。

樊登见寄四首

新辞剪秋水,洗我胸中尘。无由惬良会,极目空怀人。醉来拔剑歌,字字皆阳春。

轻黄著柳条,新春喜更始。感时重搔首,怅望不能已。无由托深情,倾泻芳尊里。

明月入我室,天风吹我袍。良夜最岑寂,旅况何萧条。驰情望海波,一鹤鸣九皋。

悠悠括城北,昒昒岩泉西。宿草暝烟绿,苦竹含云低。幽怀不可托,鹧鸪空自啼。

春风四首

春风吹愁端,散漫不可收。不如古溪水,只望乡江流。

新花红烁烁,旧花满山白。昔日金张门,狼籍余废宅。

回头语春风,莫向新花丛。我见朱颜人,多金亦成翁。

多金不足惜,丹砂亦何益。更种明年花,春风自相识。

感物二首

骆骥初失群,亦自矜趹腾。俯仰岁时久,帖然困蚊蝇。豪鲸逸其穴,尺水成沧溟。岂无鱼鳖交,望望为所憎。物理有翕张,达人同废兴。幸无怵迫忧,聊复曲吾肱。

鱼目出泥沙,空村百金珍。豫章值拥肿,细细供蒸薪。论材何必多,适用即能神。托交何必深,寡求永相亲。鲍叔拙羁鲁,张生穷厄陈。茫然扳援际,岂意出风尘。

和陶渊明贫士诗七首

贫贱如故旧,少壮即相依。中心不敢厌,但觉少光辉。向来乘时士,亦有能奋飞。一朝权势歇,欲退无所归。不如行其素,辛苦奈寒饥。人生系天运,何用发深悲?

我居在穷巷,来往无华轩。辛勤衣食物,出此二亩园。薤菘郁朝露,桑柘浮春烟。以兹乱心曲,智计无他奸。择胜不在奢,兴至发清言。相逢樵牧徒,混混谁愚贤?

松风四山来,清宵响瑶琴。听之不能寐,中有怨叹音。旦起绕其树,魂砏不计寻。清阴可敷席,有酒谁与斟?由来大度士,不受流俗侵。浩歌相倡答,慰此霜雪心。

中年涉事熟,欲学唾面娄。逡巡避少年,赴秽不敢酬。旁人吁已甚,自喜计虑周。微劳消厚疚,残辱胜深忧。从知为下安,处上反无俦。人生各有志,勇懦从所求。

古人重畎亩,有禄不待干。德成禄自至,释耒列王官。不仕亦不贫,本自足饔餐。后世耻躬耕,号呼脱饥寒。我生千禩后,念此愧在颜。为农倘可饱,何用出柴关?

村郊多父老,面垢头如蓬。我尝使之年,言语不待工。古来名节士,敢望彭城龚?有叟诮其后,更恨道不通一作同。鄙哉诡诡者,为隘不为通。低头拜野老,负米吾愿从。

去年秋事荒,贩粜仰邻州。健者道路间,什百成朋俦。今年渐向熟,庶几民不流。书生自无田,与众同喜忧。作诗劳邻曲,有倡谁与酬?亦无采诗者,此修何可修?

舟中望紫岩

近山如画墙,远山如寻长。我从云中来,回头白茫茫。惜云乃尔觉,常时自相忘。相忘岂不佳,遣此怀春伤。飘洒从何来,衣巾湿微凉。初疑风雨集,冉冉游尘黄。无归亦自可,信美非吾乡。登舟望东云,犹向帆端翔。

九日游中溪

悠悠循涧行,磊磊据石坐。林垂短长云,山缀丹碧颗。蓼花最无数,照水娇婀娜。何知是节序,风日自清妥。群童竞时新,万果间蔬蓏。欣然为之醉,乌帽危不堕。此日山中怀,孟公不如我。

六月十三日上陈微博士

骄云飞散雨,随风为有无。老农终岁心,望施在须臾。平生官田粟,长此礼义躯。置之且勿戚,一饮任妻孥。青青泽中蒲,九夏气凄寒。翾翾翠碧羽,照影苍溪间。巢由薄天下,俗士荣一官。小大各有适,自全良独难。穷居无公忧,私此长夏日。蚊蝇如俗子,正尔相妒嫉。麋驱非吾任,遁避亦无术。惟当俟其定,静坐万虑一。

宿田家第十四句缺一字

落日下遥峰,荒村倦行履。停车息茅店,安寝正鼾睡。忽闻扣门急,云是下乡隶。公文捧花柙,鹰隼驾声势。良民惧官府,听之肝胆碎。阿母出搪塞,老脚走颠踬。小心事延欸,□余粮复匮。东邻借种鸡,西舍觅芳醑。再饭不厌饱,一饮直呼醉。明朝怯见官,苦苦灯前跪。使我不成眠,为渠滴清泪。民膏日已瘠,民力日愈弊。空怀伊尹心,何补尧舜治?

夏日访友

堤树生昼凉,浓阴扑空翠。孤舟唤野渡,村疃入幽邃。高轩俯清流,一犬隔花吠。童子立门墙,问我向何处?主人闻故旧,出迎时倒屣。惊迓叙间阔,屈指越寒暑。殷勤为延欸,偶尔得良会。春盘擘紫虾,冰鲤斫银鲙。荷梗白玉香,荇菜青丝脆。腊酒击泥封,罗列总新味。移席临湖滨,对此有佳趣。流连送深杯,宾主共忘醉。清风岸乌纱,长揖谢君去。世事如浮云,东西渺烟水。

游南明山

久闻南明山,共慕南明寺。几度欲登临,日逐扰人事。于焉偶闲暇,鸣辔忽相聚。乘兴乐遨游,聊此托佳趣。涉水渡溪南,迢遥翠微里。石磴千叠斜,峭壁半空起。白云锁峰腰,红叶暗溪嘴。长藤络虚岩,疏花映寒水。金银拱梵刹,丹青照廊宇。石梁卧秋溟,风铃作檐语。深洞结苔阴,岚气滴晴雨。羊肠转咫尺,鸟道转千里。屈曲到禅房,上人喜延伫。香分宿火薰,茶汲清泉煮。投闲息万机,三生有宿契。行厨出盘飧,担瓮倒芳醑。脱冠挂长松,白石藉凭倚。宦途劳营营,暂此涤尘虑。阃令促传觞,投壶更联句。兴来较胜负,醉后忘尔汝。忽闻吼蒲牢,落日下云屿。长啸出烟萝,扬鞭赋归去。

索虾

姑孰多紫虾,独有湖阳优。出产在四时,极美宜于秋。双箝鼓繁须,当顶抽长矛。鞠躬见汤王,封作朱衣侯。所以供盘餐,罗列同珍羞。蒜友日相亲,瓜朋时与俦。既名钓诗钩,又作钩诗钩。于时同相访,数日承欸留。厌饮多美味,独此心相投。别来岁云久,驰想空悠悠。衔杯动退思,哆口涎空流。封缄托双鲤,于焉来远求。慷慨胡隐君,果肯分惠否?

采桑女

春风吹蚕细如蚁,桑芽才努青鸦嘴。侵晨探采谁家女,手挽长条泪如雨。去岁初眠当此时,今岁春寒叶放迟。愁听门外催里胥,官家二月收新丝。

送许户曹

沙头小燕鸣春和,杨柳垂丝烟倒拖。将军楼船发浩歌,云樯高插开嵯峨。白虹走香倾翠壶,劝饮花前金叵罗。神鳌驾粟升天河,新承雨泽浮恩波。

咏葡萄

西园晚霁浮嫩凉,开尊漫摘葡萄尝。满架高撑紫络索,一枝斜弹金琅珰。天风飕飕叶栩栩,蝴蝶声乾作晴雨。神蛟清夜蛰寒潭,万片湿云飞不起。石家美人金谷游,罗帏翠幕珊瑚钩。玉盘新荐入华屋,珠帐高悬夜不收。胜游记得当年景,清气逼人毛骨冷。笑呼明镜上遥天,醉倚银床弄秋影。

蟹

湖田十月清霜堕,晚稻初香蟹如虎。扳罾拖网取赛多,篾篓挑将水边货。纵横连爪一尺长,秀凝铁色含湖光。蟛蜞石蟹已曾食,使我一见惊非常。买之最厌黄髯老,偿价十钱尚嫌少。漫夸丰味过蝤蛑,尖脐犹胜团脐好。充盘煮熟堆琳琅,橙膏酱渫调堪尝。一斗擘开红玉满,双螯哕出琼酥香。岸头沽得泥封酒,细嚼频斟弗停手。西风张翰苦思鲈,如斯丰味能知否?物之可爱尤可憎,尝闻取刺于青蝇。无肠公子固称美,弗使当道禁横行。

叙别

谯楼夜促莲花漏,树阴摇月蛟螭走。蟠拏对月吸深杯,月府清虚玉兔吼。翠盘擘脯胭脂香,碧碗敲冰分蔗浆。十载番思旧时事,好怀不似当年狂。夜合花香开小院,坐爱凉风吹醉面。酒中弹剑发清歌,白发年来为愁变。

全唐诗卷六百七十二

唐彦谦

绯桃
短墙荒圃四无邻,烈火绯桃照地春。坐久好风休掩袂,夜来微雨已沾巾。敢同俗态期青眼,似有微词动绛唇。尽日更无乡井念,此时何必见秦人?

小院
小院无人夜,烟斜月转明。清宵易惆怅,不必有离情。

春雪初霁杏花正芳月上夜吟
霁景明如练,繁英杏正芳。姮娥应有语,悔共雪争光。

文惠宫人
认得前家令,宫人泪满裾。不知梁佐命,全是沈尚书。

赠窦尊师
我爱窦高士,弃官仍在家。为嫌句漏令,兼不要丹砂。

穆天子传
王母清歌玉琯悲,瑶台应有再来期。穆王不得重相见,恐为无端哭盛姬。

楚天
楚天遥望每长嚬,宋玉襄王尽作尘。不会瑶姬朝与暮,更为云雨待何人?

寄徐山人
一室清羸鹤体孤,气和神莹爽冰壶。吴中高士虽求死,不那稽山有谢敷。

题宗人故帖
所忠无处访相如,风笈尘编迹尚余。惟有孝标情最厚,一编遗在茂陵书。

垂柳
绊惹春—作风光别有情,世间谁敢斗轻盈?楚王江畔无端种,饿损纤腰—作宫城学不成。

登兴元城观烽火
汉川城上角三呼,扈跸防边列万夫。褒姒冢前烽火起,不知泉下破颜无。

邓艾庙
昭烈遗黎死尚羞,挥刀斫石恨谯周。如何千载留遗庙,血食巴山伴武侯。

曲江春望
杏艳桃光—作娇夺晚霞,乐游无庙有年华。汉朝冠盖皆陵墓,十里宜春汉—作下苑花。

汉殿
鸟去云飞意不通,夜坛斜月转松风。君王寂虑无消息,却就闲人觅巨公。

贺李昌时禁苑新命
振鹭翔鸾集禁闱,玉堂珠树莹风仪。不知新—作亲到灵和殿,张绪何如柳一枝？

牡丹
颜色无因饶锦绣,馨香惟解掩兰荪。那堪更被烟蒙蔽,南国西施泣断魂。

罗江驿
数枝高柳带鸣鸦,一树山榴自落花。已是向来多泪眼,短亭回首在天涯。

奏捷西蜀题沱江驿
野客乘轺非所宜,况将儒懦报戎机。锦江不识临邛酒,且免相如渴病归。

春早落英
纷纷从此见花残,转觉长绳系日难。楼上有愁春不浅,小桃风雪凭阑干。

仲山 高祖兄仲隐居之所
千载遗踪寄薜萝,沛中乡里旧山河。长陵亦是闲丘陇,异日谁知与仲多？

汉嗣
汉嗣安危系数君,高皇决意势难分。张良口辨周昌吃,同建储宫第一勋。

四老庙
西汉储宫定不倾,可能园绮胜良平。举朝公将无全策,借请闲人羽翼成。

南梁戏题汉高庙
数载从军似武夫,今随戎捷气偏粗。汉皇—作王若问何为者,免道高阳旧酒徒。

洛神
人世仙家本自殊,何须相见向中途？惊鸿瞥过游龙去,漫恼陈王一事无。

初秋到慈州冬首换绛牧
秋杪方攀玉树枝,隔年无计待春晖。自嫌暂作仙城守,不逐莺来共燕飞。

重经冯家旧里
冯家旧宅闭柴关,修竹犹存潏—作淘水湾。应系星辰天上去,不留英骨葬人间。

克复后登安国寺阁
千门万户鞠蒿藜,断烬遗垣一望迷。惆怅建章鸳瓦尽,夜来空见玉绳低。

题虔僧室
何缘春恨贮离忧,欲入空门万事休。水月定中何所谓,也颦眉黛托腮愁。

见炀帝宝帐
汉文穷相作前王,悭惜明珠不斗量。翡翠鲛鮹何所直,千艘万接上书囊。

楼上偶题
尘土无因狎隐沦,青山一望每伤神。可能前岭空乔木,应有怀才抱器人。

亲仁里闻猿
朱雀街东半夜惊,楚魂湘—作和梦两徒—作雨中清。五更撩乱趋朝火,满口尘埃亦数声。

闻李渎司勋下世
异乡丹旐已飘扬,一顾深知实未亡。任被褚哀泉下笑,重将北面哭真长。

试夜题省廊桂
麻衣穿穴两京尘,十见东堂绿桂春。今日竞飞杨叶箭,魏舒休作画筹人。

竹风
竹映风窗数阵斜,旅人愁坐思无涯。夜来留得江湖梦,全为乾声似荻花。

长溪秋望
柳短莎长溪水流,雨微烟暝立溪头。寒鸦闪闪前山去,杜曲黄昏独自愁。

严子陵
严陵情性是真狂,抵触三公傲帝王。不怕旧交嗔僭越,唤他侯霸作君房。

北齐
草草招提强据鞍,周师乘胜莫回看。背城肯战知虚实,争奈人前忍笑难。

楚世家
偏信由来惑是非,一言邪佞脱危机。张仪重入怀王手,驷马安车却放归。

骊山道中
月殿真妃下采烟,渔阳追虏及汤泉。君王指点新丰树,几不亲留七宝鞭。

韦曲
欲写愁肠愧不才,多情练漉已低摧。穷郊二月初离别,独傍寒村嗅野梅。

黄子陂荷花
十顷狂风撼曲尘,缘堤照水露红新。世间花气皆愁绝,恰是莲香更恼人。

野行
蝶恋晚花终不去,鸥逢春水固难飞。野人心地都无著,伴蝶随鸥亦不归。

兴元沈氏庄
清浅萦纡一水间,竹冈藤树小蹊攀。露沾荒草行人过,月上高林宿鸟还。江绕武侯筹笔地,雨昏张载勒铭山。异乡一笑因酣醉,忘却愁来鬓发斑。

乱后经表兄琼华观旧居
一去仙居似转蓬,再经花谢倚春丛。醉中篇什金声在,别后音书锦字空。长忆映碑逢若士,未曾携杖逐壶公。东风狼籍苔侵径,蕙草香销杏带红。

秋霁夜吟寄友人
槐柳萧疏潦暑收,金商频伏火西流。尘衣岁晚缘身贱,雨簟更深满背秋。前事悲凉何足道,远书慵懒未能修。惟思待月高梧下,更就东床访惠休。

贺李昌时禁苑新命
玉简金文直上清,禁垣丹地闭严扃。黄扉议政参元化,紫殿称觞拂寿星。万户千门迷步武,非烟非雾隔仪形。尘中旧侣无音信,知道辽东鹤姓丁。

寄蒋二十四
鸟啭蜂飞日渐长,旅人情味悔思量。禅门淡薄无心地,世事生疏欲面墙。二月云烟迷柳色,九衢风土带花香。大—作亦知高士禁愁寂,试倚阑干莫断肠。

寄怀
有客伤春复怨离,夕阳亭畔草青时。泪从—作随红蜡无由制,肠比朱弦恐更危。梅向好风惟是笑,柳因微雨不胜垂。双溪未去饶归梦,夜夜孤眠枕独敧。

送樊珀司业归朝

近者苏司业,文雄道最光。夫君居太学,妙誉继中行。汲郡陵初发,汾阴箧久亡。寂寥方倚席,容易忽升堂。去日应悬榻,来时定裂裳。慊心频拾芥,应手屡穿杨。辩急如无敌,飞腾固自强。论心期舌在,问事畏头长。驷马终题柱,诸生悉面墙。唊螯讥尔雅,卖饼诉公羊《三国志》注:魏严干善《春秋公羊》,钟繇好《左氏》,谓《公羊》为卖饼家。未见泥函谷,俄惊火建章。烟尘昏象魏,行在隔巴梁。红粟填郿坞,青袍过寿阳。剪茅行殿湿,伐柏旧陵香。黉室青衿尽,渠门火旆扬。云飞同去国,星散各殊方。贱子悲穷辙,当年亦擅场。齑辛寻幼妇,醴酒忆先王。圣域探姬孔,皇风乐禹汤。畏诛轻李喜,言命小臧仓。折树休盘槊,沉钩且钓璜。鸿都问词客,他日莫相忘。

奉使岐下闻唐弘夫行军为贼所擒,伤而有作

报国捐躯实壮夫,楚囚垂欲复神都。云台画像皆何者,青史书名或不孤。散卒半随袁校尉,寡妻休问辟司徒。闻君败绩无归计,气激星辰坐向隅。

咸通中始闻褚河南归葬阳翟,是岁上平徐方大肆庆赏,又诏八品锡其裔孙,追叙风概,因成二十韵

册府藏余烈,皇纲正本朝。不听还笏谏,几覆缀旒祧。咫尺言终直,怆惶道已消。泪心传位日,挥涕授遗朝。飞燕潜来赵,黄龙岂见谯。既迷秦帝鹿,难问贾生雕?穆卜缄滕秘,金根辙迹遥。北军那夺印,东海漫难桥。罗织黄门讼,笙簧白骨销。炎方无信息,丹旐竟沦漂。邂逅江鱼食,凄凉楚客招。文忠徒谥议,子卯但箫韶。未见公侯复,寻伤嗣续雕。流年随水逝,高谊薄层霄。柱石林公远,缥缃故国饶。奇踪天骥活,遗轴锦鸾翘。近者淮夷戮,前年归马调。始闻移北葬,兼议荫山苗。圣泽覃将溥,贞魂喜定飘。异时穷巷客,怀古漫成谣。

岐王宅

朱邸平台隔禁闱,贵游陈迹尚依稀。云低雍畤祈年去,雨细长杨纵猎归。申白宾朋传道义,应刘文彩寄音徽。承平旧物惟君一作名尽,犹写雕鞍伴六飞。

东一作陈韦曲野思

淡雾轻云一作阴匝四垂,绿塘秋望独颦眉。野莲随水无人见,寒鹭窥鱼共影知。九陌要津劳目击,五湖闲梦诱一作有心期。孤灯夜夜愁欹枕,一觉一作觉沧洲似昔时。

上巳一作上巳日寄韩公

上巳接寒食,莺花寥落晨。微微泼火雨,草草踏青人。凉似三秋景,清无九陌尘。与余一作伯典,一作怕与同病者,对此合伤神。

移莎

移从杜城曲,置在小斋东。正是高秋里,仍兼细雨中。结根方迸竹,疏荫托高桐。苒苒齐芳草,飘飘笑断蓬。片时留静者,一夜响鸣蛩。野露通宵滴,溪烟尽日蒙。试才卑庾薤,求味笑周菘。只此霜栽好,他时赠伯翁。

西明寺威公盆池新稻

为笑江南种稻时,露蝉鸣后雨霏霏。莲盆积润分畦小,藻井垂阴擢秀稀。得地又生金象界,结根仍对水田衣。支公尚有三吴思,更使幽人忆钓矶。

红叶

无处不飘扬,高楼临道旁。素娥前夕月,青女夜来霜。宿雨随时润,秋晴著物光。幽怀长若此,病眼更相妨。蜀纸裁深色,燕脂落靓妆。低丛侵小阁,倒影入回塘。谢朓留霞绮,甘宁弃锦张。何人休远道,是处有斜阳。薜荔垂书幌,梧桐坠井床。晚风生旅馆,寒籁近僧房。桂绿明淮甸,枫丹照楚乡。雁疏临鄂杜,蝉急傍潇湘。树异桓宣武,园非顾辟疆。茂陵愁卧客,不自保危肠。

鸂鶒

一宿南塘烟雨时,好风摇动绿波微。惊离晓岸冲花去,暖下春汀照影飞。华屋撚弦弹鼓舞,绮窗含笔澹毛衣。画屏见后长回首,争得雕笼莫放归。

萤

日下芜城莽苍中,湿萤撩乱起衷—作花丛。寒烟陈后长门闭,夜雨隋家旧苑空。星散欲陵前槛月,影低如试北窗风。羁人此夕方愁绪,心似寒灰首似蓬。

夜蝉

翠竹高梧夹后溪,劲风危露雨凄凄。那知北牖残灯暗,又送西楼片月低。清夜更长应未已,远烟寻断莫频嘶。羁人此夕如三岁,不整寒衾待曙鸡。

七夕

露白风清夜向晨,小星垂佩月埋轮。绛河浪浅休相隔,沧海波深尚作尘。天外凤皇何寂寞,世间乌鹊漫辛勤。倚阑殿北斜楼上,多少通宵不寐—作睡人。

中秋夜玩月

一夜—作上高楼万景奇,碧天无际水无涯。只—作空留皎月当层汉,并送浮云出四维。雾静—作尽不容玄豹隐,冰生惟—作只恐夏虫疑。坐来离思忧将晓,争得嫦娥仔细知。

八月十六日夜月

断肠佳赏固难期,昨夜销魂更不疑。丹桂影空蟾—作蝉有露,绿槐阴在鹊无枝。赖将吟咏聊惆怅,早是疏顽耐别离。堪恨贾生曾恸哭,不缘清景为忧时。

送韦向之睦州谒使君

才子南游多远情,闲舟荡漾任春行。新安江上长如此,何似新安太守清。

春残

景为春时短,愁随别夜长。暂棋宁号隐,轻醉不成乡。风雨曾通夕,莓苔有众芳。落花如便去,楼上即河梁。

玫瑰

麝炷腾清燎,鲛纱覆绿蒙。宫妆临晓日,锦段落东风。无力春烟里,多愁暮雨中。不知何事意,深浅两般红。

牡丹

真宰多情巧思新,固将能事送残春。为云为雨徒虚语,倾国倾城不在人。开日绮霞应失色,落时青帝合伤神。嫦娥婺女曾相送,留下鸦黄作蕊尘。

秋晚高楼

松拂疏窗竹映阑,素琴幽怨不成弹。清宵霁极云离岫,紫禁风高露满盘。晚蝶飘零惊宿雨,暮鸦凌乱报秋寒。高楼瞪目归鸿远,如信嵇康欲画难。

离鸾

闻道离鸾思故乡,也知情愿嫁王昌。尘埃一别杨朱路,风月三年宋玉墙。下疾不成双点泪,断多难到九回肠。庭前佳树名栀子,试结同心寄谢娘。

柳

春思春愁一万枝,远村遥岸寄相思。西园有雨和苔长,南内无人拂槛垂。游客寂寥缄远恨,暮莺啼叫惜芳时。晚来飞絮如霜鬓,恐为多情管别离。

春阴

一寸回肠百虑侵,旅愁危涕两争禁。天涯已有销魂别,楼上宁无拥鼻吟。感事不关河里笛,伤心应倍雍门琴。春云更觉愁于我,闲盖低村作暝阴。

春深独行马上有作

日烈风高野草香,百花狼籍柳披猖。连天瑞霭千门远,夹道新阴九陌长。众饮不欢逃席酒,独行无味放游缰。年来与问闲游者,若个伤春向路旁。

春雨

绮陌夜来雨,春楼寒望迷。远容迎燕戏,乱响隔莺啼。有恨开兰室,无言对李蹊。花鼙浑拂槛,柳重欲垂堤。灯檠昏鱼目,薰炉咽麝脐。别轻天北鹤,梦怯汝南鸡。入户侵罗幌,捎檐润绣题。新丰树已失,长信草初齐。乱蝶寒犹舞,惊乌暝不栖。庾郎盘马地,却怕有春泥。

汉代

汉代金为屋,吴宫绮作寮。艳词传静婉,新曲定妖娆。箭响犹残梦,签声报早朝。鲜明临晓日,回转度春宵。半袖笼清镜,前丝压翠翘。静多如有待,闲极似无憀。梓泽花犹满,灵和柳未凋。障昏巫峡雨,屏掩浙江潮。未信潘名岳,应疑史姓萧。漏因歌暂断,灯为雨频挑。饮酒阑三雅,投壶赛百娇。钿蝉新翅重,金鸭旧香焦。水净疑澄练,霞孤欲建标。别随秦柱促,愁为蜀弦么。玄晏难瘳痞,临邛但发痟。联诗征弱絮,思友咏甘蕉。王氏怜诸谢,周郎定小乔。繡帗翘彩雉,波扇画文鳐。荇密妨垂钓,荷欹欲度桥。不因衣带水,谁觉路迢迢。

牡丹

青帝于君事分偏,秾堆浮艳倚朱门。虽然占得笙歌地,将甚酬他雨露恩?

湘妃庙

刘表荒碑断水滨,庙前幽草闭残春。已将愁泪留斑竹,又感悲风入白蘋。八族未来谁北拱,四凶犹在莫南巡。九峰相似堪疑处,望见苍梧不见人。

句

独来成怅望,不去泥栏干。《惜花》。见《诗人玉屑》。

全唐诗卷六百七十三

周朴

周朴,字太朴,吴兴人,避地福州,寄食乌石山僧寺。黄巢寇闽,欲降之,朴不从,遂见害。诗一卷。

题甘露寺

层阁叠危壁,瑞因—作因成千古名。几连杨子路,独倚润州城。云近衔江色,雕高背磬声。僧居上方久,端坐见营营。

题玄公院

院深尘自外—作幽深自尘外,如佛值玄公。常迹或—作悲非次,志门因得中。衣巾离暑气,床榻向凉风。是事不逾分,只应明德同。

福州—作唐东禅寺

瓯闽—作阊在—作此郊外,师院号东禅。物得居来正,人经论后贤。脰—作绝槽柳塞马,盖地月支绽—作筵。鹳鹊尚—作更巢顶,谁堪举世传?

赠大沩和尚

大沩清复深,万象影沉沉。有客衣多毳,空门偈胜金。王侯皆作礼,陆子只来吟。我问师心处,师言无处心。

秋夜不寐寄崔温进士

愁多难得寐,展转读书床。不是旅人病,岂知秋夜长?归乡凭远梦,无梦更思乡。枕上移窗月,分明是泪光。

春中途中寄南巴—作巴东崔使君

旅人游汲汲,春气又融融。农事蛙声里,归程草色中。独惭出谷雨,未变暖天风。子玉和予去,应怜恨不穷。

寄处士方干

桐庐江水闲,终日对柴关。因想别离处,不知多少山。钓舟春岸泊,庭树晓—作晚莺—作烟远。莫便求栖隐,桂枝堪恨颜。

寄塞北张符
陇树塞风吹,辽城角几枝。霜凝无暂歇,君貌莫应衰。万里平沙际,一行边雁移。那堪朔烟起,家信正相离。

次梧州却寄永州使君
随风—作云身不定,今夜在苍梧。客泪有时有,猿声无处无。潮添瘴海阔,烟拂粤山孤。却忆零陵住,吟诗半玉壶。

赠念经僧
庵前古折碑,夜静念经时。月皎—作皓海霞散,露浓山草垂。鬼闻抛故冢,禽听离寒枝。想得天花坠,馨香拂白眉。

董岭水
湖州安吉县,门与白云齐。禹力不到处,河声流向西。去衙山色远,近水月光低。中有高人在,沙中曳杖藜。

早春
良夜岁应足,严风为变春。遍回寒作暖,通改旧成新。秀树因馨雨—作花馨雾,融水雨泛蘋。韶光不偏党,积渐煦疲民。

秋深—作塞上行
柳色尚—作正沉沉,风吹秋更深。山河空远道,乡国自鸣砧。巷有千家月,人无万里心。长城哭崩后,寂绝—作寞至如今。

赠双峰山和尚
峨峨双髻山,瀑布泻云间。尘世自疑水,禅门长去关。茯神松不异,藏宝石俱闲。向此师清业,如何方可攀?

赠无了禅师
不学世所惜,是何无了公。灵—作云匡虚院—作殿外,虎迹乱山中。昼夜必连去,古今争敢同。禅情岂堪问,问答更无穷。

王霸坛 即今西禅寺,山南凿井,有白龟吐泉,霸因之炼药点金,利济贫民,服其余药,于皁荚树下蝉蜕而去。
王君上升处,信首古居前。皁树即须朽,白龟应亦全。云间犹一日,尘里已千年。碧色坛如黛,时人谁可仙?

送梁道士
旧居桐柏观,归云爱安闲。倒树造新屋,化人修古坛。晚花霜后落,山雨夜深寒。应有同溪客,相寻学炼丹。

边思
年高来远戍,白首罢干戈。夜色蓟门火,秋声边塞风。碛浮悲老马,月满引新弓。百战阴山去,唯添上将雄。

哭陈庚
系马向山立,一杯聊奠君。野烟孤客路,寒草故人坟。琴韵归流水,诗情寄白云。日斜休哭后—作处,松韵—作吹不堪闻。

宿玉泉寺
野寺度残夏,空房欲暮—作卧时。夜听猿不睡,秋思客先知。竹迥烟生薄,山高月上迟。又登尘路去,难与老僧期。

题赤城中岩寺—本无下三字
浮世师休话,晋时灯照岩。禽飞穿静户,藤结入高杉。存没诗千首,废兴经数函。谁知将俗耳,来此避嚣谗。

塞上行
秦筑长城在,连云碛气侵。风吹边草急,角绝寒鸿沉。世世征人往,年年战骨深。辽天望乡者,回首尽沾襟。

玉泉寺
寺还名玉泉,澄—作列水亦遭贤。物尚犹如此,人争—作心合偶然。溪流云断外,山峻鸟飞还—作前。初日长廊下,高僧正坐禅。

春宫怨—作杜荀鹤诗
早被婵娟误,欲妆临镜慵。承恩不在貌,

教妾若为容。风暖鸟声碎,日高花影重。年年越溪女,相忆采芙蓉。

宿刘温书斋

不掩盈窗日,天然格调高。凉风移蟋蟀,落叶在离骚。回笔挑灯烬,悬图见海潮。因论三国志,空载几英豪。

登福州南涧寺

万里重山绕福州,南横一道见溪流。天边飞鸟东西没,尘里行人早晚休。晓日青—作春山当大海,连云古堑对高楼。那堪望断他乡目—作外,一作客,只此萧条自白头。

望中怀古

齐心楼上望浮云,万古千秋空姓名。尧水永销天际去,姬风一变世间平。高踪尽共烟—作天霞在,大道长将日月—作白日明。从此安然寰海内,后来无复漫相倾。

升山寺

升山自古道飞来,此是神功不可猜。气色虽然离禹穴,峰峦犹自接天台。岩边折树泉冲落,顶上浮云日照开。南望闽城尘世界,千秋万古卷尘埃。

哭李端

三年剪拂感知音,哭向青山永夜心。竹在晓烟孤凤去,剑荒秋水一龙沉。新坟日落松声小,旧色春残草色深。不及此时亲执绋,石门遥想泪沾襟。

福州神光寺塔

良匠用材为塔了,神光寺更得高名。风云会处千寻出—作直,日月中时八面明。海水旋流倭国野,天文方戴—作载福州城。相轮顶上望浮世,尘里人心应总—作早晚平。

福州开元寺塔

开元寺里七重—作层塔,遥对方山影拟齐。杂俗人看离世—作境,孤高僧上—作坐觉天低。

唯堪片片紫霞映,不与蒙蒙白雾迷。心若无私罗汉在,参差免向日虹西。

春日秦国怀古

荒郊一望欲消魂,泾水萦纡傍远村。牛马放多春草尽,原田耕破古碑存。云和积雪苍山晚,烟伴残阳绿树昏。数里黄沙行客路—作路客,不堪回首思秦原。

春日游北园寄韩侍郎

灼灼春园晚色分,露珠千点映寒云。多情舞蝶穿花去,解语流莺隔水闻。冷酒杯中宜泛滟,暖风林下自氤氲。仙桃不肯全开拆,应借余芳待使君。

喜贺拔先辈衡阳除正字

黄纸晴空坠一缄,圣朝—作明恩泽洗冤谗。李膺门客为闲客,梅福官衔改旧衔。名自石渠书典籍,香从芸阁著衣衫。寰中不用忧天旱,霖雨看看属傅岩。

客州赁居寄萧郎中

松店茅轩向水开,东头舍赁一裴徊。窗吟苦为秋江静,枕梦惊因晓角催。邻舍见愁赊酒与,主人知去索钱来。眼看白笔为霖雨,肯使红鳞便曝腮。

赠李裕先辈

晓擎弓箭入初场,一发曾穿百步杨。仙籍旧题前进士,圣朝新奏校书郎。马疑金马门前马,香认芸香阁上香。闲伴李膺红烛下,慢吟丝竹浅飞觞。

桐柏观

东南一境清心目,有此千峰插翠微。人在下方冲月上,鹤从高处破烟飞。岩深水落寒侵骨,门静花开色照衣。欲识蓬莱今便是,更于何处学忘机。

塞上

受降城必破,回落陇头移。蕃道北海北,

谋生今始知。

塞上曲

一阵风来一阵沙,有人行处没人家。黄河九曲冰先合,紫塞三春不见花。

塞下曲

石国胡儿向碛东,爱吹横笛引秋风。夜来云雨皆飞尽,月照平沙万里空。

咏猿

生在巫山更向西,不知何事到巴溪?中宵为忆秋云伴,遥隔朱门向月啼。

桃花

桃花春色暖先开,明媚谁人不看来?可惜狂风吹落后,殷红片片点莓苔。

薛老峰

薛老峰头三个字,须知此与石齐生。直教截断苍苔色,浮世人俙眼始明。

吊李群玉

群玉诗名冠李唐,投诗换得校书郎。吟魂醉魄知何处,空有幽兰隔岸香。

无等岩

建造上方藤影里,高僧往往似天台。不知名树檐前长,曾问道人岩下来。

句

古陵寒雨集,高鸟夕阳明。

高情千里外,长啸一声初。以上见张为《主客图》。

月离山一丈,风吹花数苞。见《吟窗杂录》。

晓来山鸟闹,雨过杏花稀。见《优古堂诗话》。

曲渚回湾锁钓舟。

平潮晚影沉清底,远岳危栏等翠尖。以上见《海录碎事》。

白日才离沧海底,清光先照户窗前。灵岩广化寺,见《闽志》。

连云天堑有山色,极目海门无雁行。

可怜黄雀衔将去,从此庄周梦不成。《咏蝶》。见《泉州志》。

禅是大沩诗是朴,大唐天子只三人。《赠大沩》。

全唐诗卷六百七十四

郑谷

郑谷,字守愚,袁州人。光启三年擢第,官右拾遗,历都官郎中。幼即能诗,名盛唐末。有《云台编》三卷,《宜阳集》三卷,《外集》三卷,今编诗四卷。

感兴

禾黍不阳艳,竞栽桃李春。翻令力耕者,半—作多作卖花人。

望湘亭

湘水似伊水,湘人非故人。登临独无语,风柳自摇春。

采桑

晓陌携笼去,桑林—作村路隔淮。何如斗百草,赌取凤皇钗？

闷题

落第春相困,无心惜落花。荆山归不得,归得亦无家。

中台五题

松格一何高,何人号乳毛？霜天寓直夜,愧尔伴闲曹。

右乳毛松

贤人骨已销,墓树几—作半荣凋。正直魂如在,斋心愿一招。

右樗里子墓

乱前看不足,乱后眼偏明。却得蓬蒿力,遮藏见太平。

右牡丹

唐昌树已荒,天意眷文昌。晓入微风起,春时雪满墙。

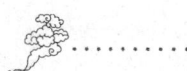

右玉蕊_{乱前唐昌观玉蕊最盛}

暴乱免遗折,森罗贤达名。末郎何所取,叨继外门荣。

右石柱_{外祖在南宫,七转名曹,镌记皆在。}

别同志

所立共寒苦,平生同与游。相看临远水,独自上孤舟。天淡沧浪晚,风悲兰杜秋。前程吟此景,为子上高楼。

送进士卢棨东归

灞岸草萋萋,离觞我独携。流年俱老大,失意又东西。晓楚山云满,春吴水树低。到家梅雨歇,犹有子规啼。

从叔郎中诚辄自秋曹分符安陆,属群盗倡炽,流毒江壖,竟以援兵不来城池失守,例削今任,却叙省衔,退居荆汉之间,颇得琴尊之趣,因有寄献

华省称前任,何惭削一麾。沧洲失孤垒,白发出重围。苦节翻多难,空山自喜归。悠悠清汉上,渔者日相依。

送徐涣端公南归_{一本无涣字}

青松离白社,朱绶_{一作绂}始言归。此去应多_{一作多应}羡,初心尽不违。江帆和日落,越鸟近乡飞。一路春风里,杨花雪满衣。

送祠部曹郎中邺出守洋州

为儒欣出守,上路亦戎装。旧制诗多讽,分忧俗必康。开怀江稻熟,寄信露橙香。郡阁清吟夜,寒星识望郎。

送进士许彬

泗上未休兵,壶关事可惊。流年催我老,远道念君行。残雪临晴水,寒梅发故城。何当食新稻,岁稔又时平。

次韵和王驾校书结绶见寄之什

直应归谏署,方肯别山村。勤苦常同业,孤单共感恩。醉披仙鹤氅,吟扣野僧门。梦见君高趣,天凉自灌园。

秘阁伴直

秘阁锁书深,墙南列晚岑。吏人同野鹿,庭木似山林。浅井寒芜入,回廊叠藓侵。闲看薛稷鹤,共起五湖心。

送太学颜_{一作时}明经及第东归

平楚干戈后,田园失耦耕。艰难登一第,离_{一作丧}乱省诸兄。树没春江涨,人繁野渡晴。闲来思学馆,忧梦雪窗明。

送进士赵能卿下第南归

不归何慰亲,归去旧风尘。洒泪惭关吏,无言_{一作书}对越人。远帆花月夜,微岸水天春。莫便随渔钓,平生已苦辛。

送人游边

春亦怯边游,此行风正秋。别离逢雨夜_{一作闻夜雨},道路向云州。碛树藏城近,沙河漾日流。将军方破虏,莫惜献良筹。

送人之九江谒郡侯苗员外绅

泽国寻知己,南浮不偶游。滠城分楚塞,庐岳对江州。晓饭临孤屿,春帆入乱流。双旌相望处,月白庾公楼。

送许棠先辈之官泾县

白头新作尉,县在故_{一作古}山中。高第能卑宦,前贤尚此风。芜湖春荡漾,梅雨昼溟濛。佐理人安后,篇章莫废功_{一作攻}。

送司封从叔员外徽赴华州裴尚书均辟

如何抛锦帐,莲府对莲峰。旧有云霞约,暂留鹓鹭踪。敷溪秋雪岸,树谷夕阳钟。尽入新吟境,归朝兴莫慵。

送京参翁先辈归闽中

解印东归去,人情此际多。名高五七字,道胜两重科。宿馆明寒烧_{一作烛},吟船兀夜波。家山春更好,越鸟在庭柯。

赠别

南游曾共游,相别倍相留。行色回灯晓,离声满竹—作笛秋。稳眠彭蠡浪,好醉岳阳楼。明日逢佳景,为君成白头。

南游

凄凉怀古意,湘浦吊灵均。故国经新岁,扁舟寄病身。山城多晓瘴,泽国少晴春。渐远无相识,青梅独向—作问人。

巴宾旅寓寄朝中从叔

惊秋思浩然,信美向巴天。独倚临江树,初闻落日蝉。哀荣悲往事,漂泊念多年。未便甘休去,吾宗尽见怜。

寄司勋张员外学士

平昔偏知我,司勋张外郎。昨来闻俶扰,忧甚欲颠狂。烟暝搔愁鬓,春阴赖酒乡。江楼倚不得,横笛数声长。

寄边上从事

男儿怀壮节,何不—作河外事嫖姚。高叠观诸寨,全师护大朝。浅山寒放马,乱火夜防苗。下第春愁甚,劳君远见招。

寄左省韦起居序—作字

风神何蕴藉,张绪正当年。端简炉香里,濡毫洞案边。饰装无雨备,著述减春眠。旦夕应弥入,银台晓候宣。

寄赠蓝田韦少府先辈

王畿第一县,县尉是词人。馆殿非初意,图书是旧贫。斫冰泉窦响,赛雪庙松春。自此升通籍,清华日近—作遍身。

寄怀元秀上人

悠悠干禄利,草草废渔樵。身世堪惆怅,风骚颇寂寥。高秋期野步,积雨放趋朝。得句如相忆,莎斋且见招。

赠圆昉公 昉,蜀僧。僖宗幸蜀,昉坚免紫衣。

天阶让紫衣,冷格鹤犹卑。道胜嫌名出,身闲觉老迟。晚香延宿火,寒磬度高枝。长说长松寺,他年与我期。

寄题方干处士

山雪照湖水,漾舟湖畔归。松篁调远籁—作韵,台榭发清辉。野岫分闲—作开径,渔家并掩扉。暮年诗力在,新—作析句更幽微。

寄献湖州从叔员外

顾渚山边郡,溪将罨画通。远看城郭里—作外,又作处,全在水云中。西阁归何晚,东吴兴未穷。茶香紫笋露,洲回白蘋风。歌缓眉低翠,怀明蜡剪红。政成寻往事,辍棹问渔翁。

访姨兄王斌渭口别墅—本无王斌二字

枯桑河—作桑柘江上村,寥—作牢落旧田园。少小曾来此,悲凉不可言。访邻多指冢,问路半移原。久歉家僮散,初晴野荠繁。客帆悬极浦,渔网晒危轩。苦涩诗盈箧,荒唐酒满尊。高枝霜果在,幽渚螟禽喧。远霭笼樵响,微烟起烧痕。哀荣孤族分,感激外兄恩。三宿忘归去,圭峰恰对门。

放朝偶作

寒极放朝天,欣闻半夜宣。时安逢密雪,日晏得—作待高眠。拥褐同休假,吟诗贺有年。坐来幽兴在,松亚小窗前。

顺动后蓝田偶作 时丙辰初夏月

小谏升中谏,三年待玉除。且—作直言无所—作以补,浩叹欲何如?宫阙飞灰烬,嫔嫱落里闾。蓝峰秋更碧,沾洒望銮舆。

府中寓止寄赵大谏

老作含香客,贫无僦舍钱。神州容寄迹,大尹是同年。密迹都忘倦,乖慵益见怜。雪风花月好,中夜便招延。

峡中寓止二首

荆州未解围,小县结茅茨。强对官人笑,甘—作偏为野鹤欺。江春铺网阔,市晚鬻蔬迟。子美犹如此,翻然不敢悲。

传闻殊不定,銮辂几时还。俗易无常性,江清见老颜。夜船归草市,春步上茶山。寨将来相问,儿童竞启关。

颜惠詹事即孤侄舅氏谪官黔巫,舟中相遇,怆然有寄

犹子在天末,念渠怀渭阳。巴山偶会遇,江浦共悲凉。谪宦君何远,穷游我自强。漳村三月暮,雨熟野梅黄。

访题进士孙秦延福南街居

多病久离索,相寻聊解颜。短墙通御水,疏树出南山。岁月何难老,园林未得还。无门共荣达,孤坐却如闲。

访题进士张乔延兴门外所居

平生苦节同,旦夕会原东。掩卷斜阳里,看山落—作万木中。星霜今—作吟欲老,江海业全空。近日文场内,因君起古风。

寄南浦谪官

多才翻得罪,天末抱穷忧。白首为迁客,青山绕万州。醉倚梅障晓—作晚,歌厌竹枝秋。望阙怀乡泪,荆江水共流。

李夷遇侍御久滞水乡因抒寄怀

簪笏年何久,悬帆兴甚长。江流爱吴越,诗格愈—作迈齐梁。竹寺晴吟远,兰洲晚—作晓泊香,高闲徒自任,华省待为郎。

寄膳部李郎中昌符

鄂郊陪野步,早岁偶因诗。自后吟新句,长愁减旧知。静灯微落烬,寒砚旋生澌。夜夜冥搜苦,那能鬓不衰?

寄前水部贾员外嵩

谢病别文昌,仙舟向越乡。贵为金马客,雅称水曹郎。白鹭同孤洁,清波共渺茫。相如词赋外,骚雅—作野趣何长。

寄棋客

松窗楸局稳,相顾思皆凝。几局赌山果,一先饶海僧。覆图闻夜雨,下子对秋灯。何日无羁束,期君向杜陵。

闻进士许彬罢举归睦州怅然怀寄

桐庐归旧庐,垂老复樵渔。吾子虽言命,乡人懒读书。烟舟撑晚浦,雨屐剪春蔬。异代名方振,哀吟莫废初。

长安夜坐寄怀湖外嵇处士

万里念江海,浩然天地秋。风高群木落,夜久数星流。钟绝分宫漏,萤微隔御沟。遥思—作知洞庭上,苇露滴—作满渔舟。

赠文士王雄

知己竟何人,哀—作夫君尚苦辛。图书长在手,文学老于身。公道天难废,贞姿世—作士,一作玉任嗔—作真。小斋松菊静,愿卜子为邻。

赠富平李宰

夫君清且贫,琴鹤最相亲。简肃诸曹事,安闲一境人。陵山云里拜,渠路雨中巡。易得连宵醉,千缸石冻春。

赠尚颜上人

相寻喜可知,放锡便论诗。酷爱山兼水,唯应我与师。风雷吟不觉,猿鹤老为期。近辈推—作唯栖白,其如趣向卑。

赠泗口苗居士

岁晏乐园林,维摩契道心。江云寒不散,庭雪夜方深。酒劝渔—作共游人饮,诗怜稚子吟。四郊多垒日,勉我舍朝簪。

梁烛处士辞金陵,相国杜公归旧山,因以寄赠

相庭留不得,江野有苔矶。两浙寻山遍,孤舟载鹤归。世间书读尽,云一作僧外客来稀。谏署搜贤急,应难惜一作借布衣。

哭建州李员外频

令终归故里,末岁道如初。旧友谁为志,清风岂易书?雨坟生野蕨,乡奠钓江鱼。独夜吟还泣,前年伴直庐。

哭进士李洞二首 李生酷爱贾浪仙诗,长江在东蜀境内,浪仙冢于此处。

所惜绝吟声,不悲君不荣。李端终薄宦,贾岛得高名。旅葬新坟小,遗孤远俗轻。犹疑随计晚,昨夜草虫鸣。

自闻东蜀病,唯我独关情。若近长江死,想君胜在生。瘴蒸丹旐湿,灯隔素帷清。冢树僧栽后,新蝉一两声。

南康郡牧陆肱郎中辟许棠先辈为郡从事,因有寄赠

末路一作振惊思前侣,犹一作难为恋故巢。江山多胜境一作景,宾主是贫交。饮舫闲依苇,琴堂雅结茅。夜清僧伴宿,水月在松梢。

久不得张乔消息 一本题下有有寄二字

天末去程孤,沿淮复向吴。乱难何处甚,安稳到家无。树尽云垂野,樯稀月满湖。伤心绕村落一作路,应少旧耕夫。

题嵩高隐者居

岂易访仙踪,云萝千万重。他年来卜隐,此景一作境愿相容。乱水林中路,深山雪里钟。见君琴酒乐,回首兴何慵。

赵璘一作林郎中席上赋蝴蝶

寻艳复寻香,似闲还似忙。暖烟沉蕙径,微雨宿花房。书幌轻随梦,歌楼误采妆。王孙深属意,绣入舞衣裳。

贺进士骆用锡登第

苦辛垂二纪,擢第却沾裳。春榜到春晚,一家荣一乡。题名登塔喜,醵宴为花忙。好是东归日,高槐蕊半黄。

兴州东池

南连乳郡流,阔碧浸晴楼。彻底千峰影,无风一片秋。垂杨拂莲叶,返照媚渔舟。鉴貌还惆怅,难遮两鬓羞。

渠江旅思

流落复蹉跎,交亲半逝波。谋身非不切,言命欲如何?故楚春田废,穷巴瘴雨多。引人乡泪尽,夜夜竹枝歌。

登杭州城 一作题杭州樟亭,一作樟亭驿楼。

漠漠一作故国江天外,登临返照间。潮来一作平无别浦,木落见他山。沙鸟晴飞远,渔人夜唱闲。岁穷归未得,心逐片帆还。

曲江

细草岸西东,酒旗摇水风。楼台在烟一作花杪,鸥鹭下沙一作烟中。翠崿晴相接,芳洲夜暂空。何人赏秋景,兴与此时同。

沙苑

茫茫信马行,不似近都城。苑吏犹迷路,江人莫问程。聚来千嶂出,落去一川平。日暮客心速,愁闻雁数声。

通川客舍

奔走失前计,淹留非本心。已难消永夜,况复听秋霖。渐解巴儿语,谁怜越客吟?黄花徒满手,白发不胜簪。

潼关道中

白道晓霜迷,离灯照马嘶。秋风满关树,残月隔河鸡。来往非无倦,穷通岂易齐。何年归故社,披雨剪春畦。

终南白鹤观

　　步步景通真,门前众水分。怪萝诸洞—作洞口合,钟磬上清闻。古木千寻雪,寒山万丈云。终期扫坛极,来事—作伴紫阳君。

题兴善寺寂上人院

　　客来风雨后,院静似荒凉。罢讲蛩离砌,思山叶满廊。腊高兴故疾,炉暖发余香。自说匡庐侧,杉—作移阴半石床。

题水部李羽员外招国里居

　　野色入前轩,翛然琴与尊。画僧依寺壁,栽苇学江村。自酝—作醒花前酒—作醉,谁敲雪里门?不辞朝谒远,唯要近慈恩。

信美寺岑上人—作司空图诗

　　巡礼诸方遍,湘南颇有缘。焚香老山—作僧寺,乞食向江船。纱碧笼名画,灯寒照净禅。我来能永日,莲漏滴阶前。

池上

　　池榭—作树惬幽独,狂吟学解嘲。露荷香自在—作任,风竹冷相敲。丧志嫌孤宦,忘机爱淡交。仙山如有分,必拟访三茅。

游贵侯城南林墅

　　韦社八九月,亭台高下风。独来新霁后,闲步淡烟中。荷密—作莎软连池绿,柿繁和叶红。主人贪贵达,清境属邻翁。

江行

　　漂泊病难任,逢人泪满襟。关东多事日,天末未归心。夜雨荆江涨—作阔,春云郢树深。殷勤听渔唱,渐次—作渐入吴音。

舟次通泉精舍

　　江清如洛汭,寺好似香山。劳倦孤舟里,登临半日闲。树凉巢鹤健,岩响语僧闲。更共幽云约,秋随绛帐还。时谷将之泸州省拜恩地。

水轩

　　日日狎沙禽,偷安且放吟。读书老不入,爱酒病还深。歉后为羁—作饥客,兵余问故林。杨花满床席,搔首度春阴。

浔阳姚宰厅作

　　县幽公事稀,庭草是山薇。足—作纵得招棋侣,何妨闻道衣?野泉当案落,汀鹭入衙飞。寺去东林近,多应隔宿归。

梓漳岁暮

　　江城无宿雪,风物易为春。酒美消磨日,梅香著莫人。老吟穷景象,多难损精神。渐有还京望,绵州减战尘。

咸阳

　　咸阳城下宿,往事可悲思。未有谋身计,频迁反正期。冻河孤棹涩,老树叠巢危。莫问今行止,漂漂不自—作自不知。

长安感兴

　　徒劳悲丧乱,自古戒繁华。落日狐兔径,近年公相家。可悲闻玉笛,不见走香车。寂寞墙匡里,春阴挫杏花。

闻所知游樊川有寄—本无有寄二字

　　谁无泉石趣,朝下少同过。贪胜觉程近,爱闲经宿多。片沙留白鸟,高木引青萝。醉把渔竿去,殷勤藉岸莎。

张谷田舍

　　县官清且俭,深谷有—作自人家。一径入寒竹,小桥穿野花。碓喧春涧满,梯倚绿桑斜。自说年来稔,前村酒可赊。

深居

　　吾道有谁同,深居自固穷。殷勤谢绿树,朝夕惠清风。书满闲窗下,琴横野艇中。年来头更白,雅称钓鱼翁。

端居

　　叶叶下高梧,端居失所图。乱离时辈少,风月夜吟孤。旧疾衰还有,穷愁醉暂无。秋光如水国,不语理霜须。

郊园

相近复相寻，山僧与水禽。烟蓑春钓静，雪屋夜棋深。雅道谁开口，时风未醒—作省心。溪光何以报，只有醉和吟。

郊野—作墅

蓼水菊离边，新晴有乱蝉。秋光终寂寞，晚醉自留连。野湿禾—作省中露，村闲社后天。题诗满红叶，何必浣花笺？

旅寓洛南村舍

村落清明近，秋千雅女夸。春阴妨柳絮，月黑见梨花。白鸟窥鱼网，青帘认酒家。幽栖虽自适，交友在京华。

杏花

不学梅欺雪，轻红照碧池。小桃新谢后，双燕却来时。香属登龙客—作室，烟笼宿蝶枝。临轩须貌取，风雨易离披。

水林檎花

一露一朝新，帘栊晓景分。艳和蜂蝶动，香带管弦闻。笑拟春无力，妆浓酒渐醺。直疑风起—作雨夜，飞去替行云。

蓼花

簇簇复悠悠，年年拂漫流。差池伴黄菊，冷淡过清秋。晚带鸣虫—作蛩急，寒藏宿鹭愁。故溪归不得，凭仗系渔舟。

江梅

江梅且缓飞，前辈有歌词。莫惜黄金缕，难忘白雪枝。吟看归不得，醉嗅立如痴。和雨和烟折，含情寄所思。

荔枝

平昔谁相爱，骊山遇贵妃。枉教生处远，愁见摘来稀。晚—作晓夺红—作江霞色，晴欺瘴日威。南荒何所恋—作慰，为尔即忘归。

驻跸华下同年司封员外从翁许共游西溪，久违前契，戏成寄赠

北渚牵吟兴，西溪爽共游。指期乘—作承禁马，《故事》：初入内庭，恩赐飞龙马。无暇狎沙鸥。纵目怀青岛，澄心想碧流。明公非不爱，应待泛龙舟。

谷自乱离—作雁乱之后，在西蜀半纪之余多寓止精舍，与圆昉上人为净侣，昉公于长松山旧斋尝约他日访会，劳生多故，游宦数年，曩契未谐，忽闻谢世，怆吟四韵以吊之

每—作几思闻净话，雨夜对禅床。未得重相见，秋灯照影堂。孤云终负约，薄宦转堪伤。梦绕长松塔，遥焚一炷香。

投时相十韵

何以保孤危，操修自—作日不知。众中常杜口，梦里亦吟诗。失计辞山早，非才得仕—作事迟。薄冰安可履，暗室岂能欺？勤苦流萤信，吁嗟宿燕知。残钟残漏晓，落叶落花时。故旧寒门少，文章外族衰。此生多辗轲，半世足漂离。省署随清品，渔舟爽素期。恋恩休未遂，双鬓渐成丝。

全唐诗卷六百七十五

郑谷

喜秀上人相访

雪初开一径,师忽扣双扉。老大情相近,林泉约共归。忧荣栖省署,孤僻谢—作负朝衣。他夜松堂宿,论诗更入微。

夕阳

夕阳秋更好,敛敛—作潋潋蕙兰中。极浦明残雨,长天急远鸿。僧窗留半榻,渔舸透疏篷。莫恨清光尽,寒蟾即照空。

摇落

夜来摇落悲,桑枣半空枝。故国无消息,流年有乱离。霜秦闻雁早,烟渭认帆迟。日暮寒鼙急,边军在雍岐。

西蜀净众寺松溪八韵兼寄小笔崔处士

松因溪得名,溪吹答松声。缭绕能穿寺,幽奇不在城。寒烟斋后散,春雨夜中平。染岸苍苔古,翘沙白鸟明。澄分僧影瘦,光彻客心清。带梵侵云响,和钟击—作激石鸣。淡烹新茗爽,暖泛落花轻。此景吟难尽,凭君画入京。

迁客

离夜闻横笛,可堪吹鹧鸪。雪冤知早晚,雨泣渡江湖。秋树吹黄叶,腊烟垂绿芜。虞翻归有日,莫便哭穷途。

蔡处士

无著复—作更无求,平生不解愁。鬻蔬贫洁净—作净洁,中酒病风流。旨趣陶山相,诗篇沉隐侯。小斋江色里,篱柱系渔舟。

予尝有雪景一绝为人所讽吟，段赞善小笔精微，忽为图画，以诗谢之

赞善贤相后，家藏名画多。留心于绘素，得事一作意在烟波。属兴同吟咏，成功更琢磨。爱予风雪句，幽绝写渔蓑。

京兆府试残月如新月

荣落何相似，初终却一般。犹疑和夕照，准信堕朝寒？水木辉华别，诗家一作情比象难。佳人应误拜，栖鸟反求安。屈指期轮满，何心谓一作诮影残？庾楼清赏处，吟彻曙钟看。

咸通十四年府试木向荣题中用韵

园林青气动，众木散寒声。败叶墙阴在，滋条雪后荣。欣欣春令早，蔼蔼日华轻。庾岭梅先觉，隋堤柳暗惊。山川应物候，皋壤起农情。只待花开日，连栖出谷莺。

丞相孟夏祗荐南郊纪献十韵

节应清和候，郊宫事洁斋。至诚闻上帝，明德祀圆丘。雅用陶匏器，馨非黍稷流。就阳陈盛礼，匡国裸鸿休。渐晓兰迎露，微凉麦弄秋。寿山横紫阁，瑞霭抱皇州。外肃通班序，中严锡庆优一作中怀纳誓忱。奏一作升歌三酒备，表敬百神柔。池碧将还凤，原清再问牛。万方瞻辅翼，共贺赞皇猷。

叙事感恩上狄右丞

昔岁曾投贽，关河在左冯。庾公垂顾遇，王粲许从容。顷年庾给事崇出守同州，右丞在幕席，谷退飞游谒，始受奖知。首荐叨殊礼，全家寓近封。白楼陪写望，青眼感遭逢。顾念梁间燕，深怜涧底松。风光莲岳逼，酒味菊花浓。同州官酝尚菊花酒。寇难旋移国，漂离几听蛩。半生悲逆一作道旅，二纪间门墉。蜀雪隋僧蹋，荆烟逐雁冲。雕零归两鬓，举止失前踪。得事虽甘晚，陈诗未肯慵。迩来趋九仞，又伴赏三峰时大驾在华州。栖托情何限，吹嘘意数重。自兹俦侣内，无复叹龙钟。

咏怀

迂疏虽可欺，心路甚男儿。薄宦浑无味，平生粗有诗。淡交终不破，孤达晚相宜。直夜花前唤，朝寒雪里追一作随。竹声输我听，茶格共僧知。景物还多感，情怀偶不卑。溪莺喧午寝，山蕨止春饥。险事销肠酒，清欢敌手棋。香锄抛药圃一作圈，烟艇忆莎陂。自许亨途在，儒纲复振时。

乾符丙申岁奉试春涨曲江池用春字

王泽尚通津，恩波此日新。深疑一夜雨，宛似五湖春。泛滟翘振鹭，澄清跃紫鳞。翠低孤屿柳，香失半汀蘋。凤辇寻佳境，龙舟命近臣。桂花如入手，愿作从游人。

华山

峭仞耸巍巍，晴岚染近畿。孤高不可状，图写尽应非。绝顶神仙会，半空鸾鹤归。雪台分远霭，树谷隐斜晖。坠石连村响，狂雷发庙威。气中寒渭阔，影外白楼微。雪对莲花落，泉横露掌飞。乳悬危磴滑，樵彻上方稀。淡泊生真趣，逍遥息世机。野花明涧路，春鲜涩松围。远洞时闻磬，群僧昼掩扉。他年洗尘骨，香火愿相依。

入阁

秘殿临轩日，和銮返正年。两班文武盛，百辟羽仪全。霜漏清中禁，风旗拂曙天。门严新勘契一作契勘，仗一作使入乍一作迓承宣。玉几当红旭，金炉纵碧烟。对扬称法吏，赞引出宫钿。言动挥毫疾，雍容执簿专。寿山晴叆叇，颢气暖连延。礼有鸳鸾集，恩无雨露偏。小臣叨备位，歌咏泰阶前。

故少师从翁隐岩别墅乱后榛芜，感旧怆怀，遂有追纪

风骚为主人，凡俗仰清尘。密行称闺阃，明诚动搢绅。周旋居显重，内外掌丝纶。妙主

蓬壶籍,忠为社稷臣。大仪墙仞峻,东辖纪纲新。闻善常开口,推公岂为身。立趋鸣珮重,归宅典衣贫。半醉看花晚,中餐煮菜春。晴台随鹿上,幽墅—作野结—作约僧邻。理论知清越,清越,江左诗僧,孤卿待之甚厚。生徒得李频。药香沾笔砚,竹色染衣巾。寄鹤眠云叟,骑驴入室宾。咸通中,举子乘马,唯张乔跨驴,乔诗苦道员,孤卿延于门下。近将姚监比,自姚秘监合主张风雅后,孤卿一人而已。僻与段卿亲。段少常成式奥学辛勤,章句入微,孤卿为前序。叶积池边路,茶迟雪后薪。所难留著述,谁不秉陶钧？丧乱时多变,追思事已陈。浮华重发作,雅正甚湮沦。宗从今何在,依栖素有因。七松无影响,孤卿植小松七本,自号七松处士,异代对五柳先生。双泪益悲辛。犹喜于门秀,年来屈复伸。班即孤卿任孙,登进士科级也。

送吏—作祠部曹郎中免官南归

高名向己求,古韵古无俦。风月抛兰省,江山复—作向桂州。贤人知止足,中岁便归休。云鹤深相待,公卿不易留。满朝张祖席,半路上仙舟。箧重藏吴画,茶新换越瓯。郡迎红烛宴,寺宿翠岚楼。触目成幽兴,全家是胜游。篷声渔叟雨,苇色鹭鸶秋。久别郊园改,将归里巷修。桑麻胜禄食,节序免乡愁。阳朔花迎棹,崇贤叶满沟。席春欢促膝,檐日暖梳—作扶头。道畅应为蝶—作虎,时来必问牛。终须康庶品,未爽—作许漱寒流。议在归群望,情难恋自由。小生诚浅拙,早岁便依投。夏课每垂奖,雪天常见忧。远招陪宿直,首荐向公侯。攀送偏挥洒,龙钟志未酬。

回銮

妖星沉雨露,和气满京关。上将忠勋立,明君法驾还。顺风调雅乐,夹道序群班。香泛传宣里,尘清指顾间。楼台新紫气,云物旧黄山。晓渭行朝肃,秋郊旷望闲。庙灵安国步,日角动天颜。浩浩升平曲,流歌彻百蛮。

峡中

万重烟霭里,隐隐见夔州。夜静明月峡,春寒堆雪楼。独吟谁会解,多病自淹留。往事如今日,聊同子美愁。

蜀中寓止夏日自贻

辗转倚孤枕,风帏信寂寥。涨江垂螮蝀,骤雨闹芭蕉。道阻归期晚,年加记性销。故人衰飒尽,相望在行朝。

试笔偶书

沙鸟与山麇,由来性不羁。可凭唯在—作有道,难解莫过诗。任笑孤吟僻,终嫌巧宦卑。乖慵恩地恕,冷淡好僧知。华省惭公器,沧江负钓师。露花春直夜,烟鼓早朝时。世路多艰梗,家风免坠遗。殷勤一蓑雨,只得梦中披。

奔避

奔避投人远,漂离易感恩。愁髯霜飒飒,病眼泪昏昏。孤馆秋声树,寒江落照村。更闻归路绝,新寨截荆门。

吊水部贾员外嵩—本无嵩字

八韵与五字,俱为时所先。幽魂应自慰,李白墓相连。

贫女吟

尘压鸳鸯废锦机,满头空插丽春枝。东邻舞妓多金翠,笑剪灯花学画眉。

席上贻歌者

花月楼台近九衢,清歌一曲倒金壶。座中亦有—作半是江南客,莫向春风—作尊前唱鹧鸪。

菊

王孙莫把比荆蒿,九日枝枝近鬓毛。露湿秋香满池岸,由来不羡瓦—作五松高。

下峡

忆子啼猿绕树哀,雨随孤棹过阳台。波头未白人头白,瞥见春风滟滪堆。

文昌寓直

何逊空阶夜雨平,朝来交直雨新晴。落花

乱上一作下花砖上,不忍和苔踢紫英。

街西晚归
御沟春水绕闲坊,信马归来傍短墙。幽榭名园临紫陌,晚风时带牡丹香。

十日一作月菊
节去蜂一作风愁蝶不知,晓庭一作来还绕折残枝。自缘今日人心别,未必秋香一夜衰。

鹭鸶
闲立春塘一作蒸烟淡淡,静眠寒苇雨飕飕。渔翁归后汀沙一作沙汀,又作江洲晚,飞下一作上滩头更自由。

柳
半烟半雨江一作溪桥畔,映杏映桃山路中。会得离人无限意,千丝万絮惹春风。

下第退居二首
年来还未上丹梯,且一作正著渔蓑谢故溪。落尽梨花春又了,破篱残雨晚莺啼。

未尝青杏出长安,豪士应疑怕牡丹。只有退耕耕不得,茫一作寒然村落水吹残。

江宿闻芦管商船小童善吹
塞一作寒曲凄清一作凉楚水滨,声声吹出落梅春。须知风月千樯下,亦有葫芦河畔人。

闲题
举世何人肯自知,须逢精鉴定妍媸。若教嫫母临明镜,也道不劳红粉施。

曲江春草
花落江堤蔟暖一作晚烟,雨余草一作江。又作山色远相连。香轮莫辗青青破,留与愁一作游人一醉眠。

雪中偶题
乱飘僧舍茶烟湿,密洒歌一作高楼酒力微。江上晚来堪画处,渔人披得一蓑归。

题慈恩寺默公院
虽近曲江居古寺,旧山终忆九华峰。春来老病厌迎送,剪却牡丹栽野松。

江上阻风
水天春暗暮寒浓,船闭篷窗细雨中。闻道渔家酒初熟,晚来翻喜打头风。

淮上与友人别
扬子江头杨柳春,杨花愁杀渡江人。数声风笛离亭晚,君向潇湘我向秦。

忍公小轩二首一本题上有西蜀净众寺五字
松溪水色绿于松,每到松溪到暮钟。闲得心源只如此,问禅何必向双峰?

旧游前事半埃尘,多向林中结净因。一念一炉香火里,后身唯愿似师身。

淮上渔者
白头波上白头翁,家逐船移浦浦风。一尺鲈鱼新钓得,儿孙吹火荻花中。

兴州江馆
向蜀还秦计未成,寒蛩一夜绕床鸣。愁眠不稳孤灯尽,坐听嘉陵江水声。

题无本上人小斋
寒寺唯应我访师,人稀境静雪销迟。竹西落照侵窗好,堪惜归时落照时。

七祖院小山一本题上有西蜀净众寺五字
小巧功成雨藓斑,轩车日日扣松关。峨嵋咫尺无人去,却向僧窗看假山。

定水寺行香
听经一作松看画绕虚廊,风拂金炉待赐香。丞相未来春雪密,暂偷闲卧老僧床。

浯溪
湛湛清江叠叠山,白云白鸟在其间。渔翁醉睡又醒睡,谁道皇天最惜闲?

闷题

莫厌九衢尘土间,秋晴满眼是南山。僧家未必全无事,道著访僧心且闲。

重访黄神谷策禅者

初尘芸阁辞—作来禅阁,却访支郎是老郎。我趣转卑师趣静,数峰秋雪一炉香。

别修觉寺无本上人

松上闲云石上苔,自嫌归来夕阳催。山门握手无他语,只约今冬看雪来。

赠日东鉴禅师

故国无心渡海潮,老禅方丈倚中条。夜深雨绝松堂静,一点山萤照寂寥。

传经院壁画松—本题上有西蜀净众寺五字

危根瘦尽耸孤峰,珍重江僧好笔踪。得向游人多处画,却胜涧底作真松。

高蟾先辈以诗笔相示抒成寄酬

张生故国三千里,知者唯应杜紫微。杜牧舍人赠张祐处士云:可怜故国三千里,虚唱歌词满六宫。君有君恩秋后叶,可能更羡谢玄晖。蟾有后宫词云:君恩秋后叶,日日向人疏。

为人题

泪湿孤鸾晓镜昏,近来方解惜青春。杏花杨柳年年好,不忍回看旧写真。

越鸟

背—作宿霜南雁不到处,倚棹北人初听时。梅雨满江春草歇,一声声在荔枝枝。

黄莺

春云薄薄—作淡淡日辉辉,宫树烟深隔水飞。应为能歌系仙籍,麻姑乞与女真衣。

失鹭鸶

野格由来倦小池,惊飞却下碧江涯。月昏风急何处宿—作宿何处,秋岸萧萧黄苇枝。

苔钱

春红秋紫绕池台,个个圆如济世材。雨后无端满穷巷,买花不得买愁来。

莲叶

移舟水溅差差绿,倚槛风摇柄柄香。多谢浣溪—作纱人不—作未,又作莫折,雨中留得盖鸳鸯。

蜀中赏海棠

浓淡芳春满蜀乡,半随风雨断莺—作人肠。浣花溪上堪惆怅,子美无心—作情为发扬。杜工部居西蜀,诗集中无海棠之题。

投所知

砌下芝兰新满径,门前桃李旧垂阴。却应回念江边草,放出春烟一寸心。

早入谏院二首

玉阶春冷未催班,暂拂尘衣就—作枕笏眠。孤立小心还自笑,梦魂潜绕御炉烟。

紫云重叠抱春城,廊下人稀唱漏声。偷得微吟斜倚柱,满衣花露听宫莺。

悉官谏垣明日转对

吾君英睿相君贤,其那—作奈寰区未晏然。明日翠华春殿下,不知何语可闻天。

再经南阳

平芜漠漠失楼台,昔日游人乱后来。寥落墙匡春欲暮,烧残官树有花开。

赠下第举公

见君失意我惆怅,记得当年落第情。出去无聊归又闷,花—作苑南慢打讲钟声。

春阴

推—作携琴当酒度春阴,不解谋生只解吟。舞蝶歌莺莫相试—作诮,老郎心是老僧心。

送张逸人

人间疏散更无人,浪兀—作泛孤舟酒兀身。

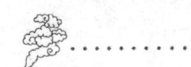

芦笋鲈鱼抛不得,五陵珍重五湖春。

初还京师寓止府署偶题屋壁
　　秋光不见旧亭台,四顾荒凉瓦砾堆。火力不能销—作烧地力,乱前黄菊眼前开。

擢第后入蜀经罗村,路见海棠盛开偶有题咏
　　上国休夸红杏艳同艳,一作绝,深溪自照绿苔矶。一枝低带流莺睡,数片狂和舞蝶飞。堪恨路长移不得,可无人与画将归。手中已有新春桂,多谢烟香更入—作惹衣。

次韵和礼部卢侍郎—作郎中,一本又多—极字江上秋夕寓怀
　　卢—作望郎到处觉风生,蜀郡留连亚相情。时中仅在泸州,恩门大夫待遇优厚。乱后江山悲庾信,夜来烟月属袁宏。梦归兰省寒星动,吟向莎洲宿鹭—作鸟惊。未脱白衣头半白,叨陪属和倍为荣。

宜春再访芳公言公幽斋写怀叙事,因赋长言
　　入门长恐先师在,香印纱灯似昔年。涧路萦回斋处远,松堂虚豁讲声圆。顷为弟子曾同社,今忝星郎更契缘。顾渚一瓯春有味,中林话旧亦潸然。

读李白集
　　何事文星与酒星,一时钟在—作分付李先生。高吟大醉三千首,留著人间伴月明。

卷末偶题三首
　　一卷疏芜一百篇,名成未敢暂—作便忘筌。何如海日生残夜,一句能令万古传。

　　七岁侍行湖外去,岳阳楼上敢题诗。如今寒晚无功业,何以胜任国士知。

　　一第由来是出身,垂名俱—作须为国风陈。此生若不知骚雅,孤宦如何—作何由作近臣?

读前集二首
　　殷璠裁鉴英灵集,颇觉同才得旨—作契深。何事后来高仲武,品题间气未公心。

　　风骚如线不胜悲,国步多艰即此时。爱日满阶看古集,只应陶集是吾师。

渚宫乱后作
　　乡人来话乱离情,泪滴残阳问楚荆。白社已应无故老,清江依旧绕空—作孤城。高秋军旅齐山树,昔日渔家是—作尽野营。牢落故居灰烬后,黄花紫—作绿蔓上墙生。

鹧鸪谷以此诗得名,时号为郑鹧鸪
　　暖戏烟芜锦翼齐,品流应得近山鸡。雨昏青草湖边过,花落黄陵庙里啼。游子乍闻征袖湿,佳人才唱翠眉低。相呼相应—作唤湘江阔—作远,又作曲,苦竹丛深春日西。

燕
　　年去年来来去忙,春寒烟暝渡潇湘。低飞绿岸和梅雨,乱入红楼拣杏梁。闲几砚中窥水浅,落花径里得泥香。千言万语无人会,又逐流莺过短墙。

侯家鹧鸪
　　江天梅雨湿江蘺,到处烟香是此时。苦竹岭无归去日,海棠花落旧栖枝。春宵思极兰灯暗,晓月啼多锦幕垂。唯有佳人忆南国,殷勤为尔唱愁词。

雁
　　八月悲风九月霜,蓼花红淡苇条黄。石头城下波摇影,星子湾西云间行。惊散渔家吹短笛,失群征戍锁残阳。故乡闻尔亦惆怅,何况扁舟非故乡?

水西蜀净众寺五题
　　竹院松廊分数派,不—作晴空清泚亦逶迤。落花相逐去—作向何处,幽鹭—作鸟独来无限时。洗钵老僧临岸久,钓鱼闲客卷纶迟。晚晴—作来一片连莎绿,悔与沧浪有旧期。

海棠
　　春风用意匀颜色,销得携觞与赋诗。秾丽

最宜新著雨,娇饶全在欲开时。莫愁粉黛临窗懒,梁广丹青点笔迟。朝醉暮吟看不足,羡他蝴蝶宿深枝。

竹

宜烟宜雨又宜风,拂水藏村复间松。移得萧骚从远寺,洗来疏净见前峰。侵阶藓拆春芽迸,绕径莎微夏荫浓。无赖杏花多意绪,数枝穿翠好相容。

荔枝树

二京曾见画图中,数本芳菲色不同。孤棹今来巴徼外,一枝烟雨思无穷。夜郎城近含香瘴,杜宇巢低起暝风。肠断渝泸霜霰薄,不数叶似灞陵红。

锦二首

布素豪家定不看,若无文—作花彩入时难。红迷天子帆边日,紫夺星郎帐外兰。春水濯来云雁活,夜机挑处雨灯寒。舞衣转转求新样,不问流—作乱离桑柘残。

文君手里曙霞生,美号仍闻借蜀城。夺得始知袍更贵,著归方觉昼偏荣。宫花颜色开时丽,池雁毛衣浴后明。礼部郎官人所重,省中别占好窠名。

蜡烛

仙漏迟迟出建章,宫帘不动透清光。金闺露白新裁诏,画阁春红正试妆。泪滴杯盘何所恨,烬飘兰麝暗和香。多情更有分明处,照得歌尘下燕梁。

灯

雨向莎阶滴未休,冷光孤恨雨悠悠。船中闻雁洞庭宿,床下有蛩长信秋。背照翠帷新洒别,不挑红烬正含愁。萧骚寒竹南窗静,一局闲棋为尔留。

宗人作尉唐昌,官署幽胜而又博学精富,得以言谈,将欲他之,留书屋壁

公堂潇洒有林泉,只隔苔墙是渚田。宗尝相亲离乱世,春秋闲论战争年。远江惊鹭来池口,绝顶归云过竹边。风雨夜长同一宿,旧游多共忆樊川。

为户部李郎中与令季端公寓止渠州江寺偶作寄献

退居潇洒寄禅关,高挂朝簪净室间。孤岛虽—作暂留双鹤歇,五云争放二龙闲。轻舟共泛花边水,野屐同登竹外山。仙署金闺虚位久,夜清应梦近天颜。

重阳日访元秀上人

红叶黄花秋景宽,醉吟朝夕在樊川。却嫌今日登山俗,且共高僧对榻眠。别画长怀吴寺壁,宜茶偏赏雪溪泉。归来童稚争相笑,何事无人与酒船?

全唐诗卷六百七十六

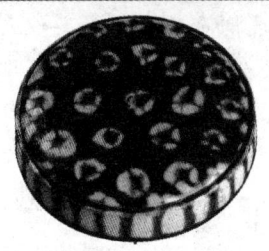

郑谷

阙下春日

建章宫殿紫云飘,春漏迟迟下绛霄。绮陌暖风嘶去马,粉廊初日照趋朝。花经宿雨香难拾,莺在豪家语更娇。秦楚年年有离别,扬鞭挥袖灞陵桥。

赠刘神童 六岁及第

习读在前生,僧谈足可明。还家虽解喜,登第未知荣。时果曾沾赐,上召于便殿亲试,称旨,赐以果实。春闱不挂情。灯前犹恶睡,寐一作寐 语读书声。

远游

江湖犹足事,食宿戍鼙喧。久客秋风起,孤舟夜浪翻。乡音离楚水,庙貌入湘源。岸阔凫鹥小,林垂橘柚繁。津官来有意,渔者笑无言。早晚酬僧约,中条有药园。

光化戊午年举公见示省试春草碧色诗,偶赋是题

苌弘血染新,含露满江滨。想得寻花径,应迷拾翠人。窗纱迎拥砌,簪玉姑成茵。天借新晴色,云饶落日春。风光垂处合,眉黛看时嚬。愿与仙桃比,无令惹路尘。

江际

杳杳渔舟破暝烟,疏疏芦苇旧江天。那堪流落逢摇落,可得一作谓潸然是偶然。万顷白波迷宿鹭,一林黄叶送残一作寒,又作秋蝉。兵车未息年华促,早晚闲吟向浐川。

将之泸郡,旅次遂州,遇裴晤员外谪居于此,话旧凄凉,因寄二首

谁肯登高问上玄,谪伺一作官何事谪诗仙。云遮列宿离华省,树荫澄江入野船。黄鸟晚啼愁瘴雨,青梅早落中蛮烟。不知几首南行曲,

留与巴儿万古传。

昔年共照松溪影,松折溪荒僧已无。今日重—作同思锦城事,雪销—作铺花谢梦何殊。乱离未定身俱老,骚雅全休道甚孤。我拜师门更南去,荔枝春熟向渝泸。

次韵和秀上人长安寺居言怀寄渚宫禅者

旧斋松老别多年,香—作莲,又作乡社人稀丧—作离乱间。出寺只知趋内殿,闭门长似在深山。卧听秦树—作匈秋钟断,吟想荆江夕鸟还。唯恐兴来飞锡去,老郎无路更追攀。

蜀中春日—作雨

海棠风外独沾巾,襟袖无端惹蜀尘。和暖又逢挑菜日,寂寥未是探花人。不嫌蚁酒冲愁肺,却忆渔蓑覆病身。何事晚来微雨后—作过,锦江春学—作似曲江春。

游蜀—作蜀中春暮

所向—作到处明知是暗投,两行清泪语前流。云横新塞遮秦甸—作水,花落空山入阆州。不忿黄鹂惊晓梦,唯应杜宇信—作起春愁。梅黄麦绿无归处,可得漂漂爱浪游。

峡中尝茶

蔟蔟新英摘露光,小江园里火煎尝。吴僧漫说鸦山好,蜀叟—作客休夸鸟觜香。合—作入座半瓯轻泛绿,开缄数片浅含黄。鹿门病客不归去,酒渴更知春味长。

辇下冬暮咏怀

永巷闲吟一径蒿,轻肥大笑事风骚。烟含紫禁花期近,雪满长安酒价高。失路渐惊前计错,逢僧更念此生劳。十年春泪催衰飒,羞向清流照鬓毛。初稿附记:觅句干名只自劳,苦吟殊未补风骚。烟开水国花期近,雪满长安酒价高。旧业已荒青蔼径,寒江空忆白云涛。不知春到情何限,惟恐流年损鬓毛。

石城

石城昔为莫愁乡,莫愁魂散石城荒。江人依旧棹舴艋,江岸还飞双鸳鸯。帆去帆来风浩渺,花开花落春悲凉。烟浓草远望不尽,千古汉阳闲夕阳。

蜀中三首

马头春向鹿头关,远树平芜一望闲。雪下文君沽酒市,云藏李白读书山。江楼客恨黄梅后,村落人歌紫芋间。堤月桥灯好时景,汉庭无事不征蛮。

夜无多—作多无雨晓生尘,草色岚光日日新。蒙顶茶畦千点露,浣花残纸一溪春。杨雄宅在唯乔木,杜甫台荒绝旧邻。却共海棠花有约,数年留滞不归人。

渚远江清碧簟纹,小桃花绕薛涛坟。朱桥直指金门路,粉堞高连玉垒云。窗下斫琴翘凤足,波中濯锦散鸥群。子规夜夜啼巴树—作蜀,不并吴乡楚国闻。

少华甘露寺

石门萝径与天邻,雨槛风篁远近闻。饮涧鹿喧双派水,上楼—作登山僧踏一梯云。孤烟薄暮关城没,远色初晴渭曲分。长欲—作忆然香来此宿,北林猿鹤旧同群。

慈恩寺偶题

往事悠悠添浩叹,劳生扰扰竟何能?故山岁晚不归去,高塔晴来独自登。林下听经秋苑—作院鹿,江边扫叶夕阳僧。吟余却起双峰念,曾看庵西瀑布冰。

石门山泉

一脉清泠何所之,紫莎漱藓入僧池。云边野客穷来处,石上寒猿见落时。聚沫绕崖—作磋残雪在,迸流穿树堕花随。烟春雨晚闲吟去,不复远寻皇子陂。

渭阳楼闲望

千重二华见皇州,望尽凝岚即此楼。细雨不藏秦树色,夕阳空照渭河流。后车宁见前车覆,今日难忘昨—作昔日忧。扰扰尘中犹—作殊未已,可能疏傅独能休。

送田—作沈光

九陌低迷谁问我,五湖流浪可悲君。著书笑破苏司业,赋咏思齐郑广文。理棹好携三百首,阻风须饮几千分。耒阳江口春山绿,恸哭应寻杜甫坟。

送进士吴延保及第后南游

得意却思寻旧迹,新衔未切—作得问—作上兰台。吟看秋草出关去,逢见故人随计来。胜地昔年诗板在,清歌几处郡筵开。江湖易有淹留兴,莫待春风落—作绽,—作吹庚—作瘦梅。

送进士王驾下第归薄中 时行朝在西蜀

失意离愁春不知,到家时是落花时。孤单取事休言命,早晚逢人苦爱诗。度塞风沙归路远,傍河桑柘旧居移。应嗟我又巴江去,游子悠悠听子规。

作厨鄠郊送进士潘为下第南归—本无题上四字

归云宜春春水深,麦秋梅雨过湘阴。乡园几度经狂寇,桑柘谁家有旧林?结绶位卑甘晚达,登龙心在且高吟。灞陵桥上杨花里,酒满芳樽泪满襟。

送进士韦序赴举

丹霞照上三清路,瑞锦裁成五色毫。波浪不能随—作倾世态,鸾凰应得入吾曹。秋山晚水吟情远,雪竹风松醉格高。预想明年腾跃处,龙津春碧浸仙桃。

寄献狄右丞

逐胜偷闲向杜陵,爱僧不爱紫衣僧。身为醉客思吟客,官自中丞拜右丞。残月露垂朝阙盖,落花风动宿斋灯。孤单小谏渔舟在,心恋清潭去未能。

转正郎后寄献集贤相公

予—作干名初在德门前,屈指年来三十年。自贺孤危终际会,别将流涕感阶缘。止陪鸳鹭居清秩,滥应星辰涴上玄。平昔苦心何—作无所恨,受恩多是旧诗篇。

所知从事近藩偶有怀寄

官舍种莎僧对榻,生涯如在旧山贫。酒醒草檄闻残漏,花落移厨送晚春。水墨画松清睡眼,云霞仙氅挂吟身。霜台伏首思归切,莫把渔竿逐逸人。

献大京兆薛常侍能—本无能字

耻将官业—作职竞前途,自爱篇章古不如。一炷香新开道院,数坊人聚—作静避朝车。纵游藉草花垂酒,闲卧临窗燕拂书。唯有明公赏新句,秋风不敢忆鲈鱼。

寄赠孙路处士

平生诗誉更谁过,归老东吴命若何?知己凋零垂白发,故园寥落近沧波。酒醒鲜砌花阴转,病起渔舟鹭迹多。深入富春人不见,闲门空掩半庭莎。

献制诰杨舍人

为郡东吴只饮冰,琐闱频降凤—作诏书徵。随行已有朱衣吏,伴直多招紫阁僧。窗下调琴鸣远水,帘前睡鹤背秋灯。苇陂竹坞情无限,闲话—作语毗陵问杜陵。

次韵酬张补阙因寒食见寄之什

柳近清明翠缕长,多情右衮不情忘。开缄虽睹新篇丽,破鼻须闻冷酒香。时态懒—作颇随人上下,花心甘—作日被蝶分张。朝稀且莫轻春赏,胜事由来在帝乡。

赠宗人前公安宰君

喧卑从宦出喧卑,别画能琴又解棋。海上春耕因乱废,年来冬荐得官迟。风中夜犬惊槐巷,月下寒驴啮槿篱。孤散恨无推唱路,耿怀吟得赠君诗。

寄赠杨蘷处士

结茅只—作依约钓鱼台,溅水鸂鶒去又回。春卧瓮边听酒熟,露吟庭际待花开。三—作吴江胜景遨游遍,百氏群书讲贯—作论来。国步未安风雅薄,可能高尚揿天才。

寄同年礼部赵郎中

仙步徐徐整羽衣,小仪澄淡转中仪。桦—作花飘红烬趋朝路,兰纵清香宿省时。彩笔烟霞供不足,纶—作粉闱恋凤讶来迟。自怜孤宦谁相念,褥祝空吟—作凭一首诗。

春暮咏怀寄集贤韦起居衮

寂寂风帘信自垂,杨花笋箨正离披。长安一夜残春雨,右省三年老拾遗。坐看群贤争得路,退量孤分且吟诗。五湖烟网非无意,未去难忘国士知。

多情

赋分多情却自嗟,萧衰未必为年华。睡轻可忍风敲竹,饮散那堪月在花。薄宦因循抛岘首,故人流落向天涯。莺春雁夜长如此,赖是幽居近酒家。

感怀投时相

非才偶忝直文昌,两鬓年深一镜霜。待漏敢辞称小吏,立班犹未出中行。孤吟马迹抛槐陌,远梦渔竿掷苇乡。丞相旧知为—作非学苦,更教何处贡篇章。

自贻

饮筵博席与心违,野眺春吟更是谁?琴有涧风声转淡,诗无僧字格还卑。恨抛水国荷—作钓蓑雨,贫过长安樱笋时。头角后—作莫毫应指笑,权门踪迹独差池。

自遣

强健—作事宦途何足谓,入微章句更难论。谁知野性真天性,不扣权门扣道门。窥砚晚莺临砌树,迸阶春笋隔篱根。朝回何处消长日,紫阁峰南有—作省旧村。

中年

漠漠秦云淡淡天,新年景象入中年。情多最恨花无语,愁破方知酒有权。苔色满墙寻—作思故第,雨声一夜忆春田。衰迟自喜添诗学,更把前题改数联。

自适

紫陌奔驰不暂停,送迎终日在郊垧。年来鬓畔未垂白,雨后江头且踏青。浮蚁满怀难暂舍,贯珠一曲莫辞听。春风只有九十日,可合花前半日醒。

结绶鄠郊縻摄府署偶有自咏

莺离寒谷士—作七逢春,释褐来年暂种芸。自笑老为梅少府,可堪贫摄鲍参军。酒醒往事多兴念,吟苦邻居必厌闻。推却簿书搔短发,落花飞絮正纷纷。

漂泊

槿坠蓬—作莲疏池馆清,日光风绪淡无情。鲈鱼斫鲙输张翰,橘树呼奴羡李衡。十口漂零犹寄食,两川消息未休兵。黄花催促重阳近—作酒,何处登高望二京?

吊故礼部韦员外序—本无序字

腊雪初晴花举杯,便期携手上春台。高情唯怕酒不满,长逝可悲花正开。晓奠莺啼残漏在,风帏燕觅旧巢来。杜陵芳草年年绿,醉魄吟魂无复回。

渼陂

昔事东流共不回,春深独向渼陂来。乱前别业依稀在,雨里繁—作梨花寂寞开。却展渔丝无野艇,旧题诗句没苍苔。潸然四顾难消遣,只有佯狂泥酒怀。

代秋扇词

露入庭芜恨已深,热时天下是知音。汗流浃—作洽背曾—作普施力—作手,气爽中宵便负心。一片山溪从蠹损,数行文字任尘侵。绿槐阴合清和后,不会何颜又见寻。

宣义里舍冬暮自贻

幽居不称在长安,沟浅浮春岸雪残。板屋

渐移方带野,水车新入夜添寒。名如有分终须立,道若离心岂易宽？满眼尘埃驰骛去,独寻烟竹剪渔竿。

省中偶作

三转郎曹自勉旃,莎阶吟步想前贤。未如何逊无佳句,若比冯唐是壮年。捧制名题黄纸尾,约僧心在白云边。乳毛松雪春来好,直夜清闲且学禅。

同志顾云下第出京偶有寄勉

凤策联华是国华,顾云著述,目为凤策联华。春来偶未上仙槎。乡连南渡思菰米,泪滴东风避杏花。吟聒暮莺归庙院,睡消迟日寄僧家。一般情绪应相信,门静莎深树影斜。

敷溪高士

敷溪南岸掩柴荆,挂却朝衣爱净一作静名。闲得林园栽树法,喜闻儿侄读书声。眠窗日暖添幽梦,步野风清散酒醒。谪去征还何扰扰,片云相伴看衰荣。

九日偶怀寄左省张起居

令节争欢我独闲,荒台尽日向晴山。浑无酒泛金英菊,漫道官趋玉笋班。深愧青莎迎野步,不堪红叶照衰颜。羡君官重多吟兴,醉带南陂一作天坡落照还。

春夕一作日伴同年礼部赵员外省直

锦帐名郎重锦科一作寒,清宵寓直纵吟哦。冰含玉镜春寒在,粉傅一作柳转仙闱月色多。视草即应归属望,握兰知道暂经过。流莺百啭和残漏,犹把芳樽藉露莎。

倦客

十年五年岐路中,千里万里西复东。匹马愁冲晚一作晓村雪,孤舟闷阻春江风。达士由来知道在,昔贤何必哭途穷。闲烹芦笋炊菰米,会向源一作渔乡作醉翁。

温处士能画鹭鹚以四韵换之

昔年吟醉绕江蘋,爱把渔竿伴鹭鹚。闻说小毫能纵逸,敢凭轻素写幽奇。涓涓浪溅残菱蔓,戛戛风搜一作披折苇枝。得向晓窗闲挂玩,雪蓑烟艇恨无遗。

驾部郑郎中三十八丈一作大尹贰东周,荣加金紫,谷以末派之外,恩旧事深,因贺送

香浮玉陛晓辞天,袍拂薄茸称少年。郎署转曹虽久次,京河亚尹是优贤。纵游云水无公事,贵买琴书有俸钱。今日龙门看松雪,探春明日向平泉。

攲枕

攲枕高眠日午春,酒酣睡足最闲身。明朝会得穷通理,未必输他马上人。

野步

翠岚迎步兴何长,笑领渔翁入醉乡。日暮渚田微雨后,鹭鹚闲暇稻花香。

偶书

承时偷喜负明神,务实那能得庇身。不会苍苍主何事,忍饥多是力耕人。

静吟

骚雅荒凉我未一作自安,月和余雪夜吟寒。相门相客应相笑,得句胜于得好官。

和知己秋日伤怀

流水歌声共不回,去年天气旧亭台。梁尘寂寞燕归去,黄蜀葵花一朵开。

谷比一作卯岁受同年丈人故川李侍郎教谕,衰晏龙钟,益用感叹,遂以章句自贻

多感京河李丈人,童蒙受教便书绅。文章至竟无功业,名宦由来致苦辛。皎日还应知守道,平生自信解甘贫。孤单所得皆逾分,归种敷溪一亩春。

郊墅

韦曲樊川雨半晴,竹庄花院遍题名。画成烟景垂杨色,滴破春愁压酒声。满野红尘谁得

路,连天紫阁独关情。渼陂水色澄于镜,何必沧浪始濯缨。

舟行
九派迢迢九月残,舟人相语且相宽。村逢好处嫌风便,酒到醒来觉夜寒。蓼渚—作水白波喧夏口—作落日,柿园红叶忆长安。季鹰可是思鲈鲙,引退知时自古—作自知时所难。

奔问三峰寓止近墅
半年奔走颇惊魂,来谒行宫泪眼昏。鸳鹭入朝同待漏,牛羊送日独归村。灞陵散失诗千首,太华凄凉酒一樽。兵革未休无异术,不知何以受君恩。

朝直
朝直叨居省阁间,由来疏退校安闲。落花夜静宫中漏,微雨春寒廊下班。自扣玄门齐宠辱,从他荣路用机关。孤峰未得深归去,名画偏求水墨山。

巴江 时僖宗省方南梁
乱来奔走巴江滨,愁客多于江徼人。朝醉暮醉雪开霁,一枝两枝梅探春。诏书罪已方哀痛,乡县征兵尚苦辛。鬓秃又惊逢献岁,眼前浑不见交亲。

故许昌薛尚书能尝为都官郎中,后数岁故建州李员外频自宪府内弹拜都官,员外八座外郎皆一时骚雅,宗师则都官之曹振盛于此。予早年请益,实受深知,今忝此官,复是正秩,岂唯俯慰孤宦,何以仰继前贤,荣惕在衷,遂赋自贺
都官虽未是名郎,践历曾闻薛许昌。复有李公陪雅躅,岂宜郑子忝余光。荣为后进趋兰署,喜拂前题在粉墙 八座外郎于省中题记多在。他日节旄如可继,不嫌曹冷在中行。

访题表兄王藻渭上别业—作墅
桑林摇落渭川西,蓼水漻漻接稻泥。幽槛静来渔唱远,暝天寒极雁行低。浊醪是称看山

醉,冷句偏宜选竹题。中表人稀离乱后,花时莫惜重相携。

题汝州从事厅
诗人公署如山舍,只向阶前便采薇。惊燕拂帘闲睡觉,落花沾砚会餐归。壁看旧记官多达,榜挂明文吏莫违。自说小池栽苇后,雨凉频见鹭鹚飞。

谷初忝谏垣,今宪长薛公方在西阁知奖隆异,以四韵代述荣感
旧诗常得在高吟,不奈公心爱苦心。道自琐闱言下振,舍人于阁下众中奖叹顷年篇什,思从仙殿对回深。谷累陪舍人转对,偶免乘仪,舍人深以知奖。流年渐觉霜期鬓,至药能教土化金。自拂青萍知有地,斋诚旦夕望为霖。

兵部卢郎中光济借示诗集,以四韵谢之—本题中无光济二字
七—作士子风骚寻失主,五—作吾君歌诵久无声。调和雅乐归时正,澄滤颓波到底清。才大始知寰宇窄,吟高何止鬼神惊。叶公好尚浑疏阔,忽见真龙几丧明。

贺左省新除韦拾遗
初升谏署是真仙,浪透桃花恰—作十五年。垂白郎官居座末,著绯人吏立阶前。百寮班列趋丹陛,雨掖风清上碧天。从此追飞何处去,金銮殿与玉堂连。

右省张补阙茂枢同在谏垣,连居光德,新春赋咏,聊以寄怀
小梅零落雪欺残,浩荡穷愁岂易宽。唯有朗吟偿晚景,且无浓醉—作酒厌—作压春寒。高斋每喜追攀近,丽句先忧属和难。十五年前谙—作谐苦节,知心不独为同官。

右省补阙张茂枢同在谏垣,邻居光德,迭和篇什,未尝间时,忽见贻谓谷将来履历必在文昌,当与何水部宋考功为俦,谷虽赋于风雅,实用就惶,因抒酬寄

何宋清名动粉闱,不才今日偶陈诗。考功岂敢闻题品,水部犹须系挈维。积雪卷深酬唱夜,落花墙隔笑言时。紫垣名士推扬切,为话心孤倍感知。紫微薛公奖誉颇深,补衮即紫微中表,尝传重旨,故有此句。

寄职方李员外

曾袖篇章谒长卿,今来附凤事何荣。星临南省陪仙步,春满东朝接珮声。员外摄事储宫,谷忝获攀接。谈笑不拘先后礼,岁寒仍契子孙情。龙墀仗下天街暖,共看圭峰并马行。

寄题诗僧秀公

灵一心传清塞心,可公吟后楚公吟。近来雅道相亲少,唯仰吾师所得深。好句未停无暇日,旧山归老有东林。冷曹孤宦甘寥落,多谢携筇数访寻。

东蜀春晚

如此浮生更别离,可堪长恸送春归。潼江水上杨花雪,刚逐孤舟缭绕飞。

永日有怀

能消永日是摴蒱,坑堑由来似宦途。两掷未终一作离楗橛一作捷摵内,座中何一作可惜为呼卢。

槐花

毿毿金蕊扑晴空,举子魂惊落照中。今日老郎犹有恨,昔年相虐一作谑,又作戏十秋风。

小桃

和烟和雨遮敷水,映竹映村连灞桥一作陵。撩一作掩乱一作弄春风耐寒令,到头赢得杏花娇一作憎。

长江县经贾岛墓

水绕荒坟县路斜,耕人讶我久咨嗟。重来兼恐无寻处,落日一作日落风吹鼓子花。

嘉陵

细雨湿萋萋,人稀江日西。春愁肠已断,不在一作待子规啼。

中秋

清香闻晓莲,水国雨余天。天气正得所,客心刚悄然。乱兵何日息,故老几人全。此际难消遣,从来未学禅。

朝谒

捧日整朝簪,千官一片心。班趋黄道急,殿接一作挹紫宸深。威凤回香辇,新莺啭上林。小松含瑞露,春翠易成阴。武德殿前,新栽小松。

锦浦

流落夜凄凄,春寒锦浦西。不甘花逐水,可惜雪成泥。病眼嫌灯近,离肠赖酒迷。凭君嘱鸭鹎一作鹧鸪,莫向五更啼。

峨嵋山一作雪

万仞白云端,经春雪未残。夏消江峡满,晴照蜀楼寒。造境知僧熟,归林认鹤难。会须朝一作上阙去,只有画图看。

蜀江有吊 僖宗幸蜀,时田令孜用事,左拾遗孟昭图疏论之,令孜矫贬嘉州司户,使人沉之蟆颐津。事见《令孜传》。

孟子有良策,惜哉今已而。徒将心体国,不识道消时。折槛未为切,沉湘何足悲。苍苍无问处,烟雨遍江蓠。

书村叟壁

草肥朝牧牛,桑绿晚鸣鸠。列岫檐前见,清泉碓下流。春蔬和雨割,社酒向花篘。引我南陂去一作临水,篱边有小舟。

题进士王驾郊居

前山微有雨,永巷净无尘。牛卧篱阴晚,

鸠鸣村意春。时浮应寡合,道在不嫌贫。后径临陂水,菰蒲是切邻。

题庄严寺休公院

秋深庭色好,红叶间青松。病客残无著,吾师甚见容。疏钟和细溜,高一作孤塔等遥峰。未省求名侣,频于此地逢。

题兴善寺

寺在帝城阴,清虚胜二林。鲜侵隋画暗,茶助越瓯深。巢鹤和钟唳,诗僧倚锡吟。烟莎后池水,前迹杳难寻。十才子诗集,多有兴善寺后池之作,今寺在池无,每用追叹。

宿澄泉兰若

山半古招提,空林雪月迷。乱流分石上,斜汉在松西。云集寒庵宿,猿先晓磬啼。此心如了了,即一作到此是曹溪。

送举子下第东归

夫子道何孤,青云未得途。诗书难舍鲁,山水暂游吴。野绿梅阴重,江春浪势粗。秣陵兵役后,旧业半成芜。

寄察院李侍御文炬

古柏间疏一作松篁,清阴在印床。宿郊虔点馔,秋寺静监香。参集行多揖一作摄,风仪见即庄。亿闻横擘一作臂去,帷集谏书囊。

偶怀寄台院孙端公樵

才拙道仍孤,无何舍钓徒。班虽沾玉笋,香不近金炉。雨露瞻双阙,烟波隔五湖。唯君应见念,曾共伏青蒲。谷旧与端公同在谏垣。

次韵和秀上人游南五台一作司空图诗

中峰曾到处,题记没苍苔。振锡传深谷,翻经想旧台。苍松临砌偃,惊鹿蓦溪来。内殿评诗切师以文章应制,身回心未回。

乘慵

乘慵居竹里,凉冷卧池东。一霎芰荷雨,几回帘幕风。远僧来扣寂,小吏笑书空。衰鬓霜供白,愁颜酒借红。扇轻摇鹭羽,屏古画渔翁。自得无端趣,琴棋舫子中。

南宫寓直

寓直事非轻,宦孤忧且荣。制承黄纸重,词见紫垣清。晓霁庭松色,风和禁漏声。僧一作曾携新茗伴,吏一作更扫落花迎。锁印诗心动,垂帘睡思生。粉廊曾试处,直事稍暇,即于都堂四廊下寻顷年试所题名记,到今多在。石柱昔贤名。来误宫窗燕,啼疑苑树莺。残阳应一作晴更好,归促一作速恨一作限严城。

恩门小谏雨中乞菊栽

握兰将满岁,栽菊伴吟诗。老云慵趋世,朝回独绕篱。递香风细细,浇绿水漾漾。只共山僧赏,何当国士移。孤根深有托,微雨正相宜。更待金英发,凭君插一枝。

荆渚八月十五夜值雨寄同年李峤

共待辉一作清光夜,翻成黯一作暗淡秋。正宜清路望,潜起滴阶愁。棹倚袁宏渚,帘垂庾亮楼。桂无香实落,兰在露花休。玉漏添萧索,金尊阻献酬。明年佳景在,相约向一作会,又作在神州。

寄左省张起居

含香复记言,清秩称当年。点笔非常笔,朝天最近天。家声三相后,公事一人前。诗句江郎伏,书踪宁氏传。起居今太师卢公宅相,传授书法。风标欺鹭鹤,才力涌沙泉。居僻贫无虑,名高退更坚。渔舟思静泛,僧榻寄闲眠。消息当弥人,丝纶之絜然。依栖常接迹,属和旧盈编。开口人皆信,凄凉是谢毡。谷在举场时,与起居有恩也。

前寄左省张起居一百言,寻蒙唱酬,见誉过实,却用旧韵重答

减瘦经多难,忧伤集晚年。吟高风过树,坐久夜凉天。旅退惭随众,孤飞怯向前。钓朋蓑叟在,药术衲僧传。鬓秃趋荣路,肠焦鄙盗泉。品徒诚有隔,推唱意何坚。寒地殊知感,

秋灯耿不眠。从来甘默尔，自此倍怡然。兰为官须握，薄因学更编。预愁摇落后，子美笑无毡。杜工部赠郑广文诗云：科名四十年，座客寒无毡。

读故许昌薛尚书诗集

篇篇高且真，真为国风陈。淡薄虽师古，纵横得意新。剪裁成几箧，一作帙。近世诗人述作，公篇什最多。唱和是谁人？华岳题无敌，黄河句绝伦。华岳、黄河二诗序云：此皆二京之内巨题目也。吟残荔枝雨，咏彻海棠春。公有海棠、荔枝二首。序云：杜子美老于两蜀，而无此咏。李白欺前辈，公有寄符郎中诗云：我生若在开元日，争遣名为李翰林。陶潜仰后尘。公有论诗一章云：李白终无取，陶潜固不刊。难忘嵩室下，公有嵩山巨篇。不负蜀江滨。公尝从事蜀中，著《江干集》。属思看山眼，冥搜倚树身。楷模劳梦想，讽诵爽精神。落笔空追怆，曾蒙借斧斤。

全唐诗卷六百七十七

郑谷

送水部张郎彦回宰洛阳

何逊兰休握,陶潜柳正垂。官清真塞诏,事简好吟诗。春漏怀丹阙,凉船泛碧伊。已虚西阁位,朝夕凤书追。

赠咸阳王主簿

可爱咸阳王主簿,穷经尽到昔贤心。登科未足酬多学,执卷犹闻惜寸阴。自与山妻春斗粟,只凭邻叟典孤琴。我来赊酒相留宿,听我披衣看雪吟。

松

下视垂杨拂路尘,双峰石上覆苔文。浓霜_{一作霜浓}满径无红叶,晚日_{一作日晚}高枝有白云。春砌花飘僧旋扫,寒溪子落鹤先闻。那堪寂寞悲风起,千树深藏李白坟。

梅

江国正寒春信稳,岭头枝上雪飘飘。何言落处堪惆怅,直是开时也寂寥。素艳照尊桃莫比,孤香粘袖李须饶。离人南去肠应断,片片随鞭过楚桥。

鹤

一自王乔放自由,俗人行处懒回头。睡轻旋觉松花堕,舞罢闲听涧水流。羽翼光明欺积雪,风神洒落占高秋。应嫌白鹭无仙骨,长伴渔翁宿苇洲。

重阳夜旅怀

强插黄花三两枝,还图一醉浸愁眉。半床斜月醉醒后,惆怅多于未醉时。

壬戌西幸后

武德门前景气新,雪融鸳瓦土膏春。夜来梦到宣麻处,草没龙墀不见人。

多虞
　　多虞难住人稀处,近耗浑无战罢棋。向阙归山俱未得,且沽春酒且吟诗。

短褐
　　闲披短褐杖山藤,头不是僧心是僧。坐睡觉来清夜半,芭蕉影动道场灯。

曲江红杏
　　遮莫江头柳色遮,日浓莺睡一枝斜。女郎折得殷勤看,道是春风及第花。

折得梅
　　寒步江村折得梅,孤香不肯待春催。满枝尽是愁人泪,莫殢朝来露湿来。

牡丹
　　画堂帘卷张清宴,含香带雾情无恨。春风爱惜未放开,柘枝鼓振红英绽。

寂寞
　　江郡人稀便是村,踏青天气欲黄昏。春愁不破还成醉,衣上泪痕和酒痕。

乱后灞上
　　柳丝牵水杏房红,烟岸人稀草色中。日暮一行高鸟处,依稀合是望春宫。

长门怨二首
　　闲把罗衣泣凤皇,先朝曾教舞霓裳。春来却羡庭一作桃花落,得逐晴风出禁墙。

　　流水君恩共不回,杏花争忍扫成堆。残春未必多烟雨,泪滴闲阶长绿苔。

郊野戏题
　　竹巷溪桥天气凉,荷开稻熟村酒香。唯忧野叟相回避,莫道侬家是汉郎。

宗人惠四药
　　宗人忽惠西山药,四味清新香助茶。爽得心神便骑鹤,何须烧得白朱砂。

题张衡庙
　　还俗只凭淫祀切,多年平子固悠悠。江烟日午无箫鼓,直到如今咏四愁。

山鸟
　　惊飞失势粉墙高,好个声音好羽毛。小婢不须催柘弹,且从枝上吃樱桃。

黯然
　　搢绅奔避复沦亡,消息春来到水乡。屈指故人能几许,月明花好更悲凉。

借薛尚书集
　　江天冬暖似花时,上国音尘杳未知。正被虫声喧老耳,今君又借薛能诗。

小北厅闲题
　　冷曹孤宦本相宜,山在墙南落照时。洗竹浇莎足公事,一来赢写一联诗。

菊
　　日日池边载酒行,黄昏犹自绕黄英。重阳过后频来此,甚觉多情胜薄情。

赠杨夔二首
　　散赋冗书高且奇,百篇仍有百篇诗。江湖休洒春风泪,十轴香于一桂枝。

　　时无韩柳道难穷,也觉天公不至公。看取年年金榜上,几人才气似扬雄。

全唐诗卷六百七十八

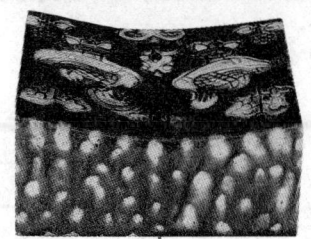

许彬—作郴,一作琳。

许彬,睦州人,举进士不第,与郑谷同时。诗一卷。

中秋夜有怀

趋驰早晚休,一岁又残秋。若只如今日,何难致—作到白头。沧波归处远,旅舍向边愁。赖见前贤说,穷通不自由。

寻白石山人涧

路穷川岛上,果值古仙家。阴洞长鸣磬,石泉寒泛花。莓苔深峭壁,烟霭积层崖。难见囊中术,人间有岁华。

游头陀寺上方

高步陟崔嵬,吟闲路惜回。寺从何代有,僧是梵宫来。暮霭连沙积,余霞逼槛开。更期招静者,长啸上方台。

归山夜发湖中

广泽去无边,夜程风信偏。疏星遥抵浪,远烧似迎船。响岳猿相次,翻空雁接连。北归家业就,深处更逾年。

同友人会裴明府县楼

开阁雨吹尘,陶家揖上宾。湖山万叠翠,汀树一行春。景逼归檐燕,歌喧已醉身。登临兴未足,喜有数年因。

荆山夜泊与亲友遇

山海两分歧,停舟偶此期。别来何限意,相见却无词。坐永神疑梦,愁多鬓欲丝。趋名易迟晚,此去莫经时。

北游夜怀

苦心终是否,舍此复无营。已致归成晚,非缘去有程。馆空吟向月,霜曙坐闻更。住久谁相问,驰赢又独行。

重经汉南

分散多如此,人情岂自由。重来看月夕,不似去年秋。息虑虽孤寝,论空未识愁。须同醉乡者,万事付江流。

湘江

孤舟方此去,嘉景称于闻。烟尽九峰雪,雨生诸派云。沙寒鸿鹄聚,底极龟鱼分。异日谁为侣,逍遥耕钓群。

黔中书事

巴蜀水南偏,山穷塞叠宽。岁时将近腊,草树未知寒。独狖啼朝雨,群牛向暮滩。更闻蛮俗近,烽火不艰难。

经李翰林庐山屏风叠所居

放逐非多罪,江湖偶不回。深居应有谓,济代岂无才。叠巘晴舒障,寒川暗动雷。谁能续高兴,醉死一千杯。

酬简寂熊尊师以赵员外庐山草堂见借

岂易投居止,庐山得此峰。主人曾已许,仙客偶相逢。顾已恩难答,穷经业未慵。还能励僮仆,稍更补杉松。

寄怀孙处士

生平酌与吟,谁是见君心?上国一归去,沧波闲至今。钟繁秋寺远,岸阔晚涛深。疏放长如此,何人更得寻?

汉南怀友人

此身西复东,何计此相逢?梦尽吴越水,恨深湘汉钟。积云开去路,曙雪叠前峰。谁即知非旧,怜君忽见容。

送人下第归江州

名高不俟召,操赋献君门。偶屈应缘数,他人尽为冤。新春城外路,旧隐水边村。归云无劳久,知音待更论。

送苏处士归西山

南游何所为,一箧又空归。守道安清世,无心换白衣。深溪猿共暮,绝顶客来稀。早晚还相见,论诗更及微。

送李处士归山

旧山来复去,不与世人论。得道书留箧,忘机酒满尊。溪轩松偃坐,石室水临门。应有频相访,相看坐到昏。

送新罗客归

君家沧海外,一别见何因。风土难知教,程途自致贫。浸天波色晚,横吹鸟行春。明发千樯下,应为更远人。

府试莱城晴日望三山

不易识蓬瀛,凭高望有程。盘根出巨浸,远色到孤城。隐隐排云峻,层层就日明。净收残霭尽,浮动嫩岚轻。纵目徒多暇,驰心累发诚。从容更何往,此路彻三清。

题故李宾客庐山草堂

难穷林下趣,坐使致君恩。术业行当代,封章动谏垣。已明邪佞迹,几雪薜萝冤。报主深知此,忧民讵可论。名将山共占,迹与道俱存。为谢重来者,何人更及门?

全唐诗卷六百七十九

崔涂

崔涂,字礼山,江南人。光启四年,登进士第。诗一卷。

秋夕送友人归吴

离心醉岂欢,把酒强相宽。世路须求达,还家亦未安。旅程愁算远,江月坐吟残。莫羡扁舟兴,功成去不难。

长安逢江南僧

孤云无定踪,忽到—作别又相逢。说尽天涯事,听残上国钟。问人寻寺僻,乞食过街慵。忆到曾栖处,开门对数峰。

晚次修路僧

平尽不平处,尚嫌功夫深。应难将世路,便得称师心。高鸟下残照,白烟生远林。更闻清磬发,聊喜缓尘襟。

湖外送友人游边

我泛潇湘浦,君行指塞云。两乡天外隔,一径渡头分。雨暗江花老,笳愁陇月曛。不堪来去雁,迢递思离群。

读段太尉碑

愤激计潜成,临危岂顾生?只空持一笏,便欲碎长鲸。国已酬徽烈,家犹耸义声。不知青史上,谁可计功名?

夕次洛阳—作维扬道中

秋风吹故城,城下独吟行。高树鸟已息,古原人尚耕。流年川暗度,往事月空明。不复叹岐路,马前尘夜生。

读方干诗因怀别业

把君诗一吟,万里见君心。华发新知少,沧洲旧隐深。潮冲虚阁上,山入暮窗沉。忆宿高斋夜,庭枝识海禽。

题嵩阳隐者

　　四十年高梦，生涯指一丘。无人同久住，有鹤对冥修。草杂芝田出，泉和石髓流。更嫌庭树老，疑是世间秋。

友人问卜见招

　　何必问蓍龟，行藏自可期。但逢公道日，即是命通时。乐善知无厌，操心幸不欺。岂能花下泪，长似去年垂。

江行晚望

　　木落曙江晴，寒郊极望平。孤舟三楚去，万里独吟行。鸟占横查立，人当故里耕。十年来复去，不觉二毛生。

巫山庙

　　双黛俨如嚬，应伤故国春。江山非旧主，云雨是前身。梦觉传词客，灵犹福楚人。不知千载后，何处又为神？

秋夕与友人话别

　　怀君非一夕，此夕倍堪悲。华发犹漂泊，沧洲又别离。冷禽栖不定，衰叶堕无时。况值干戈隔，相逢未可期。

与友人同怀江南别业

　　因君话故国，此夕倍依依。旧业临秋水，何人在钓矶？浮名如纵得，沧海亦终归。却是风尘里，如何便一作更息机。

苦吟

　　朝吟复暮吟，只此望知音。举世轻孤立，何人念苦心。他乡无旧识，落日羡归禽。况住寒江上，渔家似故林。

春日郊居酬友人见贻

　　荒斋原上掩，不出动经旬。忽觉草木变，始知天地春。方期五字达，未厌一筝贫。丽句劳相勉，余非乐钓纶。

问卜

　　承家望一名，几欲问君平。自小非无志，何年即有成？岂能长失路，争忍学归耕？不拟逢昭代，悠悠过此生。

蜀城春

　　天涯憔悴身，一望一沾巾。在处有芳草，满城无故人。怀才皆得路，失计自一作独伤春。清镜不能一作堪照，鬓毛愁更新。

送道士于行龄游南岳

　　物外与谁期，人间又别离。四方多事日，高岳独游时。猿狭窄湘树，烟波屈宋词。无因陪此去，空惜鬓将衰。

入蜀赴举秋夜与先生话别

　　欲怆峨嵋别，中宵寝不能。听残池上雨，吟尽枕前灯。失计方期隐，修心未到僧。云门一万里，应笑又担簦。

春晚怀进士韦澹

　　故里花应尽，江楼梦尚残。半生吟欲过，一命达何难。特立珪无玷，相思草有兰。二年春怅望，不似在长安。

言怀

　　干时虽苦节，趋世且无机。及觉知音少，翻疑所业非。青云如不到，白首亦难归。所以沧江上，年年别钓矶。

秋夜兴上人别

　　常时岂不别，此别异常情。南国初闻雁，中原未息兵。暗蛩侵语歇，疏磬入吟清。曾听无生说，辞师话此行。

感花

　　绣轭香鞯夜不归，少年争惜最红枝。东风一阵黄昏雨，又到一作是繁华梦觉时。

秋宿天彭僧舍

　　身世两相惜，秋云每独兴。难将尘界事，话向雪山僧。力善知谁许，归耕又未能。此怀平不得，挑尽草堂灯。

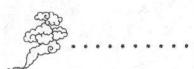

秋夜僧舍闻猿

哀猿听未休,禅景夜方幽。暂得同僧静,那能免客愁。影摇云外树,声袅月中秋。曾向巴江宿,当时泪亦流。

过昭君故宅

以色静胡尘,名还异众嫔。免劳征战力,无愧绮罗身。骨竟埋青冢,魂应怨画人。不堪逢旧宅,寥落对江滨。

过洛阳故城

三十世皇都,萧条是霸图。片墙看破尽,遗迹渐应无。野径通荒苑,高槐映远衢。独吟人不问,清冷自呜呜。

秋夕与友人同会

章句积微功,星霜二十空。僻应如我少,吟喜得君同。月上僧归后,诗成客梦中。更闻栖鹤警,清露滴青松。

春日登吴门

故国望不见,愁襟难暂开。春潮映杨柳,细雨入楼台。静少人同到,晴逢雁正来。长安远于日,搔首独徘徊。

湘中秋怀迁客

兰杜晓香薄,汀洲夕露繁。并闻燕塞雁,独立楚人村。雾散孤城上,滩回曙枕喧。不堪逢贾傅,还欲吊湘沅。

南山旅舍与故人别—作商山道中

一日又将—作欲暮,一年看即残。病知新事少,老别旧交—作故人难。山尽路犹险,雨余春却寒。那堪试—作更回首,烽火是长安。

东林愿禅师院

与世渐无缘,身心独了然。讲销林下日,腊长定中年。磬绝朝斋后,香焚古寺前。非因送小朗,不到虎溪边。

孤雁

湘浦离应晚,边城去已孤。如何万里计,只在一枝芦。迥起波摇楚,寒栖月映蒲。不知天畔侣,何处下平芜?

几行归去—作塞尽,片影—作念尔独何之。暮雨相呼失,寒塘独下迟。渚云低暗度,关月冷遥—作相随。未必逢缯缴,孤飞自可疑。

寄青城山颢禅师

怀师不可攀,师往杳冥间。林下谁闻法,尘中只见山。终年人不到,尽日鸟空还。曾听无生说,应怜独未还。

秋夕与王处士话别

微灯照寂寥,此夕正迢迢。丹桂得已晚,故山归尚遥。虫声移暗壁,月色动寒条。此去如真隐,期君试一瓢。

秋日犍为—作巴南道中—作途中感怀

久客厌岐路,出门吟且悲。平生未到处,落日独行时。芳草不长绿,故人无—作难重期。那堪更南渡,乡国已—作是天涯。

送僧归江东—作岐下送蒙上人归天台

坐彻秦城夏,行登越客船。去留那有著,语默不离禅。叶拥临关路,霞明近海天。更寻同社侣,应得虎溪边—作石桥云畔树,应老旧房前。

喜友人及第

孤吟望至公,已老半生中。不有同人达,兼疑此道穷。只应才自薄,岂是命难通。尚激抟溟势,期君借北风。

上巳日永崇里言怀—本无下五字

未敢分明赏物华,十年如见梦中花。游人过尽衡门掩,独自凭栏到日斜。

送僧归天竺

忽忆曾栖处,千峰近沃州。别来秦树老,归云海门秋。汲带寒汀月,禅邻贾客舟。遥思清兴惬,不厌石林幽。

牛渚夜泊

烟老石矶平,袁郎夜泛情。数吟人不遇,

千古月空明。人事年年别,春潮日日生。无因逢谢尚,风物自凄清。

送友人归江南
渚田芳草遍,共忆故山春。独往沧洲暮,相看白发新。定过林下寺,应见社中人。只恐东归后,难将鸥鸟亲。

过陶徵君隐居
陶令昔居此,弄琴遗世荣—作情。田园三亩绿,轩冕一铢轻。衰柳自无主,白云犹可耕。不随陵谷变,应只有—作是高名。

江上旅泊
汀洲一夜泊,久客半连樯。尽说逢秋色,多同忆故乡。孤冈生晚烧,独树隐回塘。欲问东归路,遥知隔渺茫。

灞上
长安名利路,役役古由今。征骑少闲日,绿杨无旧阴。水侵秦甸阔,草接汉陵深。紫阁曾过处,依稀白鸟沉。

寄舅
中朝轩冕内,久绝宁家亲。白社同孤立,青云独并伸。致君期折槛,举职在埋轮。须信尧庭草,犹能指佞人。

赠休粮僧
闻钟独不斋,何事更关怀?静少人过院,闲从草上阶。生台无鸟下,石路有云埋。为忆禅中旧,时犹梦百崖。

题绝岛山寺
绝岛跨危栏,登临到此难。夕阳高鸟过,疏雨一钟残。骇浪摇空阔,灵山压渺漫。那堪更回首,乡树隔云端。

读侯道华真人传
汉皇轻万乘,方士说三丹。不得修心要,翻知出世难。茂陵春竟绿,金掌曙空寒。何似先生去,翩翩逐彩鸾。

残—作叹花
迟迟傍晓阴,昨夜色犹深。毕竟终—作荣须落,堪悲古与今。明年何处见,尽此时—作独伤心。蜂蝶无情极,残香更不寻。

题兴善寺隋松院与人期不至
青青伊涧松,移植在莲宫。鲜色前朝雨,秋声半夜风。长闲应未得,暂赏亦难同。不及禅栖者,相看老此中。

樵者
行山行采薇,闲剪蕙为衣。避世嫌山浅,逢人说姓稀。有时还独醉,何处掩衡扉。莫看棋终局,溪风晚待归。

南涧耕叟
年年南涧滨,力尽志犹存。雨雪朝耕苦,桑麻岁计贫。战添丁壮役,老忆太平春。见说经荒后,田园半属人。

春日闲居忆江南旧业
杜门朝复夕,岂是解谋身。梦不离泉石,林唯称隐沦。渐谙浮世事,转忆故山春。南国水风暖,又应生白蘋。

屈原庙
谗胜祸难防,沉冤—作魂信可伤。本图安楚国,不是怨怀王。庙古碑无字,洲晴蕙有香。独醒人尚笑,谁与奠椒浆?

宿庐山绝顶山舍
一磴出林端,千峰次第看。长闲如未遂,暂到亦应难。谷树云埋老,僧窗瀑影寒。自嫌心不达,向此梦长安。

王逸人隐居
一径入千岑,幽人许重寻。不逢秦世乱,未觉武陵深。石转生寒色,云归带夕阴。却愁危坐久,看尽螟栖禽。

申州道中
风紧日凄凄,乡心向此迷。水分平楚阔,

山接故关低。客路缘烽火,人家厌鼓鼙。那堪独驰马,江树穆陵西。

江上怀翠微寺空上人

旅泛本无定,相逢那可期。空怀白阁夜,未答碧云诗。暮雨潮生早,春寒雁到迟。所思今—作吟不见,乡国正天涯。

秋宿鹤林寺

步步入林中,山穷意未穷。偏逢僧话久,转与鹤栖同。烛焰风销尽,兰条露湿空。又须从此别,江上正秋鸿。

远望

长为乡思侵,望极即沾襟。不是前山色,能伤愁客心。平芜连海尽,独树隐云深。况复斜阳外,分明有去禽。

秋晚书怀

看看秋色晚,又是出门时。白发生非早,青云去自迟。梦唯怀上国,迹不到他岐。以此坚吾道,还无愧已知。

途中秋晚送友人归江南

又指烟波算路岐,此生多是厌羁离。正逢摇落仍须别,不待登临已合悲。里巷半空兵过后,水云初冷雁来时。扁舟未得如君去,空向沧江梦所思。

己亥岁感事

正闻青犊起葭萌,又报黄巾犯汉营。岂是将皆无上略,直疑天自弃苍生。瓜沙旧戍犹传檄,吴楚新春已废耕。见说圣君能仄席,不知谁是请长缨?

金陵晚眺—作怀古

苇声骚屑水天秋,吟对金陵古—作晚渡头。千古是非输蝶梦,一轮风雨属渔舟。若无仙分应须老,幸有归—作青山—作归即合休。何必登临更—作共惆怅,比—作本来身—作人世只如浮。

过长江贾岛主簿旧厅

雕琢文章字字精,我经此处倍伤情。身从宦谪方霑禄,才被槌埋更有声。过县已无曾识吏,到厅空见旧题名。长江一曲年年水,应为先生万古清。

途中感怀寄青城李明府

鳞鬣催残志未休,壮心翻是此身仇。并闻寒雨多因夜,不得乡书又到秋。耕钓旧交吟好忆,雪霜危栈去堪愁。如何只是三年别,君著朱衣我白头。

夏日书怀寄道友

达即匡邦退即耕,是非何足挠平生。终期道向希夷得,未省心因宠辱惊。峰转暂无当户影,雉飞时有隔林声。十年惟悟吟诗句,待得中原欲铸兵。

和进士张曙闻雁见寄

断行哀响递相催,争趁高秋作恨媒。云外关山闻独去,渡头风雨见初来。也知榆塞寒须别,莫恋蘋汀暖不回。试向富春江畔过,故园犹合有池台。

鹦鹉洲即事—作眺望

怅望春襟郁未开,重吟鹦鹉益堪哀。曹瞒尚不能容物,黄祖何曾—作因解爱才?幽岛暖闻燕雁去,晓江晴觉蜀波来。何人正得风涛便,一点轻—作征帆万里回。

读留侯传末句缺五字

覆楚仇韩势有余,男儿遭遇更难如。偶成汉室千年业,只读圯桥一卷书。翻把壮心轻尺组,却烦商皓正皇储。若能终始匡天子,何必□□□□□。

赤壁怀古

汉室河山鼎势分,勤王谁肯顾元勋?不知征伐由天子,唯许英雄共使君。江上战余陵是谷,渡头春在草连云。分明胜败无寻处,空听渔歌到夕曛。

东晋

五陵豪侠笑为儒,将为儒生只读书。看取不成投笔后,谢安功业复何如。

秦国金陵王气全,一龙正道始东迁。兴亡竟不关人事,虚倚长淮五百年。

春夕 一本下有旅怀二字

水流花谢两无情,送尽东风过楚城。蝴蝶梦中家万里,子规一作杜鹃枝上月三更。故园书动经一作多年绝一作别,华发春唯一作移满镜一作两鬓生。自是不归归便得,五湖烟景有谁争?

涧松

寸寸凌霜长劲条,路人犹笑未干霄。南园桃李虽堪羡,争奈春残又寂寥。

湘中弦 一作谣

苍山遥遥江潾潾,路傍老尽没一作无闲一作一问人。土孙不见草空绿,惆怅渡头春复春。

烟愁雨细云冥冥,杜兰香老三湘清。故山望断不知处,鹧鸪一作鹈鹕隔花时一声。

续纪汉武 一作读汉武内传

分明三鸟下储胥,一觉钧天梦不如。争那白头方士到,茂陵红叶已萧疏。

陇上逢江南故人

三声戍角边城暮,万里乡心塞草春。莫学少年轻远别,陇关西少向东人。

夷 一作巴陵夜泊

家依楚塞穷秋别,身逐孤舟万里行。一曲巴歌半江月,便应消得二毛生。

橹声

烟外桡声远,天涯幽梦回。争知江上客,不是故乡来。

海棠图

海棠花底三年客一作住,不见一作觉海棠花盛开。却向江南看一作见图画,始惭虚到蜀城来。

云

得路直为霖济物,不然闲共鹤忘机。无端却向阳台畔,长送襄王暮雨归。

过二妃庙

残阳楚水畔,独吊舜时人。不及庙前草,至今江上春。

送友人

登高迎送远,春恨并依依。不得沧洲信,空看白鹤归。

声

欢戚犹来恨不平,此中高下本无情。韩娥绝唱唐衢哭,尽是人间第一声。

放鹧鸪 一作鸂鶒

秋入池塘风露微,晓开笼槛看初飞。满身金翠画不得,无限烟波何处归。

泉

远辞岩窦泻潺潺,静拂云根别故山。可惜寒声留不得,旋添波浪向人间。

巫山旅别

五千里外三年客,十二峰前一望秋。无限别魂招不得,夕阳西下水东流。

幽兰

幽植众宁一作能知,芬芳只暗持。自无君子佩,未是国香衰。白露沾长早,春风一作青春到每迟。不如一作知当路草,芬馥欲何为?

读庾信集

四朝十帝尽风流,建业长安两醉游。唯有一篇杨柳曲,江南江北为君愁。

过绣岭宫

古殿春残绿野阴,上皇曾此驻泥金。三城

帐属升平梦,一曲铃关怅望心。苑路暗迷香辇绝,缭垣秋断草烟深。前朝旧物东流在,犹为年年下翠岑。

巴山道中除夜书怀

迢递三巴路,羁危万里身。乱山残雪夜,孤烛异乡春。渐与骨肉远,转于僮仆亲。那堪正漂泊,明日岁华新。

题净众寺古松

百尺森疏倚梵台,昔人谁见此初栽。故园未有偏堪恋,浮世如闲即合来。天暝岂分苍翠色,岁寒应识栋梁材。清阴可惜不驻一作嗟住不得,归云暮城空首回。

折杨柳

朝朝车马如蓬转,处处江山待客归。若使人间少离别,杨花应合过春飞。

七夕

年年七夕渡瑶轩,谁道秋期有泪痕?自是人间一周岁,何妨天上只黄昏。

泛楚江

九重城外家书远,百里洲前客棹还。金印碧幢如见问,一生安稳是长闲。

初过汉江

襄阳好向岘亭看,人物萧条值岁阑。为报习家多置酒,夜来风雪过江寒。

题授阳镇路

越鸟巢边溪路断,秦人耕处洞门开。小桃花发春风起,千里江山一梦回。

初识梅花

江北不如南地暖,江南好断北人肠。燕脂桃颊梨花粉,共作寒梅一面妆。

江雨望花

细雨满江春水涨,好风留客野梅香。避秦不是无归意,一度逢花一断肠。

全唐诗卷六百八十

韩偓

韩偓，字致光—作尧，京兆万年人。龙纪元年，擢进士第，佐河中幕府，召拜左拾遗，累迁谏议大夫，历翰林学士、中书舍人、兵部侍郎。以不附朱全忠，贬濮州司马，再贬荣懿尉，徙邓州司马。天祐二年，复原官，偓不赴召，南依王审知而卒。《翰林集》一卷，《香奁集》三卷，今合编四卷。

雨后月中玉堂闲坐

银台直北金銮外，暑雨初晴皓月中。唯对松篁听刻漏—作漏刻，更无尘土翳虚空。绿香熨齿冰盘果，清冷侵肌水殿风。夜久忽闻铃索动，玉堂西畔响丁东。禁署严密，非本院人，虽有公事，不敢遽入，至于内夫人宣事，亦先引铃。每有文书，即内臣立于门外，铃声动，本院小判官出受。受记，授院使，院使授学士。

六月十七日召对自辰及申方归本院

清暑帘开散异香，恩深咫尺对龙章。花应洞里寻常—作常时发，日向壶中特地长。坐久忽疑—作惊槎犯斗，归来兼恐海生桑。如今冷笑东方朔，唯用诙谐侍汉皇。

与吴子华侍郎同年玉堂同直怀恩—作昔叙恩，因成长句四韵兼呈诸同年

往年莺谷接清尘，今日鳌山作侍臣。二纪计偕劳笔研余与子华俱久困名场，一朝宣入掌丝纶。声名烜赫文章士，金紫雍容富贵身。绛帐恩深无路报—作报路，语余相顾却酸辛。

和吴子华侍郎令狐昭化舍人叹白菊衰谢之绝，次用本韵

正怜香雪披—作飞千片，忽讶残霞覆一丛。此花将谢，却有红色。还似妖姬长年后，酒酣双脸却微红。

中秋禁直

星斗疏明禁漏残,紫泥封后独凭阑。露和玉屑金盘冷,月射珠光贝阙寒。天衬楼台笼苑外,风吹歌管下云端。长卿只为长门赋,未识君臣际会难。

侍宴

蜂黄蝶粉两依依,狎宴临春日正迟。密旨不教江令醉,丽华一作贵妃微笑认皇慈。

锡宴日作是岁大稔,内出金币赐百官,充观稼宴,学士院别赐越绫百匹,委京局句当,后宰相一日宴于兴化亭。

玉衔花马蹋香一作天街,诏遣追欢绮席开。中使押从天上去,是日,在外四学士,排门齐入,同进状辞赴宴所,奉宣差学士院使二人押去。外人知自日边来。臣心净比漪涟水,圣泽深于潋滟杯。才有异恩颁稷契,已将优礼及邹枚。清商适一作迥向梨园降,妙妓新行峡雨回。不敢通宵离禁直,晚乘残醉入银台。当直学士二人,至晚,学士院使二人却押入直,余四人在外,可以卜夜,内臣去外,知熟间丞郎给舍多来突宴。余是日当直,故有是句。

宫柳

莫道秋来芳意违,宫娃犹似妒蛾眉。幸当玉辇经过处,不怕金风浩荡时。草色长承垂地叶,日华先动映楼枝。涧松亦有凌云分,争似移根太液池。

苑中

上苑离宫处处迷,相风高与露盘齐。金阶铸出狻猊立,玉树雕成狒狖一作豽狖,一作翡翠啼。外使调鹰初得按,五方外按使,以鹰隼初调习,始能擒获,谓之得按。中官过马不教嘶。上每乘马,必阁官驭以进,谓之过马,既乘之,而后蹀躞嘶鸣。笙歌锦绣云霄里,独许词臣醉似泥。

从猎三首

猎犬谙斜路,宫嫔识认一作画旗。马前双兔起一作走,宣尔一作示羽林儿。

小镫狭鞯一作鞭鞘,鞍轻妓细腰。有时齐走马,也学唱交交。

蹀躞巴陵一作駬骏,琵琶碧野鸡。忽闻仙乐动,赐酒玉偏提。

辛酉岁冬十一月随驾幸岐下作

曳裾谈笑殿西头,忽听征铙从冕旒。凤盖行时移紫气,鸾旗驻处认皇州。晓题御服颁群吏,夜发宫嫔诏列侯。雨露涵濡三百载,不知谁拟杀身酬。

冬至夜作天复二年工成,随驾在凤翔府。

中宵忽见动霞灰,料得南枝有早梅。四野便应枯草绿,九重先觉冻云开。阴冰莫向河源塞,阳气今从地底回。不道惨舒无定分,却忧蚊响又成雷。

秋霖夜忆家随驾在凤翔府

垂老何时见弟兄,背灯愁一作悲泣到天明。不知短发能多少,一滴秋霖白一茎。

恩赐樱桃分寄朝士在岐下

未许莺偷出汉宫,上林初进半金笼。蔗浆自透银杯冷,朱实相辉玉碗红。俱在乱离终日恨,贵将滋味片时同。霜威食檗应难近,宜在纱窗绣户中。

出官经硖石县天复三年二月二十二日

谪宦过东畿,所抵州名濮是月十一日贬濮州司马。故里欲清明,临风堪恸哭。溪长柳似帷,山暖花如醱。逆旅讶簪裾,南路以久无儒服经过,皆相聚悲喜。野老悲陵谷。暝鸟影连翩,惊狐尾纛簌一作遬。尚得佐方州,信是皇恩沐。

访同年虞部李郎中天复四年二月,在湖南。

策蹇相寻犯雪泥,厨烟未动日平西。门庭野水漪裾鹭,邻里短墙咿喔鸡。未入庆霄君择肉,畏逢华毂我吹齑。地炉贳酒成狂醉,更觉襟怀得丧齐。

赠渔者在湖南

个侬居处近诛茅,枳棘篱兼用荻梢。尽日

风扉从自掩,无人筒钓是谁抛?城方四面墙阴直,江阔中心水脉坳。我亦好闲求老伴,莫嫌迁客且论交。

春阴独酌寄同年虞部李郎中在湖南

春阴漠漠土脉润,春寒微微风意一作气和。闲噪入甲奔竞态,醉唱落调渔樵歌。诗道揣量疑可进,宦情缺刓转无多。酒酣狂兴依然在,其奈千茎鬓雪何?

奉和峡州孙舍人肇荆南重围中寄诸朝士二篇,时李常侍洵严谏议龟李起居殷衡李郎中冉皆有继和,余久有是债,今至湖南方暇牵课

敏手何妨误汰金,敢怀私忿敩羊斟。直应宣室还三接,未必丰城便陆沉。炽炭一炉真玉性,浓霜千涧老松心。私恩尚有捐躯誓,况是君恩万倍深。

征途安敢更迁延,冒入重围势使然。众果却应存苦李,五瓶惟恐竭甘泉。多端莫撼三珠树,密策寻遗七宝鞭。黄篾舫中梅雨里,野人无事日高眠。

雪中过重湖信笔偶题一作成

道方时险拟如何,谪去甘心隐薜萝。青草湖将天暗合,白头浪与雪相和。旗亭腊酎逾年熟,水国春寒一作帆向晚多。处困不忙仍不怨,醉来唯是欲傞傞。

寄湖南从事

索寞襟怀酒半醒,无人一为解余酲。岸头柳色春将尽,船背雨声天欲明。去国正悲同旅雁,隔江何忍更啼莺。莲花幕下风流客,试与温存遣逐情。

玩水禽在古南醴陵县作

两两珍禽渺渺溪,翠衿红掌净无泥。向阳眠处莎成毯,蹋水飞时浪作梯。依倚雕梁轻社燕,抑扬金距笑晨鸡。劝君细认渔翁意,莫遣罝罗误稳栖。

早玩雪梅有怀亲属

北陆候才变,南枝花已开。无人同怅望,把酒独装回。冻白雪为伴,寒香风是媒。何因逢越使,肠断谪仙才。

欲明

欲明篱被风吹倒,过午门因客到开。忍苦可能遭鬼笑,息机应免致鸥猜。岳僧互乞新诗去,酒保频征旧债来。唯有狂吟与沉饮,时时犹自触灵台。

梅花

梅花不肯傍春光,自向深冬著一作有艳阳。龙笛远吹胡地月,燕钗初试汉宫妆。风虽强暴翻添思,雪欲侵凌更助香。应笑暂时桃李树,盗天和气作年芳。

小隐

借得茅斋岳麓西,拟将身世老锄犁。清晨向市烟含郭,寒夜归村月照溪。炉为窗明僧偶坐,松因雪折鸟惊啼。灵椿朝菌由来事,却笑庄生始欲齐。

曛黑

古木侵天日已沉,露华凉冷润衣襟。江城曛黑人行一作行人绝,唯有啼乌伴夜碪。

晓日

天际霞光入水中,水中天际一时红。直须日观三更后日观峰半夜见日,首送金乌上碧空。

醉著

万里清江万里天,一村桑柘一作花柳一村烟。渔翁醉著无人唤,过午醒来雪满船。

柳

一笼金线拂弯桥,几被儿童损细腰。无奈灵和标格在,春来依旧袅长条。

病中初闻复官二首

抽毫连夜侍明光,执靮三年从省方。烧玉

谩劳曾历试,铄金宁为欠周防。也知恩泽招逯口,还痛神祇误直肠。闻道复官翻涕泗,属车何在水茫茫。

又挂朝衣一自惊,始知天意重推诚。青云有路通还去,白发无私健亦生。曾避暖池将浴凤,却同寒谷乍迁莺。宦途巇崄终难测,稳泊渔舟隐姓名。

早起五言三韵

万树绿杨垂,千般黄鸟语。庭花风雨余,岑寂如村坞。依依官渡头,晴阳照行旅。

家书后批二十八字 在醴陵,时闻家在登州。

四序风光总是愁,鬓毛衰飒涕横一作还流。此书未到心先到,想在一作见孤城海岸头。

湖南梅花一冬再发偶题于花援

湘浦梅花两度开,直应天意别栽培。玉为通体依稀见,香号返魂容易回。寒气与君霜里退,阳和为尔腊前来。夭桃莫倚东风势,调鼎何曾用不材。

即目一作日二首

万古离怀憎物色,几生愁绪溺风光。废城沃土肥春草,野渡空船荡夕阳。倚道向人多脉脉,为情因酒易伥伥。宦途弃掷须甘分,回避红尘是所长。

动非求进静非禅,咋舌吞声过十年。溪涨浪花如积石,雨晴云叶似连钱。干戈岁久谙戎事,枕簟秋凉减夜眠。攻苦惯来无不可,寸心如水但澄鲜。

净兴寺杜鹃一枝繁艳无比

一园红艳醉坡陀,自地一作蒂连梢簇菁罗。蜀魄未归长滴血,只应偏滴此丛多。

花时与钱尊师同醉因成二十字

桥下浅深水,竹间红白花。酒仙同避世,何用厌长沙?

避地

西山爽气生襟袖,南浦离愁入梦魂。人泊孤舟青草岸,鸟鸣高树夕阳村。偷生亦似符天意,未死深疑负国恩。白面儿郎犹巧宦,不知谁与正乾坤?

息兵

渐觉人心望息兵,老儒希觊见澄清。正当困辱殊轻死,已过艰危却恋生。多难始应彰劲节,至公安肯为虚名。暂时胯下何须耻,自有苍苍鉴赤诚。

翠碧鸟 以上并在醴陵作

天长水远一作阔网罗稀,保得重重翠碧一作羽衣。挟弹小儿多害物,劝君莫近市朝一作五陵飞。

赠孙仁本尊师 在袁州

齿如冰雪发如鹭,几百年来醉似泥。不共世人争得失,卧床前有上天梯。

乙丑岁九月在萧滩镇驻泊两月,忽得商马一本无此二字杨迢员外书,贺余复除戎曹依旧承旨,还缄后因书四十字

旅寓在江郊,秋风正寂寥。紫泥虚宠奖,白发已渔樵。事往凄凉在,时危志气销。若为将朽质,犹拟杖于朝。

丙寅二月二十二日抚州如归馆雨中有怀一作简诸朝客

凄凄恻恻又微嚬,欲话羁愁一作游忆故人。薄酒旋醒寒彻夜,好花虚谢雨藏春。蒲蓬已恨一作自怜海上为逋客,江岭那知见一作犹喜天涯寄侍臣。未必交情系贫富,柴一作蓬门自古少车尘。

三月二十七日自抚州往南城县舟行见拂水蔷薇因有是作

江中春雨波浪肥,石上野花枝叶瘦。枝低波高如有情,浪去枝留如力斗。绿刺红房战袅时,吴娃越艳醺酣后。且将浊酒伴清吟,酒逸

吟狂轻宇宙。

荔枝三首 丙寅年秋，到福州，自此后并福州作。

遐方不许贡珍奇，密诏唯教进荔枝。汉武碧桃争比得，枉令方朔号偷儿。

封开玉笼鸡冠湿—作涩，叶衬多盘鹤顶鲜。想得佳人微启—作露齿，翠钗先取一双—作枝悬。

巧裁霞—作绛片裹神浆，崖蜜天然有异香。应是仙人金掌露，结成冰入蒨罗囊。

寄上兄长

两地支离路八千，襟怀凄怆鬓苍然。乱来未必长团会—作聚，其奈而今更长年。

宝剑

因极还应有甚—作日通，难将粪壤—作尘土掩神踪。斗间紫气分明后，擘地成川看化龙。一作但教出得丰城后，不是延津亦化龙。

登南神光寺塔院—本题作登南台僧寺

无奈离肠日—作易九回，强搀离抱立高台。中华地向城边尽，外国云从岛上来。四序有花长见雨，一冬无雪却闻雷。日—作南宫紫气生冠冕—作盖，试望扶桑病眼开。

两贤

卖卜严将卖饼孙，两贤高趣恐难伦。而今若有逃名者，应被品流呼差—作俗人。

再思

暴殄犹来是片时，无人向此略迟疑。流金铄石玉长润，败柳凋花松不知。但保行藏天是证，莫矜纤巧鬼难欺。近来更得穷经力，好事临行亦再思。

有瞩

晚凉闲步向江亭，默默看书旋旋行。风转滞帆狂得势，潮来诸水寂无声。谁将覆辙询长策，愿把梦丝属老成。安石本怀经济意，何妨一起为苍生？

秋深闲兴

此心兼笑野云忙，甘得贫闲味甚长。病起乍尝新橘柚，秋深初换旧衣裳。晴来喜鹊无穷语，雨后寒花特地香。把钓覆棋兼举白，不离名教可颠狂。

故都

故都遥想草萋萋，上帝深疑亦自迷。塞雁已侵池籞宿，宫鸦犹恋女墙啼。天涯烈士空垂涕，地下强魂必噬脐。掩鼻计成终不觉，冯驩无路敩鸣鸡。

梦仙

紫宵宫阙五云芝，九级坛前再拜时。鹤舞鹿眠春草远，山高水阔夕阳迟。每嗟阮肇归何速，深羡张骞去不疑。澡练纯阳功力在，此心唯有玉皇知。

赠吴颠尊师 丙寅年作

饮酒经何代，休粮度此生。迹应常自浣，颠亦强为名。道若千钧重，身如一羽轻。毫厘分象纬，袒跣揖—作谒公卿。狗窦号光逸，渔阳裸祢衡。笑雷冬蛰震，岩电夜珠明。月魄—作滑侵簪—作筜冷，江光逼—作映屐清。半酣思救世，一手拟扶倾。击地嗟衰俗，看天贮不平。自缘怀气义，可是计烹亨。议论通三教，年颜称五更。老狂人不厌，密行鬼应惊。未识心相许，开襟语便诚。伊余常仗义，愿拜十年兄。

送人弃官入道

仙李浓阴润，皇枝密叶敷。俊才轻折桂，捷径取纤朱。断绁三清路，扬鞭五达衢。侧身期破的，缩手待呼卢。社稷俄如缀，雄豪讵守株。怃忾非壮志，摆脱是良图。尘土留难住，缨绥弃若无。冥心归大道，回首笑吾徒。酒律应难忘，诗魔未肯徂。他年如拔宅，为我指清都。

全唐诗卷六百八十一

韩偓

感事三十四韵 丁卯巳后

紫殿承恩岁,金銮入直年。人归三岛路,日过八花砖。鸳鹭皆回席,皋夔亦慕膻。庆霄舒羽翼,尘世有神仙。虽遇河清圣,惭非岳降贤。皇慈容散拙,公议逼陶甄。江总参文会,陈暄侍狎筵。腐儒亲帝座,太史认星躔。侧弁聆神算,濡毫俟密宣。宫司持玉研,书省擘香笺。宫司、书省,皆宫人职名。唯理心无党,怜才膝屡前。焦劳皆实录,宵旰岂虚传!始议新尧历,将期整舜弦。上自出东内幽辱,励心庶政,延接丞相之暇日在直学士,询以理道,将致升平。去梯言必尽,仄席意弥坚。上相思惩恶,中人讵省愆。鹿穷唯抵触,兔急且狙猱。本是谋赊死,因之致劫迁。氛霾言下合,日月暗中悬。恭显诚甘罪,韦平亦怙权。畏闻巢幕险,宁寤积薪然。谅直寻钳口,奸纤益比肩。晋谗终不解,鲁瘠竟难痊。只拟诛黄皓,何曾识霸先。喉襟翻丑正,养虎欲求全。万乘烟尘里,千官剑戟边。斗魁当北坼,地轴向西偏。袁董非徒尔,师昭岂偶然?中原成劫火,东海遂桑田。溅血惭嵇绍,迟行笑褚渊。四夷同效顺,一命敢虚捐。山岳还青耸,穹苍旧碧鲜。独夫长啜泣,多士已忘筌。郁郁空狂叫,微微几病癫。丹梯倚寥廓,终去问青天。

向隅

守道得途迟,中兼遇乱离。刚肠成绕指,玄发转垂丝。客路少安处,病床无稳时。弟兄消息绝,独敛问隅眉。

社后

社后重阳近,云天淡薄间。日随棋客静,心共睡僧闲。归鸟城衔日,残虹雨在山。寂寥思晤语,何夕款柴关?

息虑

息虑狎群鸥，行藏合自由。春寒宜酒病，夜雨入乡愁。道向危时见，官因乱世休。外人相待浅，独说济川舟。

早起探春

句芒一夜长精神，腊后风头已见春。烟柳半眠藏利脸，雪梅含笑绽香唇。渐因闲暇思量酒，必怨颠狂泥摸人。若个高情能似我，且应欹枕睡清晨。

味道

如含瓦砾竟何功，痴黠相兼似得中。心系是非徒怅望，事须光景旋虚空。升沉不定都中梦，毁誉无恒却要聋。弋者甚多应扼腕，任他闲处指冥鸿。

秋郊闲望有感

枫叶微红近有霜，碧云秋色满吴乡。鱼冲骇浪雪鳞健，鸦闪夕一作残阳金背光。心为感恩长惨戚，鬓缘经乱早苍浪。可怜广武山前语，楚汉宁一作虚教作战场。

李太舍池上玩红薇醉题

花低池小水泙泙，花落池心片片轻。酩酊不能羞白鬓，颠狂犹自眷红英。乍为旅客颜常厚，每见同人眼暂明。京洛园林一作林园归未得，天涯相顾一含情。

余寓汀州沙县，病中闻前郑左丞璘随外镇举荐赴洛，兼云继有急征，旋见脂辖，因作七言四韵戏以赠之，或冀其感悟也己巳年

莫恨当年入用迟，通材何处不逢知。桑田变后新舟楫，华表归来旧路岐。公干寂寥甘坐废，子牟欢抃促行期。移都已改侯王第，惆怅沙堤别筑基。

又一绝请为申达京洛亲交知余病废

鬓惹新霜耳旧聋，眼昏腰曲四肢风。交亲若要知形候，岚嶂烟中折臂翁。

梦中作

紫宸初启列鸳鸾，直向龙墀对揖班。九曜再新环北极，万方依旧祝南山。礼容肃睦缨绣外，和气熏蒸剑履间。扇合却循黄道退，庙堂谈笑百司闲。

己巳年正月十二日自沙县抵邵武，军将谋抚，信之行到才一夕，为闽相急脚相召，却请赴沙县郊外泊船，偶成一篇

访戴船回郊外泊，故乡何处望天涯。半明半暗山村日，自落自开江庙花。数盏绿醅桑落酒，一瓯香沫火前茶。缺二句。

建谿滩波心目惊眩，余平生溺奇境，今则畏怯不暇，因书二十八字

长贪山水羡渔樵，自笑扬鞭趁早朝。今日建谿惊恐后，李将军画也须烧。

自沙县抵龙一作尤溪县，值泉州军过后村落皆空，因有一绝此后庚午年

水自潺湲日自斜，尽无鸡犬有鸣鸦。千村万落如寒食，不见人烟空见花。

此翁此后在桃林场

高阁群公莫忌侬，侬心不在宦名中。岩光一睡垂绥紫，何胤三遗大带红。金劲任从千口铄，玉寒曾试几炉烘？唯应鬼眼兼天眼，窥见行藏信此翁。

失鹤

正怜标格出华亭，况是昂藏人相经。碧落顺风初得志，故巢因雨却闻腥。几时翔集来华表，每日沉吟看画屏。为报鸡群虚嫉妒，红尘向上有青冥。

卜隐

屏迹还应减一作识是非，却忧蓝玉又光辉。桑梢出舍蚕初老，柳絮盖溪鱼正肥。世乱岂容长惬意，景清还觉易忘机。世间华美无心问，藜藿充肠苎作衣。

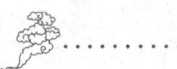

晨兴一作起

晓景山河爽,闲居巷陌清。已能消滞念,兼得散余醒。汲水人初起,回灯燕暂惊。放怀殊未一作不足,圆隙已尘生。

暴雨

电尾烧黑云,雨脚飞银线。急点溅池心,微烟昏水面。气凉氛浸消,暑退松篁健。丛蓼亚赪茸,擎荷翻绿扇。风期谁与同,逸趣余探遍。欲去更迟留,胸中久交战。

山院避暑

行乐江郊外,追凉山寺中。静阴生晚绿,寂虑延清风。运塞地维窄,气苏天宇空。何人识幽抱,目送冥冥鸿。

闲兴

景寂有玄味,韵高无俗情。他山冰雪解,此水波澜生。影重验花密,滴稀知酒清。忙人常扰扰,安得心和平。

漫作二首

暑雨洒和气,香风吹日华。瞬龙惊汗漫,翥凤缔云霞。悬圃珠为树,天池玉作砂。丹霄能几级,何必待乘槎?

黍谷纯阳入,鸾霄瑞彩生。岳灵分正气,仙卫借神兵。污俗迎风变,虚怀遇物倾。千钧将一羽,轻重在平衡。

腾腾

八年流落醉腾腾,点检行藏喜不胜。乌帽素餐兼施药,前生一作身多恐是医僧。

寄隐者

烟郭云扃路不遥,怀贤犹恨太迢迢。长松夜落钗千股,小港春添水半腰。已约病身抛印绶,不嫌门巷似一作是渔樵。渭滨晦迹南阳卧,若比吾徒更寂寥。

闲居

厌闻趋竞喜闲居,自种芜菁亦自锄。麋鹿跳梁忧触拨,鹰鹯搏击恐粗疏。拙谋却为多循理,所短深渐尽信书。刀尺不亏绳墨在,莫疑张翰恋鲈鱼。

僧影

山色依然僧已亡,竹闲疏磬隔残阳。智灯已灭余空烬,犹自光明照十方。

洞庭玩月

洞庭湖上清秋月,月皎湖宽万顷霜。玉碗深沉潭底白,金杯细碎浪头光。寒惊乌鹊离巢噪,冷射蛟螭换窟藏。更忆瑶台逢此夜,水晶宫殿挹琼浆。

赠隐逸

静影须教静一作隐者寻,清狂何必在山阴。蜂穿窗纸尘侵砚,鸟斗庭花露滴琴。莫一作方笑乱离方一作才解印,犹胜颠蹶未抽簪。筑金总一作所一作诱得非名士,况是无人解筑金。

南浦

月若半环云若吐,高楼帘卷当南浦。应是石城一作矶艇子来,两桨咿哑过花坞。正值连宵酒未醒,不宜此际兼微雨。直教笔底有文星,亦应难状分明苦。

桃林场客舍之前有池半亩,木槿梓比,闲水遮山,因命仆夫运斤梳沐,豁然清朗,复睹太虚,因作五言八韵一本题下有以记之三字

插槿作藩篱,丛生覆小池。为能妨远目,因遣去闲枝。邻叟偷来赏,栖禽欲下疑。虚空无障处,蒙闭有开时。苇鹭怜潇洒,泥鳅畏日一作赫曦。稍宽春水面,尽见晚山眉。岸稳人偷一作垂钓,阶明日上基一作棋。世间多弊一作事,事事要良医。

中秋寄杨学士一作中秋永夕奉寄杨学士兄弟

鳞差甲子渐衰迟,依旧年年困乱离。八月夜长乡思切,鬓边添得几茎丝。

寄禅师

他心明与此心同,妙用忘言理暗通。气运

阴阳成世界,水浮天地寄虚空。劫灰聚散铢锱黑,日御奔驰茧栗红。万物尽遭风鼓动,唯应禅室静无风。

清兴
阴沉天气连翻醉,摘索花枝料峭寒。拥鼻绕廊吟看雨,不知遗却竹皮冠。

深院
鹅儿唼喋栀黄觜,凤子轻盈腻粉腰。深院下帘人昼寝,红蔷薇架—作映碧芭蕉。

凄凄
深将宠辱齐,往往亦凄凄。白日知丹抱,青云有旧蹊。嗜咸凌鲁济,恶洁助泾泥。风雨今如晦,堪怜报晓鸡。

火蛾
阳光不照临,积阴生此类。无非惜死心,奈有灭明—作趋炎意。妆—作须穿粉须焦,翅扑兰膏沸。为尔一伤嗟,自弃非天弃。

信笔
春风狂似虎,春浪白于鹅。柳密藏烟易,松长见日多。石崖—作生涯采芝叟,乡俗摘茶歌。道在无伊郁,天将奈尔何。

雷公
闲人倚柱笑雷公,又向深山霹怪松。必若有苏天下意,何如惊起武侯龙。

船头
两岸绿芜齐似剪,掩映云山相向晚。船头独立望长空,日艳波光逼人眼。

喜凉
炉炭烧人百疾生,风狂龙躁减心情。四川毒瘴乾坤浊,一簪凉风世界清。楚调忽惊凄玉柱,汉宫应已湿金茎。豪强顿息蛙唇吻,爽利重新鹘眼睛。稳想海槎朝犯斗,健思胡马夜翻营。东南亦是中华—作原分,蒸郁相凌太不平。

天鉴
何劳诡笑学趋时,务实清修胜用机。猛虎十年摇尾立,苍鹰一旦醒心飞。神依正道终潜卫,天鉴衷肠竟不违。事历艰难人始重,九层成后喜从微。

江岸闲步 此后壬申年作,在南安县。
一手携书一杖筇,出门何处觅情通。立谈禅客传心印,坐睡渔师著背篷。青布旗夸千日酒,白头浪吼半江风。淮阴市里人相见,尽道途穷未必穷。

野塘
侵晓乘凉偶独来,不因鱼跃见萍开。卷荷忽被微风触,泻下清香露一杯。

余卧疾深村,闻一二郎官今称继使闽越,笑余迂古,潜于异乡,闻之因成此篇
枕流方采北山薇,驿骑交迎市道儿。雾豹只忧无石室,泥鳅唯要有洿池。不羞莽草黄金印,却笑羲皇白接䍦。莫负美名书信史,清风扫地更无遗。

安贫
手风慵—作难展一行书,眼暗休寻九局图。窗里—作外日光飞野马,案头—作前筇管长蒲卢。谋身拙为安蛇足,报国危曾捋虎须。举世可能无默识,未知谁拟试齐竽。

残春旅舍
旅舍残春宿雨晴,恍然心地忆咸京。树头蜂抱花须落,池面鱼吹柳絮行。禅伏诗魔归净域,酒冲愁阵出奇兵。两梁免被尘埃污,拂拭朝簪待眼明。

鹊
偏承雨露润毛衣,黑白分明众所知。高处营巢亲凤阙—作阁,静时闲语上龙墀。化为金印新祥瑞,飞向银河旧路岐。莫怪天涯栖不稳,托身须是万年枝。

露

鹤非—作飞千岁饮犹难,莺舌偷含岂自安。光湿最宜丛菊亚,荡摇无奈绿荷干。名因需泽随天眷,分与浓霜保岁寒。五色呈祥须得处,夏云仙掌有金盘。

赠僧

尽说归山避战尘,几人终肯别嚣氛。瓶添涧水盛将月,衲挂松枝惹得云。三接旧承前席遇,一灵今用戒香熏。相逢莫话金銮事,触拨伤心不愿闻。

感旧

省趋弘阁侍貂珰,指座深恩刻寸肠。秦苑已荒空逝水,楚天无限更斜阳。时昏却笑朱弦直,事过方闻锁骨香。入室故寮流落尽,路入惆怅见灵光。

八月六日作四首

日离黄道十年昏,敏手重开造化门。火帝动炉销剑戟,风师吹雨洗乾坤。左牵犬马诚难测,右袒簪缨最负恩。丹笔不知谁定罪,莫留遗迹怨神孙。

金虎揿灾不复论,构成狂獝犯车尘。御衣空惜侍中血,国玺几危皇后身。图霸未能知盗道,饰非唯欲害仁人。黄旗紫气今仍旧,免使老臣攀画轮。

簪裾皆是汉公卿,尽作锋铓剑血腥。显负旧恩归乱主,难教新国用轻刑。穴中狡兔终须尽,井上婴儿岂自宁。底事亦疑惩未了,更应书罪在泉扃。

坐看包藏负国恩,无才不得预经纶。袁安坠睫寻忧汉,贾谊濡毫但过秦。威凤鬼应遮矢射,灵犀天与隔埃尘。堤防瓜李能终始,免愧于心负此身。

驿步癸酉年在南安县

暂息征车病眼开,况穿松竹入楼台。江流灯影向东去,树递雨声从北来。物近刘舆招垢腻,风经庾亮污尘埃。高情自古多惆怅,赖有南华养不材。

访隐者遇沉醉书其门而归

晓入江村觅钓翁,钓翁沉醉酒缸空。夜来风起闲花落,狼藉柴门鸟径中。

疏雨

疏雨从东送疾雷,小庭凉气净莓苔。卷帘燕子穿人去,洗砚鱼儿触手来。但欲进贤求上赏,唯将拯溺作良媒。戎衣一挂清天下,傅野非无济世才。

南安寓止

此地三年偶寄家,枳篱茅厂—作屋共桑麻。蝶矜翅暖徐窥草,蜂倚身轻凝去声看花。天近函关屯瑞气,水侵吴甸浸晴霞。岂知卜肆严夫子,潜指星机认海槎。

十月七日早起作时气疾初愈

疾愈身轻觉数通,山无岚瘴海无风。阳精欲出—作去阴精落,天地包含紫气中。

有感

坚辞羽葆与吹铙,翻向天涯困系匏。故老未曾忘炙背,何人终拟问苞茅?融风渐暖将回雁,瀹—作涤水犹腥近斩蛟。万里关山如咫尺,女床唯待凤归巢。

观斗鸡—作鸡斗偶作

何曾解报稻梁恩,金距花冠气遏云。白日枭鸣—作鸱枭无意问,唯将芥羽害同群。

蜻蜓

碧玉眼睛云母翅,轻于粉蝶瘦于蜂。坐来迎—作并拂波光久,岂—作可是殷勤为—作恋蓼丛。

即目

书墙暗记移花日,洗瓮先知酝酒期。须信闲人有忙事,早来冲雨觅渔师。

寄邻庄道侣

闻说经旬不启关,药窗谁伴醉开颜。夜来雪压村前竹,胜见溪南几尺山。

初赴期集

轻寒著背雨凄凄,九陌无尘未有泥。还是平时旧滋味,慢垂鞭袖过街西。

惜花

皱—作皴白离情高处切,腻香—作红愁态静中深。眼随片片沿流去,恨满枝枝被雨淋—作侵。总得苔遮犹慰意,若教泥污更伤心。临轩—作阶一盏悲春酒,明日池塘是绿阴。

半醉

水向东流竟不回,红颜白发递相催。壮心暗逐高歌尽,往事空因半醉来。云护雁霜笼淡月,雨连莺晓落残梅。西楼怅望芳菲节,处处斜阳草似苔。

春尽

惜春连日醉昏昏,醒后衣裳见酒痕。细水浮—作漾花归别涧—作浦,断云含雨入孤村。人闲易有—作得芳时恨,地胜—作回难招自古魂。惭愧流莺相厚意,清晨犹为到西园。

睡起

睡起墙阴下药阑,瓦松花白闭柴关。断年不出僧嫌癖,逐日无机鹤伴闲。尘土莫寻行止处,烟波长在梦魂间。终撑舴艋称渔叟,赊买湖心一崦山。

寄友人

伤时惜别心交加,揩颐一向千咨嗟。旷野风吹寒食月,广庭烟著黄昏花。长拟醺酣遗世事,若为局促问生涯。夫君亦是多情者,几处将愁殢酒家。

见别离者因赠之

征人草草尽戎装,征马萧萧立路傍。尊酒阑珊将远别,秋山迤逦—作逶更斜阳。白髭兄弟中年后,瘴海程途万里长。曾向天涯怀此恨,见君呜咽更—作倍凄凉。

伤乱

岸上花根总倒垂,水中花影几千枝。一枝一影寒山里,野水野花清露时。故国几年犹战斗,异乡终日见旌旗。交亲流落身羸病,谁在谁亡两不知。

南亭

每日在南亭,南亭似僧院。人语静先闻,鸟啼深不见。松瘦石棱棱,山光溪潋潋。茎蔓坠长茸,岛花垂小蒨。行簪隐士冠,卧读先贤传。更有兴来时,取琴弹一遍。

太平谷中玩水上花

山头水从云外落,水面花自山中来。一溪红点我独惜,几树蜜房谁见开?应有妖魂随暮雨,岂无香迹在苍苔。凝眸不觉斜阳尽,忘逐樵人蹑石回。

雨

坐来簌簌山风急,山雨随风暗原隰。树带繁声出竹闻,溪将大点穿篱入。饷妇簝翘布领寒,牧童拥肿蓑衣湿。此时高味—作咏共谁论,拥—作掩鼻吟诗空伫立。

幽独

幽独起侵晨,山莺啼更早。门巷掩萧条,落花满芳草。烟和魂共远,春与人同老。默默又依依,凄然此怀抱。

江行

浪蹙青山江北岸,云含黑雨日西边。舟人偶语忧风色,行客无聊罢昼眠。争似槐花九衢里,马蹄安稳慢垂鞭。

汉江行次

村寺虽深已暗知,幡竿残日迥依依。沙头有庙青林合,驿步无人白鸟飞。牧笛自由随草远,渔歌得意扣舷归。竹园相接春波暖,痛忆家乡旧钓矶。

偶题

俟时轻进固相妨,实行丹心仗彼苍。萧艾转肥兰蕙瘦,可能天亦妒馨香。

湖南绝少含桃,偶有人以新摘者见惠,感事伤怀,因成四韵

时节虽同气候殊,不积堪荐寝园无。合充凤食留三岛,谁许莺偷过五湖?苦笋恐难同象七,秦中为樱笋之会,乃三月也。酪浆无复莹蠙珠。湖南无牛酪之味。金銮岁岁长宣赐,忍泪看天忆帝都。每岁初进之后,先宣赐学士。

隰州新驿

盛德已图形,胡为忽构兵。燎原虽自及,诛乱不无名。掷鼠须防误,连鸡莫惮惊。本期将系虏,末策但婴城。肘腋人情变,朝廷物论生。果闻荒谷缢,旋睹藁街烹。帝怒今方息,时危喜暂清。始终俱以此,天意甚分明。

乱后春日途经野塘

世乱他乡见落梅,野塘晴暖独裴回。船冲水鸟飞还住一作止,袖拂杨花去却一作又来。季重旧游多丧逝,子山新赋极悲哀。眼看朝市成陵谷,始信昆明是一作有劫灰。

赠易卜崔江处士袁州

白首穷经通秘义,青山养老度危时。门传组绶身能退,家学渔樵迹更奇。四海尽闻龟策妙,九霄堪叹鹤书迟。壶中日月将何一作安用,借与闲人试一窥。

过临淮故里

交游昔岁已凋零,第宅今来亦变更。旧庙荒凉时飨绝,诸孙饥冻一官成。五湖竟负他年志,百战空垂异代名。荣盛几何流落久,遣人襟一作怀抱薄浮生。

赠湖南李思齐处士

两板船头浊酒壶,七丝琴畔白髭须。三春日日黄梅雨,孤客年年青草湖。燕侠冰霜难狎近,楚狂锋刃触凡愚。知余绝粒窥仙事,许到名山看药炉。

全唐诗卷六百八十二

韩偓

乱后却至近甸有感乙卯年作

狂童容易犯金门,比屋齐人作旅魂。夜户不扃生茂草,春渠自溢浸荒园。关中忽—作却见屯边卒,塞外翻闻有汉村。堪恨无情清渭水,渺茫—作东流依旧绕秦原。

同年前虞部李郎中自长沙赴行在,余以紫石砚赠之,赋诗代书

斧柯新样胜珠玑,堪赞星郎染翰时。不向东垣修直疏,即须西掖草妍词。紫光称近丹青笔,声韵宜裁锦绣诗。蓬岛侍臣今放逐,羡君回去逼龙墀。

甲子岁夏五月自长沙抵醴陵,贵就深僻,以便疏慵,由道林之南步步胜绝,去绿口分东入南,小江山水益秀,村篱之次忽见紫薇花,因思玉堂及西掖厅前皆植是花,遂赋诗四韵,聊寄知心

职在内庭宫阙—作禁下,厅前皆种紫微花。眼明忽傍渔家见,魂断方惊魏阙赊。浅色晕成宫里锦,浓香染著洞中霞。此行若遇支机石,又被君平验海槎。

和王舍人抚州饮席赠韦司空

楼台掩映入春寒,丝竹铮鏦向—作入夜阑。席上弟兄皆杞梓,花前宾客尽鸳鸾。孙弘莫惜频开合,韩信终期别筑坛。削玉风姿官水土,黑头公自—作相古来难。

避地寒食

避地淹留已自悲,况逢寒食欲沾衣。浓—

作残春孤馆人愁坐,斜日空园花乱飞。路远一作辱渐忧知己少一作薄,时危又与赏心违。一名所系无穷事,争敢当年便息机。

山驿

参差西北数行雁,寥落东方几片云。垒石小松张水部,暗山寒雨李将军。秋花粉黛宜无味,独鸟笙簧称静闻。潇洒襟怀遗世虑,驿楼红叶自纷纷。

早发蓝关

关一作闲门愁立候鸡鸣,搜景驰魂入杳冥。云外日随千里雁,山根霜共一潭星。路盘暂一作偶见樵人火,栈转时闻驿使铃。自问辛勤缘底事,半年一作生驱马傍长亭。

深村末句缺四字

甘向一作老深村固不材,犹胜摧折傍尘埃。清宵玩月唯红叶,永日关门但绿苔。幽院菊荒同寂寞,野桥僧去独裴回。隔篱农叟遥相贺,□□□□膏雨来。

重游一作过曲江

追寻前事立江汀,渔者应闻太息声。避客野鸥如有感,损花微雪似无情。疏林自觉长堤在,春水空连古岸平。惆怅引人还到夜,鞭鞘风冷柳烟轻。

三月

辛夷才谢小桃发,踏青过后寒食前。四时最好是三月,一去不回唯少年。吴国地遥江接海,汉陵魂断草连天。新愁旧恨真一作知无奈,须就邻家瓮底眠。

秋村

稻垄蓼红沟水清,荻园叶白秋日明。空坡路细见骑过,远田人静闻水行。柴门狼藉牛羊气,竹坞幽深鸡犬声。绝粒看经香一炷,心知无事即长生。

残花

余霞残雪几多在,蔫香冶态犹无穷。黄昏月下惆怅白,清明雨后寥梢一作梢红。树底草齐千片净,墙头风急数枝空。西园此日伤心处,一曲高歌水向东。

夜船

野云低迷烟苍苍,平波挥目如凝霜。月明船上帘幕卷,露重岸头花木香。村远夜深无火烛,江寒坐久换衣裳。诚知不觉天将曙,几簇青山雁一行。

伤春

三月光景一作春光不忍看,五陵春色何摧残。穷途得志反惆怅,饮席话旧多阑珊。中酒向阳成美睡,惜花冲雨觉伤一作轻寒。野棠飞尽蒲根暖,寂寞南溪倚钓竿。

归紫阁下

一笈携归紫阁峰,马蹄闲慢水溶溶。黄昏后见山田火,朦胧时闻县郭钟。瘦竹迸生僧坐石,野藤缠杀鹤翘松。钓矶自别经秋雨,长得莓苔更几重。

夜坐

天似空江星似波,时时珠露滴圆荷。平生踪迹慕真隐,此夕襟怀深自多。格是厌厌饶酒病,终须的的学渔歌。无名无位堪休去,犹拟朝衣换钓蓑。

午寝梦江外兄弟一作午梦曲江兄弟

长夏居闲门不开,绕门青草一作堇绝尘埃。空庭日午独眠觉,旅梦天涯相见回。鬓向此时应有雪,心从别一作到处即成灰。如何水陆三千里,几月书邮始一来。

曲江夜思

鼓声将绝月斜痕,园外闲坊半掩门。池里红莲凝一作迎白露,苑中青草伴黄昏。林塘阒寂偏宜夜,烟火稀疏便似村。大抵世间幽独景,最关诗思与离魂。

过汉口

浊世清名一概休,古今翻覆胜堪愁。年年

春浪来巫峡,日日残阳过沔州。居杂商徒偏富庶,地多词客自风流。联翩半世腾腾过,不在渔船即酒楼。

惜春
愿言未偶非高卧,多病无憀—作心选胜游。一夜雨声三月尽,万般人事五更头。年逾弱冠即为老,节过清明却似秋。应是西园花已落,满溪红片向东流。

及第过堂日作
早随真侣集蓬瀛,阊阖门开尚见星。龙尾楼台迎晓日,鳌头宫殿入青冥。暗惊凡骨升仙籍,忽讶麻衣谒相庭。百辟敛容开路看,片时辉赫胜图形。

夏课成感怀
别离终日心切切,五湖烟波归梦劳。凄凉身事夏课毕,濩落生涯秋风高。居世无媒多困踬,昔贤因此亦号咷。谁怜愁苦多衰改,未到潘年有二毛。

离家第二日却寄诸兄弟
睡起褰帘日出时,今辰初恨间容辉。千行泪激傍人感,一点心随健步归。却望山川空黯黯,回看僮仆亦依依。定知兄弟高楼上,遥指征途羡鸟飞。

游江南水陆院
早于喧杂是深雠,犹恐行藏坠俗流。高寺懒为携酒去,名山长恨送人游。关河见月空垂泪,风雨看花欲白头。除却祖师心法外,浮生何处不堪愁。

江南送别
江南行止忽相逢,江馆棠梨叶正红。一笑共嗟成往事,半酣相顾似衰翁。关山月皎清风起,送别人归野渡空。大抵多情应易—作已老,不堪岐路数西东。

格卑
格卑尝恨足牵仍,欲学忘—作无情似—作尽不能。入意云山输画匠,动人风月羡琴僧。南朝峻洁推弘景,东晋清狂数季鹰。惆怅后尘流落尽,自抛怀抱醉懵腾。

冬日
萧条古木衔斜日,戚—作渐沥晴寒滞早梅。愁处雪烟连野起,静时风竹过墙来。故人每忆心先见,新酒偷尝手自开。景状入诗兼入画,言情不尽恨无才。

再止庙居
去值秋风来值春,前时今日共销魂。颓垣古柏疑山观,高柳鸣鸦似水村。菜甲未齐初出叶,树阴方合掩重门。幽深冻馁皆推分,静者还应为讨论。

老将
折枪黄马倦尘埃,掩耳凶徒怕疾雷。雪密酒酣偷号去,月明衣冷斫营回。行驱貔虎披金甲,立听笙歌掷玉杯。坐久不须轻矍铄,至今双臂硬弓开。

边上看猎赠元戎
绣帘临晓觉新霜,便遣移厨较猎场。燕卒铁衣围汉相,鲁儒戎服从梁王。搜山闪闪旗头远,出树斑斑豹尾长。赞获一声—作方连朔漠,贺杯环骑舞优倡。军回野静秋天白,角怨城遥晚照黄。红袖拥门持烛炬,解劳今夜宴华堂。

余自刑部员外郎为时权所挤,值盘石出镇藩屏,朝选宾佐,以余充职掌记,郁郁不乐,因成长句寄所知
正叨清级忽从戎,况与燕台事不同。开口谩劳矜道在,抚膺唯合哭途穷。操心未省—作必趋浮俗,点额尤惭自至公。他日陶甄寻坠履,沧洲何处觅渔翁。

北齐二首
任道骄奢必败亡,且将繁盛悦嫔嫱。几千 奁镜成楼柱,六十间云号殿廊。后主猎回初按乐,胡姬酒醒更新妆。绮罗堆里春风畔,年少

多情一帝王。

神器传时异至公,败亡安可怨匆匆。犯寒猎士朝频戮,告急军书夜不通。并部义旗遮日暗,邺城飞焰照天红。周朝将相还无体一作礼,宁死何须入铁笼。

寄京城亲友二首

苦吟看坠叶,寥落共天涯。壮岁空为客,初寒更忆家。雨墙经月藓,山菊向阳花。因味碧云句,伤哉后会赊。

相思凡几日,日欲咏离衿。直得吟成病,终难状此心。解衣悲绶带,搔首闷一作问遗簪。西岭斜阳外,潜疑是故林。

野寺

野寺看红叶,县城闻捣衣。自怜痴病苦,犹共赏心违。高阁正临夜,前山应落晖。离情在烟鸟一作岛,遥入故关飞。

吴郡怀古

主暗臣忠枉就刑,遂教强国醉中倾。人亡建业空城在,花落西江春水平。万古壮夫犹一作应抱恨,至今词客尽伤情。徒劳铁锁长千尺,不觉楼船下晋兵。

守愚

深院寥寥竹荫廊,披衣欹枕过年芳。守愚不觉世途险,无事始知春日长。一亩落花围隙地,半竿浓一作斜日界空墙。今来自责趋时懒,翻恨松轩书满床。

村居

二月三月雨晴初,舍南舍北唯平芜。前欢入望盈千恨,胜景牵心非一途。日照神堂闻啄木,风含社树叫提壶。行看旦夕梨霜发,犹有山寒伤酒垆。

离家

八月初长夜,千山第一程。款一作欢颜唯有梦,怨泣却无声。祖席诸宾散,空郊匹马行。

自怜非达一作远识,局促为浮名。

秋雨内宴乙卯年作

一带清风入画堂,撼真珠箔碎玎珰。更看槛外霏霏雨,似劝须教醉玉觞。

寒食日沙县雨中看蔷薇己巳

何处遇蔷薇,殊乡冷节时。雨声笼锦帐,风势偃罗帏。通体全无力,酡颜不自持。绿疏微露刺,红密欲藏枝。惬意凭阑久,贪吟放盏迟。旁人应见讶,自醉自题诗。

地炉

两星残火地炉畔,梦断背灯重拥衾。侧听空堂闻静响,似敲疏磬袅清音。风灯有影随笼转,腊雪无声逐夜深。禅客钓翁徒自好,那知此际湛然心。

隰州新驿赠刺史

贤侯新换古长亭,先定心机指顾成。高义尽招秦逐客,旷怀偏接鲁诸生。萍蓬到此销离恨,燕雀飞来带喜声。却笑昔贤交易极,一开东阁便垂名。

草书屏风

何处一屏风,分明怀素踪。虽多尘色染,犹见墨痕浓。怪石奔秋涧,寒藤挂古松。若教临水畔,字字恐成龙。

永明禅师房

景色方妍媚,寻真出近郊。宝香炉上爇,金磬佛前敲。蔓草棱山径,晴云拂树梢。支公禅寂处,时有鹤一作鹊来巢。

登楼有题

暑气檐前过,蝉声树杪交。待潮生浦口,看雨过山坳。才见兰舟动,仍闻桂楫敲。窣云朱槛好,终睹凤来巢。

朝退书怀

鹤帔星冠羽客装,寝楼西畔坐书堂。山禽养久知人唤,窗竹爻多漏月光。粉壁不题新拙恶,小屏唯录古篇章。孜孜莫患劳心力,富国安民理道长。

元夜即席

元宵清景亚元正,丝雨霏霏向晚倾。桂兔韬光云叶重,烛龙衔耀月轮明。烟空但仰如膏润,绮席都忘滴砌声。更待今宵开霁后,九衢车马未妨行。

大庆堂赐宴元珰而有诗呈吴越王

非为亲贤展绮筵,恒常宁敢恣游盘。绿搓杨柳绵初软,红晕樱桃粉未干。谷鸟乍啼声似涩,甘霖方霁景犹寒。笙歌风紧—作急人酣醉,却绕珍丛烂熳看。

又和

樱桃花下会亲贤,风远铜乌转露盘。蝶下粉墙梅乍—作半圻,蚁浮金罍酒难干。云和缓奏泉声咽,珠箔低垂水影寒。狂简斐然吟咏足,却邀群彦重吟看。

再和

我有嘉宾宴乍欢,画帘纹细凤双盘。影笼沼沚修篁密,声透笙歌羯鼓干。散后便依书箧寐,渴来潜想玉壶寒。樱桃零落红桃媚,更俟旬余共醉看。

重和

冷宴殷勤展小园,舞鞓—作裀柔软彩虹盘。篸花尽日疑头重,病酒经宵觉口干。嘉树倚楼青琐暗,晚云藏雨碧山寒。文章天子文章别,八米卢郎未可看。

余作探使以缥绫手帛子寄贺因而有诗

解寄缥绫小字封,探花筵上映春丛。黛眉印在微微绿,檀口消来薄薄红。缠处直应心共紧,妍时兼恐汗先融。帝台春尽还东去,却系裙腰伴雪胸。

别锦儿及第后出京,别锦儿与蜀妓

一尺红绡一首诗,赠君相别两相思。画眉今—作此日空留语,解佩他年更可期。临去莫论交颈意,清歌休著断肠词。出门何事休—作仍惆怅,曾梦良人折桂枝。

闲步

庄南纵步游荒野,独鸟寒烟轻惹惹。傍山疏雨湿秋花,僻路浅泉浮败果。樵人相见—作聚指惊麇,牧童四散收嘶马。一壶倾尽未能归,黄昏更望诸峰火。

乾宁三年丙辰在奉天重围作

仗剑夜巡城,衣襟满霜霰。贼火遍郊坰,飞焰侵星汉。积雪似空江,长林如断岸。独凭女墙头,思家起长叹。

雨中

青桐承雨声,声—作雨声何重叠。疏滴下高枝,次打攲低叶。鸟湿更梳翎,人愁方拄颊。独自上西楼,风襟寒帖帖。

与僧

江海扁舟客,云山一衲僧。相逢两无语,若个是南能。

晚岸

揭起青艒上岸头,野花和雨冷修修。春江一夜无波浪,校得行人分外愁。

仙山

一炷心香洞府开,偃松皴涩半莓苔。水清无底山如削,始有仙人骑—作跨鹤来。

过茂陵

不悲霜露但伤春,孝理何因感兆民。景帝龙髯消息断,异香空见李夫人。

曲江秋日

斜烟缕缕鹭鸶栖,藕叶枯香折野泥。有个高僧人—作似图画,把经吟立水塘西。

流年

三月伤心仍—作逢晦日,一春多病更—作是

阴天。雄豪亦有流年恨,况是离魂易黯然。

商山道中
云横峭壁水平铺,渡口人家日欲晡。却忆往年看粉本,始知名画有工夫。

招隐
立意忘机机已生,可能朝市污高情。时人未会严陵志,不钓鲈鱼只钓名。

雨村
雁行斜拂雨村楼,帘下三重—作更幕一钩。倚柱不知身半湿,黄昏独自未回头。

使风
茶烟—作香睡觉心无事,一卷黄庭在手中。欹枕卷帘—作已过江万里,舟人不语满帆风。

阻风
平生情趣—作性羡渔师,此日烟江悁所思。肥鳜香秔小艓艓,断肠滋味阻风时。

并州
戍旗青草接榆关,雨里并州四月寒。谁会凭阑潜忍泪,不胜天际似江干。

夏夜
猛风飘电黑云生,霎霎高林簇雨声。夜久雨休风又定,断云流月却斜明。

阑干
扫花虽恨夜来雨,把酒却怜晴后寒。吴质谩言愁得病,当时犹不凭阑干。

以庭前海棠梨花一枝寄李十九员外
二月春风澹荡时,旅人虚对海棠梨。不如寄与星郎去,想得朝回正画眉。

驿楼
流云溶溶水悠悠,故乡千里空回头。三更犹—作独凭阑干月,泪满关山孤驿楼。

频访卢秀才 卢时在选末
药诀棋经思致论,柳腰莲脸本忘情。频频强入风流坐,酒肆应疑阮步兵。

答友人见寄酒
虽可忘忧矣,其如作病何。淋漓满襟袖,更发楚狂歌。

野钓
经雨桃花水,轻鸥逆浪飞。风头阻归棹,坐睡倚蓑衣。

曲江晚思
云物阴寂历,竹木寒青苍。水冷鹭鸶立,烟月愁黄昏。

赠友人
莫嫌谈笑与经过,却恐闲多病亦多。若遣心中无一事,不知争奈日长何。

半睡
眉山暗淡向残灯,一半云鬟坠枕棱。四体着人娇欲泣,自家揉损—作砕研䌹绫。

已凉
愁多却讶天凉早,思倦翻嫌夜漏迟。何处山川孤馆里,向灯弯尽—作画一双眉。

寄禅师
从无入有云峰聚,已有还无电火销。销聚本来皆是幻,世间闲口漫嚣嚣。

访明公大德
寸发如霜袒右肩,倚肩筇竹貌怡然。悬灯深屋夜分坐,移榻向阳斋后眠。刮膜且扬三毒论,摄心徐指二宗禅。清凉药分能知味,各自胸中有醴泉。

大酺乐
晚日催弦管,春风入绮罗。杏花如有意,偏落舞衫多。

思归乐

泪滴珠难尽,容殊玉易销。傥随明月去,莫道梦魂遥。

御制春游长句

天意分明道已光,春游嘉景胜仙乡。玉炉烟直风初静,银汉云消日正长。柳带似眉全展绿,杏苞如脸半开香。黄莺历历啼红树,紫燕关关语画梁。低槛晚晴笼翡翠,小池波暖浴鸳鸯。马嘶广陌贪新草,人醉花堤怕夕阳。比屋管弦呈妙曲,连营罗绮斗时妆。全吴霸越千年后,独此升平显万方。

全唐诗卷六百八十三

韩偓

幽窗 以下《香奁集》

刺绣非无暇,幽窗自—作日鲜欢。手香江橘嫩,齿软—作冷越梅酸。密约临行怯,私书欲报难。无凭谙鹊语,犹得暂心宽。

江楼二首

梦啼呜咽觉无语,杳杳微微望烟浦。楼空客散燕交飞,江静帆飞—作稀日亭午。

鲲鱼苦笋香味新,杨柳—作花酒旗三月春。风光百计牵人老,争奈多情是—作足病身。

春尽日

树头初—作春日照西—作窗檐,树底菭花夜雨沾。外院池亭闻动锁,后堂阑槛见垂帘。柳腰入户风斜倚,榆荚堆墙水半淹。把酒送春惆怅在,年年三月病厌厌—作恹恹。

咏灯

高在酒楼明锦幕,远随渔艇泊烟江。古来幽怨皆销骨,休向长门背雨窗。

别绪

别绪静—作情悄悄,牵愁暗入心。已回花渚棹,悔听酒垆琴。菊露凄罗幕,梨霜恻锦衾。此生终独宿,到死誓相寻。月好知何计,歌阑叹—作欲,一作思不禁。山巅更高—作何处,忆上上头吟。

见花

褰裳拥鼻正吟诗,日午墙头独见时。血染蜀罗山踯躅,肉红宫锦海棠梨。因狂得病真闲事,欲咏无才是所悲。看却东—作春风归去也,争教判—作胜得最繁枝。

马上见

骄马锦连钱—作乾,乘骑是谪仙。和裙穿玉镫,隔袖把金鞭。去带慵腾醉,归成—作应困顿眠。自怜输厩吏,余暖在香鞯。

绕廊
浓烟隔帘香漏泄,斜灯映竹光参差。绕廊倚柱—作槛堪—作更,—作正惆怅,细—作微雨轻寒花落时。

屐子
方—作六寸肤圆光缎缎,白罗绣屦红托—作花里。南朝天子欠—作事风流,却重金莲轻绿齿。

青春
眼意心期卒未休,暗中终拟约秦楼。光阴负我难相遇—作偶,情绪牵人不自由。遥夜定嫌香蔽膝,闷时—作怀,—作心应弄玉搔头。樱桃花谢梨花发,肠断青春两处愁。

闻雨
香侵蔽膝夜寒轻,闻雨伤春梦不成。罗帐四垂红—作花烛背,玉钗敲著枕函声。

懒起—作闺意
百舌唤—作恼朝眠,春心动几般。枕痕霞黯—作霞红暗淡,泪粉玉阑珊—作干。笼绣香烟歇,屏山烛焰残。暖嫌—作怜罗袜窄,瘦觉锦衣宽。昨夜三更雨,今朝—作临明一阵寒。海棠花在否,侧卧卷帘看。

已凉
碧阑干外绣—作翠帘垂,猩血—作色屏风画折—作柘枝。八尺龙须方锦褥,已凉天气未寒时。

欲去
纷纭隔窗语,重约蹋青期。总—作纵得相逢处,无非欲—作非无独去时。恨深书不尽,宠极意多疑。惆怅桃源路,惟教梦寐知。

横塘
秋寒—作风洒背入帘霜,风胫—作劲灯清—作青照洞房。蜀纸麝煤沾—作添笔兴—作媚,越瓯犀液发茶香。风飘乱点更筹转,拍送繁弦曲破长。散客出门斜月在,两眉愁思问—作向横塘。

五更
往年—作来曾约郁金床,半夜潜身入洞房。怀里不知金钿落,暗中唯—作空觉绣鞋—作衣香。此时欲别魂俱断,自后相逢眼更狂。光景旋消—作暗添惆怅在,一生赢得是凄凉。

联缀体
院宇秋明—作明秋日日长,社前一雁到—作别辽阳。陇头针线年年事,不喜寒碪捣断肠。

半睡
抬镜—作照仍嫌重—作瘦,更衣又怕寒。宵分未归帐,半睡待郎看。

寒食夜—作深夜,—作夜深
清江碧草两悠悠,各自风流一种愁。正是落花寒食夜—作雨,夜深无伴—作妖倚南—作空楼。

哭花
曾愁—作悲香结破颜迟,今见—作日妖红委地时。若是有情争不哭,夜来风雨葬西施。

重游曲江
鞭梢乱拂暗伤情,踪迹难寻露草青。犹是玉轮曾辗处,一泓—作溪秋水—作春雨涨浮萍。

遥见
悲歌泪湿淡胭脂,闲立风吹金缕衣。白玉堂东遥见后—作处,令人斗—作陡薄—作评说画杨妃。

新秋
一夜清风动扇愁,背时容色入新秋。桃花脸—作眼里汪汪泪,忍到更深枕上流。

宫词
绣裙—作屏斜立正销魂,侍女移灯掩殿门。

燕子不来—作归花著雨,春风应自—作是怨黄昏。

蹋青 一本有词字

蹋青会散—作上欲归时,金车久立频催上。收裙整髻故迟迟—作留,两点深心各惆怅。

夜深 一作寒食夜

恻恻轻寒剪剪风,小梅—作杏花飘雪杏花—作小桃红。夜深斜搭秋千索,楼阁朦胧烟—作细雨中。

夏日

庭树新阴叶未成,玉阶人静—作下帘声。相风不动乌龙睡,时有—作待得娇莺—作幽禽自唤名。

新上头

学梳鬆—作蝉鬓试新裙—作裙新,消息佳期在此春。为要—作爱好多心—作心多转惑,遍将宜称问傍人。

中庭

夜短睡迟慵早起,日高方始出纱窗。中庭自摘青梅子,先—作闲向钗头戴一双。

咏浴

再整鱼犀拢翠簪,解衣先觉冷森森。教移兰烛—作烬频羞影,自试—作拭香汤更怕深。初似洗—作染花难抑按,终忧—作愁沃雪不胜任。岂知侍女帘帷外,剩取君王几—作数饼金。

席上有赠

矜严标格绝嫌猜,嗔怒虽—作难逢笑靥—作眼开。小雁斜侵眉柳去,媚霞横接眼波来。鬓垂香颈云遮藕,粉著兰胸雪压梅。莫道风流无宋玉,好将心力事妆台。

早归

去是黄昏后,归当胧朣时。扠—作杈衣吟宿醉,风露动相思。

玉合 杂言

罗囊绣两凤皇—作鸳鸯,玉合雕双鸂鶒。中有兰膏渍—作积红豆,每回拈著长相—作思忆。长相—作思忆,经几春?人怅望,香氤氲。开缄不见新书迹,带粉犹残旧泪—作指痕。

金陵 杂言

风雨萧萧,石头城下木兰桡。烟月迢迢,金陵渡口去来潮。自古风流皆暗销,才魂—作鬼妖魂谁与招?彩—作锦笺丽句今—作徒已矣,罗袜金莲何寂寥。

懒卸头 一作生查子

侍女动妆奁,故故惊人睡。那知本未眠,背面偷—作由垂泪。懒卸凤皇钗,羞人鸳鸯被。时复见残灯,和烟坠金穗。

倚醉

倚醉无端寻旧约,却怜—作那今惆怅转难胜。静中楼阁深春—作春深雨,远处帘栊半夜—作夜半灯。抱柱立时风细细,绕廊行处思腾腾。分明窗下闻裁剪,敲遍阑干唤不应。

咏手

腕—作暖白肤红玉笋芽,调琴抽线露尖斜。背人细撚垂胭—作烟鬓—作眉发,向镜轻匀衬脸—作眼霞。怅望昔逢褰绣幔—作帐,依稀曾—作重见托金—作香车。后园笑向同行道—作者,摘得蘼芜—作荼蘼又折花—作枝。

荷花

纨—作钿扇相鼓绿,香囊独立红。浸淫因重露,狂暴是秋风。逸调无人唱,秋塘每夜空。何繇见周昉,移入画屏中。

鬆髻

髻根鬆慢玉钗垂,指点花枝—作庭花又过时。坐久暗—作暗坐久生惆怅事,背—作映人匀却泪胭脂。

寄远 在岐日作

眉如半月—作照云如鬟,梧桐叶落敲井阑—作乾。孤灯亭亭公署寒,微霜凄凄客衣单。想美—作佳人分云一端,梦魂悠悠关山难。空房—作床展转怀悲酸,铜壶漏尽闻—作开金鸾。

踪迹

东乌西兔似车轮,劫火—作却笑桑田不复论。唯有风光与踪迹,思量长是—作似,一作自暗销魂。

病—作病忆

信知尤物必牵情,一顾难酬—作忘觉命轻。曾把禅机销此病,破除才—作方尽又重生。

妒媒

洞房深闭不曾开,横卧乌龙作—作拟妒媒。好鸟岂劳兼比翼,异华何必更重台。难留旋逐惊飙去,暂见—作返如随急电来。多为过防成后悔,偶因翻—作飞语得深猜。已嫌刻蜡—作烛春宵短,最恨鸣珂晓鼓催。应笑楚襄仙分薄,日—作月中长是独裴回。

不见

动静防闲又怕疑,佯佯脉脉是深—作沉机。此身愿作君家燕,秋社归时也不归。

昼寝

碧桐—作梧阴尽隔帘栊,扇拂金鹅—作蛾玉簟烘。扑粉更添—作嫌香体滑,解衣唯—作微见下裳红。烦襟乍触冰壶冷,倦枕徐—作斜敧宝髻松。何必苦劳魂与—作云雨梦,王昌只在此墙东。

意绪

绝代佳人何寂寞,梨花未发梅花落。东风吹雨入西园,银线千条度虚阁。脸粉难匀蜀酒浓—作红,口脂易印吴绫薄。娇饶意态不胜—作能羞,愿倚郎肩永相著。

惆怅

身情长在暗相随,生魄随君君岂知。被头不暖空沾泪,钗股欲分犹半疑。朗月清风难惬意,词人绝色多伤离。何如饮酒连千—作年醉,

席地幕天无所知。

忍笑

官样衣裳—作梳头浅画眉,晚—作晓来梳洗—作装饰更相宜。水精鹦鹉钗头颤,举—作敛袂佯羞忍笑时。

咏柳

裛雨拖风不自持,全—作遍身无力向人垂。玉纤折得遥相赠,便似—作是观音手里时。

密意

呵花贴鬓粘寒发,凝酥光透猩猩血。经过洛水几多人,唯有陈王见罗袜。

偶见—作秋千

秋千打困解罗裙,指点醍醐索—作酒一尊。见客入来和笑走,手搓梅子映中门。

寒食夜有寄

风流大抵是倀倀—作张张,此际—作一度相思必—作一断肠。云薄月昏—作月落云阶寒食夜,隔帘微雨杏花香。

效崔国辅—作辅国体四首

淡月照中庭—作夜,海棠花自落。独立俯闲阶,风动秋千索。

雨后碧苔院,霜来红叶楼。闲阶上斜日,鹦鹉伴人愁。

酒力滋睡眸,卤莽闲街鼓。欲明天—作花更寒,东风打窗雨。

罗幕生春寒,绣窗愁未眠。南湖一夜—作夜半南湖雨,应湿采莲船。

后魏时相州人作李波小妹—作少妹歌,疑其未备,因补之

李波小妹—作少妹字雍容,窄衣短袖蛮锦红。未解有情梦梁殿—作苑,何曾自媚妒吴宫?难—作谁教牵引知酒味,因令怅望成春慵。海棠花下秋千畔,背人撩鬓道匆匆。

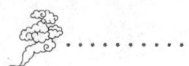

春昼—作尽

春融艳艳,大醉陶陶。漏添迟日,箭减良宵。藤垂戟户,柳拂河—作浮桥。帘幕燕子,池塘伯劳。肤清臂瘦,衫薄香销。楚殿衣窄,南朝髻高。河阳县远,清波地—作池遥。丝缠露泣,各自无憀。

三忆

忆眠时,春梦困腾腾。展转不—作未能起,玉钗垂枕棱。

忆行时,背手授—作移金雀。敛笑—作欲去慢回头,步转阑干角。

忆去时,向月迟迟行。强语戏同伴,图郎闻笑声。

六言三首

春楼处子倾城,金陵狎客多情。朝云暮雨会合,罗袜绣被逢迎。华山梧桐相覆,蛮江豆蔻连生。幽欢不尽告别,秋河怅望平明。

一灯前雨落夜,三月尽草青时。半寒半暖正好,花开花谢相思。惆怅空教梦见,懊恼多成酒悲。红袖不干谁会,揉损联娟淡眉。

此间青草—作山更远,不唯空绕汀洲。那里朝日才—作方出,远应先—作光照西楼。忆泪因成恨泪,梦游常续心游。桃源洞口来否,绛节霓旌久留。

寒食日重游李氏园—作林亭有怀

往年同—作曾在鸳—作鸾桥上,见倚朱阑咏柳绵。今日独来香径里,更无人迹有苔钱。伤心阔别三千里,屈—作曲指思量四五年。料得他乡遇—作过佳节,亦应怀抱暗凄然。

思录旧诗于卷上,凄然有感,因成一章

缉缀小诗钞卷里,寻思闲事到—作动心头。自吟自泣—作泪无人会,肠断蓬山第一流。

春闺二首

愿结交加梦,因倾潋滟尊。醒来情绪恶,帘外正黄昏。

氤—作氲氤帐里香,薄薄睡时妆。长吁解罗带,怯见上空床。

代小玉家为蕃骑所房后寄故集贤裴公相国

动天金鼓逼—作发神州,惜别无心学坠楼。不得回眸辞傅粉—作谢傅,便须含泪对—作到残秋。折钗伴妾埋青冢,半镜随郎葬杜邮。唯有此—作他宵魂梦—作梦魂里,殷勤见—作相觅凤池—作城头。

荐福寺讲筵偶见又别—作别后

见时浓日午,别处暮钟残。景色疑春尽,襟怀似酒阑。两情含—作贪眷恋,一饷致—作到辛酸。夜静长廊下,难—作谁寻屐齿看。

复偶见三绝

雾为襟袖玉为冠,半似羞人半忍寒。别易会难长自叹,转身应把—作取泪珠弹。

桃花脸薄难藏泪,柳—作桂叶眉长—作道易觉秋。密—作形迹未成当面笑,几回抬眼又低头。

半身映竹轻闻语,一手揭帘微转头。此意别人应未觉,不胜情绪两风流。

厌花落

厌花落,人—作日寂寞,果树阴成—作成阴燕翅齐,西园永日闲高阁。后堂夹帘愁不卷,低头闷把衣襟捻。忽然事到心中来,四肢娇入茸茸眼。也曾同在华堂宴,佯佯拢鬓偷回面。半醉狂心忍不禁,分明一任傍人见。书中说却平生事,犹疑未满情郎意。锦囊封了又重开,夜深窗下烧红纸。红纸千张言不尽,至诚无语传心印。但得鸳鸯—作衾枕臂眠,也任时光都一瞬。

春闷—作闺偶成十二韵

阡陌悬云壤,阑畦—作干隔艾芝。路遥行雨懒,河阔过桥迟。雁足应难达,狐踪浪得疑。谢鲲吟未废,张硕梦堪思。有意通情处,无言

拢鬓时。格高归敛笑,歌怨在颦眉。醉后金蝉重,欢余玉燕敧。素姿凌白柰,圆颊诮红梨。粉字题花笔,香笺咏柳诗。绣窗携手约,芳草蹋青期。别泪开泉脉,春愁冒藕丝。相思不相信,幽恨更谁知?

想得—作再青春

两重门里玉堂前,寒食花枝月午天。想得那人垂手立,娇羞不肯上秋千。

偶见 背面是夕兼梦

酥凝背胛—作甲玉搓肩,轻薄红绡覆白莲。此夜分明来入梦,当时惆怅不成眠。眼波向我无端艳,心火因君特地然。莫道人生难际会,秦楼鸾凤有神仙。

五更

秋雨五更头,桐竹鸣骚屑。却似残春间,断送花时节。空楼雁一声,远屏灯半灭。绣被拥娇寒,眉山正愁绝。

有忆

昼漏迟迟夜漏迟—作移,倾城消息杳无期。愁肠泥—作蹄酒人千里,泪眼倚楼天四垂。自笑计狂多独语,谁怜梦好转相思?何时斗帐浓香里,分付东—作春风与玉儿。

半夜

板阁数尊后,至今犹酒悲。一宵相见事,半夜独眠时。明朝窗下照,应有鬓—作发如丝。

信笔

睡髻休频拢,春眉忍更长。整钗栀子重,泛酒菊花香。绣叠昏金色,罗揉损砑光。有时闲弄笔,亦画两鸳鸯。

寄恨

秦钗柱断长条玉,蜀纸虚—作空留小字红。死恨物情难—作无会处,莲花不肯嫁春—作东风。

两处

楼上淡山横,楼前沟水清。怜山又怜水,两处总牵情。

拥鼻

拥鼻悲吟一向愁,寒更转尽未回头。绿屏无睡秋分簟,红叶伤心月午楼。却要因循添逸兴,若为趋竞怆离忧。殷勤凭仗官渠水,为到西溪动钓舟。

闺怨—作恨

时光潜去暗凄凉,懒对菱花晕晓—作晚妆。初坼秋千人寂寞,后园青草任他长。

袅娜 丁卯年作

袅娜腰肢淡薄妆,六朝宫样窄衣裳。著词暂—作但见—作近樱桃破,飞盏遥闻豆蔻香。春恼情—作襟怀身觉瘦,酒添颜色粉生光。此时—作心不敢分明道,风月应知暗断肠。

多情 庚午年在桃林场作

天遣多情不自持,多情兼与病相宜。蜂偷野—作崖蜜初尝处,莺啄含桃欲咽时。酒荡襟怀微骏骎—作巨我,春牵情绪更—作正融怡。水香剩置—作贮,—作注金盆—作杯里,琼树长须—作须长浸一枝。

偶见

千金莫惜旱莲生—作买婷婷,一笑从教下蔡倾。仙树有花难问种,御香闻气不知名。愁来自觉歌喉咽,瘦去谁怜舞掌轻?小叠红笺书恨字,与奴方便寄—作送卿卿。

个侬

甚感殷勤意,其如阻碍何?隔帘窥绿齿,映柱送横波。老大逢知少,襟怀暗喜多。因倾一尊酒,聊以慰蹉跎。

无题 并序

余辛酉年戏作无题十四韵,故奉常王公相国首于继和,故内翰吴侍郎融、令狐舍人涣、阁下刘舍人崇誉、吏部王员外涣相次属和。余因作第二首,却寄诸公,二内翰及小天亦再和。余复作第三首,二内翰亦三和,王公一首,刘紫微一首,王小天二首,二学士各三首。余又倒押前韵成第四首，二学士笑谓余曰："谨竖降旗，何朱研如是也？"遂绝笔。是岁十月末，余在内直，一旦兵起，随驾西狩，文稿咸弃，更无孑遗。丙寅年九月，在福建寓止，有前东都度支院苏昉端公，挈余沦落诗稿见授，中得无题一首。因追味旧作，缺忘甚多，唯第二、第四首仿佛可记，其第三首才得数句而已。今亦依次编之，以俟他时偶获全本。余五人所和，不复忆省矣。

小槛移灯炧，空房锁隙尘。额波—作披风尽日，帘影—作匝，又作押月侵晨。香辣—作辮更衣后，钗梁拢鬓新。古音闻诡计，醉语近人真。妆好方长叹，欢余却浅颦。绣屏金作屋，丝幰玉为轮。致意通绵竹，精诚托锦鳞。歌凝眉际恨，酒发脸边春。溪纻殊倾—作轻越，楼箫岂—作却羡秦！柳虚襄沴气，梅实引芳津。乐府降清唱，宫厨减食珍。防闲襟并敛，忍妒泪休匀。宿饮愁萦梦，春寒瘦著人。手持双豆蔻，的的为东邻。

碧瓦偏光日，红帘不—作小受尘。柳昏边绿野，花烂烁清晨。书密偷看数，情通破体新。明言终未实，暗祝—作嘱始应真。枉道嫌—作兼偷药，推诚鄙效颦。合成云五色，宜作—作在日—作月中轮。照—作炉兽金涂爪，钗鱼玉镂鳞。涉渌三岛浪，平远一楼春。堕髻还名寿，修蛾本姓秦。棹寻闻犬洞，槎入饮牛津。麟脯随重酿，霜华间八珍。锦囊—作衾霞彩烂，罗袜研光匀。羞涩伴牵伴，娇饶欲泥人。偷儿难捉搦，慎莫共—作近比邻。

紫蜡融花蒂，红绵拭—作试镜尘。梦狂翻惜夜，妆懒—作好厌凌晨。茜袖啼痕数，香笺墨色新。从此不记。

倒押前韵

白—作查下同归—作归同路，乌衣杜—作住作邻。珮声犹隔箔，香气已迎人。酒劝杯须—作频满，书羞字不匀。歌怜黄竹怨，味实碧桃珍。剪烛非良策，当关是要津。东阿初度洛，杨恽旧家秦。粉化横波溢，衫轻晓雾春。鸦黄双凤翅，麝月半鱼鳞。别袂翻如浪，回肠转似轮。

后期才注脚，前事又含颦。纵有才难咏，宁无画逼真。天香闻更有，琼树见长新。斗草常—作当更仆，迷阄—作迨误达晨。鼿花判不得—作到，檀注—作泪，一作桂，又作柱惹风—作芳尘。

闺情—作夜闺

轻风滴—作的砾—作烁动帘钩，宿酒犹—作从酣懒—作犹自醺酣未卸头。但觉夜深花有露，不知人静月当楼。何郎烛—作灯暗谁能咏，韩寿—作捸香焦—作销亦任偷。敲折玉钗歌转咽，一声声作—作入两眉愁。

自负

人许风流自负才，偷桃三度到瑶台。至今衣领胭脂在，曾被谪仙痛咬来。

天凉

愁来—作多却讶天凉早，思倦翻嫌夜漏迟。何处山川—作村孤馆里，向灯弯尽一双眉。

日高

朦胧犹记管弦声，嚛痄余寒酒半醒。春幕日高帘半卷，落花和雨满中庭。

夕阳

花前洒泪临寒食，醉里回头问夕阳。不管相思人老尽，朝朝容易下西墙。

旧馆

前欢往恨分明在，酒兴诗情大半亡。还似墙西紫荆树，残花摘—作萧索映高塘。

中春忆赠

年年长是阻佳期，万种恩情只自知。春色转添惆怅事—作望，似君花发两三枝。

春恨

残梦依依酒力余，城头画角—作鹎鹕伴啼乌。平明未—作乍卷西楼幕，院静时闻响辘轳。

秋千 以下三首，本集不载。

池塘夜歇清明雨，绕院无尘近花坞。五丝

绳系出墙迟,力尽才瞬见邻圃。下来娇喘未能调,斜倚朱阑久无语。无语兼动所思愁,转眼看天一长吐。

长信宫二首

天上梦魂何杳杳,宫中消息太沉沉。君恩不似黄金井,一处团圆万丈深。

天上凤皇休寄梦,人间鹦鹉旧堪悲。平生心绪无人识,一双金梭万丈丝。

句

岂独鸱夷解归去,五湖渔艇且铺糟。<small>闻再除戎曹,依前充职。</small>

全唐诗卷六百八十四

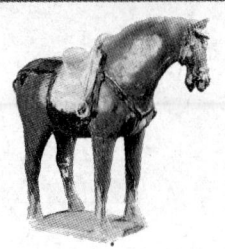

吴融

吴融,字子华,越州山阴人。龙纪初,及进士第。韦昭度讨蜀,表掌书记,累迁侍御史,去官依荆南成汭。久之,召为左补阙,拜中书舍人。昭宗反正,造次草诏,无不称旨,进户部侍郎。凤翔劫迁,融不克从,去客阌乡,俄召还翰林,迁承旨卒。有《唐英集》三卷,今编诗四卷。

奉和御制一本有幸岳寺三字

岳寺清秋霁,宸游永日闲。霓旌森物外,凤吹落人间。玉漱穿城水,屏开对阙山。皆知圣情悦,丽藻洒芳兰。

和集贤相公西溪侍宴观竞渡

片水耸层桥,祥烟霭庆霄。昼花铺广宴,晴电闪飞桡。浪叠摇仙仗,风微定彩标。都人同盛观,不觉在行朝。

山居即事四首

桂树秋来风满枝,碧岩归日免乖期。故人尽向蟾宫折,独我攀条欲寄谁?

不傲南窗且采樵,干松每带湿云烧。庖厨却得长兼味,三秀芝根五术苗。

万事僬然只有棋,小轩高净簟凉时。阑珊半局和微醉,花落中庭树影移。

无邻无里不成村,水曲云重掩石门。何用深求避秦客,吾家便是武陵源。

红白牡丹

不必繁弦不必歌,静中相对更情多。殷鲜一半霞分绮,洁澈旁边月飐波。看久愿成庄叟梦,惜留须倩鲁阳戈。重来应共今来别,风堕香残一作残香衬绿莎。

中秋此下一本有十五夜三字陪熙用学士此下一本有侍郎二字禁中玩月此下一本有因书五言六韵六字

月圆年十二,秋半每多阴。此夕无纤霭,同君宿禁林。未高知海阔,当竿见宫深。衣似繁霜透,身疑积水沉。遭逢陪侍辇,归去忆抽簪。太液池南岸,相期到晓吟。

题豪家故池

岁久无泉引,春来仰雨流。萍枯一作乾粘朽槛,沙浅露沉舟。照影人何在,持竿客寄游。翛然兴废处,回首谢眠鸥。

偶题

贱子曾尘国士知,登门倒屣忆当时。西州酌尽看花酒,东阁编成咏雪诗。莫道精灵无伯有,寻闻任侠报爰丝。乌衣旧宅犹能认,粉竹金松一两枝。

渚宫立春书怀

春候侵残腊,江芜绿已齐。风高莺啭涩,雨密雁飞低。向日心须在,归朝路欲迷。近闻惊御火,犹及灞陵西。

闻李翰林游池上有寄

花飞絮落水和流,玉署词臣奉诏游。四面看人随画鹢,中流合乐起眠鸥。皇恩自抱丹心报,清颂谁将白雪酬?不为禁钟催入宿,前峰月上未回舟。

谷口寓居偶题

泠泠病骨怯朝天,谷口归来取性眠。峭壁削成开画障,急溪飞下咽繁弦。不能尘土争闲事,且放形神学散仙。已熟前峰采芝径,更于何处养残年。

无题

万态千端一瞬中,沁园芜没仵秋风。鸂鶒夜警池塘冷,蝙蝠昼飞楼阁空。粉貌早闻残洛市,箫声犹自傍秦宫。今朝陌上相非者,曾此歌钟几醉同。

赋雪

一夜阴风度,平明颢气交。未知融结判,唯见混茫包。路莫藏行迹,林难出树梢。气应封兽穴,险必堕禽巢。影密灯回照,声繁竹送敲。玩宜苏一作酥让点,餐称蜜匀一作同抄。结冻防鱼跃,粘沙费马跑。炉寒资爇荻,屋暖赖编茅。远不分山叠,低宜失地坳。阑干高百尺,新霁若为抛。

寄僧

柳拂池光一点清,紫方袍袖杖藜行。偶传新句来中禁,谁把闲书寄上卿?锡倚山根重藓破,棋敲石面碎云生。应怜正视淮王诏,不识东林物外情。

酬僧

吾师既续惠休才,况值高秋万象开。吟处远峰横落照,定中黄叶下青苔。双林不见金兰久,丹楚空翻组绣来。闻说近郊寒尚绿,登临应待一追陪。

题延寿坊东南角古池

蔓草萧森曲岸摧,水笼沙浅露莓苔。更无蔟蔟红妆点,犹有双双翠羽来。雨细几逢耕犊去,日斜时见钓人回。繁华自古皆相似,金谷荒园土一堆。

登鹳雀楼

鸟在林梢脚底看,夕阳无际戍烟残。冻开河水奔浑急,雪洗条山错落寒。始为一名抛故国,近因多难怕长安。祖鞭掉折徒为尔,赢得云溪负钓竿。

和峡州冯使君题所居

三年拔薤成仁政,一日诛茅葺所居。晓岫近排吟阁冷,夜江遥响寝堂虚。唯怀避地逃多难,不羡朝天卧直庐。记得街西邻舍否,投荒南去五千余。

秋日感事

一叶飘然夕照沉,世间何事不经心?几人欲话云台峻,独我方探禹穴深。鸡檄固应无下策,鹤书还要问中林。自怜情为多忧动,不为西风白露吟。

莺

日落林西鸟—作乌未知,自先飞上最高枝。千啼万语不离根,已去又来如有期。惯识江南春早处,长惊蓟北梦回时。谢家园里成吟久,只欠池塘一句诗。

次韵—本无韵字和王员外杂游四韵

一分难减亦难加,得似溪头浣越纱。两桨惯游催去艇,七香曾占取来车。黄昏忽堕当楼月,清晓休开满镜花。谁见玉郎肠断处,露床风簟半倚斜。

秋事

江天暑气自凉清,物候须知—作因一雨成。松竹健来唯欠语,蕙兰衰去始多情。他年拟献书空在,此日知机意尽平。更欲轻桡放烟浪,苇花深处睡秋声。

和陆拾遗题谏院松

落落孤松何处寻,月华西畔结根深。晓含仙掌三清露,晚上宫墙百雉阴。野鹤不归应有怨,白云高去太无心。碧岩秋涧休相望,捧日元须在禁林。

题杨子津亭

杨子江津十四经,纪行文字遍长亭。惊人旅鬓斩新白,无事海门依旧青。前路莫知霜凛凛,故乡何处雁冥冥。可怜不识生离者,数点渔帆落暮汀。

闲望

三点五点映山雨,一枝两枝临水花。蛱蝶狂飞掠芳草,鸳鸯稳睡—作对浴翘暖沙。阙下新居成别—作非己业,江南旧隐是谁家?东迁西去俱—作都无计,却羡暝归林上鸦。

雪后过昭应

路过章台气象宽,九重城阙在云端。烟含上苑沉沉紫,雪露南山慢慢—作嶙嶙寒,绮陌已堪骑—作驰宝马,绿芜行即弹—作藉金丸。灞川南北真图画,更待残阳一望看。

商人

百尺竿头五两斜,此生何处不为家?北抛衡岳南过雁,朝发襄阳暮看花。蹭蹬也应无陆地,团圆应觉有天涯。随风逐浪年年别,却笑如期八月槎。

岐下闻杜鹃

化去蛮乡北,飞来渭水西。为多亡国恨,不忍故山啼。怨已惊秦凤,灵应识汉鸡。数声烟漠漠,余思草萋萋。楼迥波无际,林昏日又低。如何不肠断,家近五云溪。

雨后闻思归乐二首

山禽连夜叫,兼雨未尝休。伫—作只道思归乐,应多离别愁。我家方旅食,故国在沧洲。闻此不能寐,青灯茆屋—作舍幽。

一夜鸟—作自飞鸣,关关彻五更。似因归路隔,长使别魂惊。未省愁雨暗,就中伤月明。须知越吟客,敧枕不胜情。

中夜闻啼禽

漠漠苍苍未五更,宿禽何处两三声。若非西涧回波触,即是南塘急雨惊。金屋独眠堪寄恨,商陵永诀更牵情。此时归梦随肠断,半壁残灯—作缸闪闪明。

灵池县见早梅时太尉中书令京兆公奉诏讨蜀,余在幕中。

小园晴日见寒梅,一寸乡心万里回。春日暖时抛笠泽,战尘飞处上琴台。栖身未识登龙地,落笔元非倚马才。待勒燕然归未得,雪枝南畔少徘徊。

野庙

古原荒庙掩莓苔,何处喧喧鼓笛来。日暮鸟归-作啼人散尽,野风吹起纸钱灰。

闲书

接鹭陪鸾漫得群,未如高卧紫溪云。晋阳起义寻常见,湖口屯营取次闻。大底鹓鹏须自适,何尝玉石不同焚。回看带砺山河者,济-作到得危时没旧勋。

寄贯休上人

别来如梦亦如云,八字微言不复闻。世上浮沉应念我,笔端飞动只降君。几同江步吟秋霁,更忆山房语夜分。见拟沃州寻旧约,且教丹顶许为邻。

书怀

傍岩依树结檐楹,夏物萧疏景更清。滩响忽高何处雨,松阴自转远山晴。见多邻犬遥相认,来惯幽禽近不惊。争得便夸饶胜事,九衢尘里免劳生。

重阳日荆州作

万里投荒已自哀,高秋寓目更徘徊。浊醪任冷难辞醉,黄菊因喧却未开。上-作旧国莫归戎马乱,故人何在塞-作朔鸿来。惊时感事俱无奈,不待残阳下楚台。

寄贯休

休公何处在,知我宦情无。已似冯唐老,方知武子愚。一身仍更病,双阙又须趋。若得重相见,冥心学半铢。

秋日渚宫即事

漠漠淡云烟,秋归泽国天。风高还促燕,雨细未妨蝉。静引荒城望,凉惊旅枕眠。更堪憔悴里,欲泛洞庭船。

荆州寓居书怀

一室四无邻,荒郊接古津。幽闲消俗态,摇落露家贫。绝迹思浮海,修书懒寄秦。东西不复问,翻笑泣岐人。

和严谏议萧山庙十韵 旧说常闻箫管之声,因而得名,次韵。

泽国瞻遗庙,云韶-作颠仰旧名。一隅连障影,千仞落泉声。老狖寻危栋,秋蛇束画楹。路长资税驾,岁俭绝丰盛。默默虽难测,昭昭本至平。岂知迁去客,自有复-作不择点来兵。美舜歌徒作,欺尧犬正狞。近兼闻顺动,敢复怨徂征。日出天须霁,风休海自清。肺肠无处说,一为启聪明。

松江晚泊

树远天疑尽,江奔地欲随。孤帆落何处,残日更新离。客是凄凉本,情为系滞枝。寸肠无计免,应只楚猿知。

湖州溪楼书献郑员外

危槛等飞樯,闲追晚际凉。青林上雨色,白鸟破溪光。目以高须极,心因静更伤。唯公旧相许,早晚侍长杨。

秋兴

微雨过菰苇,野居生早凉。襟期-作身心渐萧洒,精爽欲飞扬。鱼买罾头活,酒沽船上香。不缘人不用,始道静胜忙。

端居

片雨过前汀,端居枕簟清。病魔-作客随暑退,诗思傍凉生。别燕殷勤语,残蝉仿佛鸣。古来悲不尽,况我本多情。

途中

一棹归何处,苍茫落照昏。无人应失路,有树始知春。湖岸春耕废,江城战鼓喧。儒冠解相误,学剑尽乘轩。

西陵夜居

寒潮落远处,暝色入柴扃。漏永沉沉静,灯孤的的清。林风移宿鸟,池雨定流萤。尽夜成愁绝,啼螀-作蛰莫近庭。

燕雏

掠水身犹重,偎风力尚微。瓦苔难定立,檐雨忽喧归。未识重溟远,先愁一叶飞。衔泥在他日,两两占春晖。

新秋

白发又经秋,端居海上洲—作舟。无机因事发,有涕为时流。新酒乘凉压,残棋隔夜收。公车无路入,同拜老闲侯。

题越州法华寺

寺在—作牟五峰阴,穿缘一径寻。云藏古殿暗,石护小房深。宿鸟连僧定,寒猿应客吟。上方应见海,月出试登临。

寒食洛阳道

路岐无乐处,时节倍思家。彩索飔轻吹,黄鹂啼落花。连轧柞—作轭驰宝马,历碌—作碌斗香车。行客胜—作剩,一作频回首,看看春日斜。

忆事

去年花下把金卮,曾赋杨花数句诗。回首朱门闭荒草,如今愁到牡丹时。

金陵遇悟空上人 上人与故相国杨公有旧

东阁无人事渺茫,老僧持钵过丹阳。十年栖止如何报,好与南谯剩炷香。

途中

柳弱风长在,云轻雨易休。不劳芳草色,更惹夕阳愁。万里独归去,五陵无与游。春心渐伤尽,何处有高楼?

秋园

始怜春草细霏霏,不觉秋来绿渐稀。惆怅撷芳人散尽,满园烟露蝶高飞。

富春

天下有水亦有山,富春山水非人寰。长川不是春来绿,千峰倒影落其间。

山居即事

小亭前面接青崖,白石交加衬绿苔。日暮松声满阶砌,不关风雨鹤归来。

寓言

非明非暗朦朦月,不暖不寒慢慢—作缦缦风。独卧空床好天气,平生闲事到心中。

华清宫二首

四郊飞雪暗云端,唯此宫中落旋干。绿树碧檐相掩映,无人知道外边寒。

长生秘殿倚青苍,拟敌金庭不死乡。无奈逝川东去急,秦陵松柏满残阳。

过九成宫

凤辇东归二百年,九成宫殿半荒阡。魏公碑字封苍藓 魏文贞微有碑,文帝泉声落野田 太宗行幸,有灵泉自涌。碧草断沾仙掌露,绿杨犹忆御炉烟。升平旧事无人说,万叠青山但—作阻一川。

出潼关

重门随地险,一径入天开。华岳眼前尽,黄河脚底来。飞轩何满路,丹陛正求才。独我疏慵质,飘然又此回。

过丹阳

云阳县郭半郊坰,风雨—作色萧条万古情。山带梁朝陵路断,水连刘尹宅基平。桂枝自折思前代 李考功于此知贡举,藻鉴难逢耻后生 殷文学于此集英灵。遗事满怀兼满目,不堪孤棹舣荒城。

和人题武城寺

神清—作惊已觉三清近,目断仍劳万象牵。渭水远含秋草渡,汉陵高枕夕阳天。半岩云粉千竿竹,满寺风雷百尺泉。别有阑干压行路,看人尘土竞流年。

长安里中闻猿

夹巷重门似海深,楚猿争得此中吟。一声

紫陌才回首,万里青山已到心。惯倚客船和雨听,可堪侯第见尘侵。无因永夜闻清啸,禁路人归月自沉。

岐下闻子规
剑阁西南远凤台,蜀魂何事此飞来。偶因陇树相迷至,唯恐边风却送回。只有花知啼血处—作惨,更无猿替断肠哀。谁怜越客曾闻处,月落江平晓雾开。

敷水有丐者云是马侍中诸孙,悯而有赠
天地尘昏九鼎危,大貂曾出武侯师。一心忠赤山河见,百战功名日月知。旧宅已闻栽禁树,即今奉诚园。诸孙仍见丐征岐。而今不要教人识,正藉将军死斗时。

还俗尼本是歌妓
柳眉梅额倩—作靓妆新,笑脱袈裟得旧身。三峡却为行—作云雨客,九天曾是散花人。空门付与悠悠梦,宝帐迎回暗暗春。寄语江南徐孝克,一生长短托清尘。

彭门用兵后经汴路三首
长亭—作门一望一徘徊,千里关河百战来。细柳旧营犹锁月,祁连新冢已封苔。霜凋绿野愁无际,烧接黄云惨不开。若比江南更牢落,子山词赋莫兴哀。

隋堤风物已凄凉,堤下仍多旧战场。金镞有苔人拾得,芦花无主鸟衔将。秋声暗促河声急,野色遥连日色黄。独上寒城正愁绝,戍鼙惊起雁行行。

铁马云旗梦渺茫,东来无处不堪伤。风吹白草人行少,月落空城鬼啸长。一自—作已见纷争惊宇宙,可怜萧索绝烟光。曾为塞北闲游客,辽水天山未断肠。

寄殿院高侍御
黄梅雨细幂长洲,柳密花疏—作稀水慢流。钓艇正寻逋客去,绣衣方结少年游。风前不肯看垂手,灯下还应惜裹—作喜点头。一夜看怜无羽翼,独当何逊滴阶愁。

新安道中玩流水
一渠春碧弄潺潺,密竹繁花掩映间。看处便须终日住,算来争得此身闲。紫纡似接迷春—作人洞,清冷应连有雪山。上却征车再—作更回首,了然尘土—作世不相关。

忆钓舟
青山小隐枕潺湲,一叶垂纶几泝沿。后浦春风随兴去,南塘秋雨有时眠。惯冲晓雾惊群雁,爱飐残阳入乱烟。回首无人寄惆怅,九衢尘土困扬鞭。

灵宝县西侧津—本无侧津二字,一本注侧律二字。
碧溪潋潋流残阳,晴沙两两眠鸳鸯。柳花无赖苦多暇,蛱蝶有情长自忙。千里宦游成底事,每年风景是他乡。高歌一曲垂鞭去,尽日无人识楚狂。

即席
家住丛台旧,名参绛圃新。醉波疑夺烛,娇态欲沉春。伴雨聊过楚,归云定占秦。桃花正浓暖,争不浪迷人。

出迟
园密花藏易,楼深月到难。酒虚留客尽,灯暗—作灭远更残。麝想眉间印,鸦知顶—作鬓上盘。文王之囿小,莫惜借人看。

送僧归日本国
沧溟分故国,渺渺泛杯归。天尽终期到,人生此别稀。无风亦骇浪,未午已斜晖。系帛何须鹰,金乌日日飞。

送僧归破山寺
万里指吴山,高秋杖锡还。别来双阙老,归去片云闲。师在有无外,我婴尘土间。居然本相别,不要惨离颜。

夏夜有寄
月上簟如水,轩高帘在钩。竹声寒不夏,

蛩思静先秋。偶得清宵兴,方知白日愁。所思何处远,斜汉欲低流。

春词
鸾镜长侵夜,鸳衾不识寒。羞多转面语,妒极定睛看。金市旧居近,钿车新造宽。春期莫相误,一日百—作有花残。

汴上晚泊
亭上风犹急,桥边月已斜。柳寒难吐絮。浪浊不成花。岐路春三月,园林海一涯。萧然正无寐,夜橹莫咿哑。

送僧南游
战鼙鸣未已,瓶屦抵何乡？偶别尘中易,贪归物外忙。后蝉抛鄂杜,先雁下潇湘。不得从师去,殷勤谢草堂。

戏—本有作字
恨极同填海,情长抵导江。丁香从小结,莲子彻枝双。整髻花当槛,吹灯月在窗。秦台非久计,早晚降霓幢。

雪中寄卢延让秀才
苦贫皆共雪,吾子岂同悲—作兹。永日应无食,经宵必有诗。渚宫寒过节,华省试临期。努力图西去,休将冻馁辞。

全唐诗卷六百八十五

吴融

花村六韵

地胜非离郭,花深故号村。已怜梁雪重,仍愧楚云繁。山近当吟冷,泉高入梦喧。依稀小有洞,邂逅武陵源。月好频移座,风轻莫闭门。流莺更多思,百啭待黄昏。

赋雪十韵

雨冻轻轻下,风乾渐渐吹。喜胜花发处,惊似客来时。河静胶行棹,岩空响折枝。终无鹔鹴识,先有鹡鸰知。马势晨争急,雕声晚更饥。替霜严柏署,藏月上龙墀。百尺楼堪倚,千钱酒要追。朝归紫阁早,漏出建章迟。腊候何曾爽,春工是所资。遥知故溪柳,排比万条丝。

溪边

溪边花满枝,百鸟带香飞。下有一白鹭,日斜翘石矶。

长安逢故人

岁暮长安客,相逢酒一杯。眼前闲事静,心里故山来。池影含新草,林芳动早梅。如何不归去,霜鬓共风埃。

雨夜

旅夕那禁雨,梅天已思秋。未明孤枕倦,相吊一灯愁。有恋惭沧海,无机奈白头,何人得浓睡,溪上钓鱼舟。

旅中送迁客

天南不可去,君去吊灵均。落日青山路,秋风白发人。言危无继一作听者,道在有明神。满目尽胡越,平生何处陈。

寄尚颜师

僧中难得静,静得是吾师。到阙不求紫,归山只爱诗。临风翘雪足,向日剃霜髭。自叹眠漳久,双林动所思。

微雨

天青纤未遍,风急舞难成。粉重低飞蝶,黄沉不语莺。自随春霭乱,还放夕阳明。惆怅池塘上,荷珠点点倾。

送广利大师东归

紫殿久沾恩,东归过海门。浮荣知是梦,轻别肯销魂。明发先晨鸟,寒栖入暝猿。蕺山如重到,应老旧云根。<small>大师善于草圣,故云。</small>

关东献兵部刘员外

昨夜星辰动,仙郎近—作过汉关。玳筵吟雪罢,锦帐押—作压春还。已到青云上,应栖绛阃间。临邛有词赋,一为奏天颜。

途次淮口

寒流万派碧,南渡见烟光。人向隋宫近,山盘楚塞长。有村皆绿暗,无径不红芳。已带伤春病,如何更异乡。

咏柳

自与莺为地,不教花作媒。细应和雨断,轻只爱风裁。好拂锦步幛,莫遮铜雀台。灞陵千万树,日暮别离回。

武牢关遇雨

泽—作深春关路迥,暮雨细霏霏。带雾昏河浪,和尘重客衣。望中迷去骑,愁里乱斜晖。惆怅家山远,溟蒙湿翠微。

春寒

固教梅忍—作怨落,体与杏藏娇。已过冬疑剩,将来暖未饶。玉阶残雪在,罗荐暗魂销。莫问王孙事,烟芜正寂寥。

早发—作登潼关

天边月初落,马上梦犹残。关树苍苍晓,玉阶淡淡寒。宦游终自苦,身世静堪观。争似山中隐,和云枕碧湍。

送策上人

昨来非有意,今去亦无心。阙下抛新院,江南指旧林。瓶添新涧绿,笠卸晚峰阴。八字如相许,终辞尺组寻。

和诸学士秋夕禁直偶—作遇雪

大华积秋雪,禁闱生夜寒。砚冰忧诏急,灯烬惜更残。正遂攀稽愿,翻追访戴欢。更为三日约,高兴未将阑。

御沟十六韵

一水终南下,何年派作—作到沟?穿城初北注,过苑却东流。绕岸清波溢,连宫瑞气浮。去应涵凤沼,来必渗龙湫。激石珠争碎,萦堤练不收。照花长乐曙,泛叶建章秋。影炫金茎表,光摇绮陌头。旁沾画眉府,斜入教箫楼。有雨难澄镜,无萍易掷钩。鼓宜尧女瑟,荡必蔡姬舟。皋著—作的通鸣鹤,津应接头牛。回风还激激,和月更悠悠。浅忆艞堪泛,深思杖可投。只怀泾合虑,不带陇分愁。自有朝宗乐,曾无溃穴忧。不劳夸大汉,清渭贯福州。

赴阙次留献荆南成相公三十韵

分阃兼文德,持衡有武功。荆南知独去,海内更谁同?拔地孤峰秀,当天一鹗雄。云生五色笔,朋吐六钧弓。骨格凌秋耸,心源见底空。神清餐沆瀣,气逸饮洪蒙。临事成奇策,全身仗至忠。解鞍欺李广,煮弩笑臧洪。往昔逢多难,来兹故统戎。卓旗云梦泽,扑火细腰宫。铲土楼台构,连江雉堞笼。似平铺掌上,疑涌出壶中。岂是劳人力,宁因役鬼工。本遗三户在,今匝万家通。画枑横青雀,危樯列彩虹。席飞巫峡雨,袖拂宋亭风。场广盘球子,池闲引钓筒。礼贤金璧贱,煦物雪霜融。酒满梁尘动,棋残漏滴终。俭常资澹静,贵绝恃穹崇。唯要臣诚显,那求帝渥隆。甘棠名异奭,大树姓非冯。自念为迁客,方谐谒上公。痛知遭止棘,频叹委飘蓬。借宅诛茅绿,分囷—作仓指粟红。只惭燕馆盛,宁觉阮途穷。渙汗沾明主,沧浪别钓翁。去曾忧塞马,归欲逐边鸿。积感深于海,衔恩重极嵩。行行柳门路,回首下离东。

三峰府内矮柏一作桧十韵

擢秀依黄阁,移根自碧岑。周围虽合抱,直上岂盈寻。远砌行窥顶,当庭坐庇阴。短堪惊众木,高已让他林。日转无长影,风回有细音。不容萝茑附,只耐雪霜侵。玉帐笼应匝,牙旗倚更禁。叶低宜拂席,枝裊易抽簪。绿洞支离久,朱门掩映深。何须一千丈,方有岁寒心。

雪十韵

洒密蔽璇穹,霏霏杳莫穷。迟于雨到地,疾甚絮随风。四野苍茫际,千家晃朗中。夜迷三绕鹊,昼断一行鸿。结片飞琼树,栽花点一作照蕊宫。壅应边尽北,填合海无东。高爱危峰积,低愁暖气融。月交都浩渺,日射更玲珑。送腊辞寒律,迎春入旧丛。自怜曾未至,聊复赋玄功。

和睦州卢中丞题茅堂十韵

有士当今重,忘情自古稀。独开青嶂路,闲掩白云扉。石累千层险,泉分一带微。栋危猿竞下,檐回鸟争归。烟冷茶铛静,波香兰舸飞。好移钟阜蓼,莫种首阳薇。树密含轻雾,川空漾薄晖。芝泥看只一作即捧,蕙带且休围。东郭邻穿履,西林近衲衣。琼瑶一百字,千古见清机。

奉和御制六韵

天晓密云开,亭亭翠葆来。芰荷笼水殿,杨柳蔽风台。恩洽三时雨,欢腾万岁雷。日华偏照御,星彩迥分台。苇岸萦仙棹,莲峰倒玉杯。独惭歌圣德,不是侍臣才。

败帘六韵

有客编来久,弥年断不一作莫收。不堪风作候,岂复燕为雠?尽见三重阁,难迷百尺楼。伴灯微掩梦,兼扇劣遮羞。零落亡珠缀,殷勤谢玉钩。凉宵何必卷,月自入轩流。

玉堂种竹六韵

当砌植檀栾,浓阴五月寒。引风穿玉牖,摇露滴金盘。有韵和宫漏,无香杂畹兰。地疑一作严云锁易,日近雪封难。静称围棋会,闲宜阁笔看。他年终结实,不羡树栖鸾。

和韩致光侍郎无题三首十四韵

珠佩元消暑,犀簪看辟尘。掩灯容燕宿,开镜待鸡晨。去懒都忘旧,来多未厌新。每逢忧是梦,长忆故延真。杏小双圆压一作屠,山浓两点嚬。瘦难胜宝带,轻欲驭飙轮。笼凤金雕翼,钗鱼玉镂鳞。月明无睡夜,花落断肠春。解舞何须楚,能筝可在秦?怯探同海底,稀遇极天津。绿奈攀宫艳,青梅弄岭珍。管纤银字咽,梭密锦书匀。厌胜还随俗,无疑不避人。可怜三五夕,斌媚善为邻。

舞转轻轻雪,歌霏漠漠尘。漫游多卜夜,慵起不知晨。玉箸和妆裛,金莲逐步新。凤笙追北里,鹤驭访南真。有恨都无语,非愁亦有嚬。戏应过蚌浦,飞合入蟾轮。杯样成言鸟,梳文解卧鳞。逢迎大堤晚,离别洞庭春。似玉曾夸赵,如云不让秦。锦收花上露,珠引月中津。木为连枝贵,禽因比翼珍。万峰酥点薄,五色绣妆匀。獭髓求鱼客,鲛绡托海人。寸肠谁与达,洞府四无邻。

绮阁临初日,铜台拂暗尘。鹊鸲偏报晓,乌鹊惯惊晨。鱼网裁书数,鹍弦上曲新。病多疑厄重,语切见心真。子母钱征笑,西南月借嚬。捣衣嫌独杵,分袂怨双轮。贝叶教丹觜,金刀寄赤鳞。卷帘吟塞雪,飞楫渡江春。解织宜名蕙,能歌合姓秦。眼穿回雁岭,魂断饮牛津。药自偷来绝,香从窃去珍。茗煎云沫聚,药种玉苗匀。草密应迷客,花繁好避人。长干足风雨,遥夜与谁邻?

倒次元韵

南陌来寻伴,东城去卜邻。生憎无赖客,死忆有情人。似束腰支细,如描发彩匀。黄鹂裁帽贵,紫燕刻钗珍。身近从淄右,家元接观一作如秦。泪滴空床冷,妆浓满镜春。枕凉攲琥珀,簟洁展麒麟。

茂苑廊千步,昭阳扇九轮。阳城迷处笑,京兆画时嚬。鱼子封笺短,蝇头学字真。易判期已远,难讳事还新。艇子愁冲夜,骊驹怕拂晨。如何断歧路,免得见行尘。

个人三十韵

袅袅复盈盈,何年坠玉京?见人还道姓,羞客不称名。故事谙金谷,新居近石城。脸横秋水溢,眉拂远山晴。粉薄涂云母,簪寒篸水晶。催来两桨送,怕起五丝紫。髻学盘桓绾,妆依宛转成。博山疑雾重,油壁隐一作稳车轻。额点梅花样,心通棘刺情。摇头邀顾遇,约指到平生。鱼网徐徐襞,螺巵一作杯浅浅倾。芙蓉褥已展,豆蔻水休更。赵女怜胶腻一作囚,丁娘爱烛明。炷香龙荐脑,辟魇虎轮精。管咽参差韵,弦嘈俊僜声。花残春寂寂,月落漏丁丁。柳絮聊章敏,椒花属思清。剪罗成彩字,销蜡脱珠缨。邂逅当投佩,艰难莫拊楹。熨来身热定,舐得面痕平。匣镜金螭怒,帘旌绣兽狞。颈长堪鹤并,腰细任蜂争。滴泪泉饶竭,论心石未贞。必双成一作乘凤去,岂独化蝉鸣。书远肠空断,楼高胆易惊。数钱红带结,斗草翠裙盛。袂一作映柳阑干小,侵波略彴横。夜愁遥寄雁,晓梦半和莺。翼只思鹣比,根长羡藕并。可怜衣带缓,休赋重行行。

即席十韵

住处方窥宋,平生未嫁卢。暖金轻铸骨,寒玉细凝肤。妒蝶长成伴,伤鸾耐得孤。城堪迷下蔡,台合上姑苏。弄眼难降柳,含茸欲斗蒲。生凉云母扇,直夜博山炉。翡翠交妆镜,鸳鸯入画图。无心同石转,有泪约泉枯。猿渴应须见,鹰饥只待呼。银河正清浅,霓节过来无?

追咏棠梨花十韵

蜀地从来胜,棠梨第一花。更应无软弱,别自有妍华。不贵绡为雾,难降绮作霞。移须归紫府,驻合饵丹砂。密映弹琴宅,深藏卖酒家。夜宜红蜡照,春称锦筵遮。连庙魂栖望,飘江字绕巴。末饶苏点薄,兼妒雪飞斜。旧赏三年断,新期万里赊。长安如种得,谁定牡丹夸?

绵竹山四十韵

绵竹东西隅,千峰势相属。崚嶒压东巴,连延罗古蜀。方者露圭角,尖者钻箭簇。引者蛾眉弯,敛者鸢肩缩。尾蟉上声青蛇盘,颈低玄兔伏。横来突若奔,直上森如束。岁在作噩年,铜梁摇蛊毒。相国京兆公,九命来作牧。戎提虎仆毛,专奉狼头纛。行府寄精庐,开窗对林麓。是时重阳后,天气旷清肃。兹山昏晓开,一一在人目。霜空正沉寥,浓翠霏扑扑。披海出珊瑚,贴天堆碧玉。俄然阴霾作,城郭才霡霂。绝顶已凝雪,晃朗开红旭。初疑昆仑下,夭矫龙衔烛。亦似蓬莱巅,金银台叠矗。紫霞或旁映,绮段铺繁褥。晚照忽斜笼,赤城差断续。又如煮吴盐,万万盆初熟。又如濯楚练,千千匹未轴。又如水晶宫,蛟螭结川渎。又如钟乳洞,电雷开岩谷。丹青画不成,造化供难足。合有羽衣人,飘飘曳烟躅。合有五色禽,叫啸含仙曲。根虽限剑门,穴必通林屋。方诸沧海隔,欲去忧沦覆。群玉缥缈间,未可量往复。何如当此境,终朝旷遐瞩。往往草檄余,吟哦思幽独。早晚扫櫕枪,箙鼓迎畅一作轮毂。休飞霹雳车,罢系一作击虾蟆木。勒铭燕然山,万代垂芬郁。然后恣逍遥,独往群麋鹿。不管安与危,不问荣与辱。但乐濠梁鱼,岂怨钟山鹄。纫兰以围腰,采芝将实腹。石床须卧平,一任闲云触。

祝风三十二韵

我有二顷田,长洲东百里。环涂为之区,积葑相连缅。松江流其旁,春夏多苦水。堤防苟不时,泛滥即无已。粤余病眠久,而复家无峙。田畯不胜荒,农功皆废弛。他稼已如云,我田方欲莳。四际上通波,兼之葭与苇。是时立秋后,烟露浩凄矣。虽然遭毕功,菱约都无几。如何海上风,连日从空起。似欲驱沧溟,来沃具区里。噫嘻尔风师,吴中多豪士。困仓过九年,一粒惜如死。籴贱兼粜贵,凶年翻大喜。只是疲羸苦,才饥须易子。余仍辚轹者,进趋年二纪。秋一作我不安一食,春不闲一晷。肠回为多别,骨瘦因积毁。咳唾莫逢人,揶揄空睹鬼。中又值干戈,遑遑常转徙。故隐茅山西,今来笠泽涘。荒者不复寻,葺者还有以。将正陶令巾,又盖姜肱被。不敢务有余,有余必骄鄙。所期免假匄,假匄多惭耻。骄鄙既不生,惭耻更能弭。自可致逍遥,无妨阅经史。吁余将四十,满望只如此。干泽尚多难,学一作力稼兹复尔。穷达虽系命,祸福生所履。天不饥死余,飘风当自止。

金陵怀古

玉树声沉战舰收,万家冠盖入中州。只应江令偏惆怅,头白一作黑归来是客游。

凉思

松间小槛接波平,月淡烟沉暑气清。半夜水禽栖不定,绿荷风动露珠倾。

鲛绡

雪供片段月供光,贫女寒机杼自忙。莫道不蚕能致此,海边何事有扶桑。

潮

暮去朝来无定期,桑田长被此声移。蓬莱若探人间事,一日还应两度知。

忘忧花

繁红落尽始凄凉,直道忘忧也未忘。数朵殷红似春在,春愁特此一作光愁时系人肠。

忆街西所居

衡门一别梦难稀,人欲归时不得归。长忆去年寒食夜,杏花零落雨霏霏。

云

南北东西似客身,远峰高鸟自为邻。清歌一曲犹能住,莫道无心胜得人。

华清宫四首

中原无鹿海无波,凤辇鸾旗出幸多。今日故宫一作乡归寂寞,太平功业在山河。

渔阳烽火照函关,玉辇匆匆下此山。一曲羽衣听不尽,至今遗恨水潺潺。

上皇銮辂重巡游,雨泪无言独倚楼。惆怅眼前多少事,落花明月满宫秋。

别殿和云锁翠微,太真遗像梦依依。玉一作上皇掩泪频惆怅,应叹僧繇彩笔一作点目飞。

陈琳墓

冀州飞檄傲英雄,却把文辞事邺宫。纵道笔端由我得,九泉何面见袁公?

湖州朝阳楼

十二亭亭占晓光,隋家浪说有迷藏。仲宣题尽平生恨,别处应难看屋梁。

卖花翁

和烟和露一丛花,担入宫城许史家。惆怅东风无处说,不教闲地着春华。

自讽

世路升沉合自安,故人何必苦相干。途穷始解东归去,莫过严光七里滩。

送杜鹃花

春红始谢又秋红,息国亡来入楚宫。应是蜀冤啼不尽,更凭颜色诉西风。

西京道中闻蛙

雨余林外夕烟沉,忽有蛙声伴客吟。莫怪一作耳畔闻时倍一作却惆怅,稚圭蓬荜在山阴。

情

依依脉脉两如何,细似轻丝渺似波。月不长圆花易落,一生惆怅为伊多。

送荆南从事之岳州

秋拂湖光一镜开,庾郎兰棹好徘徊。遥知月落酒醒处,五十弦从波上来。

渡淮作

红杏花时辞汉苑,黄梅雨里上淮船。雨迎

花送长如此,辜负东风十四年。

薛舍人见征恩赐香并二十八字同寄
往岁知君侍武皇,今来何用紫罗—作香囊。都缘有意重熏裛,更洒江毫上玉堂。

王母庙
鸾龙一夜降昆丘,遗庙千年枕碧流。赚得武皇心力尽,忍看烟草茂陵秋。

途中阻风
洛阳寒食苦多风,扫荡春华一半空。莫道芳蹊尽成实,野花犹有未开丛。

楚事 屈原云:目极千里伤春心。宋玉云:悲哉秋之为气。
悲秋应亦抵伤春,屈宋当年并楚臣。何事从来好时节,只将惆怅付词人。

和僧咏牡丹
万缘销尽本无心,何事看花恨却深?都是支郎足情调,坠香残蕊亦成吟。

豫让
韩魏同谋反覆深,晋阳三板免成沉。赵衰—作襄当面何须恨,不把干将访负心。

和寄座主尚书
偶逢戎旅战争日,岂是明时放逐臣—作人。不用裁诗苦惆怅,风雷看起卧龙身。

江行
霞低水远碧翻红,一棹无边落照中。说示北人应不爱,锦遮泥健—作泽马追风。

旅馆梅花
清香无以敌寒梅,可爱他乡独看来。为忆故溪千万树,几年辜负雪中开。

水鸟
烟为行止水为家,两两三三睡暖沙。为谢

离鸾兼别鹄,如何禁得向天涯?

杨花
不斗秾华不占红,自飞晴野雪濛濛。百花长恨风吹落,唯有杨花独爱风。

水调
凿河千里走黄沙,沙—作浮殿西来动日华。可道新声是亡国,且贪惆怅后庭花。

秋夕楼居
月里青山淡如画,露中黄叶飒然秋。危栏倚遍都无寐,只恐星河堕入楼。

经蔡坚墓
百里烟尘散杳冥,新平一隙草青青。八公山石君知否,休更中原作彗星。

松江晚泊
吴台越峤两分津,万万樯乌簇夜云。吟尽长江一江月,更无人似谢将军。

送薛学士赴任峡州二首
负谴虽安不敢安,叠猿声里独之官。莫将彩笔闲抛掷,更待淮王诏草看。

片帆飞入峡云深,带雨兼风动楚吟。何似玉堂裁诏罢,月斜鸬鹚漏沉沉。

送许校书
故人言别倍依依,病里班荆苦—作更,一作忆违。明日柳亭门外路,不知谁赋送将归?

蛱蝶
两两自依依,南园烟露微。住时须并住,飞处要交飞。草浅忧尽吹,花残惜晚晖。长交—作教撷芳女,夜梦远人归。

全唐诗卷六百八十六

吴融

阌乡寓居十首—作卜居,一本阌乡上有壬戌岁三字。

阿对泉
六载抽毫侍禁闱,可—作不堪多—作衰病决然归。五陵年少如相问,阿对泉头一布衣。自注:阿对是杨伯起家僮,尝引泉灌蔬,泉至今在。

蛙声
稚圭伦—作论鉴未精通,只把蛙声鼓吹同。君听月明人静夜,肯饶天籁与松风。

茆堂
结得茆檐瞰—作傍碧溪,闲云之外不同栖。犹嫌未远函关道,正睡刚闻报晓鸡。

清溪
清溪见底露苍苔,密竹垂藤锁不开。应是仙家在深处,爱—作为流花片引人来。

钓竿
曾抛钓渚入秦关,今却持竿傍碧滩。认得旧溪—作游兼旧意,恰如羊祜识金环。

山僧
石臼山头有一僧,朝无香积夜无灯。近嫌俗客知踪迹,拟向中方断石层。

小径
碍竹妨花一径幽,攀援可到—作应对玉峰头。若教须作康庄好,更—作便有高车驷马忧。

闻提壶鸟
早于批鹈巧于莺,故国春林足此声。今在天涯别馆里,为君沽酒复何情?

木塔偶题
西南古刹近芳林,偶得高秋试一吟。无限黄花衬黄叶,可—作何须春月始伤心。

山禽
碧嶂为家烟外栖,衔红啄翠入芳蹊。可能知我心无定,频袅花枝拂面啼。

闻歌
贯珠一夜奏累累,尽是苟家旧教词。落尽梁尘肠不断,九原谁报小怜知。一作一声娇袅寒枝,又作小寒知。

即席
竹引丝随袅翠楼,满筵惊动玉关秋。何人借与丹青笔,画取当时入字愁。

便殿候对
宣呼昼入蕊珠宫,玉女窗扉薄雾笼。待得华胥春梦觉,半竿斜日下厢风。

南迁途中作七首登七盘岭二首
才非贾傅亦迁官,五月驱羸上七盘。从此自知身计定,不能回首望长安。

七盘岭上一长号,将谓青天鉴郁陶。近日青天都不鉴,七盘应是未高高一作为高。

渡汉江初尝鳊鱼有作
啸父知机先忆鱼,季鹰无事已思鲈。自惭初识查头味,正是栖栖哭阮途。

溪翁
饭稻羹菰晓复昏,碧滩声里长诸孙。应嗟独上浔阳客,排比椒浆奠楚魂。

寄友人
惊魂往往坐疑飘,便好为文慰寂寥。若待清湘葬鱼了,纵然招得不堪招。

途中偶怀
无路能酬国士恩,短亭寂一作寥寂到黄昏。回肠一寸危如线,赖得商山未有猿。

访贯休上人
休公为我设兰汤,方便教人学洗肠。自觉尘缨顿潇洒,南行不复问沧浪。

鸳鸯
翠翘红颈覆金衣,滩上双双去又归。长短死生无两处,可怜黄鹄爱分飞。

野步
一曲两曲涧边草,千枝万枝村落花。携筇深去不知处,几叹山阿隔酒家。

酬僧
玉堂全不限常朝,卧待重城宿雾销。翻忆故山深雪里,满炉枯柏带烟烧。

买带花樱桃
粉红轻浅靓妆新,和露和烟别近邻。万一有情应有恨,一年荣落两家春。

海棠二首
太尉园林一作中两树春,今番禺太尉徐公兴化亭子有海棠二株。年年奔走探花人。今来独倚一作傍荆山看,回首长安落战尘。

云绽霞铺锦水头,占春颜色最风流。若教更近天街种,马上多逢醉五侯。

送僧上峡归东蜀
巴字江流一棹回,紫袈裟是禁中裁。如从十二峰前过,莫赋佳人殊未来。

杏花五言三韵
春物竞相妒,杏花应最娇。红轻欲愁杀,粉薄似啼销。愿作南华蝶,翩翩绕此条。

草
染亦不可成,画亦不可得。苌弘未死时,应无此颜色。

和杨侍郎
目极家山远,身拘禁苑深。烟霄惭暮齿,麋鹿愧初心。

山居喜友人相访
秋雨空山夜,非君不此来。高于剡溪雪,

一棹到门回。

远山

隐隐隔千里,巍巍知几重。平时未能去,梦断一声钟。

江树

终日冲奔浪,何年坠乱风?谢公堪入咏,目极在云中。

蔷薇

万卉春风度,繁花夏景长。馆娃人尽醉,西子始新妆。

梅雨

浑开又密望中迷,乳燕归迟粉竹低。扑地暗来飞野马,舞风斜云散醯鸡。初从滴沥妨琴榭,渐到潺湲绕药畦。少傍海边飘泊处,中庭自有两犁泥——作中庭顷刻雨翻泥。

登途怀友人

日落野原秀,雨余云物闲。清时正愁绝,高处正跻——作登攀。京洛遥天外,江河战鼓间。孤怀欲谁寄,应望——作待塞鸿还。

闻蝉

夏在先催过,秋赊已被迎。自应人不会,莫道物无情。木叶纵未落,鬓丝还易生。西风正相乱,休上夕阳城。

秋色

染不成干画未销,霏霏拂拂又迢迢。曾从建业城边路,蔓草寒烟锁六朝。

自讽

本是沧洲把钓人,无端三署接清尘。从来不解长流涕,也渡湘漓——作篱作逐臣。

宿青云驿

苍黄负谴走商颜,保得微躬出武关。今夜青云驿前月,伴吟应到落西山。

秋闻子规

年年春恨化冤魂,血染枝红压叠繁。正是西风花落尽,不知何处认啼痕。

荆南席上闻歌

迎愁敛黛一声分,吊屈江边日暮闻。何事遏云翻不定,自缘踪迹爱行云。

武关

时来时去若循环,双阖平云谩锁山。只道地教秦设险,不知天与汉为关。贪生莫一作侭作千年计,到了都成一梦闲。争得便如岩下水,从他兴废自潺潺。

月夕追事

曾听豪家碧玉歌,云床冰簟落秋河。月临高阁帘无影,风过回廊幕有波。屈指尽随云雨散,满头赢得雪霜多。此时空见清凉影,来伴蛩声咽砌莎。

上阳宫辞

苑路青青半是苔,翠华西去未知回。景阳春漏无人报,太液秋波有雁来。单影可堪明月照,红颜无奈落花催。谁能赋得长门事,不惜千金奉酒杯。

送于员外归隐蓝田

曾吟工部两峰寒,今日星郎得挂冠。吾道不行归始是,世情如此住应难。围棋已访生云石,把钓先寻急雨滩。若遇秦时雪髯客,紫芝兼可备朝餐。

废宅

风飘碧瓦雨摧垣,却有邻人与一作为锁门。几树好花闲白昼,满庭荒草易一作日黄昏。放鱼池涸蛙争聚一作闹,栖燕梁空雀自喧。不独凄凉眼前事,咸阳一火便成一作变寒原。

湖州晚望

鼓角迎秋晚韵长,断虹疏雨间微阳。两条一作边溪水分头碧,四面人家入骨凉。独鸟归时云斗迥,残蝉急处日争忙。他年若得壶中术,一簇汀洲尽贮将。

宋玉宅

草白烟寒半野陂,临江旧宅指遗基。已怀湘浦招魂事,更忆高唐说梦时。穿径早曾闻客住,登墙岂复见人窥。今朝送别还经此,吟断当年几许—作楚客悲。

春晚书怀

落尽红芳春意阑,绿芜空锁辟疆园。嫦娥断影霜轮冷,帝子无踪泪竹繁。未达东邻—作林还绝想,不劳南浦更销魂。晚来虽共残莺约,争奈风凄又雨昏。

寄杨侍郎

云情鹤态莫夸慵,正上仙楼十二重。吟逸易沉鹓鹭月,梦长先断景阳钟。奇文已刻金书券,秘语看镌玉检封。何事春来待归隐,探知溪畔有风松。

杏花

粉薄红轻掩敛羞,花中占断得风流。软非因醉都无力,凝去声不成歌亦自愁。独照影时临水畔,最含情处出墙头。裴回尽日难成别,更待黄昏对酒楼—作瓯。

宪丞裴公上洛退居有寄二首

鸿在冥冥已自由,紫芝峰下更高秋。抛来簪绂都如梦,泥着杯香—作觞不为愁。晚树拂檐风脱翠,夜滩当户月和流。自嗟不得从公去,共上仙家十二楼。

瘦如仙鹤爽风篁,外却尘嚣兴绪长。偶坐几回沉皓月,闲吟是处到残阳。门前立使修书懒,花下留宾压酒忙。目断琼林攀不得,一重丹水抵三湘。

丛祠

丛祠一炬照秦川,雨散雪飞二十年。长路未归萍逐水,旧居难问草平烟。金鞍正伴桐乡客,粉壁犹怀桂苑仙。何必向来曾识面,拂尘看字也凄然。

分水岭

两派潺湲不暂停,岭头长泻别离情。南随去马通巴栈,北逐归人达渭城。澄处好窥双黛影,咽时堪寄断肠声。紫溪旧隐还如此,清夜梁山月更明。

赴职西川过便桥书怀寄同年

平门—作便桥桥下水东驰,万里从军一望时。乡思旋生芳草见,客愁何限夕阳知。秦陵无树烟犹锁,汉苑空墙浪欲吹。不是伤春爱回首,杏坛恩重马迟迟。

太保中书令军前新楼

十二阑干压锦城,半空人语落滩声。风流近接平津阁,气色高含细柳营。尽日卷帘江草绿,有时敧枕雪峰晴。不知捧诏朝天后,谁此登临看月明?

玉女庙

九清何日降仙霓,掩映荒祠路欲迷。愁黛不开山浅浅,离心长在草萋萋。檐横渌沪王余掷,窗袅红枝杜宇啼。若得洗头盆置此,靓妆无复碧莲西。

坤维军前寄江南弟兄

二年征战剑山秋,家在松江白浪头。关月几时干客泪,戍烟终日起乡愁。未知辽—作聊堞何当下,转觉燕台不易酬。独羡一声南去雁,满天风雨到汀洲。

沪水席上献座主侍郎

暖泉宫里告虔回,略避红尘小宴开。落絮已随流水去,啼莺还傍夕阳来。草能缘岸侵罗荐,花不容枝蘸玉杯。莫讶诸生中独醉,感恩伤别正难裁。

送知古上人

昔年离别浙河东,多难相逢旧楚宫。振锡才寻三径草,登船忽挂一帆风。几程村饭添盂白,何处山花照衲红?不似投荒憔悴客,沧浪无际问渔翁。

和座主尚书登布善寺楼

往事何时不系肠,更堪凝睇白云乡。楚王城垒空秋色,羊祜江山只暝光。林下远分南去马,渡头偏认北归航。谁知此日凭轩处,一笔工夫胜七襄。

金桥感事

太行和雪叠晴空,二月春—作青郊尚朔风。饮马早闻临渭北,射雕今欲过山东。百年徒有伊川叹,五利宁无魏绛功。日暮长亭正愁绝,哀笳一曲戍烟中。

萧县道中

戍火三笼滞晚程,枯桑系马上寒城。满川落照无人过,卷地飞蓬有烧明。楚客早闻歌凤德,刘琨休更舞鸡声。草堂旧隐终归去,寄语岩猿莫晓惊。

题兖州泗河中石床 李白、杜甫皆此饮咏。

一片苔床水漱痕,何人清赏动乾坤。谪仙醉后云为态,野客吟时月作魂。光景不回波自远,风流难问石无心。迩来多少登临客,千载谁将胜事论。

禁直偶书

玉皇新复五城居,仙馆词臣在碧虚。锦砌渐看翻芍药,锁窗还咏隔蟾蜍。敢期林上灵乌语,贪草云间彩凤书。争奈沧洲频入梦,白波无际落红蕖。

送弟东归

偶持麟笔侍金闺,梦想三年在故溪。祖竹定欺檐雪折,稚杉应拂栋云齐。谩劳筋力趋丹凤,可有文词咏碧鸡。此别更无闲事嘱,北山高处谢猿啼。

和座主尚书春日郊居

海燕初归朔雁回,静眠深掩百花台。春蔬已为高僧掇,腊酝还因熟客开。檐外暖丝兼絮堕,槛前轻浪带鸥来。谢公难避苍生意,自古风流必上台。

僧舍白牡丹二首

腻若裁云薄缀霜,春残独自殿群芳。梅妆向日霏霏暖,纨扇摇风闪闪光。月魄照来空见影,露华凝后更多香。天生洁白宜清净,何必殷红映洞房。

侯家万朵簇霞丹,若并霜林素艳难。合景只应天际月,分香多是畹中兰。虽饶百卉争先发,还在三春向后残。想得惠林凭此槛,肯将荣落意来看。

八月十五夜禁直寄同僚

中秋月满尽—作竟相寻,独入非烟宿禁林。曾恨人间千里隔,更堪天上九门深。明涵太液鱼龙定,静锁圆灵象纬沉。目断枚皋何处在,阑干十二忆登临。

上巳日花下闲看 一作步

十里香尘扑马飞,碧莲峰下踏青时。云鬟照水和花重,罗袖抬风惹絮迟。可便无心邀妩媚,还应有泪忆袁熙。如烟如梦争寻得,溪柳回头万万丝。

禅院弈棋偶题

裛尘丝雨送微凉,偶出樊笼入道场。半偈已能消万事,一枰兼得了残阳。寻知世界都如梦,自喜身心甚不忙。更约西风摇落后,醉来终日卧禅房。

和张舍人

玉女盆边雪未销,正多春事莫无憀。杏花向日红匀脸,云带环山白系腰。莺转树头倚枕听,冻开泉眼伏藜挑。陵迁谷变如—作何须问,控鹤山人字子乔。

送友赴阙

故人归云指翔鸾,乐带离声可有欢。驿路两行秋吹急,渭波千叠夕阳寒。空郊已叹周禾熟,旧苑应寻汉火残。遥羡从公无一事,探花先醉曲江干。

过邓城县作

不用登临足感伤,古来今往尽茫茫。未知尧桀谁臧否,可便彭殇有短长。楚垒万重多故事,汉波千叠更残阳。到头一切皆身外,只觉关身是醉乡。

文德初闻车驾东游

龙旆丛丛下剑门,还将瑞气入中原。鳌头一荡山虽没,乌足重安日不昏。晋色已知周礼在,秦人仍喜汉官存。自怜闲坐渔矶石,万级云台落梦魂。

子规

举国繁华委逝川,羽毛飘荡一年年。他山叫处花成血,旧苑春来草似烟。雨暗不离浓绿树,月斜长吊欲明天。湘江日暮声凄切,愁杀行人归去船。

简州归降贺京兆公

分栋山前曙色开,三千铁骑简州回。云间堕箭飞书去,风里擎竿露布来。古谓伐谋为上策,今看静胜自中台。功名一似淮西事,只是元臣不姓裴。

登汉州城楼

雨余秋色拂孤城,远目凝时万象清。叠翠北来千嶂尽,漫流东去一江平。从军固有荆州乐,怀古能无岘首情。欲下阑干一回首,乌归帆没成烟明。

岐下寓居见槐花落因寄从事

才开便落不胜黄,覆著庭莎衬夕阳。只共蝉催双鬓老,可知人已十年忙。晓窗须为吟秋兴,夜枕应教梦帝乡。蜀国马卿看从猎,肯将闲事入凄凉。

和人有感

莫愁家住石城西,月坠星沉客到迷。一院无人春寂寂,九原何处草萋萋。香魂未散烟笼水,舞袖休(一作犹)翻柳拂堤。兰棹一移风雨急,流莺千万莫长啼。

全唐诗卷六百八十七

吴融

春归次金陵

春阴漠漠覆江城,南国归桡趁晚程。水上驿流初过雨,树笼堤处—作去不离莺。迹疏冠盖兼无梦,地近乡园自有情。便被东风动离思,杨花千里雪中行。

途中见杏花

一枝红艳—作杏出墙头,墙外行人正独愁。长得看来犹有恨,可堪逢处更难留。林空色暝莺先到,春浅香寒蝶未游。更忆帝乡千万树,淡烟笼日暗神州。

秋日经别墅

别墅萧条海上村,偶期兰菊与琴尊。檐横碧嶂秋光近,树带闲—作寒潮晚色昏。幸有白云眠楚客,不劳芳草思王孙。北山移去前文在,无复教人叹晓猿。

红叶

露染霜干片片轻,斜阳照处转烘明。和烟飘落九秋色,随浪泛将千里情。几夜月中藏鸟影,谁家庭际伴蛩声?一时衰飒无多恨,看着清风采剪成。

离霅溪感事献郑员外

足恨饶悲不自由,萍无根蒂水长流。庾公明月吟连曙,谢守青山看入秋。一饭意专堪便死,千金诺在转难酬。云沉鸟去回头否,平子才多好赋愁。

岐州安西门

安西门外彻安西,一百年前断鼓鼙。犬解人歌曾入唱,马称龙子几来嘶。自从辽水烟尘起,更到涂山道路迷。今日登临须下泪,行人无个草萋萋。

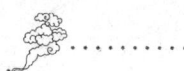

关西驿亭即事

晚霞零落雨初收,关上危阑独怅—作怅独留。千里好春聊极目,五陵无事莫回头。山犹带雪霏霏恨,柳未禁寒冉冉愁。直是无情也肠断,鸟归帆没水空流。

望嵩山

三十六峰危似冠,晴楼百尺独登看。高凌鸟外青冥窄,翠落人间白昼寒。不觉衡阳遮雁过,如何钟阜斗龙盘。始知万岁声长在,只待东巡动玉銮。

题湖城县西道中槐树

零落攲斜此路中,盛时曾识太平风。晓迷天仗归春苑,暮送鸾旗指洛宫。一自烟尘生蓟北,更无消息幸关东。而今只有孤根在,鸟啄虫穿没—作兼乱蓬。

东归次瀛上

暖烟轻淡草霏霏,一片晴山衬夕—作川画晚晖。水露浅沙无客泛,树连疏苑有莺飞。自从身与沧浪别,长被春教寂寞归。回首青门不知处,向人杨柳莫依依。

偶书

青牛关畔寄孤村,山当屏风石当门。芳树绿阴连蔽芾,长河飞浪接昆仑。苔田绿后蛙争聚,麦垄黄时雀更喧。只此无心便无事,避人何必武陵源?

得京中亲友书,讶久无音耗,以诗代谢

退闲何事不忘机,况限溪云静掩扉。马颊浪高鱼去少,鸡鸣关险雁来稀。无才敢更期连茹,有意兼思学采薇。珍重故人知我者,九霄休复寄音徽。

即事

抵鹊山前云掩扉,更甘终老脱朝衣。晓窥青镜千峰入,暮倚长松独鹤归。云里引来泉脉细,雨中移得药苗肥。何须一箸鲈鱼脍,始挂孤帆问钓矶。

病中宜茯苓寄李谏议

千年茯苓带龙鳞,太华峰头得最珍。金鼎晓煎云漾粉,玉瓯寒贮露含津。南宫已借征诗客,杜工部有寄杨员外茯苓之什。内署今还托谏臣。飞檄愈风知妙手,也须分药救漳滨。

槎

浪痕龙迹老欹危,流落何时别故枝。岁月空教苔藓积,芳菲长倩薜萝知。有文在朽人难识,无蠹藏心鸟莫窥。家近沧浪从泛去,碧天消息不参差。

汴上观—一本有河冰二字

九曲河冰半段来,严霜结出劲风裁。非时已认蝉飘翼,到海须忧蚌失胎。千里风清闻戛玉,几人东下忆奔雷。殷勤莫碍星槎路,从看天津弄杼回。

闲居有作

依依芳树—作草拂檐平,绕竹清流浸骨清。爱弄绿苔鱼自跃,惯偷红果鸟无声。踏青堤上烟多绿,拾翠江边月更明。只此超然长往是,几人能遂铸金成。

离岐下题西湖

送夏迎秋几醉来,不堪行色被蝉催。身随渭水看归远,梦挂秦云约自回。雨细若为抛钓艇,月明谁复上歌台。千波万浪西风急,更为红蕖把一杯。

岐阳蒙相国对—一作借宅因抒怀投献

风有危亭月有台,平津阁畔好裴回。虽非宋玉诛茅至,且学王家种竹来。已得静居从马歇,不堪行色被蝉催。故园兰菊三千里,旅梦方应校懒回。

晚泊松江

落日停桡古渡边,古今踪迹一苍然。平沙尽处云藏树,远吹收来水定天。正困东西千里

路,可怜潇洒五湖船。如何不及前贤事,却谢鲈鱼在洛川。

过渑池书事

渑池城郭半遗基,无限春愁挂落晖。柳渡风轻花浪绿,麦田烟暖锦鸡飞。相如忠烈千秋断,二主英雄一梦归。莫道新亭人对泣,异乡殊代也沾衣。

富春

水送山迎入富春,一川如画晚晴新。云低远渡帆来重,潮落寒沙鸟下频。未必柳间无谢客,也应花里有秦人。严光万古清风在,不敢停桡更问津。

高侍御话及—本无及字皮博士池中白莲,因成一章寄博士兼—作无上六字奉呈

白玉花开绿锦池,风流御史报人知。看来应是云中堕,偷去须从月下移。已被乱蝉催晼晚,更禁凉雨动褵褷。习家秋色堪图画,只欠山公倒接䍦。

忆猿

翠微云敛日沉空,叫彻青冥怨不穷。连臂影垂溪色里,断肠声尽月明中。静含烟峡凄凄雨,高弄霜天袅袅风。犹有北山归意在,少惊佳树近房栊。

红树

一声南雁已先红,神女霜飞叶叶—作槭槭凄凄叶叶同。自是孤根非暖—作烧地,莫惊他木耐秋风。暖—作冷,又作晚烟散去阴全薄,明月临来影半空。长忆洞庭千万树,照山横浦夕阳中。

新雁

湘浦波春始北归,玉关摇落又南飞。数声飘去和秋色,一字横来背晚晖。紫阁高翻云幂幂,灞川低渡雨微微。莫从思妇台边过,未得征人万里衣。

海上秋怀

辞无珪组隐无才,门向潮头过处开。几度黄昏逢罔象,有时红旭见蓬莱。碛连荒戍频频火,天绝纤云往往雷。昨夜秋风已摇落,那堪更上望乡台。

忆山泉

穿云落石细湔湔,尽日—作杳杳疑闻弄管弦。千仞洒来寒碎玉,一弦深去—作注碧涵天。烟迷叶乱寻难见,月好风清听不眠。春雨正多归未得,只应流恨更潺湲。

东归望华山

碧莲重叠在青冥,落日垂鞭缓客程。不奈春烟笼暗淡,可堪秋雨洗分明。南边已放三千马,北面犹标百二城。只怕仙人抚高掌,年年相见是空行。

游华州飞泉亭

走马街南百亩池,碧莲花影倒参差。偶同人去红尘外,正值僧归落照时。万事已为春弃置,百忧须赖酒医治。殷勤待取前峰月,更倚阑干弄钓丝。

池上双凫二首

碧池悠漾小凫雏,两两依依只自娱。钓艇忽移还散去,寒鸥有意即相呼。可怜翡翠归云髻,莫羡鸳鸯入画图。幸是羽毛无取处,一生安稳老菰蒲。

双凫狎得—作相狎傍池台,戏藻衔蒲远又回。敢为稻粱凌险去,幸无鹰隼触—作逐波来。万丝春雨眠时乱,一片浓萍浴处开。不在笼栏夜仍好,月汀星沼剩裴回。

叶落

红影飘来翠影微,一辞林表不知归。伴悉无色烟犹在,替恨成啼露未晞。若逐水流应万里,莫因风起便孤飞。楚郊千树秋声急,日暮纷纷惹客衣。

和皮博士赴上京观中修灵斋此下一本有宝字,赠威仪尊师兼见寄

霓结双旌羽缀裙,七星坛上拜元君。精诚有为天应感,章奏无私鬼怕闻。鹤驭已从烟际下,凤膏还向月中焚。汉武烧凤膏为烛,以祀神坛。白云乡路看看到,好驻流年翊圣文。

春雨

霏霏漠漠暗和春,幂翠凝红色更新。寒入腻裘浓晓睡,细随油壁静香尘。连云似织休迷雁,带柳如啼好赠人。别有空阶寂寥事,绿苔狼藉落花频。

秋池

冷涵秋水碧溶溶,一片澄明见底空。有日晴来云衬白,几时吹落叶浮红。香啼蓼穗娟娟露,干动莲茎淅淅风。凌晓无端照衰发,便悲霜雪镜光中。

首阳山

首阳山枕黄河水,上有两人曾饿死。不同天下人为非,兄弟相看自为是。遂令万古识君心,为臣贵义不贵身。精灵长在白云里,应笑随时饱死人。

太湖石歌

洞庭山下湖波碧,波中万古生幽石。铁索千寻取得来,奇形怪状谁能识。初疑朝—作国家正人立,又如战士方狙击。又如防风死后骨,又如於菟活时额。又如成人枫,又如害瘿柏。雨过上—作尚停泓,风来中—作因有隙。想得沉潜水府时,兴云出雨蟠蛟螭。今来碑矶林庭上,长恐忽然生白浪。用时应不称娲皇,将去也堪随博望。嘻嘻尔石好凭依,幸有方池并钓矶。小山丛桂且为伴,钟阜白云长自归。何必豪家甲第里,玉阑干畔争光辉。一朝荆棘忽流落,何异绮罗云雨飞。

赠方干处士歌

把笔尽为诗,何人敌夫子?句满天下口,名聒天下耳。不识朝,不识市,旷逍遥,闲徒倚。一杯酒,无万事;一叶舟,无千里。衣裳白云,坐卧流水。霜落风高忽相忆,惠然见过留一夕。一夕听吟十数篇,水榭林萝为岑寂。拂旦舍我亦不辞,携筇径去随所适。随所适,无处觅。云半片,鹤一只。

李周弹筝歌 淮南韦太尉席上赠

古人云,丝不如竹,竹不如肉。一作古云丝不如竹,又云竹声不如肉。乃知此语未必然,李周弹筝听不足。闻君七岁八岁时,五音六律皆生知。就中十三弦最妙,应宫—作官出入年方少。青骢惯走长揪日—作间,几度承恩蒙急召—作召急。一字雁行斜—作雁字斜行近御筵,铄金戛羽凌非—作霏烟。始似五更残月里,凄凄切切清露蝉。又如石罅堆叶下,冷冷沥沥苍崖泉。鸿门玉斗初向地,织女金梭飞上天。有时上苑繁花发,有时太液秋波阔。当头独坐扠一声,满座好风生拂拂。天颜开—本有兮字圣心悦,紫金白珠沾赐物。出来无暇更还家,且上青楼醉明月。年将六十艺转精,自写梨园新曲声。近来一事还惆怅,故里春荒烟草平。供奉供奉且听语,自昔兴衰看乐府。只如伊州与梁州,尽是太平时歌舞。旦夕君王继此声,不要停弦泪如雨。

赠瞖光上人草书歌

篆书朴,隶书俗,草圣贵在无羁束。江南有僧名瞖光,紫毫一管能颠狂。人家好壁试挥拂—作洒,瞬目已流三五行。摘如钩,挑如拨,斜如掌,回如斡。又如夏禹锁淮神,波底出来手正拔。又如朱亥锤晋鄙,袖中抬起腕欲脱。有时软絷盈,一穗—作色秋云曳空阔。有时瘦巉岩,百尺枯松露槎枒。忽然飞动更惊人,一声霹雳龙蛇活。稽山贺老昔所传,又闻能者惟张颠。上人致功应不下,其奈飘飘沧海边。可中一入天子国,络素裁缣洒毫墨。不系知之与不知,须言一字千金值。

赠李长史歌并序

余客武康县既旬日,将去,邑长相饯于溪亭。座

中有李长史,袖出芦管,自请声以送客,且言我业此二十年,年少时,五陵豪侠无不与之游,梨园新声一闻,明日皆出我下。洎巢贼腥秽宫阙,逃难于东,江淮间非吾土。又无乐一作知音,敝衣旅食,双鬓雪然。然风月好时,或亭皋送别,必引满自劝,不能忘情。一曲未终,泫然承睫,越鸟胡马之戚,感动傍人。罗进士隐初遇金陵,有赠诗,尚能成诵在口。余悯李之流落,仰罗之所感,故赠之。时光启戊申岁清明月之八日。

　　危栏压溪溪澹碧,翠袅红飘莺寂寂。此日长亭怆别离,座中忽遇吹卢客。双擫轻袖当高轩,含商吐羽凌非一作霏烟。初疑一百尺瀑布,八九月落香炉巅。又似鲛人为客罢,迸泪成珠玉盘泻。碧珊瑚碎震泽中,金银铛撼龟山下。铿訇揭调初惊人,幽咽细声还感神。紫凤将雏叫山月,玄兔丧子啼江春。咨嗟长史出人艺,如何值此艰难际。可中长似承平基,肯将此为闲人吹?不是东城射雉处,即应南苑斗鸡时。白樱桃熟每先赏,红芍药开长有诗。卖珠曾被武皇问,薰香不怕贾公知。今来流落一何苦,江南江北几寒暑。翠华犹在橐泉中,一曲梁州泪如雨。长史长史听我语,从来艺绝多失所。罗君赠君两首诗,半是悲君半自悲。

赠广利大师歌

　　化人之心固甚难,自化之一作其心更不易。化人可以程限之,自化元须有其志。在心为志者何人,今日得之于广利。三十年前识师初,正见把笔学草书。崩云落日一作石千万状,随手变化生空虚。海北天南几回别,每见书踪转奇绝。近来兼解作歌诗,言语明快有气骨。坚如百炼钢,挺特不可屈。又如千里马,脱缰飞灭没。好是不雕刻,纵横冲口发。昨来示我十余篇,咏杀江南风与月。乃知性是天,习是人一作乃知性习成人。莫轻河边杀狮,飞作天上麒麟。但日新,又日新,李太白,非通神。

古离别杂言

　　紫鸳一作燕黄鹄虽别离,一举千里何难追。犹闻啼风与叫月,流连断续令人悲。赋情更有深缱绻,碧鹭千寻尚为浅。蟾蜍正向清夜流,蛱蝶须教堕丝罥。莫道断丝不可续,丹穴凤凰胶不远。莫道流水不回波一作草草通流水不回,海上两潮长自返。

风雨吟

　　风骚骚,雨涔涔,长洲苑外荒居深。门外流水流潺漫,河边古木鸣萧森。复无禽影,寂无人音。端然拖愁坐,万感丛于心。姑苏碧瓦十万户,中有楼台与歌舞。寻常倚月复眠花,莫说斜风兼细雨。应不知天地造化是何物,亦不知荣辱是何一作谁主。吾困长满是太平,吾乐不极是天生。岂忧天下有大憝,四郊刁斗常铮铮。官军扰人甚于贼,将臣怕死唯守城。又岂复忧朝廷苦,弛慢中官转纵横。李膺勾一作钩党即罹患,窦武忠谋又未行。又岂忧文臣尽遭束高阁,文教从今日一作今日徒萧索。若更无人稍近前,把笔到头同一恶。可叹吴城城中人,无人与我交一言。蓬蒿满径尘一榻,独此闵闵一作闷处何其烦。虽然小或可谋大,嫠妇之忧史尚存。况我长怀丈夫志,今来流落沧溟涘。有时惊事再咨嗟,因风因雨更憔悴。只有闲横膝上琴,怨伤怨恨聊相寄。伯牙海上感沧溟,何似一作以今朝风雨思。

江行

　　来时风,去时雨,萧萧飒飒春江浦。欸欸侧侧海门帆,轧轧哑哑洞庭橹。

壁画折竹杂言

　　枯缠藤,重欹雪。渭曲逢,湘江别。不是从来无本根,画工取势教摧折。

古锦裾六韵锦上有鹦鹉、鸰,陆处士有序。

　　濯水经何日,随风故有人。绿衣犹偪画,丹顶尚迷真。暗淡云沉古,青苍藓剥新。映襟知惹泪,侵鞚想紫尘。掣曳无由睹,流传久自珍。武威应认得,牵挽一作穿脱几当春。

赋得欲晓看妆面

　　胧胧欲曙色,隐隐辨残妆。月始云中出,花犹雾里藏。眉边全失翠,额畔半留黄。转入金屏影,隈侵角枕光。有蝉醫鬓样,无燕著钗行。十二峰前梦,如何不断肠。

府试雨夜帝里闻猿声

雨滴秦中夜,猿闻峡外声。已吟何逊恨,还赋屈平情。暗逐哀鸿泪,遥含禁漏清。直疑游万里,不觉在重城。霎霎侵灯乱,啾啾入梦惊。明朝临晓镜,别有鬓丝生。

题画柏

不得月中桂,转思陵上柏。闲取画图看,烦纡果—作已冰释。桂生在青冥,万古烟雾隔。下荫玄兔窟,上映嫦娥魄。圆缺且不常—作当,高低图—作固难测。若非假羽翰,折攀何由得。天远眼虚穿,夜阑头自白。未知—作如陵上柏,一定不移易。有意兼松茂,无情从麝食。不在是非间,与人为愤激。他年上缣素,今日悬屋壁。灵怪不可知,风雨疑来逼。明朝归故园,唯此同所适。回首寄团枝,无劳惠消息。

平望蚊子二十六韵

天下有蚊子,候夜嗾人肤。平望有蚊子,白昼来相屠。不避风与雨,群飞出菰蒲。扰扰蔽天黑,雷然随舳舻。利嘴入人肉,微形红且濡。振蓬亦不俱,至死贪膏腴。舟人敢停棹,陆者亦疾趋。南北百余里,畏之如虎狙—作驱。噫嘻天地间,万物各有殊。阳者阳为伍,阴者阴为徒。蚊蚋是阴物,夜从喧墙隅。如何正曦赫,吞噬当通衢。人筋为尔断,人力为尔枯。衣巾秽且甚,盘馔腥有余。岂是阳德衰,不能使消除。岂是有主者,此乡宜毒荼。吾闻蛇能螫,避之则无虞。吾闻蛊有毒,见之可疾驱。唯是此蚊子,逢人皆病诸。江南夏景好,水木多萧疏。此中震泽路,风月弥清虚,前后几来

往,襟怀曾未舒。朝既蒙噬积,夜仍跧蘧蒢。虽然好吟啸,其奈难踟蹰。人生有不便,天意当何如。谁能假羽翼,直上言红—作洪炉?

桃花

满树和—作如娇烂漫红,万枝丹彩灼春融。何当结作千年实,将示人间造化工。

木笔花

嫩如新竹管初齐,粉腻红轻样可携。谁与诗人偎槛看,好于笺墨并分题。

浙东筵上有寄

襄王席上一神仙,眼色相当语不传。见了又休真似梦,坐来虽近远于天。陇禽有意犹能说,江月无心也解圆。更被东风劝惆怅,落花时节定—作蝶翩翩。

富水驿东楹有人题诗 笔迹柔媚,出自纤指。

绣缨霞翼两鸳鸯,金岛银川是故乡。只合双飞便双死,岂悲相失与相忘。烟花夜泊红蕖腻,兰渚春游碧草芳。何事遽惊云雨别,秦山楚水两乖张。

上巳日

本学多情刘武威,寻花傍水看春晖。无端遇著伤心事,赢得凄凉索漠归。

隋堤

搔首隋堤落日斜,已无余柳可藏鸦。岩傍昔道牵龙舰,河底今来走犊车。曾笑陈家歌玉树,却随后主看琼花。四方正是无虞日,谁信黎阳有古家?

全唐诗卷六百八十八

孙偓

孙偓,字龙光,武邑人。乾宁中宰相,封乐安公。诗三首。

寄杜先生诗

蜀国信难遇,楚乡心更愁。我行同范蠡,师举效浮丘。他日相逢处,多应在十洲。

赠南岳僧全玭 末句缺一字

窠居过后更何人,传得如来法印真。昨日祝融峰下见,草衣便是雪山□。

答门生王涣李德邻赵光胤王拯长句 一作裴赞诗

谬诗文柄得时贤,粉署清华次第迁。昔岁策名皆健笔,今朝称职并同年。各怀器业宁推让,俱上青霄肯后先。何事老夫犹赋咏,欲将酬和永留传。

句

好是步虚明月夜,瑞炉萤下醮坛前。见《玉堂闲话》。

陆扆

陆扆,字祥文,吴郡嘉兴人,家于陕。昭宗朝,拜相。迁洛后,贬濮州司户,死白马驿。集七卷,今存诗一首。

禁林闻晓莺

曙色分层汉,莺声绕上林。报花开瑞锦,催柳绽黄金。断续随风远,间关送月沉。语当温树近,飞觉禁园深。绣户惊残梦,瑶池啭好音。愿将栖息意,从此沃天心。

句

今秋已约天台月。《纪事》。

薛昭纬

薛昭纬,河东人。乾宁中,为礼部侍郎。

天复中,累贬硖州司马。诗二首。

华州榜寄诸门生

时君过听委平衡,粉署华灯到晓明。开卷
固难窥浩汗,执衡空欲慕公平。机云笔舌临文
健,沈宋章篇发咏清。自笑观光辉下阙。

谢银工

一楪毡根数十皴,盘中犹更有红鳞。早知
文字多辛苦,悔不当初学冶银。

陆翱

陆翱,义兴人,登第不受辟而卒,宰相希声
之父。诗二首。

闲居即事

衰柳迷隋苑,衡门啼暮鸦。茅厨烟不动,
书牖日空斜。悔下东山石,贫于南阮家。沉忧
损神虑,萱草自开花。

赵氏北楼

殷勤赵公子,良夜竟相留。朗月生东海,
仙娥在北楼。酒阑珠露滴,歌迥石城秋。本为
愁人设,愁人到晓愁。

狄归昌

狄归昌,官侍郎,光化中,历尚书左丞。诗
一首。

题马嵬驿一作罗隐诗

马嵬烟柳正依依,重见銮舆幸蜀归。泉下
阿蛮应有语,这回休更怨杨妃。

斐廷裕

裴廷裕,字膺余。昭宗时翰林学士,左散
骑常侍,后贬湖南卒。诗二首。

蜀中登第答李搏六韵

何劳问我成都事,亦报君知便纳降。蜀柳
笼堤烟蠹蠹,海棠当户燕双双。富春不并穷师
子,濯锦全胜旱曲江。高卷绛纱扬氏宅,时主文

寓杨子巷,故有此句。半垂红袖薛涛窗。浣花泛鹢
诗千首,静众寺名寻梅酒百缸。若说弦歌与风
景,主人兼是碧油幢。

偶题

微雨微风寒食节,半开半合木兰花。看花
倚柱终朝立,却似凄凄不在家。

李沇

李沇,字东济,江夏人,宰相磎之子也,与
磎同为王行瑜所杀。行瑜败,赠礼部员外郎。
诗六首。

闲宵望月

卷箔舒红茵,当轩玩明月。懿哉深夜中,
静听歌初发。苔含殿华湿,竹影蟾光洁。转扇
来清风,援琴飞白雪。行愁景候变,坐恐流芳
歇。桂影有余光,兰灯任将灭。

醮词

犬咬天关闭,彩童呼仙吏。一封红篆书,
为奏尘寰事。八极鳌柱倾,四溟龙鬣沸。长庚
冷有芒,文曲淡无气。乌轮不再中,黄沙瘗腥
鬼。请帝命真官,临云启金匮。方与清华宫,
重正紫极位。旷古雨露恩,安得惜沾施。生人
血欲尽,搀抢无饱意。

巫山高

抉天心,开地脉,浮动凌霄拂蓝碧。襄王
端眸望不极,似睹瑶姬长叹息。巫妆不治独西
望,暗泣红蕉抱云帐。君王妒妾梦荆宫,虚把
金泥印仙掌。江涛迅激如相助,十二狞龙怒行
雨。昆仑谩有通天路,九峰正在天低处。

梦仙谣

海宫蹙浪收残月,挈壶掌事传更歇。银蟾
半坠恨流咽,六鳌披月撼蓬阙。九炁真翁骑白
犀,临池静听雌蛟啼。桂花浥露曙香冷,八窗
玉朗惊晨鸡。裁纱剪罗贴丹凤,腻霞远闭瑶山
梦。露干欲醉芙蕖塘,回首驱云朝正阳。

秋霖歌

西方龙儿口犹乳,初解驱云学行雨。纵恣群阴驾老虬,勺水蹄涔尽奔注。叶破苔黄未休滴,腻光透长狂莎色。恨无长剑一千仞,划断顽云看晴碧。

方响歌

敲金扣石声相凌,遥空冷静天正澄。宝瓶下并辘轳急,小娃弄索伤清冰。穿丝透管音未歇,回风绕指惊泉咽。季伦怒击珊瑚摧,灵芸整鬓步摇折。十六叶中侵素光,寒玲震月杂珮珰。云和不觉罢余怨,莲峰一夜啼琴姜。急节写商商恨促,秦愁越调逡巡足。梦入仙楼戛残曲,飞霜棱棱上秋玉。

裴贽

裴贽,字敬臣,及进士第,擢累右补阙、御史中丞、刑部尚书。昭宗时,拜中书侍郎,兼本官同中书门下平章事。帝幸凤翔,为大明宫留守。罢,俄进尚书左仆射,以司空致仕,为朱全忠所害。诗一首。

答王涣 一作孙偓诗

谬持文柄得时贤,粉署清华次第迁。昔岁策名皆健笔,今朝称职并同年。各怀器业宁推让,俱上青霄肯后先。何事老夫犹赋咏,欲将酬和永留传。

卢汝弼 《才调集》作卢弼

卢汝弼,登进士第,以祠部员外郎、知制诰,从昭宗迁洛。后依李克用,克用表为节度副使。诗八首。

薄命妾

君恩已断尽成空,追想娇欢恨莫穷。长为

荠花光晓日,谁知团扇送秋风?黄金买赋心徒切,清路飞尘信莫通。闲凭玉栏思旧事,几回春暮泣残红。

秋夕寓居精舍书事

叶满苔阶杵满城,此中多恨恨难平。疏檐看织蟏蛸网,暗隙悉听蟋蟀声。醉卧欲抛羁客思,梦归偏动故乡情。觉来独步长廊下,半夜西风吹月明。

闻雁

秋风萧瑟静埃氛,边雁迎风响咽群。瀚海应嫌霜下早,湘川偏爱草初薰。芦洲宿处依沙岸,榆塞飞时度晚云。何处最添羁客恨,竹窗残月酒醒闻。

鸳鸯

双浮双浴傍苔矶,蓼浦兰皋绣帐帏。长羡鹭鸶能洁白,不随鸂鶒斗毛衣。霞侵绿渚香衾暖,楼倚青云殿瓦飞。应笑随阳沙漠雁,洞庭烟暖又思归。

和李秀才边庭四时怨

春风昨夜到榆关,故国烟花想已残。少妇不知归不得,朝朝应上望夫山。

卢龙塞外草初肥,雁乳平芜晓不飞。乡国近来音信断,至今犹自著寒衣。

八月霜飞柳半黄,蓬根吹断雁南翔。陇头流水关山月,泣上龙堆望故乡。

朔风吹雪透刀瘢,饮马长城窟更寒。半夜火来知有敌,一时齐保贺兰山。

全唐诗卷六百八十九

陆希声

陆希声,吴人,博学善属文,尤工书。初隐义兴,后召为右拾遗,累迁歙州刺史。昭宗闻其名,征拜给事中,寻除户部侍郎,同中书门下平章事。在位无所轻重,以太子少师罢。卒赠尚书左仆射,谥曰文。有《颐山诗》一卷,今存二十二首。

山居—作房即事二首

君山苍翠接青冥,东走洮湖上洞庭。茅屋向阳梳白发,竹窗深夜诵丹经。涌泉回沴鱼龙气,怪石惊腾鸟兽形。为问前时金马客,此焉还作少微星。

不是幽栖矫性灵,从来无意在膻腥。满川风物供高枕,四合云山借画屏。五鹿归来惊岳岳,孤鸿飞去入冥冥。君阳遁叟何为乐,一炷清香两卷经。

阳羡杂咏二十首

苦行径

山前无数碧琅玕,一径清森五月寒。世上何人怜苦节,应须细问子猷看。

梅花坞

冻蕊凝香色艳新,小山深坞伴幽人。知君有意凌寒色,羞共千花一样春。

石兕台

大河波浪激潼关,青兕胡为伏此山。遥想楚王云梦泽,蜺旌羽盖定空还。

讲易台

年逾知命志尤坚,独问青山更绝编。天下有山山有水,养蒙肥遁正翛然。

观鱼亭

惠施徒自学多方,谩说观鱼理未长。不得

庄生濠上旨,江湖何以见相忘。

绿云亭
六月清凉绿树阴,小亭高卧涤烦襟。羲皇向上何人到,永日时时弄素琴。

清辉堂
野人心地本无机,为爱茅檐倚翠微。尽日尊前谁是客,秋山含水有清辉。

观妙庵
妙理难观旨甚深,欲知无欲是无心。茅庵不异人间世,河上真人自可寻。

西阳亭
隔林残日照孤亭,玄晏先生酒未醒。入夜莫愁迷下路,昔人犹在逐流萤。

弄云亭
自知无业致吾君,只向春一作空山弄白云。已共此山私断当,不须转辙重移文。

伏龟堂
盘崖蹙缩似灵龟,鬼谷先生隐遁时。不独卷怀经世志,白云流水是心期。

桃花谷
君阳山下足春风,满谷仙桃照水红。何必武陵源上去,涧边好过落花中。

含桃圃
小圃初晴风露光,含桃花发满山香。看花对酒心无事,倍一作但觉春来白日长。

茗坡
二月山家谷雨天,半坡芳茗露华鲜。春醒酒病兼消渴,惜取新芽旋摘煎。

松岭
岭上青松手自栽,已能苍翠映莓苔。岁寒本是君家事,好送清风月下来。

桃溪
芳草霏霏遍地齐,桃花脉脉自成溪。也知百舌多言语,任向春风尽意啼。

李径
一径秾芳万蕊攒,风吹雨打未摧残。怜君尽向高枝发,应为行人要整冠。

鸿盘
落落飞鸿渐始盘,青云起处剩须看。如今天路多缯缴,纵使衔芦去也难。

偃月岭
山岭依稀偃月形,数层倚石叠空青。几回雪夜寒光积,直似金光照户庭。

寄誓光上人
笔下龙蛇似有神,天池雷雨变逡巡。寄言昔日不龟手,应念江头洴澼人。

李昭象

李昭象,字化文,父方玄为池州刺史,因家焉。懿宗末年,以文干相国路岩,岩问其年,曰十有七矣。岩年尚少,尤器重之,荐于朝。将召试,会岩贬,遂还秋浦,移居九华,与张乔、顾云辈为方外友。诗八首。

喜杜荀鹤及第
深岩贫复病,榜到见君名。贫病浑如失,山川顿觉清。一春新酒兴,四海旧诗声。日使能吟者,西来步步轻。

赴举出山留寄山居郑参军
还如费冠卿,向此振高名。肯羡鱼须美,长夸鹤氅轻。理琴寒指倦,试药黑髭生。时泰难云卧,随看急诏行。

题顾正字溪居
高敞吟轩近钓湾,尘中来似出人间。若教明月休生桂,应得危时共掩关。春酒夜棋难放客,短篱疏竹不遮山。莫夸恬淡胜荣禄,雁引行高未许闲。

寄献山中顾公员外

抽却朝簪著钓蓑，近来声迹转巍峨。祥麟避网虽山野，丹凤衔书即薜萝。乍隐文章情更逸，久闲经济术翻多。深惭未副吹嘘力，竟困风埃争奈何。

山中寄崔谏议

半生猿鸟共山居，吟月吟风两鬓疏。新句未尝忘教化，上才争忍不吹嘘。全家欲去干戈后，大国中兴礼乐初。从此升腾休说命，只希公道数封书。

学仙词寄顾云

记得初传九转方，碧云峰下祝虚皇。丹砂未熟心徒切，白日难留鬓欲苍。无路洞天寻穆满，有时人世美刘郎。仙人恩重何由报，焚尽星坛午夜香。

寄尉迟侍御一作郎

我眠青嶂弄澄潭，君戴貂蝉白玉簪。应向谢公楼上望，九华山色在西南。

招西洞道者

危峰抹黛夹晴川，树簇红英草碧烟。樵客云僧两无事，此中堪去觅灵仙。

句

投文得仕而今少，佩印还家古所荣。送周繇之建德。《唐诗纪事》。

全唐诗卷六百九十

王驾

王驾,字大用,河中人。大顺元年登进士第,仕至礼部员外郎,自号守素先生。集六卷,今存诗六首。

夏雨

非惟消旱暑,且喜救生民。天地如蒸湿,园林似却春。洗风清枕簟,换夜失埃尘。又作丰年望,田夫笑向人。

古意

夫戍萧关妾在吴,西风吹妾妾忧夫。一行书信千行泪,寒到君边衣到无。

社日—作张演诗

鹅湖山下稻粱肥,豚栅鸡栖—作埘半—作对掩扉。桑柘影斜春社散,家家扶得醉人归。

雨晴—作晴景

雨前初见花间蕊,雨后兼无叶里花。蛱蝶飞来过墙去,却疑春色在邻家。

乱后曲江—作羊士谔诗

忆昔争—作曾游曲水滨,未春长有探春人。游春人尽空池在,直到春深不似春。

过故友居

邻笛寒吹日落初,旧居今已别人居。乱来儿侄皆分散,惆怅僧房认得书。

王涣

王涣,字群吉,大顺二年登第,官考功员外郎。诗十四首。

上裴侍郎

青衿七十榜三年,建礼含香次第迁。珠彩下连星错落,桂花曾对月婵娟。玉经磨琢多成器,剑拔沉埋更倚天。应念衔恩最深者,春来为寿拜尊前。

悼亡

春来得病夏来加,深掩妆窗卧碧纱。为怯暗藏秦女扇,怕惊愁度阿香车。腰肢暗想风欺柳,粉态难忘露洗花。今日青门葬君处,乱蝉衰草夕阳斜。

惆怅诗十二首

八蚕薄絮鸳鸯绮,半夜佳期并枕眠。钟动红娘唤归去,对人匀泪拾金钿。

李夫人病已经秋,汉武看来不举头。得所<small>一作修蛾</small>浓华销歇尽,楚魂湘血一生休。

谢家池馆花笼月,萧寺房廊竹飐风。夜半酒醒凭槛立,所思多在别离中。

隋师战舰欲亡陈,国破应难保此身。诀别徐郎泪如雨,镜鸾分后属何人?

七夕琼筵随<small>一作往</small>事陈,兼花连蒂<small>一作蓼花</small>莲叶共伤神。蜀王殿里三更月,不见骊山私语人。

夜寒春病不胜怀,玉瘦花啼万事乖。薄幸檀郎断芳信,惊嗟犹梦合欢鞋。

呜咽离声管吹秋,妾身今日为君休。齐奴不说平生事,忍看花枝谢玉楼。

青丝一绺堕云鬟,金剪刀鸣不忍看。持谢君王寄幽怨,可能从此住人间。

陈宫兴废事难期,三阁空余绿草基。狎客沦亡丽华死,他年江令独来时。

晨肇重来路已迷,碧桃花谢武陵溪。仙山目断无寻处,流水潺湲日渐西。

少卿降北子卿还,朔野离觞惨别颜。却到茂陵唯一恸,节毛零落鬓毛斑。

梦里分明入汉宫,觉来灯背锦屏空。紫台月落关山晓,肠断君恩信画工。

戴司颜

戴司颜,登大顺进士第,官太常博士。诗二首。

江上雨

非不欲前去,此情非自由。星辰照何处,风雨送凉秋。寒锁空江梦,声随黄叶愁。萧萧犹未已,早晚去蘋洲。

塞上

空迹昼苍茫,沙腥古战场。逢春多霰雪,生计在牛羊。冷角吹乡泪,干榆落梦床。从来山水客,谁谓到渔阳?

句

远来朝凤阙,归去恋元侯。<small>赠僧,见《纪事》。</small>

吴仁璧

吴仁璧,字延宝,吴人<small>或云关右人</small>。大顺二年,登进士第。钱镠据浙,累辟不就,镠怒,沉之江。诗一卷,今存十一首。

投谢钱武肃

东门上相好知音,数尽台前郭隗金。累重虽然容食椹,力微无计报焚林。弊貂不称芙蓉幕,衰朽仍惭玳瑁簪。十里溪光一山月,可堪从此负归心。

客路

人寰急景如波委,客路浮云似盖轻。回首故山天外碧,十年无计却归耕。

南徐题友人郊居

门前樵径连江寺,岸下渔矶系海槎。待到秋深好时节,与君长醉隐侯家。

读度人经寄郑仁表

身虽一旦尘中老,名拟三清会里题。二午九斋余日在,请君相伴醉如泥。

秋日听僧弹琴

金徽玉轸韵泠然,言下浮生指下泉。恰称秋风西北起,一时吹入碧湘烟。

贾谊

扶持一疏满遗编,汉陛前头正少年。谁道恃才轻绛灌,却将惆怅吊湘川。

春雪

雪霁凝光入坐寒,天明犹自卧袁安。貂裘穿后鹤氅敝,自此风流不足看。

衰柳

金风渐利露珠团,广陌长堤黛色残。水殿狂游隋炀帝,一千余里可堪看。

凤仙花

香红嫩绿正开时,冷蝶饥蜂两不知。此际最宜何处看,朝阳初上碧梧枝。

金钱花

浅绛浓香几朵匀,日熔金铸万家新。堪疑刘宠遗芳在,不许山阴父老贫。

钱塘鹤

人间路霭青天半,鳌岫云生碧海涯。虽抱雕笼密扃钥,可能长在叔伦家。

句

为惜苔钱妨换砌,因怜山色旋开尊。闲居。

高阁烟霞禅客睡,满城尘土世人忙。游法华寺。

王龙金角向星斗,三洞玉音愁鬼神。赠道士。

蒲草薄裁连蒂白,胭脂深染半葩红。题莺粟花,以上并《雅言杂载》。

汪极

汪极,字极甫,歙人,大顺三年进士,诗一首。

奉试麦垄多秀色

南陌生岐穗,农家乐事多。塍畦交茂绿,苗实际清和。日布玲珑影,风翻浩荡波。来牟知帝力,含哺有衢歌。

张曙

张曙,吏部侍郎聚之子,大顺中登第,官右补阙。诗一首。

下第戏状元崔昭纬

千里江山陪骥尾,五更风水失龙鳞。昨夜浣花溪上雨,绿杨芳草为何人?

林嵩

林嵩,字雄飞,大顺中登进士第,官侍御史。诗一卷,今存一首。

赠天台王处士

深隐天台不记秋,琴台长别一何愁。茶烟岩外云初起,新月潭心钓未收。映宇异花丛发好,穿松孤鹤一声幽。赤城不掩高宗梦,宁久悬冠枕瀑流。

全唐诗卷六百九十一

杜荀鹤

杜荀鹤,字彦之,池州人,有诗名,自号九华山人。大顺二年,第一人擢第,复还旧山。宣州田頵遣至汴通好,朱全忠厚遇之,表授翰林学士、主客员外郎、知制诰。恃势侮易缙绅,众怒,欲杀之而未及。天祐初卒。自序其文为《唐风集》十卷,今编诗三卷。

春宫怨 一作周朴诗

早被婵娟误,欲妆临镜慵。承恩不在貌,教妾若为容。风暖鸟声碎,日高花影重。年年越溪女,相忆采芙蓉。

访道者不遇

寂寂白云门,寻真不遇真。只应松上鹤,便是洞中人。药圃花香异,沙泉鹿迹新。题诗留姓字,他日此相亲。

送人游吴

君到姑苏见,人家尽枕河。古宫闲地少,水港小桥多。夜市卖菱藕,春船载绮罗。遥知未眠月,乡思在渔歌。

送陈昈归麻川

麻川清见底,似入武陵溪。两岸山相向,三春鸟乱啼。酒旗和柳动,僧屋与云齐。即此吾乡路,怀君梦不迷。

出山

病眼看一作见春榜,文场公道开。朋人登第尽,白发出山来。处世曾无过一作遇,惟天合是媒。长安不觉远,期遂一名回。

浙中逢诗友

到处有同人,多为赋与文。诗中难得友,湖畔喜逢君。冻把一作拖城根雪,风开岳面云。苦吟吟不足,争忍话离群。

送友游吴越

去越从吴过,吴疆与越连。有园多种橘一作菊,无水不生莲。夜市桥边火,春风寺外船。此中偏重客,君去必经年。

出常山界使回有寄

自小即南北,未如今日离。封疆初尽处,人使却回时。开口有所忌,此心无以为。行行复垂泪,不称是男儿。

经废宅

人生当贵盛,修德可延之。不虑有今日,争教无破时。藓斑题字壁,花发带巢枝。何况蒿原上,荒坟与折碑。

登天台寺

一到天台寺,高低景旋生。共僧岩上坐,见客海边行。野色人耕破,山根浪打鸣。忙时向闲处,不觉有闲情。

途中春

马上览春色,丈夫惭泪垂。一生看却老一作老却,五字未逢知。酒力不能久,愁根无可医。明年到今日,公道与谁期。

入关历阳道中却寄舍弟

求名日苦辛,日望日荣亲。落叶山中路,秋霖马上人。晨昏知汝道,诗酒卫吾身。自笑抛麋鹿,长安拟醉春。

赠欧阳明府

贤宰宰斯邑,政闻闾里间。都缘民讼少,长觉吏徒闲。帆落醉前浦,钟鸣枕上山。回舟却一作亦惆怅,数宿钓鱼湾。

赠临上人

不计禅兼律,终须入悟门。解空非有自,所得是无言。眼豁浮生梦,心澄大道源。今来习师者,多锁教中猿。

题战岛僧居在江之心

师爱无尘地,江心岛上居。接船求化惯,登陆赴斋疏。载土春栽树一作竹,抛生日馁鱼。入云萧帝寺,毕竟欲何如?

别衡州牧

朝别使君门,暮投江上村。从来无旧分,临去望何恩。行计自不定,此心谁与论。秋猿叫寒月,只欲断人魂。

送人游江南

满酌劝君酒,劝君君莫辞。能禁几度别,即到白头时。晚岫无云蔽,春帆有燕随。男儿两行泪,不欲等闲垂。

游茅山

步步入山门,仙家鸟径分。渔樵不到处,麋鹿自成群。石面迸出一作流水,松头穿破一作乱云。道人星月下,相次礼茅君。

读友人诗卷

冰齿味瑶轴,只应神鬼知。坐当群静后,吟到月沉时。雪峡猿声健,风樯鹤立危。篇篇一字字,谁复更言诗。

寄从叔

三族不当路,长年犹布衣。苦吟天与性,直道世将非。雁夜愁痴坐,渔乡老忆归。为儒皆可立,自是拙时机。

寄李溥

如我如君者,不妨身晚成。但从时辈笑,自得古人情。共莫更初志,俱期立后名。男儿且如此,何用叹平生。

郊居即事投李给事

无禄奉晨昏,闲居几度春。江湖苦吟士,天地最穷人。书剑同三友,蓬蒿外四邻。相知不相荐,何以自谋身。

寄诗友

别来春又春,相忆喜相亲。与我为同志,如君能几人。何时吟得力,渐老事关身。惟有前溪水,年年濯客尘。

题田翁家 一作家翁

田翁真快活,婚嫁不离村。州县供输罢,追随鼓笛喧。盘飧同老少,家计共田园。自说身无事,应官有子孙。

长安冬日

近腊饶风雪,闲房冻坐时。书生教到此,天意转难知。吟苦猿三叫,形枯柏一枝。还应公道在,未忍与山期。

霁后登唐兴寺水阁

一雨三秋色,萧条古寺间。无端登水阁,有处似家山。白日生新事,何时一作人得暂闲。将知老僧意,未必恋松关。

山中寄友人

深山多隙地,无力及耕桑。不是营生拙,都缘觅句忙。破窗风一作岚翳烛,穿屋月侵床。吾友应相笑,辛勤道未光。

自述

四海欲行遍,不知终遇谁。用心常合道,出语或伤时。拟作闲人老,惭无一作为识者嗤。如今已无计,只得苦于诗。

题江山寺

江上山头寺,景留吟客船。遍游销一日,重到是何年？沙鸟多翘足,岩僧半露肩。为诗多语涩,喜此得终篇。

秋日旅舍卧病呈所知

秋色上庭枝,愁怀切向谁？青云无势日,华发有狂时。枕上闻风雨,江南系别离。如何吟到此,此道不闻一作逢知。

秋宿山馆

山馆坐待晓,夜长吟役神。斜风吹败叶,寒烛照愁人。蕴蓄天然性,浇讹世恶真。男儿出门志,不独为谋身。

赠老僧

众僧尊夏腊,灵岳遍曾登。度水手中仗,行山溪畔藤。心空默是印,眉白雪为棱。自得巡方道,栖禅老未能。

别舍弟

欲住住不得,出门天气秋。惟知偷拭泪,不忍更回头。此日只一作唯愁老,况身方远游。孤寒将五字,何以动诸侯？

雪中别诗友

酒寒无小户,请满酌一作酌满行杯。若待雪消去,自然春到来。出城人迹少,向暮鸟声哀。未遇应关命,侯门处处开。

题岳麓寺

一簇楚江山,江山胜此难。觅人来画取,到处得吟看。鹤隐松声尽,鱼沉槛影寒。自知心未了,闲话亦多端。

怀庐岳书斋

长忆在庐岳,免低尘土颜。煮茶窗底水,采药屋头山。是境皆游遍,谁人不羡闲？无何一名系,引出白云间。

题唐兴寺小松

虽小天然别,难将众木同。侵僧半窗月,向一作与客满一作一襟风。枝拂行苔鹤,声分叫砌虫。如今未堪看,须是雪霜中。

与友人话别

客路行多少,干一作于人无易颜。未成终老计,难致此身闲。月兔走入海,日乌飞出山。流一作留年留一作住不得,半在别离间。

赠庐岳隐者

自见来如此,未尝离洞门。结茅遮雨雪,采药给晨昏。古树藤缠杀,春泉鹿过浑。悠悠无一事,不似属乾坤。

怀紫阁隐者

紫阁白云端,云中有地仙。未归蓬岛上,犹隐国门前。洞口人无迹,花阴鹿自眠。焚香赋诗罢,星月冷遥天。

题会上人院

鼓角城中寺,师居日得闲。必能行大道,何用在深山。破衲新添线,空门夜不关。心知与眼见,终取到无间。

送黄补阙南迁

得罪非天意,分明谪去身。一心贪谏主,开口不防人。自古有迁客,何朝无直臣？喧然公论在,难滞楚南春。

送宾贡登第后归海东

归捷中华第一作地,登船鬓未丝。直应天上桂,别有海东枝。国界波穷处,乡心日出时。西风送君去,莫虑到家迟。

近试投所知

白发随梳落,吟怀说向谁。敢辞成事晚,自是出山迟。拟动如浮海,凡言似课诗。终一作修身事知己,此外复何为？

送友人牧江州

本国兵戈后,难官在此时。远分天子命,深要使君知。但遂生灵愿,当应雨露随。江山胜他郡,闲赋庾楼诗。

辞座主侍郎

一饭尚怀感,况攀高桂枝。此恩无报处,故国远归时。只恐兵戈隔,再趋门馆迟。茅堂拜亲后,特地泪双垂。

别从叔

立马不忍上,醉醒天气寒。都缘在门易,直似别家难。世路既如此,客心须自宽。江村一作归期亦饥冻一作羁束,争及问长安。

送人南游

凡游南国者,未有不蹉跎。到海路难一作虽尽,挂帆人更多。潮沙分象迹,花洞响蛮歌。纵有投文处,于君能几何？

经贾岛墓

谪宦自麻衣,衔冤至死时。山根三尺墓,人口数联诗。仙桂终无分,皇天似有私。暗松风雨夜,空使老猿悲。

秋夜一作江晚泊

一望一苍然,萧骚起暮天。远山横落日,归鸟度平川。家是去秋别,月当今夕圆。渔翁似相伴,彻晓苇丛边。

送舍弟

我受羁栖惯,客情方细知。好看前路事,不比在家时。勉汝言须记,闻人善即师。旅中无废业,时作一篇诗。

将归山逢友人

儒为君子儒,儒道不妨孤。白发多生矣,青山可住乎？佯狂宁是事,巧达又非夫。只此平生愿,他人肯信无？

经九华费征君墓

凡吊先生者,多伤荆棘间。不知三尺墓,高却九华山。天地有何外,子孙无亦闲。当时若征起,未必得身还。

溪居叟

溪翁居静处一作处静,溪鸟入门飞。早起钓鱼去,夜深乘月归。见君无事老,觉我有求非。不说风霜苦,三冬一草衣。

与友人对酒吟

凭君满酌酒,听我醉中吟。客路如天远,侯门似海深。新坟侵古道,白发恋黄金。共有人间事,须怀济物心。

送僧

道了亦未了,言闲今且闲。从来无住处,此去向何山。片石树阴下,斜阳潭影间。请师留偈别,恐不到人寰。

送九华道士游茅山

忽起地仙一作他山兴,飘然出旧山。于身无切事,在世有余闲。日月浮生外,乾坤大醉间。故园华表上,谁得见君还。

寄舍弟

世乱信难通,乡心日万重。弟兄皆向善,天地合相容。大野阴云重,连城杀气浓。家山白云里,卧得最高峰。

下第投所知

若以名场内,谁无一轴诗?纵饶生白发,岂敢怨明时。知己虽然切,春官未必私。宁教读书眼,不有看花期。

寄顾云

省得前年别,蘋洲旅馆中。乱离身不定,彼此信难通。侯国兵虽敛,吾乡业已空。秋来忆君梦,夜夜逐征鸿。

赠宣城麋明府

天下为官者,无君一轴诗。数联同我得,当代遇谁知?年齿吟将老,生涯说可悲。何当抛手板,邻隐过危时。

望远

门前通大道,望远上高台。落日人行尽—作逝,穷边信不来。还闻战得胜,未见敕招回。却入机中坐,新愁织不开。

冬末投长沙裴侍郎

欲露尘中事,其如不易言。家山一离别,草树匝春暄。吹梦风天角,啼愁雪岳猿。仁思心觉满,何以远门轩?

赠秋浦金明府长

倚郭难为宰,非君即有私。惟凭野老口,不立政声碑。苦甚求名日,贫于未选时。溪山竟如此,利得且吟诗。

和高秘书早春对雪登楼见寄之什

天有惜花意,恐花开染尘。先教微雪下,始放满城春。且醉登楼客,重期出郭人。因酬郢中律—作作,霜鬓数茎新。

乱后山中作

自从天下乱,日晚别庭闱。兄弟团圞乐,羁孤远近归。文章甘世薄,耕种喜山—作田肥。直待中兴后,方应出隐扉。

旅寓书事

日日惊身事,凄凄欲断魂。时清不自立,发白傍谁门。中路残秋雨,空山一夜猿。公卿得见面,怀抱细难言。

舟行晚泊江上寺

久劳风水—作雨上,禅客喜相依。挂衲虽无分,修心未觉非。日沉山虎出,钟动寺禽归。月上潮平后,谈空渐入微。

长林山中闻贼退寄孟明府

一县今如此,残民数不多。也知贤宰切,争奈乱兵何。皆自干戈达,咸思雨露和。应怜住山者,头白未登科。

泗上客思

痛饮复高歌,愁终不奈何。家山随日远,身事逐年多。没雁云横楚,兼蝉柳夹河。此心闲未得,到处被诗磨。

寄同人

尽与贫为患,唯余即不然。四方无静处,百口度荒年。白发生闲事,新诗出数联。时情竟如此,不免却归田。

下第出关投郑拾遗

丹霄桂有枝,未折未为迟。况是孤寒士,兼行苦涩诗。杏园人醉日,关路独归时。更卜深知意,将来拟荐谁?

塞上

草白河冰合,蕃戎出掠频。戍楼三号火—作三急号,探马一条尘。战士风霜老,将军雨露新。封侯不由此,何以慰征人?

别敬侍郎

交道有寒暑,在人无古今。与君中夜话,尽我一生心。所向未得志,岂惟空解吟?何当重相见,旧隐白云深。

送青阳李明府

善政无惭色，吟归似等闲。惟将六幅绢，写得九华山。求理头空白，离京—作终官债未还。仍闻猿—作琴与鹤，都在一船间。

将游湘湖有作

一家相别意，不得不潸然。远作南方客，初登上水船。岳钟思冷梦，湘月少残篇。便有归来计，风波亦隔年。

送姚庭珪

脱衣将换酒，对酌话何之。雨后秋萧索，天涯晚别离。人生无此恨，鬓色不成丝。未得重相见，看君马上诗。

投李大夫

自小僻于诗，篇篇恨不奇。苦吟无暇日，华发有多时。进取门难见，升沉命未知。秋风夜来急，还恐到京迟。

贻里中同志

乡里为儒者，唯君见我心。诗书常共读，雨雪亦相寻。贫贱志气在，子孙交契深。古人犹晚达，况未鬓霜侵。

江上送韦檐先辈

不易为离抱，江天即见鸿。暮帆何处落，凉月与谁同？木叶新霜后，渔灯夜浪中。时难慎行止，吾道利于穷。

维扬逢诗友张乔

天下方多事，逢君得话诗。直应吾道在，未觉国风衰。生计吟消日，人情醉过时。雅篇三百首，留作后来师。

秋晨有感

木叶落时节，旅人初梦惊。钟才枕上尽，事已眼前生。吟发不长黑，世交无久情。且将公道约，未忍便归耕。

秋日山中寄李处士

吾辈道何穷，寒山细雨中。儿童书懒读，果栗树将空。言论关时务，篇章见国风。升平犹可用，应不废为公—作翁。

晚泊金陵水亭

江亭当废国，秋景倍萧骚。夕照残荒垒，寒潮涨古濠。就田看鹤劣—作大，隔水见僧高。无限前朝事，醒吟易觉劳。

钱塘别罗隐

故国看看远，前程计在谁？五更听角后，一叶渡江时。吾道天宁丧，人情日可疑。西陵向西望，双泪为君垂。

山中贻同志

君贫我亦贫，为善喜为邻。到老如今日，无心愧古人。闭门非傲世，守道是谋身。别有同山者，其如未可亲。

秋日怀九华旧居

吾道在五字，吾身宁陆沉。凉生中夜雨—作月，病起故山心。烛共寒酸影，蛩添苦楚吟。何当遂归去，一径入松林。

江岸秋思

驱马傍江行，乡愁步步生。举鞭挥柳色，随手失蝉声。秋稼缘长道，寒云约古城。家贫遇丰岁，无地可归耕。

哭刘德仁

贾岛还如此，生前不见春。岂能诗苦者，便是命羁人。家事因吟失—作尽，时情碍国亲。多应衔恨骨，千古不为尘。

经青山吊李翰林

何为—作谓先生死，先生道日新。青山明月夜，千古一诗人。天地空销骨，声名不傍身。谁移末阳冢，来此作吟邻？

下第东归别友人

不得同君—作居住，当春别帝乡。年华落第老，岐路出关长。芳草缘流水，残花向夕阳。怀亲暂归去，非是钓沧浪。

秋宿诗僧云英房—作院因赠

贾岛怜无可,都缘数句诗。君虽是后辈,我谓过当时。溪浪和星动,松阴带鹤移。同吟到明坐,此道淡谁知?

送人宰吴县

海涨兵荒后,为官合动情。字人无异术,至论不如清。草履随船卖,绫梭隔水鸣。唯持古人意,千里赠君行。

读友人诗

君诗通大雅,吟觉古风生。外却浮华景,中含教化—作至教情。名应高日月,道可润公卿。莫以孤寒耻,孤寒达更荣。

登山寺

山半一山寺,野人秋日登。就中偏爱石,独上最高层。有果猿攀—作摇树,无斋鸽看僧。儒门自多事,来此复何能。

辞九江李郎中入关

帝里无相识,何门迹可亲。愿开言重口,荐与分深人。卷许新诗出,家怜旧业贫。今从九江去,应免更迷津。

江南逢李先辈

李杜复李杜,彼时逢此时。干戈侵帝里,流落向天涯。岁月消于酒,平生断在诗。怀才不得志,只恐满头丝。

秋日寄吟友

闲坐细思量,唯吟不可忘。食无三亩地,衣绝一株桑。蝉树生寒色,渔潭落晓光。青云旧知已,未许钓沧浪。

江上与从弟话别

相逢尽说归,早晚遂归期。流水多通处,孤舟少住时。干人不得已,非我欲为之。及此终无愧,其如道在兹。

送友人游南海

南海南边路,君游只为贫。山川多少地,郡邑几何人?花鸟名皆别,寒暄气不均。相期早晚见,莫待瘴侵身。

赠聂尊师

诗道将—作皆仙分,求之不可求。非关从小学,应是数生修。蟾桂云梯折,鳌山鹤驾游。他年两成事,堪喜是邻州。

旅感

白发根丛出,镊频愁不开。自怜空老去,谁信苦吟来?客路东西阔,家山早晚回。翻思钓鱼处,一雨一层苔。

寄益阳武灌明府

县称诗人理,无嫌日寂寥。溪山入城郭,户口半渔樵。月满弹琴夜,花香漉酒朝。相思不相见,烟水路迢迢。

湘中秋日呈所知

四海无寸土,一生惟苦吟。虚垂异乡泪,不滴别人心。雨—作木色洞湘树,滩声下塞禽。求归归未得,不是掷光阴。

苦吟

世间何事好,最好莫过诗。一句我自得,四方人已知。生应无辍日,死是不吟时。始拟归山去,林泉道在兹。

闽中别所知

触目生归思,那堪路七千。腊中离此地,马上见明年。郡邑溪山巧,寒暄日月偏。自疑双鬓雪,不似到南天。

塞上伤战士

战士说辛勤,书生不忍闻。三边远天子,一命信将军。野火烧人骨,阴风卷阵云。其如禁城里,何以重要勋。

春日访独孤处士

地僻春来静,深宜长者居。好花都待—作太晚,修竹不妨疏。雁入湘江食,人侵晓色锄。似君无学处,头白道如初。

哭友人

病向名场得,终为善误身。无儿承后嗣,有女托何人。葬礼难求备,交情好者贫。惟余旧文集,一览一沾巾。

新栽竹

劚破苍—作莓苔色—作地,因栽十数茎。窗风从此冷,诗思当时清。酒入杯中影,棋添局上声。不同桃与李,潇洒伴书生。

送吴蜕下第入蜀

下第言之蜀,那愁举别杯。难兄方在幕,上相复怜才。鸟径盘春霭,龙湫发夜雷。临邛无久恋,高桂待君回。

乱后归山—作山居

乱世归山谷,征鼙喜不闻。诗书犹满架,弟侄未为军。山犬眠红叶,樵童唱白云。此心非此志,终拟致明君。

题著禅师

大道本无幻,常情自有魔。人皆迷著此,师独悟如何?为岳开窗阔,因虫长草多。说空空说得,空得到维摩—作作空麽。

春日闲居即事

未得青云志,春同秋日情。花开如叶落,莺语似蝉鸣。道合和贫守,诗堪与命争。饥寒是吾事,断定不归耕。

秋宿栖贤寺怀友人

一宿三秋寺,闲忙与晓分。细泉山半落,孤客夜深闻。鹤云巢盛月,龙潜穴拥云。苦吟方见景,多恨不同君。

乱后再逢汪处士

如君真道者,乱—作高世有闲情。每别不知处,见来长后生。药非因病服,酒不为愁倾。笑我于身苦,吟髭白数茎。

山中喜与故交宿话

远地能相访,何惭事力微。山中深夜坐,海内故交稀。村酒沽来浊,溪鱼钓得肥。贫家只如此,未可便言归。

观棋

对面不相见,用心同—作如用兵。算人常欲杀,顾己自贪生。得势侵吞远,乘危打劫赢。有时逢敌手,当局到深更。

送人宰德清

乱世人多事,耕桑或失时。不闻宽赋敛,因此转流离。天意未如是,君心无自欺。能依四十字,可立德清碑。

寄窦处士

漳水醉中别,今来犹未醒。半生因酒废,大国几时宁。海畔将军柳,天边处士星。游人不可见,春入乱山青。

题历山舜祠山有庙,呼为帝二子多变妖异,为时所敬

昔舜曾耕地,遗风日寂寥。世人那肯祭,大圣不兴妖。殿宇秋霖坏,杉松野火烧。时讹竞淫祀,丝竹醉山魈。

赠李蒙叟

在我成何事,逢君更劝吟。纵饶不得力,犹胜别劳心。凡事有兴废,诗名无古今。百年能几日,忍不惜光阴。

维扬冬末寄幕中二从事缺第三句

闻道长溪尉,相留一馆闲。□□□□□,尚隔几重山。为旅春风外,怀人夜雨间。年来疏览镜,怕见减朱颜。

和吴太守罢郡山村偶题二首

罢郡饶山兴,村家不惜过。官情随日薄,诗思入秋多。野兽眠低草,池禽浴动荷。眼前余政在,不似有干戈。

快活田翁辈,常言化育时。纵饶稽岁月,犹说向孙儿。茅屋梁和节,茶盘果带枝。相传终不忘,何必立生祠。

乱后送友人 一作送人遇乱归湘中

家枕三湘岸,门前即一作有钓矶。渔竿壮岁别,鹤发乱时归。岳暖无猿叫,江春有燕飞。平生书剑在,莫便学忘机。

送紫阳僧归庐岳旧寺

紫衣明主赠,归寺感先师。受业恩难报,开堂影不知。松风攲枕夜,山雪下一作上楼时。此际无人会,微吟复敛眉。

和刘评事送海禅和归山

衲一作内外元无象,言寻那路寻。问禅将底说,传印得何心。未了群山浅,难一作能休一室深。伏魔宁是兽,巢顶亦非禽。观色风驱雾,听声雪洒林。凡归是归处,不必指高岑。
一作况当幽隐处,未必有高岑

御沟柳

律到御沟一作九重春,沟边柳色新。细笼穿禁水,轻拂入朝人。日近韶光早,天低圣泽匀。谷莺栖未隐,宫女画难真。楚国空摇浪,隋堤暗惹尘。如何帝城里,先得覆龙津。

全唐诗卷六百九十二

杜荀鹤

冬末同友人泛潇湘

残腊泛舟何处好,最多吟兴是潇湘。就船买得鱼偏美,踏雪沽来酒倍香。猿到夜深啼岳麓,雁知春近别衡阳。与君剩采江山景,裁取新诗入帝乡。

赠李镡 镡自维扬遇乱,东入山中。

君行君文天合知,见君如—作于此我兴—作伤悲。只残三口兵戈后,才到孤村雨雪时。著卧衣裳难办洗,旋求粮食莫供炊。地炉不暖柴枝湿,犹把蒙求授小儿。

旅中卧病

秋来谁料病相萦,枕上心犹算去程。风射破窗灯易灭,月穿疏屋梦难成。故园何啻三千里,新雁才闻一两声。我自与人无旧分,非干人与我无情。

旅泊遇郡中叛乱示同志

握手相看—作悲谁敢言,军家刀剑在腰边。遍搜宝货无藏处,乱杀平人不怕天。古寺拆为修寨木,荒坟开作甃城砖。郡侯逐出浑闲事,正是銮舆幸蜀年。

赠秋浦张明府

君为秋浦三年宰,万虑关心两鬓知。人事旋生当路县,吏才难展用兵时。农夫背上题军号,贾客船头插战旗。他日亲知问官况,但教吟取杜家诗。

雪

风搅长空寒骨生,光—作先于晓色报窗明。江湖不见飞禽影,岩谷时闻折竹声。巢穴几多相似处—作沟壑本深无复满。路岐兼得一般平。拥袍公子休—作莫言冷,中有樵夫跣足行。

题庐岳刘处士草堂

仙境闲寻采药翁,草堂留话一宵同。若看山下云深处,直是人间路不通。泉领藕花来洞口,月将松影过溪东。求名心在闲难遂,明日马蹄尘土中。

山中寄诗友

山深长恨少同人,览景无时不忆君。庭果自从霜后熟,野猿频向屋边闻。琴临秋水弹明月,酒就东—作寒山酌白云。仙桂算攀攀合得,平生心力尽于文。

秋宿临江驿

南来北去二三年,年去年来两鬓斑。举世尽从愁里老,谁人肯向死前闲?渔舟火影寒归浦,驿路铃声夜过山。身事未成归未得,听猿鞭马入长关—作安。

题瓦棺寺真上人院矮桧

天生仙桧是长材,栽桧希逢此最低。一自旧山来砌畔,几番凡木与云齐。迥无斜影教僧踏,免有闲枝引鹤栖。今日偶题题似着,不知题后更谁题?

江下—作上初秋寓泊

蒙蒙烟雨蔽江村,江馆愁人好断魂。自别家来生白发,为侵星起谒朱门。也知柳欲开春眼,争奈萍无入土根。兄弟无书雁归北,一声声觉苦于猿。

投从叔补阙

吾宗不谒谒诗宗,常仰门风继国风。空有篇章传海内,更无亲族在朝中。其来虽愧源流浅,所得须怜雅颂同。三十年吟到今日,不妨私荐亦成公。

赠张员外儿

张公一子才三岁,闻客吟声便出来。唤物舌头犹未稳,诵诗心孔迥然开。天生便是成家庆,年长终为间世才。月里桂枝知—作如有分,不劳诸丈作梯媒。

重阳日有作

一为重阳上古台,乱时谁见菊花开。偷饕—作拌白发真堪笑,牢锁黄金实—作更可哀。是个少年皆老去,争知荒冢不荣来。大家拍手高声唱,日未沉山且莫回。

入关寄九华友人

坐床难稳露蝉新,便作东西马上身。飙酒却输耽睡客,好山翻对不吟人。无多志气禁离别,强半年光属苦辛。箧里篇章头上雪,未知谁恋杏园春?

送李镡游新安

邯郸李镡才峥嵘,酒狂诗逸难干名。气直不与儿—作时辈洽,醉来拟共天公争。孤店夜烧枯叶坐,乱时秋踏早霜行。一间茅屋住不稳,刚出为人平不平。

冬末自长沙游桂岭留献所知

家隔重湖归未期,更堪南去别深知。前程笑到山多处,上马愁逢岁尽时。四海内无容足地,一生中有苦心诗。朱门只见朱门事,独把孤寒问阿谁?

送福昌周繇少府归宁兼谋隐

少见古人无远虑,如君真得古人情。登科作尉官虽小,避世安亲禄已荣。一路水云生隐思,几山猿鸟认吟声。知君未作终焉计,要著文章待太平。

贺顾云侍御府主与子弟奏官 敕下时,年七岁。

青桂朱袍不贺兄,贺兄荣是见儿荣。孝经始向堂前彻,官诰当从幕下迎。戏把蓝袍包果子,娇将竹笏恼先生。自惭乱世无知己,弟侄鞭牛傍陇耕。

舟行即事

年少髭须雪欲侵,别家三日几般心。朝随贾客忧风色,夜逐渔翁宿苇林。秋水鹭飞红蓼晚,暮山猿叫白云深。重阳酒熟茱萸紫,却向江头倚棹吟。

乱后山居

从乱—作乱后移家拟傍山,今来方办买山钱。九州有路休为客,百岁无愁即是仙。野叟并田锄暮雨,溪禽同石立寒烟。他人似我还应少,如此安贫亦荷天。

山居寄同志

茅斋深僻绝轮蹄,门径缘莎细接溪。垂钓石台依竹垒,待宾茶灶就岩泥。风生谷口猿相叫,月照松头鹤并栖。不是无端过时日,拟从窗下蹑云梯。

将入关安陆遇兵寇

家贫无计早离家,离得家来塞滞多。已是数程行雨雪,更堪中路阻兵戈。几州户口看成血,一旦天心却许和。四面烟尘少无处,不知吾土自如何。

夏日登友人书斋林亭

暑天长似秋天冷,带郭林亭画不如。蝉噪槛前遮日竹,鹭窥池面弄萍鱼。抛山野客横琴醉,种药家僮踏雪锄。众惜郡才堪上第,莫因居此与名疏。

寄临海姚中丞

夏辞旌斾已秋深,永夕思量泪满襟。风月易斑搜句鬓,星霜难改感恩心。寻花洞里连春醉,望海楼中彻晓吟。虽有梦魂知处所,去来多被角声侵。

秋日闲居寄先达

到头身事欲何为,窗下工夫鬓上知。乍可百年无称意,难教一日不吟诗。风驱早雁冲湖色,雨挫残蝉点柳枝。自古书生也如此,独堪惆怅是明时。

题觉禅和

少见修行得似师,茅堂佛像亦随时。禅衣衲后云藏线,夏腊高来雪印眉。耕地诫侵连冢土,伐薪教护带巢枝。有时问着经中事,却道山僧总不知。

感秋—作秋感

年年名路谩辛勤,襟袖空多马上尘。画戟门前难作客,钓鱼船上易安身。冷烟粘柳蝉声老,寒渚澄星雁叫新。自是侬家无住处,不关天地窄于人。

题德玄上人院

刳得心来忙处闲,闲中方寸阔于天。浮生自是无空性,长寿何曾有百年。罢定磬敲松罅月,解眠茶煮石根泉。我虽未似师披衲,此理同师悟了然。

春日山居寄友人

野吟何处最相宜,春景暄和好入诗。高下麦苗新雨后,浅深山色晚晴时。半岩云脚风牵断,平野花枝鸟踏垂。倒载干戈是何日,近来麋鹿欲相随。

怀庐岳旧隐

一别三年长在梦,梦中时蹑石棱层。泉声入夜方堪听,山色逢秋始好登。岩鹿惯随锄药叟,溪鸥不怕洗苔僧。人间有许多般事,求要身闲直未能。

投长沙裴侍郎

此身虽贱道长存,非谒朱门谒孔门。只望至公将卷读,不求朝士致书论。垂纶雨结渔乡思,吹木风传雁夜魂。男子受恩须有地,平生不受等闲恩。

和友人见题山居

避时多喜葺居成,七字君题万象清。开户晓云连地白,访人秋月满山明。庭前树瘦霜来影,洞口泉喷雨后声。有景供吟且如此,算来何必躁于名。

献长沙王侍郎

文星渐见射台星,皆仰为霖沃众情。天泽

逼来逢圣主，辞林盛去得书生。云妆岳色供吟景，月浩湘流递政声。美化事多难讽诵，未如耕钓口分明。

春日登楼遇雨

忽地晴天作雨天，全无暑气似秋间。看看水没来时路，渐渐云藏望处山。风趁鹭鸶双出苇，浪催渔父尽归湾。一心准拟闲登眺，却被诗情使不闲。

春日行次钱塘却寄台州姚中丞

岂为无心求上第，难安帝里为家贫。江南江北闲为客，潮去潮来老却人。两岸雨收莺语柳，一楼风满角吹春。花前不独垂乡泪，曾是——作作朱门寄食身。

投江上崔尚书

此生何路出尘埃，犹把中才谒上才。闭户十年专笔砚，仰天无处认梯媒。马前霜叶催归去，枕上边鸿唤觉来。若许登门换骫骳，必应辛苦事风雷。

书事投所知

古陌寒风来去吹，马蹄尘旋上麻衣。虽然干禄无休意，争奈趋时不见机。诗思趁云从岳涌，乡心随雁绕湖飞。肯将骨肉轻离别，未遇人知未得归。

秋日湖外书事

十五年来笔砚功，只今犹在苦贫中。三秋客路湖光外，万里乡关楚邑——作色东。鸟径杖藜山霨雨，猿林敧枕树摇风。朱门处处若相似，此命到头通不通。

题宗上人旧院

此院重来事事乖，半敧茅屋草侵阶。啄生鸦忆啼松桦，接果猿思啸石崖。壁上尘粘蒲叶扇，床前苔烂笋皮鞋。分明记得谈空日，不向秋风更怆怀。

乱后出山逢高员外

自从乱后别京关，一入烟梦十五年。重出

故山生白发，却装新卷谒清贤。窗回旅萝城头角，柳结乡愁雨后蝉。名姓暗投心暗祝，永期收拾向门前。

赠友人罢举赴交趾辟命

罢动名场拟入秦，南行无罪似流人。纵经商岭非驰驿，须过长沙吊逐臣。舶载海奴钚硾——作䌽耳，象驮蛮女彩缠身。如何待取丹霄桂，别赴嘉招作上宾。

山中寡妇——作时世行

夫因兵死守蓬茅，麻苎衣衫鬓发焦。桑柘废来犹纳税，田园荒后——作尽尚征苗。时挑野菜和根煮，旋斫生柴带叶烧。任是深山更深处，也应无计避征徭。

访蔡融因题

杖藜时复过荒郊，来到君家不忍抛。每见苦心修好事，未尝开口怨平交。一溪寒色渔收网，半树斜阳鸟傍巢。必若天工主人事，肯交吾子委衡茅。

闲居书事

竹门茅屋带村居，数亩生涯自有余。鬓白只应秋炼句，眼昏多为夜抄书。雁惊风浦渔灯动，猿叫霜林橡实疏。待得功成即西去，时清不问命何如。

友人赠舍弟依韵戏和

吾家此弟有何知，多愧君开道业基。不觉裹头成大汉，昨来竹马作童儿。还缘世遇兵戈闹，只恐身修礼乐迟。及见和诗诗自好，砣徒和切，碾轮石也公——作门不到——作倒更何时。

乱后逢村叟——作时世行

经乱衰翁居破村，村中何事不伤魂。一作八十老翁住破村，村中牢落不堪论。因供寨木无桑柘，为著——作点乡兵绝子孙。还似平宁征赋税，未尝州县略安存。至于——作今鸡犬皆星散，日落前山独——作哭倚门。

赠元上人

　　多少僧中僧行高，偈成流落遍僧抄。经窗月静滩声到，石径人稀藓色交。垂露竹粘蝉落壳，罩云松载鹤栖巢。煮茶童子闲胜我，犹得依时把磬敲。

下第东归道中作

　　一回落第一宁亲，多是途中过却春。心火不锁双鬓雪，眼泉难灌满衣尘。苦吟风月唯添病，遍识公卿未免贫。马壮金多有官者，荣归却笑读书人。

夏日留题张山人林亭

　　此中偏称夏中游，时有风来暑气收。涧底松摇千尺雨，庭中竹撼一窗秋。求猿句寄山深寺，乞鹤书传海畔洲。闲与先生话身事，浮名薄宦总悠悠。

伤病马

　　此马堪怜力壮时，细匀行步恐尘知。骑来未省将鞭触，病后长教觅药医。顾主强抬和泪眼，就人轻刷带疮皮。只今筋骨浑全在，春暖莎青放未迟。

馆舍秋夕

　　寒雨萧萧灯焰青，灯前孤客难为情。兵戈闹日别乡国，鸿雁过时思弟兄。冷极睡无离枕梦，苦多吟有彻云声。出门便作还家计，直至如今计未成。

送僧赴黄山沐汤泉兼参禅宗长老

　　闻有汤泉独去寻，一瓶一钵一无金。不愁乱世兵相害，却喜寒山路入深。野老祷神鸦噪庙，猎人冲雪鹿惊林。患身是幻逢禅主，水洗皮肤语洗心。

哭山友

　　十载同栖庐岳云，寒烧枯叶夜论文。在生未识公卿面，至死不离麋鹿群。从见蓬蒿丛坏屋，长忧雨雪透荒坟。把君诗句高声读，想得天高也合闻。

献池州牧

　　池阳今日似渔阳，大变凶年作小康。江路静来通客货，郡城安后绝戎装。分开野色收新麦，惊断莺声摘嫩桑。纵有逋民归未得，远闻仁政旋还乡。

送韦书记归京座主侍郎同举

　　韦杜相逢眼自明，事连恩地倍牵情。闻归帝里愁攀送，知到师门话姓名。朝客半修前辈礼，古人多重晚年荣。从来有泪非无泪，未似今朝泪满缨。

献郑给事

　　化行邦域二年春，樵唱渔歌日日新。未降诏书酬善政，不知天泽答何人。秋登岳寺云随步，夜宴江楼月满身。他日朱门恐难扫，沙堤新筑必无尘。

赠休禅和

　　为僧难得不为僧，僧戒僧仪未是能。弟子自知心了了，吾师应为醉腾腾。多生觉悟非关衲，一点分明不在灯。只道诗人无佛性，长将二雅入三乘。

送李先辈从知一作军塞上

　　去草军书出帝乡，便从城外学戎装。好随汉将收胡土，莫遣胡兵近汉疆。洒碛雪粘旗力重，冻河风揭角声长。此行也是男儿事，莫向征人恃桂香。

和友人送弟

　　君说无家只弟兄，此中言别若为情。干戈闹日分头去，山水寒时信路行。月下断猿空有影，雪中孤雁却无声。我今骨肉虽饥冻，幸喜团圆过乱兵。

酬张员外见寄

　　分应天与吟诗老，如此兵戈不废诗。生在世间人不识，死于泉下鬼应知。啼花蜀鸟春同

苦,叫雪巴猿昼共饥。今日逢君惜分手,一枝何校一年迟。

献新安于尚书

九土雄师竟若何,未如良牧与天和。月留清俸资家少,岁计阴功及物多。四野绿云笼稼穑,千山明月静干戈。行人耳满新安事,尽是无愁父老歌。

乱后书事寄一作呈同志

九土如今尽用兵,短戈长戟困书生。思量在世头堪白,画度归山计未成。皇泽正沾新将士,侯门不是旧公卿。到头诗卷须藏却,各向渔樵混姓名。

中山临上人院观牡丹寄诸从事一作弟

闲来吟绕牡丹丛,花艳人生事略同。半雨半风三月内,多愁多病百年中。开当韶景何妨一作多好,落向僧家即是空。一境别一作竟无唯此有,忍教醒坐对支公。

投宣谕张侍郎乱后遇毗陵

此生今日似前生,重著麻衣特地行。经乱后囊新卷轴,出山来见旧公卿。雨笼蚕壁吟灯影,风触蝉枝噪浪声。闻道中兴重人一作文物,不妨西去马蹄轻。

下第投所知

落第愁生晓鼓初,地寒才薄欲何如。不辞更写公卿卷,却是难修骨肉书。御苑早莺啼暖树,钓乡春水浸贫居。拟离门馆东归去,又恐重来事转疏。

哭方干

何言寸禄不沾身,身没诗名万古存。况有数篇关教化,得无余庆及儿孙。渔樵共垒坟三尺,猿鹤同栖月一村。天下未宁吾道丧,更谁将酒酹吟魂。

秋日泊浦江

一帆程歇九秋时,漠漠芦花拂浪飞。寒浦更无船并宿,暮山时见鸟双归。照云烽火惊离抱,剪叶风霜逼暑衣。江月渐明汀露湿,静驱吟魄入玄微。

白发吟

一茎两茎初似丝,不妨惊度少年时。几人乱世得及此,今我满头何足悲。九转灵丹那胜酒,五音清乐未如诗。家山苍翠万余尺,藜杖楮冠输老儿。

下第寄池州郑员外

省出一作得蓬蒿修谒初,蒙知曾不见生疏。侯门数处将书荐,帝里经年借宅居。未必有诗堪讽诵,只怜无援过吹嘘。如一作而今足得成持取一作处,莫使江湖却钓鱼。

塞上

旌旗飈飈一作猎猎汉将军,闲出巡边一作游帝命新。沙塞旋收饶帐暮,犬戎时杀少烟尘。冰河夜渡偷来马,雪岭朝飞猎去人。独作书生疑不稳,软弓轻剑也随身。

赠题兜率寺闲上人院

人间寺应诸天号,真行僧禅此寺中。百岁有涯头上雪,万般无染耳边风。挂帆波浪惊心白,上马尘埃翳眼红。毕竟浮生谩荣役,算来何事不成一作归空。

别四明钟尚书

九华天际碧嵯峨,无奈春来入梦何。难与英雄论教化,却思猿鸟共烟萝。风前柳态闲时少,雨后花容淡处多。都大人生有离别,且将诗句代离歌。

题护国大师塔

莫认双林是佛林,禅栖无地亦无金。塔前尽礼灰来相,衲下谁宗印了心。笠象胤一作物明双不见,线源分派寸难寻。吾师觉路余知处,大藏经门一夜吟。

春日山中对雪有作

竹树无声或有声,霏霏漠漠散还凝。岭梅

谢后重妆蕊,岩水铺来却结冰。牢系鹿儿防猎客,满添茶鼎候吟僧。好将膏雨同功力,松径莓苔又一层。

山中对雪有作

一浑乾坤万象收,唯应不壅大江流。虎狼遇猎难藏迹,松柏因风易举头。玉帐英雄携妓赏,山村鸟雀共民愁。岂堪久蔽苍苍色,须放三光照九州。

戏题王处士书斋

先生高兴似樵渔,水鸟山猿一处居。石径可行苔色厚,钓竿时斫竹丛—作林疏。欺春只爱和醅酒,讳老犹看夹注书。莫道无金空有寿,有金无寿欲何如?

早发

东窗未明尘梦苏,呼童结束登征途。落叶铺霜马蹄滑,寒猿啸—作哭月人心孤。时逆—作送帽檐风刮顶,旋呵鞭手冻粘须。青云快活—作未见,争得安闲钓五湖。

题仇处士郊居处士弃官卜居

江南景簇此—作好林亭,手板蓝裾自可轻。洞里客来无俗话,郭中人到有公—作山情。闲敲—作挑岩果呼猿接,时钓溪鱼引鹤争。笑我有诗三百首,马蹄红—作终日急于名。

依韵次—作酬同年张曙先辈见寄之什

天上诗名天下传,引来齐列—作到玉皇前。大仙录后头无雪,至药成来灶绝烟。笑蹑紫云金作阙,梦抛尘世铁为船。九华山叟惊凡骨,同到蓬莱岂偶然。

乱后逢李昭象叙别

李生李生何所之,家山窣云胡不归。兵戈到处弄性命,礼乐向人生是非。却与野猿同橡坞,还将溪鸟共渔矶。也知不是男儿事,争奈时情贱布衣。

晚春寄同年张曙先辈

莫将时态破天真,只合高歌醉过春。易落

好花三个月,难留浮世百年身。无金润屋浑闲事,有酒扶头是了人。恩地未酬闲未得,一回醒话一沾巾。

长安春感

出京无计住京难,深入东风—作门转索然。满眼有花寒食下,一家无信楚江边。此时晴景愁于雨,是处莺声苦却—作极,—作似蝉。公道算来终达去—作了,更从今日望明—作来年。

登灵山水阁贻钓者

江上见僧谁是了,修斋补衲日劳身。未胜渔父闲垂钓,独背斜阳不采人。纵有风波犹得睡,总无蓑笠始为贫。瓦瓶盛酒瓷瓯酌,荻浦芦湾是要津。

赠溧水—作涟水崔少府

庭户萧条燕雀喧,日高窗下枕书眠。只闻留客教沽酒,未省逢人说料钱。洞口礼星披鹤氅,溪头吟月上渔船。九华山叟心相许,不计官卑—作资赠一篇。

读张仆射诗曾应举,不及第,投笔领郡。

秋吟一轴见心胸,万象搜罗咏欲空。才大却嫌天上桂,世危翻立阵前功。廉颇解武文无说,谢朓能文武不通。双美总输张太守,二南章句六钧弓。

题所居村舍

家随兵尽屋空存,税额宁容减一分。衣食旋营犹可过,赋输长急不堪闻。蚕无夏织桑充寨,田废春耕犊劳军。如此数州谁会得,杀民将尽更邀勋。

献钱塘县罗著作判官

还乡夫子遇贤侯,抚字情知不自由。莫把一名专懊恼,放教双眼绝冤仇。猩袍懒著辞公宴,鹤氅闲披访道流。犹有九华知已在,羡君高卧早回头。

遣怀

驱驰岐路共营营,只为人间利与名。红杏

园中终拟醉,白云山下懒归耕。题桥每念相如志,佩印当期季子荣。谩道强亲堪倚赖,到头须是有前程。

长安道中有作

回头不忍看羸僮,一路行人我最穷。马迹蹇于槐影里,钓船抛在月明中。帽檐晓滴淋蝉露,衫袖时飘卷雁风。子细寻思底模样,腾腾又过玉关东。

题开元寺门阁

一登高阁眺清秋,满目风光尽胜游。何处画桡寻绿水,几家鸣笛咽红楼。云山已老应长在,岁月如波只暗流。唯有禅居离尘俗,了无荣辱挂心头。

出关投孙侍御

东归还著旧麻衣,争免花前有泪垂。每岁春光九十日,一生年少几时有。青云寸禄心耕早,明月仙枝分种迟。不为感恩酬未得,五湖闲作钓鱼师。

送项山人归天台

因话天台归思生,布囊藤杖笑离城。不教日月拘身事,自与烟萝结野情。龙镇古潭云色黑,露淋秋桧鹤声清。此中是处堪终隐,何要世人知姓名?

题衡阳隐士山居

闲居不问世如何,云起山门日已斜。放鹤去寻三岛客,任人来看四时花。松醪腊酝安神酒,布水宵煎觅句茶。毕竟金多也头白,算来争得似君家。

题江寺禅和

江寺禅僧似悟禅,坏衣芒履住茅轩。懒求施主修真像,翻说经文是妄言。出浦钓船惊宿雁,伐岩樵斧迸寒猿。行人莫问师宗旨,眼不浮华耳不喧。

题弟侄书堂

何事居穷道不穷,乱时还与静时同。家山虽在干戈地,弟侄常修礼乐风。窗竹影摇书案上,野泉声入砚池中。少年辛苦终身事,莫向光阴惰寸功。

和友人寄长林孟明府

为政为人渐见心,长才聊屈宰长林。莫嫌月入无多俸,须喜秋来不废吟。寒雨旋疏丛菊艳,晚风时动小松阴。讼庭闲寂公书少,留客看山索酒斟。

戏赠渔家

见君生计羡君闲,求食求衣有底难。养一箔蚕供钓线,种千茎竹作渔竿。葫芦杓酌春浓酒,舴艋舟流夜涨滩。却笑侬家最辛苦,听蝉鞭马入长安。

登城有作

上得孤城向晚春,眼前何事不伤神。遍看原上累累冢,曾是城中汲汲人。尽谓黄金堪润屋,谁思荒骨旋成尘?一名一宦平生事,不放愁侵易过身。

秋日山中寄池州李常侍

近来参谒陡生疏,因向云山僻处居。出为羁孤营粝食,归同弟侄读生书。风凋古木秋阴薄,月满寒山夜景虚。但得中兴知己在,算应身未老樵渔。

辞杨侍郎

春在门阑秋未离,不因人荐只因诗。半年宾馆成前事,一日侯门失旧知。霜岛树凋猿叫夜,湖田谷一作稻熟雁来时。西风万里东归去,更把愁心说向谁。

题汪氏茅亭

茅亭客到多称奇,茅亭之上难题诗。出尘景物不可状,小手篇章徒尔为。牛畔稻苗新雨后,鹤边松韵晚风时。君今酷爱人间事,争得安闲老在兹。

喜从弟雪中远至有作

深山大雪懒开门,门径行踪自尔新。无酒

御寒虽寡况，有书供读且资身。便均情爱同诸弟，莫更生疏似外人。昼短夜长须强学，学成贫亦胜他贫。

送僧归国清寺

吟送越僧归海涯，僧行浑不觉程赊。路沿山脚潮痕出，睡倚松根日色斜。撼锡度冈猿抱树，挈瓶盛浪鹭翘沙。到参禅后知无事，看引秋泉灌藕花。

题汪明府山居

不似当官只似闲，野情终日不离山。方知薄宦难拘束，多与高人作往还。牛笛漫吹烟雨里，稻苗平入水云间。羡君公退归欹枕，免向他门厚客颜。

下第东归将及故园有作

平生操立有天知，何事谋身与志违？上国献诗还不遇，故园经乱又空归。山城欲暮人烟敛，江月初寒钓艇归—作稀。且把风寒作闲事，懒能和泪拜庭闱。

宿东林寺题愿公院

古寺沉沉僧未眠，搘颐将客说闲缘。一溪月色非尘世，满洞松声似雨天。檐底水涵抄律烛，窗间风引煮茶烟。无由住得吟相伴，心系青云十五年。

山居自遣

茅屋周回松竹阴，山翁时挈酒相寻。无人开口不言利，只—作独我白头空爱吟。月在钓潭秋睡重，云横樵径野情深。此中一日过一日，有底闲愁得到心。

赠友人罢举赴辟命

连天一水浸吴东，十幅帆飞二月风。好景采抛诗句里，别愁驱入酒杯中。渔依岸柳眠圆影，鸟傍岩花戏暖红。不是桂枝终不得，自缘年少好从戎。

乱后旅中遇友人

念子为儒道未亨，依依心向十年兄。莫依乱世轻依托，须学前贤隐姓名。大国未知何日静，旧山犹可入云耕。不如自此同归去，帆挂秋风一信程。

赠休粮僧

自言因病学休粮，本意非求不死方。徒有至人传道术，更无斋客到禅房。雨中林鸟归巢晚，霜后岩猿拾橡忙。争似吾师无一事，稳披云衲坐藤床。

维扬春日再遇孙侍御

本—作不为荣家不为身，读书谁料转家贫。三年行却千山路，两地思归一主人。络岸柳丝悬细雨，绣田花朵弄残春。多情御史应嗟见，未上—作到青云白发新。

乱后宿南陵废寺寄沈明府

只共寒灯坐到明，塞鸿冲雪一声声。乱时为客无人识，废寺吟诗有鬼惊。且把酒杯添志气，已将身—作心事托公卿。男儿仗剑酬恩在，未肯徒然过一生。

投郑先辈

匣中长剑未酬恩，不遇男儿不合论。闷向酒杯吞日月，闲将诗句问乾坤。宁辞马足劳关路，肯为渔竿忆水村。两鬓欲斑三百首，更教装写傍谁门。

途中有作

无论南北与西东，名利牵人处处同。枕上事仍多马上，山中心更甚关中。川原晚结阴沉气，草树秋生索漠风。百岁此身如且—作此健，大家闲作卧云翁。

和舍弟题书堂

兄弟将知大自强，乱时同茸读书堂。岩泉遇雨多还闹，溪竹唯风少即凉。藉草醉吟花片落，傍山闲步药苗香。团圆便是家肥事，何必盈仓与满箱？

送蜀客游维扬

见说西川景物繁，维扬景物胜西川。青春

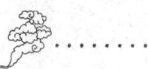

花柳树临水,白日绮罗人上船。夹岸画楼难惜醉,数桥明月不教眠。送君懒问君回日,才子风流正少年。

旅寓

暗算乡程隔数州,欲归无计泪空流。已违骨肉来时约,更束琴书何处游？画角引风吹断梦,垂杨和雨结成愁。去年今日还如此,似与青春有旧仇。

途中春

年光身事旋成空,毕竟何门遇至公。人世鹤归双鬓上,客程蛇绕乱山中。牧童向日眠春草,渔父隈岩避晚风。一醉未醒花又落,故乡回首楚关东。

维扬冬末寄幕中二从事

江上数株桑枣树,自从离乱更荒凉。那堪旅馆经残腊,只把空书寄故乡。典尽客衣三尺雪,炼精诗句一头霜。故人多在芙蓉幕,应笑孜孜道未光。

辞郑员外入关

男儿三十尚蹉跎,未遂青云一桂科。在客易为销岁月,到家难住似经过。帆飞楚国风涛润,马度蓝关雨雪多。长把行藏信天道,不知天道竟如何。

书斋即事

时清只合力为儒,不可家贫与善疏。卖却屋边三亩地,添成窗下一床书。沿溪摘果霜晴后,出竹吟诗月上初。乡里乡农多见笑,不知稽古胜耕锄。

隽阳道中

客路客路何悠悠,蝉声向背槐花愁。争知百岁不百岁,未合白头今白头。四五朵山妆雨色,两三行雁贴云秋。输他江上垂纶者,只在船中老便休。

入关因别舍弟

吾今别汝汝听言,去住人情足可安。百口度荒均食易,数年经乱保家难。莫愁寒族无人荐,但愿春官把卷看。天道不欺心意是一作足,帝乡吾土一般般。

赠彭蠡钓者

偏坐渔舟出苇林,苇花零落向秋深。只将波上鸥为侣,不把人间事系心。傍岸歌来风欲起,卷丝眠去月初沉。若教我似君闲放,赢得湖山到老吟。

送友人入关

此去青云莫更疑,出人才行足人知。况当朝野搜贤日,正是孤寒取士时。仙岛烟霞通鹤信,早春雷雨与龙期。我今不得同君去,两鬓霜欺桂一枝。

送友人宰浔阳

高兴那言去路长,非君不解爱浔阳。有时猿鸟来公署,到处烟霞是道乡。钓艇满江鱼贱菜,纸窗连岳楮多桑。陶潜旧隐依稀在,好继高踪结草堂。

秋日卧病一作秋日旅中

浮世一作宜浮名能几何,致身流落向天涯。少年心壮轻为客,一日病来思在家。山顶老猿啼古木,渡头新雁下平沙。不堪吟罢西风起,黄叶满庭寒日斜。后四句一作经雨冻蝉随叶堕,过湖秋雁趁风斜。前程虽有投人处,争奈乡关日渐赊。

叙吟

多惭到处有诗名,转觉吟诗僻性成。度水却嫌船著岸,过山翻恨马贪程。如仇雪月年年景,似梦笙歌处处声。未合白头今已白,自知非为别愁生。

行次荥阳却寄诸弟

难把归书说远情,奉亲多阙拙为兄。早知寸禄荣家晚,悔不深山共汝耕。枕上算程关月落,帽前搜景岳云生。如今已作长安计,只得辛勤取一名。

登石壁禅师水阁有作

石壁早闻僧说好,今来偏与我相宜。有山有水堪吟处,无雨无风见景时。渔父晚船分浦钓,牧童寒笛倚牛吹。画人画得从他画,六幅应输八句诗。

赠袒肩和尚

山衣草屦染莓苔,双眼犹慵向俗开。若比吾师居世上,何如野客卧岩隈?才闻锡仗离三楚,又说随缘向五台。乘醉吟诗问禅理,为谁须去为谁来?

闲居即事

形觉清羸道觉肥,竹门前径静相宜。一壶村酒无求处,数朵庭花见落时。章句偶为前辈许,话言多被俗人疑。一枝仙桂如攀得,只此山前是老期。

自叙

酒瓮琴书伴病身,熟谙时事乐于贫。宁为宇宙闲吟客,怕作乾坤窃禄人。诗旨未能忘救物,世情奈值不容真。平生肺腑无言处,白发吾唐一逸人。

空闲二公递以禅律相鄙因而解之

一教谁云辟二途,律禅禅律智归愚。念珠在手嚬禅衲,禅衲披肩坏念珠。象外空分空外象,无中有作有中无。有无无有师穷取,山到平来海亦枯。

寄温州朱尚书并呈军倅崔太博朱名褒

永嘉名郡昔推名,连属荀家弟与兄。教化静师龚渤海,篇章高体谢宣城。山从海岸妆吟景,水自城根演政声。今日老输崔博士,不妨疏逸伴双旌。

恩门致书远及山居因献之

时难转觉保身难,难向师门欲继颜。若把白衣轻易脱,却成青桂偶然攀。身居剑戟争雄地,道在乾坤未丧间。必许酬恩酬未晚一作得,且须容到九华山。

寄温州崔博士

怀君劳我写诗情,窣窣阴风有鬼听。县宰不仁工部饿,酒家无识翰林醒。眼昏经史天何在,心尽英雄国未宁。好向贤侯话吟侣,莫教辜负少微星。

李昭象云与二三同人见访有寄

得君书后病颜开,云拉同人访我来。在路不妨冲雨雪,到山还免踏尘埃。吟沉水阁何宵月,坐破松岩几处苔。贫舍款宾无别物,止于空战大尊罍。

自江西归九华

他乡终日忆吾乡,及到吾乡值乱荒。云外好山看不见,马头歧路去何忙。无衣织女桑犹小,阙食农夫麦未黄。许大乾坤吟未了,挥鞭回首出陵阳。

和友人见题山居水阁八韵

池阁初成眼豁开,眼前霁景属微才。试攀檐果猿先见,才把渔竿鹤即来。修竹已多犹可种,艳花虽少不劳栽。南昌一榻延徐孺,楚国千钟逼老莱。未称执鞭奔紫陌,惟宜策杖步苍苔。笼禽岂是摩霄翼,润木元非涧下材。鉴已每将天作镜,陶情常以海为杯。和君诗句吟声大,虫豸闻之谓蛰雷。

全唐诗卷六百九十三

杜荀鹤

感寓

大海波涛浅,小人方寸深。海枯终见底,人死不知心。

春闺怨

朝喜花艳春,暮悲花委尘。不悲花落早,悲妾似花身。

马上行

五里复五里,去时无住时。日将家渐远,犹恨马行迟。

钓叟

茅屋深湾里,钓船横竹门。经营衣食外,犹得弄儿孙。

再经胡城县

去岁曾经此县城,县民无口不冤声。今来县宰加朱绂,便是生灵血染成。

读诸家诗

辞赋文章能者稀,难中难者莫过诗。直应吟骨无生死,只我前身是阿谁?

春来燕

我屋汝嫌低不住,雕梁画阁也知宽。大须稳择安巢处,莫道巢成却不安。

清溪来明府出二子请诗因遗一绝

珠明玉润尽惊人,不称寒门不称贫。若向吾唐作双瑞,便同祥凤与祥麟。

哭陈陶

耒阳山下伤工部,采石江边吊翰林。两地荒坟各三尺,却成开解哭君心。

哭贝韬
交朋来哭我来歌,喜傍山家葬荔萝。四海十年人杀尽,似君埋少不埋多。

蚕妇
粉色全无饥色加,岂知人世有荣华。年年道我蚕辛苦,底事浑身着苎麻。

山寺—作中老僧
草蕺无尘心地闲,静随猿鸟过寒暄。眼昏齿落看经遍,却向僧中总不言。

闽中秋思
雨匀紫菊丛丛色,风弄红蕉叶叶声。北畔是山南畔海,只堪图画不堪行。

八骏图
丹臒传真未得真,那知筋骨与精神。只今恃骏凭毛色,绿耳骅骝赚杀人。

赠僧
利门名路两何凭,百岁风前短焰灯。只恐为僧僧—作心不了,为僧得—作心了总—作尽输僧。

秋夕
世间多少能诗客,谁是无愁得睡人?自我夜来霜月下,到头吟魄始终身。

溪兴
山雨溪风卷钓丝,瓦瓯篷底独斟时。醉来睡着无人唤,流下前溪—作滩也不知。

过巢湖
世人贪利复贪荣,来向湖边始至诚。男子登舟与登陆,把心何不一般行。

伤硖石县病叟
无子无孙一病翁,将何筋力事耕农。官家不管蓬蒿地,须勒—作索王租出此中。

赠老僧
童子为僧今白首,暗锄心地种闲情。时将旧衲添新线,披坐披行过一生。

钓叟
田不曾耕地不锄,谁人闲散得如渠?渠将底物为香饵,一度抬竿一个鱼。

溪岸秋思
桑柘穷头三四家,挂罾垂钓是生涯。秋风忽起溪滩—作浪白,零落岸边芦荻花。

春日旅寓
满城罗绮拖春色,几处笙歌揭画楼。江上有家归未得,眼前花是眼前愁。

田翁
白发星星筋力衰,种田犹自伴孙儿。官苗若不平平纳,任是丰年也受饥。

秋江雨夜逢诗友
故友别来三四载,新诗吟得百余篇。夜来江上秋无月,恨不相逢在雪天。

感春
无况青云—作春有恨身,眼前花似梦中春。浮生七十今三十,已是人间半世人。

题花木障
不假东风次第吹,笔匀春色一枝枝。由来画看胜栽看,免见朝开暮落时。

顾云侍御出二子请诗因遗一绝
二雏毛骨秀仍奇,小小能吟大大诗。想得月中仙桂树,各从生日长新枝。

秋夕病中
坏屋不眠风雨夜,故园无信水云秋。病中枕上谁相问,一一蝉声槐树头。

宿栾城驿却寄常山张书记
一更更尽到三更,吟破离心句不成。数树

秋风满庭月,忆君时复下阶行。

湘江秋夕

三湘月色三湘水,浸骨寒光似练铺。一夜塞鸿来不住,故乡书信半年无。

旅怀

蒹葭月冷时闻雁,杨柳风和日听莺。水涉山行二年客,就中偏怕雨船声。

赠崔道士

四海兵戈无静处,人家废业望烽烟。九华道士浑如梦,犹向尊前笑揭天。

题道林寺

身未立间终日苦,身当立后几年荣。万般不及僧无事,共水将山过一生。

赠质上人

枿坐云游出世尘,兼无瓶钵可随身。逢人不说人间事,便是人间无事人。

泾溪

泾溪石险人兢慎,终岁不闻倾覆人。却是平流无石处,时时闻说有沉沦。

夏日题悟空上人院

三伏闭门披一衲,兼无松竹荫房廊。安禅不必须山水,灭得心中火自凉。

经严陵钓台

苍翠云峰开俗眼,泓澄烟水浸尘心。唯将道业为芳饵,钓得高名直至今。

关试后筵上别同人

日午离筵到夕阳,明朝秦地与吴乡。同年多是长安客,不信行人欲断肠。

鸬鹚

一般毛羽—作色结群飞,两岸烟汀好景时。深水—作水底有鱼衔得出,看来却是鹭鹚饥。

宿村舍

野人于我有何情,半掩柴门向月明。深夜欲眠眠未著,一丛寒木一猿声。

题新雁—作罗邺诗

暮天新雁起汀洲,红蓼花疏—作开水国秋。想得故园今夜月,几人相忆在江楼。

离家

丈夫三十身—作今如此,疲马离乡懒著鞭。槐柳路长愁杀我,一枝蝉到一枝蝉。

旅舍—作馆遇雨

月华星彩坐来收,岳色江声暗结愁。半夜灯前十年事,一时和—作随雨到心头。

送人归沔上

巢湖春涨喻溪深,才过东关见故林。莫道南来总无利,水亭山寺二年吟。

自遣

粝食粗衣随分过,堆金积帛欲如何?百年身后一丘—作坯土,贫富高低争几多。

闻子规

楚天空阔月成—作沉轮,蜀魄声声似告人。啼得血流无用处,不如缄口过残春。

秋夜苦吟

吟尽三更未著题,竹风松雨共凄凄。此时若有人来听,始觉巴猿不解啼。

秋夜闻砧

荒凉客舍眠秋色,砧杵家家弄月明。不及巴山听猿夜,三声中有不愁声。

将过湖南经马当山庙因书三绝

人说马当波浪险,我经波浪似通衢。大凡君子行藏是,自有龙神卫过湖。

贪残官吏虔诚谒,毒害商人沥胆过。只怕马当山下水,不知平地有风波。

九江连海一般深,未必船经庙下沉。头上苍苍没瞒处,不如平取一生心。

梁王坐上赋无云雨 荀鹤初谒朱全忠,雨作而天无行云,全忠曰:"此谓天泣,如何祥?请作无云雨诗。"荀鹤乃赋云云,全忠悦。

同是乾坤事不同,雨丝飞洒日轮中。若教阴郎长—作鬐都相似,争表梁王造化功。

小松

自小刺头深草里,而今渐觉出蓬蒿。时人不识凌云木,直待凌云始道高。

醉书僧壁

九华山色真堪爱,留得高僧尔许年。听我吟诗供我酒,不曾穿得判斋钱。

寄李隐居

自小栖玄到老闲,如云如鹤住应难。溪山不必将钱买,赢得来来去去看。

句

旧衣灰絮絮,新酒竹笞笞。《唐诗纪事》。

只知断送豪家酒,不解安排旅客情。《闻笛》,《吟窗杂录》。

全唐诗卷六百九十四

张道古

张道古,一名眎,字子美,临淄人。景福中,擢进士第,官右拾遗,以直谏谪施州司户。后入蜀,王建召为武司郎中,寻复贬死。诗二首。

上蜀王

封章才达冕旒前,黜诏俄离玉座端。二乱岂由明主用,五危终被佞臣弹。西巡凤府非为固,东播銮舆卒未安。谏疏到今如可在,谁能更与读来看?

咏雨

亢阳今已久,嘉雨自云倾。一点不斜去,极多时下成。

唐廪

唐廪,萍乡人,乾宁元年,登进士第,官秘书正字。诗一首。

杨岐山

逗竹穿花越几村,还从旧路入云门。翠微不闭楼台出,清吹频回水石喧。天外鹤归松自老,岩间僧逝塔空存。重来白首良堪喜,朝露浮生不足言。

王毂

王毂,字虚中,宜春人,乾宁五年进士第,官终尚书郎。集三卷。存诗十八首。

吹笙引

娲皇遗音寄玉笙,双成传得何凄清。丹穴娇雏七十一作十七只,一时飞上秋天鸣。水泉迸泻急相续,一束宫商裂寒玉。旖旎香风绕指生,千声妙尽神仙曲。曲终满席悄无语,巫山冷碧愁云雨。

鸿门宴

寰海沸兮争战苦,风云愁兮会龙虎。四百

年汉欲开基,项庄一剑何虚舞。殊不知人心去暴秦,天意归明主。项王足底踏汉土,席上相看浑未悟。

玉树曲

陈宫内宴明朝日,玉树新妆逞娇逸。三阁霞明天上开,灵鼍振攦神仙出。天花数朵风吹绽,对舞轻盈瑞香散。金管红—作银弦旖旎随,霓旌玉佩参差转。璧月夜满楼风轻,莲舌泠泠词调新。当行狎客尽持—作居禄,直谏犯颜无一人。歌舞未终乐未阕,晋王剑上粘腥血。君臣犹在醉乡中,一面已无陈日月。圣唐御宇三百祀,濮上桑间宜禁止。请停此曲归正声,愿将雅乐调元气。

苦热行

祝融南来鞭火龙,火旗焰焰烧天红。日轮当午凝不去,万国如在洪炉中。五岳翠干云彩灭,阳侯海底愁波竭。何当一夕金风发,为我扫却天下热。

暑日题道边树

火轮迸焰烧长空,浮埃扑面愁朦朦。羸童走马喘不进,忽逢碧树含清风。清风留我移时住,满地浓阴懒前去。却叹人无及物功,不似团团道边树。

红蔷薇歌

红霞烂泼猩猩血,阿母瑶池晒仙缬。晚日春风夺眼明,蜀机锦彩浑疑颣。公子亭台香触人,百花懍懼无精神。苎罗西子见应妒,风光占断年年新。

刺桐花

南国清和烟雨辰,刺桐夹道花开新。林梢簇簇红霞烂,暑天别觉生精神。稼英斗火欺朱槿,栖鹤惊飞翅忧烬。直疑青帝去匆匆,收拾春风浑不尽。

赠苍溪王明府有文在手日长生

执手长生在,人皆号地仙。水云真遂性,龟鹤足—作定齐年。但以酒养气,何言命在天。况无婚嫁累,应拍尚平肩。

逢道者神和子

珍重神和子,闻名五十年。童颜终不改,绿发尚依然。酒里消闲日,人间作散仙。长生如可慕,相隐隐林泉。

送友人归闽

东南归思切,把酒且留连。再会知何处,相看共黯然。猿啼梨岭路,月白建溪船。莫恋家乡住,酬身在少年。

春草碧色

习习东风扇,萋萋草色新。浅深千里碧,高下一时春。嫩叶舒烟际,微香动水滨。金塘明夕照,辇路惹芳尘。造化功何广,阳和力自均。今当发生日,沥恳祝良辰。

梦仙谣三首

前程渐觉风光好,琪花片片粘瑶草。有人遗我五色丹,一粒吞之后天老。

青童递酒金觞疾,列坐红霞神气逸。笑说留连数日间,已是人间一千日。

瑶台绛节游皆遍,异果奇花香扑面。松窗梦觉却神清,残月林前三两片。

后魏行

力微皇帝谤天嗣,太武凶残人所畏。一朝粘翎飞上天,子孙尽作河鱼饵。

秋以下三首一作王睿诗

蝉噪古槐疏叶下,树衔斜日映孤城。欲知潘鬓愁多少,一夜新添白数茎。

燕

海燕双飞意若何,曲梁呕嘎语声多。茅檐不必嫌卑陋,犹胜吴宫燕尔窠。

牡丹

牡丹妖艳乱人心,一国如狂不惜金。曷若

东园桃与李,果成无语自垂阴。

孙郃

孙郃,字希韩,四明人。乾宁中,登进士第,官校书郎,河南府文学。文集四十卷,小集三卷,今存诗三首。

古意二首 拟陈拾遗

屈子生楚国,七雄知其材。介洁世不容,迹合藏蒿莱。道废固命也,瓢饮亦贤哉!何事葬江水,空使后人哀。

魏礼段干木,秦王乃止戈。小国有其人,大国奈之何。贤哲信为美,兵甲岂云多!君子战必胜,期言闻孟轲。

哭方玄英先生

牛斗文星落,知是先生死。湖上闻哭声,门前见弹指。官无一寸禄,名传千万里。死著弊衣裳,生谁顾朱紫?我心痛其语,泪落不能已。犹喜韦补阙,扬名荐天子。

句

仕宦类商贾,终日常东西。

褚载

褚载,字厚之,乾宁二年,登进士第。诗一卷,今存诗十四首。

投节度邢公

西风昨夜坠红兰,一宿邮亭事万般。无地可耕归不得,有恩堪报死何难。流年怕老看将老,百计求安未得安。一卷新书满怀泪,频来门馆诉饥寒。

贺赵观文重试及第

一枝仙桂两回春,始觉文章可致身。已把色丝要上第,又将彩笔冠群伦。龙泉再淬方知利,火浣重烧转更新。今日街头看御榜,大能荣耀苦心人。

赠道士

簪星曳月下蓬壶,曾见东皋种白榆。六甲威灵藏瑞检,五龙雷电绕霜都。惟教鹤探丹丘信,不使—作遣人窥太乙炉。闻说葛陂风浪恶,许骑青鹿从行无。

晓发

贪路贪名须早发,枕前无计暂装回。才闻鸡唱呼童起,已有铃声过驿来。衣湿乍惊沾雾露,马行仍未见尘埃。朝朝陌上侵星去,待得酬身了便回。

晓感

晓鼓冬冬星汉微,佩金鸣玉斗光辉。出门各自争岐路,至老何人免是非。大道不应由曲取,浮生还要略知机。故园华表高高在,可得不如丁令威。

南徐晚望

芳草铺香晚岸晴,岸头含醉去来行。僧归岳外残钟寺,日下江边调角城。入渐孤帆知楚信,过淮疏雨带潮声。如今未免风尘役,宁敢匆匆便濯缨。

移石

磷砳一片溪中石,恰称幽人弹素琴。浪浸多年苔色在,洗来今日碏痕深。磨看粹色何殊玉,敲有奇声直异金。不是不堪为器用,都缘良匠未留心。

瀑布

泻雾倾烟撼撼雷,满山风雨助喧豗。争知不是青天阙,扑下银河一半来。

定鼎门

郏鄏城高门倚天,九重踪迹尚依然。须知道德无关锁,一闭乾坤一万年。

陈仓驿

锦翼花冠安在哉,雄飞雌伏尽尘埃。一双童子应惆怅,不见真人更猎来。

长城

秦筑长城比铁牢,蕃戎不敢过临洮。焉知万里连云色,不及尧阶三尺高。

吊秦叟

市西楼店金千秤,渭北田园粟万钟。儿被杀伤妻被虏,一身随驾到三峰。

云 一作杜牧诗

尽日看云首不回,无心都大似无才。可怜光采一片玉,万里晴天何处来。

鹤

欲洗霜翎下涧边,却嫌菱刺污香泉。沙鸥浦雁应惊讶,一举扶摇直上天。

句

相逢多是醉醺然,应有囊中子母钱。以下并见《海录碎事》。

有兴欲沽红曲酒,无人同上翠旌楼。

星斗离披烟霭收,玉蟾蜍耀海东头。月诗。

鹿胎冠子水晶簪,长啸敧眠紫桂阴。送道士。

躞蹀马摇金络脑,婵娟人坠玉搔头。

狂歌放饮浑成性,知道逍遥出俗笼。

除却洛阳才子后,更谁封恨吊怀沙。

莲浦浪澄堪倚钓,柳堤风暖好垂鞭。

上马等闲销白日,出门轻薄倚黄金。少年行。

净名方丈虽然病,曼倩年涯未有多。

郑准

郑准,字不欺,登乾宁进士第,为荆南成汭推官,后与汭不合,为所害。《渚宫集》一卷,今存诗五首。

代寄边人

君去不来久,悠悠昏又明。片心因卜解,残梦过桥惊。圣泽如垂饵,沙场会息兵。凉风当为我,一一送砧声。

江南清明

吴山楚驿四年中,一见清明一改容。旅恨共风连夜起,韶光随酒著人浓。延兴门外攀花别,采石江头带雨逢。无限归心何计是,路边戈甲正重重。

题宛陵北楼

雨来风静绿芜薄,凭着朱阑思浩然。人语独耕烧后岭,鸟飞斜没望中烟。松梢半露藏云寺,滩势横流出浦船。若遣谢宣城不死,必应吟尽夕阳川。

寄进士崔鲁范

洛阳才子旧交知,别后干戈积咏思。百战市朝千里梦,三年风月几篇诗。山高雁断音书绝,谷背莺寒变化迟。会待路宁归得去,酒楼渔浦重相期。

云

片片飞来静又闲,楼头江上复山前。飘零尽日不归去,点破清光万里天。

句

护犊横身立,逢人揭尾跳。题水牛,见《纪事》。

陈乘

陈乘,仙游人,乾宁初,擢进士第,官秘书郎。诗一首。

游九鲤湖

汗漫乘春至,林峦雾雨生。洞莓粘屐重,岩雪溅衣轻。窟宅分三岛,烟霞接五城。却怜饶药物,欲辩不知名。

全唐诗卷六百九十五

韦庄

韦庄,字端己,杜陵人,见素之后,疏旷不拘小节。乾宁元年第进士,授校书郎,转补阙。李询为两川宣谕和协使,辟为判官。以中原多故,潜欲依王建,建辟为掌书记,寻召为起居舍人,建表留之,后相建为平章事。集二十卷,今编诗五卷,补遗一卷。

章台夜思

清瑟怨摇夜,绕弦风雨哀。孤灯闻楚角,残月下章台。芳草已云暮,故人殊未来。乡书不可寄,秋雁又南回。

延兴门外作

芳草五陵道,美人金犊车。绿奔穿内水,红落过墙花。马足倦游客,鸟声欢酒家。王孙归去晚,宫树欲栖鸦。

刘得仁墓

至公遗至艺,终抱至冤沉。名有诗家业,身无戚里心。桂和秋露滴,松带夜风吟。冥寞知春否,坟蒿日已深。

下第题青龙寺僧房

千蹄万毂一枝芳,要路无媒果自伤。题柱未期归蜀国,曳裾何处谒吴王?马嘶春陌金羁闹,鸟睡花林绣羽香。酒薄恨浓消不得,却将惆怅问支郎。

虢州涧东村居作

东南骑马出郊坰,回首寒烟隔郡城。清涧涨时翘鹭喜,绿桑疏处浦牛鸣。儿童见少生于客,奴仆骄多倨似兄。试望家田还自适,满畦秋水稻苗平。

对酒

何用岩栖隐姓名,一壶春酎可忘形。伯伦若有长生术,直—作就到如今醉未醒。

送日本国僧敬龙归

扶桑已在渺茫中,家在扶桑东更东。此去与师谁共到,一船明月一帆风。

尹喜宅

荒原秋殿柏萧萧,何代风烟占寂寥。紫气已随仙仗去,白云空向帝乡消。蒙蒙暮雨春鸡唱,漠漠寒芜雪兔跳。欲问灵踪无处所,十洲空阔阆山遥。

途中望雨怀归

满空寒雨漫霏霏,去路云深锁翠微。牧竖远当烟草立,饥禽闲傍渚田飞。谁家树压红榴折,几处篱悬白菌肥。对此不堪乡外思,荷蓑遥羡钓人归。

古离别一作多情

晴烟漠漠柳毵毵,不那离情酒半酣。更把玉鞭云外指,断肠春色在江南。

柳谷道中作却寄

马前红叶正纷纷,马上离情断杀魂。晓发独辞残月店,暮程遥宿隔云村。心如岳色留秦地,梦逐河声出禹门。莫怪苦吟鞭拂地,有谁倾盖待王孙?

灞陵道中作

春桥南望水溶溶,一桁晴山倒碧峰。秦苑落花零露湿,灞陵新酒拨醅浓。青龙夭娇盘双阙,丹凤襟襫隔九重。万古行人离别地,不堪吟罢夕阳钟。

秋日早行

上马一作马上萧萧襟袖凉,路穿禾黍绕宫墙。半山残月露华冷,一岸野风莲萼香。烟外驿楼红隐隐,渚边云树暗苍苍。行人自是心如火,兔走乌飞不觉长。

叹落花

一夜霏微露湿烟,晓来和泪丧婵娟。不随残雪埋芳草,尽一作又逐香一作春风上舞筵。西子去时遗笑靥,谢娥行处落金钿。飘红堕白堪惆怅,少别秾华又隔年。

宫怨

一辞同辇闭昭阳,耿耿寒宵禁漏长。钗上翠禽应不返,镜中红艳岂重芳!萤低夜色栖瑶草,水咽秋声傍粉墙。展转令人思蜀赋,解将惆怅感君王。

关河道中

槐陌蝉声柳市风,驿楼高倚夕阳东。往来千里路长在,聚散十年人不同。但见时光流似箭,岂知天道曲如弓。平生志业匡尧舜,又拟沧浪学钓翁。

题盘豆驿水馆后轩

极目晴川展画屏,地从桃塞接蒲城。滩头鹭占清波立,原上人侵落照耕。去雁数行天际没,孤云一点净中生。凭轩尽日不回首,楚水吴山无限情。

梁氏水斋

独醉任腾腾,琴棋亦自能。卷帘山对客,开户犬迎僧。看蚁移苔穴,闻蛙落石层。夜窗风雨急,松外一庵灯。

曲池一作江作

细雨曲池滨,青袍草色新。咏诗行信马,载酒喜逢人。性为无机率,家因守道贫。若无诗自遣,谁奈寂寥春?

嘉会里闲居

岂知城阙内,有地出红尘。草占一方一作坊绿,树藏千古春。马嘶游寺客,犬吠探花人。寂寂无钟鼓,槐行接紫宸。

寓言

黄金日日销还铸,仙桂年年折又生。兔走乌飞如未息,路尘终见泰山平。

早发

早雾浓于雨,田深黍稻低。出门鸡未唱,

过客马频嘶。树色遥藏店,泉声暗傍畦。独吟三十里,城月尚如珪。

对雪献薛常侍

琼林瑶树忽珊珊,急带西风下晚天。皓鹤褵褷飞不辨,玉山重垒冻相连。松装粉穗临窗亚,水结冰锥簇溜悬。门外寒光利如剑,莫推红袖诉金船。

题裴端公郊居

暂随红旆佐藩方,高迹终期卧故乡。已近水声开涧户,更侵山色架书堂。蒲生岸脚青刀利,柳拂波心绿带长。莫夺野人樵牧兴,白云不识绣衣郎。

登咸阳县楼望雨

乱云如兽出山前,细雨和风满渭川。尽日空濛无所见,雁行斜去字联联。

贵公子

大道青楼御苑东,玉栏仙杏压枝红。金铃犬吠梧桐月,朱鬣马嘶杨柳风。流水带花穿巷陌,夕阳和树入帘栊。瑶池宴罢归来醉,笑说君王在月宫。

听赵秀才弹琴

满匣冰泉咽又鸣,玉音闲淡入神清。巫山夜雨弦中起,湘水清波指下生。蜂簇野花吟细韵,蝉移高柳迸残声。不须更秦幽兰曲,卓氏门前月正明。

观猎

苑墙东畔欲斜晖,傍苑穿花兔正肥。公子喜逢朝罢日,将军夸换战时衣。鹘翻锦翅云中落,犬带金铃草上飞。直待四郊高鸟尽,掉鞍齐向国门归。

三堂东湖作

满塘秋水碧泓澄,十亩菱花晚镜清。景动新桥横蝃蝀,岸铺芳草睡䴔䴖。蟾投夜魄当湖落,岳倒秋莲入浪生。何处最添诗客兴,黄昏烟雨乱蛙声。

放榜日作

一声天鼓辟金扉,三十仙材上翠微。葛水雾中龙乍变,缑山烟外鹤初飞。邹阳暖艳催花发,太皓春光簇马归。回首便辞尘土世,彩云新换六铢衣。

寄薛先辈

悬知回日彩衣荣,仙籍高标第一名。瑶树带风侵物冷,玉山和雨射人清。龙翻瀚海波涛壮,鹤出金笼燕雀惊。不说文章与门地,自然毛骨是公卿。

访含弘山僧不遇留题精舍

满院桐花鸟雀喧,寂寥芳草茂芊芊。吾师正遇归山日,闲客空题到寺年。池竹闭门教鹤守,琴书开箧任僧传。人间不自寻行迹,一片孤云在碧天。

寄从兄遵

江上秋风正钓鲈,九重天子梦翘车。不将高卧邀刘主,自吐清谈护汉储。沧海十年龙景断,碧云千里雁行疏。相逢莫话归山计,明日东封待直庐。

渔塘十六韵 在朱阳县石岩下,古老云:洛水一派,流出此山。

洛水分余脉一作派,穿岩出石棱。碧经岚气重,清带露华澄。莹澈通三岛,岩梧一作啎积万层。巢由应共到,刘阮想同登。壁峻苔如画,山昏雾似蒸。撼松衣有雪,题石砚生冰。路熟云中客,名留域外僧。饥猿寻落橡,斗鼠堕高藤。崄树临溪亚,残莎带岸崩。持竿聊藉草,待月好垂罾。对景思任父,开图想不 不作弗 兴。晚风轻浪叠,暮雨湿烟凝。似泛灵槎出,如迎羽客升。仙源终不测,胜概自相仍。欲别诚堪恋,长归又未能。他时操史笔,为尔著良称。

冬日长安感志寄献虢州崔郎中二十韵

帝里无成久滞淹,别家三度见新蟾。郊诜

丹桂无人指,阮籍青襟有泪沾。溪上却思云满屋,镜中惟怕雪生髯。病如原宪谁能疗,蹇似刘祯岂用占。雾雨十年同隐遁,风雷何日振沉潜?吁嗟每被更声引,歌咏还因酒思添。客舍正甘愁寂寂,郡楼遥想醉恹恹。已闻铃阁悬新诏,即向纶闱副具瞻。济物便同川上楫,慰心还似邑中黔。观星始觉中郎贵,问俗方知太守廉。宅后绿波栖画鹢,马前红袖簇丹襜。闲招好客斟香蚁,闷对琼花咏散盐。积冻慢封寒罍细,暮云高拔远峰尖。讼堂无事冰生印,水榭高吟月透帘。松下围棋期褚胤,笔头飞箭荐陶谦。未知匣剑何时跃,但恐铅刀不再铦。虽有远心长拥篲,耻将新剑学编苫。才惊素节移铜律,又见玄冥变玉签。百口似萍依广岸,一身如燕恋高檐。如今正困风波力,更向人中问宋纤。

和薛先辈见寄初秋寓怀即事之作二十韵

玉律初移候,清风乍远襟。一声蝉到耳,千炬火然心。岳静云堆翠,楼高日半沉。引愁憎暮角,惊梦怯残碪。露白凝湘簟,风篁韵蜀琴。鸟喧从果烂,阶净任苔侵。柿叶添红景,槐柯减绿阴。采珠逢宝窟,阅石见瑶林。鲁殿铿寒玉,苔山激碎金。郄堂流桂景,陈巷集车音。名自张华显,词因葛亮吟。水深龙易失,天远鹤难寻。鉴貌宁惭乐,论才岂谢任。义心孤剑直,学海怒涛深。既睹文兼质,翻疑古在今。惭闻纡绿绶,即候挂朝簪。晚树连秋坞,斜阳映暮岑。夜虫方唧唧,疲马正骎骎。托迹同吴燕,依仁似越禽。会随仙羽化,香蚁且同斟。

同旧韵

大火收残暑,清光渐惹襟。谢庄千里思,张翰五湖心。暮角迎风急,孤钟向暝沉。露滋三径草,日动四邻碪。簟委班姬扇,蝉悲蔡琰琴。方愁丹桂远,已怯二毛侵。瘗石回泉脉,移棋就竹阴。触丝蛛堕网,避隼鸟投林。貌愧潘郎璧,文惭吕相金。但埋酆狱气,未发爨桐音。静笑刘琨舞,闲思阮籍吟。野花和雨覆,怪石入云寻。迹竟（一作竟终）非切（一作幻),幽闲且自任。趋时惭艺薄,托质仰（一作负）恩深。美价方稀古,清名已绝今。既闻留缟带,讵肯掷著簪。迟客虚高阁,迎僧出乱岑。壮心徒戚戚,逸足自骎骎。安羡仓中鼠,危同幕上禽。期君调鼎鼐,他日俟羊斟。

三用韵

素律初回驭,商飙暗触襟。乍伤诗客思,还动旅人心。蝉噪因风断,鳞游见鹭沉。笛声随晚吹,松韵激遥砧。地覆青袍草,窗横绿绮琴。烟霄难自致,岁月易相侵。涧柳横孤约,岩藤架密阴。潇湘期钓侣,鄂杜别家林。遗愧虞卿璧,言依季布金。铮鈛闻郢唱,次第发巴音。萤影冲帘落,虫声拥砌吟。楼高思共钓,寺远想同寻。入夜愁难遣,逢秋恨莫任。蜗游苔径滑,鹤步翠塘深。莫问荣兼辱,宁论古与今!固穷怜瓮牖,感旧惜蒿簪。晚日舒霞绮,遥天倚黛岑。鸳鸯方翱翱,骅骝整骎骎。未化投陂竹,空思出谷禽。感多聊自遣,桑落且闲斟。

惊秋

不向烟波狎钓舟,强亲文墨事儒丘。长安十二槐花陌,曾负秋风多少秋。

登汉高庙闲眺

独寻仙境上高原,云雨深藏古帝坛。天畔晚峰青簇簇,槛前春树碧团团。参差郭外楼台小,断续风中鼓角残。一带远光何处水,钓舟闲系夕阳滩。

耒阳县浮山神庙

一郡皆传此庙灵,庙前松桂古今青。山曾尧代浮洪水,地有唐臣奠绿醽。绕坐香风吹宝盖,傍檐烟雨湿岩扃。为霖自可成农岁,何用兴师远伐邢。

愁

避愁愁又至,愁至事难忘。夜坐心中火,朝为鬓上霜。不经公子梦,偏入旅人肠。借问

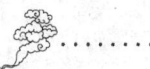

高轩客,何乡是醉乡?

村居书事

　　年年耕与钓,鸥鸟已相依。砌长苍苔厚,藤抽紫蔓肥。风莺移树啭,雨燕入楼飞。不觉春光暮,绕篱红杏稀。

三堂早春

　　独倚危楼四望遥,杏花春陌马声骄。池边冰刃暖初落,山上雪棱寒未销。溪送绿波穿郡宅,日移红影度村桥。主人年少多情味,笑换金龟解珥貂。

全唐诗卷六百九十六

韦庄

雨霁晚眺 庚子年冬大驾幸蜀后作

入谷路萦纡,岩巅日欲晡。岭云寒扫盖,溪雪冻粘须。卧草跧如兔,听冰怯似狐。仍闻关外火,昨夜彻皇都。

立春日作

九重天子去蒙尘,御柳无情依旧春。今日不关妃妾事,始知辜负马嵬人。

赠云阳裴明府

南北三年一解携,海为深谷岸为蹊。已闻陈胜心降汉,谁为田横国号齐?暴客至今犹战鹤,故人何处尚驱鸡?归来能作烟波伴,我有鱼一作渔舟在五溪。

贼中与萧韦二秀才同卧重疾,二君寻愈,余独加焉,恍惚之中,因有题

与君同卧疾,独我渐弥留。弟妹不知处,兵戈殊未休。胸中疑晋竖,耳下斗殷牛。纵有秦医在,怀乡亦泪流。

重围中逢萧校书

相逢俱此地,此地是何乡?侧目不成语,抚心空自伤。剑高无鸟度,树暗有兵藏。底事征西将,年年戍洛阳。

咸通

咸通时代物情奢,欢杀金张许史家。破产竞留天上乐,铸山争买洞中花。诸郎宴罢银灯合,仙子游回璧月斜。人意似知今日事,急催弦管送年华。

白樱桃 一作于邺诗

王母阶前种几株,水精帘外看如无。只应

汉武金盘上,泻得珊珊白露珠。

夜景
满庭松桂雨余天,宋玉秋声韵蜀弦。乌兔不知多事世,星辰长似太平年。谁家一笛吹残暑,何处双砧捣暮烟?欲把伤心问明月,素娥无语泪娟娟。

宿山家
山行侵夜到,云窦一星灯。草动蛇寻穴,枝摇鼠上藤。背风开药灶,向月展渔罾。明日前溪路,烟萝更几层。

长年—作感怀
长年方悟少年非,人道新诗胜旧诗。十亩野塘留客钓,一轩春雨对僧棋。花间醉任黄莺语—作说,亭上吟从白鹭窥。大盗不将炉冶去,有心重筑太平基。

辛丑年
九衢漂杵已成川,塞上黄云战马闲。但有赢兵填渭水,更无奇士出商山。田园已没红尘里,弟妹相逢白刃间。西望翠华殊未返,泪痕空湿剑文斑。

思归
暖丝无力自悠扬,牵引东风断客肠。外地见花终寂寞,异乡闻乐更凄—作剩悲凉。红垂野岸樱还熟,绿染回汀草又芳。旧里若为归去好,子期凋谢吕安亡。

忆昔
昔年曾向五陵游,子夜歌清月满楼。银烛树前长似昼,露桃华里—作下不知秋。西园公子名无忌,南国佳人号莫愁。今日乱离俱是梦,夕阳唯见水东流。

合欢莲花
虞舜南巡去不归,二妃相誓死江湄。空留万古香魂在,结作双葩合一枝。

览萧必先卷
满轴编新句,翛然大雅风。名因五字得,命合一言通。景尽才难尽,吟终意未终。似逢曹与谢,烟雨思何穷。

和人岁宴旅舍见寄
积雪满前除,寒光夜皎如。老忧新岁近,贫觉故交疏。意合论文后,心降得句初。莫言常郁郁,天道有盈虚。

宿泊孟津寄三堂友人
解缆西征未有期,槐花又逼桂花时。鸿胪陌上归耕晚,金马门前献赋迟。只恐愁苗生两鬓,不堪离恨入双眉。分明昨夜南池梦,还把渔竿咏楚词。

对酒赋—作赠友人
多病仍多感,君心自我心。浮生都是梦,浩叹不如吟。白雪篇篇丽,清酤盏盏深。乱离俱老大,强醉莫沾襟。

天井关
太行山上云深处,谁向云中筑女墙?短绠讵能垂玉甃,缭垣何用学金汤。斸开岚翠为高垒,截断云霞作巨防。守吏不教飞鸟过,赤眉何路到吾乡。

赠边将
昔因征远向金微,马出榆关一鸟飞。万里只携孤剑去,十年空逐塞鸿归。手招都护新降虏,身著文皇旧赐衣。只待烟尘报天子,满头霜雪为兵机—作壮心无事别无机。

春日
忽觉东风—作君景渐迟,野梅山杏暗芳菲。落星楼上吹残角,偃月营中挂夕晖。旅梦乱随蝴蝶散,离魂—作情渐逐杜鹃飞。红尘遮—作望断长安陌,芳草王孙暮不归。

早秋夜作
翠簟初清暑半销,撤帘松韵送轻—作风飙

莎庭露永琴书润，山郭月明砧杵遥。傍砌绿苔鸣蟋蟀，绕檐红树织蟏蛸。不须更作悲秋赋，王粲辞家鬓已凋。

寄江南逐客

二年音信阻湘潭，花下相思酒半酣。记得竹斋风雨夜，对床孤枕话江南。

冬夜

睡觉寒炉酒半消，客情乡梦两遥遥。无人为我磨心剑，割断愁肠一寸苗。

又闻湖南荆渚相次陷没

几时闻唱凯旋歌，处处屯兵未倒戈。天子只凭红旆壮，将军空恃紫髯多。尸填汉水连荆阜，血染湘云接楚波。莫问流离南越事，战余空有旧山河。

家叔南游却归因献贺

缭绕江南一岁归，归来行色满戎衣。长闻凤诏征兵急，何事龙韬献捷稀。旅梦远依湘水阔，离魂空伴越禽飞。遥知倚棹思家处，泽国烟深暮雨微。

楚行吟

章华台下一作上草如烟，故郢城头月似弦。惆怅楚宫云雨后，露啼花笑一年年。

洛阳吟 时大驾在蜀，巢寇未平，洛中寓居作七言

万户千门夕照边，开元时节旧风烟。宫官试马游三市，舞女乘舟上九天。胡骑北来空进主，汉皇西去竟升仙。如今父老偏垂泪，不见承平四十年。

过旧宅

华轩不见马萧萧，廷尉门人久寂寥。朱槛翠楼为卜肆，玉栏仙杏作春樵。阶前雨落鸳鸯瓦，竹里苔封蟏蛛桥。莫问此中销歇寺一作事，娟娟红泪滴芭蕉。

喻东军

四年龙驭守峨嵋，铁马西来步步迟。五运未教移汉鼎，六韬何必待秦师。几时鸾凤归丹阙，到处乌鸢从白旗。独把一樽和泪酒，隔云遥奠武侯祠。

清河县楼作

有客微吟独凭楼，碧云红树不胜愁。盘雕迥印天心没，远水斜牵日脚流。千里战尘连上苑，九江归路隔东周。故人此地扬帆去，何处相思雪满头？

北原闲眺

春城回首树重重，立马平原夕照中。五凤灰残金翠灭，六龙游去市朝空。千年王气浮清洛，万古坤灵镇碧嵩。欲问向来陵谷事，野桃无语泪花红。

赠戍兵

汉皇无事暂游汾，底事狐狸啸作群。夜指碧天占晋分，晓磨孤剑望秦云。红旌不卷风长急，画角闲吹日又曛。止竟有征须有战，洛阳何用久屯军？

睹军回戈

关中群盗已心离，关外犹闻羽檄飞。御苑绿莎嘶战马，禁城寒月捣征衣。漫教韩信兵涂地，不及刘琨啸解围。昨日屯军还夜遁，满车空载洛神归。

中渡晚眺

魏王堤畔草如烟，有客伤时独扣舷。妖气欲昏唐社稷，夕阳空照汉山川。千重碧树笼春苑，万缕红霞衬碧天。家寄杜陵归不得，一回回首一潸然。

河内别村业闲题

阮氏清风竹巷深，满溪松竹似山阴。门当谷路多樵客，地带河声足水禽。闲伴尔曹虽适意，静思吾道好沾襟。邻翁莫问伤时事，一曲高歌夕照沉。

闻官军继至未睹凯旋

嫖姚何日破重围，秋草深来战马肥。已有

孔明传将略，更闻王导得神机。阵前鼙鼓晴应响，城上乌鸢饱不飞。何事小臣偏注目，帝乡遥羡白云归。

和集贤侯学士分司丁侍御秋日雨霁之作

洛岸秋晴夕照长，风楼龙阙倚清光。玉泉山净云初散，金谷树多风正凉。席上客知蓬岛路，坐中寒有柏台霜。多惭十载游梁士，却伴宾鸿入帝乡。

题安定张使君

器度风标合出尘，桂宫何负一枝新。成丹始见金无滓，冲斗方知剑有神。愤气不销头上雪，政声空布海边春。中兴若继开元事，堪向龙池作近臣。

颍阳县

琴堂连少室，故事即仙踪。树老风声壮，山高腊候浓。雪多庭有鹿，县僻寺无钟。何处留诗客，茆檐倚后峰。

寄园林主人

主人常不在，春物为谁开？桃艳红将落，梨华雪又摧。晓莺闲自啭，游客暮空回。尚有余芳在，犹堪载酒来。

洛北村居

十亩松篁百亩田，归来方属大兵年。岩边石室低临水，云外岚峰半入天。鸟势去投金谷树，钟声遥出上阳烟。无人说得中兴事，独倚斜晖忆仲宣。

对梨花赠皇甫秀才

林上梨花雪压枝，独攀琼艳不胜悲。依前此地逢君处，还是去年今日时。且恋残阳留绮席，莫推红袖诉金卮。腾腾战鼓正多事，须信明朝难重持。

立春

青帝东来日驭迟，暖烟轻逐晓风吹。罽袍公子樽前觉，锦帐佳人梦里知。雪覆乍开红菜甲，彩幡新剪—作展绿杨丝。殷勤为作—作欲献宜春曲，题向花笺帖绣楣。

村笛

箫韶九奏韵凄锵，曲度虽高调不伤。却见孤村明月夜，一声牛笛断人肠。

题李斯传

蜀魄湘魂万古悲，未悲秦相死秦时。临刑莫恨仓中鼠，上蔡东门去自迟。

赠薛秀才

相辞因避世，相见尚兵戈。乱后故人少，别来新话多。但闻哀痛诏，未睹凯旋歌。欲结岩栖伴，何山好薜萝？

和元秀才别业书事

僻居春事好，水曲乱花阴。浪过河移岸，雏成鸟别林。绿钱榆贯重，红障杏篱深。莫饮宜城酒，愁多醉易沉。

纪村事

绿蔓映双扉，循墙一径微。雨多庭果烂，稻熟渚禽肥。酿酒迎新社，遥砧送暮晖。数声牛上笛，何处饷田归？

题许仙师院

地古多乔木，游人到且吟。院开金锁涩，门映绿篁深。山色不离眼，鹤声长在琴。往来谁与熟，乳鹿住前林。

离筵诉酒

感君情重惜分离，送我殷勤酒满卮。不是不能判酩酊，却忧前路酒醒时。

不寐

不寐天将晓，心劳转似灰。蚊吟频到耳，鼠斗竞缘台。户暗知蟾落，林喧觉雨来。马嘶朝客过，知是禁门开。

赠武处士

一身唯一室，高静若僧家。扫地留疏影，

穿池浸落霞。绿萝临水合,白道向村斜。卖药归来醉,吟诗倚钓查。

题吉涧卢拾遗庄

主人西游去不归,满溪春雨长春薇。怪来马上诗—作诉情好,印—作点破青山白鹭飞。

题颍源庙

曾是巢由栖隐地,百川唯说颍源清。微波乍向云根吐,去浪遥冲雪嶂横。万木倚檐疏干直,群峰当户晓岚晴。临川试问尧年事,犹被封人劝濯缨。

东游远归

扣角干名计已疏,剑歌休恨食无鱼。辞家柳絮三春半,临路槐花七月初。江上欲寻渔父醉,日边时得故人书。青云不识杨生面,天子何由问子虚。

新正日商南道中作寄李明府

相看又见岁华新,依旧杨朱拭泪巾。踏雪偶因寻戴客,论文还比聚星人。嵩山不改千年色,洛邑长生一路尘。今日与君同避世,却怜无事是家贫。

春暮

一春春事好,病酒起常迟。流水绿萦砌,落花红堕枝。楼高喧乳燕,树密斗雏鹏。不学山公醉,将何自解颐?

哭麻处士

却到歌吟地,闲门草色中。百年流水尽,万事落花空。缌帐扃—作寒秋月,诗楼锁夜虫。少微何处堕,留恨白杨风。

春早

闻莺才觉晓,闭户已知晴。一带窗间月—作日,斜穿枕上生—作明。

和友人

闭—作主门同隐士,不出动经时。静阅王维画,闲翻褚胤棋。落泉当户急,残月下窗迟。却想从来意,谯周亦自嗤。

春愁

寓思本多伤,逢春恨更长。露沾湘竹泪,花堕越梅妆。睡怯交加梦,闲倾潋滟觞。后庭人不到,斜月上松篁。

晚春

花开疑乍富,花落似初贫。万物不如酒,四时唯爱春。峨峨秦氏髻,皎皎洛川神。风月应相笑,年年醉病身。

题许浑诗卷

江南才子许浑诗,字字清新句句奇。十斛明珠量不尽,惠林虚作碧云词。

赠礼佛名者

何用辛勤礼佛名,我从无得到真庭。寻思六神传心印,可是从来读藏经。

残花—作于邺诗

和烟和露雪—作雨太离披,金蕊红须尚满枝。十日笙歌一宵梦,苎萝因—作烟雨失—作哭西施。

全唐诗卷六百九十七

韦庄

上元县 浙西作

南朝三十六英雄,角逐兴亡尽此中。有国有家皆是梦,为龙为虎亦成空。残花旧宅悲江令,落日青山吊谢公。止竟霸图何物在,石麟无主卧秋风。

江上逢史馆李学士

前年分袂陕城西,醉凭征轩日欲低。去浪指期鱼必变,出门回首马空嘶。关河自此为征垒,城阙于今陷战鼙 时巢寇未平。谁谓世途陵是谷,燕来还识旧巢泥。

金陵图

谁谓伤心画不成,画人心逐世人情。君看六幅南朝事,老木寒云满故城。

谒蒋帝庙

建业城边蒋帝祠,素髯清骨旧风姿。江声似激秦军破,山势如匡晋祚危。残雪岭头明组练,晚霞檐外簇旌旗。金陵客路方流落,空祝回銮奠酒卮。

闻再幸梁洋

才喜中原息战鼙,又闻天子幸巴西。延烧魏阙非关燕,大狩陈仓不为鸡。兴庆玉龙寒自跃,昭陵石马夜空嘶。遥思万里行宫梦,太白山前月欲低。

王道者

五云遥指海中央,金鼎曾传肘后方。三岛路岐空有月,十洲花木不知霜。因携竹仗闻龙气,为使仙童带橘香。应笑我曹身是梦,白头犹自学诗狂。

陪金陵府相中堂夜宴

满耳笙歌满眼花,满楼珠翠胜吴娃。因知

海上神仙窟,只似人间富贵家。绣户夜攒红烛市,舞衣晴曳碧天霞。却愁宴罢青蛾散,杨子江头月半斜。

和侯秀才同友生泛舟溪中相招之作

嵇阮相将棹酒船,晚风侵浪水侵舷。轻如控鲤初离岸,远似乘槎欲上天。雨外鸟归吴苑树,镜中人入洞庭烟。凭君不用回舟疾,今夜西江月正圆。

赠野童

羡尔无知野性真,乱搔蓬发笑看人。闲冲暮雨骑牛去,肯问中兴社稷臣。

代书寄马

驱驰曾在五侯家,见说初生自渥洼。鬓白似披梁苑雪,颈肥如扑杏园花。休嫌绿绶嘶贫舍,好著红缨入使衙。稳上云衢千万里,年年长踏魏堤沙。

题淮阴侯庙

满把一作把椒浆奠楚祠,碧幢黄钺旧英威。能扶汉代成王业,忍见唐民陷战机。云梦去时高鸟尽,淮阴归日故人稀。如何不借平齐策,空看长星落贼围。

送崔郎中往使西川行在

拜书辞玉帐,万里剑关长。新马杏花色,绿袍春草香。一身朝玉陛,几日过铜梁。莫恋炉边醉,仙宫待侍郎。

润州显济阁晓望

清晓水如镜,隔江人似鸥。远烟藏海岛,初日照扬州。地壮孙权气,云凝庾信愁。一篷何处客,吟凭钓鱼舟。

观浙西府相畋游

十里旌旗十万兵,等闲游猎出军城。紫袍日照金鹅斗,红旆风吹画虎狞。带箭彩禽云外落,避雕寒兔月中惊。归来一路笙歌满,更有仙娥载酒迎。

官庄江南富民悉以犯酒没家产,因此诗讽之,浙帅遂改酒法,不入财产。

谁氏园林一簇烟,路人遥指尽长叹。桑田一作林稻泽今无主,新犯香醪没入官。

解维

又解征帆落照中,暮程还过秣陵东。二一作三年辛苦烟波里,赢得风姿似钓翁。

雨霁池上作呈侯学士

鹿巾藜杖葛衣轻,雨歇池边晚吹清。正是如今江上好,白鳞红稻紫莼羹。

寓言

为儒逢世乱,吾道欲何之?学剑已应晚,归山今又迟。故人三载别,明月两乡悲。惆怅沧江上,星星鬓有丝。

哭同舍崔员外

却到同游地,三年一电光。池塘春草在,风烛故人亡。祭罢泉声急,斋余磬韵长。碧天应有恨,斜日吊松篁。

题姑苏凌处士庄

一簇林亭返照间,门当官道不曾关。花深远岸黄莺闹,雨急春塘白鹭闲。载酒客寻吴苑寺,倚楼僧看洞庭山。怪来话得仙中事,新有人从物外还。

过当涂县

客过当涂县,停车访旧游。谢公山有墅,李白酒无楼。采石花空发,乌江水自流。夕阳谁共感,寒鹭立汀洲。

江亭酒醒却寄维扬饯客

别筵人散酒初醒,江步黄昏雨雪零。满坐绮罗皆不见,觉来红树一作烛背银屏。

台城

江雨霏霏江草齐,六朝如梦鸟空啼。无情最是台城柳,依旧烟笼十里堤。

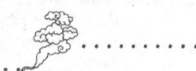

赠渔翁

草衣荷笠鬓如霜,自说家编楚水阳。满岸秋风吹枳橘,绕陂烟雨种菰蒋。芦刀夜鲙红鳞腻,水甑朝蒸紫芋香。曾向五湖期范蠡,尔来空阔久相忘。

过扬州

当年人未识兵戈,处处青楼夜夜歌。花发洞中春日永,月明衣上好风多。淮王去后无鸡犬,炀帝归来葬绮罗。二十四桥空寂寂,绿杨摧折旧宫河。

寄右省李起居

已向鹓行接雁行,便应双拜紫薇郎。才闻阙下征书急,已觉回朝草诏忙。白马似怜朱绂贵,彩衣遥惹御炉香。多惭十载游梁客,未换青襟侍素王。

镊白

白发太无情,朝朝镊又生。始因丝一缕,渐至雪千茎。不避佳人笑,唯惭稚子惊。新年过半百,犹叹未休兵。

漳亭驿小樱桃一作桃花

当年此树正花开,五马仙郎载酒来。李白已亡工部死,何人堪伴玉山颓?

酬吴秀才雪川相送

一叶南浮去似飞,楚乡云水本无依。离心不忍闻春鸟,病眼何堪送落晖。掺袂客从花下散,棹舟人向镜中归。夫君别我应惆怅,十五年来识素衣。

对雨独酌

榴花新酿绿于苔,对雨闲倾满满杯。荷锸醉翁真达者,卧云逋客竟悠哉。能诗岂是经时策,爱酒原非命世才。门外绿萝连洞口,马嘶应是步兵来。

夏初与侯补阙江南有约,同泛淮汴,西赴行朝庄自九驿路先至甬桥,补阙由淮楚续至泗上,寝病旬日,遽闻捐馆,回首悲恸,因成长句四韵吊之巳后自浙西游汴宋,路至陈仓迎驾,却过昭义、相州,路归金陵作

本约同来谒帝阍,忽随川浪去东奔。九重圣主方虚席,千里高堂尚倚门。世德只应荣伯仲,诗名终自付儿孙。遥怜月落清淮上,寂寞何人吊旅魂。

汴堤行

欲上隋堤举步迟,隔云烽燧叫非时。才闻破虏将休马,又道征辽再出师。朝见西来为过客,暮看东去作浮尸。绿杨千里无飞鸟,日落空投旧店基。

旅次甬西见儿童以竹枪纸旗戏为陈列,主人叟曰:"斯子也,三世没于阵,思所袭祖父仇。"余因感之

已闻三世没军营,又见儿孙学战争。见尔此言堪恸哭,遭予何日望时平。

自孟津舟西上雨中作

秋烟漠漠雨蒙蒙,不卷征帆任晚风。百口寄安沧海上,一身逃难绿林中。来时楚岸杨花白,去日隋堤蓼穗红。却到故园翻似客,归心迢递秣陵东。

含山店梦觉作

曾为一作是流离惯别家,等闲挥袂客一作各天涯。灯前一觉江南梦,惆怅起来山月斜。

题貂黄岭官军

散骑萧萧下太行,远从吴会去陈仓。斜风细雨江亭上,尽日凭栏忆楚一作独望乡。

过内黄县

相州吹角欲斜阳,匹马摇鞭宿内黄。僻县不容投刺客,野陂时遇射雕郎。云中粉堞新城垒,店后荒郊旧战场。犹指去程千万里,秣陵烟树在何乡。

杂感

莫悲建业荆榛满,昔日繁华是帝京。莫爱广陵台榭好,也曾芜没作荒城。鱼龙爵马皆如梦,风月烟花岂有情。行客不劳频怅望,古来朝市叹衰荣。

垣县山中寻李书记山居不遇,留题河次店

白云红树垠崿一作绕峎东,名鸟群飞古画中。仙吏不知何处隐,山南山北雨蒙蒙。

送人游并汾

风雨萧萧欲暮秋,独携孤剑塞垣游。如今虏骑方南牧,莫过阴关第一州。

李氏小池亭十二韵

积石乱巉巉,庭莎绿不芟。小桥低跨水,危槛半依岩。花落鱼争唼,樱红鸟竞鹐。竹成初,鸟物也。引泉疏地脉,扫絮积山嵌。古柳红绡织,新篁紫绮缄。养猿秋啸月,放鹤夜栖杉。枕簟溪云腻,池塘海雨咸。语窗鸡逞辩,舐鼎犬偏馋。踏藓青粘屐,攀萝绿映衫。访僧舟北渡,贳酒日西衔。迟客登高阁,题诗绕翠岩。家藏何所宝,清韵满琅函。

遣兴

如幻如泡世,多愁多病身。乱来知酒圣,贫去觉钱神。异国清明节,空江寂寞春。声声林上鸟,唤我北归秦。

婺州和陆谏议将赴阙怀阳羡山居

望阙路仍远,子牟魂欲飞。道开烧药鼎,僧寄卧云衣。故国饶芳草,他山挂夕晖。东阳虽胜地,王粲奈思归。

江上题所居

故人相别尽朝天,苦竹江头独闭关。落日乱蝉萧帝寺,碧云归鸟谢家山。青州从事来偏熟,泉布先生老渐悭。不是对花长酩酊,永嘉时代不如闲。

婺州屏居蒙右省王拾遗车枉降访,病中延候不得,因成寄谢

三年流落卧漳滨,王粲思家拭泪频。画角莫吹残月夜,病心方忆故园春。自为江上樵苏客,不识天边侍从臣。怪得白鸥惊去尽,绿萝门外有朱轮。

将卜兰芷村居留别郡中在仕

兰芷江头寄断蓬,移家空载一帆风。伯伦嗜酒还因乱,平子归田不为穷。避世漂零人境外,结茅依红画屏中。从今隐去应难觅,深入芦花作钓翁。

和陆谏议避地寄东阳进退未决见寄

未归天路紫云深,暂驻东阳岁月侵。入洛声华当世重,闵周章句满朝吟。开炉夜看黄芽鼎,卧瓮闲敧白玉簪。读易草玄人不会,忧君心是致君心。

山墅闲题

迤逦前冈厌后冈,一川桑柘好残阳。主人馈饷炊红黍,邻父携竿钓紫鲂。静极却嫌流水闹,闲多翻笑野云忙。有名不那无名客,独闭衡门避建康。

江上逢故人

前年送我曲江西,红杏园中醉似泥。今日逢君越溪上,杜鹃花发鹧鸪啼。来时旧里人谁在,别后沧波路几迷。江畔玉楼多美酒,仲宣怀土莫凄凄。

旅中感遇寄呈李秘书昆仲

南望愁云锁翠微,谢家楼阁雨霏霏。刘桢病后新诗少,阮籍贫来好客稀。犹喜故人天外至,许将孤剑日边归。怀乡不怕严陵笑,只待秋风别钓矶。

送范评事入关

寂寥门户寡相亲,日日频来只有君。正喜琴尊长作伴,忽携书剑远辞群。伤心柳色离亭见,眙耳蝉声故国闻。为报明年杏园客,与留

绝艳待终军。

东阳酒家赠别二绝句

送君同上酒家楼,酩酊翻成一笑休。正是落花饶怅望,醉乡前路莫回头。

天涯方叹异乡身,又向天涯别故人。明日五更孤店月,醉醒何处泪—作各沾巾。

江上村居

本无踪迹恋柴扃,世乱须教识道情。颠倒梦魂愁里得,撅奇诗句望中生。花缘艳绝栽难好,山为看多咏不成。闻道汉军新破虏,使来仍说近离京。

江外思乡—作归

年年春日异乡悲,杜曲黄莺可得知。更被夕阳江岸上,断肠烟柳一丝丝。

和郑拾遗秋日感事一百韵

祸乱天心厌,流离客思伤。有家抛上国,无罪谪遐方。负笈将辞越,扬帆欲泛湘。避时难驻足,感事易回肠。雅道何销德,妖星忽耀芒。中原初纵燎,下国竟探汤。盗据三秦地,兵缠八水乡。战尘轻犯阙,羽旆远巡梁。自此修文代,俄成讲武场。熊罴驱逐鹿,犀象走昆阳。御马迷新栈,宫娥改旧妆。五丁功再睹,八难事难忘。风引金根疾,兵环玉弩强。建牙虽可恃,摩垒讵能防?霍庙神遐远,圯桥路杳茫。出师威似虎,御敌狠如羊。眉画犹思赤,巾裁未厌黄。晨趋鸣铁骑,夜舞挹琼筋。僭侈彤檐乱,喧呼绣鬐攘。但闻争曳组,讵见学垂缰。鹊印提新篆,龙泉夺晓霜。军威徒逗挠,我武自维扬。负扆劳天眷,凝旒念国章。绣旗张画兽,宝马跃红鸯。但欲除妖气,宁思蔽耿光?晓烟生帝里,夜火入春坊。鸟怪巢宫树,狐骄上苑墙。设危终在德,视履岂无祥。气激雷霆怒,神驱岳渎忙。功高分虎节,位下耻龙骧。遍命登坛将,巡封异姓王。志求扶坠典,力未振颓纲。汉路闲雕鹗,云衢驻骕骦。宝装军器丽,麝裛战袍香。日睹兵书捷,时闻房骑亡。人心惊獬豸,雀意伺螳螂。上略咸推妙,前锋讵可当。纤金光照耀,执玉意藏昂。覆悚非无谓,奢华事每详。四民皆组绶,九土堕耕桑。飞骑黄金勒,香车翠钿装。八珍罗膳府,五采斗筐床。宴集喧华第,歌钟簇画梁。永期传子姓,宁误犯天狼。未睹君除侧,徒思玉在傍。窜身奚可保,易地喜相将。国运方夷险,天心讵测量。九流虽暂蔽,三柄岂相妨。小孽乖躔次,中兴系昊苍。法尧功已普,罪已德非凉。帝念惟思理,臣心岂自遑。诏催青琐客,时待紫微郎。定难输宸算,胜灾减—作灭御梁。皇恩思荡荡,睿泽转洋洋。偃卧虽非晚,艰难亦备尝。舜庭招谏喜,汉殿上书囊。俭德遵三尺,清朝俟一匡。世随渔父醉,身效接舆狂。窜逐同天宝,遭罹异建康。道孤悲海筮,家远隔天潢。卒岁贫无褐,经秋病泛漳。似鱼甘去乙,比蟹未成筐。守道惭无补,趋时愧不藏。殷牛常在耳,晋竖欲潜肓。忸恨山思板,怀归海欲航。角吹魂悄悄,笛引泪浪浪。乱觉乾坤窄,贫知日月长。势将随鹤列,忽喜遇鸳行。已报新回驾,仍闻近纳隍。文风销剑楯,礼物换旂裳。紫闼重开序,青衿再设庠。黑头期命爵,颀尾尚忧鲂。吴坂嘶骐骥,岐山集凤皇。词源波浩浩,谏署玉锵锵。饲雀曾传庆,烹蛇讵有殃。弢弓挥—作禅劲镞,匣剑淬神锃。谔谔宁惭直,堂堂不谢张。晓风趋建礼,夜月直文昌。去国时虽久,安邦志不常。良金炉自跃,美玉椟难藏。北望心如筛,西归律变商。迹随江燕去,心逐塞鸿翔。晚翠笼桑坞,斜晖挂竹堂。路愁千里月,田爱万斯箱。伴钓歌前浦,随樵上远冈。鹭眠依晚屿,鸟浴上枯杨。惊梦缘敧枕,多吟为倚廊。访僧红叶寺,题句白云房。帆外青枫老,尊前紫菊芳。夜灯银耿耿,晓露玉瀼瀼。异国惭倾盖,归涂俟并粮。身虽留震泽,心已过雷塘。执友知谁在,家山各已荒。海边登桂楫,烟外泛云樯。巢树禽思越,嘶风马恋羌。寒声愁听杵,空馆厌闻螀。望阙飞华盖,趋朝振玉珰。米惭无蕙苡,面喜有桄榔。话别心重结,伤时泪一滂。伫归蓬岛后,纶诏润青缃。

梦入关
梦中乘传过关亭,南望莲峰簇簇青。马上正吟归去好,觉来江月满前庭。

送人归上国
送君江上日西斜,泣向江边满树花。若见青云旧相识,为言流落在天涯。

闻春鸟
云晴春鸟满江村,还似长安旧日闻。红杏花前应笑我,我今憔悴亦一作却羞君。

樱桃树
记得初生一作开雪满枝,和蜂和蝶带花移。而今花落游蜂去,空作主人惆怅诗。

独鹤
夕阳滩下立裵回,红蓼风前雪翅开。应为不知栖宿处,几回飞去又飞来。

新栽竹
寂寞阶前见此君,绕栏吟罢却沾巾。异乡流落谁相识,唯有丛篁似一作象主人。

稻田
绿波春浪满前陂,极目连云稏稏肥。更被鹭鹚千点雪,破烟来入画屏飞。

庭前菊
为忆长安烂漫开,我今移尔满庭栽。红兰莫笑青青色,曾向龙山泛酒来。

燕来
去岁辞巢别近邻,今来空讶草堂新。花开对语应相问,不是村中旧主人。

倚柴关
杖策无言独倚关,如痴如醉又如闲。孤吟尽日何人会,依约前山似故山。

题七步廊
席一作杜门无计那一作奈残阳,更接檐前七步廊。不羡东都丞相宅,每行吟得好篇章。

语松竹
庭前芳草绿于一作如袍,堂上诗人欲二毛。多病不禁秋寂寞,雨松风竹莫骚骚。

全唐诗卷六百九十八

韦庄

不出院楚公 自三衢至江西作

一自禅关闭,心猿日渐驯。不知城郭路,稀识市朝人。履带阶前雪,衣无寺外尘。却嫌山翠好,诗客往来频。

江边吟

江边烽燧几时休,江上行人雪满头。谁信乱离花不见,只应惆怅水东流。陶潜政事千杯酒,张翰生涯一叶舟。若有片帆归去好,可堪重倚仲宣楼。

江南送李明府入关

雨花烟柳傍江邨,流落天涯酒一樽。分首不辞多下泪,回头唯恐更消魂。我为孟馆三千客,君继宁王五代孙。正是中兴磐石重,莫将憔悴入都门。

送福州王先辈南归

豫章城下偶相逢,自说今方遇至公。八韵赋吟梁苑雪,六铢衣惹杏园风。名标玉籍仙坛上,家寄闽山画障中。明日一杯何处别,绿杨烟岸雨蒙蒙。

夜雪泛舟游南溪

大江西面小溪斜,入竹穿松似若耶。两岸严风吹玉树,一滩明月晒一作照银砂。因寻野渡逢渔舍,更泊前湾上酒家。去去不知归路远,棹声烟里独呕哑。

江行西望

西望长安白日遥,半年无事驻兰桡。欲将张翰秋一作松江雨,画作屏风寄鲍昭。

铜仪

铜仪一夜变葭灰,暖律还吹岭上梅。已喜汉官今再睹,更惊尧历又重开。窗中远岫青如黛,门外长江绿似苔。谁念闭关张仲蔚,满庭春雨长蒿莱。

含香
含香高步已难陪,鹤到清霄势未回。遇物旋添芳草句,逢春宁滞碧云才。微红几处花心吐,嫩绿谁家柳眼开。却去金銮为近侍,便辞鸥鸟不归来。

春云
春云春水两溶溶,倚郭栖台晚翠浓。山好只因人化石,地灵曾有剑为龙。官辞凤阙频经岁,家住峨嵋第几峰。王粲不知多少恨,夕阳吟断一声钟。

云散
云散天边落照和,关关春树鸟声多。刘伶避世唯沉醉,宁戚伤时亦浩歌。已恨岁华添皎镜,更悲人事逐颓波。青云自有鹓鸿待,莫说他山好薜萝。

袁州作
家家生计只琴书,一郡清风似鲁儒。山色东南连紫府,水声西北属洪都。烟霞尽入新诗卷,郭邑闲开古画图。正是江村春酒熟,更闻春鸟劝提壶。

题袁州谢秀才所居
主人年少已能诗,更有松轩挂夕晖。芳草似袍连径合,白云如鸟傍檐飞。但将竹叶消春恨,莫遣杨花上客衣。若有前山好烟雨,与君吟到螟钟归。

谒巫山庙
乱猿啼处访高唐,路入烟霞草木香。山色未能忘宋玉,水声犹似哭襄王。朝朝暮暮阳台下,为雨为云楚国亡。惆怅庙前无限柳,春来空斗画眉长。

鹧鸪
南禽无侣似相依,锦坡双双傍马飞。孤竹庙前啼暮雨,汨罗祠—作江畔吊残晖。秦人只解歌为曲,越女空能画作衣。懊恼泽家非—作知有恨,年年长忆凤城—作皇归。懊恼泽家,鹧鸪之音也。

宿蓬船
夜来江雨宿蓬船,卧听淋铃不忍眠。却忆紫微情调逸,阻风中酒过年年。

送李秀才归荆溪
八月中秋月正圆,送君吟上木兰船。人言格调胜玄度,我爱篇章敌浪仙。晚渡去时冲细雨,夜滩何处宿寒烟?楚王宫去阳台近,莫倚风流滞少年。

洪州送西明寺省上人游福建
记得初骑竹马年,送师来往御沟边。荆榛已失当时路,槐柳全无旧日烟。远自嵇山游楚泽,又从庐岳去闽川。新春阙下应相见,红杏花中觅酒仙。

建昌渡暝吟
月照临官渡,乡情独浩然。鸟栖鼓蠹树,月上建昌船。市散渔翁醉,楼深贾客眠。隔江何处笛,吹断绿杨烟。

岁除对王秀才作
我惜今宵促,君愁玉漏频。岂知新岁酒,犹作异乡身。雪向寅前冻,花从子后春。到明追此会,俱是隔年人。

酒渴爱江清
酒渴何方疗,江波一掬清。泻瓯如练色,漱齿作泉声。味带他山雪,光含白露精。只应千古后,长称伯伦情。

和李秀才郊墅早春吟兴十韵
暖律变寒光,东君景渐长。我悲游海峤,君说住柴桑。雪色随高岳,冰声陷古塘。草根微吐翠,梅朵半含霜。酒市多逋客,渔家足夜航。匡庐去傍屋,彭蠡浪冲床。绿摆杨枝嫩,红挑菜甲香。凤皇城已尽,鹦鹉赋应狂。伫见龙辞沼,宁忧雁失行。不应双剑气,长在斗牛傍。

泛鄱阳湖

　　四顾天边鸟不飞,大波惊隔楚山微。纷纷雨外灵均过,瑟瑟云中帝子归。逆鲤似棱投远浪,小丹如叶傍斜晖。鸱夷去后何人到,爱者虽多见者稀。

黄藤山下闻猿

　　黄藤上下驻归程,一夜号猿吊旅情。入耳便能生百恨,断肠何必待三声。穿云宿处人难见,望月啼时兔正明。好笑五陵年少客,壮心无事也沾缨。

章江作

　　杜陵归客正装回,玉笛谁家叫落梅。之子棹从天外去,故人书自日边来。杨花慢惹霏霏雨,竹叶闲倾满满杯。欲问维扬一作雒阳旧风月,一江红树乱猿哀。

南游富阳江中作

　　南去又南去,此行非自期。一帆云作伴,千里月相随。浪迹花应笑,衰容镜每知。乡园不可问,禾黍正离离。

饶州余干县琵琶洲有故韩宾客宣城裴尚书修行李侍郎旧居,遗址犹存,客有过之感旧,因以和吟

　　琵琶洲近斗牛星,鸾凤曾于此放情。已觉地灵因昴降,更闻川媚有珠生。一滩红树留佳气,万古清弦续政声。戟户尽移天上去,里人空说旧簪缨。

九江逢卢员外

　　前年风月宿琴堂,大媚仙山近帝乡。别后几沾新雨露,乱来犹记旧篇章。陶潜岂是铜符吏,田凤终为锦帐郎。莫怪相逢倍惆怅,九江烟月似潇湘。

南昌晚眺

　　南昌城郭枕江烟,章水悠悠浪拍天。芳草绿遮仙尉宅,落霞红衬贾人船。霏霏阁上千山雨,嘒嘒云中万树蝉。怪得地多章句客,庾家楼在斗牛边。

衢州江上别李秀才

　　千山红树万山云,把酒相看日又曛。一曲离歌两行泪,更知何地一作处再逢君。

湘中作

　　千重烟树万重波,因便何妨吊汨罗。楚地不知秦地乱,南人空怪北人多。臣心未肯教迁鼎,天道还应欲止戈。否去泰来终可待,夜寒休唱饭牛歌。

桐庐县作

　　钱塘江尽到桐庐,水碧山青画不如。白羽鸟飞严子濑,绿蓑人钓季鹰鱼。潭心倒影时开合,谷口闲云自卷舒。此境只应词客爱,投文空吊木玄虚。

东阳赠别

　　绣袍公子出旌旗,送我摇鞭入翠微。大抵行人难诉酒,就中辞客易沾衣。去时此地题桥去,归日何年佩印归。无限别情言不得,回看溪柳恨依依。

寄湖州舍弟

　　半年江上怆离襟,把得新诗喜又吟。多病似逢秦氏药,久贫如得顾家金。云烟但有穿杨志,尘土多无作吏心。何况别来词转丽,不愁明代少知音。

信州西三十里山名仙人城,下有月岩山,其状秀拔,中有山门,如满月之状,余因行役过其下,聊赋是诗

　　驱车过闽越,路出饶阳西。仙山翠如画,簇簇生虹蜺。群峰若侍从,众阜如婴提。岩峦互吞吐,岭岫相追携。中有月轮满,皎洁如圆珪。玉皇恣游览,到此神应迷。常娥曳霞帔,引我同攀跻。腾腾上天半,玉镜悬飞梯。瑶池何悄悄,鸾鹤烟中栖。回头望尘世,露下寒

凄凄。

婺州水馆重阳日作
异国逢佳节,凭高独若吟。一杯今日醉一作酒,万里故园心。水馆红兰合,山城紫菊深。白衣虽不至,鸥鸟自相寻。

避地越中作
避世移家远,天涯岁已周。岂知今夜月,还是去年愁。露果珠沉水,风萤烛上楼。伤心潘骑省,华发不禁秋。

抚州江口雨中作
江上闲冲细雨行,满衣风洒绿荷声。金骝掉尾横鞭望,犹指庐陵半日程。

信州溪岸夜吟作
夜倚临溪店,怀乡独苦吟。月当山顶出,星倚水湄沉。雾气渔灯冷,钟声谷寺深。一城人悄悄,琪树宿仙禽。

访浔阳友人不遇
不见安期悔上楼,寂寥人对鹭鸶愁。芦花雨急江烟暝,何处潺潺独棹舟?

东林寺再遇僧益大德
见师初事懿皇朝,三殿归来白马骄。上讲每教倾国听,承恩偏得内官饶。当时可爱人如画,今日相逢鬓已凋。若向君门逢旧友,为传音信到云霄。

西塞山下作
西塞山前水似蓝,乱云如絮满澄潭。孤峰渐映滟城北,片月斜生梦泽南。爨动晓烟烹紫蕨,露和香蒂摘黄柑。他年却棹扁舟去,终傍芦花结一庵。

齐安郡
弥棹齐安郡,孤城百战残。傍村林有虎,带郭县无官。暮角梅花怨,清江桂影寒。黍离缘底事,撩我起长叹。

夏口行寄婺州诸弟
回头烟树各天涯,婺女星边远寄家。尽眼楚波连梦泽,满衣春雪落江花。双双得伴争如雁,一一归巢却羡鸦。谁道我随张博望,悠悠空外泛仙槎。

南省伴直 甲寅年自江南到京后作
文昌二十四仙曹,尽倚红檐种露桃。一洞烟霞人迹少,六行槐柳鸟声高。星分夜彩寒侵帐,兰惹春香绿映袍。何事爱留诗客宿,满庭风雨竹萧骚。

鄠杜旧居二首
却到山阳事事非,谷云溪鸟尚相依。阮咸贫去田园尽,向秀归来父老稀。秋雨几家红稻熟,野塘何处锦鳞肥。年年为献东堂策,长是芦花别钓矶。

一径寻村渡碧溪,稻花香泽水千畦。云中寺远磬难识,竹里巢深鸟易迷。紫菊乱开连井合,红榴初绽拂檐低。归来满把如渑酒,何用伤时叹凤兮。

寄江南诸弟
万里逢归雁,乡书忍泪封。吾身不自保,尔道各何从。性拙唯多蹇,家贫半为慵。只思溪影上,卧看玉华峰。

投寄旧知
却将憔悴入都门,自喜青霄足故人。万里有家留百越,十年无路到三秦。摧残不是当时貌,流落空余旧日贫。多谢青云好知己,莫教归去重沾巾。

癸丑年下第献新先辈
五更残月省墙边,绛帜蜺旌卓晓烟。千炬火中莺出谷,一声钟后鹤冲天。皆乘骏马先归一作争先去,独被羸童笑晚眠。对酒暂时情豁尔,见花依旧涕潸然。未酬阚泽佣书债,犹欠君平卖卜钱。何事欲休休不得,来年公道似今年。

题汧阳县马跑泉李学士别业

　　水满寒塘菊满篱,篱边无限彩禽飞。西园夜雨红樱熟,南亩清风白稻肥。草色自留闲客住,泉声如待主人归。九霄岐路忙于火,肯恋斜阳守钓矶。

绛州过夏留献郑尚书

　　朝朝沉醉引金船,不觉西风满树蝉。光景暗消银烛下,梦魂长寄玉轮边。因循每被时流诮,奋发须由国士怜。明月客肠何处断,绿槐风里独扬鞭。

绥州作

　　雕阴无树水难一作南流,雉堞连云古帝州。带雨晚驼鸣远戍,望乡孤客倚高楼。明妃去日花应笑,蔡琰归时鬓已秋。一曲单于暮烽起,扶苏城上月如钩。

全唐诗卷六百九十九

韦庄

与东吴生相遇及第后出关作

十年身事—作世各如萍,白首相逢泪满缨。老去不知花有态,乱来唯觉酒多情。贫疑陋巷春偏少,贵想豪家月最明。且—作独对一尊开口笑,未衰应见泰阶平。

庭前桃

曾向桃源烂漫游,也同渔父泛仙舟。皆言洞里千株好,未胜庭前一树幽。带露似垂湘女泪,无言如伴息妫愁。五陵公子饶春恨,莫引香风上酒楼。

丙辰年鄜州遇寒食城外醉吟五首

满街杨柳绿丝烟,画出清明二月天。好是隔帘花树动,女郎撩乱送秋千。

雕阴寒食足游人,金凤罗衣湿麝薰。肠断入城芳草路,淡红香白一群群。

开元坡下日初斜,拜扫归来走钿车。可惜数株红艳好,不知今夜落谁家？

马骄风疾玉鞭长,过去唯留一阵香。闲客不须烧破眼,好花皆属富家郎。

雨丝烟柳欲清明,金屋人闲暖凤笙。永日—作画迢迢无一事,隔街闻筑—作蹴气球声。

宜君—作春县比卜居不遂,留题王秀才别墅二首

本期同此卧林丘,榾柮炉前拥布裘。何事却骑羸马去,白云红树不相留。

明月严霜扑皂貂,羡君高卧正逍遥。门前积雪深三尺,火满红炉酒满瓢。

鄜州留别张员外

江南相送君山下,塞北相逢朔漠—作相幕中。三楚故人皆是梦,十年陈事只如风。莫言

身世他时异,且喜琴尊数日同。惆怅却愁明日别,马嘶山店雨蒙蒙。

病中闻相府夜宴戏赠集贤卢学士

满筵红蜡照香钿,一夜歌钟欲沸天。花里乱飞金错落,月中争认绣连乾。尊前莫话诗三百,醉后宁辞酒十千。无那两三新进士,风流长得饮徒怜。

出关

马嘶烟岸柳阴斜,东去—作回首关山路转赊。到处因循缘嗜酒,一生惆怅为判花。危时只合身无著,白日那堪事有涯。正是灞陵春酎绿,仲宣何事独辞家?

过樊川旧居 时在华州驾前奉使入蜀作

却到樊川访旧游,夕阳衰草杜陵秋。应刘去后苔生阁,嵇阮归来雪满头。能说乱离惟有燕,解偷闲暇不如鸥。千桑万海无人见,横笛一声空泪流。

长安旧里

满目墙匡一作垣春草深,伤时伤事更伤心。车轮马迹今何在,十二玉楼无处寻。

过溴陂怀旧

辛勤曾寄玉峰前,一别云溪二十年。三径荒凉迷竹树,四邻凋谢变桑田。溴陂可是当时事,紫阁空余旧日烟。多少乱离无处问,夕阳吟罢涕潸然。

汧阳间 一作汧阳县阁

汧水悠悠去似绠,远山如画翠眉横。僧寻野渡归吴岳,雁带斜阳入渭城。边静不收蕃帐马,地贫惟卖陇山鹦。牧音何处吹羌笛,一曲梅花出塞声。

焦崖阁

李白曾歌蜀道难,长闻白日上青天。今朝夜过焦崖阁,始信星河在马前。

鸡公帻 去襄城县二十里

石状虽如帻,山形可类鸡。向风疑欲斗,带雨似闻啼。蔓织青笼合,松长翠羽低。不鸣非有意,为怕客奔齐。

全唐诗卷七百

韦庄

平陵老将 此以下诗皆集外补遗

白羽金仆姑,腰悬双辘轳。前年葱岭北,独战云中胡。匹马塞垣老,一身如鸟孤。归来辞第宅,却占平陵居。

即事

乱世时偏促,阴天日易昏。无言搔白首,憔悴倚东门。

姬人养蚕

昔年爱笑蚕家妇,今日辛勤自养蚕。仍道不愁罗与绮,女郎初解织桑篮。

长干塘别徐茂才

乱离时别虽离轻,别酒应须满满倾。才喜相逢又相送,有情争得似无情。

勉儿子

养尔逢多难,常忧学已迟。辟强为上相,何必待从师。

乞彩笺歌

浣花溪上如花客,绿暗红藏人不识。留得溪头瑟瑟波,泼成纸上猩猩色。手把金刀擘彩云,有时剪破秋天碧。不使红霓段段飞,一时驱上丹霞壁。蜀客才多染不供,卓文醉后开无力。孔雀衔来向日飞,翩翩压折黄金翼。我有歌诗一千首,磨砻山岳罗星斗。开卷长疑雷电惊,挥毫只怕龙蛇走。班班布在时人口,满袖松花都未有。人间无处买烟霞,须知得自神仙手。也知价重连城璧,一纸万金犹不惜。薛涛昨夜梦中来,殷勤劝向君边觅。

白牡丹

闺中莫妒新妆妇,陌上须惭傅粉郎。昨夜月明浑似水,入门唯觉一庭香。

悯耕者

何代何王不战争,尽从离乱见清平。如今暴骨多于土,犹点乡兵作戍兵。

壶关道中作

处处兵戈路不通,却从山北去江东。黄昏欲到壶关寨,匹马寒嘶野草中。

题酒家

酒绿花红客爱诗,落花春岸酒家旗。寻思避世为逋客,不醉长醒也是痴。

寄舍弟

每吟富贵他人合,不觉汍澜又湿衣。万里日边乡树远,何年何路得同归?

仆者杨金

半年辛苦葺荒居,不独单寒腹亦虚。努力且为田舍客,他年为尔觅金鱼。

春陌二首

满街芳草卓香车,仙子门前白日斜。肠断东风各回首,一枝春雪冻梅花。

嫩烟轻染柳丝黄,句引花枝笑凭墙。马上王孙莫回首,好风偏逐羽林郎。

赠姬人

莫恨红裙破,休嫌白屋低。请看京与洛,谁在旧香闺?

中酒

南邻酒熟爱相招,蘸甲倾来绿满瓢。一醉不知三日事,任他童稚作渔樵。

暴雨

江村入夏多雷雨,晓作狂霖晚又晴。波浪不知深几许,南湖今与北湖平。

悼亡姬

凤去鸾归不可寻,十洲仙路彩云深。若无少女花应老,为有姮娥月易沉。竹叶岂能消积恨,丁香空解结同心。湘江水阔苍梧远,何处相思弄舜琴?

独吟 以下四首俱悼亡姬作。

默默无言恻恻悲,闲吟独傍菊花篱。只今已作经年别,此后知为几岁期。开箧每寻遗念物,倚楼空缀悼亡诗。夜来孤枕空肠断,窗月斜辉梦觉时。

悔恨

六七年来春又秋,也同欢笑也同愁。才闻及第心先喜,试说求婚泪便流。几为炉来频敛黛,每思闲事不梳头。如今悔恨将何益,肠断千休与万休。

虚 一作灵席

一闭香闺后,罗衣尽施僧。鼠偷筵上果,蛾扑帐前灯。土蚀钗无凤,尘生镜少菱。有时还影响,花叶曳香缯。

旧居

芳草又芳草,故人杨子家。青云容易散,白日等闲斜。皓质留残雪,香魂逐断霞。不知何处笛,一夜叫梅花。

晏起

尔来中酒起常迟,卧看南山改旧诗。开 一作闲 户日高春寂寂,数声啼鸟上花枝。

幽居春思

绿映红藏江上村,一声鸡犬似山源。闭门尽日无人到,翠羽春禽满树喧。

思归引

越鸟南翔雁北飞,两乡云路各言归。如何我是飘飘者,独向江头恋钓矶。

与小女

见人初解语呕哑,不肯归眠恋小车。一夜娇啼缘底事,为嫌衣少缕金华。

虎迹

白额频频夜到门,水边踪迹渐成群。我今

避世栖岩穴,岩穴如何又见君。

买酒不得
停尊待尔怪来迟,手挈空瓶氍毹归。满面春愁消不得,更看溪鹭寂寥飞。

得故人书
正向溪头自采苏,青云忽得故人书。殷勤问我归来否,双阙而今画不如。

洪州送僧游福建
八月风波似鼓鼙,可堪波上各东西。殷勤早作归来计,莫恋猿声住建溪。

闻回戈军
上将鏖兵又欲一作去,一本缺二字旋,翠华巡幸已三年。营中不用栽杨柳,愿戴儒冠为控弦。

南邻公子
南邻公子夜归声,数炬银灯隔竹明。醉凭马鬃扶不起,更邀红袖出门迎。

忆小女银娘
睦州江上水门西,荡桨扬帆各解携。今日天涯夜深坐,断肠偏忆阿银犁。

女仆阿汪
念尔辛勤岁已深,乱离相失又相寻。他年待我门如市,报尔千金与万金。

河清县河亭
由来多感莫凭高,竟日衷肠似有刀。人事任成陵与谷,大河东去自滔滔。

钟陵夜阑作
钟陵风雪夜将深,坐对寒江独苦吟。流落天涯谁见问,少卿应识子卿心。

悼杨氏妓琴弦
魂归寥廓魄归烟,只住人间十八年。昨日施僧裙带上,断肠犹系琵琶弦。

残花
江头沉醉泥斜晖,却向花前恸哭归。惆怅一年春又去,碧云芳草两依依。

岁晏同左生作
岁暮乡关远,天涯手重携。雪埋江树短,云压夜城低。宝瑟湘灵怨,清砧杜魄啼。不须临皎镜,年长易凄凄。

咸阳怀古
城边人倚夕阳楼,城上云凝万古愁。山色不知秦苑废,水声空傍汉宫流。李斯不向仓中悟一作死,徐福应无物外游。莫怪楚吟偏断骨,野烟踪迹似东周。

和同年韦学士华下途中见寄
绿杨城郭雨凄凄,过尽千轮与万蹄。送我独游三蜀路,羡君新上九霄梯。马惊门外山如活,花笑尊前客似泥。正是清和好时节,不堪离恨剑门西。

春愁
自有春愁正断魂,不堪芳草思王孙。落花寂寂黄昏雨,深院无人独倚门。

伤灼灼灼灼,蜀之丽人也。近闻贫且老,殂落于成都酒市中,因以四韵吊之
尝闻灼灼丽于花,云鬓盘时未破瓜。桃脸曼长横绿水,玉肌香腻透红纱。多情不住神仙界,薄命曾嫌富贵家。流落锦江无处问,断魂飞作碧天霞。

汉州
比一作北侬初到汉州城,郭邑楼台触目惊。松桂影中旌旆色,芰荷风里管弦声。人心不似经离乱,时运还应却太平。十日醉眠金雁驿,临岐无恨一作限脸波横。

长安清明
蚤是伤春梦一作暮雨天,可堪一作怜芳草更芊芊。内官初赐清明火,上相闲一作关分白打

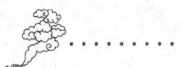

钱。紫陌乱嘶红叱拨,绿阳高映—作影画秋千。游人记得承平事,暗喜风光似昔年。

秋霁晚景

秋霁禁城晚,六街烟雨残。墙头山色健,林外鸟声欢。翘目楼台丽,清风剑佩寒。玉人襟袖薄,斜凭翠阑干。

和人春暮书事寄崔秀才

半掩朱门白日长,晚风轻堕落梅妆。不知芳草情何限,只怪游人思易伤。才见早春莺出谷,已惊新夏燕巢梁。相逢只赖如渑酒,一曲狂歌入醉乡。

古离别—作多情

一生风月供惆怅,到处烟花恨别离。止竟多情何处好,少年长抱少年悲。

边上逢薛秀才话旧

前年同醉武陵亭,绝倒闲谭坐到明。也有绛唇歌白雪,更怜红袖夺金觥。秦云一散如春梦,梦市千烧作故城。今日蹯然对芳草,不胜东望涕交横。

饮散呈主人

梦觉笙歌散,空堂寂寞秋。更闻城角弄,烟雨不胜愁。

使院黄葵花

薄妆新著淡黄衣,对捧金炉侍醮迟。向月似矜倾国貌,倚风如唱步虚词。乍开檀粒疑闻语,试与云和必解吹。为报同人看来好,不禁秋露即离披。

摇落

摇落秋天酒易醒,凄凄长似别离情。黄昏倚柱不归去,肠断绿荷风雨声。

奉和观察郎中春暮忆花言怀见寄四韵之什

天畔峨嵋簇簇青,楚云何处隔重扃?落花带雪埋芳草,春雨和风湿画屏。对酒莫辞冲暮角,望乡谁解倚南亭?惟君信我多惆怅,只愿陶陶不愿醒。

奉和左司郎中春物暗度感而成章

才喜新春已暮春,夕阳吟杀倚楼人。锦江风散霏霏雨,花市香飘漠漠尘。今日尚追巫峡梦,少年应遇洛川神。有时自患多情病,莫是生前宋玉身。

少年行

五陵豪客多,买酒黄金盏。醉下酒家楼,美人双翠幰。挥剑邯郸市,走马梁王苑。乐事殊未央,年华已云晚。

令狐亭

若非天上神仙宅,须是人间将相家。想得当时好烟—作风月,管弦吹杀后庭花。

闰月

明月照前除,烟华蕙兰湿。清风行处来,白露寒蝉急。美人情易伤,暗上红楼立。欲言无处言,但向姮娥泣。

闺怨

戚戚彼何人,明眸利于月。啼妆晓不干,素面凝香雪。良人去淄右,镜破金簪折。空藏兰蕙心,不忍琴中说。

上春词

暗昽赫日东方来,禁城烟暖蒸青苔。金楼美人花屏开,晨妆未罢车声催。幽兰报暖紫芽折,夭花愁艳蝶飞回。五陵年少惜花落,酒浓歌极翻如哀。四时轮环终又始,百年不见南仙摧。游人陌上骑生尘,颜子门前吹死灰。

捣练篇

月华吐艳明烛烛,青楼妇唱捣衣曲。白袷丝光织鱼目,菱花绶带鸳鸯簇。临风缥缈叠秋雪,月下丁冬捣寒玉。楼兰欲寄在何乡,凭人与系征鸿足。

杂体联锦

携手重携手,夹江金线柳。江上柳能长,

行人恋尊酒。尊酒意何深,为郎歌玉簪。玉簪声断续,钿轴鸣双毂。双毂去何方,隔江春树绿。树绿酒旗高,泪痕沾绣袍。袍缝紫鹅湿,重持金错刀。错刀何灿烂,使我肠千断。肠断欲何言,帘动真珠繁。真珠缀秋露,秋露沾金盘。金盘湛琼液,仙子无归迹。无迹又无言,海烟空寂寂。寂寂古城道,马嘶芳岸草。岸草接长堤,长堤人解携。解携忽已久,缅邈空回首。回首隔天河,恨唱莲塘歌。莲塘在何许,日暮西山雨。

长安春

长安二月多香尘,六街车马声辚辚。家家楼上如花人,千枝万枝红艳新。帘间笑语自相问,何人占得长安春?长安春色本无主,古来尽属红楼女。如今无奈杏园人,骏马轻车拥将去。

抚盈歌

风縠兮鸳绡,霞疏兮绮寮。玉庭兮春昼,金屋兮秋宵。愁瞳兮月皎,笑颊兮花娇。罗轻兮浓麝,室暖兮香椒。銮舆去兮萧屑,七丝断兮沈寥。主父卧兮漳水,君王幸兮云轺。铅华宵宛兮秾姿,棠公胮夐兮靡依。翠华长逝兮莫追,晏相望门兮空悲。

赠峨嵋山弹琴李处士

峨嵋山下能琴客,似醉似狂人不测。何须见我眼偏青,未见我身头已白。茫茫四海本无家,一片愁云飐秋碧。壶中醉卧日月明一作长,世上长游天地窄。晋朝叔夜旧相知,蜀郡文君小来识。后生常建彼何人,赠我篇章苦雕刻。名卿名相尽知音,遇酒遇琴无间隔。如今世乱独翛然,天外鸿飞招不得。余今正泣杨朱泪,八月边城风刮地。霓旌绛帟忽相寻,为我尊前横绿绮。一弹猛雨随手来,再弹白云连天起。凄凄清清松上风,咽咽幽幽陇头水。吟蜂绕树去不来,别鹤引雏飞又止。绵麟不动惟侧头,白马仰听空竖耳。广陵故事无人知,古人不说今人疑。子期子野俱不见,乌啼鬼哭空伤悲。坐中词客悄无语,帘外月华庭欲午。为君吟作听琴歌,为我留名系仙谱。

江皋赠别

金管多情恨解携,一声歌罢客如泥。江亭系马绿杨短,野岸维舟春草齐。帝子梦魂烟水阔,谢公诗思碧云低。风前不用频挥手,我有家山白日西。

南阳小将张彦硖口镇税人场射虎歌一作白居易诗

海内昔年狎太平,横目穰穰何峥嵘。天生天杀岂天怒,忍使朝朝喂猛虎。关东驿路多丘荒,行人最忌税人场。张彦雄特制残暴,见之叱起如叱羊。鸣弦霹坜越幽阻,往往依林犹抵一作旅拒。草际旋看委锦菌,腰间不更一作见抽白羽。老饕已毙众雏恐,童稚揶揄皆自勇。忠良效顺势亦然,一剑猜狂敢轻动。有文有武方为国。不是英雄伏不得。试征张彦作将军,几个将军愿策勋?

下邽感旧《太平广记》云:庄幼时常在华州下邽县侨居,多与邻巷诸儿会戏。及广明乱后,再经旧里,追思往事,但在遗踪,因赋诗以记之。

昔为童稚不知愁,竹马闲乘绕县游。曾为看花偷出郭,也因逃学暂登楼。招他邑客来还醉,傁得先生去始休。今日故人何处问,夕阳衰草尽荒丘。

途次逢李氏兄弟感旧

御沟西面朱门宅,记得当时好弟兄。晓傍柳阴骑竹马,夜隈灯影弄先生。巡街趁蝶衣裳破,上屋探雏手脚轻。今日相逢俱老大,忧家忧国尽公卿。

龙潭一作僧应物诗

激石一作石激悬流雪满湾,九一作五龙潜处野云闲。欲行甘雨四天下一作渐收雷电九峰下,且隐一作欲澄一作溪潭一顷一作水间。浪引浮槎依北岸,波分晚一作晓日见一作浸东山。垂髯傥遇穆王驾,阆苑周流应未还。一作回瞻四面如看画,须信游人不欲还。

江上别李秀才

前年相送灞陵春,今日天涯各避秦。莫向尊前惜沉醉,与君俱是异乡人。

句

印将金锁锁,帘用玉钩钩。《北梦琐言》云:杜荀鹤尝吟一联诗云:旧衣灰絮絮,新酒竹篘篘。或话于庄,庄拟之云云。即大拜之祥也。

不随妖艳开,独媚玄冥节。咏梅,见《海录碎事》。

岂是为穷常见隔,只应嫌酒不相过。赠贯休,见《高僧传》。

全唐诗卷七百一

王贞白

王贞白,字有道,永丰人。乾宁二年张贻宪榜进士。后七年,始授校书郎,尝与罗隐、方干、贯休同倡和。有《灵溪集》七卷,今编诗一卷。

拟塞外征行

寇骑满鸡田,都护欲临边。青泥方绝漠,怀剑始辞燕。旌旗挂龙虎,壮士募鹰鹯。长城威十万,高岭奋三千。行行向马邑,去去指祁连。鼓声遥赤塞,兵气远冲天。对阵云初上,临城月始悬。风惊烽易灭,沙暗马难前。恩重恒思报,劳心一作心劳屡损年,微功一可立,身轻不自怜。

芦苇

高士想江湖,湖闲庭植芦。清风时有至,绿竹兴何殊。嫩喜日光薄,疏忧雨点粗。惊蛙跳得过,斗雀袅如无。未织巴篱护,几始邛竹扶。惹烟轻弱柳,蘸水漱清蒲。溉灌情偏重,琴樽赏不孤。穿花思钓叟,吹叶少羌雏。寒色暮天映,秋声远籁俱。朗吟应有趣,潇洒十余株。

田舍曲

古今利名路,只在侬门前。至老不离家,一生常晏眠。牛羊晚自归,儿童戏野田。岂思封侯贵,唯只待丰年。征赋岂辞苦,但愿时苟贤。时官苟贪浊,田舍生忧煎。

妾薄命

薄命头欲白,频年嫁不成。秦娥未十五,昨夜事公卿。岂有机杼力,空传歌舞名。妾专修妇德,媒氏却相轻。

湘妃怨

舜欲省蛮陬,南巡非逸游。九江沉白日,二女泣沧洲。目极楚云断,恨深湘水流。至今闻鼓瑟,咽绝不胜愁。

长门怨二首

寂寞故宫春,残灯晓尚存。从来非妾过—作妒,偶尔失君恩。花落伤容鬓,莺啼惊梦魂。翠华如可待,应免老长门。

叶落长门静,苔生永巷幽。相思对明月,独坐向空楼。銮驾迷终转,蛾眉老自愁。昭阳歌舞伴,此夕未知秋。

有所思—作长相思

芙蓉出水时,偶尔便分离。自此无因见,长教挂所思。残春不入梦,芳信欲传谁?寂寞秋堂下,空吟小谢诗。

短歌

物候来相续,新蝉送晚莺。百年休倚赖,一梦甚分明。金鼎神仙隐—作秘,铜壶昼夜倾。不如早立德,万古有其名。

御沟水

一带御沟水,绿槐相阴清。此中—作泉涵帝泽,无处濯尘缨。鸟道来虽险,龙池到自平。朝宗本心切,愿向急流倾。

少年行二首

游宴不知厌,杜陵狂少年。花时轻暖酒,春报薄装绵。戏马上林苑,斗鸡寒食天。鲁儒甘被笑,对策鬓蟠然。

弱冠投边急,驱兵夜渡河。追奔铁马走,杀虏宝刀讹 作批。威静黑山路,气含—作吞清海波。常闻为突骑,天子赐长戈。

塞上曲

岁岁但防虏,西征早晚休。匈奴不系颈,汉将但封侯。夕照低烽火,寒笳咽戍楼。燕然山上字,男子见须羞。

长安道

晓鼓人已行,暮鼓人未息。梯航万国来,争先贡金帛。不问贤与愚,但论官与职。如何贫书生,只献安边策。

洛阳道

喧喧洛阳路,奔走争先步。唯恐著鞭迟,谁能更回顾?覆车虽在前,润屋何曾惧?贤哉只二疏,东门挂冠去。

度关山

只领千余骑,长驱碛邑间。云州多警急,雪夜度关山。石响铃声远,天寒弓力悭。秦楼休怅望,不日凯歌还。

出自蓟北门行

蓟北连极塞,塞色昼冥冥。战地骸骨满,长时风雨腥。沙河留—作流不定,春草冻难青。万户封侯者,何谋静虏庭。

从军行

从军朔方久,未省用干戈。只以恩信及,自然戎虏和。边声动白草,烧色入枯河。每度因看猎,令人勇气多。

古悔从军行

忆昔仗孤剑,十年从武威。论兵亲玉帐,逐虏过金微。陇水秋先冻,关云寒—作漠不飞。辛勤功业在,麟阁志犹违。

胡笳曲

陇底悲笳引—作动,陇头鸣北风。一轮霜月落,万里塞天空。戍卒泪应尽,胡儿哭—作语未终。争教班定远,不念玉关中。

入—作出塞

玉殿论兵事,君王诏出征。新除羽林将,曾破月支兵。惯历塞垣险,能分部落情。从今一战胜,不使虏尘生。

游仙

我家三岛上,洞户眺波涛。醉背云屏卧,谁知海日高?露香红玉树,风绽碧蟠桃。悔与仙子别,思归梦钓鳌。

歌 一作凉州行

谁唱关西曲，寂寞一作寥，又作寥寥夜景深。一声长在耳，万恨重经心。调古清风起，曲终凉月沉。却应筵上客，未必是知音。

经故洛城

卜世何久远，由来仰圣明。山河徒自壮，周召不长生。几主任奸谄，诸侯各战争。但余崩垒在，今古共伤情。

金陵 一本同下题作二首

六代江山在，繁华古帝都。乱来城不守，战后地多芜。寒日随潮落，归帆与鸟孤。兴亡多少事，回首一长吁。

金陵怀古

恃险不种德，兴亡叹数穷。石城几换主，天堑漫连空。御路叠民冢，台基聚牧童。折碑犹有字，多记晋一作昔英雄。

商山

商山名利路，夜亦有人行。四皓卧云处，千秋叠藓生。昼烧笼涧黑，残雪隔林明。我待酬恩了，来听水石声。

庐山

岳立镇南楚，雄名天下闻。五峰高阁日，九叠翠连云。夏谷雪犹在，阴岩昼不分。唯应嵩与华，清峻得为群。

终南山

终朝异五岳一作千山凝黛色，列翠一作今古满长安。地去搜扬一作王都近，人谋隐遁难。水穿一作通诸苑过，雪照一城寒。为问红尘里，谁同驻马看？一作太华遥相望，晴楼几处看。

寄郑谷

五百首新诗，缄封寄去时一作与谁。只凭夫子鉴，不要俗人知。火鼠重收布，冰蚕作吐丝。直须天上手，裁作领巾披。

题严陵钓台

山色四时碧，溪声七里清。严陵爱此景，下视汉公卿。垂钓月初上，放歌风正轻。应怜渭滨叟，匡国正论兵。

晓泊汉阳渡

落月临古渡，武昌城未开。残灯明市井，晓色辨楼台。云自苍梧去，水从蟠冢来。芳洲号鹦鹉，用记祢生才。

随计

徒步随计吏，辛勤鬓易凋。归期无定日，乡思羡回潮。冒雨投前驿，侵星过断桥。何堪穆陵路，霜叶更潇潇。

白牡丹

谷雨洗纤素，裁为白牡丹。异香开玉合，轻粉泥银盘。晓贮露华湿，宵倾月魄寒。家一作佳人淡妆罢，无语倚朱栏。

述松

远谷呈材干，何由入栋梁？岁寒虚胜竹，功绩不如桑。秋露一作老落松子，春一作雪深裛一作里嫩黄。虽蒙匠者顾，樵采日难防。

宫池产瑞莲 帖经日试

雨露及万物，嘉祥有瑞莲。香飘鸡树近，荣占凤池先。驿日临双丽，恩波照并妍。愿同指佞草，生向帝尧前。

送友人南归

南国菖蒲老，知君忆钓船。离京近残暑，归路有新蝉。岘首白云起，洞庭秋月悬。若教吟兴足，西笑是何年。

送马明府归山

辞秩入匡庐，重修靖节居。免遭黑绶束，不与白云疏。送吏各献酒，群儿自担书。到时看瀑布，为我谢清虚。

送韩从事归本道

献捷灵州倅，归时宠拜新。论边多称旨，

许国誓亡身。马渴黄河冻,雁回青冢春。到蕃唯促战,应不肯和亲。

秋日旅怀寄右省郑拾遗

永夕愁不寐,草虫喧客庭。半窗分晓月,当枕落残星。鬓发游梁白,家山近越青。知音在谏省,苦调有谁听?

赠刘凝评事

棘寺宫初罢,梁国静掩扉。春深颜子巷,花映老莱衣。谈史曾无滞,攻书已造微。即膺新宠命,称庆向庭闱。

忆张处士

天台张处士,诗句造玄微。古乐知音少,名言与俗违。山风入松径,海月上岩扉。毕世唯高卧,无人说是非。

云居长老

巘路蹑云上,来参出世僧。松高半岩雪,竹覆一溪冰。不说有为法,非传无尽灯。了然方寸内,应只见南能。

洗竹

道院竹繁教略洗,鸣琴酌酒看扶疏。不图结实来双凤,且要长竿钓巨鱼。锦箨裁冠添散逸,玉芽修馔称清虚。有时记得三天事,自向琅玕节下书。

庾楼晓望

独凭朱槛亦凌晨,山色初明水色新。竹雾晓笼衔岭月,蘋风暖送过江春。子城阴处犹残雪,衙鼓声前未有尘。三百年来庾楼上,曾经多少望乡人。

送芮尊师

石上菖蒲节节灵,先生服食得长生。早知<small>一作年</small>避世忧身老,近日登山觉步轻。黄鹤待传蓬岛信,丹书应换蕊宫名。他年控鲤升天去,庐岳遗民愿从行。

折杨柳三首<small>一作段成式诗</small>

枝枝交影锁长门,嫩色曾沾雨露恩。凤辇不来春欲尽,空留莺语到黄昏。

水殿年年中早芳,柔条风里御炉香。如今万乘多巡狩,辇路无阴绿草长。

嫩叶初齐不耐寒,风和时拂玉栏干。征人去日曾攀折,泣雨伤春翠黛残。

远闻本郡行春到旧山二首

一身从宦留京邑,五马遥闻到旧山。已邻烟霞光野径,深惭老幼候柴关。

清风借响松筠外,画隼停晖水石间。定掩溪名在图传,共知轩盖此登攀。

宿新安村步

淅淅寒流涨浅沙,月明空渚偏芦花。离人偶宿孤村下,永夜闻砧一两家。

仙岩二首

白烟昼起丹灶,红叶秋书篆文。二十四岩天上,一鸡啼破晴云。

风呼山鬼服役,月照衡微结花。江暖客寻瑶草,洞深人咽丹霞。

雨后从陶郎中登庾楼

庾楼逢霁色,夏日欲西曛。虹截半江雨,风驱大泽云。岛边渔艇聚,天畔鸟行分。此景堪谁画,文翁请缀文。<small>一作截前后为绝句</small>

九日长安作

无酒泛金菊,登高但忆秋。归心随旅雁,万里在沧洲。残照明天阙,孤砧隔御沟。谁能思落帽,两鬓已添愁。

晓发萧关

早发长风里,边城曙色间。数鸿寒背碛,片月落临关。陇上明星没,沙中夜探还。归程不可问,几日到家山?

钓台

异代有巢许,方知严子情。旧交虽建国,高卧不求荣。溪鸟寒来浴,汀兰暖重生。何颜吟过此,辛苦得浮名。

寄天台叶尊师

师住天台久,长闻过石桥,晴峰见沧海,深洞彻丹霄。采药霞衣湿,煎芝石鼎焦。念予无俗骨,频与鹤书招。

御试后进诗

三时赐食天厨近,再宿偷吟禁漏清。二十五家齐拔宅,人间已写上升名。是年初放二十五人,后覆汰止放十五人也。

春日咏梅花 见绝句辨体

靓妆才罢粉痕新,迨晓风回散玉尘。若遣有情应怅望,已兼残雪又兼春。

句

太阳虽不照,梁栋每重阴。廊下井,以下《吟窗杂录》。

白发未逢媒,对景且悲回。丑妇。

别酒莫辞今夜醉,故人知我几时来。合赋。

改贯永留乡党额,减租重感郡侯恩。洪景卢《野处集》载赴造别太守句,贞白自注:蒙本州改坊名为进贤,并减户税。

全唐诗卷七百二

张蠙

张蠙,字象文,清河人。初与许棠、张乔齐名,登乾宁二年进士第,为校书郎、栎阳尉、犀浦令。入蜀,拜膳部员外,终金堂令。诗一卷。

登单于台

边兵春尽回,独上单于台。白日地中出,黄河天外来。沙翻痕似浪,风急响疑雷。欲向阳关度,阴关晓不开。

寄友人

蛮一作世道欲一作复何如,东西远索居。长疑即见面,翻致久无书。甸麦深藏雉,淮苔浅露鱼。相思不我会,明月几盈虚?

和崔监丞春游郑仆射东园

春兴随花尽,东园自养闲。不离三亩地,似入万重山。白鸟穿萝去,清泉抵石还。岂同秦代客,无位隐商山。

过萧关

出得萧关北,儒衣不称身。陇狐一作猿来试客,沙鹘下欺人。晓戍残烽火,晴原起猎尘。边戎莫相忌,非是霍家亲。

盆池

圆内陶化功,外绝众流通。选处离松影,穿时减药丛。别疑天在地,长对月当空。每使登门客,烟波入梦中。

野泉

远出白云中,长年听不同一作穷。清声萦乱石一作石乱,寒色入长一作潭空。挂壁聊成雨,穿林别起风。温泉非尔数,源发在深空。

送成州牧

清时为塞郡,自古有儒流。素望知难惬,新恩且用酬。犬牙连蜀国,兵额贯秦州。只作三年别,谁能听邑留?

蓟北书事

度碛如经海,茫然但见空。戍楼承落日,沙塞碍惊蓬。暑过燕僧出,时平虏客通。逢人皆上将,谁有定边功?

送徐州薛尚书

上将出儒中,论诗拟立功。州从禹后别,军自汉来雄。远驿销寒日,严城肃暮空。龙颜有遗庙,犹得奠英风。

贻曹郎中

所作高前古,封章自曲台。细看明主意,终用出人才。省印寻僧锁,书楼领鹤开。南山有旧友,时向白云来。

送缙云尉

释褐从仙尉,之官兴若何。去程唯水石,公署在云萝。野饭楼中迥,晴峰案上多。三年罢趋府,应更战高科。

送董卿赴台州

九陌除书出,寻僧问海城。家从中路挈,吏隔数州迎。夜蚌侵灯影,春禽杂橹声。开图见异迹,思上石桥行。

送友人赴泾州幕 一作送李中丞再赴虔州

杏园沉饮散,荣别就佳招。日月相期尽,山川独去遥。府楼明蜀雪,关碛转胡雕。纵有烟尘动,应随上策销。

逢漳州崔使君北归

在郡多殊称,无人不望回。离城携客去,度 一作出 岭担猿来。障写经冬蕊,瓶缄落暑梅。长安有归宅,归见锁青苔。

云朔逢山友

会面却生疑,居然似梦归。塞深行客少,家远识人稀。战马分旗牧,惊禽曳箭飞。将军虽异礼,难便 一作便使 脱麻衣。

别后寄友生 一作崔鲁诗

上马如飞鸟,飘然隔去尘。共看今夜月,独作异乡人。就养江南熟,移居井赋新。襄阳曾卜隐,应与孟家邻。

边游别友人

欲别不止泪,当杯难强歌。家贫随日长,身病涉寒多。雨雪迷燕路,田园隔楚波。良时未自致,归去欲如何。

边庭送别

一生虽达理,远别亦相悲。白发无修处,青松有老时。暮烟传戍起,寒日隔沙垂。若是长安去,何难定后期?

将之京师留别亲友

达命何劳问,西游且自期,至公如有日,知我岂无时。野迥蝉相答,堤长柳对垂。酣歌一举袂,明发不堪思。

赠别山友

从容无限意,不独为离群。年长惊黄叶,时清厌白云。旧山回马见,寒瀑别家闻。相与存吾道,穷通各自分。

途次绩溪先寄陈明府

入境风烟好,幽人不易传。新居多是客,旧隐半成仙。山断云冲骑,溪长柳拂船。何当许过县,闻有箧中篇。

送友人归武陵

闻近桃源住,无村不是花。戍旗招海客,庙鼓集江鸦。别岛垂橙实,闲田长荻花。游秦未得意,看即更 一作是离家 。

乱中寄友人

别来难觅信,何处避艰危?鬓黑无多日,尘清是几时。人情将厌武,王泽即兴诗。若便怀深隐,还应圣主知。

哭建州李员外

诗名不易出,名出又何为。捷到重科早,官终一郡卑。素风无后嗣 一作裔 ,遗迹有 一作受 生祠。自罢羊公市,溪猿哭旧时。

吊孟浩然

每每樵家说,孤坟亦夜吟。若重生此世,应更苦前心。名与襄阳远,诗同汉水深。亲栽鹿门树,犹盖石床阴。

送友人及第归——本题下有新罗二字

家林沧海东,未晓日先红。作贡诸蕃别,登科几国同。远声鱼呷浪,层气蜃迎风。乡俗稀攀桂,争来问月宫。

次韵和友人冬月书斋

四季多花木,穷冬亦不凋。薄冰—作云行处断,残火睡来消。象版签书帙,蛮藤络酒瓢。公卿有知己,时得一相招。

过山家

避暑得探幽,忘言遂久留。云深窗失—作灯火曙,松合径先秋。响谷传人语,鸣泉洗客愁。家山不在此,至此可归休。

宿山驿

驿在千峰里,寒宵独此身。古坟时见火,荒壁悄无邻。月白翻惊鸟,云闲欲就人。只应明日鬓,更与老相亲。

宿开照寺光泽上人院

静室谭玄旨,清宵独细听。真身非有像,至理本无经。钟定遥闻水,楼高别见星。不教人触秽,偏说此山灵。

宿山寺

中峰半夜起,忽觉有—作在青冥。此界自生雨,上方犹有星。楼高钟尚—作独远,殿古像多灵。好是潺湲水,房房伴诵经。

题紫阁院

上方人海外,苔径上千层。洞壑有灵药,房廊无老僧。古岩雕素像,乔木挂寒灯。每到思修隐,将回苦—作欲不能。

白菊

秋天木叶干,犹有白花残。举世稀栽得,豪家却画看。片苔相应绿,诸卉独宜寒。几度携佳客,登高欲折难。

丛苇

丛丛寒水边,曾折打鱼—作钓罾船。忽—作感,又作惑与—作喜亭台近,翻嫌岛屿偏。花明无月夜,声争正秋天。遥忆巴陵渡,残阳一望烟。

郑毂补阙山松

心将积雪欺,根与白云离。远寄僧犹忆,高看鹤木知。影交新长叶,皱匝旧生枝。多少同时种,深山不得移。

新竹

新鞭暗入庭,初长两三茎—作一茎茎。不是他山少,无如此地生。垂梢丛上出,柔叶箨间成。何用高唐峡,风枝扫月明。

和友人送赵能卿东归

一第时难得,归期日已过。相看玄鬓少,共忆白云多。楚阔天垂草,吴空月上波。无人不有遇,之子独狂歌。

送人归南中

有家谁不别,经乱独难寻。远路波涛恶,穷荒雨雾深。烧惊山象出,雷触海鳌沉。为问南迁客,何人在瘴林?

塞下曲

边事多更变,天心亦为忧。胡兵来作寇,汉将也封侯。夜烧冲星赤,寒尘翳日愁。无门展微略,空上望西楼。

边将二首

历战燕然北,功高剑有威。闻名外—作敌国惧,轻命故人稀。角怨星芒动,尘愁日色微。从为汉都护,未得脱征衣。

按剑立城楼,西看极海头。承家为上将,开地得边州。碛迥兵难伏,天寒马易收。胡风一度猎,吹裂锦貂裘。

朔方书事
秋尽角声苦,逢人唯荷戈。城池向陇少,岐路出关多。雁远行垂地,烽高影入河。仍闻黑山寇,又觅汉家和。

经荒驿
古驿成幽境,云萝隔四邻。夜灯移宿鸟,秋雨禁行人。废巷荆丛合,荒庭虎迹新。昔年经此地,终日是红尘。

赠栖白大师
剃发得时名,僧应别应星。偶题皆有诏,闲论便成经。扫叶寒烧鼎,融冰晓注瓶。长因内斋出,多客叩禅扃。

赠闻一上人
见面虽年少,闻名似白头。玄谈穷释旨,清思掩诗流。果落痕生砌,松高影上楼。坛场在三殿,应召入焚修。

赠可伦上人
师教本于空,流来不自东。修从多劫后,行出众人中。衲冷湖山雨,幡轻海甸风。游吴累夏讲,还与虎溪同。

寄法乾寺令谭太师
师居中禁寺,外请已无缘。望幸唯修偈,承恩不乱禅。院多喧种药,池有化生莲。何日龙宫里,相寻借法船?

寄太白禅师
何年万仞顶,独有坐禅僧。客上应无路,人传或见灯。斋厨一作盂唯有橡,讲石任生藤。遥想东林社,如师谁复能?

遇道者
数里白云里,身轻无履踪。故寻多不见,偶到即相逢。古井生云水,高坛出异松。聊看杏花酌,便似换颜容。

赠道者
得道疑人识,都城独闭关。头从白后黑,心向闹中闲。饥渴唯调气,儿孙亦驻颜。始知仙者隐,殊不在深山。

雨
半夜西亭雨,离人独启关。桑麻荒旧国,雷电照前山。细滴高槐底,繁声叠漏间。唯应孤镜里,明月长愁颜。

长安春望
明时不敢卧烟霞,又见秦城换物华。残雪未销双凤阙,新春已发五侯一作陵家。甘贫只拟长缄一作监酒,忍病犹期强采花。故国别来桑柘尽,十年兵践海西艖。

过黄牛峡
黄牛来势泻巴川,叠日孤舟逐峡前。雷电夜惊猿落树,波涛愁恐客离船。盘涡逆入嵌空地,断壁高分缭绕天。多少人经过此去,一生魂梦怕潺湲。

逢道者
纵意出山无远近,还如孤鹤在空虚。昔年亲种树皆老,此世相逢人自疏。野叶细苞深洞药,岩萝闲束古仙书。只一作终寻隐迹归何处,方说烟霞不定居。

边情
穷荒始得静天骄,又说天兵拟渡辽。圣主尚嫌蕃界近,将军莫恨汉庭遥。草枯朔野春难发,冰结河源夏半销。惆怅临戎皆效国,岂无人似霍嫖姚。

赠李司徒
承家拓定陇关西,勋贵名应上将齐。金库夜开龙甲冷,玉堂秋闭凤笙低。欢筵每想娇娥醉,闲柝犹惊战马嘶。长怪鲁儒头柱白,不亲弓剑觅丹梯。

送卢尚书赴灵武
西北正传烽候急,灵州共喜信臣居。从军尽是清才去,属郡无非大将除。新地进图移汉界,古城遗碣见蕃书。山川不异江湖景,宾馆常闻食有鱼。

投翰林张侍郎

举家贫拾海边樵,来认仙宗在碧霄。丹穴虽无凡羽翼,灵椿还向细枝条。九衢马识他门少,十载身辞故国遥。愿与吾君作霖雨,且应平地活枯苗。

投翰林萧侍郎

九仞墙边绝路岐,野才非合自求知。灵湫岂要鱼栖浪,仙桂那容鸟寄枝。纤草不销春气力,微尘还助岳形仪。从来为学投文镜,文镜如今更有谁?

宴驸马宅

牙香禁乐镇相携,日日君恩降紫泥。红药院深人半醉,绿杨门掩马频嘶。座中古物多仙意,壁上新诗有御题。别向庭芜寘吟石,不教官妓踏成蹊。

边将

上马乘秋欲建勋,飞狐夜阙出师频。若无紫塞烟尘事,谁识青楼歌舞人?战骨沙中金镞在,贺筵花畔玉蝉新。由来边卒皆如此,只是君门合杀身。

赠水军都将

平生为有安邦术,便别秋曹最上阶。战舰动容儒客卧,公厅唯伴野僧斋。裁书一作诗槲迥冰胶笔,养药堂深薛惹鞋。直待门前见幢节,始应高惬圣君怀。

赠九江太守

江头暂驻木兰船,渔父来夸太守贤。二邑旋添新户口,四营渐废旧戈铤。笙歌不似经荒后,礼乐犹如未战前。昨日西亭从游骑,信旗风里说诗篇。

赠信安太守

三衢正对福星时,喜得君侯妙抚绥。甲士散教耕垄亩,书生闲许从旌旗。条章最是贫家喜,禾黍仍防别郡饥。昨日中官说天意,即飞丹诏立新碑。

赠江都郑明府

他人岂是称才术,才术须观力有余。兵乱几年临剧邑,公清终日似闲居。床头怪石神仙画,箧里华笺将相书。更欲栖踪近鼓泽,香炉峰下结茅庐。

赠南昌宰

假邑邀真邑命分,明庭元有至公存。每锄奸弊同荆棘,唯抚孤惸似子孙。折狱不曾偏下笔,灵襟长是大开门。新衔便合兼朱绂,应待苍生更举论。

赠丘衡推

仙都高处掩柴扉,人世闻名见者稀。诗逸不拘凡对属,易穷皆达圣玄微。偶携童稚离青嶂,便被君侯换白衣。任醉宾筵莫深隐,绮罗丝竹胜渔矶。

献所知

迹熟荀家见弟兄,九霄同与指前程。吹嘘渐觉馨香出,梦寐长疑羽翼生。住僻骅骝皆识路,来频鹦鹉亦知名。登龙不敢怀他愿,只望为霖致太平。

投所知

十五年看帝里春,一枝头白未酬身。自闻离乱开公道,渐数孤平少屈人。劣马再寻商岭路,扁舟重寄越溪滨。省郎门似龙门峻,应借风雷变涸鳞。

南康夜宴东溪留别郡守陆郎中

飘然野客才无取,多谢君侯独见知。竹叶樽前教驻乐,桃花纸上待君诗。香迷蛱蝶投红烛,舞拂蒹葭倚翠帷。明发别愁何处去,片帆天际酒醒时。

言怀

十载一作年声沉觉自非,贱身元合衣荷衣。

岂能得路陪先达,却拟还家望少微。战马到秋长泪落。伤禽无夜不魂飞。平生只学穿杨箭,更向何门是见机?

喜友人日南回

南游曾去海南涯,此去游人不易归。白日雾昏张夜烛,穷冬气暖著春衣。溪荒毒鸟随船啅,洞黑冤蛇出树飞。重入帝城何寞寞,共回迁客半轻肥。

下第述怀

十载长安迹未安,杏花还是看人看。名从近事方知险,诗到穷玄更觉难。世薄不惭云路晚,家贫唯怯草堂寒。如何直道为身累,坐月眠霜思栋干。

华阳道者

华阳洞里持真经,心嫌来客风尘腥。惟餐白石过白日,拟骑青竹上青冥。翔螭岂作汉武驾,神娥徒降燕昭庭。长生不必论贵贱,却是幽人骨主灵。

夏日题老将林亭

百战功成翻爱静,侯门渐欲似仙家。墙头雨细垂纤草,水面风回聚落花。井放辘轳闲浸酒,笼开鹦鹉报煎茶。几人图在凌烟阁,曾不交锋向塞沙。

观江南牡丹

北地花开南地风,寄根还与客心同。群芳尽怯千般态,几醉能消一番红。举世只将华胜实,真禅元喻色为空。近年明主思王道,不许新栽满六宫。

钱塘夜宴留别郡守

四方骚动一州安,夜列樽罍伴客欢。䴗栗调高山阁迥,虾蟆更促海声寒。郝天挺云:江南以木析警夜,故曰虾蟆更。屏间佩响藏歌妓,幕外刀光立从官。沉醉不愁归棹远,晚风吹上子陵滩。

送薛郎中赴江州

几州闻出刺,谣美有江民。正面传天旨,悬心祷岳神。尺书先假路,红旆旋烧尘。郡显山川别,衙开将吏新。散招僧坐暑,闲载客行春。听事棋忘着,探题酒乱巡。好编高隐传,多貌上升真。近日居清近,求人在此人。

送南海僧游蜀

真修绝故乡,一衲度暄凉。此世能先觉,他生岂再忘。定中船过海,腊后路沿湘。野迥鸦随笠,山深虎背囊。瀑流垂石室,萝蔓盖铜梁。却后何年会,西方有上房。

和友人许棠题宣平里古藤

欲结千年茂,生来便近松。逬根通井润,交叶覆庭秾。历代频更主,盘空渐变龙。昼风圆影乱,宵雨细声重。盖密胜丹桂,层危类远峰。嫩条悬野鼠,枯节叫秋蛩。翠老霜难蚀,皴多藓乍封。几家遥共玩,何寺不堪容?客对忘离榻,僧看误过钟。顷因陪预作,终夕绕枝筇。

十五夜与友人对月

每到月圆思共醉,不宜同醉不成欢。一千二百如轮夜,浮世谁能得尽看。

青冢

倾国可能胜效国,无劳冥寞更思回。太真虽是承恩死,只作飞尘向马嵬。

古战场

荒骨潜销垒已平,汉家曾说此交兵。如何万古冤魂在,风雨时闻有战声。

赠段逸人

长筇自担药兼琴,话著名山即拟寻。从听世人权—作忙似火,不能烧—作移得卧云心。

赠郑司业

晚学更求来世达,正怀非与百邪侵。古人名在今人口,不合于—作千名不苦心。

上所知
初向众中留姓氏，敢期言下致时名。而今马亦知人意，每到门前不肯行。

别郑仁表
春雷醉别镜湖边，官显才狂正少年。红烛满汀歌舞散，美人迎上木兰船。

言怀
不将高盖竞烟尘，自向蓬茅认此身。唐祖本来成大业，岂非姚宋是平人。

叙怀
月里路从何处上，江边身合几时归。十年九陌寒风夜，梦扫芦花絮客衣。

抒怀
几出东堂谢不才，便甘闲望故山回。翻思未是离家久，更有人从外国来。

自讽
鹿鸣筵上强称贤，一送离家十四年。同隐海山烧药伴，不求丹—作仙桂却登仙。

伤贾岛
生为明代苦吟身，死作长江一逐臣。可是当时少知己，不知知己是何人？

再游西山赠许尊师
别后已闻师得道，不期犹在此山头。昔时霜鬓今如漆，疑是年光却倒流。

宫词
日透珠帘见冕旒，六宫争逐百花球。回看不觉君王去，已听笙歌在远楼。

经范蠡旧居
一变姓名离百越，越城犹在范家无。他人不见—作识扁舟意，却笑轻生泛五湖。

题嘉陵驿
嘉陵路恶石和泥，行到长亭日已西。独倚阑干正惆怅，海棠花里鹧鸪啼。

龟山寺晚望
四面湖光绝路岐，鹧鸪飞起暮钟时。渔舟不用悬帆席，归去乘风插柳枝。

华山孤松
石罅引根非土力，冒寒犹助岳莲光。绿槐生在膏腴地，何—作可得无心拒雪霜。

吊万人冢
兵罢淮边客路通，乱鸦来去噪寒空。可怜白骨攒孤冢，尽力将军觅战功。

送友尉蜀中
故友汉中尉，请为西蜀吟。人家多种橘，风土爱弹琴。水向昆明阔，山通大夏深。理闲无别事，时寄一登临。

长安寓怀
九衢秋雨掩闲扉，不似干名似息机。贫病却惭墙上土，年来犹自换新衣。

费徵君旧居
浮世抛身外，栖踪入九华。遗篇补乐府，旧籍隶仙家。池静龟升树，庭荒鹤隐花。古来天子命，还少到烟霞。

全唐诗卷七百三

翁承赞

翁承赞,字文尧一作饶,闽人。乾宁二年登进士第,又擢宏词科,任京兆府参军。天祐元年,以右拾遗受诏册王审知为王。梁开平四年复为闽王册礼副使,寻擢谏议大夫、福建盐铁副使,就加左散骑常侍、御史大夫。留相闽卒。诗一卷。

晨兴

晨起竹轩外,逍遥清兴多。早凉生户牖,孤月照关河。旅食甘藜藿,归心忆薜萝。一尊如有地,放意且狂歌。

题莒潭安闽院

祧宗营祀舍,幽异胜珠林。名士穿云访,飞禽傍竹吟。窗含孤岫影,牧卧断霞阴。景福滋闽壤,芳名亘古今。

华下霁后晓眺

结茅幽寂近禅林,霁景烟光著柳阴。千嶂华山云外秀,万重乡思望中深。老嫌白发还偷镊,贫对春风亦强吟。花畔水边人不会,腾腾闲步一披襟。

喜弟承检登科

两篇佳句敌琼瑰,怜我三清道路开。荆璞献多还得售,桂堂恩在敢轻回。花繁不怕寻香客,榜到应倾贺喜杯。知尔苦心功业就,早携长策出山来。

蒙闽王改赐乡里

乡名文秀里光贤,别向钓台造化权。阀阅便因今日贵,德音兼与后人传。自从受赐身无力,向未酬恩骨肯镌。归阙路遥心更切,不嫌扶病倚旌旄。

访建阳马驿僧亚齐

萧萧风雨建阳溪,溪畔维舟访亚齐。一轴

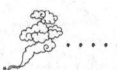

新诗剑潭北,十年旧识华山西。吟魂惜向江村老,空性元知世路迷。应笑乘轺青琐客,此时无暇听猿啼。

题景祥院

一溪拖碧绕崔嵬,瓶钵偏宜向此隈。农罢树明黄犊卧,斋时山下白衣来。松多往日门人种,路是前朝释子开。三卷贝多金粟语,可能心炼得成灰。

寄舍弟承裕员外

江花岸草晚萋萋,公子王孙思合迷。无主园林饶采伐,忘情鸥鸟恣—作自高低。长江月上鱼翻鬣,荒圃人稀獭印蹄。何事斜阳再回首,休愁离别岘—作雁山西。

文明殿受册封闽王

龙墀班听漏声长,竹帛昭勋扑御香。鸣佩洞庭辞帝主,登车故里册闽王。一千年改江山瑞,十万军蒙雨露光。吟寄短篇追往事,留文功业不寻常。

御命归乡,蒙赐锦衣

九重宣旨下丹墀,面对天颜赐锦衣。中使擎来三殿晓,宝箱开处五云飞。德音耳聆君恩重,金印腰悬己力微。更待临轩陈鼓吹,星轺便指故乡归。

奉使封闽王归京洛

泥缄紫诰御恩光,信马嘶风出洛阳。此去愿言归梓里,预凭魂梦展维桑。客程回首瞻文陛,驿路乘轺忆故乡。指日还家堪自重,恩荣昼锦贺封王。

奉使封王,次宜春驿

微宦淹留鬓已斑,此心长忆旧林泉。不因列土封干乘,争得衔恩拜二天。云断自宜乡树出,月高犹伴客心悬。夜来梦到南台上,遍看江山胜往年。

甲子岁衔命到家,至榕城册封。次日,闽王降旌旗于新丰市堤饯别

登庸楼上方停乐,新市堤边又举杯。正是离情伤远别,忽闻台旨许重来。此时暂与交亲好,今日还将简册回。争得长房犹在世,缩教地近钓鱼台。

寄示儿孙

力学烧丹二十年,辛勤方得遇真仙。便随羽客归三岛,旋听霓裳适九天。得路自能酬造化,立身何必恋林泉。予家药鼎分明在,好把仙方次第转。

天祐元年以右拾遗使册闽王而作

蓬莱宫阙晓光匀,红案昇麻降紫宸。鸾奏八音谐律吕,凤衔五色显丝纶。萧何相印钧衡重,韩信斋坛雨露新。得侍丹墀官异宠,此身何幸沐恩频。

汉上登舟忆闽

汉皋亭畔起西风,半挂征帆立向东。久客自怜归路近,算程不怕酒觥空。参差雁阵天初碧,零落渔家蓼欲红。一片归心随去掉,愿言指日拜文翁。

对雨述怀示弟承检

淋淋霎霎结秋霖,欲使秦城叹陆沉。晓势遮回朝客马,夜声滴破旅人心。青苔重叠封颜巷,白发萧疏引越吟。不有惠连同此景,江南归思几般深。

题壶山

井邑斜连北,蓬瀛直倚东。秋高岩溜白,日上海波红。

题故居

一为鹅子二连花,三望青湖四石斜。惟有岭湖居第五,山前却是宰臣家。

题槐

雨中妆点望中黄,句引蝉声送夕阳。忆昔

当年随计吏,马蹄终日为君忙。

擢进士

霓旌引上大罗天,别领新衔意自怜。蝴蝶流莺莫先去,满城春色属群仙。

擢探花使三首

洪崖差遣探花来,检点芳丛饮数杯。深紫浓香三百朵,明朝为我一时开。

九重烟暖折槐芽,自是升平好物华。今日始知春气味,长安虚过四年花。

探花时节日偏长,恬淡春风称意忙。每到黄昏醉归去,纻衣惹得牡丹香。

书斋谩兴二首

池塘四五尺深水,篱落两三般样花。过客不须频问姓,读书声里是吾家。

官事归来衣雪埋,儿童灯火小茅斋。人家不必论贫富,惟有读书声最佳。

辞闽王归朝寄倪先辈

时人莫讶再还乡,简册分明剑佩光。驷马高车太常乐,登庸门下忆贤良。

晓望

清霜散漫似轻岚,玉阙参差万象涵。独上秦台最高处,旧山依约在东南。

万寿寺牡丹

烂熳香风引贵游,高僧移步亦迟留。可怜殿角长松色,不得王孙一举头。

松

倚涧临溪自屈蟠,雪花销尽藓花干。幽枝好折为谈柄,入手方知有岁寒。

柳

斜拂中桥远映楼,翠光骀荡晓烟收。洛阳才子多情思,横把金鞭约马头。

高出营门远出墙,朱阑门闭绿成行。将军宴罢东风急,闲衬旌旗簇画堂。

彭泽先生酒满船,五株栽向九江边。长条细叶无穷尽,管领春风不计年。

炀帝东游意绪多,宫娃眉翠两相和。一声水调春风暮,千里交阴锁汴河。

缠绕春情卒未休,秦娥萧史两相求。玉句阑内朱帘卷,瑟瑟丝笼十二楼。

隋堤柳

春半烟深汴水东,黄金丝软不胜风。轻笼行殿迷天子,抛掷长安似梦中。

句

烟萝况逼神仙窟,丹灶还应许独寻。《赠黄璞》,见《福州志》。

全唐诗卷七百四

黄滔

黄滔,字文江,莆田人。昭宗乾宁二年,擢进士第。光化中,除四门博士,寻迁监察御史里行,充威武军节度推官。王审知据有全闽,而终其身为节将者,滔规正有力焉。集十五卷,今编诗三卷。

送僧归北岩寺

北岩泉石清,本自高僧住。新松五十年,藤萝成古树。题诗昔佳士,_{滔表丈从叔有名于当时,兼四门薛博士俱曾题诗。}清风二林喻。上智失扣关,多被浮名误。莲扃压月涧,空美黄金布。江翻岛屿沉,木落楼台露。伊余东还际,每起烟霞慕。旋为俭府招,未得穷野步。西轩白云阁,师辞洞庭寓。越城今送归,心到焚香处。

寓言

流年五十前,朝朝倚少年。流年五十后,日日侵皓首。非通非介人,谁论四十九?贤哉蘧伯玉,清风独不朽。

长安书事

终不离青山,谁道云无心?却是白云士,有时出中林。昨日擎紫泥,明日要黄金。炎夏群木死,北海惊波深。伏蒲无一言,草疏贺德音。

贾客

大舟有深利,沧海无浅波。利深波也深,君意竟如何?鲸鲵齿上路,何如少经过。

寄友人

君爱桃李花,桃李花易飘。妾怜松柏色,松柏色难凋。当年识君初,指期非一朝。今辰见君意,日暮何萧条。入门有势利,孰能无嚣嚣。

落花

落花辞高树,最是愁人处。一一旋成泥,

日暮有风雨。不如沙上蓬,根断随长风。飘然与道俱,无情任西东。

寄徐正字夤

八月月如冰,登楼见姑射。美人隔千里,相思无羽驾。红兰裛露衰,谁以（一作似）流光讶。何当诗一句,同吟祝玄化。

秋夕贫居

听歌桂席阑,下马槐烟里。豪门腐粱肉,穷巷思糠秕。孤灯照独吟,半壁秋花死。迟明亦如晦,鸡唱徒为尔。

书怀寄友人

此生如孤灯,素心挑易尽。不及如顽石,非与磨砻近。常思扬子云,五藏曾离身。寂寞一生中,知载空清芬。

闺怨

妾家五岭南,君戍三城北。雁来虽有书,衡阳越不得。别久情易料,岂在窥翰墨。塞上无烟花,宁思妾颜色。

喜翁文尧员外病起

卫玠羊车惓,长卿驷马姿。天嫌太端正,神乃减风仪。饮冰俾消渴,断谷皆清羸。越僧夸艾炷,秦女隔花枝。自能论苦器,语见泗洲和尚碑。不假求良医。惊杀漳滨鬼,错与刘生随。昨日已如（一作成）虎,今朝谒荀池。扬鞭入王门,四面人熙熙。青桂任霜霰,尺璧无瑕疵。回尘却惆怅,归阙难迟迟。

寄郑县李侍御

古县新烟火,东西入客诗。静长如假（一作如长暇）日,贫更甚闲时。僧借松萝住,人将雨雪期。三年一官罢,岳石看成碑。

上李补阙

十洲非暂别,龙尾肯慵登。谏草封山药,朝衣施衲僧。月留江客待,句历钓船征。终恐林栖去,餐霞叶上升。

送李山人往湘中

汉渚往湘川,乘流入远天。新秋无岸水,明月有琴船。露坐应通晓,萍居恐隔年。岳峰千万仞,知上啸猿巅。

书崔少府居一作赠李补阙

鲁史蜀琴旁,陶然举一觞。夕阳明岛屿,秋水浅池塘。世乱怜官替,家贫值岁荒。前峰亦曾宿,知有辟寒方。

敷水卢校书

九霄无诏下,何事近清尘。宅带松萝僻,日唯猿鸟亲。吟高仙掌月,期有洞庭人。莫问烟霞句,悬知见岳神。

寄汉上友人

襄汉多清景,东游已不能。蒹葭照流水,风雨扑孤灯。献赋闻新雁,思山见去僧。知君北来日,惆怅亦难胜。

贻林铎

终被春闱屈,低回至白头。寄家僧许岳,钓浦雨移洲。战士曾怜善,豪门不信愁。王孙草还绿,何处拟羁游。

书怀

退耕逢歉岁,逐贡愧行朝。道在愁虽浅,吟劳鬓欲凋。破村虹入井,孤馆客投魈。谁怕秋风起,听蝉度渭桥。

送陈明府归衡阳

雏鹤兼留（一作雏下）,单车出柳烟。三年两殊考,一日数离筵。久别湖波绿,相思岳月圆。翠萝曾隐处,定恐却求仙。

秋辞江南

灞陵桥上路,难负一年期。积雨鸿来夜,重江客去时。劳生多故疾,渐老少新知。惆怅都堂内,无门雪滞遗。

入关旅次言怀

寸心唯自切,上国与谁期。月晦时风雨,

秋深日别离。便休终未肯,已苦不能疑。独愧商山路,千年四皓祠。

贻李山人
野步爱江滨,江僧得见频。新文无古集,往事有清尘。松竹寒时雨,池塘胜处春。定应云雨内,陶谢是前身。

寄边上从事
斜日下孤城,长吟出点兵。羽书和客卷,边思杂诗情。朔雪定鸿翼,西风严角声。吟余多独坐,沙月对楼生。

题东林寺元祐上人院
庐阜东林寺,良游耻未曾。半生随计吏,一日对禅僧。泉远携茶看,峰高结伴登。迷津出门是,子细问三乘。

送陈樵下第东归
青山烹茗石,沧海寄家船。虽得重吟历,终难任意眠。砧疏连寺柳,风爽彻城泉。送目红蕉外,来期已杳然。

寄陈磻隐居
道经前辈许,名拔后时喧。虚左中兴榜,无先北海尊。新文汉氏史,别墅谢公村。须到三征处,堂堂谒帝阍。

寄林宽
相知四十年,故国与长安。俱喜今辰在,休论往岁难。海鸣秋日黑,山直夏风寒。终始前儒道,升沉尽一般。

退居
老归江上村,孤寂欲何言。世乱时人物,家贫后子孙。青山寒带雨,古木夜啼猿。惆怅西川举,戎装度剑门。

送友人边游
衔杯国门外,分手见残阳。何日还南越,今朝往北荒。砂城经雨坏,虏骑入秋狂。亲<small>一作新</small>咏关山月,归吟鬓的霜。

下第出京
还失礼官求,花时出雍州。一生为远客,几处未曾游。故疾江南雨,单衣蓟北秋。茫茫数年事,今日泪俱流。

游东林寺
平生爱山水,下马虎溪时。已到终嫌晚,重游预作期。寺寒三伏雨,松偃数朝枝。翻译如曾见,白莲开旧池。

赠怀光上人
谢城还拥入,师以接人劳。过午休斋惯,离经吐论高。顶寒拳素发,珠锐走红绦。终忆泉山寺,听猿看海涛。

忆庐山旧游
前年入庐岳,数宿在灵溪。残烛松堂掩,孤峰月狖啼。平生为客老,胜境失云栖。纵有重游日,烟霞会恐迷。

别友人
莫恨东墙下,频伤命不通。苦心如有感,他日自推公。雨夜扁舟发,花时别酒空。越山烟翠在,终愧卧云翁。

陈侍御新居
幕客开新第,词人遍有诗。山怜九仙近,石买太湖奇。树势想高日,地形夸得时。自然成避俗,休与白云期。

寄从兄璞
纵征终不起,相与避烟尘。待到中兴日,同看上国春。新诗说人尽,旧宅落花频。移觅深山住,啼猿作四邻。

寄李校书游简寂观
古观云溪上,孤怀永夜中。梧桐四更雨,山水一庭风。诗得如何句,仙游最胜宫。却愁逢羽客,相与入烟空。

寄友人山居
断峤沧江上,相思恨阻寻。高斋秋不掩,

几夜月当吟。落石有泉滴,盈庭无树阴。茫茫名利内,何以指尘襟。

上一作寄刑部卢员外

谁识在官意,开门树色间。寻幽频宿寺,乞假拟归山。半白侵吟鬓,微红见药颜。不知琴月夜一作今夜月,几客得同闲。

送友人游边

房酒不能浓,纵倾愁亦重。关河初落日,霜雪下穷冬。野烧枯蓬旋,沙风匹马冲。蓟门无易过一作虽汉土,千里断人踪一作游子莫从容。

和友人酬寄

新发烟霞咏,高人得以传。吟销松际雨,冷咽石间泉。大国兵戈日,故乡饥馑年。相逢江海上,宁免一潸然。

下第

昨夜孤灯下,阑干泣数行。辞家从早岁,落第在初场。青草湖田改,单车客路忙。何人立功业,新命到封王。

过商山

燕雁一来后,人人尽到关。如何冲腊雪,独自过商山。羸马高坡下,哀猿绝壁间。此心无处说,鬓向少年斑。

旅怀

萧飒闻风叶,惊时不自堪。宦名中夜切,人事长年谙。古画僧留与,新知客遇谈。乡心随去雁,一一到江南。

冬暮山舍喜标上人见访

寂寞三冬杪,深居业尽抛。径松开雪后,砌竹忽僧敲。茗汲冰销溜,炉烧鹊去巢。共谈慵僻意,微日下林梢。

关中言怀

三秦五岭意,不得不依然。迹寓枯槐曲,业芜芳草川。花当落第眼,雨暗出城天。层阁浮云外,何人动管弦。

题友人山居

到君栖迹所,竹径与衡门。亦在乾坤内,独无尘俗喧。新泉浮石藓,崩壁露松根。更说寻僧处,孤峰上啸猿。

寄敷水卢校书

谏省垂清论,仙曹岂久临。虽专良史业,未畏直臣心。路入丹霄近,家藏华岳深。还如韩吏部,谁不望知音。

赠明州霍员外

惠化如施雨,邻州亦可依。正衙无吏近,高会觉人稀。海日旗边出,沙禽角外归。四明多隐客,闲约到岩扉。

题友人山斋

疏竹漏斜晖,庭间阴复遗。句成苔石茗,吟弄雪窗棋。沙草泉经涩,林斋客集迟。西风虚见逼,未拟问京师。

书事

望岁心空切,耕夫尽把弓。千家数人在,一税十年空。没阵风沙黑,烧城水陆红。飞章奏西蜀,明诏与殊功。

题山居逸人

十亩余芦苇,新秋看雪霜。世人谁到此,尘念自应忘。斜日风收钓,深秋雨信梁。不知双阙下,何以谓轩裳。

题郑山人居

履迹遍莓苔,幽枝间药栽。枯杉擎雪朵,破牖触风开。泉自孤峰落,人从诸洞来。终期宿清夜,斟茗说天台。

秋晚山居

爽气遍搜空,难堪倚望中。孤烟愁落日,高木病西风。山寂樵声出,露凉蝉思穷。此时尘外事,幽默几人同。

游山

洞门穿瀑布,尘世岂能通。曾有游山客,

来逢采药翁。异花寻复失,幽径蹑还穷。拟作经宵计,风雷立满空。

题王侍御宅内亭子

俗间尘外境,郭内宅中亭。或有人家创,还无莲幕馨。石曾湖岸见,琴误岳楼听。来客频频说,终须作画屏。

题道成上人院

花宫城郭内,师住亦清凉。何必天台寺,幽禅瀑布房。箪舒湘竹滑,茗煮蜀芽香。更看道高处,君侯题翠梁。

贫居冬杪

数塞未求通,吾非学养蒙。穷居岁杪雨,孤坐夜深风。年长惭昭代,才微辱至公。还愁把春酒,双泪污杯中。

贻张蠙一本题下有同年二字

梦思非一日,携手却凄凉。诗见江南雁,游经塞北霜。驱车先五漏,把菊后重阳。惆怅天边桂,谁教岁岁香。

晚春关中

忍历通庄出,东风舞酒旗。百花无看处,三月到残时。游塞闻兵起,还吴值岁饥。定唯荒寺里,坐与噪蝉期。

河梁

五原人走马,昨夜到京师。绣户新夫妇,河梁生别离。陇花开不艳,羌笛静犹悲。惆怅良哉辅,锵锵立凤池。

送翁拾遗

还家俄—作还赴阙,别思肯凄凄。山坐轺车看,诗持—作将谏笔题。天开中国大,地设四维低。拜舞吾君后,青云更有梯。

逢友人

彼此若飘蓬,二年何所从。帝都秋未入,江馆夜相逢。瘴岭行冲夏,边沙住隔冬。旅愁论未尽,古寺扣晨钟。

寄湘中郑明府

县与白云连,沧洲况县前。岳僧同夜坐,江月看秋圆。琴拂莎庭石,茶担乳洞泉。莫耽云水兴,疲俗待君痊。

寄少常卢同年

官拜少常休,青绖换鹿裘。狂歌离乐府,醉梦到瀛洲。古器岩耕得,神方客谜留。清溪莫沉钓,王者或畋游。

伤翁外甥

江头去时路,归客几纷纷。独在异乡殁,若为慈母闻。青春成大夜,新雨坏孤坟。应作芝兰出,泉台月桂分。

东山之游未遂,渐逼行期,作四十字奉寄翁文尧员外

轺车难久驻,须到别离时。北阙定归去,东山空作期。绿苔劳扫径,丹凤欲衔词。杨柳开帆岸,今朝泪已垂。

全唐诗卷七百五

黄滔

送林宽下第东归

为君惆怅惜离京,年少无人有屈名。积雪未开移发日,鸣蝉初急说来程。楚天去路过飞雁,灞岸归尘触锁城。又得新诗几章别,烟村竹径海涛声。

商山赠隐者

谁不相逢话息机,九重城里自依依。蓬莱水浅有人说,商洛山高无客归。数只珍禽寒月在,千株古木热时稀。西窗昨夜鸣蛩尽,知梦芝翁起扣扉。

送二友游湘中

千里楚江新雨晴,同征肯恨迹如萍。孤舟泊处联诗句,八月中旬宿洞庭。为客早悲烟草绿,移家晚失岳峰青。今来无计相从去,归日汀洲乞画屏。

塞下

匹马萧萧去不前,平芜千里见穷边。关山色死秋深—作深秋日,鼓角声沉霜重天。荒骨或衔残铁露,惊风时掠暮沙旋。陇头冤气无归处,化作阴云飞杳然。

下第东归,留辞刑部郑郎中诚

去违知己住违亲,欲发羸蹄进退频。万里家山归养志,数年门馆受恩身。莺声历历秦城晓,柳色依依灞水春。明日蓝田关外路,连天风雨一行人。

寄怀南北故人

秋风昨夜落芙蕖,一片离心到外区。南海浪高书堕水,北州城破客降胡。玉窗挑凤佳人老,绮陌啼莺碧树枯。岭上青岚陇头月,时通魂梦出来无。

关中言怀

事事朝朝委一尊,自知无复解趋奔。试期交后犹为客,公道开时敢说冤。穷巷住来经积雨,故山归去见荒村。举头尽到断肠处,何必秋风江上猿。

闺怨

寸心杳与马蹄随,如蜕形容在锦帷。江上月明船发后,花间日暮信回时。五陵夜作酬恩计,四塞秋为破虏期。待到乘轺入门处,泪珠流尽玉颜衰。

旅怀

未吃金丹看十洲,乃将身世作仇雠。羁游数地值兵乱,宿在孤城闻雨秋。东越云山却思隐,西秦霜霰苦频留。他人折尽月中桂,惆怅当年江上鸥。

别友人

已喜相逢又怨嗟,十年飘泊在京华。大朝多事还停举,故国经荒未有家。鸟带夕阳投远树,人冲腊雪往边沙。梦魂空系潇湘岸,烟水茫茫芦苇花。

寄罗浮山道者二首

天际双山压海濆,天漫绝顶海漫根。时闻雷雨惊樵客,长有龙蛇护洞门。泉石暮含朱槿昼,烟霞冬闭木绵温。林间学道如容我,今便辞他宠辱喧。

有人曾见洞中仙,才到—作见人间便越年。金鼎药成龙入海,玉函书发鹤归天。楼开石脉千寻直,山拆鳌鳞一半膻。谁到月明朝礼处,翠岩深锁荔枝烟。

喜侯舍人蜀中新命三首

八都词客漫喧然,谁解飞扬诰誓间。五色彩毫裁凤诏,九重天子豁龙颜。巴山月在趋朝去,锦水烟生入阁还。谋及中兴多少事,莫愁明月不收关。

却搜文学起吾唐,暂失都城亦未妨。锦里幸为丹凤阙,幕宾征出紫微郎。来时走马随中使,到日援毫定外方。若以掌言看谏猎,相如从此病—作并辉光。

贾谊才承宣室召,左思唯预秘书流。赋家达者无过此,翰苑今朝是独游。立被御炉烟气逼,吟经栈阁雨声秋。内人未识江淹笔,竟问当时不早求。

经安州感故郑郎中二首

云梦江头见故城,人间四十载垂名。马蹄践处东风急,鸡舌销时北阙惊。岳客出来寻古剑,野猿相聚叫孤茔。腾身飞上凤凰阁,惆怅终乖吾党情。

锦帐先生作牧州,干戈缺后见荒丘。兼无姓贾儿童在,空有还珠烟水流。江句行人吟刻石,月肠是处象登楼。旅魂频此归来否,千载云山属一游。

出京别崔学士

一从门馆遍投文,旋忝恩知骤出群。不道鹤鸡殊羽翼,许依龙虎借风云。命奇未便乘东律,言重终期雪北军。欲逐飘蓬向岐路,数宵垂泪恋清芬。

雁

楚岸花晴塞柳衰,年年南北去来期。江城日暮见飞处,旅馆月明闻过时。万里风霜休更恨,满川烟草且须疑。洞庭云水潇湘雨,好寒更一一知。

寄越从事林嵩侍御

子虚词赋动君王,谁不期君入对扬。莫恋兔园留看雪,已乘骢马合凌霜。路归天上行应别,道在人间久便香。应念都城旧吟客,十年踪迹委沧浪。

长安书事

一年年课数千言,口祝心祠挈出门。孤进难时谁肯荐,主司通处不须论。频秋入自边城雪,昨日听来岭树猿。若有水田过十亩,早应归去狄江村。

旅怀寄友人

重叠愁肠只自知,苦于吞蘖乱于丝。一船风雨分襟处,千里烟波回首时。故国田园经战后,穷荒日月逼秋期。鸣蝉似会悠扬意,陌上声声怨柳衰。

寄蒋先辈在苏州

夫差宫苑悉苍苔,携客朝游夜未回。冢上题诗苏小见许殷切,江头酹酒伍员来。秋风急处烟花落,明月中时水寺开。千载三吴有高迹,虎丘山翠益崔嵬。

旅怀

雪貌潜雕雪发生,故园魂断弟兼兄。十年除夜在孤馆,万里一身求大名。空有新诗高华岳,已无丹恳出秦城。候门莫问曾游处,槐柳影中肝胆倾。

放榜日

吾唐取士最堪夸,仙榜标名出曙霞。白马嘶风三十辔,朱门秉烛一千家。郄诜联臂升天路,宣圣飞章奏日华。其年当日奏试。岁岁人人来不得,曲江烟水杏园花。

二月二日宴中贻同年封先辈渭

帝尧城里日衔杯,每倚嵇康到玉颓。桂苑五更听榜后,蓬山二月看花开。垂名入甲成龙去,列姓如丁作鹤来。同戴大恩何处报,永言交道契陈雷。

新野道中

野堂如雪草如茵,光武城边一水滨。越客归遥春有雨,杜鹃啼苦夜无人。东堂岁去衔杯懒,南浦期来落泪频。莫道还家不惆怅,苏秦羁旅长卿贫。

酬俞钧

乡书一奁荐延恩,二纪三朝泣省门。虽忝立名经圣鉴,敢期兴咏叠嘉言。莫论蟾月无梯接,大底龙津有浪翻。今日朝廷推草泽,伫君承诏出云根。

寄同年崔学士

半因同醉杏花园,尘忝鸿炉与铸颜。已脱素衣酬素发,敢持青桂爱青山。虽知珠树悬天上,终赖银河接世间。毕使海涯能拔宅,三秦二十四畿寰。

御试二首

昭宗乾宁二年,崔凝考定进士张贻宪等二十五人,复命所司覆试,内出四题,乃曲直不相入赋、良弓献问赋、询于刍荛诗、品物咸照诗。赵观文、程晏、崔赏、崔仁宝等四人,并卢瞻、韦说、封渭、韦希震、张蠙、黄滔、卢鼎、王贞白、沈崧、陈晓、李龟祯等十一人,并与及第。其张贻宪、孙溥、李光序、李枢、李途等五人,且令落下,许后再举。其崔砺、苏楷、杜承昭、郑稼等四人,不令再举。内一人卢赓称疾不至,宣示异入。又云华阴省亲,其父湿进状乞落下,故就试止二十四人也。

已表隋珠各自携,更从琼殿立丹梯。九华灯作三条烛,万乘君悬四首题。灵凤敢期翻雪羽,洞箫应或讽金闺。明朝莫惜场场醉,青桂新香有紫泥。

六曹三省列簪裾,丹诏宣来试士初。不是玉皇疑羽客,要教金榜带天书。词臣假寐题黄绢,宫女敲铜奏子虚。御目四篇酬九百,敢从灯下略踌躇。

寄陈侍御

千年二相未全夸,故刘相、赵相曾从事闽中。犹阙闽城贺降麻。何必锦衣须太守,别无莲幕胜王家。醴泉涌处休论水,黄菊开时独是花。九级燕金满尊酒,却愁随诏谒承华。

酬徐正字夤

已免蹉跎负岁华,敢辞霜鬓雪呈花。名从两榜考升第,官自三台追起家。匹马有期归辇毂,故山无计恋桑麻。莫言蓬阁从容久,披处终知金在砂。

辞相府 时蒙堂贴追赴阙

从汉至唐分五州,谁为将相作诸侯。闽江似镜正堪恋,秦客如蓬难久留。匹马忍辞藩屏去,小才宁副庙堂求。今朝拜别幡幢下,双泪如珠滴不休。

寄罗郎中隐

休向中兴雪至冤,钱塘江上看涛翻。三征不起时贤议,九转终成道者言。绿酒千杯肠已烂,新诗数首骨犹存。瑶蟾若使知人事,仙桂应遭蠹却根。

江行遇王侍御

数年分散秦吴隔,暂泊官船浦柳中。新草军书名更重,久辞山径业应空。渡头潮落将行客,天际风高未宿鸿。此日相逢魂合断,赖君身事渐飞冲。

客舍秋晚夜怀故山

寥寥深巷客中居,况值穷秋百事疏。孤枕忆山千里外,破窗闻雨五更初。经年荒草侵幽径,几树西风锁弊庐。长系寸心归未得,起挑残烛独踌躇。

绛州郑尚书

旌旗日日展东风,云稼连山雪刃空。剖竹已知垂凤食,摘珠何必到龙宫。谏垣虚位期飞步,翰苑含毫待纪公。谁谓唐城诸父老,今时得见蜀文翁。

喜陈先辈及第㠓

今年春已到京华,天与吾曹雪怨嗟。甲乙中时公道复,朝廷看处主司夸。飞离海浪从烧尾,咽却金丹定易牙。不是驾前偏落羽,锦城争得杏园花。

延福里居,和林宽、何绍余酬寄

长说愁吟逆旅中,一庭深雪一窗风。眼前道路无心觅,象外烟霞有句通。几度相留侵鼓散,频闻会宿著僧同。高情未以干时废,属和因知兴不穷。

赠宿松杨明府

溪上家家礼乐新,始知为政异常伦。若非似水清无底,争得如冰凛拂人。月狄声和琴调咽,烟村景接柳条春。宦游兼得逍遥趣,休忆三吴旧钓津。

送僧

才年七岁便从师,犹说辞家学佛迟。新剧松萝还不住,爱寻云水拟何之。孤溪雪满维舟夜,叠嶂猿啼过寺时。鸟道泷湫悉行后,岂将翻译负心期。

赠郑明府

庭罗衙吏眼看山,真恐风流是谪仙。垂柳五株春娅姹,鸣琴一弄水潺湲。援毫断狱登殊考,驻乐题诗得出联。莫起陶潜折腰叹,才高位下始称贤。

江州夜宴献陈员外

多少欢娱簇眼前,浔阳江上夜开筵。数枝红蜡啼香泪,两面青娥拆瑞莲。清管彻时斟玉醑,碧筹回处掷金船。因知往岁楼中月,占得风流是偶然。

湘中赠张逸人

羽衣零落帽欹斜,不自孤峰即海沙。曾为蜀山成寓迹,又因湘水拟营家。鸣琴坐见燕鸿没,曳履吟忘野径赊。更爱扁舟宿寒夜,独听风雨过芦花。

寓题

纷纷墨敕除官日,处处红旗打贼时。竿底得璜犹未用,梦中吞鸟拟何为。损生莫若攀丹桂,免俗无过咏紫芝。两岸芦花一江水,依前且把钓鱼丝。

题陈山人居

犹自莓苔马迹重,石嵌泉冷懒移峰。空垂凤食檐前竹,漫拔龙形涧底松。隔岸青山秋见寺,半床明月夜闻钟。谁能惆怅磻溪事,今古悠悠不再逢。

宿李少府园林

一壶浊酒百家诗,住此园林守选期。深院月凉留客夜一作夜客,古杉风细似泉时。尝频异茗尘心净,议罢名山竹影移。明日绿苔浑扫后,石庭吟坐复容谁。

送人明经及第东归

十问九通离义床,今时登第信非常。亦从南院看新榜,旋束春关归故乡。水到吴门方见海,树侵闽岭渐无霜。知君已塞平生愿,日与交亲醉几场。

断酒

未老先为百病仍,醉杯无计接宾朋。免遭拽盏郎君谑,还被簪花录事憎。丝管合时思索马,池塘晴后独留僧。何因浇得离肠烂,南浦东门恨不胜。

南海幕和段先辈送韦侍御赴阙

树色川光入暮秋,使车西发不胜愁。壁连标格惊分散,雪课篇章互唱酬。魏阙别当飞羽翼,燕台独且占风流。满园歌管凉宵月,此后相思几上楼。

寄南海黄尚书

五羊城下驻行车,此事如今八载余。燕颔已知飞食肉,龙门犹自退为鱼。红楼入夜笙歌合,白社惊秋草木疏。西望清光寄消息,万重烟水一封书。

送人往苏州觐其兄

阊阖城外越江头,两地烟涛一叶舟。到日荆枝应便茂,别时珠泪不须流。迎欢酒醒山当枕,咏古诗成月在楼。明日尊前若相问,为言今访赤松游。

游东林寺

长生犹自重无生,言让仙祠佛寺成。碑折谁忘康乐制,山灵表得远公名。松形入汉藤萝短,僧语离经耳目清。莫怪迟迟不归去,童年已梦绕林行。

赠旌德吕明府

渥洼步数太阿姿,争遣王侯不奉知。花作城池入官处,锦随刀尺少年时。两衙断狱兼留客,三考论功合树碑。须信隔帘看刺史,锦章朱绂已葳蕤。

贺清源仆射新命

虽言嵩岳秀崔嵬,少降连枝命世才。南史两荣唯百揆,东闽双拜有三台。《南史》:袁宪兄弟同为仆射,当时荣之。殊未若今清源与府城。并拜仆射,兼带台席已尊。二天在顶家家咏,丹凤衔书岁岁来。虚说古贤龙虎盛,谁攀荆树上金台。

浙幕李端公泛建溪

越城吴国结良姻,交发芙蓉幕内宾。自顾幽沉槐省迹,得陪清显谏垣臣。分题晓并兰舟远,对坐宵听月狖频。更爱延平津上过,一双神剑是龙鳞。

贻宋评事

河阳城里谢城中,入曳长裾出佩铜。燕国金台无别客,陶家柳下有清风。数踪篆隶书新得,一灶屯蒙火细红。时说三吴欲归处,绿波洲渚紫蒲丛。

催妆

北府迎尘南郡来,莫将芳意更迟回。虽言天上光阴别,且被人间更漏催。烟树迥垂连蒂杏,彩童交捧合欢杯。吹箫不是神仙曲,争引秦娥下凤台。

寓题

每忆家山即涕零,定须归老旧云扃。银河水到人间浊,丹桂枝垂月里馨。霜雪不飞无翠竹,鲸鲵犹在有青萍。三千九万平生事,却恨南华说北溟。

伤蒋校书德山

谁到双溪溪岸傍,与招魂魄上苍苍。世间无树胜青桂,陇上有花唯白杨。秦苑火然新赋在,越城山秀故居荒。如何万古雕龙手,独是相如识汉皇。

寄杨赞图学士 学士与元昆俱以龙脑登选

东堂第一领春风,时怪关西小骥慵。华表柱头还有鹤,华歆名下别无龙。君恩凤阁含毫数,诗景珠宫列肆供。今日江南驻舟处,莫言归计为云峰。

酬杨学士

神仙簿上愧非夫,诏作疑丹两入炉。诗里几曾吟芍药,花中亦得见菖蒲。阳春唱后应无曲,明月圆来别是珠。莫下蓬山不回首,东风犹待重抟扶。

寄同年李侍郎龟正

石门南面泪浪浪,自此东西失帝乡。昆璞要疑方卓绝,大鹏须息始开张。已归天上趋双阙,忽喜人间捧八行。莫道秋霜不滋物,菊花还借后时黄。

钟陵故人

滕王阁下昔相逢,此地今难访所从。唯爱金笼贮鹦鹉,谁论铁柱锁蛟龙。荆榛翠是钱神染,河岳期须国士钟。一箸鲈鱼千古美,后人终少继前踪。

故山

支颐默省旧林泉,石径茅堂到目前。衰碧鸣蛩莎有露,浓阴歇鹿竹无烟。水从井底通沧海,山在窗中倚远天。何事苍髯不归去,燕昭台上一年年。

塞上

塞门关外日光微,角怨单于雁驻飞。冲水路从冰解断,逾城人到月明归。燕山腊雪销金甲,秦苑秋风脆锦衣。欲吊昭君倍惆怅,汉家甥舅竟相违。

乌石村 即林希刘故居

往日江村今物华,一回登览一悲嗟。故人殁后城头月,新鸟啼来垄上花。卖剑钱销知绝俗,闻蝉诗苦即思家。谢公古郡青山在,三尺孤坟扑海沙。

寄同年卢员外

听尽莺声出雍州,秦吴烟月十经秋。龙门在地从人上,郎省连天须鹤游。休恋一台惟 作推 妙绝,已经三字入精求。当年甲乙皆华显,应念槐宫今雪头。

寄同年封舍人渭 时得来书

唐城接轸赴秦川,忧合欢离骤十年。龙颔摘珠同泳海,凤衔辉翰别升天。八行真迹虽收拾,四户高扃奈隔悬。能使丘门终始雪,莫教华发独潸然。

遇罗员外衮

灞陵桥外驻征辕,此一分飞十六年。豸角戴时垂素发,鸡香含处隔青天。绮园难贮林栖意,班马须持笔削权。可忘自初相识地,秋风明月客廊延。

送翁员外承赞

谁言吾党命多奇,荣美如君历数稀。衣锦还乡翻是客,回车谒帝却为归。风旋北阙虚丹穴,星复南宫逼紫微。已分十旬无急诏,天涯相送只沾衣。

奉和翁文尧十九员外中谢日蒙恩赐金紫之什

面蒙君赐自龙墀,谁是还乡一袭衣。三品易悬鳞鬣赫,八丝展起彩章飞。复为胜事垂千古,题作新诗启七微。严助买臣精魄在,定应羞著 廷略 反昔年归。

翁文尧员外捧金紫还乡之命雅发篇章,将原交情远为嘉贶。洎燕鸿陆犬,楚水荆山,又吐琼瑶,逮之幽鄙。虽涌泉思触,逸兴皆虚,而强韵押难,非才颇愧。辄兹酬和,以质奖私

传将盛事更无余,还向桥边看旧书。东越独推生竹箭,北溟喜足贮鲲鱼。两回谁解归华表,午夜兼能荐子虚。<small>洎前年蒙文尧员外以长笺荐于时相。</small>须把头冠弹尽日,怜君不与故人疏。

奉和翁文尧员外经过七林书堂见寄之什

朱旗引人昔茆堂,半日从容尽日忙。驷马宝车行锡礼,金章紫绶带天香。山从南国添烟翠,龙起东溟认夜光。定恐故园留不住,竹风松韵漫凄锵。

奉酬翁文尧员外驻南台见寄之什

人指南台山与川,大惊喜气异当年。花迎金册非时拆,月对琼杯此夜圆。我爱藏冰从夏结,君怜修竹到冬鲜。殷勤更抱鸣琴抚,为忆秦儿识断弦。

翁文尧员外拥册礼之归,一路有诗名《昼锦集》,先将寄示。因书五十六字

六橐只佩诸侯印,争比从天拥册归。一轴郢人歌处雪,两重朱氏著来衣。闽山秀已钟君尽,洛水波应溅我稀。明日陪尘迎驷马,定淮斋沐看光辉。

奉和翁文尧员外文秀、光贤、昼锦之什

乡名里号一朝新,乃觉台恩重万钧。建水闽山无故事,长卿严助是前身。清泉引入旁添润,嘉树移来别带春。莫凭栏干剩留驻,内庭虚位待才臣。<small>文秀亭</small>

虽言闽越系生贤,谁是还家宠自天。山简愧兼诸郡命,郑玄惭秉六经权。鸟行去没孤烟树,渔唱还从碧岛川。休说还回未能去,夜来新梦禁中泉。<small>光贤阁</small>

君王面赐紫还乡,金紫中推是甲裳。华构便将垂美号,故山重更发清光。水澄此日兰宫镜,树忆当年柏署霜。珍重朱栏兼翠拱,来来皆自读书堂。<small>昼锦堂</small>

奉酬翁文尧员外神泉之游见寄嘉什

含鸡假豸喜同游,野外嘶风并紫骝。松竹迥寻青障寺,姓名题向白云楼。泉源出石清消暑,僧语离经妙破愁。争奈爱山尤恋阙,古来能有几人休。

辄吟七言四韵,攀寄翁文尧拾遗

唐设高科表用文,吾曹谁作谏垣臣。甄山秀气旷千古,凤阙华恩钟二人。起草便论天上事,如君不是世间身。龙头龙尾前年梦,今日须怜应若神。<small>洎卯年冬在宛陵,梦文尧作状头及第。又申四月十二夜在清源,梦到殿前,东道自西厉声唱:"翁某拜右省拾遗。"</small>

全唐诗卷七百六

黄滔

塞上

掘地破重城,烧山搜伏兵。金微互鸣咽,玉笛自凄清。使发西都耸,尘空北岳横。长河涉有路,旷野宿无程。沙雨黄莺啭,辕门青草生。马归秦苑牧,人在陇云耕。落日牛羊聚,秋风鼓角鸣。如何汉天子,青冢杳含情。

寄献梓橦山侯侍御 时常拾遗谏诤

汉宫行庙略,簪笏落民间。直道三湘水,高情四皓山。赐衣僧脱去,奏表主批还。地得松萝坞,泉通雨雪湾。东门添故事,南省缺新班。有新命不起。片石秋从露,幽窗夜不关。梦余蟾隐映,吟次鸟绵蛮。可惜相如作,当时事悉闲。

壬癸岁书情

故园招隐客,应便笑无成。谒帝逢移国,投文值用兵。孤松怜鹤在,疏柳恶蝉鸣。匹马迷归处,青云失曩情。江头寒夜宿,垄上欷年耕。冠盖新人物,渔樵旧弟兄。易生唯白发,难立是浮名。惆怅灞桥路,秋风谁入行。

河南府试秋夕闻新雁

湘南飞去日,蓟北乍惊秋。叫出陇云夜,闻为客子愁。一声初触梦,半白已侵头。旅馆移欹枕,江城起倚楼。余灯依古壁,片月下沧洲。寂听良宵彻,踟蹰感岁流。

省试奉诏涨曲江池 以春字为韵。时乾符二年。

地脉寒来浅,恩波住后新。引将诸派水,别贮大都春。幽咽疏通处,清泠迸入辰。渐平连杏岸,旋阔映楼津。沙没迷行径,洲宽瓷跃鳞。愿当舟楫便,一附济川人。

题宣一僧正院

五级凌虚塔,三生落发师。都僧须有托,孤峤遂无期。井邑焚香待,君侯减俸资。山衣随叠破,莱骨逐年羸。茶取寒泉试,松于远涧移。吾曹来顶手,不合不题诗。

和吴学士对春雪献韦令公次韵

春雪下盈空,翻疑腊未穷。连天宁认月,堕地屡兼风。忽误边沙上,应平火岭中。林间妨走兽,云际落飞鸿,梁苑还吟客,齐都省创宫。掩扉皆墐北,移律愧居东。书幌飘全湿,茶铛入旋融。奔川半留滞,叠树互玲珑。出户行瑶彻,开园见粉丛。高才兴咏处,真宰答殊功。

省试一一吹竽 乾符二年

齐竽今历试,真伪不难知。欲使声声别,须令个个吹。后先无错杂,能否立参差。次第教单进,宫商乃异宜。凡音皆窜迹,至艺始呈奇。以此论文学,终凭一一窥。

明月照高楼

月满长空朗,楼侵碧落横。波文流藻井,桂魄拂雕楹。深鉴罗纨薄,寒搜户牖清。冰铺梁燕喋,霜覆瓦松倾。卓午收全影,斜悬转半明。佳人当此夕,多少别离情。

广州试越台怀古

南越千年事,兴怀一旦来。歌钟非旧俗,烟月有层台。北望人何在,东流水不回。吹窗风杂瘴,沾槛雨经梅。壮气曾难揖,空名信可哀。不堪登览处,花落与花开。

襄州试白云归帝乡

杳杳复霏霏,应缘有所依。不言天路远,终望帝乡归。高岳和霜过,遥关带月飞。渐怜双阙近,宁恨众山违。阵触银河乱,光连粉署微。旅人随计日,自笑比麻衣。

省试内出白鹿,宣示百官 乾宁二年

上瑞何曾乏,毛群表色难。推于五灵少,宣示百寮观。形夺场驹洁,光交月兔寒。已驯瑶草别,孤立雪花团。戴豸惭端士,抽毫跃史官。贵臣歌咏日,皆作白麟看。

出关言怀

又乞书题出,关西谒列侯。寄家僧许岳,钓浦雨移洲。卖马登长陆,沾衣逐胜游。莱肠终日馁,霜鬓度年秋。诗苦无人爱,言公是世仇。却怜庭际草,中有号忘忧。

壶公山 古老相传,古仙姓陈名壶公,于此山成道,因而名焉。

八面峰峦秀,孤高可偶然。数人游顶上,沧海见东边。不信无灵洞,相传有古仙。橘如珠 一作朱 夏在,池象月垂穿。山头有池而圆,兼橘树朱实夏在。仿佛尝闻乐,嵬峨半插天。山寒彻三伏,松偃出千年。樵牧时迷所,仓箱岁叠川。严祠风雨管,怪木薜萝缠。青草方中药,苍苔石里钱。琼津流乳窦,春色驻芝田。乌兔中时近,龙蛇蛰处膻。嘉名光列土,秀气产群贤。瀑锁瑶台路,溪升钓浦船。鳌头擎恐没,地轴压应旋。蠲疾寒甘露,藏珍起瑞烟。画工飞梦寐,诗客寄林泉。掘地多云母,缘霜欠木绵。井通鳅吐脉,僧隔虎栖禅。山间有井,通海,盈缩之候。贞元中有僧号法通,咸通中有僧号弘播,于其绝顶独禅,昏行至降虎,而法通曾下山,遇两虎争一牛,乃叱而隔之,分令各啖之。危磴千寻拔,奇花四秀鲜。鹤归悬圃少,凤下碧梧偏。桃易炎凉熟,茶推醉醒煎。村家蒙枣栗,俗骨爽猨蝉。谷语升乔鸟,陂开共蒂莲。落枫丹叶舞,新蕨紫芽拳。翠竹雕羌笛,悬藤煮蜀笺。白云长掩映,流水别潺湲。作赋前儒阙,冲虚南国先。省郎求牧看,野老葺斋眠。潘郎中存实诗云:双旌牧清源,吟看壶公翠。又欧阳秬先辈《自刺史苏君书求莫山之为画屏》云:壶公之高,洛阳之深,梦魂所思。寺立兴衰创,碑须一二镌。清吟思却隐,簪绂奈萦牵。

和王舍人、崔补阙题天王寺

郭内青山寺,难论此崛奇。白云生院落,流水下城池。石像雷霆启,江沙鼎鬲期。岳僧来坐夏,秦客会题诗。冈转泉根滑,门升藓级危。紫微今日句,黄绢昔年碑。歇鹤松低阁,鸣蛩径出篱。粉垣千堵束,金塔九层支。啼鸟笙簧韵,开花锦绣姿。清斋奔井邑,玄发剃熊罴。极浦征帆小,平芜落日迟。风篁清却暑,烟草绿无时。信士三公作,灵踪四绝推。良游如不宿,明月拟何之。

投翰长赵侍郎

禹门西面逐飘蓬,忽喜仙都得入踪。贾氏许频趋季虎,荀家因敢谒头龙。手扶日月重轮起,数是乾坤正气钟。五色笔驱神出没,八花砖接帝从容。诗酬御制风骚古,论似人情鼎鼐浓。岂有地能先凤掖,别无山更胜鳌峰。攀鸿日浅魂飞越,为鲤年深势唵喁。泽国雨荒三径草,秦关雪折一枝筇。吹成暖景犹葭律,引上纤萝在岳松。愿向明朝荐幽滞,免教号泣触登庸。

廊畤李相公

秦城择日发征辕,斋戒来投节制尊。分虎名高初命相,攀龙迹下愧登门。夜听讴咏销尘梦,晓拜旌幢战旅魂。华舍未开宁有碍,彩毫虽乏敢无言。生兼文武为人杰,出应乾坤静帝阍。计吐六奇谁敢敌,学穷三略不须论。功高马卸黄金甲,台迥宾欢白玉樽。九穗嘉禾垂绮陌,四时甘雨带雕轩。推恩每觉东溟浅,吹律能令北陆暄。青草连沙无血溅,黄榆锁塞有莺翻。笙歌合沓春风郭,鸡犬连延碧岫村。游子不缘贪献赋,永依棠树托逢根。

成名后呈同年

业诗功赋荐乡书,二纪如鸿历九衢。待得至公搜草泽,如从平陆到蓬壶。虽惭锦鲤成穿额,悉获骊龙不寐珠。蒙楚数疑休下泣,师刘大喝已为卢。人间灰管供红杏,天上烟花应白榆。一定连镳巡申族,千般唱罚赏皇都。名推颜柳题金塔,饮自燕秦索玉姝。退愧单寒终预此,敢将恩岳息斯须。

投刑部裴郎中

两榜驱牵别海涔,佗门不合觅知音。瞻恩虽隔云雷赐,向主终知犬马心。礼闱后人窥作镜,庙堂前席待为霖。已齐日月悬千古,肯误风尘使陆沉!拜首敢将诚吐血,蜕形唯待诺如金。愁闻南院看期到,恐被东墙旧恨侵。缁化衣空难抵雪,黑销头尽不胜簪。数行泪里依投志,直比沧溟未是深。

辇下寓题

对酒何曾醉,寻僧未觉闲。无人不惆怅,终日见南山。

寄题崔校书郊舍

一片寒塘水,寻常立鹭鸶。主人贫爱客,沽酒往吟诗。

秋思

碧嶂猿啼夜,新秋雨霁天。谁人爱明月,露坐洞庭船。

芳草

泽国多芳草,年年长自春。应从屈平后,更苦不归人。

辇下书事

北阙新王业,东城入羽书。秋风满林起,谁道有鲈鱼。

入关言怀

背将踪迹向京师,出在先春入后时。落日灞桥飞雪里,已闻南院有看期。

过长江

曾搜景象恐通神,地下还应有主人。若把长江比湘浦,离骚不合自灵均。

题灵峰僧院

系马松间不忍归,数巡香茗一枰棋。拟登绝顶留人宿,犹待沧溟月满时。

司马长卿

一自梁园失意回,无人知有掞天才。汉宫不锁陈皇后,谁肯量金买赋来。

归思

蓟北风烟空汉月,湘南云水半蛮边。寒为旅雁暖还去,秦越离家可十年。

东林寺贯休上人篆隶题诗

师名自越彻秦中,秦越难寻师所从。墨迹两般诗一首,香炉峰下似相逢。

寓江州李使君

使君曾被蝉声苦,每见词文即为愁。况是楚江鸿到后,可堪西望发孤舟。

游南寓题

江山节被雪霜遗,毒草过秋未拟衰。天不当时命邹衍,亦将寒律入南吹。

和同年赵先辈观文

玉兔轮中方是树,金鳌顶上别无山。虽然回首见烟水,事主酬恩难便闲。

出京别同年

一枝仙桂已攀援,归去烟涛浦口村。虽恨别离还有意,槐花黄日出青门。

木芙蓉三首

黄鸟啼烟二月朝,若教开即牡丹饶。天嫌青帝恩光盛,留与秋风雪寂寥。

却假青腰女剪成,绿罗囊绽彩霞呈。谁怜不及黄花菊,只遇陶潜便得名。

须到露寒方有态,为经霜裛稍无香。移根若在秦宫里,多少佳人泣晓妆。

九日

阳数重时阴数残,露沉风硬欲成寒。莫言黄菊花开晚,独占樽前一日欢。

夏州道中

陇雁南飞河水流,秦城千里忍回头。征行浑与求名背,九月中旬往夏州。

经慈州感谢郎中

金声乃是古诗流,况有池塘春草俦。莫遣宣城独垂号,云山彼此谢公游。

寓题

吴中烟水越中山,莫把渔樵谩自宽。归泛扁舟可容易,王湖高士是抛官。

寄宋明府

北阙秋期南国身,重关烟月五溪云。风蝉已有数声急,赖在陶家柳下闻。

灵均

莫问灵均昔日游,江漓春尽岸枫秋。至今此事何人雪,月照楚山湘水流。

马嵬

锦江晴碧剑锋奇,合有千年降圣时。天意从来知幸蜀,不关胎祸自蛾眉。

和陈先辈陪陆舍人春日游曲江

刘超游召郤诜陪,为忆池亭旧赏来。红杏花旁见山色,诗成因触鼓声回。

花

莫道颜色如渥丹,莫道馨香过蕙兰。东风吹绽还吹落,明日谁为今日看。

卷帘

绿鬟侍女手纤纤,新捧嫦娥出素蟾。卫玠官高难久立,莫辞双卷水精帘。

启帐

得人憎定绣芙蓉,爱锁嫦娥出月踪。侍女莫嫌抬素手,拨开珠翠待相逢。

去扇

城上风生蜡炬寒,锦帷开处露翔鸾。已知

秦女升仙态,休把圆轻隔牡丹。

别后
梦里相逢无后期,烟中解佩杳何之。亏蟾便是陈宫镜,莫吐清光照别离。

严陵钓台
终向烟霞作野夫,一竿竹不换簪裾。直钩犹逐熊罴起,独是先生真钓鱼。

马嵬二首
铁马嘶风一渡河,泪珠零便作惊波。鸣泉亦感上皇意,流下陇头呜咽多。

龙脑移香凤辇留,可能千古永悠悠。夜台若使香魂在,应作烟花出陇头。

闰八月
无人不爱今年闰,月看中秋两度圆。唯恐雨师风伯意,至时还夺上楼天。

奉和翁文尧戏寄
掘兰宫里数名郎,好是乘轺出帝乡。两度还家还未有,别论光彩向冠裳。

奉和文尧对庭前千叶石榴
一朵千英绽晓枝,彩霞堪与别为期。移根若在芙蓉苑,岂向当年有醒时。

翁文尧以美疹暂滞,令公大王,益得异礼。观今日宠待之盛,辄成一章
滋赋诫文侯李盛,终求一袭锦衣难。如何两度还州里,兼借乡人更剩观。林、郑在举场日,时曰:"滋赋诫文,中外相奖。"

赠友人
超达陶子性,留琴不设弦。觅句朝忘食,倾杯夜废眠。爱月影为伴,吟风声自连。听此莺飞谷,心怀迷远川。

全唐诗卷七百七

殷文圭

殷文圭,池州人。居九华,苦学,所用墨池,底为之穴。唐末,词场请托公行,文圭与游恭独步场屋。乾宁中及第,为裴枢宣谕判官。后事杨行密,终左千牛卫将军。诗一卷。

八月十五夜

万里无云镜九州,最团圆夜是中秋。满衣冰彩拂不落,遍地水光凝欲流。华岳影寒清露掌,海门风急白潮头。因君照我丹心事,减得愁人一夕愁。

省试夜投献座主

辟开公道选时英,神镜高悬鉴百灵。混沌分来融间气,欃枪灭处炫文星。烛然兰省三条白,山束龙门万仞青。圣教中兴周礼在,不劳干羽舞明庭。

观贺皇太子册命

嗣册储皇帝命行,万方巨妾跃欢声。鸾旂再立星辰正,雉扇双开日月明。自有汉元争翊戴,不劳商皓定欹倾。春宫保傅皆周召,致主何忧不太平。

行朝早春侍师门宴西溪席上作

西溪水色净于苔,画鹢横风绛帐开。弦管旋飘蓬岛去,公卿皆是蕊宫来。金鳞掷浪钱翻荇,玉爵粘香雪泛梅。三榜生徒逾七十,岂期龙坂纳非才。

贺同年第三人刘先辈咸辟命

甲门才子鼎科人,拂地蓝衫榜下新。脱俗文章笑鹦鹉,凌云头角压麒麟。金壶藉草溪亭晚,玉勒穿花野寺春。多愧受恩同阙里,不嫌师僻与颜贫。

寄广南刘仆射

战国从今却尚文,品流才子作将军。画船

清宴蛮溪雨,粉阁闲吟瘴峤云。暴客卸戈归惠政,史官调笔待儒勋。汉仪一化南人后,牧马无因更夜闻。

题吴中陆龟蒙山斋

万卷图书千户贵,十洲烟景四时和。花心露洗猩猩血,水面风披瑟瑟罗。庄叟静眠清梦永,客儿芳意小诗多。天麟不触人间网,拟把公卿换得么。

经李翰林墓

诗中日月酒中仙,平地雄飞上九天。身谪蓬莱金籍外,宝装方丈玉堂前。虎靴醉索将军脱,鸿笔悲无令子传。十字遗碑三尺墓,只应吟客吊秋烟。

鹦鹉

丹觜如簧翠羽轻,随人呼物旋知名。金笼夜黯山西梦,玉枕晓憎帘外声。才子爱奇吟不足,美人怜尔绣初成。应缘是我邯郸客,相顾咬咬别有情。

边将别

地角天涯倍苦辛,十年铅椠未酬身。朱门泣别同鲛客,紫塞旅游雁臣。汉将出师冲晓雪,胡儿奔马扑征尘。行行独止干戈域,毳帐望谁为主人。

江南秋日

水国由来称道情,野人经此顿神清。一篷秋雨睡初起,半砚冷云吟未成。青笠渔儿筒钓没,倩衣菱女画桡轻。冰绡写上江南景,寄与金鸾马长卿。

题友人庭竹

丛篁萧瑟拂清阴,贵地栽成碧玉林。尽待花开添凤食,可怜风击状龙吟。钿竿离立霜文静,锦箨飘零粉节深。何事子猷偏寄赏,此君心似古一作主人心。

览陆龟蒙旧集

先生文价沸三吴,白雪千编酒一壶。吟去星辰笔下动,醉来嵩华眼中无。峭如谢桧虬蟠活,清似缑山凤路孤。身后独遗封禅草,何人寻得佐鸿图。

玉仙道中

莼鲈方美别吴江,笔阵诗魔两未降。山势北蟠龙偃蹇,泉声东漱玉琤琮。古陂狐兔穿蛮冢,破寺荆榛拥拂幢。信马冷吟迷路处,隔溪烟雨吠村庞。

赵侍郎看红白牡丹,因寄杨状头赞图

迟开都为让群芳,贵地栽成对玉堂。红艳袅烟疑欲语,素华映月只闻香。剪裁偏得东风意,淡薄似一作矜西子妆。雅称花中为首冠,年年长占断春光。

题胡州太学丘光庭博士幽居

舜轨尧文混九垓,明堂宏构集良材。江边云卧如龙稳,天外泥书遣鹤来。五夜药苗滋沆瀣,四时花影荫莓苔。草玄门似山中静,不是公卿到不开。

初秋留别越中幕客

魂梦飘零落叶洲,北辕南柂几时休。月中青桂渐看老,星畔白榆还报秋。鹤禁有知须强进,稽峰无事莫相留。吴花越柳饶君醉,直待功成始举头。

送道者朝见后归山

暂随蒲帛谒金銮,萧洒风仪傲汉官。天马难将朱索绊,海鳌宁觉碧涛宽。松坛月作尊前伴,竹箧书为教外欢。神鼎已乾龙虎伏,一条真气出云端。

赠战将

绿沉枪利雪峰尖,犀甲军装称紫髯。威慑万人长凛凛,礼延群客每谦谦。阵前战马黄金勒,架上兵书白玉签。不为已为儒弟子,好依门下学韬钤。

九华贺雨吟

陶公焦思念生灵,变旱为丰合杳冥。雷劈

老松疑虎怒,雨冲阴洞觉龙腥。万畦香稻蓬葱绿,九朵奇峰扑亚青。吟贺西成饶旅兴,散丝飞洒满长亭。

赠池州张太守

神珠无颣玉无瑕,七叶簪貂汉相家。阵面奔星破犀象,笔头飞电跃龙蛇。绛帏夜坐穷三史,红旆春行到九华。只怕池人留不住,别迁证镇拥高牙。

中秋自宛陵寄池阳太守

出山三见月如眉,蝶梦终宵绕戟枝。旅客思归鸿去日,贤侯行化子来时。郡楼遐想刘琨啸,相阁方窥谢傅棋。按部况闻秋稼熟,马前迎拜羡并儿。

次韵九华杜先辈重阳寄投宛陵丞相

日下飞声彻不毛,酒醒时得广离骚。先生鬓为吟诗白,上相心因治国劳。千乘信回鱼槛重,九华秋迥凤巢高。强酬小谢重阳句,沙恨无金尽日淘。

寄贺杜荀鹤及第

一战平畴五字劳,昼归乡去锦为袍。大鹏出海翎犹湿,骏马辞天气正豪。九子旧山增秀绝,二南新格变风骚。由来稽古符公道,平地丹梯甲乙高。

春草碧色

细草含愁碧,芊绵南浦滨。萋萋如恨别,苒苒共伤春。疏雨烟华润,斜阳细彩匀。花粘繁斗锦,人藉软胜茵。浅映宫池水,轻遮辇路尘。杜回如可结,誓作报恩身。

和友人送衡尚书赴池阳副车

淮王上将例分忧,玉帐参承半列侯。次第选材如创厦,别离排宴向藏舟。鲲鹏变化知难测,龙蠖升沉各有由。蹩躠行牵金锊重,婵娟立唱翠娥愁。筑头勋业谐三阵,满腹诗书究九流。金海珠韬乘月读,肉芝牙茗拨云收。赤鳞旆卷鸥汀晚,青雀船横雁阵秋。十字细波澄镜面,九华残雪露峰头。醉沉北海千尊酒,吟上南荆百尺楼。况是昭明食鱼郡,不妨闲掷钓璜钩。

贻李南平 文主为内翰时,草司空李德诚麻。润笔久不至,为诗督之。

紫殿西头月欲斜,会草临淮上相麻。润笔已曾经奏谢,更飞章句问张华。

句

龙舒太守人中杰,风韵堂中心似月。《方舆胜览》。

众口声光夸汉将,筑头勋业佐淮王。《贺池阳太守正命》,《唐诗纪事》。

全唐诗卷七百八

徐夤

徐夤,字昭梦,莆田人。登乾宁进士第,授秘书省正字。依王审知,礼待简略,遂拂衣去,归隐延寿溪。著有《探龙》《钓矶》二集,编诗四卷。

钓台

金门谁奉诏,碧岸独垂钩。旧友只樵叟,新交惟野鸥。嘉名悬日月,深谷化陵丘。便可招巢父,长川好饮牛。

旅次寓题

胡为名利役,来往老关河。白发随梳少,青山入梦多。途穷怜抱疾,世乱耻登科。却起渔舟念,春风钓绿波。

赠严司直

承家居阙下,避世出关东。有酒刘伶醉,无儿伯道穷。新诗吟阁赏,旧业钓台空。雨雪还相访,心怀与我同。

赠东方道士

葫芦窗畔挂,是物在其间。雪色老人鬓,桃花童子颜。祭星秋卜日,采药晓登山。旧放长生鹿,时衔瑞草还。

题僧壁

香厨流瀑布,独院锁孤峰。绀发青螺长,文茵紫豹重。卵枯皆化燕,蜜老却成蜂。明月留人宿,秋声夜著松。

和人经隋唐间战处

孤军前度战,一败一成功。卷旆早归国,卧尸犹臂弓。草间腥半在,沙上血残红。伤魄何为者,五湖垂钓翁。

追和常建叹王昭君

红颜如朔雪,日烁忽成空。泪尽黄云雨,尘消白草风。君心争不悔,恨思竟何穷。愿化南习燕,年年入汉宫。

赠董先生
寿岁过于百,时闲到上京。餐松双鬓嫩,绝粒四支轻。雨雪思中岳,云霞梦赤城。来年期寿篆,何处待先生。

河流
洪流盘砥柱,淮济不同波。莫讶清时少,都缘曲处多。远能通玉塞,高复接银河。大禹成门崄,为龙始得过。

题南寺
久别猿啼寺,流年劫逝波。旧僧归塔尽,古瓦长松多。壁藓昏题记,窗萤散薜萝。平生英壮节,何故旋消磨。

北山秋晚
十载衣裘尽,临寒隐薜萝。心闲缘事少,身老爱山多。玉露催收菊,金风促剪禾。燕秦正戎马,林下好婆娑。

昔游
昔游红杏苑,今隐刺桐村。岁计悬僧债,科名负国恩。不书胝渐稳,频镊鬓无根。惟有经邦事,年年志尚存。

酒胡子
红筵丝竹合,用尔作欢娱。直指宁偏党,无私绝觊觎。当歌谁攓袖,应节渐轻躯。恰与真相似,毡裘满领须。

吊崔补阙
近来吾道少,恸哭博陵君。直节岩前竹,孤魂岭上云。缙绅传确论,丞相取遗文。废却中兴策,何由免用军。

吊赤水李先生
三年悲过隙,一室类销冰。妻病入仙观,子穷随岳僧。荒丘寒有雨,古屋夜无灯。往日清猷著,金门几欲征。

香鸭
不假陶熔妙,谁教羽翼全。五金池畔质,百和口中烟。觜钝鱼难啄,心空火自燃。御炉如有阙,须进圣君前。

鸡
名参十二属,花入羽毛深。守信催朝日,能鸣送晓阴。峨冠装瑞璧,利爪削黄金。徒有稻粱感,何由报德音。

白鸽
举翼凌空碧,依人到大邦。粉翎栖画阁,雪影拂琼窗。振鹭堪为侣,鸣鸠好作双。狎鸥归未得,睹尔忆晴江。

龟
行止竟何从,深溪与古峰。青荷巢瑞质,绿水返灵踪。钻骨神明应,酬恩感激重。仙翁求一卦,何日脱龙钟。

银结条冠子
日下征良匠,宫中赠阿娇。瑞莲开二孕一作朵,琼缕织千条。蝉翼轻轻结,花纹细细挑。舞时红袖举,纤影透龙绡。

蜀葵
剑门南面树,移向会仙亭。锦水饶花艳,岷山带叶青。文君惭婉娩,神女让娉婷。烂熳红兼紫,飘香入绣扃。

华清宫
十二琼楼锁翠微,暮霞遗却六铢衣。桐枯丹穴凤何去,天在鼎湖龙不归。帘影罢添新翡翠,露华犹湿旧珠玑。君王魂断骊山路,且向蓬瀛伴贵妃。

再幸华清宫
肠断将军改葬归,锦囊香在忆当时。年来却恨相思树,春至不生连理枝。雪女冢头瑶草合,贵妃池里玉莲衰。霓裳旧曲飞霜殿,梦破魂惊绝后期。

喜雨上主人尚书

天皇攘袂敕神龙,雨我公田兆岁丰。几日淋漓侵暮角,数宵滂沛彻晨钟。细如春雾笼平野,猛似秋风击古松。门下十年耕稼者,坐来偏忆翠微峰。

回文诗二首

飞书一幅锦文回,恨写深情寄雁来。机上月残香阁掩,树梢烟澹绿窗开。霏霏雨罢歌终曲,漠漠云深酒满杯。归日几人行问卜,徽音想望倚高台。

轻帆数点千峰碧,水接云山四望遥。晴日海霞红霭霭,晓天江树绿迢迢。清波石眼泉当槛,小径松门寺对桥。明月钓舟渔浦远,倾山雪浪暗随潮。

不把渔竿

不把渔竿不灌园,策筇吟绕绿芜村。得争野老眠云乐,倍感闽王与善恩。鸟趁竹风穿静户,鱼吹烟浪喷晴轩。何人买我安贫趣,百岁黄金未可论。

古往今来

古往今来恨莫穷,不如沉醉卧春风。雀儿无角长穿屋,鹦鹉能言却入笼。柳惠岂嫌居下位,朱云直去指三公。闲思郭令长安宅,草没匡墙旧事空。

十里烟笼

十里烟笼一径分,故人迢递久离群。白云明月皆由我,碧水青山忽赠君。浮世宦名浑似梦,半生勤苦谩为文。北邙坡上青松下,尽是锵金佩玉坟。

偶书

巧者多为拙者资,良筹第一在乘时。市门逐利终身饱,谷口躬耕尽日饥。琼玖鹥来燕石贵,蓬蒿芳处楚兰衰。高皇冷笑重瞳客,盖世拔山何所为。

润屋

润屋丰家莫妄求,眼看多是与身雠。百禽罗得皆黄口,四皓山居始白头。玉烁火光争肯变,草芳崎岸不曾秋。朱门粉署何由到,空寄新诗谢列侯。

退居

鹤性松心合在山,五侯门馆怯趋攀。三年卧病不能免,一日受恩方得还。明月送人沿驿路,白云随马入柴关。笑他范蠡贪憸甚,相罢金多始退闲。

闭门

闭却闲门卧小窗一作竹房,更何人与疗膏肓。一生有酒唯知醉,四大无根可预量。骨冷欲针先觉痛,肉顽频灸不成疮。漳滨伏枕文园渴,盗跖纵横似虎狼。

开窗

闭户开窗寝又兴,三更时节也如冰。长闲便是忘机者,不出真如过夏僧。环堵岂惭蜗作舍,布衣宁假鹤为翎。蔷薇花尽薰风起,绿叶空随满架藤。

灯花

点蜡烧银却胜栽,九华红艳吐玫瑰。独含冬夜寒光拆,不傍春风暖处开。难见只因能喜,莫挑唯恐堕成灰。贪膏附热多相误,为报飞蛾罢拂来。

东归出城留别知己

韦一作常蒙屈指许非才,三载长安共酒杯。欲别未攀杨柳赠,相留拟待牡丹开。寒随御水波光散,暖逐衡阳雁影来。他日因书问衰飒,东溪须访子陵台。

咏怀

愁花变出白髭须,半世辛勤一事无。道在或期君梦想,贫来争奈鬼揶揄。马卿自愧长婴疾,颜子谁怜不是愚。借取秦宫台上镜,为时开照汉妖狐。

郊村独游

岁闰堪怜历候迟,出门惟与野云期。惊鱼掷上绿荷芰,栖鸟啄余红荔枝。末路可能长薄命,修途应合有良时。市头相者休相戏,蹩膝先生半自知。

经故—作过翰林杨左丞池亭

八角红亭荫绿池,一朝青草盖遗基。蔷薇藤老开花浅,翡翠巢空落羽奇。春榜几深门下客,乐章多取集中诗。平生德义人间诵,身后何劳更立碑。

经故—作过广平员外旧宅

门巷萧条引涕洟,遗孤三岁著麻衣。绿杨树老垂丝短,翠竹林荒著笋稀。结社僧因秋朔吊,买书船近葬时归。平生欲献匡君策,抱病犹言未息机。

潘丞相旧宅

绿树垂枝荫四邻,春风还似旧时春。年年燕是雕梁主,处处花随落月尘。七贵竟为长逝客,五侯寻作不归人。秋槐影薄蝉声尽,休谓龙门待化鳞。

门外闲田数亩,长有泉源。因筑直堤,分为两沼

左右澄漪小槛前,直堤高筑古平川。十分春水双檐影,一片秋空两月悬。前岸好山摇细浪,夹门嘉树合晴烟。坐来暗起江湖思,速问溪翁买钓船。

北园

北园干叶旋空枝,兰蕙还将众草衰。笼鸟上天犹有待,病龙兴雨岂无期?身闲不厌频来客,年老偏怜最小儿。生事罢求名与利,一窗书策是年支。

溪上要一只白簟扇盖头垂钓,去年就节推侍御请之,蒙惠一柄紫花纹者。虽则鳞华具甚一作在,纰薄不及清源所出,因就南郡陈常侍请之,遂成拙句

难求珍簟过炎天,远就金貂乞月圆。直在引风攲角枕,且图遮日上渔船。但令织取无花簟,不用挑为饮露蝉。莫道如今时较晚,也应留得到明年。

招隐

齿发那能敌岁华,早知休去避尘沙。鬼神只阚高明里,倚伏不干栖隐家。陶景岂全轻组绶,留侯非独爱烟霞。赠君吉语堪铭座,看取朝开暮落花。

忆山中友人

忆得当年接善邻,苦将闲事强夫君。斗开碧沼分明月,各领青山占白云。近日药方多缮写,旧来诗草半烧焚。金门几欲言西上,惆怅关河正用军。

溪隐

将名将利已无缘,深隐清溪拟学仙。绝却腥膻胜服药,断除杯酒合延年。蜗牛壳漏一作满宁同舍,榆荚花开不是钱。鸾鹤久从笼槛闭,春风却放纸为鸢。

酒醒

酒醒欲得适闲情,骑马那胜策仗行。天暖天寒三月暮,溪南溪北两村一作川名。沙澄浅水鱼知钓,花落平田鹤见耕。望断长安故交远,来书未说九河清。

梦断

梦断纱窗半夜雷,别君花落又花开。渔阳路远书难寄,衡岳山高月不来。玄燕有情穿绣户,灵龟无应祝金杯。人生若得长相对,萤火生烟草化灰。

人事

人事飘如一炷烟,且须求佛与求仙。丰年

甲子春无雨，良夜庚申夏足眠。颜氏岂嫌瓢里饮，孟光非取镜中妍。平生生计何为者，三径苍苔十亩田。

休说

休说人间有陆沉，一樽闲待月明斟。时来不怕沧溟阔，道大却忧潢潦深。白首钓鱼应是分，青云干禄已无心。梓桐赋罢相如隐，谁为君前永夜吟？

嘉运

嘉运良时两阻修，钓竿蓑笠乐林丘。家无寸帛浑闲事，身似浮云且自由。庭际鸟啼花旋落，潭心月在水空流。晨炊一箸红银粒，忆著长安索米秋。

绿鬓

绿鬓先生自出林，孟光同乐野云深。躬耕为食古人操，非织不衣贤者心。眼众岂能分瑞璧，舌多须信烁良金。君看黄阁南迁客，一过泷州绝好音。

骄傲

骄傲贴危俭素牢，镜中形影岂能逃。石家恃富身还灭，颜子非贫道不遭。蝙蝠亦能知日月，鸾凤那肯啄腥臊。古今人事惟堪醉，好脱霜裘换绿醪。

龙蛰二首

龙蛰蛇蟠却待伸，和光何惜且同尘。伍员岂是吹箫者，冀缺非同执耒人。神剑触星当变化，良金成器在陶钧。穰侯休忌关东客，张禄先生竟相秦。

休说雄才间代生，到头难与运相争。时通有诏征枚乘，世乱无人荐祢衡。逐日莫矜驽马步，司晨谁要牝鸡鸣？中林且作烟霞侣，尘满关河未可行。

逐臭苍蝇

逐臭苍蝇岂有为，清蝉吟露最高奇。多藏苟得何名富，饱食嗟来未胜饥。穷寂不妨延寿考，贪狂总待算毫厘。首阳山翠千年在，好奠冰壶吊伯夷。

牡丹花二首

看遍花无胜此花，剪云披雪蘸丹砂。开当青律二三月，破却长安千万家。天纵秾华刻鄜郑，春教妖艳毒—作妒豪奢。不随寒令同时放，倍种双松与辟邪。

万万花中第一流，浅霞轻染嫩银瓯。能狂绮陌千金子，也惑朱门万户侯。朝日照开携酒看，暮风吹落绕栏收。诗书满架尘埃扑，尽日无人略举头。

尚书座上赋牡丹花得轻字韵—本无韵字，其花自越中移植

流苏凝作瑞华精，仙阁开时丽日晴。霜月冷销银烛焰，宝瓯圆印彩云英。娇含嫩脸春妆薄，红蘸香绡艳色轻。早晚有人天上去，寄他将赠董双成。

依韵和尚书再赠牡丹花

烂银基地薄红妆，羞杀千花百卉芳。紫陌昔曾游寺看，朱门今在绕栏望。龙分夜雨资娇态，天与春风发好香。多著黄金何处买，轻桡挑过镜湖光。

郡庭—作伯惜牡丹

肠断东风落牡丹，为祥为瑞久留难。青春不驻堪垂泪，红艳已空犹倚栏。积藓下销香蕊尽，晴阳高照露华干。明年万叶千枝长，倍发芳菲借客看。

追和白舍人咏白牡丹

蓓蕾抽开素练囊，琼葩薰出白龙香。裁分楚女朝云片，剪破姮娥夜月光。雪句岂须征柳絮，粉腮应恨帖梅妆。槛边几笑东篱菊，冷折金风待降霜。

忆牡丹

绿树多和雪霰栽，长安一别十年来。王侯

买得价偏重,桃李落残花始开。宋玉邻边腮正嫩,文君机上锦初裁。沧洲春暮空肠断,画—作尽看犹将劝酒杯。

惜牡丹

今日狂风揭锦筵,预愁吹落夕阳天。闲看红艳只须醉,谩惜黄金岂是贤。南国好偷夸粉黛,汉宫宜摘赠神仙。良时虽作莺花主,白马王孙恰少年。

览柳浑汀洲采白蘋之什,因成一章

采尽汀蘋恨别离,鸳鸯鸂鶒总双飞。月明南浦梦初断,花落洞庭人未归。天远有书随驿使,夜长无烛照寒机。年来泣泪知多少,重叠成痕在绣衣。

司直巡官无诸移到玫瑰花

芳菲移自越王台,最似蔷薇好并栽。秾艳尽怜胜彩绘,嘉名谁赠作玫瑰?春藏锦绣风吹拆,天染琼瑶日照开。为报朱衣早邀客,莫教零落委苍苔。

梅花

琼瑶初绽岭头苞,蕊粉新妆姹女家。举世更谁怜洁白,疾心皆尽爱繁华。玄冥借与三冬景,谢氏输他六出花。结实和羹知有日,肯随羌笛落天涯。

荔枝二首

朱弹星丸粲日光,绿琼枝散小香囊。龙绡壳绽红纹粟,鱼目珠涵白膜浆。梅熟已过南岭雨,橘酸空待洞庭霜。蛮山踏晓和烟摘,拜捧金盘奉越王。

日日薰风卷瘴烟,南园珍果荔枝先。灵鸦啄破琼津滴,宝器盛来蚌腹圆。锦里只闻销醉客,蕊宫惟合赠神仙。何人刺出猩猩血,深染罗纹遍壳鲜。

菊花

桓景登高事可寻,黄花开处绿畦深。消灾辟恶君须采,冷露寒霜我自禁。篱物—作槿早

荣还早谢,涧松同德复同心。陶公岂是居贫者,剩有东篱万朵金。

画松

涧底阴森验笔精,笔闲开展觉神清。曾当月照还无影,若许风吹合有声。枝偃只应玄鹤识,根深且与茯苓生。天台道士频来见,说似株株倚赤城。

草木

草木无情亦可嗟,重开明镜照无涯。菊英空折罗含宅,榆荚不生原宪家。天命岂凭医药石,世途还要辟虫沙。仙翁乞取金盘露,洗却苍苍两鬓华。

松

涧底青松不染尘,未逢良匠竟谁分。龙盘劲节岩前见,鹤唳翠梢天上闻。大厦可营谁择木,女萝相附欲凌云。皇王自有增封日,修竹徒劳号此君。

竹

翠染琅玕粉渐开,东南移得会稽栽。游丝挂处渔竿去,绿水夹时龙影来。风触有声含六律,露沾如洗绝浮埃。王猷旧宅无人到,抱却清阴盖绿苔。

尚书打球,小骢步骤最奇,因有所—作无有所二字赠

善价千金未可论,燕王新寄小龙孙。逐将白日驰青汉,衔得流星入画门。步骤最能随手转,性灵多恐会人言。桃花雪点多虽贵,全假当场一顾恩。

尚书惠蜡面茶

武夷春暖月初圆,采摘新芽献地仙。飞鹊印成香蜡片,啼猿溪走木兰船。金槽和碾沉香末,冰碗轻涵翠缕烟。分赠恩深知最异,晚铛宜煮北山泉。

劝酒

休向尊前诉羽觞,百壶清酌与君倾。身同

绿树年年老,事比红尘日日生。六国英雄徒反覆,九原松柏甚分明。醉乡路与乾坤隔,岂信人间有利名?

断酒

因论沉湎觉前非,便碎金罍与羽卮。采茗早驰三蜀使,看花甘负五侯期?窗间近火刘伶传,坐右新铭管仲词。此事十年前已说,匡庐山下老僧知。

忆旧山

涧竹岩云有旧期,二年频长鬓边丝。游鱼不爱金杯水,栖鸟敢求琼树枝?陶景恋深松桧影,留侯抛却帝王师。龙争虎攫皆闲事,数叠山光在梦思。

全唐诗卷七百九

徐夤

西华

五千仞有余神秀，——排云上沇瀁。叠嶂出关分二陕，残冈过水作中条。巨灵庙破生春草，毛女峰高入绛霄。拜祝金天乞阴德，为民求主降神尧。

岚似屏风

岚似屏风草似茵，草边时脍锦花鳞。山中宰相陶弘景，谷口耕夫郑子真。宦达到头思野逸，才多未必笑清贫。君看东洛平泉宅，只有年年百卉春。

忆潼关

洞壑双扉入到初，似从深阱睹高墟。天开白日临军国，山夹黄河护帝居。隋炀远游宜不反，奉春长策竟何如。须知皇汉能扃鐍，延得年过四百余。

忆潼关早行

行客起看仙掌月，落星斜照浊河泥。故山远处高飞雁，去马鸣时先早鸡。关柳不知谁氏种，岳碑犹见圣君题。苫茇十轴僅三尺，岂谓青云便有梯。

鸿门 旧本作失题

耨月耕烟水国春，薄徒应笑作农人。皇王尚法三推礼，白社宁忘四体勤？雨洒蓑衣芳草暗，鸟啼云树小村贫。犹胜堕力求飧者，五斗低腰走世尘。

忆长安行

旧历关中忆废兴，僭奢须戒俭须凭。火光只是烧秦冢，贼眼何曾视灞陵。钟鼓煎催人自急，侯王更换恨难胜。不如坐钓清溪月，心共寒潭一片澄。

忆长安上省年

忽忆关中逐计车,历坊骑马信空虚。三秋病起见新雁,八月夜长思旧居。宗伯帐前曾献赋,相君门下再投书。如今说著犹堪泣,两宿都堂过岁除。

长安述怀

黄河冰合尚来游,知命知时肯躁求。词赋有名堪自负,春风落第不曾羞。风尘色里雕双鬓,鼙鼓声中历几州。十载公卿早言屈,何须课夏更冥搜。

长安即事三首

抛掷清溪旧钓钩,长安寒暑再环周。便随莺羽三春化,只说蝉声一度愁。扫雪自怜窗纸照,上天宁愧海槎流?明时则（一作只）待金门诏,肯羡班超万户侯。

无酒穷愁结自舒,饮河求满不求余。身登霄汉平时第,家得干戈定后书。富贵敢期苏季子,清贫方见马相如。明时用即匡君去,不用何妨却钓鱼。

拖紫腰金不要论,便堪归隐白云村。更无名籍强金榜,岂有花枝胜杏园?绮席促时皆国器,羽觞飞处尽王孙。高眠亦是前贤事,争报春闱莫大恩。

东京次新安道中

贼去兵来岁月长,野蒿空满坏墙匡。旋从古辙成深谷,几见金舆过上阳。洛水送年催代谢,嵩山擎日拂穹苍。殊时异世为儒者,不见文皇与武皇。

山阴故事

坦腹夫君不可逢,千年犹在播英风。红鹅化鹤青天远,彩笔成龙绿水空。爱竹只应怜直节,书裙多是为奇童。吹笙缑岭登山后,东注清流岂有穷。

温陵即事

早年师友教为文,卖却鱼舟网典坟。国有安危期日谏,家无担石暂从军。非才岂合攀丹桂,多病犹堪伴白云。争得千钟季孙粟,沧洲归与故人分。

温陵残腊书怀寄崔尚书

济川无楫拟何为,三杰还从汉祖推。心学庭槐空发火,鬓同门柳即垂丝。中兴未遇先怀策,除夜相催也课书。江上年年接君子,一杯春酒一枰棋。

义通里寓居即事

家住寒梅翠岭东,长安时节咏途穷。牡丹窠小春余雨,杨柳丝疏夏足风。愁鬓已还年纪白,衰容宁藉酒杯红。长卿甚有凌云作,谁与清吟绕帝宫?

上阳宫词

点点苔钱上玉墀,日斜空望六龙西。妆台尘暗青鸾掩,宫树月明黄鸟啼。庭草可怜分雨露,君恩深恨隔云泥。银蟾借与金波路,得入重轮伴羿妻。

西塞寓居

闲读南华对酒杯,醉携筇竹画苍苔。豪门有利人争去,陋巷无权客不来。解报可能医病雀,重燃谁肯照寒灰。严陵万古清风在,好棹东溪咏钓台。

功智争驰淡薄空,犹怀忠信拟何从。鸱鸢啄腐疑雏凤,神鬼欺贫笑伯龙。烈日不融双鬓雪,病身全仰竹枝筇。崇侯入辅严陵退,堪忆啼猿万仞峰。

题福州天王阁

绝境宜栖独角仙,金张到此亦忘还。三门里面千层阁,万井中心一朵山。江拗碧湾盘洞府,石排青壁护禅关。有时海上看明月,碾出冰轮叠浪间。

忆荐福寺南院

忆昔长安落第春,佛宫南院独游频。灯前不动惟金像,壁上曾题尽古人。鹦鹉声中双阙雨,牡丹花际六街尘。啼猿溪上将归去,合问升平诣秉钧。

塔院小屋,四壁皆是卿相题名,因成四韵

雁塔挼空映九衢,每看华宇每踟蹰。题名尽是台衡迹,满壁堪为宰辅图。鸾凤岂巢荆棘树,虬龙多蛰帝王都。谁知远客思归梦,夜夜无船自过湖。

题名琉璃院今改名景祥院。诗与翁承赞景祥院相同。

一条溪绕翠岩隈,行脚僧言胜五台。一本作一条溪碧绕崔嵬,卸俗偏宜向此隈。农罢树阴黄犊卧,斋时山下白衣来。松因往日门人种,路是前生长老一作朝释子开。三卷贝多金粟语,可能长诵免轮回。

寺中偶题

听话金仙眉一作白相毫,每来皆得解尘劳。鹤栖云路看方贵,僧倚松门见始高。名利罢烧心内火,雪霜偏垢鬓边毛。银蟾未出金乌在,更上层楼眺海涛。

山寺一作中寓居

高卧东林最上方,水声山翠剔愁肠。白云送雨笼僧阁,黄叶随风入客堂。终去四明成大道,暂从双鬓许秋霜。披缁学佛应无分,鹤氅谈空亦不妨。

寄僧寓题

拂顶抄经忆惠休,众人皆谓我悠悠。浮生真个醉中梦,闲事莫添身外愁。百岁付于花暗落,四时随却水奔流。安眠静笑思何报,日夜焚修祝郡侯。

游灵隐天竺二寺

丹井冷泉虚易到,两山真界实难名。石和云雾莲华气,月过楼台桂子清。腾踏回桥巡像设,罗穿曲洞出龙城。更怜童子呼猿去,飒飒萧萧下树行。

醉题邑宰南塘屋壁

万古清淮照远天,黄河浊浪不相关。县留东道三千客,宅锁南塘一片山。草色净经秋雨绿,烧痕寒入晓窗斑。闽王美锦求贤制,未许陶公解印还。

题泗洲塔

十年前事已悠哉,旋被钟声早暮催。明月似师生又没,白云如客去还来。烟笼瑞阁僧经静,风打虚窗佛幌开。惟有南边山色在,重重依旧上高台。

东归题屋壁

尘埃归去五湖东,还是衡门一亩宫。旧业旋从征赋失,故人多逐乱离空。因悲尽室如悬磬,却拟携家学转蓬。见说武王天上梦,无情曾与傅岩通。

寓题

酒壶棋局似闲人,竹笏蓝衫老此身。托客买书重得卷,爱山移宅近为邻。鸣蛩阁上风吹病,落叶庭中月照贫。见说天池波浪阔,也应涓滴溅穷鳞。

偶题

闲补亡书见废兴,偶然前古也填膺。秦宫犹自拜张禄,楚幕不知留范增。大道岂全关历数,雄图强半属贤能。燕台财力知多少,谁筑黄金到九层。

寓题述怀

大道真风早晚还,妖讹成俗污乾坤。宣尼既没苏张起,凤鸟不来鸡雀喧。匀少可能供骥子,草多谁复访兰荪。尧廷忘却征元凯,天阙重关十二门。

将入城灵口道中作

路上长安惟咫尺,灞陵西望接秦源。依稀日下分天阙,隐映云边是国门。锦袖臂鹰河北客,青桑鸣雉渭南村。高风九万程途近,与报沧洲欲化鲲。

新屋

耳顺何为土木勤,叔孙墙屋有前闻。纵然

一世如红叶,犹得十年吟白云。性逸且图称野客,才难非敢傲明君。清甜数尺沙泉井,平与邻家昼夜分。

新葺茆堂

剪竹诛茆就水滨,静中还得保天真。只闻神鬼害盈满,不见古今争贱贫。树影便为廊庑屋,草香权当绮罗茵。阶前一片泓澄水,借与江禽活紫鳞。

耨水耕山息故林,壮图嘉话负前心。素丝鬓上分愁色,络纬床头和苦吟。笔研不才当付火,方书多诳罢烧金。同年二十八君子,游楚游秦断好音。

茆亭

鸳瓦虹梁计已疏,织茅编竹称贫居。剪平恰似山僧笠,扫静真同道者庐。秋晚卷帘看过雁,月明凭槛数跳鱼。重门公子应相笑,四壁风霜老读书。

客厅

移动松筠致客堂,净泥环堵贮荷香。衡茅只要免风雨,藻棁不须高栋梁。丰蔀仲尼明演易,作歌五子恨雕墙。燕台汉阁王侯事,青史千年播耿光。

咏写真

写得衰容似十全,闲开僧舍静时悬。瘦于南国从军日,老却东堂射策年。潭底看身宁有异,镜中引影更无偏。借将前辈真仪比,未愧金銮李谪仙。

放榜日

喧喧车马欲朝天,人探东堂榜已悬。万里便随金鷟鸞,三台仍借玉连钱。南海相公此时在京,蒙借鞍马人仆。花浮酒影彤霞烂,日照衫光瑞色鲜。十二街前楼阁上,卷帘谁不看神仙。

曲江宴日呈诸同年

鷫鹴惊与凤皇同,忽向中兴遇至公。金榜连名升碧落,紫花封敕出琼宫。天知惜日迟迟暮,春为催花旋旋红。好是慈恩题了望,白云飞尽塔连空。

渤海宾贡高元固先辈闽中相访,云本国人写得赏斩蛇剑、御沟水、人生几何赋,家一本无家字皆以金书,列为屏障,因而有赠

折桂何年下月中,闽山来问我雕虫。肯销金翠书屏上,谁把菁莪过日东。郯子昔时遭孔圣,鬻余往代讽秦宫。嗟嗟大国金门士,几个人能振素风。

偶吟

千卷长书万首诗,朝蒸藜藿暮烹葵。清时名立难皆我,晚岁途穷亦问谁。碧岸钓归惟独笑,青山耕遍亦何为。寻常抖擞怀中策,可便降他两鬓丝。

赠表弟黄校书辂一作较。昔居临溪,今居近市。入市五里。

产破身穷为学儒,我家诸表爱诗书。严陵虽说临溪隐,晏子还闻近市居。佳句丽偷红菡萏,吟窗冷落白蟾蜍。闲来共话无生理,今古悠悠事总虚。

辇下赠屯田何员外

封章频得帝咨嗟,报国唯将直破邪。身到西山书几达,官登南省鬓初华。厨非寒食还无火,菊待重阳拟泛茶。内翰好才兼好古,秋来应数到君家。员外与杨老丞翰林同年,恩义最。

赠月君山妻字月君,伏见《文选》中顾彦先亦有赠妇,因抒此咏。

出水莲花比性灵,三生尘梦一时醒。神传尊胜陀罗咒,佛授金刚般若经。懿德好书添女诫,素容堪画上银屏。鸣梭轧轧纤纤手,窗户流光织女星。

赠垂光同年

丹桂攀来十七春,如今始见茜袍新。须知红杏园中客,终作金銮殿里臣。逸少家风惟笔札,玄成世业是陶钧。他时黄阁朝元处,莫忘

同年射策人。

赠杨著 一作著作

藻丽荧煌冠士林,白华荣养有曾参。十年去里荆门改,八岁能诗相座吟。李广不侯身渐老,子山操赋恨何深。钓鱼台上频相访,共说长安泪满襟。

赠黄校书先辈璞闲居

驭一作取得骊龙第四珠,退依僧寺卜贫居。青山入眼不干禄,白发满头犹著书。东涧野香添碧沼,南园夜雨长秋蔬。月明扫石吟诗坐,讳却全无儋石储。

尚书荣拜恩命,禽疾中,辄课恶诗二首,以申攀赞

明公家凿凤皇池,弱冠封侯四海推。富贵有期天授早,关河多难敕来迟。昴星人杰当王佐,黄石仙翁识帝师。昨日诏书犹漏缺,未言商也最能诗。

东郊迎入紫泥封,此日天仙下九重。三五月明临阙泽,百千人众看王恭。旗傍绿树遥分影,马蹋浮云不见踪。借问乘轺何处客,相庭雄幕卷芙蓉。

府主仆射王抟生日 昭宗光化三年己未八月献

熊罴先兆庆垂休,天地氤氲瑞气浮。李树影笼周柱史,昴星光照汉郑侯。数钟龟鹤千年算,律正乾坤八月秋。勋业定应归鼎鼐,生灵岂独化东瓯。

献内翰杨侍郎

窗开青琐见瑶台,冷拂星辰逼上台。丹凤诏成中使取,白龙香近圣君来。欲言温署三缄口,闲赋宫词八斗才。莫拟吟云避荣贵,庙堂玉铉待盐梅。

送刘常侍

怀君何计更留连,忍送文星上碧天。杜预注通三十卷,汉皇枝绍几千年。言端信义如明月,笔下篇章似涌泉。他日有书随雁足,东溪无令访渔船。

送卢拾遗归华山

紫殿谏多防佞口,清秋假满别明君。惟忧急诏归青琐,不得经时卧白云。千载茯苓携鹤剧,一峰仙掌与僧分。门前旧客期相荐,犹望飞书及主文。

春末送陈先辈之清源

贫中惟是长年华,每羡君行自叹嗟。归日捧持明月宝,去时期刻刺桐花。春风避酒多游寺,晓骑听鸡早入衙。千乘侯王若相问,飞书与报白云家。

上卢三拾遗以言见黜

骨鲠如君道尚存,近来人事不须论。疾危必厌神明药,心惑多嫌正直言。冷眼静看真好笑,倾怀与说却为冤。因思周庙当时诫,金口三缄示后昆。

送王校书往清源

南国贤侯待德风,长途仍借九花骢。清歌早贯骊龙颔,丹桂曾攀玉兔宫。杨柳堤边梅雨熟,鹧鸪声里麦田空。吟诗台上如相问,与说蟠溪直钓翁。

岳州端午日送人游郴连

五月巴陵值积阴,送君千里客于郴。北风吹雨横梅落,西日过湖青草深。竞渡岸傍人挂锦,采芳城上女遗簪。九嶷云阔苍梧暗,与说重华旧德音。

贺清源太保王延彬

蕊珠宫里谪神仙 一作神仙谪,八载温陵万户闲。心地阔于云梦泽,官资高却太行山。姜牙兆寄熊罴内,陶侃文成掌握间。应笑清溪旧门吏,年年扶病掩柴关。

武荣江畔荫祥云 一作祥云荫,宠拜天人庆郡人。五色鹤绫花上敕,九霄龙尾道边臣。英雄达处谁言命,富贵来时自逼身。更待春风飞吉

语,紫泥分付与陶钧。

病中春日即事寄主人尚书二首

身比秋荷觉渐枯,致君经国堕前图。层冰照日犹能暖,病骨逢春却未苏。镜里白须持又长,枝头黄鸟静还呼。庾楼恩化通神圣,何计能教掷得卢?

风拍衰肌久未蠲,破窗频见月团圆。更无旧日同—作陈人问,只有多情太守怜。腊内送将三折股,岁阴分与五铢钱。玄穹若假年龄在,愿捧铜盘为国贤。

寄华山司空侍郎—作表圣二首

金阙争权竞献功,独逃征诏卧三峰。鸡群未必容于鹤,珠网何繇捕得龙。清论尽应书国史,静筹皆可息边烽。风霜落满千林木,不近青青涧底松。

非云非鹤不从容,谁敢轻量傲世踪。紫殿几征王佐业,青山未拆诏书封。闲吟每待秋空月,早起长先野寺钟。前古负材多为国,满怀经济欲何从。

寄卢端公同年仁炯。时迁都洛阳,新立幼主

上阳宫阙翠华归,百辟伤心序汉仪。昆岳有炎琼玉碎,洛川无竹凤皇饥。须簪白笔匡明主,莫许黄颔—作瓜博少师。惆怅宸居远千日,长吁空摘鬓边丝。

寄天台陈希畋

阴山冰冻尝迎夏,蛰户云雷只待春。吕望岂嫌垂钓老,西施不恨浣纱贫。坐为羽猎车中相,飞作君王掌上身。拍手相思惟大笑,我曹宁比等闲人!

寄两浙罗书记

进即湮沉退却升,钱塘风月过金陵。鸿才入贡无人换,白首从军有诏征。博簿集成时辈骂,谗书编就薄徒憎。怜君道在名长在,不到慈恩最上层。

邑宰相访,翼日有寄

渊明深念郤诜贫,踏破莓苔看甑尘。碧沼共攀红菡萏,金鞍不卸紫麒麟。残阳妒害催归客,薄酒甘尝罚主人。夜半梦醒追复想,欲长攀接有何因。

白酒两瓶送崔侍御

雪化霜融好泼醅,满壶冰冻向春开。求从白石洞中得,携向百花岩畔来。几夕露珠寒贝齿,一泓银水冷琼杯。湖边送与崔夫子,谁—作惟见嵇山尽日颓。

依韵酬常循州

早年花县拜潘郎,寻尜飞鸣出桂堂。日走—作青天长似箭,人同红树岂—作几经霜。帆分南浦知离别,驾在东州—作川更可伤。公论一麾将塞诏,且随征令过潇湘。

谢主人惠绿酒白鱼

早起雀声送喜频,白鱼芳酒寄来珍。馨香乍揭春风瓮,拨剌初辞夜雨津。樽阔最宜澄桂液,网疏殊未损霜鳞。不曾垂钓兼亲酝,堪愧金台醉饱身。

全唐诗卷七百十

徐夤

蜀

虽倚关张敌万夫,岂胜恩信作良图。能均汉祚三分业,不负荆州六尺孤。绿水有鱼贤已得,青桑如盖瑞先符。君王幸是中山后,建国如何号蜀都?

魏

伐罪书勋令不常,争教为帝与为王。十年小怨诛桓邵,一檄深雠怨孔璋。在井蛰龙如屈伏,食槽骄马忽腾骧。奸雄事过分明见,英识空怀许子将。

吴

一主参差六十年,父兄犹庆授孙权。不迎曹操真长策,终谢张昭见硕贤。建业龙盘虽可贵,武昌鱼味亦何偏。秦嬴谩作东游计,紫气黄旗岂偶然。

两晋

三世深谋启帝基,可怜孺妇与孤儿。罪归成济皇天恨,戈犯明君万古悲。巴蜀削平轻似纸,勾吴吞却美如饴。谁知高鼻能知数,竟向中原簸战旗。

宋二首

天爵休将儋石论,一身恭俭万邦尊。赌将金带惊寰海,留得耕衣诫子孙。缔构不应饶汉祖,奸雄何足数王敦。草中求活非吾事,岂窨横身向庙门。

百万人甘一掷输,玄穹惟与道相符。岂知紫殿新天子,只是丹徒旧啬夫。五色龙章身早见,六终鸿业数难逾。三年未得分明梦,却为兰陵起霸图。

陈

三惑昏昏中紫宸,万机抛却醉临春。书中

不礼隋文帝,井底常携张贵嫔。玉树歌声移入哭,金陵天子化为臣。兵戈半渡前江水,狎客犹闻争酒巡。

读史

亚父凄凉别楚营,天留三杰翼龙争。高才无主不能用,直道有时方始平。喜愠子文何颖悟,卷藏蘧瑗甚分明。须知饮啄繇天命,休问黄河早晚清。

汉宫新宠

位在嫔妃最上头,笑他长信女悲秋。日中月满可能久,花落色衰殊未忧。公主镜中争翠羽,君王袖底夺金钩。妾家兄弟知多少,恰要同时拜列侯。

开元即事

曲江真宰国中讹,寻奏渔阳忽荷戈。堂上有兵天不用,幄中无策印空多。杨国忠时兼诸使馆三十二印。一本作课印。尘惊骑透潼关锁,云护龙游渭水波。未必蛾眉能破国,千秋休恨马嵬坡。

李翰林

谪下三清列八仙,获调羹鼎侍龙颜。吟开锁闼窥天近,醉卧金銮待诏闲。旧隐不归刘备国,旋魂长寄谢公山。遗编往简应飞去,散入祥云瑞日间。

闻长安庚子岁事

羽檄交驰触冕旒,函关飞入铁兜鍪。皇王去国未为恨,寰海失君方是忧。五色大云凝蜀郡,几般妖气扑神州。唐尧纵禅乾坤位,不是重华莫谩求。

公子行

十五辕门学控弦,六街骑马去如烟。金多倍著牡丹价,发白未知章甫贤。有耳不闻经国事,拜官方买谢恩笺。相如谩说凌云赋,四壁何曾有一钱。

依韵赠严司直

曾转双蓬到玉京,宣尼恩奏乐卿名。歌残白石扣牛角,赋换黄金爱马卿。沧海二隅身渐老,太行千叠路难行。夫君才大官何小,堪恨人间事不平。

伤前翰林杨左丞一本有赞图二字

飞上鳌头待玉皇,三台遗耀换余光。人间搦管穷苍颉,地上修文待卜商。真魄肯随金石化,真风留伴蕙兰香。皇天未启升平运,不使伊皋相禹汤。

日月无情

日月无情也有情,朝升夕没照均平。虽催前代英雄死,还促后来贤圣生。三尺灵乌金借耀,一轮飞镜水饶清。凭谁筑断东溟路,龙影蝉光免运行。

新月

云际婵出娟又藏,美人肠断拜金方。姮娥一只眉先扫,织女三分镜未光。珠箔寄钩悬杳霭,白龙遗爪印穹苍。更期十五圆明夜,与破阴霾照八荒。

和尚书咏烟

无根无蒂结还融,曾触岚光彻底空。不散几知离毕雨,欲飞须待落花风。玲珑薄展蛟绡片,幂历轻含凤竹丛。琼什捧来思旧隐,扑窗穿户晓溟蒙。

宫莺

领得春光在帝家,早从深谷出烟霞。闲栖仙禁日边柳,饥啄御园天上花。睍睆只宜陪阁凤,间关多是问宫娃。可怜鹦鹉矜言语,长闭雕笼岁月赊。

鬓发

鬓添华发数茎新,罗雀门前绝故人。减食为缘疏五味,不眠非是守庚申。深园竹绿齐抽笋,古木蛇青自脱鳞。天地有炉长铸物,浊泥遗块待陶钧。

春入鲤湖
到来峭壁白云齐,载酒春游渡九溪。铁嶂有楼霾欲堕,石门无锁路还迷。湖头鲤去轰雷在,树杪猿啼落日低。回首浮生真幻梦,何如斯地傍幽栖。

双鹭
双鹭雕笼昨夜开,月明飞出立庭隈。但教绿水池塘在,自有碧天鸿雁来。清韵叫霜归岛树,素翎遗雪落渔台。何人为我追寻得,重劝溪翁酒一杯。

鹧鸪
绣仆梅兼羽翼全,楚鸡非瑞莫争先。啼归明月落边树,飞入百花深处烟。避烧几曾遗远岫,引雏时见饮晴川。荔枝初熟无人际,啄破红苞坠野田。

鹰
害物伤生性岂驯,且宜笼罩待知人。惟擒燕雀唊腥血,却笑鸾皇啄翠筠。狡兔穴多非尔识,鸣鸠胆短罚君身。豪门不读诗书者,走马平原放玩频。

蝴蝶二首
缥缈青虫脱壳微,不堪烟重雨霏霏。一枝秾艳留教住,几处春风借与飞。防患每忧鸡雀口,怜香偏绕绮罗衣。无情岂解关魂梦,莫信庄周说是非。

拂绿穿红丽日长,一生心事住春光。最嫌神女来行雨,爱伴西施去采香。风定只应攒蕊粉,夜寒长是宿花房。鸣蝉性分殊迂阔,空解三秋噪夕阳。

郡侯坐上观琉璃瓶中游鱼
宝器一泓银汉水,锦鳞才动即先知。似涵明月波宁隔,欲上轻冰律未移。薄雾罩来分咫尺,碧绡笼处较毫厘。文翁未得沉香饵,拟置金盘召左慈。

剪刀
宝持多用绣为囊,双日一作日交加两鬓霜。金匣掠平花翡翠,绿窗裁破锦鸳鸯。初裁连理枝犹短,误绾同心带不长。欲制缦袍先把看,质非纨绮愧铦铓。

纸被
文采鸳鸯罢合欢,细柔轻缀好鱼笺。一床明月盖归梦,数尺白云笼冷眼。披对劲风温胜酒,拥听寒雨暖于绵。赤眉豪客见皆笑,却问儒生直几钱。

纸帐
几笑文园四壁空,避寒深入郄藤中。误悬谢守澄江练,自宿嫦娥白兔宫。几叠玉山开洞壑,半岩春雾结房栊。针罗截锦饶君侈,争及蒙茸暖避风。

贡余秘色茶盏
捩翠融青瑞色新,陶成先得贡吾君。功剜明月染春水,轻旋薄冰盛绿云。古镜破苔当席上,嫩荷涵露别江渍。中山竹叶醅初发,多病那堪中十分。

笋鞭
筇竹岩边剔翠苔,锦江波冷洗琼瑰。累累节转苍龙骨,寸寸珠联巨蚌胎。须向广场驱骃骃,莫从闲处挞驽骀。宁同晋帝环营日,抛赚中途后骑来。

咏帘
素节轻盈珠影匀,何人巧思间成文。闲垂别殿风应度,半掩行宫麝欲薰。绣户远笼寒焰重,玉楼高挂曙光分。无情几恨黄昏月,才到如钩便堕云。

咏灯
分影由来恨不同,绿窗孤馆两何穷。荧煌短焰长疑暗,零落残花旋委空。几处隔帘愁夜雨,谁家当户怯秋风。莫言明灭无多事,曾比人生一世中。

咏扇

为发凉飙满玉常,每亲襟袖便难忘。霜浓雪暗知何在,道契时来忽自扬。曾伴一樽临小槛,几遮残日过回廊。汉宫如有秋风起,谁信班姬泪数行。

咏笔二首

秦代将军欲建功,截龙搜兔助英雄。用多谁念毛皆拔,抛却更嫌心不中。史氏只应归道直,江掩何独偶灵通。班超握管不成事,投掷翻从万里戎。

君子三归擅一名,秋豪虽细握非轻。军书羽檄教谁录,帝命王言待我成。势健岂饶洰水阵,锋铦还学历山耕。毛干时有何人润,尽把烧焚恨始平。

咏钱

多蓄多藏岂足论,有谁还议济王孙。能于祸处翻为福,解向雠农买得恩。几怪邓通难免饿,须知夷甫不曾言。朝争暮竞归何处,尽入权门与幸门。

尚书筵中咏红手帕

鹤绫三尺晓霞浓,送与东家二八容。罗带绣裙轻好系,藕丝红缕细初缝。别来拭泪遮桃脸,行去包香坠粉胸。无事把将缠皓腕,为君池上折芙蓉。

尚书新造花笺

浓染红桃二月花,只宜神笔纵龙蛇。浅澄秋水看云母,碎擘轻苔间粉霞。写赋好追陈后宠,题诗堪送窦滔家。使君即入金鸾殿,夜直无非草白麻。

钓车

荻湾渔客巧妆成,硾铸银星一点轻。抛过碧江鸂鶒岸,轧残金井辘轳声。轴磨驿角冰光滑,轮卷春丝水面平。把向严滩寻辙迹,渔台基在辗难倾。

柳

漠漠金条引线微,年年先—作光翠报春归。解笼飞霭延芳景,不逐乱花飘夕晖。啼鸟噪蝉堪怅望,舞烟摇水自因依。五株名显陶家后,见说辞荣种者稀。

愁

夜长偏觉漏声迟,往往随歌惨翠眉。黄叶落催砧杵日,子规啼破梦魂时。明妃去泣千行泪,蔡琰归梳两鬓丝。四皓入山招不得,无家归客最堪欺。

草

废苑荒阶伴绿苔,恩疏长信恨难开。姑苏糜鹿食—作应思食,楚泽王孙来—作已不来。色嫩似将蓝汁染,叶齐如把剪刀裁。燕昭没后多卿士,千载流芳郭隗台。

萤

月坠西楼夜影空,透帘穿幕达房栊。流光堪在珠玑列,为火不生榆柳中。一一照通黄卷字,轻轻化出绿芜丛。欲知应候何时节,六月初迎大暑风。

水

火性何如水性柔,西来东出几时休。莫言通海能通汉,虽解浮舟也覆舟。湘浦暮沉尧女怨,汾河秋泛汉皇愁。洪波激湍归何处,二月桃花满眼流。

苔

印留糜鹿野禽踪,岩壁渔矶几处逢。金谷晓凝花影重,章华春映柳阴浓。石桥羽客遗前迹,陈阁才人没旧容。归云扫除阶砌下,藓痕残绿一重重。

晓

水尽铜龙滴渐微,景阳钟动梦魂飞。潼关鸡唱促归骑,金殿烛残求御衣。窗下寒机犹自织,梁间栖燕欲双飞。羲和晴耸扶桑辔,借与寰瀛看早晖。

别

　　酒尽歌终问后期,泛萍浮梗不胜悲。东门匹马夜归处,南浦片帆飞去时。赋罢江淹吟更苦,诗成苏武思何迟。可怜范陆分襟后,空折梅花寄所思。

夜

　　日坠虞渊烛影开,沉沉烟雾压浮埃。剡川雪满子猷去,汉殿月生王母来。檐挂蛛丝应渐织,风吹萤火不成灰。愁人莫道何时旦,自有钟鸣漏滴催。

雨

　　引电随龙密又轻,酒杯闲噀得嘉名。千山草木如云暗,陆地波澜接海平。洒竹几添春睡重,滴檐偏遣夜愁生。阴妖冷孽成何怪,敢蔽高天日月明。

萍

　　为实随流瑞色新,泛风紫草护游鳞。密行碧水澄涵月,涩滞轻桡去采蘋。比物何名腰下剑,无根堪并镜中身。平湖春渚知何限,拨破闲投独茧纶。

恨

　　事与时违不自由,如烧如刺寸心头。乌江项籍忍归去,雁塞李陵长系留。燕国飞霜将破夏,汉宫纨扇岂禁秋。须知入骨难销处,莫比人间取次愁。

鸿

　　行如兄弟影连空,春去秋来燕不同。紫塞别当秋露白,碧山飞入暮霞红。宣王德美周诗内,苏武书传汉苑中。况解衔芦避弓箭,一声归唳楚天风。

鹤

　　阆苑瑶台岁月长,一归华表好增伤。新声乍警初零露,折羽闲飞几片霜。要伴神仙归碧落,岂随龟雁住方一作往西塘。三山顶上无人处,琼树堪巢不死乡。

鹊

　　神化难源瑞即开,雕陵毛羽出尘埃。香闺报喜行人至,碧汉填河织女回。明月解随乌绕树,青铜宁愧雀为台。琼枝翠叶庭前植,从待翩翩去又来。

霜

　　应节谁穷造化端,菊黄豺祭问应难。红窗透出鸳衾冷,白草飞时雁塞寒。露结芝兰琼屑厚,日干葵藿粉痕残。世间无比催摇落,松竹何人肯更看。

风

　　城上寒来思莫穷,土囊萍末两难同。飘成远浪江湖际,吹起暮尘京洛中。飞雪萧条残腊节,落花狼藉古行宫。春能和煦秋摇落,生杀还同造化功。

帆

　　岂劳孤棹送行舟,轻过天涯势未休。断岸晓看残月挂,远湾寒背夕阳收。川平直可追飞箭,风健还能溯急流。幸遇济川恩不浅,北溟东海更何愁。

梦

　　月落灯前闭北堂,神魂交入杳冥乡。文通毫管醒来异,武帝蘅芜觉后香。傅说已征贤可辅,周公不见恨何长。生松十八年方应,通塞人间岂合忙。

东

　　紫气天元出故关,大明先照九垓间。鳌山海上秦娥去,鲈鳜江边齐掾还。青帝郊垌平似砥,主人阶级峻如山。蟠桃树在烟涛水,解冻风高未得攀。

西

　　密云郊外已回秋,日下崦嵫景懒收。秦帝

城高坚似铁,李斯书上曲如钩。宁惟东岳凌天秀,更有长庚瞰曙流。见说山傍偏出将,犬戎降尽复何愁。

南

罩罩嘉鱼忆此方,送君前浦恨难量。火山远照苍梧郡,铜柱高标碧海乡。陆贾几时来越岛,三闾何日濯沧浪。钟仪冠带归心阻,蝴蝶飞园万草芳。

北第五句缺三字

雪满湖天日影微,李君降虏失良时。穷溟驾浪鲲鹏化,极海寄书鸿雁迟。□□□来犹未启,残兵奔去杳难追。可怜燕谷花间晚,邹律如何为一吹。

云

漠漠沉沉向夕晖,苍梧巫峡两相依。天心白日休空蔽,海上故山应自归。似盖好临千乘载,如罗堪剪六铢衣。为霖须救苍生旱,莫向西郊作雨稀。

燕

从待衔泥溅客衣,百禽灵性比他稀。何嫌何恨秋须去,无约无期春自归。雕鹗不容应不怪,栋梁相庇愿相依。吴王宫女娇相袭,合整双毛预奋飞。

蝉

寒鸣宁与众虫同,翼鬓緌冠岂道穷。壳蜕已从今日化,声愁何似去年中。朝催篱菊花开露,暮促庭槐叶坠风。从此最能惊赋客,计居何处转飞蓬。

露

鹤鸣先警雁来天,洗竹沾花处处鲜。散彩几当蝉饮际,凝光宜对蚌胎前。朝垂苑草烟犹重,夜滴宫槐月正圆。怵惕与霜同降日,蘋蘩思荐独凄然。

霞

天际何人濯锦归,偏宜残照与晨晖。流为

洞府千年酒,化作灵山几袭衣。野烧焰连殊赫奕,愁云阴隔乍依稀。劳生愿学长生术,餐尽红桃上汉飞。

蒲

濯秀盘根在碧流,紫茵含露向晴抽。编为细履随君步,织作轻帆送客愁。疏叶稍于投饵钓,密丛还碍采莲舟。鸳鸯鸂鶒多情甚,日日双双绕傍游。

泉

非凿非疏出洞门,源深流岭合还分。高成瀑布漱逋客,清入御沟朝圣君。迸滴几山穿破石,迅飞层峤喷开云。旧斋一带连松竹,明月窗前枕上闻。

烟

燎野焚林见所从,惹空横水展形容。能滋甘雨随车润,不并行云逐梦踪。晴鸟回笼嘉树薄,春亭娇幕好花浓。有时片片风吹去,海碧山清过几重。

闲

不管人间是与非,白云流水自相依。一瓢挂树傲时代,五柳种门吟落晖。江上翠娥遗佩去,岸边红袖采莲归。客星辞得汉光武,却坐东江旧藓矶。

忙

双竞龙舟疾似风,一星球子两明（一作朋）同。平吴破蜀三除里,灭楚图秦百战中。春近杜鹃啼不断,寒催归雁去何穷。兵还失路旌旗乱,惊起红尘似转蓬。

泪

发事牵情不自由,偶然惆怅即难收。已闻抱玉沾衣湿,见说迷途满目流。滴尽绮筵红烛暗,坠残妆阁晓花羞。世间何处偏留得,万点分明湘水头。

月

碧落谁分造化权,结霜凝雪作婵娟。寒蝉

^{一作蟾}若不开三穴,狡兔何从上九天?莫见团圆明处远,须看湾曲鉴时偏。郄诜树老尧蓂换,惆怅今年似去年。

全唐诗卷七百十一

徐夤

依御史一本无御史二字温飞卿华清宫二十二韵

地灵蒸水暖，天气待宸游。岳拱莲花秀，峰高玉蕊秋。朝元雕翠阁，乞巧绣琼楼。碧海供骊岭，黄金络马头。五王更入帐，七贵迭封侯。夕雨鸣鸳瓦，朝阳晔柘裘。伊皋争负鼎，舜禹让垂旒。堕珥闲应拾，遗钗醉不收。飞烟笼剑戟，残月照旌斿。履朔求衣早，临阳解佩羞。宫词裁锦段，御笔落银钩。帝里新丰县，长安旧雍州。雪衣传贝叶，蝉鬓插山榴。对景瞻瑶兔，升天驾彩虬。丹书陈北牖，玄甲摆犀牛。圣诰多屯否，生灵少怨尤。穹旻当有辅，帷幄岂无筹。风态伤红艳，鸾舆缓紫骝。树名端正在，人欲梦魂休。谶语山旁鬼，尘销陇畔丘。重来芳草恨，往事落花愁。五十年鸿业，东凭渭水流。

尚书命题瓦砚

远向端溪得，皆因郢匠成。凿山青霭断，琢石紫花轻。散墨松香起，濡毫藻句清。入台知价重，著匣恐尘生。守黑还全器，临池早著名。春闱携就处，军幕载将行。不独雄文阵，兼能助笔耕。莫嫌涓滴润，深染古今情。洗处无瑕玷，添时识满盈。兰亭如见用，敲戛有金声。

东风解冻省试

暖气飘蘋末，冻痕销水中。扇冰初觉泮，吹海旋成空。入律三春照，朝宗万里通。岸分天影阔，色照日光融。波起轻摇绿，鳞游乍跃红。殷勤排弱羽，飞翥趁和风。

和仆射二十四丈牡丹八韵

帝王城里看，无故亦无新。忍摘都缘借，移栽未有因。光阴嫌太促，开落一何频。羞杀登墙女，饶将解佩人。蕊堪灵凤啄，香许白龙亲。素练笼霞晓,红妆带脸春。莫辞终夕醉,易老少年身。买取归天上,宁教逐世尘。

钓丝竹

蘘蘘拂清流,堪维舴艋舟。野虫悬作饵,溪月曲为钩。雨润摇阶长,风吹绕指柔。若将诸树比,还使绿杨羞。蚕妇非尧女,渔人是子猷。湖边旧栽处,长映读书楼。

尚书会仙亭咏蔷薇,禽坐中联四韵。晚归补缉所联,因成一篇

结绿根株翡翠茎,句芒中夜刺猩猩。景阳妆赴严钟出,楚峡神教暮雨晴。蹀躞岂能同日语,玫瑰方可一时呈。风吹嫩带香苞展,露洒啼思泪点轻。阿母蕊宫期索去,昭君榆塞阙赍行。丛高恐碍含泥燕,架隐宜栖报曙莺。斗日只忧烧密叶,映阶疑欲让双旌。含烟散缬佳人惜,落地遗钿少妓争。丹渥不因输绣段,钱圆谁把买花声。海棠若要分流品,秋菊春兰两恰平。

和尚书咏泉山瀑布十二韵

名齐火浣溢山椒,谁把惊虹挂一条。天外倚来秋水刃,海心飞上白龙绡。民田凿断云根引,僧圃穿通竹影浇。喷石似烟轻漠漠,溅崖如雨冷潇潇。水中蚕绪缠苍壁,日里虹精挂降霄。寒潄绿阴仙桂老,碎流红艳野桃夭。千寻练写长年在,六出花开夏日消。急恐划分青嶂骨,久应褫裂翠微腰。濯缨便可讥渔父,洗耳还宜傲帝尧。林际猿猱偏得饭,岸边乌鹊拟为桥。赤城未到诗先寄,庐阜曾游梦已遥。数夜积霖声更远,郡楼欹枕听良宵。

自咏十韵

只合沧洲钓与耕,忽依萤烛愧功成。未游宦路叨卑宦,才到名场得大名。梁苑二年陪众客,温陵十载佐双旌。钱财尽是侯王惠,骨肉偕承里巷荣。拙赋偏闻携印卖,恶诗亲见画图呈。使宅行禽回文八体诗图两面,庚午秋使楼赴宴亲见,每一倒翻读八韵也。多栽桃李期春色,阔凿池塘许

月明。寒益轻裯饶美寝,出乘车马免徒行。粗支菽粟防饥歉,薄有杯盘备送迎。增俗共邻栖隐乐,妻孥同爱水云清。如今便死还甘分,莫更嫌他白发生。

镜中览怀 一本无怀字。一作览镜书怀

晨起梳头忽自悲,镜中亲见数茎丝。从今休说龙泉剑,世上恩雠报已迟。

楚国史

六国商於恨最多,良弓休韬剑休磨。君王不剪如簧舌,再得张仪欲奈何。

张仪

荆楚南来又北归,分明舌在不应违。怀王本是无心者,笼得苍蝇却放飞。

蔷薇

朝露洒时如濯锦,晚风飘处似遗钿。重门剩著黄金锁,莫被飞琼摘上天。

大夫松

五树旌封许岁寒,挽柯攀叶也无端。争如涧底凌霜节,不受秦皇乱世 一作号此官。

杏园

杏苑箫声好醉乡,春风嘉宴更无双。凭谁为谑穆天子,莫把瑶池并曲江。

蕉叶

绿绮新裁织女机,摆风摇日影离披。只应青帝行春罢,闲倚东墙卓翠旗。

路旁草

楚甸秦原万里平,谁教根向路傍生。轻蹄绣毂长相蹋,合是荣时不得荣。

读汉纪

布衣空手取中原,劲卒雄师不足论。楚国八千秦百万,豁开胸臆一时吞。

李夫人二首

不望金舆到锦帷,人间乐极即须悲。若言

要识愁中貌,也似君思日日衰。

　　招得香魂爵少翁,九华灯烛晓还空。汉王一作皇不及吴王乐,且与西施死处同。

明妃
　　不用牵心恨画工,帝家无策及边戎。香魂若得升明月,夜夜还应照汉宫。

马嵬
　　二一作三百年来事远闻,从龙谁一作唯解尽如云。张均兄弟皆何在,却是杨妃死报君。

依韵赠南安方处士五首
　　七贵五侯生肯退,利尘名网死当抛。黔娄寂寞严陵卧,借问何人与结交?

　　休把羸蹄蹋霜雪,书成何处献君王。嵩山好与浮丘约,三十六峰云外乡。

　　百万僧中一作众不为僧,比君知道仅谁能。无家寄泊南安县,六月门前也似冰。

　　两鬓当春却似秋,僻居夸近野僧楼。落花明月皆临水,明月不流花自流。

　　晋楚忙忙起战尘,龚黄门外有高人。一畦云薤三株竹,席上先生未是贫。

依韵答黄校书
　　慈恩雁塔参差榜,杏苑莺花次第游。白日有愁犹可散,青山高卧况无愁。

伤进士谢庭皓大顺中以词赋著名,与寅不相上下,时号锦绣帷
　　献书犹未达明君,何事先游岱岳云。惟有春风护冤魄,与生青草盖孤坟。

闻司空侍郎讣音
　　园绮生虽逢汉室,巢由死不谒尧阶。八征

不起。夫君殁去何人葬,合取夷齐隐处埋。

偶题二首
　　买骨须求骐骥骨,爱毛宜采凤皇毛。驽骀燕雀堪何用,仍向人前价例一作数高。

　　赋就长安振大名,斩蛇功与乐天争。归来延寿溪头坐,终日无人问一声。

猿
　　宿有乔林饮有溪,生来踪迹远尘泥。不知心更愁何事,每向深山夜夜啼。

追和贾浪仙古镜
　　谁开黄帝桥山冢,明月飞光出九泉。狼藉藓痕磨不尽,黑云残点污秋天。

蝴蝶三首
　　不并难飞茧里蛾,有花芳处定一作即经过。天风相送轻飘去,却笑蜘蛛谩织罗。

　　苒苒双双拂画栏,佳人偷一作欲眼再三看。莫欺翼短飞长近,试就花间扑一作捉已一作也难。

　　栩栩无因系得他,野园荒径一何多。不闻丝竹谁教舞,应仗一作伏流莺为唱歌。

新刺袜
　　素手春溪罢浣纱,巧裁明月半弯斜。齐宫合赠东昏宠,好步黄金菡萏花。

寄华山司空侍郎
　　山掌林中第一人,鹤书时或问眠云。莫言疏野全无事,明月清风肯放君。

初夏戏题
　　长养薰风拂晓吹,渐开荷芰落蔷薇。青虫也学庄周梦,化作南园蛱蝶飞。

全唐诗卷七百十二

钱珝

钱珝,字瑞文,吏部尚书徽之子。善文词。宰相王溥荐知制诰,进中书舍人,后贬抚州司马。有《舟中录》二十卷,今编诗一卷。

客舍寓怀

洒洒滩声晚霁时,客亭风袖半披垂。野云行止谁相待,明月襟怀只自知。无伴偶吟溪上路,有花偷笑腊前枝。牵情景物潜惆怅,忽似伤春远别离。

送王郎中

惜别远相送,却成惆怅多。独归回首处,争那暮山何。

江行无题一百首

《统签》云:旧作钱起诗。今考诗系迁谪途中杂咏,起无谪宦事,而珝自中书谪抚州。其《舟中集》序云:"秋八月,从襄阳浮江而行。"诗中岘山、沔、武昌、匡庐、鄱湖、浔阳诸地,经途所历,一一吻合。而秋半九日,尤为左验,其为珝诗无疑。蔡宽夫《诗话》云:"江行百首,钱蒙仲得之他本,因以传世,元非起集之旧。"宋人语更可据。今与起集并存。

倾酒向涟漪,乘流欲去时。寸心同尺璧,投此报冯夷。

江曲全萦楚,云飞半自秦。岘山回首望,如别故乡—作关人。往年累登岘亭。

浦烟含—作函夜色—作寒夜永,冷日转秋旻。自有沈碑在—作石,清光不照人。

楚岸云空合,楚城人不来。只今谁善舞,莫恨废章—作发阳台。

行背青山郭,吟当白露秋。风流无屈宋,空咏古荆州。

晚来渔父喜,网—作罾重欲收迟。恐有长江使,金钱愿赎龟。

去指龙沙路,徒悬象阙—作魏心。夜凉无

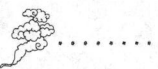

远梦,不为偶闻砧。

雾云疏有叶,雨浪细无花—作声。稳放扁舟去,江天自有涯—作程。

好日当—作长秋半,层波动旅肠。已行千里外,谁与共秋光?

润色非东里,官曹更—作吏建章。宦游难自定,来唤棹船郎。

夜江清未晓,徒惜月光—作先沉。不是因行乐,堪伤老大心。

翳日多乔木,维舟取束薪。静听江叟语,尽—作俱是厌兵人。

箭漏日初短,汀烟草未—作木衰。雨余—作微虽更绿,不是采蘋时。

山雨—作水夜来涨,喜鱼—作雨跳满江。岸沙平欲尽,垂蓼入船窗。

渚边新雁下,舟上独凄凉。俱是南来客,怜君缀一行。

云密连江暗,风斜著物鸣。一杯真战将,笑尔作愁兵。

柳拂斜开—作阳路,篱边数户村。可能还有意,不掩向江门。

不识相如—作桓公渴,徒吟子美诗。江清惟独看,心外更—作有谁知。

牵路沿—作缘江狭,沙崩岸不平。尽知行处险,谁肯载时轻。

憔悴异灵均,非谗作逐臣。如逢渔父问,未是独醒人。

水含秋夜静,云带夕阳高。诗癖非吾病,何妨吮短毫。

带—作登舟维—作非古岸,还似阻西陵。箕伯无多怒,回头讵不能。

秋云久无雨,江燕社犹飞。却笑舟中客,今年未得归。

帆翅初张处,云鹏怒翼同。莫愁千里路,自有到来风。

佳节虽逢菊,浮生正似—作是萍。故山何处望,荒岸小长亭。

月下江流静,村荒人语稀。鸳鸯虽有伴,仍—作乃共影双飞。

斗转月未落,舟行夜已深。有村知不远,风便数声砧。

棹惊沙鸟迅,飞溅夕阳波。不顾鱼多处,应防一目罗。

行到楚江岸,苍茫人正迷。只如秦塞远,格磔鹧鸪啼。

渐觉江天远,难逢故国书。可能无往事,空食鼎中鱼。

岸草连荒色,村声乐稔年。晚晴贪—作初获稻,闲却采菱—作莲船。

滩浅多—作争游鹭,江清易见鱼。怪来吟未足,秋物欠红蕖。

蛩响依沙草,萤飞透水烟。夜凉谁咏史,空泊运租船。

睡稳叶舟轻,风微浪不惊。人居—作任君芦苇岸,终夜动秋声。

自念—作守平生意,曾期一郡符。可—作岂知因谪宦,斑鬓入江湖。

水天凉夜月,不是少—作惜清光。好景—作物随人物—作秘,秦淮忆建康。

古来多思客,摇落恨江潭。今日秋风至,萧疏过—作独沔南。

映竹疑村好,穿芦觉渚幽。渐安无旷土,姜芋当农收。

烟渚复烟渚,画屏休—作还画屏。引愁天末去,数点暮山青。

秋风动客心,寂寂不成吟。飞上危樯立,莺啼报好音—作啼鸟不知音。

见底高秋水,开怀万里天。旅吟还有伴,沙柳数枝蝉。

九日自佳节,扁舟无一杯。曹园旧樽酒,戏马忆高台。

兵火有余烬,贫村才数家。无人争晓渡,残月下寒沙。

渚禽菱芡足,不向稻粱争。静宿凉湾月,应无失侣声。

轻云未扑—作护霜,树杪橘初黄。行—作信是知名物,过风过水香。

土旷深耕少,江平远钓多。平生皆弃本,金革竟如何。

海月非常物,等闲不可寻。披沙应有地,浅处定无金。

风晚冷飕飕,芦花已白头。旧来红叶寺,堪忆玉京秋。

渺渺望天涯,清涟浸赤霞。难逢星汉使,乌鹊日乘槎。

风好来无阵,云开—作闲去有踪。钓歌无远近,应喜罢艨艟。

吴疆连楚甸,楚俗异吴乡。谩把樽中物,无人啄蟹黄—作匡。

岸绿野烟远,江红斜照微。撑开小渔艇,应到月明归。

雨余江始涨,漾漾见流薪。曾叹河—作沟中木,斯言忆古人。

垂露—作坠晚犹浓—作露坠日犹红,清—作秋风—作花不易逢。涉江虽已晚,高树搴—作攀芙蓉。

乘—作叶舟维夏口,烟野独行时。不见头陀寺,空怀幼妇碑。

晚泊武昌岸,津亭疏柳风。数株曾手植,好事忆陶公。

舟航依浦定,星斗满江寒。若比—作此阴霾日,何妨—作方夜未阑。

近成离金落,孤岑望火门。惟将知命意,潇洒向乾坤。

丛菊生堤上,此花长后时。有人还采掇,何必在—作及春期。

景夕—作景残霞落,秋寒细雨晴。短缨何用濯,舟在月中行。

堤—作垠坏漏—作满江水,地圻成野塘。晚荷人不折,留取—作此作秋香。

左—作失宦终何路,摅怀亦自宽。襞笺嘲白鹭,无意喻枭鸾。

楼空人不归,云白去时衣。黄鹤无心下,长应笑令威。

白帝朝惊浪,阳台暮映云。等闲生险易,世路只如君。

橹—作芦慢生轻浪,帆虚带白云。客船虽狭小,容得瘦—作庾将军。晋冠军将军柳遐免官,桓温怪其瘦,答云:"不能不恨于破甑。"

静看秋江水,风微浪渐平。人间驰竞处,尘土自波成。

风借—作劲帆方疾,风回棹却迟。较量人世事,不校一毫厘。

咫尺愁风雨,匡庐不可登。只疑云—作香雾窟,犹有六朝僧。

江草何多思,冬青尚满洲。谁能惊鹏鸟,作赋为沙鸥。

幸有烟波兴,宁辞笔砚劳。缘情无怨刺,却似反离骚。

沙上独行时,高吟—作吟情到楚词。难将垂岸蓼,盈—作应把当江蓠。

秋寒鹰隼健,逐雀下云空。知是江湖客—作阔,无心击塞鸿。

幽怀念烟水,长恨隔龙沙。今日滕王阁,分明见落霞。

江流何渺渺，怀古独依依。渔父非贤者，芦中但有矶。

风雨正甘寝，云霓忽晓晴。放歌虽—作须自遣，一岁又峥嵘。

幽思正迟迟，沙边濯弄时。自怜非博物，犹未识凫葵。

曾有烟波客，能歌西塞山。落花惟待月，一钓紫菱湾。

千顷水纹细，一拳岚影孤。君山寒树绿，曾过洞庭湖。

光阔重湖水，低斜远雁行。未曾无兴咏，多谢沉东阳。

晚菊绕江垒，忽如开古屏。莫言时节过，白日有余馨。

日落长亭晚，山门步障青。可怜无酒分，处处—作更觊有旗亭—作星。

远岸无行树，经霜有伴—作半红。停船搜—作披好句，题叶赠江枫。

身世比行舟，无风亦暂休。敢言终破浪，惟愿稳乘流。

数亩苍苔石，烟蒙鹤卵洲。定因词客遇—作过，名字始风流。

兴闲停桂楫，路好过松门。不负佳山水，还开酒一樽。

短楫休敲桂，孤根自驻萍。自怜非剑气，空向斗牛星。

高浪如银屋，江风一发时。笔端降太白，才大语终奇。

细竹渔家路，晴阳看结罾。喜来邀客坐，分与折腰菱。

平湖五百里，江水想通波。不奈扁舟去，其如决计何。

数逢—作峰云断处，去岸映高山。身到章江日，应犹—作犹应未得闲。

一湾斜照水，三版顺风船。未敢相邀钓，劳生只自怜。

江雨正霏微，江村晚渡稀。何曾妨钓艇，更待得鱼归。

新野旧楼名，浔阳胜赏情。照人长一色，江月共凄清。

愿饮西江水，那吟北渚愁。莫教留滞迹，远比蔡昭侯。

湖口分江水，东流独有情。常—作当时好风物，谁伴谢—作为伴宣城？

浔阳江畔菊，应似古来秋。为问幽栖客，吟时得酒不？

高峰有佳号，千尺倚寒风—作松。若使炉烟在，犹应为上公。

万木已清霜，江边村事忙。故溪黄稻熟，一夜梦—作瓮中香。

楚水苦萦回，征帆落又开。可缘非直路，却有好风来。

远谪岁时晏，暮江风雨寒。仍愁系舟处，惊梦近长滩。

春恨三首

负罪将军在北朝，秦淮芳草绿迢迢。高台爱妾魂销尽，始得丘迟为一招。

久戍临洮报未归，箧香销尽别时衣。身轻愿比兰阶蝶—作叶，万里还寻塞草飞。

永巷频闻小苑游，旧恩如泪亦难收。君前愿报新颜色，团扇须防白露秋。

蜀国偶题

忽忆明皇西幸时，暗伤潜恨竟谁知。佩兰应语宫臣道，莫向金盘进荔枝。

未展芭蕉

冷烛无烟绿蜡干，芳心犹卷怯春寒。一缄书札藏何事，会被东风暗拆看。

同程九早入中书一作钱起诗

汉家贤相重英奇,蟠木何材也见知。不意云霄能自致,空惊鹓鹭忽相随。腊雪初明柏子殿,春光欲上万年枝。独惭皇鉴明如日,未厌春一作萤光向玉墀。

全唐诗卷七百十三

喻坦之

喻坦之,与许棠、张乔、郑谷、张蠙等同时,号十哲。诗一卷。

陈情献中丞

孤拙竟何营,徒希折桂名。始终谁肯荐,得失自难明。贡乏雄文献,归无瘠土耕。沧江长发梦,紫陌久惭行。意纵求知切,才惟惧鉴精。五言非琢玉,十载看迁莺。取进心甘钝,伤嗟骨每惊。尘襟痕积泪,客鬓白新茎。顾盼身堪教,吹嘘羽觉生。依门情转切,荷德力须倾。奖善犹怜贡,垂恩必不轻。从兹便提挈,云路自生荣。

长安雪后

碧落云收尽,天涯雪霁时。草开当井地,树折带巢枝。野渡滋寒麦,高泉涨禁池。遥分丹阙出,迥对上林宜。宿片攀檐取,凝花就砌窥。气凌禽翅束,冻入马蹄危。北想连沙漠,南思极海涯。冷光兼素彩,向暮朔风吹。

送友人游东川

食尽须分散,将行几愿留。春兼三月闰,人拟半年游。风俗同吴地,山川拥梓州。思君登栈道,猿啸始应愁。

题樟亭驿楼

危槛倚山城,风帆槛外行。日生沧海赤,潮落浙江清。秋晚遥峰出,沙干细草平。西陵烟树色,长见伍员情。

大梁送友人东游

自古东西路,舟车此地分。河声梁苑夜,草色楚田曛。雁已多南去,蝉犹在此闻。圣朝无谏猎,何计谒明君。

送友人游蜀

为儒早得名,为客不忧程。春尽离丹阙,花繁到锦城。雪消巴水涨,日上剑关明。预想回来树,秋蝉已数声。

留别友人书斋

相见不相瞋,一留日已西。轩凉庭木大,巷僻鸟巢低。背俗修琴谱,思家话药畦。卜邻期太华,同上上方梯。

题耿处士林亭

身向闲中老,生涯本豁然。草堂山水下,渔艇鸟花边。窥井猿兼鹿,啼林鸟杂蝉。何时人事了,依此亦高眠。

商于逢友人

行役何时了,年年骨肉分。春风来汉棹,雪路入商云。水险溪难定,林寒鸟异群。相逢聊坐石,啼狖语中闻。

灞上逢故人

花落杏园枝,驱车问路岐。人情谁可会,身事自堪疑。岳雨狂雷送,溪槎涨水吹。家山如此景,几处不相随。

发浙江

岛屿遍含烟,烟中济大川。山城犹转漏,沙浦已摇船。海曙霞浮日,江遥水合天。此时空阔思,翻想涉穷边。

晚泊盱眙

广苇夹深流,萧萧到海秋。宿船横月浦,惊鸟绕霜洲。云湿淮南树,筱清泗水楼。徒悬乡国思,羁迹尚东游。

归江南

归日值江春,看花过楚津。草晴虫网遍,沙晓浪痕新。莲叶初浮水,鸥雏已狎人。渔心惭未遂,空厌路岐尘。

代北言怀

困马榆关北,那堪落景催。路行沙不绝,风与雪兼来。草得春犹白,鸿侵夏始回。行人莫远入,戍角有余哀。

春游曲江

误入杏花尘,晴江一看春。菰蒲虽似越,骨肉且非秦。曲岸藏翘鹭,垂杨拂跃鳞。徒怜汀草色,未是醉眠人。

和范秘书宿省中作

清省宜寒夜,仙才称独吟。钟来宫转漏,月过阁移阴。鹤避灯前尽,芸高幄外深。想知因此兴,暂动忆山心。

寄华阴姚少府

泰华当公署,为官兴可知。砚和青霭冻,帘对白云垂。峻掌光浮日,危莲影入池。料于三考内,应惜德音移。

晚泊富春寄友人

江钟寒夕微,江鸟望巢飞。木落山成出,潮生海棹归。独吟霜岛月,谁寄雪天衣。此别三千里,关西信更稀。

全唐诗卷七百十四

崔道融

崔道融,荆州人,以征辟为永嘉令,累官右补阙。避地入闽。《申唐诗》三卷,《东浮集》九卷,今编诗一卷。

梅花

数萼初含雪,孤标画本难。香中别有韵,清极不知寒。横笛和愁听,斜枝倚病看。朔风如解意,容易莫摧残。

铜雀妓二首

严妆垂玉箸,妙舞对清风。无复君王顾,春来起渐慵。

歌咽新翻曲,香销旧赐衣。陵园春〔一作风〕雨暗,不见六龙归。

春闺二首

寒食月明雨,落花香满泥。佳人持锦字,无雁寄辽西。

欲剪宜春字,春寒入剪刀。辽阳在何处,莫望寄征袍。

访僧不遇

寻僧已寂寞,林下锁山房。松竹虽无语,牵衣借晚凉。

田上

雨足高田白,披蓑半夜耕。人牛力俱尽,东方殊未明。

月夕

月上随人意,人闲月更清。朱楼高百尺,不见到天明。

槿花

槿花不见夕,一日一回新。东风吹桃李,须到明年春。

西施滩
　　宰嚭亡吴国,西施陷恶名。浣纱春水急,似有不平声。

江上逢故人
　　故里琴樽侣,相逢近腊梅。江村买一醉,破泪却成咍。

牧竖
　　牧竖持蓑笠,逢人气傲然。卧牛吹短笛,耕却傍溪田。

过农家
　　欲羡农家子,秋新看刈禾。苏秦无负郭,六印又如何。

江夕
　　江心秋月白,起柂信潮行。蛟龙化为人,半夜吹笛声。

春墅
　　蛙声近过社,农事忽已忙。邻妇饷田归,不见百花芳。

江村
　　日暮片帆落,江村如有情。独对沙上月,满船人睡声。

拟乐府子夜四时歌四首
　　吴子爱桃李,月色不到地。明朝欲看花,六宫人不睡。

　　凉轩待月生,暗里萤飞出。低回不称意,蛙鸣乱清瑟。

　　月色明如昼,虫声入户多。狂夫自不归,满地无天河。

　　银缸照残梦,零泪沾粉臆。洞房犹自寒,何况关山北。

寄人二首
　　花上断续雨,江头来去风。相思春欲尽,未遣酒尊空。

　　澹澹长江水,悠悠远客情。落花相与恨,到地一无声。

江鸥
　　白鸟波上栖,见人懒飞起。为有求鱼心,不是恋江水。

春晚
　　三月寒食时,日色浓于酒。落尽墙头花,莺声隔原柳。

汉宫词
　　独诏胡衣出,天花落殿堂。他人不敢妒,垂泪向君王。

旅行
　　少壮经勤苦,衰年始浪游。谁怜不龟手,他处却封侯。

班婕妤
　　宠极辞同辇,恩深弃后宫。自题秋扇后,不敢怨春风。

元日有题
　　十载元正酒,相欢意转深。自量麋鹿分,只合在山林。

古树
　　古树春风入,阳和力太迟。莫言生意尽,更引万年枝。

春题二首
　　青春未得意,见花却如雠。路逢白面郎,醉插花满头。

　　满眼桃李花,愁人如不见。别有惜花人,东风莫吹散。

长安春
　　长安牡丹开,绣毂辗晴雷。若使花长在,人应看不回。

病起二首

病起春已晚,曳筇伤绿苔。强攀庭树枝,唤作花未开。

病起绕庭除,春泥粘屐齿。如从万里来,骨肉满面喜。

峡路

清猿啼不住,白水下来新。八月莫为客,夜长愁杀人。

长门怨

长门春欲尽,明月照花枝。买得相如赋,君恩不可移。

月夕有怀

圆光照一海,远客在孤舟。相忆无期见,中宵独上楼。

夜泊九江

夜泊江门外,欢声月里一作下楼。明朝归去路,犹隔洞庭秋。

寒食夜

满地梨花白,风吹碎月明。大家寒食夜,独贮望乡情。

归燕

海燕频来去,西人独滞留。天边又相送,肠断故园秋。

长安春

珠箔映高柳,美人红袖垂。忽闻半天语,不见上楼时。

銮驾东回

两川花捧御衣香,万岁山呼辇路长。天子还从马嵬过,别无惆怅似明皇。

钓鱼

闲钓江鱼不钓名,瓦瓯斟酒暮山青。醉头倒向芦花里,却笑无端犯客星。

西施

苎萝山下如花女,占得姑苏台上春。一笑不能忘敌国,五湖何处有功臣。

马嵬

万乘凄凉蜀路归,眼前朱翠与心违。重华不是风流主,湘水犹传泣二妃。

羯鼓

华清宫里打撩声,供奉丝簧束手听。寂寞銮舆斜谷里,是谁翻得雨淋铃?

寄李左司 一本下有五季在台四字

柏台兰省共清风,鸣玉朝联夜被同。肯信人间有兄弟,一生长在别离中。

梅

溪上寒梅初满枝,夜来霜月透芳菲。清光寂寞思无尽,应待琴尊与解围。

天台陈逸人

绝粒空山秋复春,欲看沧海化成尘。近抛三井更深去,不怕虎狼唯怕人。

雪窦禅师

雪窦峰前一派悬,雪窦五月无炎天。客尘半日洗欲尽,师到白头林下禅。

溪上遇雨二首

回塘雨脚如缲丝,野禽不起沉鱼飞。耕蓑钓笠取未暇,秋田有望从淋漓。

坐看黑云衔猛雨,喷洒前山此独晴。忽惊云雨在头上,却是山前晚照明。

长门怨

长门花泣一枝春,争奈君恩别处新。错把黄金买词赋,相如自是薄情人。

秋夕

自怜三十未西游,傍水寻山过却秋。一夜雨声多少事,不思量一作也尽到心头。

过隆中
　　玄德苍黄起卧龙,鼎分天下一言中。可怜蜀国关张后,不见商量徐庶功。

关下
　　百二山河壮帝畿,关门何事更开迟。应从漏却田文后,每度闻鸡不免疑。

寒食客中有怀
　　江上闻莺禁火时,百花开尽柳依依。故园兄弟别来久,应到清明犹望归。

溪夜
　　积雪消来溪水宽,满楼明月碎琅玕。渔人抛得钓筒尽,却放轻舟下急滩。

山居卧疾,广利大师见访
　　桐谷孙枝已上弦,野人犹卧白云边。九天飞锡应相诮,三到行朝二十年。

村墅
　　正月二月村墅闲,余粮未乏人心宽。南邻雨中揭屋笑,酒熟数家来相看。

悲李拾遗二首
　　故友从来匪石心,谏多难得主恩深。行朝半夜烟尘起,晓殿吁嗟一镜沉。

　　天涯时有北来尘,因话它人及故人。也是先皇能罪己,殿前频得触龙鳞。

题《李将军传》
　　猿臂将军去似飞,弯弓在步虏无遗。汉文自与封侯得,何必伤嗟不遇时。

酒醒
　　酒醒拨剔残灰火,多少凄凉在此中。炉畔自斟还自醉,打窗深夜雪兼风。

郊居友人相访
　　柴门深掩古城秋,背郭缘溪一径幽。不有小园新竹色,君来那肯暂淹留。

镜湖雪霁贻方干
　　天外晓岚和雪望,月中归棹带冰行。相逢半醉吟诗苦,应抵寒猿袅树声。

秋霁
　　雨霁长空荡涤清,远山初出未知名。夜来江上如钩月,时有惊鱼掷浪声。

谢朱常侍寄贶蜀茶、剡纸二首
　　瑟瑟香尘瑟瑟泉,惊风骤雨起炉烟。一瓯解却山中醉,便觉身轻欲上天。

　　百幅轻明雪未融,薛家凡纸漫深红。不应点染闲言语,留记将军盖世功。

读杜紫微集
　　紫微才调复知兵,长觉风雷笔下生。还在枉抛心力处,多于五柳赋闲情。

寓题
　　海上乘查便合仙,若无仙骨未如船。人间亦有支机石,虚被声名到洞天。

寓吟集
　　陶集篇篇皆有酒,崔诗句句不无杯。醉来已共身安约,让却诗人作酒魁。

溪居即事
　　篱外谁家不系船,春风吹入钓鱼湾。小童疑是有村客,急向柴门去却关。

鸡
　　买得晨鸡共鸡语,常时不用等闲鸣。深山月黑风雨夜,欲近晓天啼一声。

献浙东柳大夫
　　属城甘雨几经春,圣主全分付越人。俗眼不知青琐贵,江头争看碧油新。

杨柳枝词
　　雾捻烟搓一索春,年年长似染来新。应须唤作风流线,系得东西南北人。

楚怀王

宫花一朵掌中开,缓急翻为敌国媒。六里江山天下笑,张仪容易去还来。

对早梅寄友人二首

忆得前年君寄诗,海边三见早梅词。与君犹是海边客,又见早梅花发时。

忆得去年有遗恨,花前未醉到无花。清芳一夜月通白,先脱寒衣送酒家。

句

万里一点白,长空鸟不飞。《边庭雪》,见《诗格》。

如今却羡相如富,犹有人间四壁居。见杨万里《诗话》。

全唐诗卷七百十五

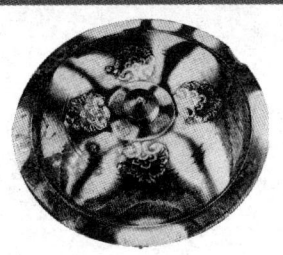

卢延让

卢延让,字子善,范阳人。光化九年进士第,朗陵雷满辟从事。满败,归王建,授水部员外郎,累迁给事中,终刑部侍郎。诗一卷,今存十首。

苦吟

莫话诗中事,诗中难更无。吟安一个字,捻断数茎须。险觅天应闷,狂搜海亦枯。不同文赋易,为著者之乎。

雪

瑞雪落纷华,随风一向斜。地平铺作月,天迥撒成花。客满烧烟舍,牛牵卖炭车。吾皇忧挟纩,犹自问君家。

松寺

山寺取凉当夏夜,共僧蹲坐石阶前。两三条电欲为雨,七八个星犹在天。衣汗稍停床上扇,茶香时拨涧中泉。通宵听论莲华义,不藉松窗一觉眠。

赠僧

浮世浮华一断空,偶抛烦恼到莲宫。高僧解语牙无水,老鹤能飞骨有风。野色吟余生竹外,山阴坐久入池中。禅师莫问求名苦,滋味过于食蓼虫。

逢友人赴阙

正当天下待雍熙,丹诏征来早为迟。倚马才高犹爱艺,问牛心在肯容私。吏开黄阁排班处,民拥青门看入时。却笑郡人留不得,感恩唯拟立生祠。

哭李郢端公

军门半掩槐花宅,每过犹闻哭临声。北固暴亡兼在路,东都权葬未归茔。渐穷老仆慵看马,著惨佳人暗理筝。诗侣酒徒消散尽,一场春梦越王城。

谢杨尚书惠樱桃

满合虚红怕动摇,尚书知重赐樱桃。揉蓝尚带新鲜叶,泼血犹残旧折条。万颗真珠轻触破,一团甘露软含消。春来老病尤珍荷,并食中肠似火烧。

寒食日戏赠李侍御

十二街如市,红尘咽不开。洒蹄骢马汗,没处看花来。

樊川寒食二首

寒食权豪尽出行,一川如画雨初晴。谁家络络游春盛,担入花间轧轧声。

鞍马和花总是尘,歌声处处有佳人。五陵年少粗于事,栲栳量金买断春。

句

只讹些子缘,应耗没多光。《八月十六夜》。

臂鹰健卒悬毡帽,骑马佳人卷画衫。《送周太保赴浙西》。

每过私第邀看鹤,长著公裳送上驴。《寄友》。

名纸毛生五门下,家僮骨立六街中。《旅舍言怀》。

云间闹铎骡驼至,雪里残骸虎拽来。《蜀路》。

树上咨诹批颊鸟,窗间壁驳叩头虫。《冬夜》。

莫欺零落残牙齿,曾吃红绫饼餤来。

渡水蹇驴双耳直,避风羸仆一肩高。《雪》。

高据襄阳播盛名,问人人道是诗星。《吊孟浩然》。以上并见《海录碎事》。

凉雨打低残菌苔,急风吹散小蜻蜓。见《锦绣万花谷》。

裴皞

裴皞,字司东,河东人。光化中进士第,历事梁、唐、晋,官至尚书左仆射。诗一首。

示门生马侍郎胤孙

宦途最重是文衡,天与愚夫著盛名。三主礼闱年八十,门生门下见门生。

王希羽 一作王羽

王希羽,池州人。天复元年登进士第,授秘书省正字。后与杨夔、康骈客于田颢。诗一卷,今存一首。

赠杜荀鹤

金榜晓悬生世日,玉书潜记上升时。九华山色高千尺,未必高于第八枝。

柯崇 一作宗

柯崇,闽人。天复元年进士第,授太子校书。诗二首。

宫怨二首

尘满金炉不炷香,黄昏独自立重廊。笙歌何处承恩宠,一一随风入上阳。

长门槐柳半萧疏,玉辇沉思恨有余。红泪渐消倾国态,黄金谁为达相如。

刘象

刘象,京兆人。天复元年登第。诗十首。

早春池亭独游三首

春意送残腊,春晴融小洲。蒲茸才簇岸,柳颊已遮楼。便有杯觞兴,可据羁旅愁。凫鹥亦相狎,尽日戏清流。

清流环绿篆,清景媚虹桥。莺刷初迁羽,莎拳拟拆苗。细沙擢暖岸,淑景动和飙。倍忆同袍侣,相欢倒一瓢。

一瓢欢自足,一日兴偏多。幽意人先赏,疏丛蝶未过。知音新句苦,窥沼醉颜酡。万虑从相拟,今朝欲奈何。

鹭鸶

洁白孤高生不同,顶丝清软冷摇风。窥鱼翘立荷香里,慕侣低翻柳影中。几日下巢辞紫阁,多时凝目向晴空。摩霄志在潜修羽,会接鸾凤别苇丛。

春夜二首

几处兵戈阻路岐,忆山心切与山违。时难何处披怀抱,日日日斜空醉归。

一别杜陵归未期,只凭魂梦接亲知。近来欲睡兼难睡,夜夜夜深闻子规。

晓登迎春阁

未栉凭栏眺锦城,烟笼万井二江明。香风满阁花盈户一作满树,树树树梢啼晓莺。

咏仙掌

万古亭亭倚碧霄,不成擎亦不成招。何如掬取天一作莲池水,洒向人间救旱苗。

鄴中感旧

顷年曾住此中来,今日重游事可哀。忆得几家欢宴处,家家家业尽成灰。

白髭

到处逢人求至药,几回染了又成丝。素丝易染髭难染,墨翟当时合泣髭。

沈颜

沈颜,字可铸,吴郡人。天复初登进士第,授校书郎。入吴,仕至翰林学士、知制诰。《陵阳集》五卷,今存诗二首。

题县令范传真化洽亭

前有浅山,屹然如屏。后有卑岭,缭然如城。跨池左右,足以建亭。斯亭何名,化洽而成。

书怀寄友人

江湖劳遍寻,只自长愁襟。到处慵开口,何人可话心。登楼得句远,望月抒情深。却忆山斋后,猿声相伴吟。

杨凝式

杨凝式,字景度,宰相涉之子。昭宗朝登进士第,历事唐、晋、汉、周,官至太子太保。诗三首。

题壁

院似禅心静,花如觉性圆。自然知了义,争肯学神仙。

赠张全义

洛阳风景实堪哀,昔日曾为瓦子堆。不是我公重葺理,至今犹是一堆灰。

题怀素酒狂帖后

十年挥素学临池,始识王公学卫非。草圣未须因酒发,笔端应解化龙飞。

句

押引蝗虫到洛京,合消郡守远相迎。《归洛寄尹张从恩,时蝗适至》

到此今经三纪春。《洛阳》,并见《纪闻》。

李琪

李琪,字台秀,敦煌人。昭宗时举进士,累官殿中侍御史。入梁,为翰林学士。末帝时,拜门下平章事。唐明宗朝,位至太子少傅。集十卷,今存诗二首。

奉试诏用拓拔思恭为京北收复都统一作闻诏作

飞骑经巴栈,鸿恩及夏台。将从天上去,人自日边来。此处金门远,何时玉辇回。早平关右贼,莫待诏书催。

题广爱寺楞伽山

善高天外远,方丈海中遥。自有山神护,应无劫火烧。坏文侵古壁,飞剑出寒霄。何似苍苍色,严妆十七朝。

句

哀痛不下诏,登封谁上书。《僖宗幸蜀咏》。

刘崇龟

刘崇龟,滑州人。擢进士第。大顺中,终清海军节度、岭南东道观察使。诗一首。

寄桂帅

碧幢仁施合洪钧,桂树林前倍得春。莫恋此时好风景,磻溪不是钓渔人。

刘崇鲁

刘崇鲁,字郊文,崇龟弟也。擢进士第。景福中,官水部郎中、知制诰。坐崔昭纬党,贬崖州司户,诗一首。

席上吟

南行忽见李深之,手舞如萤令不疑。任有风流兼蕴藉,天生不似郑都知。

孙定

孙定,字志元,涪州大戎之族子。景福中应举无成。诗一首。

寄孙储 一作下第醉中寄储

行行血泪洒尘襟,事逐东流渭水深。秋跨蹇驴风尚紧,静投孤店日初沉。一枝犹挂东堂梦,千里空驰北巷心。明月悲歌又前去,满城烟树噪春禽。

许昼

许昼,睢阳人。天复四年及第。诗二首。

江南行

江南萧洒地,本自与君宜。固节还同我,虚心欲待谁? 涧泉傍借响,山木共含滋。粉腻虫难篆,丛疏鸟易窥。尽应逢野渡,中忽见村祠。叶扫秋空静,根横古堑危。影迷寒霭里,声出夜风时。客棹深深过,人家远远移。游边曾结念,到此数题诗。莫恨成龙晚,成龙会有期。

中秋月

应是蟾宫别有情,每逢秋半倍澄清。清光不向此中见,白发争教何处生。闲地占将真可惜,幽窗分得始为明。殷勤好长来年桂,莫遣平人道不平。

薛准

薛准,员外郎。天复中卒。诗一首。

临终诗

旧国深恩不易酬,又离继母出他州。谁知天怒无因息,积愧终身乞速休。

裴谐

裴谐,说之昆季也。天祐三年登第,终桂岭摄令。诗一首。

观修处士画桃花图歌

一从天宝王维死,于今始遇修夫子。能向鲛绡四幅中,丹青暗与春争工。勾芒若见应羞杀,晕绿匀红渐分别。堪怜彩笔似东风,一朵一枝随手发。燕支乍湿如含露,引得娇莺痴不去。多少游蜂尽日飞,看遍花心求入处。工夫妙丽实奇绝,似对韶光好时节。偏宜留著待深冬,铺向楼前殢霜雪。

句

风回山火断,朝落岸冰高。《湘江吟》。

名终埋不得,骨任朽何妨。《经杜甫坟》,见《诗话总归》。

全唐诗卷七百十六

曹松

曹松,字梦征,舒州人。学贾岛为诗,久困名场。至天复初,杜德祥主文,放松及王希羽、刘象、柯崇、郑希颜等及第,年皆七十余,时号五老榜。授秘书省正字。集三卷,今编诗二卷。

长安春日

浩浩看花晨,六街扬远尘。尘中一丈日,谁是晏眠人?御柳舞—作垂着水,野莺啼破春。徒云多失意,一作还楚计,又作还楚客。犹自惜离秦。

慈恩寺贻楚霄上人

在秦生楚思,波浪接禅关。塔碍高林鸟,窗开—作藏白日山。树阴移草上,岸色透庭—作林间。入—作楼内谈经彻,空携讲疏还。

崇义里言怀

马蹄京洛岐,复此少闲时。老积沧洲梦,秋乖白阁期。平生五字句,一夕满头丝。把向侯门去,侯门未可知。

僧院松

此木韵弥全,秋霄学瑟弦。空知百余尺,未定几多年。古甲磨云拆,孤根捉—作把地坚。何当抛—作拖一干,作盖道场前。

贻世

富者非义取,朴风争肯还。红尘不待晓,白首有谁间。浅度四溟水,平看诸国山。只消年作劫,俱到总无间。

南游

直到—作道南箕下,方谙涨海头。君恩过铜柱,戎节限交州。犀占花阴卧,波冲瘴色流。远夷非—作君不乐,自是北人愁。

送胡一作王中丞使日东

辞天理玉簪,指日使鸡林。犹有中华恋,方同积浪深。张帆度鲸口,衔命见臣心。渥泽遐宣后,归期抵万金。

哭陈陶处士

园里先生冢,鸟啼春更伤。空余八封树,尚对一茅堂。白日埋杜甫,皇天无未阳。如何稽古力,报答甚茫茫。

言怀

冥心坐似痴,寝食亦如遗。为觅出人句,只求当路知。岂能穷到老,未信达无时。此道须天付,三光幸不私。

月

寥寥天地内一作外,夜魄爽何轻。频见此轮满,即应华发生。不圆争得破,才正又须倾。人事还如此一作相似,因知一作何倚伏情。

答匡山僧赠榔栗杖

栗杖出匡顶,百中无一枝。虽因野僧得,犹畏岳神知。画月冷光在,指云秋片移。宜留引蹇步,他日访峨嵋。

商山夜闻泉

泻月声不断,坐来心益闲。无人知落处,万木冷空山。远忆云容外,幽疑石缝间。那辞通曙听,明日一作月度蓝关。

书怀

默默守吾道,望荣来替愁。吟诗应有罪,当路却如雠。陆海倪难溺,九霄争便休。敢言名誉出,天未白吾头。

道中第四句缺二字

出门嗟世路,何日朴风归。是处太行险,□□应解飞。主人厚薄礼,客子新故衣。所以浇浮态,多令行者违。

夏云

势能成岳屼,顷刻长崔嵬。暝鸟飞不到,野风吹得开。一天分万态,立地看忘回。欲结暑宵雨,先闻江上雷。

塞上行

上将拥黄须,安西逐指呼。离乡俱少壮,到碛减肌肤。风雪夜防塞,腥膻朝系胡。为君一作军乐战死,谁喜作征夫。

晨起

晓色教不睡,卷帘清气中。林残数枝月,发冷一梳风。并鸟含一作闻钟语,欹荷隔雾空。莫疑一作徒营白日,道路本无穷。

感世

触目尽如幻,幻中能几时?愁来舍行乐,事去莫吞悲。白发不由己,黄金留待谁?耕烟得铭志,翻为古人思。

观华夷图

落笔胜缩地,展图当晏宁。中华属贵分,远裔占何星。分寸辨诸岳,斗升观四溟。长疑未到处,一一似曾经。

山中寒夜呈进士许棠

山寒一作中草堂暖,寂夜有良朋。读易分高烛,煎茶取折冰。庭垂河半角,窗露月微棱。俱入论一作诗心地,争无俗者憎。

滕王阁春日晚眺

凌春帝子阁,偶眺日移西。浪势平花坞,帆阴上柳堤。凝岚藏宿翼,叠鼓碎归蹄。只此长吟咏,因高思不迷。

钟陵野步

冈扉聊自启,信步出波边。野火风吹阔,春冰鹤啄穿。渚樯齐驿树,山鸟入公田。未创孤云势,空思白阁年。

哭胡处士

故人江阁在,重到事悠悠。无尔向潭上,为吾倾瓮头。空余赤枫叶,堕落钓鱼舟。疑是冲虚去,不为天地囚。

青龙寺赠云颢法师

紫檀衣且香，春殿日尤长。此地开新讲，何山锁旧房。僧名喧北阙，师—作祖印续南方。莫惜青莲喻，秦人听未忘。

荐福寺赠应制白公—作栖白太师

才子—作著紫檀衣，明君宠顾时。讲升高座懒，书答重臣迟。瓶势倾圆顶，刀声落碎髭。还闻穿内去，随驾进新诗。

观山寺僧穿井

云僧凿山井，寒碧在中庭。况是分岩眼，同来下石瓶。旁痕终变藓，圆影即澄星。异夜天龙蛰，应闻说叶经。

送德光—作辉禅师重礼石霜长者

天涯缘事了，又造石霜微。不以千峰险，唯将独影归。有为嫌假佛，无境是真机。到后流沙锡，何时更有飞？

赠南陵李主簿

外邑官同隐，宁劳短吏—作使趋。看云情自足，爱酒逸应无。簟席弹—作遗棋子，衣裳惹印朱。仍闻陂水近，亦拟掉菰蒲。

慈恩寺东楼

寺楼凉出竹，非与曲江赊。野火—作水流穿苑，秦山叠入巴。风梢—作客离众叶，岸角积虚沙。此地钟声近，令人思未—作海涯。

古冢

代远已难问，累累次古城。民田侵不尽，客路踏还平。作穴蛇分蛰，依冈鹿绕行。唯应风雨夕，鬼火出林明。

访山友

一径通高屋，重云翳两原。山寒初宿顶，泉落未知根。急雨洗荒壁，惊风开静门。听君吟废夜，苦却建—作见溪猿。

林下书怀寄建州李频员外

一从诸事懒，海上迹宜沉。吾道不当路，鄙人甘入林。云垂方觅鹤，月湿始收琴。水石南州好，谁陪刻骨吟？

猿

曾宿三巴路，今来不愿听。云根啼片白，峰顶掷尖青。护果憎禽啄，栖霜觑叶零。唯应卧岚客，怜尔傍岩扃。

秋日送方干游上元

天高淮泗白，料子趋修程。汲水疑山动，扬帆觉岸行。云离—作迷京口树，雁—作岸入石头城。后夜分遥念，诸峰霜露—作月雾，又作雾露生。

哭李频员外 时在建川

山麓临建水，下世在公堂。苦集休开箧，清资罢转郎。瘴中无子奠，岭外一妻孀。定—作恐是浮香—作岭骨，东归就故乡。

山中言事

岚霭润窗棂，吟诗得冷症。教餐有效药，多愧独行僧。云湿煎茶火，冰封汲井绳。片扉深著掩，经国自无能。

送左协律京西从事

辟书来几日，遂喜—作遂意就嘉招。犹向风沙浅，非于—作千甸服遥。时平无探骑，秋静见盘雕。若遣关中使，烦君问寂寥。

望九华寄池阳太守

造华峰峰异，宜教岳德谦。灵踪载籍古，怪刃刺云尖。盘礴陵阳壮，孤标建邺瞻。霁余堪洗目，青山谢家檐。

上广州支使王拾遗

明时应不谏，天幕称仙才。聘入关中去，人从帝侧来。诗窗盛岛屿，檄盾照风雷。几度陪旄节，营巡海色回。

题僧松禅—作题僧院松

空山涧畔枯松树，禅老堂头甲乙身。一作老对禅堂鳞甲身。传是昔朝僧种著，下头应有茯苓神。

赠华阴李明府
佩墨县兼清,约关西近城。三峰岂不重,厚地戴犹轻。雪篆欹难直,风泉喷易横。须知高枕外,长是劝民耕。

送人庭鹤第三句缺一字
度岁休笼闭,身轻好羽仪。白云□是伴,沧海得因谁。唳起遗残食,盘余在迥枝。条风频雨去,只恐更相随。

信州闻通寺题僧砌下泉
细声从峤足—作落,幽淡浸香墀。此境未开日,何人初见时。耗痕延黑藓,净罅吐微渐。应有乔梢鹤,下来当饮之。

山中
此地似商岭,云霞空往还。衰条难定鸟,缺月易依山。野色耕不尽,溪容钓自闲。分因多卧退,百计少相关。

寄崇圣寺僧—作关山寄诗赠清越
不醉长安—作秦中酒,冥心只似师。望山吟过日,伴鹤立多时。沟远流声细,林寒绿色迟。庵西萝月夕,重约语—作得话空期。

金陵道中寄
忍苦待知音,无时省废吟。始为分路客,莫问向隅心。峤翠藏幽瀑,枝风下晓禽。忆君秋欲尽,马上秣陵砧。

都门送许棠东归—作送进士张乔
旧客东归远,长安诗少朋。去愁分碛雁,行计逐乡僧。华岳无时雪,黄—作伊河漫处冰。知辞国门路,片席认西—作巴陵。

送进士喻坦之游太原
北鄙征难尽,诗愁满去程。废巢侵烧—作晓色,荒—作孤冢入锄声。逗野河流浊,离云碛日—作月明。并州戎—作戍垒地—作暮,角动引风生。

九江暮春书事
杨柳城—作春初锁,轮蹄息去踪—作归愁不记重。春流无旧岸,夜色失诸峰。影动渔边火,声迟话—作语后钟。明朝回去雁,谁向北郊逢。

再到洪州望西山松常栖此山
洪州向西顾,不忍暂忘君。记得瀑泉落,省同幽鸟闻。一回经雨雹,长有剩风云。未定却栖息,前头江海分。

与胡汾坐月期贯休上人不至
扫庭秋漏滴,接话贵忘眠。静夜人相语,低枝鸟暗迁。星围南极定,月照断河连。后会花宫子,应开石上禅。

赠胡处士
年光离岳色,带疾卧南原。白日与无事,俗人嗔闭门。樵鱼临片—作岸水,野鹿入荒园。莫问荣华事,清霜点发根。

钤山写怀
天涯兵火后,风景畏临门。骨肉到时节,团圆因梦魂。池塘萦水眼,岭峤结花根。耳纵听歌吹,中心不可论。

书翠岩寺壁
何年话尊宿,瞻礼此堂中。入郭非无路,归林自学空。溅瓶云峤水,逆—作迸磬雪川风。时说南庐事,知师用意同。

江西题东湖第二句缺二字,第四句缺一字
凿出江湖思,凉多□□间。无风触微浪,半日□秋山。客袖沙光满,船窗荻影闲。时人见黄绶,应笑狎鸥还。

题湖南岳麓寺
海云山上寺,每到每开襟。万木长不住,细泉听更深。蜩沾高雨断,鸟遇夕岚沉。此地良宵月,秋怀隔楚砧。

赠衡山縻明府
为县潇湘水,门前树配苔。晚吟公籍少,

春醉积林开。涤砚松香起,擎茶岳影来。任官当此境,更莫梦天台。

塞上

边寒来所一作处阔,今日复明朝。河凌去声坚通马,胡一作朝云缺见雕。砂中程独泣,乡外隐谁招？回首若一作苦经岁,灵州生一作在柳条。

送邵安石及第一作先辈归连州觐省

及第兼归觐,宜忘涉驿劳。青云重一作具庆少,白日一飞高。转楚闻啼犹,临湘见叠涛。海一作连阳沉饮罢一作遍,何地佐旌旄？

边上送友人归宁

乡路穿京过一作口,宁心去少同。日斜寻阔碛,春尽逐归鸿。独树河声外,凝笳塞色中。怜君到此处,却背老莱风。

除夜

残腊即又尽,一作旧历不足卷。东风应渐一作还坐闻。一宵犹几许一作刻,两岁欲平分。燎暗一作腊尽倾时斗,春通绽处芬一作云。明朝遥捧一作把酒,先合祝尧一作吾君。

题甘露寺

香一作禅门接巨垒一作壑,画角间清钟。北固一何峭,西僧多此一作未逢。天垂无际海,云白久晴峰。旦暮然灯外,涛头振蛰龙。

贻住山僧

罢讲巡岩坞,无穷得野情。腊高犹伴鹿,夏满不归城。云朵缘崖发,峰阴截水清。自然双洗耳,唯任白毫生。

题鹤鸣泉

仙鹤曾鸣处,泉兼半井苔。直峰抛影入,片月泻光来。潋滟侵颜冷,深沉慰眼开。何因值舟一作丹顶,满汲石瓶回。

吊贾岛二首

先生不折桂,谪去抱何冤？已葬离燕骨,难招入剑魂。旅坟低却草,稚子哭胜猿。冥寞如搜句,宜邀贺监论。

青旆低寒水,清笳出晓风。鸟来伤贾傅,马立葬滕公。松柏青山上,城池白日中。一朝今古隔,惟有月明同。此首本集不载,见《唐诗类苑》。

忆江西一作南并悼亡友

前心奈兵阻,悔作豫章分。芳草未归日,故人多是坟。帆行出岫雨,马践过江云。此地一樽酒,当时皆以文。

全唐诗卷七百十七

曹松

九江送方干归镜湖

一樯悬五两,此日动归风。客路抛溢口,家林入镜中。谭余云出峤,咏苦月欹空。更若看鸦鹊一作游支岛,何人夜坐同。

庐山访贾匡

西城疾病日,此地少寻君。古迹春犹在,遥泉夜尽闻。片时三处雨,九叠几重云。到者皆忘寐,神精与俗分。

顾少府池上一作顾少府池亭苇

池上分行种,公庭觉少尘。根离潮水岸,韵爽判曹人。正午回鱼影,方昏息鹭身。无时不动咏,沧岛思方频。

喜友人归上元别业

一樯千里外,隐者兴宜孤。落日长边海,秋风满故都。掩关苔色老,盘径叶声枯。匡岳来时过,迟回绝顶无。

曲江暮春雪霁

霁动江池色,春残一去游。孤风生马足,槐雪滴人头。北阙尘未起,南山青欲流。如何多别地,却得醉汀洲。

立春日

春饮一作日一杯酒,便吟春日诗。木梢寒未觉,地脉暖先知。鸟哢星沉后,山分雪薄时。赏心无处说,怅望曲江池。一作宁无剪花手,赠与最芳枝。

宿溪僧院

少年云溪里,禅心夜更闲。剪茶留静者,靠月坐苍山。露白钟寻定,萤多户未关。嵩阳大一作有石室,何日译经还?

石头怀古

日月出又没,台城空白云。虽宽百姓土,

渐缺六朝坟。禾黍是亡国,山河归圣君。松声骤雨足,几寺晚钟闻。

浙右赠陆处士

静节灌园余,得非成隐居。长当庚子日,独拜五经书。白浪吹亡国,秋霜洗太虚。门前是京口,身外不营储。

哭胡处士

丘中久不起,将谓诏书来。及见凌云说,方知掩夜台。白衣归北路,玄造亦遗才。世上亡君后,诗声更大哉。

赠余干袁明府

一雨西城色—作城邑,陶家心自清。山衔中郭分,云卷下湖程。公署闻流木,人烟入废城。难忘楚尽处,新有越吟生。

赠雷乡张明府

任官征战后,度日寄闲身。封卷还高客,飞书问野人。废田教种谷,生路遣寻薪。若起柴桑兴,无先洒酒巾。

岳阳晚泊

轻帆下阔流,便泊此沙洲。湖影撼山朵,日阳烧野愁。白波争起倒,青屿或沉浮。是际船中望,东南仞仞—作万里秋。

览春榜喜孙鄂成名

门外报春榜,喜—作羡君天子知。旧愁浑似雪,见日总消时。塔下牡丹气,江头杨柳丝。风光若有分,无处不相宜。

己亥岁二首僖宗广明元年

泽国江山入战图,生民何计乐樵苏—作渔。凭君莫话封侯事,一将功成万骨枯。

传闻—作波间一战百神愁,两岸强兵过未休。谁道沧江总无事,近来长共血争流。

乱后入洪州西山

寂寂阴溪水漱苔,尘中将得苦吟来。东峰道士如相问,县令—作尉而今不姓梅。

送僧入庐山

若到江州二林寺,遍游应未出云霞。庐山瀑布三千仞,画破青霄始落斜。

送僧入蜀过夏

师言结夏入巴峰,云水回头几万—作凡重。五月峨眉须近火,木皮领重—作岭里只如冬。

江西逢僧省文

闽地高僧楚地逢,僧游蛮锡挂垂松。白云逸性都无定,才出双峰爱五峰。

高僧不负雪峰期,却伴青霞入翠微。百—作七叶岩前霜欲降,九枝松上鹤初归。风生碧涧鱼龙跃,威—作锡振金楼燕雀飞。想得白莲花上月,满山犹带旧光辉。

水精念珠

等量红缕贯晶荧,尽道匀圆别未胜。凿断玉潭盈尺水,琢成金地两条冰。轮时只恐星侵佛,挂处常疑露滴僧。几度夜深寻不著,琉璃为殿月为灯。

南海旅次

忆归休上越王台,归思临高不易裁。为客正当—作逢无雁处,故园谁道有书来。城头早角吹霜尽,郭里残潮荡—作带月回。心似百花开未得,年年争发—作向被春催。

春草

不独满池塘,梦中佳句香。春风有余力,引上古城墙。

金谷园

当年歌舞时,不说草离离。今日歌舞尽,满园秋露垂。

夏日东斋

三庚到秋伏,偶来松槛立。热少清风多,开门放山人。

南朝
三篱—作离离盖驰道,风烈一无取。时见牧牛童,嗔牛吃禾黍。

言怀
出山不得意,谒帝值戈铤。岂料为文日,翻成用武年。

寒食日题杜鹃花
一朵又一朵,并开寒食时。谁家不禁火,总在此花枝。

钟陵寒食日郊外闲游
可怜时节足风情,杏子粥香如冷饧。无奈春风输旧火,遍教人唤作山樱。

中秋对月
无云世界秋三五,共看蟾盘上海涯。直到天头天尽处,不曾私照一人家。

陪湖南李中丞宴隐溪璋
竹林啼鸟不知休—作秋,罗列飞桥水乱流。触—作飘散柳丝回玉勒,约开莲叶上兰舟。酒边旧侣真何逊,云—作歌里新声是莫愁。若值主人嫌昼短,应陪秉烛夜深游。

别湖上主人
门系钓舟云满岸,借君幽致坐移旬。湖村夜叫白芦雁,菱市晓喧深浦人。远水日边重作雪,寒林烧后别生春。不辞更住醒还醉,太一东峰归梦频。

赠广宣大师
忆昔同游紫阁云,别来三十二回春。白头相见双林下,犹是清朝未退人。

钟陵寒食日与同年裴颜李先辈、郑校书郊外闲游
寒节钟陵香骑随,同年相命楚江湄。云间影过秋千女,地上声喧蹴踘儿。何处寄烟归草色,谁家送火在花枝。银瓶冷酒皆倾尽,半卧垂杨自不知。

江外除夜
千门庭燎照楼台,总为年光急急催。半夜腊因风卷去,五更春被角吹来。宁无好鸟思花发,应有游鱼待冻开。不是多岐渐平稳,谁能呼酒祝昭回。

七夕
牛女相期七夕秋,相逢俱喜鹊横流。彤—作寒云缥缈回金辂,明月婵娟挂玉钩。燕—作翠羽儿曾添别恨,花容终不更含羞。更残便是分襟处,晓箭东来—作南射翠楼。

罗浮山下书逸人壁
海上亭台山下烟,买时幽邃不争钱。莫言白日催华发,自有丹砂驻少年。渔钓未归深竹里,琴壶犹恋落花边。可中更践无人境,知是罗浮第几天?

天台瀑布
万仞得名云瀑布,远看如织挂天台。休疑宝尺难量度,直恐金刀易剪裁。喷向林梢成夏雪,倾来石上作春雷。欲知便是银河水,堕落人间合却回。

桂江
未识佳人寻桂水,水云先解傍壶觞。笋林次第添斑竹,雏鸟参差护锦囊。南中有锦囊鸟。乳洞此时连越井,石楼何日到仙乡。如飞似堕皆青壁,画手不强元化强。

南海
倾腾界汉沃诸蛮,立望何如—作如何画此看。无地不同方觉远,共天无别始知宽。文鲵隔雾朝含碧,老蚌凌波夜吐丹。万状千形皆得意,长鲸独自转身难。

洞庭湖
东西南北各连空,波上唯留小朵峰。长与岳阳翻鼓角,不离云梦转鱼龙。吸回日月过千

顷，铺尽星河剩一重。直到劫余还作陆，是时应有羽人逢。

霍山在龙川县

七千七百七十丈，丈丈藤萝势入天。未必展来空似翅，不妨开去也成莲。一作西土文殊曾印迹，大中皇帝旧参禅。月将河汉分岩转，僧与龙蛇共窟眠。直是画工须阁笔，况无名画可流传。

巫峡

巫山苍翠峡一作夹通津，下有仙宫楚女真。不逐彩云归碧落，却为暮雨扑行人。年年旧事音容在，日日谁家梦想频。应是荆山留不住，至今犹得睹芳尘。

送陈樵校书归泉州

巨塔列名题，诗心亦罕齐。除官京下阙，乞假海门西。别席侵残漏，归程避战鼙。关遥秦雁断，家近瘴云低。候马春风馆，迎船晓月溪。帝京须早入，莫被刺桐迷。

赠镜湖处士方干二首

包含教化剩搜罗，句出东瓯奈峭何。世路不妨平处少，才人唯是屈声多。云来岛上便幽石，月到湖心忌白波。后辈难为措机杼，先生织字得龙梭。

只拟应星眠越绝，唯将丽什当高勋。磨砻清浊人难会，织络虚无帝亦闻。鸟道未知山足雨，渔家已没镜中云。他时莫为三征起，门外沙鸥解笑君。

拜访陆处士

万卷书边人半白，再来惟恐降玄纁。性灵比鹤争多少，气力登山较几分。吟鬓渐无前度漆，寝衣犹有昨宵云。将知谷口耕烟者，低视齐梁楚赵君。

岭南道中

百花成实未成归，未必归心与志违。但有壶觞资逸咏，尽交风景入清机。半川阴雾藏高木，一道晴蜺杂落晖。游子马前芳草合，鹧鸪啼歇又南飞。

春日自吴门之阳羡道中书事

胜异恣游应未遍，路岐犹去几时还。浪花湖阔虹蜺断，柳线村深鸟雀闲。千室绮罗浮画楫，两州丝竹会茶山。眼前便是神仙事，何必须言洞府间。

将入关行次湘阴

背顾秦城在何处，图书作伴过湘东。神鸦乱噪黄陵近，候雁斜沉梦泽空。打桨天连晴水白，烧田云隔夜山红。也知渐老岩栖稳，争奈文闱有至公。

题昭州山寺常寂上人水阁

常寂常居常寂里，年年月月是空空。阶前未放岩根断，屋下长教海眼通。本为人来寻佛窟，不期行处踏龙宫。他时忆著堪图画，一朵云山二水中。

广州贻匡绪法师

口宣微密不思议，不是除贪即诫痴。只待外方缘了日，争看内殿诏来时。周回海树侵阶疾，迢递江潮应井迟。必竟懒过高坐寺，未能全让法云师。

赠道人

住山因以福为庭，便向山中隐姓名。阆苑驾将雕羽去，洞天赢得绿毛生。日边肠胃餐霞火，月里肌肤饮露英。顾我从来断浮浊，拟驱鸡犬上三清。

送乞雨禅师临遇南游

活得枯樵耕者知，巡方又欲向天涯。珠穿闽国菩提子，杖把灵峰柳栗枝。春藓任封降虎石，夜雷从傍养龙池。生缘在地南浮去，自此孤云不可期。

南海陪郑司空游荔园

荔枝时节出旌旟，南国名园尽兴游。乱结罗纹照襟袖，别含琼露爽咽喉。叶中新火欺寒食,树上丹砂胜锦州。他日为霖不将去,也须图画取风流。

李郎中林亭

只向砌边流野水,樽前上下看鱼儿。笋蹊已长过人竹,藤径从添拂面丝。若许白猿垂近户,即无红果压低枝。大才必拟逍遥去,更遣何人佐盛时!

夜饮

良宵公子宴兰堂,浓麝薰人兽吐香。云带金龙衔画烛,星罗银凤泻琼浆。满屏珠树开春景,一曲歌声绕翠梁。席上未知帘幕晓,青娥低语指东方。

驸马宅宴罢

粉墙残月照宫祠,宴阕银瓶一半欹。学语莺儿飞未稳,放身斜坠绿杨枝。

吊建州李员外

铭旌归故里,猿鸟亦凄然。已葬桐江月,空回建水船。客传为郡日,僧说读书年。恐有吟魂在,深山古木边。

吊李翰林

李白虽然成异物,逸名犹与万方传。昔朝曾侍玄宗侧,大夜应归贺监边。山木易高迷故垄,国风长在见遗篇。投金渚畔春杨柳,自此何人系酒船?

山中

要路豪家非往还,岩门先有不曾关。众心惟恐地无剩,吾意亦忧天惜闲。白练曳泉窗下石,绛罗垂果枕前山。樵夫岂解营生业,贵欲自安麋鹿间。

山寺引泉

劈碎琅玕意有余,细泉高引入香厨。山僧未肯言根本,莫是银一作秋河漏泄无?

友人池上咏芦 第五句缺一字

秋声谁种得,萧瑟在池栏。叶涩栖蝉稳,丛疏宿鹭难。敛烟且下□,飐吹省先寒。此物生苍岛,令人忆钓竿。

商山

垂白商於原下住,儿孙共死一身忙。木弓未得长离手,犹与官家射麝香。

荆南道中

十月荒郊雪气催,依稀愁色认阳台。游秦分系三条烛,出楚心殊一寸灰。高柳莫遮寒月落,空桑不放夜风回。如何住在猿声里,却被蝉吟引下来。

武德殿朝退望九衢春色

玉殿朝初退,天街一看春。南山初过雨,北阙净无尘。夹道夭桃满,连沟御柳新。苏舒同舜泽,煦妪并尧仁。佳气浮轩盖,和风袭缙绅。自兹怜万物,同入发生辰。

吊北邙

山下望山上,夕阳看一作明又曛。无人医白发,少地著新坟。岁代殊相远,贤愚旋不分。东归聊一吊,乱木倚寒云。

及第敕下,宴中献坐主杜侍郎

得召丘墙泪却频,若无公道也无因。门前送敕朱衣吏,席上衔杯碧落人。半夜笙歌教泥一作洗月,平明桃杏放烧春。南山虽有归溪路,争那酬恩未杀身。

梢云

殊质资灵贶,陵空发瑞云。梢梢含树影一作彩,郁郁动霞文。不比因风起,全非触石分。叶光闲泛滟,枝彩静氤氲。隐见心无宰,裴回庆自君。翻飞如可托,长愿在横汾。

白角簟

角簟工夫已到头,夏来全占满床秋。若言保惜归华屋,只合封题寄列侯。学卷晓冰长怕绽,解铺寒水不教流。蒲桃锦是潇湘底,曾得王孙价倍酬。

碧角簟

细皮重叠织霜纹,滑腻铺床胜锦茵。八尺碧天无点翳,一方青玉绝纤尘。蝇行只恐烟粘足,客卧浑疑水浸身。五月不教炎气入,满堂秋色冷龙鳞。

滕王阁春日晚望

凌春帝子阁,偶眺日移西。浪势平花坞,帆阴上柳堤。

句

追游若遇三清乐,行从应妨一日春。李肇

《国史补》云:曲江大会,先牒教坊,请奏上御紫云楼观焉。时或拟作乐,则为之移日,故曹松诗云云。

石脉水流泉滴沙,鬼灯然点松柏花。《吟窗杂录》。

鹿眠荒圃寒芜白,鸦噪残阳败叶飞。《锦绣万花谷》。

华岳影寒清露掌,海门风急白潮头。《升庵外集》。

全唐诗卷七百十八

苏拯

苏拯,光化中人。诗一卷。

颂鲁并序

昔谓孔宣父绝粮于陈蔡,历国七十二,不遇其一君,咸云命不通也。愚谓圣人删诗定礼,出没行藏,承天之意,非由命焉。不然,《论语》不曰:"天之未丧斯文也,匡人其如予何?"又曰:"下学而上达,知我者其天乎!"以斯明矣。因得为颂鲁章,凡十四句。

天推鲁仲尼,周游布典坟。游遍七十国,不令遇一君。一国如一遇,单车不转轮。良由至化力,为国不为身。礼乐行未足,遭回厄于陈。礼乐今有馀,衮旒当圣人。伤哉绝粮议,千载误云云。

医人

古人医在心,心正药自真。今人医在手,手滥药不神。我愿天地炉,多衔扁鹊身。遍行君臣药,先从冻馁均。自然六合内,少闻贫病人。

西施

吴王从骄佚,天产西施出。岂徒伐一人,所希救群物。良由上天意,恶盈戒奢侈。不独破吴国,不独生越水。在周名褒姒,在纣名妲己。变化本多涂,生杀亦如此。君王政不修,立地生西子。

金谷园

积金累作山,山高小于址。栽花比绿珠,花落还相似。徒有敌国富,不能买东市。徒有绝世容,不能楼上死。只此上高楼,何如在平地。

巫山

昔时亦云雨,今时亦云雨。自是荒淫多,梦得巫山女。从来圣明君,可听妖魅语。只今峰上云,徒自生容与。

贾客
长帆挂短舟，所愿疾如箭。得丧一惊飘，生死无良贱。不谓天不祐，自是人苟患。尝言海利深，利深不如浅。

狡兔行
秋来无骨肥，鹰犬遍原野。草中三穴无处藏，何况平田无穴者。

长城
嬴氏设防胡，烝沙筑冤垒。蒙公取勋名，岂算生民死。运畚力不禁，碎身砂碛里。黔黎欲半空，长城春未已。皇天潜鼓怒，力化一女子。遂使万雉崩，不尽数行泪。自古进身者，本非陷物致。当时文德修，不到三世地。

织妇女
伊余尽少女，一种饰蟾首。徒能事机杼，与之作歌舞。歌舞片时间，黄金翻袖取。只看舞者乐，岂念织者苦。感此尝忆古人言，一妇不织天下寒。

古塞下
百战已休兵，寒云愁未歇。血染长城沙，马踏征人骨。早得用蛾眉，免陷边戍卒。始知髦头星，不在弯弓没。

水旱祷
祷祈勿告天，酒浆勿浇地。阴阳和也无妖气，阴阳愆期乃人致。病生心腹不自医，古屋澄潭何一作有神祟。

邹律
邹律暖燕谷，青史徒编录。人心不变迁，空吹闲草木。世患有三惑，尔律莫能抑。边苦有长征，尔律莫能息。斯术未济时，期律亦何益。争如至公一开口，吹起贤良霸邦国。

蜘蛛谕
春蚕吐出丝，济世功不绝。蜘蛛吐出丝，飞虫成聚血。蚕丝何专利，尔丝何专孽。映日张网罗，遮天亦何别。傥居要地门，害物可堪说。网成虽福己，网败还祸尔。小人与君子，利害一如此。

猎犬行
猎犬未成行，狐兔无奈何。猎犬今盈群，狐兔依旧多。自尔初跳跃，人言多挐躩。常指天外狼，立可口中嚼。骨长毛衣重，烧残烟草薄。狡兔何曾擒，时把家鸡捉。食尽者饭翻，增养者恶壮。可嗟猎犬壮复壮，不堪兔绝良弓丧。

断火谣
谁谓之推贤，于世何功果。绝尔晋侯交，禁我唐虞火。国闭檀榆烟，大礼成隳堕。暗室枯槁饭，冷面相看坐。阳升既非佑，阴伏若为佐。焉冻群生腹，将止天下祸。但究冤滥刑，天一作又道无不可。鄙哉前朝翊赞臣，讦谟之规何琐琐。

思妇吟
秋风雁又归，边信一何早。揽衣出门望，落叶满长道。一从秉箕帚，十载孤怀抱。可堪日日醉宠荣，不说思君令人老。

雉兔者
所猎一何酷，终年耗林麓。飞走如未空，贪残岂知足。尝闻猎书史，可以鉴荣辱。尝闻猎贤良，可以霸邦国。如何纵网罗，空成肥骨肉。和济俱不闻，曷所禳颠覆。谁能为扣天地炉，铸此伤生其可乎！

药草
天子恤疲瘵，坤灵奉其职。年年济世功，贵贱相兼植。因产众草中，所希采者识。一枝当若神，千金亦何直！生草不生药，无所彰土德。生药不生草，无以彰奇特。国忠在臣贤，民患凭药力。灵草犹如此，贤人岂多得。

凡草诫
野草凡不凡，亦应生和出。锄夫耘药栏，

根不留其一。良田本芜秽,著地成弃物。人生行不修,何门可容膝。不唯不尔容,得无凡草嫉。贤愚偃仰间,鉴之宜日日。

明禁忌

阴阳家有书,卜筑多禁忌。土中若有神,穴处何无祟。我识先贤意,本诚骄侈地。恣欲创楼台,率情染朱翠。四面兴土功,四时妨农事。可以没凶灾,四隅通一二。一年省修营,万民停困踬。动若契于理,福匪神之遗。动若越于常,祸乃身之致。神在虚无间,土中非神位。

伤彩饰

朝见亦光彩,暮见亦光彩。一旦风雨飘,十分无一在。尔形才似削,尔貌不如昨。本为是凡姿,谁教染丹臒?虚饰片时间,天意以为恶。物假犹如此,人假争堪作。

世迷

乌兔日夜行,与人运枯荣。为善不常缺,为恶不常盈。天道无阿党,人心自覆倾。所以多迁变,宁合天地情。我愿造化手,莫放狐兔走。恣海产珍奇,纵地生花柳。美者一齐美,丑者一齐丑。民心归大朴,战争亦何有!

鸱泉

为害未为害,其如污物类。斯言之一玷,流传极天地。良木不得栖,清波不得戏。曾戏水堪疑,曾栖树终弃。天不歼尔族,与大恶相济。地若默尔声,与夫妖为讳。一时怀害心,千古不能替。伤哉丑行人,兹禽亦为譬。

山中道者

筇杖六尺许,坐石流泉所。举头看古松,似对仙鹤语。是时天气清,四迥无尘侣。顾我笑相迎,知有丹砂异。

渔人

垂竿朝与暮,披蓑卧横楫。不问清平时,自一作日乐沧波业。长畏不得闲,几度避游艇。当笑钓台上,逃名名却传。

闻猿

秋风飒飒猿声起,客恨猿哀一相似。漫向孤危惊客心,何曾解入笙歌耳。

经马嵬坡

一从杀贵妃,春来花无意。此地纵千年,土香犹破鼻。宠既出常理,辱岂同常死。一等异于众,倾覆皆如此。

经鹤台

筑台非谓贤,独聚乘轩鹤。六马不能驭,九皋欲可托。一旦敌兵来,万民同陨擭。如何警露禽,不似衔环雀。一物欲误时,众类皆成恶。至今台基上,飞鸟不至泊。

寄远

游子虽惜别,一去何时见。飞鸟犹恋巢,万里亦何远。妾愿化为霜,日日下河梁。若能侵鬓色,先染薄情郎。

全唐诗卷七百十九

路德延

路德延,冠氏人。光化初擢第,天祐中授拾遗。河中节度使朱友廉辟掌书记。诗三首。

芭蕉 数岁时作,传于都下

一种灵苗异,天然体性虚。叶如斜界纸,心似到抽书。

感旧诗

初骑竹马咏芭蕉,尝忝名卿诵满朝。五字便容趋绛帐,一枝寻许折丹霄。岂知流落萍蓬远,不觉推迁岁月遥。国境未安身未立,至今颜巷守箪瓢。

小儿诗

情态任天然,桃红两颊鲜。乍行人共看,初语客多怜。臂膊肥如瓠,肌肤软胜绵。长头才覆额,分角渐垂肩。散诞无尘虑,逍遥占地仙。排衙朱阁一作榻上,喝道画堂前。合调歌杨柳,齐声踏采莲。走堤行细雨,奔巷趁轻烟。嫩竹乘为马,新蒲折一作掉作鞭。莺雏金镞系,猫一作猧子彩丝牵。拥鹤归晴岛,驱鹅入暖泉。杨花争弄雪,榆叶共收钱。锡镜当胸挂,银珠对耳悬。头依苍鹘裹,袖学柘枝揎。酒殢丹砂暖,茶催小玉煎。频邀筹箸挣一作插,时乞绣针穿。宝箧拏红豆,妆奁拾翠钿。戏袍披按褥,劣一作尖帽戴靴毡。展画趋三圣,开屏笑七贤。贮怀青杏小,垂额绿荷圆。惊滴沾罗泪,娇流污锦涎。倦书饶娅姹,憎药巧迁延。弄帐鸾绡映,藏衾凤绮缠。指敲迎使鼓,筋拨赛神弦。帘拂鱼钩动,筝推雁柱偏。棋图添路画,笛管欠声镌。恼客初酣睡,惊僧半入禅。寻珠穷屋瓦,探雀遍楼椽。抛果忙开口,藏钩乱出拳。夜分围榾柮,朝聚打秋千。折竹装泥燕,添丝放纸鸢。互夸轮水碓,相教放风旋。旗小裁红绢,书幽截碧笺。远铺张鹘网,低控射蝇弦。诂一作吉语时时道,谣歌处处传。匿窗眉乍曲,遮路臂相连。斗草当春径,争球出晚田。柳傍慵独坐,花底困横眠。等鹊前篱畔,听蛩伏砌边。傍枝粘舞蝶,隈树捉鸣蝉。平岛夸赳上,层崖逞捷缘。嫩苔车迹小,深雪履痕全。竞指云生岫,齐呼月上天。蚁窠寻径厮,蜂穴绕阶填。樵唱回深岭,牛歌下远川。垒柴为屋木,和土作盘筵。险砌高台石,危跳峻塔砖。忽升邻舍树,偷上后池船。项橐称师日,甘罗作相年。明时方任—作在德,劝尔减狂颠。

句

不是上台知姓字,五花宾馆敢从容。《上成汭》,见《南部新书》。荆南旧有五花馆,待宾上地,故云。

李旭

李旭,天祐元年进士登第。诗一首。

及第后呈朝中知己

凌晨晓鼓奏嘉音,雷拥龙迎出陆沉。金榜高悬当玉阙,锦衣即著到家林。真珠每被尘泥陷,病鹤多遭蝼蚁侵。今日始知天有意,还教雪得一生心。

崔庸

崔庸,吴郡人。天祐二年登进士第。诗一首。

题惠严寺 苏州昆山惠严寺殿基,或曰鬼工。有僧繇画龙,每风雨如腾跃状。僧繇画锁,以钉固之。

人莫嫌山小,僧还爱寺灵。殿高神气力,龙活客丹青。

胡骈

胡骈,唐末进士。诗一首。

经费拾遗旧隐

林下茅斋已半倾,九华幽径少人行。不将冠剑为荣事,只向烟萝寄此生。松竹渐荒池上色,琴书徒立世间名。白杨风起秋山暮,时复哀猿啼一声。

周祚

周祚,唐末进士。诗一首。

失题

莫道春花独照人,秋花未必怯青春。四时风雨没时节,共保松筠根底尘。

卢频

卢频,唐末人。诗四首。

蛱蝶行

东园宫草绿,上下飞相逐。君恩不禁春,昨夜花中宿。

东西行

种荷玉盆里,不及沟中水。养雉黄金笼,见草心先喜。

失题

春泪烂罗绮,泣声抽恨多。莫滴芙蓉池,愁伤连蒂荷。

一朵花叶飞,一枝花光彩。美人惜花心,但愿春长在。

刘畋

刘畋,唐末人。诗一首。

晚泊汉江渡

末秋云木轻,莲折晚香清。雨下侵苔色,云凉出浪声。叠帆依岸尽,微照夹堤明。渡吏已头白,遥知客姓名。

句

残阳来霁岫,独兴起沧洲。《雨后》,张为《主客图》。

全唐诗卷七百二十

裴说

裴说,天祐三年登进士第,官终礼部员外郎。诗一卷。

游洞庭湖

楚云团翠八百里,澧兰吹香堕春水。白头渔子摇苍烟,鸂鶒眠沙晓惊起。沙头龙叟夜叹忧,铁笛未响春风羞。露寒紫蕳结新愁,城角泣断关河秋。谪仙欲识雷斧手,划却古今愁共丑。鲸游碧落杳无踪,作诗三叹君知否。瀛州一棹何时还,满江宫锦看湖山。

怀素台歌—作题怀素台

我呼古人名,鬼神侧耳听:杜甫李白与怀素,文星酒星草书星。永州东郭有奇怪,笔冢墨池遗迹在。笔冢低低高如—作似山,墨池浅浅深如海。我来恨不已,争得青天化为一张纸。高声唤起怀素书,搦管研朱点湘水。欲归家,重叹嗟。眼前有,三个字:枯树槎,乌梢蛇,墨老鸦。

闻砧—作寄边衣

深闺乍冷鉴开—作开香奁,玉箸微微湿红颊。一阵霜风杀柳条,浓烟半夜成黄叶,垂垂—作重重白练明如雪,独下闲阶转凄切。只知抱杵捣秋砧,不觉高楼已无月。时闻寒雁声相唤,纱窗只有灯相伴。几展齐纨又懒裁,离肠恐逐金刀断。细想仪形执牙尺,回刀剪破澄江色。愁捻银针信手缝,惆怅无人试宽窄。时时举袖匀红泪,红笺谩有千行字。书中不尽心中事,一片殷勤寄边使。

春早寄华下同人

正是花时节,思君寝复兴。市沽终不醉,春梦亦无凭。岳面悬青雨,河心走浊冰。东门一条路,离恨镇相仍。

赠衡山令

君吟十二载一作三十载,辛苦必能官。造化犹难隐,生灵岂易谩。猿跳高岳静,鱼摆大江宽。与我为同道,相留夜话阑。

南中县令

寂寥虽下邑,良宰有清威。苦节长如病,为官岂肯肥。山多村地狭,水浅客舟稀。上国搜贤急,陶公早晚归。

寄曹松一作洛中作

莫怪苦吟迟,诗成鬓亦丝。鬓丝犹可染,诗病却难医。山暝云横处,星沉一作稠月侧时。冥搜不可得,一句至公知。

赠宾贡

惟君怀至业,万里信悠悠。路向东暝出,枝来北阙求。家无一夜梦,帆挂隔年秋。鬓发争禁得,孤舟往复愁。

汉南邮亭

高阁水风清,开门日送迎。帆张独鸟起,乐奏大鱼惊。骤雨拖山过,微风拂面生。闲吟虽得句,留此谢多情。

棋

十九条平路,言平又崄巇。人心无算处,国手有输时。势迥流星远,声干下霣迟。临轩才一局,寒日又西垂。

夏日即事

僻居门巷静,竟日坐阶墀。鹊喜虽传一作还逢信,蛩吟不见诗。笋抽通旧竹,梅落一作坠立闲枝。此际无尘挠,僧来称所宜。

送人宰邑

官小任还重,命官难偶然。皇恩轻一邑,赤子病三年。瘦马稀餐粟,羸童不识钱。如君清苦节,到处有人传。

春暖送人下第

相送短亭前,知君愚复贤。事多凭夜梦,老为待明年。春树添山脊,晴云学晓烟。雄文有公道,此别莫潸然。

湖外送何崇入阁

因诗相识久,忽此告临途。便是有船发,也须容市沽。精吟五个字,稳泛两重湖。长短逢公道,清名振帝都。

送进士苏瞻乱后出家

因乱事空王,孤心亦不伤。梵僧为骨肉,柏寺作家乡。眼闭千行泪,头梳一把霜。诗书不得力,谁与问苍苍。

秋日送河北从事

北风沙漠地,吾子远从军。官路虽非远,诗名要且闻。蝉悲欲落日,雕下拟阴云。此去难相恋,前山掺袂分。

喜友人再面

一别几寒暄,迢迢隔塞垣。相思长有事,及见却无言。静坐将茶试,闲书把叶翻。依依又留宿,圆月上东轩。

对雪

大片向空舞,出门肌骨寒。路岐平即易,沟壑满应难。兔穴归时失,禽枝宿处干。豪家宁肯厌,五月画图看。

冬日后作

寂寞掩荆扉,昏昏坐欲痴。事无前定处,愁有并来时。日影才添线,鬓根已半丝。明庭正公道,应许苦心诗。

冬日作

粝食拥败絮,苦吟吟过冬。稍寒人却健,太饱事多慵。树老生烟薄,墙阴贮雪重。安能只如此,公道会相容。

中秋月

一岁几盈亏,当轩一作盈重此期。幸无偏照处,刚有不明时。色静一作净云归早,光寒鹤睡迟。相看一作望吟吟未足,皎皎下疏篱。

卷七百二十

塞上曲
　　极目望空阔,马嬴程又赊。月生方见树,风定始无沙。楚水辞鱼窟,燕山到雁家。如斯名利役,争不老天涯。

终南山
　　九衢南面色,苍翠绝纤尘。寸步有闲处,百年无到人。禁林寒对望,太华净相邻。谁与群峰并,祥云瑞露一作霭频。

访道士
　　高冈微雨后,木脱草堂新。惟有疏慵者,来看淡薄人。竹牙生砌路,松子落敲巾。粗得玄中趣,当期宿话频。

道林寺
　　独立凭危阑,高低落照间。寺分一派水,僧锁半房山。对面浮世隔,重帘到老闲。烟云与尘土,寸步不相关。

般若寺
　　南岳古般若,自来天下知。翠笼无价寺,光射有名诗。一水涌兽迹,五峰排凤仪。高僧引闲一作闲引步,昼出夕阳归一作时。

兜率寺
　　一片无尘地,高连梦泽南。僧居跨鸟道,佛影照鱼潭。朽栎云斜映,平芜日半涵。行行不得住,回首望烟岚。

鹿门寺
　　鹿门山上寺,突兀尽无尘。到此修行者,应非取次人。鸟过惊石磬,日出碍金身。何计生烦恼,虚空是四邻。

题岳州僧舍
　　喜到重湖北,孤州一作舟横晚烟。鹭衔鱼入寺,鸦接饭随船。松桧君山迥,菰蒲梦泽连。与师吟论处,秋水浸遥天。

过洞庭湖
　　浪高风力大,挂席亦言迟。及到堪忧处,争如未济时。鱼龙侵莫测,雷雨动须疑。此际情无赖,何门寄所思。

旅行闻寇
　　动一作寸步忧一作边多事,将行问四邻。深山不畏虎,当路却防人。豪富田园废,疲嬴屋舍新。自惭为旅客,无计避烟尘。后四句一作无事助明代,何门销此身。空惭两行泪,飘洒向红尘。

旅中作
　　妄动远抛山,其如馁与寒。投人言去易,开口说贫难。泽国云千片,湘江竹一竿。时明未忍别,犹待计穷看。

旅次衡阳
　　欲往几经年,今来意翛然。江风长借客,岳雨不因天。戏鹭飞轻雪,惊鸿叫乱烟。晚秋红藕里,十宿寄渔船。

不出院僧
　　四远参寻遍,修行却不行。耳边无俗语,门外是前生。塔见移来影,钟闻过去声。一斋唯默坐,应笑我营营。

湖外寄处宾上人
　　怪得意相亲,高携一轴新。能搜大雅句,不似小乘人。岳麓惊枯桧,潇湘吐白蘋。他年遇同道,为我话风尘。

寄贯休
　　忆昔与吾师,山中静一作精论时。总无方是法,难得始为诗。冻犬眠干叶,饥禽啄病梨。他年白莲一作云社,犹许重相期。

寄僧尚颜
　　曾居五老峰,所得共谁同?才大天全与,吟精楚欲空。客来庭减日,鸟过竹生风。早晚摇轻拂一作金锡,重归瀑布中。

哭处默上人
　　凄凉缞幕下,香吐一灯分。斗老输寒桧,留闲与白云。挈盂曾几度,传衲不教焚。泣罢重回首,暮山钟半闻。

庐山瀑布

　　静景凭高望,光分翠嶂开。崄飞千尺雪,寒扑一声雷。过去云冲断,旁来烧隔回。何当住峰下,终岁绝尘埃。

华山上方

　　独上上方上,立高聊称心。气冲云易黑,影落县多阴。有云一作雪草不死,无风松自吟。会当求大药,他日复追寻。

咏鹦鹉

　　常贵西山鸟,衔恩在玉堂。语传明主意,衣一作翅拂美人香。缓步寻珠网,高飞上画梁。长安频道乐,何日从君王。

鹭鸶

　　秋江清浅时,鱼过亦频窥。却为分明极,翻成一作令所得迟。浴偎红日色,栖压碧芦枝。会共鹓同侣,翱翔应可期。

牡丹

　　数朵欲倾城一作色堪惊,安同桃李荣。未尝贫处见,不似地中生。此物疑无价,当春独有名。游蜂与蝴蝶,来往自多情。

见王贞白

　　共贺登科后,明宣入紫宸。又看重试榜,还见苦吟人。此得名浑别,归来话亦新。分明一枝桂,堪动楚江滨。

经杜工部坟

　　骚人久不出,安得国风清。拟掘孤坟破,重教大雅生。皇天高莫问,白酒恨难平。悒怏寒江上,谁人知此情?

寄僧知乾

　　貌高清入骨,帝里旧临坛。出语经相似。行心佛证安。

乱中偷路入故乡

　　愁看贼火起诸烽,偷得余程怅望中。一国半为亡国烬,数城俱作古城空。

蔷薇

　　一架长条万朵春,嫩红深绿小窠匀。只应根下千年土,曾葬西川织锦人。

春日山中竹

　　数竿苍翠拟龙形,峭拔须教此地生。无限野花开不得,半山寒色与春争。

柳

　　高拂危楼低拂尘,灞桥攀折一何频。思量却是无情树,不解迎人只送人。

岳阳兵火后题僧舍

　　十年兵火真多事,再到禅扉却破颜。唯有两般烧不得,洞庭湖水老僧闲。

句

　　读书贫里乐,搜句静中忙。《苕溪渔隐》。

　　苦吟僧入定,得句将成功。以下《诗话》。

　　是事精皆易,唯诗会却难。《赠贯休》。

　　因携一家住,赢得半年吟。《石首县》。

　　吟余潮入浦,坐久烧移山。《湘江》。

　　三年清似水,六月冷如冰。《赠县令》。

　　一通红锦重,三事紫罗轻。以下《绣石书堂》。

　　瘦肌寒带粟,病眼馁生花。

　　避乱一生多。

　　雪留寒竹寺舍冷,风撼早梅城郭香。《锦绣万花谷》。

　　画球轻蹴壶中地,彩索高飞掌上身。《清明》,《事文类聚》。

全唐诗卷七百二十一

李洞

李洞,字才江,京兆人,诸王孙也。慕贾岛为诗,铸其像,事之如神。时人但诮其僻涩,而不能贵其奇峭,唯吴融称之。昭宗时不第,游蜀卒。诗三卷。

赠唐山人

垂须长似发,七十色如鸎。醉眼青天小,吟情太华低。千年松绕屋,半夜雨连溪。一作房烘离海日,身陷落潮泥。邛蜀路无限,往来琴独一作自携。

送云卿上人游安南 一作送僧游南海

春往海南边,秋闻半夜一作路蝉。鲸吞一作吹,又作喷洗钵水,犀触点灯船。岛屿分诸国,星河共一天。长安一作空却回日,松偃旧房前。

郑补阙山居

高节谏垣客,白云居静坊。马饥餐落叶,鹤病晒残阳。野雾昏朝烛,溪笺惹御香。相招倚蒲壁,论句夜何长。

送曹郎中 一本有罢官二字南归,时南中用军

桂水净和天,南归似谪仙。系绦轻象笏,买布接蛮船。海气蒸鳌软一作湿,江风激一作擘箭偏。罢郎吟乱里,帝远岂知贤。

锦江陪兵部郑侍郎话诗著棋 一作和兵部永崇侍郎句筵茶席

落叶溅吟身,会棋云外一作风雪人。海枯搜一作谈不尽,天定著长新。月上分题遍,钟残布子匀。一作穿阙茅山敌,临江谢客邻。忘餐一作机二绝境一作高客,取一作绝意铸陶钧。

中秋月

四十五秋宵,月分千里毫。冷一作阴沉中岳短,光溢太行高。不寐清一作醒人眼,移栖湿

鹤毛。露华台上别,吟—作愁望十年劳。

送沈光赴福幕—作送福州从事

泉齐岭—作岭前齐鸟飞,雨熟荔枝肥。南斗看应近,北人来恐稀。潮浮廉使宴,珠照岛僧归。幕下逢—作闻迁拜,何官着茜衣?

鄠—作鄞郊山舍题赵处士林亭

圭峰秋后叠—作盏,又作夜,乱叶落寒墟。四五百竿竹,二三千卷书。云深猿拾—作盗栗,雨霁蚁缘—作沾蔬。只隔门前水,如同万里余。圭峰在终南山。

赋得送贾岛谪长江

敲驴吟雪月,谪出国西门。行傍长江影,愁深汨水魂。笻携过竹寺,琴典在花村。饥拾—作食山松子,谁知贾傅孙。

河阳道中

冲风仍蹙冻,提辔手频呵。得事应须早,愁人不在多。雪田平入塞,烟郭曲随河。翻忆江涛里,船中睡盖蓑。

送知己赴濮州

中路行僧谒,邮亭话海涛。剑摇林狄落,旗闪岳禽高。苔长空州狱,花开梦省曹。濮阳流政化,一半布—作有风骚。

送行脚僧

瓶枕绕腰垂,出门何所之。毳衣沾雨重,樱笠看山敧。夜观入怵树,野眠逢断碑。邻房母泪下,相课别离词。

龙州送人赴举

献策赴招携,行宫积翠西。挈囊秋卷重,转栈晚峰齐。踏月趋金阙—作候朝见,拂云看御—作省题。飞鸣岂—作肯回顾,独鹤困江泥。

送安抚从兄—作口夷偶中丞

奉诏向军前,朱袍映雪鲜。河桥吹角冻,岳月卷旗圆。僧救焚经火,人修著钓船。六州安抚后,万户解衣眠。

送远上人

海岳—作岛两无边,去来都偶然。齿因吟后冷,心向静中圆。虫网花间—作宫井,鸿鸣—作嘶雨后天。叶书归旧寺,应附载钟船。

宿凤翔天柱寺穷易玄上人房

天柱暮相逢,吟思天柱峰。墨研青露月,茶吸白云钟。卧语身粘藓,行禅顶拂松。探玄为一决—作诀,明日去临邛。

下第送张霞归觐江南

此道背于时,携归一轴诗。树沉孤鸟远,风逆蹇驴迟。草入吟房坏,潮冲钓石移。恐伤欢觐意,半路摘愁髭。

送人之天台

行李一枝藤,云边晓扣冰。丹经如不谬,白发亦何—作若为能。浅井仙人镜,明珠海客灯。乃知真隐者,笑就汉廷征。

维摩畅林居—作题维摩畅上人房

诸方游几腊,五夏五峰销。越讲迎骑象,蕃斋忏射雕。冷笻和—作书雪倚,朽栎带—作挢话云烧。从此西林老,瞥然三万朝。

送张乔下第归宣州

诗道世难通,归宁楚浪中。早程残岳月,夜泊隔淮钟。一镜随双鬓,全家老半峰。无成来往过,折尽谢亭松。

送卢—作唐郎中赴金州

云明天—作添岭高,刺郡辍仙曹。危栈窥猿顶—作鸿背,公庭扫鹤毛。出军青壁罅,话道白眉毫。远集歌谣客,州前泊几艘。

江干即事

病卧四更后,愁闻报早衙。隔关沉水鸟,侵郭噪园鸦。吏瘦餐溪柏,身羸凭海槎。满朝吟五字,应不老烟霞。

寄贺郑常侍

山亦怀恩地,高禽尽下飞。吏穿霞片望,

僧扫月棱归。省拜墀烟近,林居玉漏微。曾令驻锡话,聊用慰攀依。

登楼

川上值楼开,寒山四面来。竹吹人语远,峰碍鸟飞回。生死别离陌,朝昏云雨堆。谁知独立意,溅泪落莓苔。

赠禅友

散花留内殿,宫女梦谈禅。树杪开楼锁,云中认岳莲。溪声过长耳,筇节出羸肩。飞句相招宿,多逢有月天。

早春友人访别南归

南归来取别,穷巷坐青苔。一盏薄醨酒,数枝零落梅。潮生楚驿闭一作泽阔,星在越楼开。明日望君处,前临风月台。

题云际寺

开门风雪顶,上彻困飞禽。猿戏青冥里,人行紫阁一作翠阴。腊泉冰下出,夜磬月中寻。尽欲居岩一作官室,如何不住心。

山寺老僧

云际众僧里,独攒眉似愁。护茶高夏腊,爱火老春秋。海浪南曾病,河冰北苦游。归来诸弟子,白遍后生头。

同僧宿道者院

携文过一作三水宿,拂席四廊尘。坠果敲楼瓦,高萤映鹤身。点灯吹叶火,谈佛悟山人。尽有栖霞志,好谋三教邻。

古柏

手植知何代,年齐偃盖松。结根生别树,吹子落邻峰。古干经龙嗅,高烟过雁冲。可佳繁叶尽,声不碍秋钟。

赠王凤二山人

山兄望鹤信,山弟听乌占。养药同开鼎,休棋各枕兓。相逢九江底,共到五峰尖。愿许为三友,羞将白发拈。

避地冬夜与二三禅侣吟集茅斋

四海通禅客,搜吟会草亭一作叶拥扁。拈髭孤烛白,闭目众山青。松一作壁挂敲冰杖,垆温注月瓶。独愁悬一本缺旧旆,笏冷立残星。

赠道微禅师

铜瓶涩泻水,出磴蹑莲层。猛虎降低鼠,盘雕望小蝇。通禅五天日,照祖几朝灯。短发归林白,何妨剃未能。

吊草堂禅师

杖屦疑师在,房关四壁蛬。贮瓶经腊水,响塔隔山钟。乳鸽沿苔井一作樵客收林果,斋猿散雪峰。如何不见性,倚遍寺前松一作月下哭双松。

宿长安苏雍主簿厅

县对数峰云,官清主簿贫。听更池上鹤,伴值岳阳人。井锁煎茶水,厅关捣药尘。往来多屐步,同舍即诸邻。

秋宿润州刘处士江亭

北梦风吹断,江边处士亭。吟生万井月,见尽一天星。浪静鱼冲锁一作石,窗一作空高鹤听经。东西渺一作香无际一作畔,世界半沧溟。

秋日曲江书事

门摇枯苇影,落日共鸥归。园近鹿来熟,江寒人到稀。片云穿塔一作窦过,枯叶入城飞。翻怕宾鸿至,无才动礼闱。

秋宿经一作荆上人房

江房无叶落,松影带山高。满寺中秋月,孤窗入夜涛。旧真悬石壁,衰发落铜刀。卧听晓耕者,与师知苦劳。

冬日题觉公牛头兰若

天寒高木静,一磬隔川闻。鼎水看山汲,台香扫雪焚。鹤归惟一作遥认刹,僧步不离云。石室开禅后,轮珠谢圣君。

送皇甫校书自蜀下峡,归觐襄阳

蜀道波不竭,巢鸟出浪痕。松阴盖巫峡,雨色彻荆门。宿寺青山—作灯,一作峰尽,归林彩服翻。苦吟怀冻馁,为吊浩然魂。

题西明寺攻文僧林复上人房

谁寄湘南—作江信,阴窗砚起津。烧痕碑入集,海角寺留真。楼憩长空鸟,钟惊半阙人。御沟圆月会,似在草堂身—作贫。

寄翠微无可上人—作无学禅师

远近众心归,居然—作山,又作禅居占翠微。展经猿识字,听法虎知非。泉注城池梦,霞生侍卫衣。玄机不可学—作觉,何似总无机。

喜鸾公自蜀归

禁院对—作闭生台,寻师到绿槐。寺高猿看讲,钟动鸟和斋。扫石月盈帚,滤泉花满筛。归来逢圣节,吟步上尧阶。

题新安国寺

佛亦遇艰难,重兴叠废坛。偃松枝旧折,画竹粉新干。开讲宫娃听,抛生禁鸟餐。钟声入帝梦,天竺化长安。

蕃寇侵逼,南归道中

云州—作阳三万骑,南走—作赴疾飞鹰。回碛星低雁,孤城月伴僧。敲关通汉节,倾府守河冰。无处论边事,归溪夜结罾。

送东宫贾正字之蜀

南朝献—作耿晋史,东蜀—作蜀地瞰巴楼。长栈怀宫树—作馆,疏峰露剑州。半空飞雪化,一道白云流。若次江边邑,宗诗为遍搜。

吊侯圭常侍

我重君能赋,君褒我解诗。三堂一拜遇,四海两心知。影挂僧挑烛,名传鹤拂碑。涪江吊孤冢,片月下—作落峨嵋。

颜上人房—作题西明自觉上人房

御沟临岸行,远岫见云生。松下度三伏,磬中销五更。雨淋经阁白,日闪剃刀明。海畔终须去,烧灯老国清。

全唐诗卷七百二十二

李洞

题薛少府庄

何须凿井饮,门占古溪居。寂寞苔床卧,寒虚玉柄书。有期登白阁,又得赏红蕖。清浅蒲根水,时看鹭啄鱼。

寄太白隐者

开辟已来雪,为山长欠春。高遮辞—作云凝藏碛雁,寒噤入川人。栈阁交—作连冰柱,耕樵隔日轮。此中栖息者,不识两京尘。

秋宿青龙禅阁

前山不可望,暮色渐沉规。日转须弥北,蟾来渤海西。风铃乱僧语,霜梢欠猿啼。阁外千家月—作梦,分明见里迷。

登圭峰旧隐寄荐福栖白上人

返照塔轮边,残霖滴几悬。夜寒吟病甚,秋健讲声圆。粟穗干灯焰,苔根浊水泉。一作内殿思行后,岩房约在前。西峰埋藓石,秋月即师禅。

将之蜀别友人

嘉陵雨色青—作清,澹别酌参苓。到蜀高诸岳,窥天合四溟。书来应隔雪,梦觉已无星。若遇多吟友,何妨勘竺经。

吊膳曹从叔郎中

华省支残俸,寒蔬办祭稀。安坟对白阁,买石折朱衣。蜀客弹琴哭,江鸥入宅飞。帆吹佳句远,不独遍王畿。

乱后龙州送郑郎中兼寄郑侍御

待车登叠—作沓嶂,经乱集鸰原。省坏兰终洁—作飘叶,台寒—作空柏有根。县清江入峡,楼静雪连村。莫隐匡山社,机云受晋—作晋受恩。

段秀才溪居送从弟游泾陇

抱疾寒溪卧,因循草木青。相留开夏蜜—作闻夏蛋,辞去见秋萤。朔雪痕—作寒侵雍,边烽焰—作夜照泾。烟沉陇山色,西望涕交零。

题刘相公光德里新构茅亭

野色迷亭晓,龙墀待押班。带涎移海木,兼雪写湖山。月白吟床冷,河清直印闲。唐封三万里,人偃翠微间。

江峡寇乱寄怀吟僧

半锡探寒流,别师猿鹤洲。二三更后雨,四十字边—作论秋。立塞吟霞石,敲罄看雪楼。扶亲何处隐,惊梦入嵩丘。

贺昭国从叔员外转本曹郎中

苔砌塔阴浓,朝回尚叫蛩。粟征山县欠,官转水曹重。灯照楼中雨,书求海上峰。诗家无骤显,一一古人踪。

赠宋校书

曾伴元戎猎,寒来梦北军。闲身不计日,病鹤—作鹿放归林。石上铺棋势,船中赌酒分。长言买天姥,高卧谢人群。

越公上人洛中归寄南孟家兄弟

洛下因归去,关西忆二龙。笠漫河岸雪,衣着虢城钟。睡鸭浮寒水,樵人出远峰。何当化间俗,护取草堂松。

龙州送裴秀才

违拜筛旗前,松阴路半千。楼冲高雪会,驿闭乱云眠。榜挂临江省,名题赴宅筵。人求新蜀赋,应贵浣花笺。

题慈恩友人房

贾生耽此寺,胜事入诗多。鹤宿星千树,僧归烧一坡。塔棱垂雪水,江色映茶锅。长久堪栖息,休言忆镜波。

寄窦禅山薛秀才

窦岭吟招隐,新诗满集贤。白衫春絮暖,红纸夏云鲜。琴缠江丝细,棋分海石圆。因知醉公子,虚写世人传。

西蜀与崔先生话东洛旧游

王屋峭难名,三刀梦四更。日升当地缺,星尽未天明。度雪云林湿,穿松角韵清。崔家开锦浪,忆着水窗声。

上昭国水部从叔郎中

极南极北游,东泛复西流。行匝中华地,魂销四海秋。题诗在琼府,附舶出青州。不遇一公子,弹琴吊古丘。

题玉芝赵尊师院

晓起磬房前,真经诵百篇。漱流星入齿,照镜石差肩。静闭街西观,存思海上仙。闲听说五岳,穷遍一根莲。

送卢少府之任巩洛

从知东甸尉,铨注似恩除。带土移嵩术,和泉送尹鱼。印床寒鹭宿,壁记醉僧书。堂下诸昆在,无妨候起居。

送人归觐河中

青门冢前别,道路武关西。有寺云连石,无僧叶满溪。河长随鸟尽,山远与人齐。觐省波涛县,寒窗响曙鸡。

锦城秋寄怀弘播上人

极顶云兼冻,孤城露洗初。共辞嵩少雪,久绝贝多书。远照雁行细,寒条狄挂虚。分泉煎月色,忆就茗林居。

圭峰溪居寄怀韦曲曹秀才

南北飞山雪,万片寄相思。东西曲流水,千声泻别离。巴猿学导引,陇鸟解吟诗。翻羡家林赏,世人那得知。

送舍弟之山南

南山入谷游,去彻山南州。下马云未尽,听猿星正稠。印茶泉绕石,封国角吹楼。远宦有何兴,贫兄无计留。

题南鉴公山房

竹房开处峭,迥挂半山灯。石磬敲来穴,不知何代僧。讲归双袖雪,禅起一盂冰。唯说黄桑屐,当时着秣陵。

送知己

郡清官舍冷,枕席溅山泉。药气来人外,灯光到鹤边。梦秦书印斗,思越画渔船。掷笏南归去,波涛路几千。

送人赴职湘潭 第六句缺二字

南征虽赴辟,其奈负高科。水合湘潭住,山分越国多。梅花雪共下,文□□相和。白发陪官宴,红旗影里歌。

过野叟居

野人居止处,竹色与山光。留客羞蔬饭,洒泉开草堂。雨余松子落,风过术苗香。尽日无炎暑,眠君青石床。

吊郑宾客

朝行丧名节,岳色惨天风。待漏秋吟断,焚香夜直空。骨寒依垄草一作兔,一作树,家尽逐边鸿。一吊知音后,归来碎峄桐。

送从叔书记山阴隐居

山顶绝茅居,云泉绕枕虚。烧移僧影瘦,风展鹭行疏。卷箔清江月,敲松紫阁书。由来簪组贵,不信教猿锄。

避暑庄严禅院

定里无烦热,吟中达性情。入林逢客话,上塔接僧行。八水皆知味,诸翁尽得名。常论冰井近,莫便厌浮生。

寄清演

忽闻清演病,可料苦吟身。不见近诗久,徒言华发新。别来山已破,住处月为邻。几绕庭前树,于今四十春。

迁村居二首

移居入村宇,树阙见城隍。云水虽堪画,恩私不可忘。猿涎滴鹤氅,麈尾拂僧床。弃逐随樵牧,何由报稻粱。

歌乐听常稀,茅亭静掩扉。槎一作书来垂钓次,月落问安归。远客传烧研,幽禽看衲衣。眼前无俗事,松雨蜀山辉。

出山睹春榜

未老鬓毛焦,心归向石桥。指霞辞二纪,吟雪遇三朝。连席频登相,分廊尚祝尧。回眸旧行侣,免使负嵩樵。

贾岛墓

一第人皆得,先生岂不销。位卑终蜀士,诗绝占唐朝。旅葬新坟小,魂归故国遥。我来因奠酒,立石用为标。

观水墨障子

若非神助笔,砚水恐藏龙。研尽一寸墨,扫成千仞峰。壁根堆乱石,床罅插枯松。岳麓穿因鼠,湘江绽为蛩。挂衣岚气湿,梦枕浪头舂。只为少颜色,时人著一作看意慵。

对棋

小槛明高雪,幽人斗智棋。日斜抛作劫,月午䁱一作变成迟。倚杖湘僧算,翘松野鹤窥。侧楸敲醒睡,片石夹吟诗。雨点衾中渍,灯花局上吹。秋涛寒竹寺,此兴谢公知。

题竹溪禅院

溪边一作连山一色,水拥竹千竿。鸟触翠微湿,人居酷暑寒。风摇瓶影碎,沙陷履痕端。爽极青一作清崖树,平流绿峡滩。闲来披衲数,涨后卷经看。三境通禅寂,嚣尘染著难。

投献吏部张侍郎十韵

苔染马蹄青,何曾似在城。不于僧院宿,多傍御沟行。隐岫侵巴叠,租田带渭平。肩囊寻省寺,袖轴遍公卿。梦入连涛郡,书来积雪营。泪随边雁堕,魂逐一作共夜蝉惊。发愤巡江塔,无眠数县更。玄都一病客,兴善几回莺。贡艺披沙细,酬恩戴岳轻。心期公子念,滴酒在雕楹。

终南山二十韵

关内平田窄,东西截杳冥。雨侵诸县黑,云破九门青。暂看犹无暇,长栖信有灵。古苔秋渍斗,积雾夜昏萤。怒恐撞天漏,深疑隐地形。盘根连北岳,转影落南溟。穷穴何山出,遮蛮上国宁。残阳高照蜀,败叶远浮泾。厮竹烟岚冻,偷湫雨雹腥。闲房僧灌顶,浴涧鹤遗翎。梯滑危缘索,云深静唱经。放泉惊鹿睡,闻磬得人醒。踏著神仙宅,敲开洞府扃。棋残秦士局,字缺晋公铭。一谷势当午一作开子,孤峰耸起丁。远平丹凤阙,冷射五侯厅。万丈冰声折,千寻树影停一作亭。望中仙岛动,行处月轮馨。叠石移临砌,研胶泼上屏。明时献君寿,不假老人星。

秋日同觉公上人眺慈恩塔六韵

九级耸莲宫,晴登袖拂虹。房廊窥井底,世界出笼中。照牖三山火,吹铃八极风。细闻槎客语,遥辨海鱼冲。禁静声连北,江寒影在东。谒师开秘锁,尘日闭虚空。

感知上刑部郑侍郎

寄掩白云司,蜀都高卧时。邻僧照一作点寒竹一作烛,宿鸟动秋池。帝诵嘉莲表,人吟宝剑诗。石渠流月断,画角截江吹。闲出黄金勒,前飞白鹭鹚。公心外国说,重望两朝一作川推。静藓斜圭影,孤窗响锡枝。兴幽松雪见,心苦砚冰知。缘杖虫声切,过门马足迟。漏残终卷读,日下大名垂。平碛容雕上,仙山许狨窥。数联金口出,死免愧丘为。

叙事寄荐福栖白一作听白公话旧

险倚石屏风,秋涛梦越中。前朝吟会散,故国讲流终。北地闻巴狖,南山见碛鸿。楼高惊雨阔,木落觉城空。兔满期姚监,蝉稀别楚公一作望塞翁。净瓶光照客,拄杖朽生虫。平地塔千尺,半空灯一笼。祝尧谈几句,旋泻海涛东。栖白有宣宗寿昌节诗。

送龙州田使君旧诗家

御札畛西陲,龙州出牧时。度关云作雪,挂栈水成澌。剑淬号猿岸,弓悬宿鹤枝。江灯混星斗,山木乱枪旗。锁库休秤药,开楼又见诗。无心陪宴集,吟苦忆京师。

和一作送知己赴任华州

东门罢相郡,此拜动京华。落日开宵印,初灯见早麻。鹤身红旆拂,仙掌白云遮。塞色侵三县,河声聒两衙。松根醒客酒,莲座一作叶隐僧家。一道帆飞直,中筵岳影斜。书名一作铭寻雪石,澄鼎露金沙。锁合眠关吏,杯寒啄庙鸦。分台话嵩洛,赛雨恋一作拜烟霞。树谷期招隐,吟诗煮柏茶。

题咸阳楼

晚亚一作至古城门,凭高黯客魂。塞侵秦旧国,河浸汉荒村。客一作官路飑一作扬书烬,人家带水痕。猎频虚冢穴,耕苦露松根。墙外峰粘汉,冰中日晃原。断碑移作砌,广第灌成园。北马疑眠碛,南人忆钓溢。桥闲野鹿过,街静禁鸦翻。滩鼓城隍动,云冲太白昏。标衣多吕裔,荷锸或刘孙。吊问难知主,登攀强滴樽。不能扶壮势,冠剑惜乾坤。

赠兴善彻公上人

师资怀剑外,徒步管街东。九里山横烧,三条木落风。古池曾看鹤,新塔未吟虫。夜久龙髯冷,年多麈尾空。心宗本无碍,问学岂难同。

龙池春草

龙池清禁里,芳草傍池春。旋长方遮岸,全生不染尘。和风轻动色,湛露静津津。浅得承天步,深疑绕御轮。鱼寻倒影没,花带湿光新。肯学长河畔,绵绵思远人。

秋宿梓州牛头寺

月去檐三尺,川云入寺楼。灵山顿离众,列宿不多稠。篆字焚初缺,翻经诵若流。窗闲二江冷,帘卷半空秋。诏散松梢别,棋终竹节收。静增双阙念,高并五翁游。鹤梦生红日,云闲锁梓州。望空工部眼,搔乱广文头。石室僧调马,银河客问牛。晓楼归下界,大地一浮沤。

送韦太尉自坤维除广陵

全蜀拜扬州,征—作徂东辍武侯。直来万里月,旁到五峰秋。幢冷遮高雪,旗—作旌闲卓乱流。谢朝明主喜,登省旧寮愁。隔海城通舶,连河市响楼。千官倚元老,虚梦法云游。

全唐诗卷七百二十三

李洞

赠曹郎中崇贤所居—作上崇贤曹郎中

闲坊宅枕穿宫水,听水分衾盖蜀缯—作尽蜀僧。药杵声中捣残梦,茶铛影里煮孤灯。刑曹树荫千年井,华岳楼开万仞冰。诗句变风官渐紧,夜涛春断海边藤。

赠昭应沈少府

行宫接县判云泉,袍色虽青骨且仙。鄠杜忆过梨栗墅,潇湘曾棹雪霜天。华山僧别留茶鼎,渭水人来锁钓船。东送西迎终几考,新诗觅得两三联。

上司空员外

禅心高卧似疏慵,诗客经过不厌重。藤杖几携量碛雪,玉鞭曾把数嵩峰。夜眠古巷—作卷当城月,秋直清曹入省钟。禹凿故山归未得,河声暗—作聒老两三松。

叙旧游寄栖白

老着重袍坐石房,竺经休讲白眉长。省冲鼍没投江岛,曾看鱼飞倚海樯。晓炙冻盂原日气,夜挑莲碗禁灯光。吟诗五岭寻无可,倏忽如今四十霜。

哭栖白供奉

闻说孤窗坐化时,白莎萝雨滴空池。吟诗堂里秋关影,礼佛灯前夜照碑。贺雪已成金殿梦,看涛终负石桥—作楼期。逢山对月还惆怅,争得无言似祖师。

赠入内供奉僧

内殿谈经惬帝怀,沃州归隐计全乖。数条雀尾来南海,一道蝉声噪御街。石枕纹含山里叶,铜瓶口塞井中柴。因逢夏日西明讲,不觉宫人拔凤钗。

感恩书事寄上集义司徒相公

积雪峰西遇奖称,半家寒骨起沟塍。镇时贤相回人镜,报德慈亲点佛灯。授钺已闻诸国静,坐筹重见大河澄。功居第一图烟阁,依旧终南满杜陵。

赠永崇李将军充襄阳制置使

拜官门外发辉光,宿卫阴符注几行。行处近天龙尾滑,猎时陪帝马鬃香。九城王气生旗队,万里寒风入箭疮。从此浩然声价歇,武中还有李襄阳。

寄淮海惠泽上人

海涛痕满旧征衣,长忆初程宿翠微。竹里桥鸣知马过,塔中灯露见鸿飞。眉毫一作毛别后应盈尺,岩木居来定几围。他日愿师容一榻,煎茶扫地学忘机。

春日隐居官舍感怀

风吹烧烬杂汀沙,还似青溪旧寄家。入户竹生床下叶,隔窗莲谢镜中花。苔房氄客论三学,雪岭巢禽看两衙。销得人间无限事,江亭月白诵南华。

春日即事寄一二知己

浴马池西一带泉,开门景物似樊川。朱衣映水人归县,白羽遗泥鹤上天。索米夜烧风折木,无车一作驴,一作舆春养雪藏鞭。缙绅处士知章句,忍使孤窗枕泪眠。

废寺闲居寄怀一二罢举一本无此二字知己一作省归郎

病居废庙冷吟烟,无力争飞类病蝉。槐省老郎蒙主弃,月陂一作波孤客望谁怜。税房兼得调猿石,租地仍分浴鹤泉。处世堪惊又堪愧,一坡山色不论钱。

题尼大德院

云鬟早岁断金刀,戒律曾持五百条。台上灯红莲叶密,眉间毫白黛痕销。绣成佛国银为地,画出王城雪覆桥。清净高楼松桧寺,世雄翻愧自低腰。

怀张乔张霞

西风吹雨叶还飘,忆我同袍隔海涛。江塔眺山青入佛,边城履雪白连雕。身离世界归天竺,影挂虚空度石桥。应念无成独流转,懒磨铜片鬓毛焦。

赠徐山人

徐生何代降坤维,曾伴园公采紫芝。瓦砾变黄忧世换,髭须放白怕人疑。山房古竹粗于树,海岛灵童寿等龟。知叹有唐三百载,光阴未抵一先棋。

寄南岳僧

新秋日后晒书天,白日当松影却圆。五字句求方寸佛,一条街擘两行蝉。不曾著事于机内,长合教山在眼前。花落俻公房外石,调猿弄虎叹无缘。

华山

碧山长冻地长秋,日夕泉源聒华州。万户烟侵关令宅,四时云在使君楼。风驱雷电临河震,鹤引神仙出月游。峰顶高眠灵药熟,自无霜雪上人头。

和曹监春晴见寄

竺庙邻钟震晓鸦,春阴盖石似仙家。兰台架列排书目,顾渚香浮瀹茗花。胶溜石松粘鹤氅,泉离冰井熨僧牙。功成名著扁舟去,愁睹前题罩碧纱。

赠三惠大师

枫猿峤角别多时,二教兼修内学师。药树影中频缀偈,莲峰朵下几窥棋。游归笋长齐童子,病起巢成露鹤儿。诏落五天开夏讲,两街人竞礼长眉。

送醉画王处士

几年乘兴住南吴,狂醉兰舟夜落湖。别后

鹤毛描转细,近来牛角饮还粗。同餐夏果山何处,共钓秋涛石在无。关下相逢怪予老,篇章役思绕寰区。

闻杜鹃

万古潇湘波上云,化为流血杜鹃身。长疑啄破青山色,只恐啼穿白日—作月轮。花落玄宗回—作归蜀道,雨收—作飞工部宿江津。声—作一声犹得到—作恐聒君耳,不见千秋—作家——作愁甑尘。

赋得送轩辕先生归罗浮山

旧山归隐浪摇青,绿鬓山童一帙经。诗—作持帖布帆猿鸟看,药煎金鼎鬼神听。洞深头上聆仙语—作觉船过,船—作樯静鼻中闻海腥。此处先生应不住,吾君南望漫劳形。

送包处士

秋—作愁思枕月卧潇湘,寄宿慈恩竹—作寺里房。性急却—作还于棋上慢,身闲未免药中忙。休抛手网惊龙睡,曾挂头巾拂鸟行。闻说石门君旧隐,寒峰溅瀑坏书堂。

赠庞炼师女人

家住涪江汉语娇,一声歌戛玉楼箫。睡融春日柔金缕,妆发秋霞战翠翘。两脸酒醺红杏妒,半胸酥嫩白云饶。若能携手随仙令,皎皎银河渡鹊桥。

送友罢举赴边职

出剡篇章入洛文,无人细读叹俱焚。莫辞秉笏随红旆,便好携家住白云。过水象浮蛮境见,隔江—作关猿叫汉州闻。高谈阔略陈从事,盟誓边庭壮我军。

病猿

瘦缠金锁惹朱楼,一别巫山树几秋。寒想蜀门清露滴,暖怀湘岸白云流。罢抛檐果沉僧井,休拗崖冰溅客舟。啼过三声应有泪—作恨,画堂深不彻王侯。

毙驴

蹇驴秋毙瘗荒田,忍把敲吟旧竹鞭。三尺焦桐—作桐轻背残月,一条藜杖卓—作藤瘦斫寒烟。通吴白浪宽围国,倚蜀青山峭入天。如画海门揩肘望—作看,阿谁家—作教卖钓鱼船。

宿叶公棋阁

带风棋阁竹相敲,局莹无尘拂树梢。日到长天征未断,钟来岳顶劫须抛。挑灯雪客栖寒店,供茗溪僧爇废巢。因悟修身试贪教,不须焚火向三茅。

送郤先辈归觐华阴

桂枝博得凤栖枝,欢觐家童舞翠微。僧向瀑泉声里贺,鸟穿仙掌指间飞。休停砚笔吟荒庙,永别灯笼赴锁闱。骚雅近来颇丧甚,送君傍觉有光辉。

赠可上人

寺门和鹤倚香杉,月吐秋光到思喦。将法传来穿浃渫,把诗吟去入嵌岩。糢糊书卷烟岚滴,狼藉衣裳瀑布缄。不断清风牙底嚼,无因内殿得名衔。

东川高仆射

油幢影里拜清风,十里貔貅一片雄。三印锁开霜满地,四门关定月当空。泉浮山叶人家过,诏惹垆香鸟道通。新起画楼携客上,弦歌筵内海榴红。

宿成都松溪院

松持节操溪澄性,一炷烟岚压寺隅。翡翠鸟飞人不见,琉璃瓶贮水疑无。夜闻子落真山雨,晓汲波圆入画图。尘拥蜀城抽锁后,此中犹梦在江湖。

吊曹监

宅上愁云吹不散,桂林诗骨葬云根。满楼山色供邻里,一洞松声付子孙。甘露施衣封泪点,秘书取集印苔痕。吟魂醉魄归何处,御水呜呜夜绕门。

赠长安毕郎中
高门寒沼水连云,鹭识朱衣傍主人。地肺半边晴带雪,天街一面静无尘。朝回座客酬琴价,衙退留僧写鹤真。从此几迁为计相,蓬莱三刻奏东巡。

寄东蜀幕中友
官亭池碧海榴殷,遥想清才倚画栏。柳絮涨天笼地暖,角声经雨透云寒。晓侵台座香烟湿,夜草军书蜡炬干。为话门人吟太苦,风摧兰秀一枝残。

曲江渔父
儿孙闲弄雪霜髯,浪飐南山影入檐。卧稳篷舟龟作枕,病来茅舍网为帘。值春游子怜鲀滑,通蜀行人说鲙甜。数尺寒丝一竿竹,岂知浮世有猜嫌。

和刘驾博士赠庄严律禅师
人言紫绶有光辉,不二心观似草衣。尘劫自营还自坏,禅门无住亦无归。松根穴蚁通山远,塔顶巢禽见海微。每话南游偏起念,五峰波上入船扉。

智新上人话旧
蟋蟀灯前话旧游,师经几夏我经秋。金陵市合月光里,甘露门开峰朵头。晴眺远帆飞入海,夜禅阴火吐当楼。相看未得东归去,满壁寒涛泻白鸥。

和淮南太尉留题凤州王氏别业
清秋看长鹭雏成,说向湘僧亦动情。节屋折将松上影,印奁移锁月中声。野人陪赏增诗价,太尉因居著谷名。闲想此中遗胜事,宿斋吟绕凤池行。

乙酉岁自蜀随计趁试不及
客卧涪江麓月厅,知音唤起进趋生。寒梅折后方离蜀,腊月圆前未到京。风卷坏亭赢仆病,雪糊危栈蹇驴行。文昌一试应关分,岂校褒斜两日程。

龙州韦郎中先梦六赤,后因打叶子以诗上
红蜡香烟扑画楹,梅花落尽庾楼清。光辉圆魄衔山冷,彩镂方牙着腕轻。宝帖牵来狮子镇,金盆引出凤凰倾。微黄喜兆庄周梦,六赤重新掷印成。

和寿中丞伤猿
遗挂朱栏锁半寻,清声难买恨黄金。悬崖接果今—作身何在,浅井窥星影已沉。归宅叶铺曾睡石,入朝灯照旧啼林。小山罢绕随湘客,高树休升对岳禽。天竺省怜伤倍切,亲知宽—作知觉和思难任。相门恩重无由报,竟托仙郎日夜吟。

上灵州令狐相公—作赠高仆射自安西赴阙。一作赠功臣
征蛮—作南破虏汉功臣,提剑归来万里身。笑—作闲倚凌烟金柱看,形容憔悴—作消瘦,又作惆怅老于真。

寓言
三千宫女露蛾眉,笑煮黄金日月迟。麟凤隔云攀不及,空山惆怅夕阳时。

客亭对月
游子离魂陇上花,风飘浪卷绕天涯。一年十二度圆月,十一回圆不在家。

宿鄠郊赠罗处士
川静星高栎—作栗已枯,南山落石水声粗。白云钓客窗中宿,卧数嵩峰听五湖。

有寄—作赠
爱酒耽棋田处士,弹琴咏史贾先生。御沟临岸有云石,不见鹤来何处行。

送三藏归西天国
十万里程多少碛,沙中—作碛头弹舌授降龙。奘公弹舌念梵语心经,以授流沙之龙。五天到日应

头白,月落长安半夜钟。

金陵怀古
古来无此战争功,日日戈船卷海风。一遇—作度灵鳌开睡眼,六朝灰尽九江空。

长安县厅
主人寂寞客屯邅,愁绝—作列终南满案—作眼前。乞取中庭藤五尺—作丈,为君高剧扣—作望青天。

题晰上人贾岛诗卷
贾生诗卷惠休装,百叶莲花万里香。供得半年吟不足,长须字字顶司仓。

送僧清演归山
毛褐斜肩背负经,晓思吟入窦山青。峰前野水横官道,踏着秋天三四星。

赠僧
不羡王公与贵人,唯将云鹤自相亲。闲来石上观流水,欲洗禅衣未有尘。

题学公院池莲
竹引山泉玉甃池,栽莲莫—作却,—作休怪藕生丝。如何不似麻衣客,坐对秋风待一枝。

山居喜友人见访
入云晴釂茯苓还,日暮逢迎木石间。看待诗人无别物,半潭秋水—作烧一房山。

秋宿长安韦主簿厅
水木清凉夜直厅,愁人楼上唱寒更。坐劳同步帘前月,鼠动床头印锁声。

冬忆友人
吟上山前数竹枝,叶翻似雪落霏霏。枕前明月谁动影,睡里惊来不觉归。

怀圭峰影林泉
吾家旧物贾生传,入内遥分锡杖泉。鹤去帝移宫女散,更堪呜咽过楼前。

赠青龙印禅师
雨涩秋刀剃雪时,庵前曾礼草堂师。居人昨日相过说,鹤已生孙竹满池。

戏赠侯常侍
葛洪卷与江淹赋,名动天边傲石居。两蜀词人多载后,同君讳却马相如。

绣岭宫词
春日迟迟春草绿—作春草萋萋春水绿,野棠开尽飘香玉。绣岭宫前鹤发翁,犹唱开元太平曲。

中秋月—作廖凝诗
九十日秋色,今秋已半分。孤光吞列宿,四面绝微云。众木排疏影,寒流叠细纹。遥遥望丹桂,心绪更纷纷。

宿书僧—作记院
夜水笔前澄,时推外学能。书成百个字,庭转几遭灯。寄墨大坛吏,分笺蜀国僧。为题江寺塔,牌挂入云层。

雪
迢迢来极塞,连阙谓—作渭风吹。禅客呵金锡,征人擘冻旗。细填虫穴满,重压鹤巢欹。有影晴飘野,无声夜落池。正繁秦甸暖,渐厚楚宫饥。冻挹分泉涩,光凝二阁痴。踏遗兰署迹,听起石门思。用表丰年瑞,无令扫玉墀。

述怀二十韵献覃怀相公
帝梦求良弼,生申属圣明。青云县器业,白日贯忠贞—作精。霭霭随春动,忻忻共物荣。静宜浮竞息,坐觉好风生。万国闻应跃,千门望尽倾。瑞含杨柳色,气变管弦声。百辟寻知度,三阶正有程。鲁儒规蕴藉,周诰美和平。碧水遗幽抱,朱丝寄远情。风流秦印绶,仪表汉公卿。忠说期登用,回邪自震惊。云开长剑倚,路绝一峰横。九野方无事,沧溟本不争。国将身共计,心与众为城。早晚中条下,红尘一顾清。南潭容伴鹤,西笑忽迁莺。折树恩难报,怀仁命甚轻。二年犹困辱,百口望经营。未在英侯选,空劳短羽征。知音初一作祈相国,从此免长鸣。

岁暮自广江至新兴往复中题峡山寺

薄暮缘西峡,停桡一访僧。鹭巢行卧柳,猿饮倒垂藤。水曲岩千叠,云深树百层。山风寒殿磬,溪雨夜船灯。滩涨危槎没,泉冲怪石崩。中台一襟泪,岁杪别良朋。

冬日送凉州刺史

宠饯西门外,双旌出汉陵。未辞金殿日,已梦雪山灯。地远终峰尽,天寒朔气凝。新年行已到,旧典听难胜。吏扫盘雕影,人遮散马乘。移军驼驮角,下塞搽河冰。猎近昆仑兽,吟招碛石僧。重输右藏实,方见左车能。兵聚边风急,城宽夜月澄。连营烟火岭,望诏几回登。

过贾浪仙旧地

鹤外唐来有谪星,长江东注冷沧溟。境搜松雪仙人岛,吟歇林泉主簿厅。片月已能临榜黑,遥天何益抱坟青。年年谁不登高第,未胜骑驴入画屏。

句

公道此时如不得,昭陵恸哭一生休。《北梦琐言》云:洞三榜,裴赞第二榜。策夜,帘前献诗云云。寻卒蜀中。赞无子,人谓屈洞所致。

全唐诗卷七百二十四

唐求—作球

唐求,居蜀之味江山,至性纯悫。王建帅蜀,召为参谋,不就。放旷疏逸,邦人谓之唐隐居。为诗拈稿为圆,纳之大瓢。后卧病,投瓢于江,曰:"斯文苟不沉没,得者方知吾苦心尔。"至新渠,有识者曰:"唐山人瓢也。"接得之,十才二三。今编诗一卷。

酬友生早秋

彤云将欲罢,蝉柳响如秋。雾散九霄近,日程三伏愁。残阳宿雨霁,高浪碎沙沤。祛足余旬后,分襟任自由。

晓发

旅馆候天曙,整车趋远程。几处晓钟断,半桥残月明。沙上—作际鸟犹在—作睡,渡头人未—作已行。去去古时道,马嘶三两声。

客行

上山下山去,千里万里愁。树色野桥暝,雨声孤馆秋。南北眼前道,东西江畔舟。世人重金玉,无金徒远游。

题郑处士隐居

不信最清旷,及来愁已空。数点石泉雨,一溪霜叶风。业在有山处,道成无事中。酌尽一尊酒,病—作老夫—作翁颜亦红。

古寺

路傍古时寺,寥落藏金容。破塔有寒草,坏楼无晓钟。乱纸失经偈,断碑分篆踪。日暮月光吐,绕门千树松。

赠著上人

掩门江上住,尽日更无为。古木坐禅处,残星鸣磬时。水浇冰滴滴,珠数落累累。自有闲行伴,青藤杖一枝。

马嵬感事

　　冷气生深殿,狼星渡远关。九城鼙鼓内,千骑道途间。凤髻随秋草,鸾舆入暮山。恨多留不得,悲泪满龙颜。

赠行如上人

　　不知名利苦,念佛老岷峨。衲补云千片,香烧印一作楚篆一窠。恋山人事少,怜客道心多。日日斋钟后,高悬滤水罗。

送友人归邛州

　　鹤鸣山下去,满箧荷瑶琨。放马荒田草,看碑古寺门。渐寒沙上雨一作鹭,欲瞑一作暖水边村。莫忘分襟处,梅花扑酒尊。

和舒上人山居即事

　　败叶填溪路,残阳过野亭。仍弹一滴水,更读两张经。瞑鸟烟中见,寒钟竹里听。不多山下去,人世尽膻腥。

发邛州寄友人

　　茫茫驱一马,自叹又何之。出郭见山处,待船逢雨时。晓鸡鸣野店,寒叶堕秋枝。寂寞前程去,闲吟欲共谁。

舟行夜泊夔州

　　维舟镜面中,迥对白盐峰。夜静沙堤月,天寒水寺钟。故园何日到,旧友几时逢。欲作还家梦,青山一万重。

山东兰若遇静公夜归

　　松门一径微,苔滑往来稀。半夜闻钟后,浑身带雪归。问寒僧接杖,辨语犬衔衣。又是安禅去,呼童闭竹扉。

边将

　　三千护塞儿,独自滞边陲。老向二毛见,秋从一叶知。地寒乡思苦,天暮角声悲。却被交亲笑,封侯未有期。

秋寄□江舒公缺一字

　　故人何处望,秋色满江濆。入水溪虫乱,过桥山路分。鹤归松上月,僧入竹间云。莫惜中宵磬,从教梦里闻。

题杨山人隐居

　　深山道者家,门户带烟霞。绿缀沿岩草,红飘落水花。半庭栽小树,一径扫平沙。往往溪边坐,持竿到日斜。

夜上隐居寺

　　寻师拟学空,空住虎磎东。千里照山月,一枝惊鹤风。年如流去水,山似转来蓬。尽日都无事,安禅石窟中。

友人见访不值因寄

　　门户寒江近,篱墙野树深。晚风摇竹影,斜日转山阴。砌觉披秋草,床惊倒古琴。更闻邻舍说,一只鹤来寻。

途次偶作

　　岁月客中销,崎岖力自招。问人寻野寺,牵马渡危桥。为雨疑天晚,因山觉路遥。前程何处是,一望又迢迢。

送友人江行之庐山肄业

　　蜀国初开椁,庐峰拟拾萤。兽皮裁褥暖,莲叶制衣馨。楚水秋来碧,巫山雨后青。莫教衔凤诏,三度到中庭。

山居偶作

　　趋名逐利身,终日走风尘。还到水边宅,却为山下人。僧教开竹户,客许戴纱巾。且喜琴书在,苏生未厌贫。

赠道者

　　披霞戴鹿胎,岁月不能催。饭把琪花煮,衣将藕叶裁。鹤从归日养,松是小时栽。往往樵人见,溪边洗药来。

邛州水亭夜宴送顾非熊之官

　　寂寞邛城夜,寒塘对庾楼。蜀关蝉已噪,秦树叶应秋。道路连天远,笙歌到晓愁。不堪分袂后,残月正如钩。

题青城范贤观

数里缘山不厌难,为寻真诀问黄冠。苔铺翠点仙桥滑,松织香梢古道寒。画傍绿畦薅嫩玉,夜开红灶拈新丹。钟声已断泉声在,风动茅—作瑶花月满坛。

送僧讲罢归山

休将如意辩真空,吹尽天花任晓风。共看玉蟾三皎洁,独悬金锡一玲珑。岩间松桂秋烟白,江上楼台晚日红。依旧曹溪念经处,野泉声在草堂东。

题友人寓居

寓居无不在天涯,莫恨秦关道路赊。缭绕城边山是蜀,弯环门外水名巴。黄头卷席宾初散,白鼻嘶风日欲斜。何处一声金磬发,古松南畔有僧家。

伤张玖秀才

铜梁剑阁几区区,十上探珠不见珠。卞玉影沉沙草暗,骅骝声断陇城孤。入关词客秋怀友,出户孀妻晓望夫。吴水楚山千万里,旅魂归到故乡无?

题李少府别业

寻得仙家不姓梅,马嘶人语出尘埃。竹和庭上春烟动,花带溪头晓露开。绕岸白云终日在,傍松黄鹤有时来。何年亦作围棋伴,一到松间醉一回。

赠楚公

曾闻半偈雪山中,贝叶翻时理尽通。般若恒添持戒力,落叉谁算念经功。云间晓月应难染,海上虚舟自信风。长说满庭花色好,一枝红是一枝空。

赠王山人

红藤一柱脚常轻,日日缘溪入谷行。山下有家身未老,灶前无火药初成。经秋少见闲人说,带雨多闻野鹤鸣。知到蓬莱难再访,问何方法得长生。

庭竹

月笼翠叶秋承露,风亚繁梢暝扫烟。知道雪霜终不变,永留寒色在庭前。

题常乐寺

桂冷香闻—作松香十里间,殿台浑不似人寰。日斜回首江头望,一片晴—作闲云落后山。

题—作送刘炼师归山

风急云轻鹤背寒,洞天谁道却归难。千山万水瀛洲路,何处烟飞是醮坛。

酬舒公见寄

无客不言云外见,为文长遣世间知。一声松径寒吟后,正是前山雪下时。

巫山下作

细腰宫尽旧城摧,神女归山更不来。唯有楚江斜日里,至今犹自绕阳台。

句

恰似有龙深处卧,被人惊起黑云生。《临池洗砚》,见《纪事》。

全唐诗卷七百二十五

于邺

于邺,唐末进士。诗一卷。

书怀

长安多路岐,西去欲何依。浮世只如此,旧山长忆归。自离京国久,应已故人稀。好与孤云住,孤云无是非。

书情

负郭有田在,年年长废耕。欲磨秋镜净,恐见白头生。未作一旬别,已过千里程。不知书与剑,十载两无成。

途中作一作出门

西一作东南千里程一作行,处处有车声。若使地无利,始应人不营。天涯犹马到,石迹尚一作亦尘生。如此未曾息,蜀山终冀平。

春过函谷关

几度作游一作行客,客行长苦辛。愁看函谷路,老尽布衣人。岁远关犹固,时移草亦春。何当名利息,遣此绝征轮。

褒中即事

风吹残雨歇,云去有烟霞。南浦足游女一作士,绿苹应发花。远钟当一作常半夜,明月入一作落千家。不作故乡梦,始知京洛赊。

岁暮还家

东西流不驻,白日与车轮。残雪半成水,微风应欲春。几经他国岁,已减故乡人。回首长安道,十年空一作长苦辛。

还家

为客忆归舍一作来,归来还寂寥。壮时看欲过,白首固一作故非遥。独酌几回醉,此愁终一作终年恨不销。犹残鸡与犬,驱一作同去住山椒。

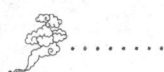

题华山麻处士所居—本无所居二字

贵贱各扰扰,皆逢朝市间。到此马无迹,始知君独闲。冰破听敷水,雪晴—作消,一作时看华山。西风寂寥地,唯我坐忘还。

天南怀—作忆故人

独行千里尘,轧轧转征轮。一别已多日,总看成老人。洞庭雪不下,故国草应春。三月烟波暖,南风生绿蘋。

路傍草

春至始青青,香车碾已平。不知山下处,来向—作绕路傍生。每岁有人在,何时无马行。应随—作尘与土,吹满洛阳城。

秋夕闻雁

星汉欲沉尽,谁家砧未休?忽闻凉雁至,如报杜陵秋。千树又—作有黄叶,几人新白头。洞庭今夜客,一半却登—作回舟。

洛中有怀

潺潺伊洛河,寂寞少恩波。銮驾久不—作不东幸,洛阳春草多。

送魏山韦处士—作送田处士西游

阴阴亭—作田际间,相顾惨离颜。一片云飞去,嵯峨空魏山。

白樱桃

王母阶前种几株,水晶帘内看如无。只应汉武金盘上,泻得珊珊白露珠。

白樱树

记得花开雪满枝,和蜂和蝶带花移。如—作只今花落游蜂去,空作主人惆怅诗。

下第不胜其念,题路左佛庙

雀儿未逐扬风高,下视鹰鹯意气豪。自谓能生千里足,黄昏依旧委蓬蒿。

感怀—作感情。以下一本俱作于武陵诗

东风吹草色,空使客蹉跎。不设太平险,更应游子多。几伤—作觞行处泪—作酒,一曲醉中歌。尽向青门外,东随渭水波。

游中梁山

僻地好泉石,何人曾陆沉。不知青嶂外,更有白云深。因此见乔木,几回思旧林。殷勤猿与—作与猿鸟,唯我独何心。

寻山

到此绝车轮,萋萋草树春。青山如有利,白石亦成尘。水阔应无路,松深不见人。如知巢与许,千载迹犹新。

宿江口

南渡人来绝,喧喧雁满沙。自生江上月,长有客思家。半夜下霜岸,北风吹荻花。自惊归梦断,不得到天涯。

秋夜达萧关

扰扰浮—作游梁路,人忙月自闲。去年为塞客,今夜宿萧关。辞国几经岁,望乡空见山。不知江叶下,又作布衣还。

斜谷道

乱峰连叠嶂,千里绿峨峨。蜀国路如此,游人车亦过。远烟当驿敛,骤雨逐风多。独忆紫芝叟,临风歌旧歌。

过百牢关贻舟中者

蜀国少平地,方思京洛间。远为千里客,来度百牢关。帆影清江水,铃声碧草山。不因—作贪名与利,尔我—作我尔各应闲。

客中览镜

何当开此镜,即见发如丝。白日急于水,少年能几时。每逢芳草处,长返故园迟。所以多为客,蹉跎欲怨谁。

长安逢隐者

征车千里至,碾遍六街尘。向此有营地,忽逢无事人。昔时颜未改,浮世路多新。且脱衣沽酒,终南山欲春。

与僧话—作语旧

草堂前有山,一见一相宽。处世贵僧静,青松因岁寒。他山逢旧侣,尽日话长安。所以闲行迹,千回绕药栏。

赠王道士

日日市朝路,何时无苦辛。不随丹灶客,终作白头人。浮世度千载,桃源方一春。归来华表上,应笑北邙尘。

匣中琴

世人无正心,虫网匣中琴。何以经时废,非为娱耳音。独令高韵在,谁感隙尘深。应是南风曲,声声不合今。

友人亭松

俯仰不能去,如逢旧友同。曾因春雪散,见在华山中。何处有明月,访君听远风。相将归未得,各占石岩东。

过洛阳城

古来利与名,俱在洛阳城。九陌鼓初起,万车轮已行。周秦时几变,伊洛水犹清。二月中桥路,鸟啼春草生。

客中月—作望月

离家凡几宵,一望一寥寥。新魄又将满,故乡应渐遥。独临彭蠡水,远忆洛阳桥。更有乘舟客,凄然亦驻桡。

王将军宅夜听歌

朱槛满—作铺明月,美人歌落梅。忽惊尘起处,疑有凤飞来。一曲听初彻,几年愁暂开。东南正云雨,不得见阳台。

长信—作春宫

莫问—作访古宫名,古宫空有—作古城。惟—作只应东去水,不改旧时声。

高楼

远天明月出,照此谁家楼。上有罗衣裳—作色,凉风吹不休—作秋。

全唐诗卷七百二十六

陆贞洞

陆贞洞,吴郡进士。诗一首。

和三乡诗 会昌时有女子题诗三乡驿,和者十人

惆怅残花怨暮春,孤鸾舞镜倍伤神。清词好个干人事,疑是文姬第二身。

刘谷

刘谷,与李郢同时。诗一首。

和三乡诗

兰蕙芬香见玉姿,路傍花笑景迟迟。苎萝山下无穷意,并在三乡惜别时。

王祝

王祝,字不耀。给事中、常州刺史。诗一首。

和三乡诗

女儿山前岚气低,佳人留恨此中题。不知云雨归何处,空使王孙见即迷。

王涤

王涤,字用霖,琅琊人。景福中擢第,累官中书舍人,后终于闽。诗一首。

和三乡诗

浣纱游女出关东,旧迹新词一梦中。槐陌柳亭何限事,年年回首向春风。

韦冰

韦冰,唐末邺令。诗一首。

和三乡诗

来时欢笑去时哀,家国迢迢向越台。待写百年幽思尽,故宫流水莫相催。

李昌邺

李昌邺,唐末人。诗一首。

和三乡诗

红粉萧娘手自题,分明幽怨发云闺。不应更学文君去,泣向残花归剡溪。

王硕

王硕,唐末人。诗一首。

和三乡诗

无姓无名越水滨,芳词空怨路傍人。莫教才子偏惆怅,宋玉东家是旧邻。

李缟

李缟,唐末人。诗一首。

和三乡诗

会稽王谢两风流,王子沉沦谢女愁。归思若随文字在,路傍空为感千秋。

张绮

张绮,唐末人。诗一首。

和三乡诗

洛川依旧好风光,莲帐无因见女郎。云雨散来音信断,此生遗恨寄三乡。

高衢

高衢,唐末人。诗一首。

和三乡诗

南北千山与万山,轩车谁不思乡关。独留芳翰悲前迹,陌上恐伤桃李颜。

贾驰

贾驰,与曹邺同时。诗二首。

复睹三乡题处留赠

壁古字未灭,声长响不绝。蕙质本如云,松心应耐雪。耿耿离幽—作崖谷,悠悠望瓯越。杞妇哭夫时,城崩无此说。

秋入关

河上微风来,关头树初湿。今朝关城吏,又见孤客入。上国谁与期,西来徒自急。

赵光远

赵光远,华州刺史鹭之子,不第而没。光化中,韦庄奏赠官。诗三首。

咏手二首

妆成皓腕洗凝脂,背接红巾掬水时。薄雾袖中抬玉罩,斜阳屏上拈青丝。唤人急拍临前槛,摘杏高揎近曲池。好是琵琶弦畔见,细圆无节玉参差。

拈玉搓琼软复圆,绿窗谁见上琴弦。慢笼彩笔闲书字,斜指瑶阶笑打钱。炉面试香添麝炷,舌头轻点贴金钿。象床珍簟宫棋处,拈定文楸占角边。

题妓莱儿壁—作题北里妓人壁

鱼钥兽环斜掩门,萋萋芳草忆王孙。醉凭青琐窥韩寿,闲掷金梭恼谢鲲。不夜珠光连玉匣,辟寒钗影落瑶尊。欲知肠断相思处,役尽江淹别后魂。

郑良士—作士良

郑良士,字君梦,闽人。昭宗时献诗五百篇,授补阙。《白岩集》十卷,今存三首。

题兴化高田院桥亭

到此溪亭上,浮生始觉非。野僧还惜别,游客亦忘归。月满千岩静,风清一磬微。何时脱尘役,杖履愿相依。

游九鲤湖

仄径倾崖不可通,湖岚林霭共溟濛。九溪瀑影飞花外,万树春声细雨中。覆石云闲丹灶冷,采芝人去洞门空。我来不乞邯郸梦,取醉聊乘郑国风。

寄富洋院禅者

画破青山路一条,走鞭飞盖去何遥。碍天岩树春先冷,锁院溪云昼不销。雪上茗芽因客煮,海南沉屑为斋烧。谁能学得空门士,冷却心灰守寂寥。

萧项

萧项,萧田人,官侍郎。昭宗末年,尝同翁赞为册礼使使闽。诗一首。

赠翁承赞漆林书堂诗

辂车故国世应稀,昔日书堂二纪归。手植松筠同茂盛,身荣金紫倍光辉。入门邻里喧迎接,列坐儿童见等威。却对芸窗勤苦处,举头全是锦为衣。

全唐诗卷七百二十七

胡令能

胡令能,莆田隐者,少为负局锼钉之业。梦人剖其腹,以一卷书内之,遂能吟咏,远近号为胡钉铰。诗四首。

喜韩少府见访

忽闻梅福来相访,笑著荷衣出草堂。儿童不惯见车马,走入芦花深处藏。

观郑州崔郎中诸妓绣样—本题作咏绣障

日暮堂前花蕊娇,争拈小笔上床描。绣成安向春园里,引得黄莺下柳条。

小儿垂钓

蓬头稚子学垂纶,侧坐莓苔草映身。路人借问遥招手,怕得鱼惊不应人。

王昭君

胡风似剑锼人骨,汉月如钩钓胃肠。魂梦不知身在路,夜来犹自到昭阳。

严郾

严郾,唐末人。诗二卷,今存二首。

望夫石

何代提戈去不还,独留形影白云间。肌肤销尽雪霜色,罗绮点成苔藓斑。江燕不能传远信,野花空解妒愁颜。近来岂少征人妇,笑采蘼芜上北山。

赋百舌鸟

此禽轻巧少同伦,我听长疑舌满身。星未没河先报晓,柳犹粘雪便迎春。频嫌海燕巢难定,却讶林莺语不真。莫倚春风便多事,玉楼还有晏眠人。

蒋肱

蒋肱,唐末尝客荆南成汭幕。诗一首。

永州陪郑太守登舟夜宴，席上各赋诗

江头朱绂间青衿，岂是仙舟不可寻。谁敢强登徐稚榻，自怜还学谢安吟。月凝兰棹轻风起，妓劝金罍尽醉斟。剪尽蜡红人未觉，归时城郭晓烟深。

张迥

张迥，唐末人。少年苦吟，梦五色云自天而下，取吞之，遂精雅道。诗一首。

寄远

锦字凭谁达，闲庭草又枯。夜长灯影灭，天远雁声孤。蝉鬓凋将尽，虬髯白也无？几回愁不语，因看朔方图。<small>迥尝携此谒齐己，点头吟讽，为改虬髯黑在无，迥遂拜作一字师。</small>

张友正

张友正，唐末人。诗一卷，今存二首。

春草凝露

苍苍芳草色，含露对青春。已赖阳和长，仍惭润泽频。日临残未滴，风度欲成津。蕙叶垂偏重，兰丛洗转新。将行秋裛径，欲采畏濡身。独爱池塘畔，清华远袭人。

锦带佩吴钩

带剑谁家子，春朝紫陌游。结边霞聚锦，悬处月随钩。彩缕回文出，雄芒练影浮。叶依花里艳，霜向锷中秋。的砾宜骢马，斓斒映绮裘。应须待报国，一刜月支头。

伍唐珪

伍唐珪，袁州宜春人。诗三首。

山中卧病寄卢郎中

十年耕钓水云间，住僻家贫少往还。一径绿苔凝晓露，满头白发对青山。野僧采药来医病，樵客携觞为解颜。空恋旧时恩奖地，无因匍匐出柴关。

寒食日献郡守

入门堪笑复堪怜，三径苔荒一钓船。惭愧四邻教断火，不知厨里久无烟。

上苏使君

江西昔日推韩注，袁水今朝数赵祥。纵使文翁能待客，终栽桃李不成行。

孙棨

孙棨，字文威，自号无为。历官御史、翰林学士、中书舍人。诗六首。

赠妓人王福娘

彩翠仙衣红玉肤，轻盈年在破瓜初。霞杯醉劝刘郎赌，云髻慵邀阿母梳。不怕寒侵缘带宝，每忧风举倩持裾。谩图西子晨<small>一作为</small>妆样，西子元来未得如。

题妓王福娘墙

移壁回窗费几朝，指镮偷解博红<small>一作兰</small>椒。无端斗草输邻女，更被拈将玉步摇。

寒绣衣裳饷阿娇，新团香兽不禁烧。东邻起样裙腰阔，剩蹙黄金线<small>一作一几一作两条</small>。<small>以下二首题一作题北里妓人壁。</small>

试共卿卿语笑初<small>一作粗</small>，画堂连遣侍儿呼。寒肌不耐金如意，白獭为膏郎有无？

戏李文远

引君来访洞中仙，新月如眉拂户前。领取嫦娥攀取桂，便从陵谷一时迁。

题刘泰娘舍

<small>泰娘，北曲内小家，中门前一樗树。年齿甚妙，粗有容色，以居非其所，人不知之。余过其舍，题诗云云。同游闻之，诘朝，诣之者结驷于门矣。</small>

寻常凡木最轻樗，今日寻樗桂不如。汉高新破咸阳后，英俊奔波遂吃虚。

颜荛

颜荛，登进士第。昭宗时为中书舍人。诗

一首。

戏张道人不饮酒

言自云山访我来,每闻奇秘觉叨陪。吾师不饮人间酒,应待流霞即举杯。

句

爽籁尽成鸣凤曲,游人多是弄珠仙。见《方舆胜览》。

张为

张为,唐末江南诗人。诗一卷,今存三首。

秋醉歌

金风飒已—作飒飒起,还是招渔翁。携酒天姥岑,自弹峄阳桐。脱却登山履,赤脚翘青筇。泉声扫残暑,猿臂攀长松。翠微泛樽绿,苔藓分烟红。造化处术内,相对数壶空。醉眠岭上草,不觉夜露浓。一梦到天晓,始觉一醉中。皎然梦中路,直到瀛洲东。初平把我臂,相与骑白龙。三留对上帝,玉楼十二重。上帝赐我酒,送我敲金钟。宝阁香敛苒,琪树寒玲珑。动叶如笙篁,音律相怡融。珍重此一醉,百骸出天地。长如此梦魂,永谢名与利。

谢别毛仙翁

大中戊寅岁,为薄游长沙。获女奴于岳麓下,惑之。岁余,成羸疾。偶遇仙翁,知其为妖所祟,以药一粒授为焚之,气都烈闻百步,魅妾一号而毙,乃木偶人也。又吞以丹砂如黍者三,疾遂瘳。为作诗别之。

羸形感神药,削骨生丰肌。兰炷飘灵烟,妖怪立诛夷。重睹日月光,何报父母慈。黄河浊衮衮,别泪流澌澌。黄河清有时,别泪无收期。

渔阳将军

霜髭拥颔对穷秋,著白貂裘独上楼。向北望星提剑立,一生长为国家忧。

句

到处即闭户,逢君方展眉。《纪事》云:为此句最有诗称。

马冉

马冉,唐末万州刺史。诗一首。

岑公岩

南溪有仙涧,咫尺非人间。泠泠松风下,日暮空苍山。

周镛

周镛,唐末诸暨县人。诗一首。

诸暨五泄山

路入苍烟九过溪,九穿岩曲到招提。天分五溜寒倾北,地秀诸峰翠插西。凿径破崖来木杪,驾泉鸣竹落榱题。当年老默无消息,犹有词堂一杖藜。

刘赞—作瓒

刘赞,唐末人。诗一首。按唐末刘赞有三:一魏州人,举进士,为罗绍威判官,仕唐明宗中书舍人;一桂阳人,宰相瞻之子,擢进士,仕梁,充崇政殿学士;一仕闽王曦,为御史中丞。三人皆与罗隐同时,未知孰是。

赠罗隐

人皆言子屈,独我谓君非。明主既难谒,青山何不归。年虚侵雪鬓,尘柱污麻衣。自古逃名者,至今名岂微。

句

絮花飞起雪漫漫,长得宫娥带笑看。《柳枝词》,见《吟香杂录》。

任翻

任翻—作蕃,唐末人。诗集一卷,今存诗十八首。

洛阳道

憧憧洛阳道,尘下生春草。行者岂无家,无人在家老。鸡鸣前结束,争去恐不早。百年路傍尽,白日车中晓。求富江海狭,取贵山岳小。二端立在途,奔走无由了。

春晴

楚国多春雨,柴门喜晚晴。幽人临水坐,好鸟隔花鸣。野色临空阔,江流接海平。门前到溪路,今夜月分明。

秋晚郊居

远声霜后树,秋色水边村。野径无来客,寒风自动门。海山藏日影,江月落潮痕。惆怅高飞晚,年年别故园。

秋晚途次

秋色满行路,此时心不闲。孤贫游上国,少壮有衰颜。众鸟已归树,旅人犹过山。萧条远林外,风急水潺潺。

葛仙井

古井碧沈沈,分明见百寻。味甘传邑内,脉冷应山心。圆入月轮净,直涵峰影深。自从仙去后,汲引到如今。

桐柏观

飘飘云外者一作客,暂宿聚仙堂。半夜人无语,中宵月送凉。鹤归高树静,萤过小池光。不得多时住,门开是事忙。

冬暮野寺

江东寒近腊,野寺水天昏。无酒可销夜,随僧早闭门。照墙灯影短,著瓦雪声繁。飘泊仍千里,清吟欲断魂。

赠济禅师

碧峰秋寺内,禅客已无情。半顶发根白,一生心地清。竹房侵月静,石径到门平。山下尘嚣路,终年誓不行。

经堕泪碑

羊公传化地,千古事空存。碑已无文字,人犹敬子孙。岘山长闭恨,汉水自流恩。数处烟岚色,分明是泪痕。

长安冬夜书事

忧来长不寐,往事重思量。清渭几年客,故衣今夜霜。春风谁识面,水国但牵肠。十二门车马,昏明各自忙。

越江渔父

借问钓鱼者,持竿多少年。眼明汀岛畔,头白子孙前。棹入花时浪,灯留雨夜船。越江深见底,谁识此心坚。

哭友人

逢著南州史,江边哭问君。送终时有雪,归葬处无云。官库惟留剑,邻僧共结坟。儿孙未成立,谁与集遗文。

送李衡

羁栖亲故少,远别惜清才。天畔出相送,路长知未回。欲销今日恨,强把异乡杯。君去南堂后,应无客到来。

宫怨

泪干红落脸,心尽白垂头。自此方知怨,从来岂信愁。

惜花

无语与花别,细看枝上红。明年又相见,还恐是愁中。

宿巾子山禅寺

绝顶新秋生夜凉,鹤翻松露滴衣裳。前峰月映半江水,僧在翠微开竹房。

再游巾子山寺

灵江江上帻峰寺,三十年来两度登。野鹤尚巢松树遍,竹房不见旧时僧。

三游巾子山寺感述

清秋绝顶竹房开,松鹤何年去不回。惟有前峰明月在,夜深犹过半江来。

荆浩

荆浩,字浩然,沁水人。隐太行洪谷,自号

洪谷子。工丹青，尤长山水，为唐末之冠。诗一首。

画山水图答大愚

恣意纵横扫，峰峦次第成。笔尖寒树瘦，墨淡野云轻。岩石喷泉窄，山根到水平。禅房时一展，兼称苦空情。

张直

张直，濮州人，号逍遥先生。青州主帅范尝聘之。诗二首。

宿顾城二首 顾城在范县东

绿草展青裀，槐影连春树，茅屋八九家，农器六七具。主人有好怀，褰衣留我住。春酒新泼醅，香美连糟滤。一醉卧花阴，明朝送君去。

醉卧夜将半，土底闻鸡啼。惊骇问主人，为我剖荒迷。武汤东伐韦，固君含悲凄。神夺悔悟魄，幻化为石鸡。形骸仅盈寸，咿喔若啁哯。吾村耕耘叟，多获于锄犁。

陈光

陈光，唐末人。诗一卷，今存一首。

题桃源僧

桃源有僧舍，跬步异人天。花乱似无主，鹤鸣疑有仙。轩廊明野色，松桧湿春烟。定拟辞尘境，依师过晚年。

全唐诗卷七百二十八

周昙

周昙，唐末守国子直讲。《咏史诗》八卷，今编为二卷。

吟叙

历代兴亡亿万心，圣人观古贵知今。古今成败无多事，月殿花台幸一吟。

闲吟

考摭妍蚩用破心，剪裁千古献当今。闲吟不是闲吟事，事有闲思闲要吟。

唐虞门

唐尧

祅氛不起瑞烟轻，端拱垂衣日日明。传事四方无外役，茅茨深处土阶平。

虞舜

进善惩奸立帝功，功成揖让益温恭。满朝卿士多元凯，为黜兜苗与四凶。

舜妃

苍梧一望隔重云，帝子悲寻不记春。何事泪痕偏在竹，贞姿应念节高人。

再吟

潇湘何代泣幽魂，骨化重泉志尚存。若道地中休下泪，不应新竹有啼痕。

三代门

夏禹

尧违天孽赖询谟，顿免洪波浸碧虚。海内生灵微伯禹，尽应随浪化为鱼。

再吟

万古龙门一旦开，无成甘死作黄能。司空

定有匡尧术,九载之前何处来。

太康
师保何人为琢磨,安知父祖苦辛多。酒酣禽色方为乐,讵肯闲听五子歌。

后稷
人惟邦本本由农,旷古谁高后稷功。百谷且繁三曜在,牲牢郊祀信无穷。

文王
昭然明德报天休,禴祭惟馨胜杀牛。二老五侯何所诈,不归商受尽归周。

武王
文王寝膳武王随,内竖言安色始怡。七载岂堪囚羑里,一夫为报亦何疑。

太公
昌猎关西纣猎东,纣怜崇虎弃非熊。危邦自谓多麟凤,肯把王纲取钓翁。

再吟
东邻不事事西邻,御物卑和物自亲。天下言知天下者,兆人无主属贤人。

又吟
千妖万态逞妍姿,破国亡家更是谁。匡政必能除苟媚,去邪当断勿狐疑。

子牙妻
陵柏无心竹变秋,不能同戚拟同休。岁寒焉在空垂涕,覆水如何欲再收。

周公
文武传芳百代基,几多贤哲守成规。仍闻吐握延儒素,犹恐民疵未尽知。

夷齐
让国由衷义亦乖,不知天命匹夫才。将除暴虐诚能阻,何异崎岖助纣来。

管蔡
伊商胡越尚同图,管蔡如何有异谟。不念祖宗危社稷,强于仁圣遣行诛。

成王
成王有过伯禽笞,圣惠能新日自奇。王道既成何所感,越裳呈瑞凤来仪。

幽王
狼烟篝火为边尘,烽候那宜悦妇人。厚德未闻闻厚色,不亡家国幸亡身。

平王
犬戎西集杀—作犯灭幽王,邦土何由不便亡。宜臼东来年更远,川流难—作虽绝信源长。

春秋战国门

祭足
吴鲁燕韩岂别宗,曾无外御但相攻。当时周郑谁为相,交质将何服远戎。

再吟
周室衰微不共匡,干戈终日互争强。诸侯若解尊天子,列国何因次第亡。

隐公
今古难堤是小人,苟希荣宠任相亲。陈谋不信怀忧惧,反间须防却害身。

庄公
齐甲强临力有余,鲁庄为战念区区。鱼丽三鼓微曹刿,肉食安能暇远谟。

哀公
贤为邻用国忧危,庙算无非委艳奇。两叶翠娥春乍展,一毛须去不难吹。

再吟
好龙天为降真龙,及见真龙瘁厥躬。接下不勤徒好士,叶公何异鲁哀公。

平公
鸿鹄轻腾万里高,何殊朝野得贤豪。能知翼戴穹苍力,不是蒙茸腹背毛。

文公
灭虢吞虞未息兵,柔秦败楚霸威成。文公徒欲三强服,分晋元来是六卿。

景公
觉病当宜早问师,病深难疗恨难追。晋侯徒有秦医缓,疾在膏肓救已迟。

卫灵公
子鱼无隐欲源清,死不忘忠感卫灵。伯玉既亲知德润,残桃休吃悟兰馨。

陈灵公
谁与陈君嫁祸来,孔宁行父夏姬媒。灵公徒认徵舒面,至死何曾识祸胎。

陈蔡君
楚聘宣尼欲道光,是时陈蔡畏邻强。庸谋但解遮贤路,不解迎贤谋自昌。

楚惠王
芹中遇蛭强为吞,不欲缘微有害人。何事免成心腹疾,皇天惟德是相亲。

楚怀王
不听陈轸信张仪,六里商于果见欺。既舍黔中西换得,又令生去益堪悲。

再吟
不得商于又失齐,楚怀方寸一何迷。明知秦是虎狼国,更忍车轮独向西。

韩惠王
韩惠开渠止暴秦,营田万顷饱秦人。何殊般肉供羸兽,兽壮安知不害身。

顷襄王
秦陷荆王死不还,只缘偏听子兰言。顷襄还信子兰语,忍使江鱼葬屈原。

武公
猛兽来兵只为文,岂宜凉德拟图尊。君看豹彩蒙麇质,人取无难必不存。

华元
未知军法忌偏颇,徒解于思腹漫皤。昔日羊斟曾不预,今朝为政事如何。

臧孙
诸孟憎吾似犬狞,贤臧哭孟倍伤情。季孙爱我如甘疾,疾足亡身药故宁。

公叔
吴起南奔魏国荒,必听公叔失贤良。无谋纵欲离安邑,可免河沟—作他时—徙大梁。

庄辛
庆辛正谏谓妖词,兵及鄢陵始悔思。见兔必能知顾犬,亡羊补栈未为迟。

孙膑
曾嫌胜己害贤人,钻火明知速自焚。断足尔能行不足,逢君谁肯不酬君。

灵辄
失水枯鳞得再生,翳桑无地谢深情。朱轮未染酬恩血,公子何由见赤诚。

郭开
秦袭邯郸岁月深,何人沾—作解—赠郭开金。廉颇还国李牧在,安得赵王为尔擒。

乐羊
杯羹忍啜得非忠,巧佞胡为惑主聪。盈箧谤书能寝默,中山不是乐羊功。

虞卿
割地求和国必危,安知坚守绝来思。年年来伐年年割,割尽邯郸何所之。

豫让
门客家臣义莫俦,漆身吞炭不能休。中行智伯思何异,国士终期国士酬。

毛遂
不识囊中颖脱锥,功成方信有英奇。平原门下三千客,得力何曾是素知。

再吟
定获英奇不在多,然须设网遍山河。禽虽一目罗中得,岂可空张一目罗。

田文
下客常才不足珍,谁为狗盗脱强秦。秦关若待鸡鸣出,笑杀临淄土偶人。

再吟
门下三千各自矜,频弹剑客独无能。田文不厌无能客,三窟全身果有凭。

冯谖
兔窟穿成主再兴,辈流狐伏敢骄矜。冯谖不是无能者,要试君心欲展能。

章子
在家能子必能臣,齐将功成以孝闻。改葬义无欺死父,临戎安肯背生君。

卞和
磷磷谁为惑温温,至宝凡姿甚易分。自是时人多贵耳,目无明鉴使俱焚。

季札
吹毛霜刃过千金,生许徐君死挂林。宝剑徒称无价宝,行心更贵不欺心。

孙武
理国无难似理兵,兵家法令贵遵行。行刑不避君王宠,一笑随刀八阵成。

夫差
信听谗言疾不除,忠臣须杀竟何如。会稽既雪夫差死,泉下胡颜见子胥。

少孺
宝贵亲仁与善邻,邻兵何要互相臻。螳螂定是遭黄雀,黄雀须防挟弹人。

苏厉
百步穿杨箭不移,养由堪教听弘规。身隆业著未知退,勿遣功名一旦隳。

鬻拳
鬻拳强谏惧威刑,退省怀惭不顾生。双刖忍行留痛恨,惟君适足见忠诚。

荆轲
反刃相酬是匹夫,安知突骑驾群胡。有心为报怀权略,可在于期与地图。

再吟
几尺如霜利不群,恩仇未报反亡身。诚哉利器全由用,可惜吹毛不得人。

陈轸
丹青徒有逞喧哗,有足由来不是蛇。杀将破军为柱国,君今官极更何加。

田饶
厨抛败肉士怀饥,仓烂余粮客未炊。临难欲行求死士,将何恩信致扶危。

鲍叔
忠臣祝寿吐嘉词,鲍叔临轩酒一卮。安不忘危臣所愿,愿思危困必无危。

晏婴
正人徒以刃相危,贪利忘忠死不为。麋鹿命悬当有处,驱车何必用奔驰。

再吟
下泽逢蛇盖是常,还如山上见豺狼。国中有怪非蛇兽,不用贤能是不祥。

又吟
马嵬厌人欲就刑,百年临尽一言生。赖逢贤相能匡救,仍免吾君播恶声。

叔向
重禄存家不敢言,小臣忧祸亦如然。明开谏诤能无罪,只此宜为理国先。

师旷
老能劝学照余生,似夜随灯到处明。往行前言如不见,暗中无烛若为行。

智伯
三国连兵敌就擒,晋阳城下碧波深。风涛撼处看沈赵,舟楫不从翻自沈。

再吟
攻城来下惜先分,一旦家邦属四邻。徒逞威强称智伯,不知权变是愚人。

襄子
君子常闻不迫危,城崩何用急重围。叛亡能退修文德,果见中牟以义归。

杨回
三逐乡间五去君,莫知何地可容身。杨回不是逢英鉴,白首无成一旅人。

颜回
陋巷箪瓢困有年,是时端木饫腥膻。宣尼行教何形迹,不肯分甘救一作徒行葬子渊。

子贡
救鲁亡吴事可伤,谁令利口说田常。吴亡必定由端木,鲁亦宜其运不长。

再吟
一言能使定安危,安己危人是所宜。仁义不思垂教化,背恩亡德岂儒为。

郑相
郑相清贤慎有余,好鱼鱼至竟何如。退鱼留得终身禄,禄在何忧不得鱼。

子产
为政何门是化源,宽仁高下保安全。如嫌水德人多狎,拯溺宜将猛济宽。

管仲
美酒浓馨客要沽,门深谁敢强提壶。苟非贤主询贤士,肯信沽人畏子獹。

再吟
社鼠穿墙巧庇身,何由功灌若为燻。能知窟穴依形势,不听谗邪是圣君。

范蠡
西子能令转嫁吴,会稽知尔啄姑苏。迹高尘外功成处,一叶翩翩在五湖。

屈原
满朝皆醉不容醒,众浊如何拟独清。江上流人真浪死,谁知浸润误深诚。

黄歇
春申随质若王图,为主轻生大丈夫。女子异心安足听,功成何更用阴谟。

王后
连环要解解非难,忽碎瑶阶一旦间。两国相持兵不解,会应俱碎似连环。

樊姬
侧影频移未退朝,喜逢贤相日从高。当时不有樊姬问,令尹何由进叔敖。

齐恒公
三往何劳万乘君,五来方见一微臣。微臣傲爵能轻主,霸主如何敢傲人。

中山君
敌临烹子一何庸,激怒来军速自功。结怨岂思围不解,愚谋多以杀为雄。

赵简子
　　简子雄心蓄霸机，贤愚聊欲试诸儿。假言藏宝非真宝，不是生知焉得知。

再吟
　　谔谔能昌唯唯亡，亦由匡正得贤良。一从忠谠无周舍，吾过何人为短长。

赵宣子
　　门人曾不有提弥，连嚏呀呀孰敢支。临难若教无苟免，乱朝争那以獒为。

韩昭侯
　　去年秦伐我宜阳，今岁天灾旱且荒。对此不思人力困，楼门何可更高张。

魏文侯
　　冒雨如何固出畋，虑乖群约失乾乾。文侯不是贪禽者，示信将为教化先。

郄成子
　　陈乐无欢璧在隅，宰臣怀智有微谟。苟非成子当明哲，谁是仁人可托孤。

秦武阳
　　卯岁徒闻有壮名，及令为副误荆卿。是时环柱能相副，谁谓燕因事不成。

田子方
　　太子无嫌礼乐亏，愿听贫富与安危。贱贫骄物贫终在，富贵骄人贵必隳。

淳于髡
　　穰穰何祷手何赍，一呷村浆与只鸡。以少求多诚可笑，还如轻币欲全齐。

再吟
　　戏问将何对所耽，滑稽无骨是常谭。昔时王者皆通四，近见君王只好三。

再吟
　　曲突徙薪不谓贤，焦头烂额飨盘筵。时人多是轻先见，不独田家国亦然。

田子奇
　　少年为吏虑非循，一骑奔追委使臣。使者不追何所对，车中缘见白头人。

百里奚
　　船骥由来是股肱，在虞虞灭在秦兴。裁量何异刀将尺，只系用之能不能。

孙叔敖
　　童稚逢蛇叹不祥，虑悲来者为埋藏。是知阳报由阴施，天爵昭然契日彰。

鲁仲连
　　昔进烧牛发战机，夜奔惊火走燕师。今来跃马怀骄惰，十万如无一撮时。

宋子罕
　　子怜温润欲归仁，吾贵坚廉是宝身。自有不贪身内宝，玉人徒献外来珍。

宫之奇
　　虞虢相依自保安，谋臣吞度不为难。贪怜璧马迷香饵，肯信之奇谕齿寒。

王孙满
　　九牧金熔物像成，辞昏去乱祚休明。兴亡在德不在鼎，楚子何劳问重轻。

颜叔子
　　夜雨邻娃告屋倾，一宵从寄念悲惊。诚知独处从烧烛，君子行心要自明。

张孟谭
　　强兵四合国将危，赖有谋臣为发挥。城内藁铜诚自有，无谋谁解见玄机。

公子无忌
　　按剑临笼震咄呼，鹖甘枭戮伏鸠辜。能怜钝拙诛豪俊，悯弱摧强真丈夫。

再吟

赵解重围魏再昌,信陵贤德日馨芳。昏蒙愚主听谗说,公子云亡国亦亡。

侯嬴朱亥

屠肆监门一贱微,信陵交结国人非。当时不是二君计,匹马那能解赵围。

再吟

走敌存亡义有余,全由雄勇与英谟。但如公子能交结,朱亥侯嬴何代无。

全唐诗卷七百二十九

周昙

秦门

胡亥
鹿马何难辨是非,宁劳卜筮问安危。权臣为乱多如此,亡国时君不自知。

再吟
盗贼纵横主恶闻,遂为流矢犯君轩。怪言何不早言者,若使早言还不存。

赵高
赵高胡亥速天诛,率土兴兵怨毒痡。丰沛见机群小吏,功成儿戏亦何殊。

陈涉
秦法烦苛霸业隳,一夫攘臂万夫随。王侯无种英雄志,燕雀喧喧安得知。

项籍
九垓垂定弃谋臣,一阵无功便杀身。壮士诚知轻性命,不思辜负八千人。

范增
智士宁为暗生谟,范公曾不读兵书。平生心力为谁尽,一事无成空背疽。

前汉门

高祖
爱子从烹报主时,安知强啜不含悲。太公悬命临刀几,忍取杯羹欲为谁?

再吟
北伐匈奴事可悲,当时将相是其谁?君臣束手平城里,三十万兵能忍饥。

周苛纪信
为主坚能不顾身,赴汤蹈火见忠臣。后来

邦国论心义,谁是君王出热人。

鄧侯
共怪鄧侯第一功,咸称得地合先封。韩生不是萧君荐,猎犬何人为指踪。

曲逆侯
社肉分平未足奇,须观大用展无私。一朝如得宰天下,必使还如宰社时。

薛公
黥布称兵孰敢当,薛公三计为斟量。上中良策知非用,南取长沙是死乡。

条侯
上将风戈赏罚明,矛铤严闭亚夫营。人君却禀将军令,按辔垂鞭为缓行。

平津侯
儒素逢时得自媒,忽从徒步列公台。北辰如不延吾辈,东阁何由逐汝开。

博陆侯
栋梁徒自保坚贞,毁穴难防雀鼠争。不是主人知诈伪,如何柱石免敧倾。

夏贺良
汉代中微亦再昌,忠臣忧国冀修禳。赤精符谶诚非妄,枉杀无辜夏贺良。

王莽
权归诸吕牝鸡鸣,殷鉴昭然讵可轻。新室不因崇外戚,水中安敢寄生营。

再吟
重赋严刑作祸胎,岂知由此乱离媒。家传揖让亦难济,况是身从倾篡来。

又吟
铜马朱眉满四方,总缘居摄乱天常。因君多少布衣士,不是公卿即帝王。

毛延寿
不拔金钗赂汉臣,徒嗟玉艳委胡尘。能知货贿移妍丑,岂独丹青画美人。

刘圣公
不纳良谋刘缤言,胡为衔璧向崇宣。伤哉乱帝途穷处,何必当时谮福先。

樊崇徐宣
庸中佼佼铁铮铮,百万长驱入帝京。首事纵隳三善在,归仁何虑不全生。

僭号公孙述
剑蜀金汤孰敢争,子阳才业匪雄英。方知在德不在险,危栈何曾阻汉兵。

后汉门

光武
成败非儒孰可量,儒生何指指萧王。萧王得众能宽裕,吴汉归来帝业昌。

明帝
朝臣咸佞孰知非,张佚公忠语独奇。博士一言除太傅,谥为明帝信其宜。

桓帝
能嫌跋扈斩梁王,宁便荣枯信段张。襄楷忠言谁佞惑,忍教奸祸起萧墙。

灵帝
榜悬金价鬻官荣,千万为公五百卿。公瑾孔明穷退者,安知高卧遇雄英。

废帝
乱兵如猬走王师,社稷颠危孰为持。夜逐萤光寻道路,汉家天子步归时。

献帝
只为曹侯数贵人,普天黔首尽黄巾。汉灵早听侍中谏,安得献生称不辰。

再吟
　　咸怨刑科有党偏,耕夫无不事戎旃。是时老幼饥号处,一斛黄禾五百千。

子密
　　子密封侯岂所宜,能高德义必无为。当时若缚还彭氏,率土何忧不自归。

羊续
　　鱼悬洁白振清风,禄散亲宾岁自穷。单席寒厅惭使者,葛衣何以至三公。

杨震
　　为国推贤匪惠私,十金为报遽相危。无言暗室何人见,咫尺斯须已四知。

赵孝
　　绿林清旦正朝饥,岂计行人瘦与肥。为感在原哀叫切,鹡鸰休报听双飞。

马后
　　粗衣闲寂阅群书,荐达嫔妃广帝居。再实伤根嫌贵宠,惠慈劳悴育皇储。

魏博妻
　　萝挂青松是所依,松凋萝更改何枝。操刀必割腕可断,磐石徒坚心不移。

曹娥
　　心摧目断哭江渍,窥浪无踪日又昏。不入重泉寻水底,此生安得见沈魂。

周郜妻
　　绿水双鸳一已沉,皇天更欲配何禽。不将血涕随霜刃,谁见朱殷未死心。

鲍宣妻
　　君恶奢华意不欢,一言从俭亦何难。但能和乐同琴瑟,未必恩情在绮纨。

吕母
　　狱无良吏雪无由,处处戈鋋自执仇。吕母衔冤穷老妇,亦能为帅复私仇。

三国门

蜀先主
　　豫州军败信途穷,徐庶推能荐卧龙。不是卑词三访谒,谁令玄德主巴邛。

再吟
　　一家区宇忽三分,龌龊车书曷足论。定有伊姜为佐辅,忍教鸿雁各乾坤。

后主
　　万峰如剑载前来,危阁横空信险哉。对此玄休长叹息,方知刘禅是庸才。

吴后主
　　吴宫季主恣骄奢,移尽江南百媚花。一旦狂风江上起,花随风散落谁家。

王表
　　王表闻声莫见身,吴中敬事甚君亲。是知邦国将亡灭,不听人臣听鬼神。

鲁肃
　　轻财重义见英奇,圣主贤臣是所依。公瑾窘饥求子敬,一言才起数船归。

晋门

晋武帝
　　汉贪金帛鬻公卿,财赡羸军冀国宁。晋武鬻官私室富,是知犹不及桓灵。

再吟
　　君人为理在安民,论道求贤德自新。经国远图无所问,何曾言指一何神。

惠帝
　　蛙鸣堪笑问官私,更劝饥人食肉糜。蒙昧万机犹妇女,寇戎安得不纷披。

贾后
　　贾后甘为废戮人,齐王还杀赵王伦。一从

天下无真主，瓜割中原四百春。

怀帝
蕃汉戈矛遍九垓，两京簪绂走黄埃。刘聪大会平阳日，遣帝行觞事可哀。

愍帝
耕牛吃尽大田荒，二两黄金籴斗粮。御粥又闻无曲屑，不降胡虏奈饥肠。

郭钦
谁疑忠谏郭钦言，不逐戎夷出塞垣。晋室既无明圣主，果为胡虏乱中原。

王夷甫
六合谁为辅弼臣，八风昏处尽胡尘。是知济弱扶倾术，不属高谈虚论人。

王茂弘
韩魏荆扬日岂堪，胡风看欲过江南。中原一片生灵血，谁秉王纲色不惭。

吴隐之
闻说贪泉近郁林，隐之今日得深斟。徒言滴水能穿石，其那坚贞匪石心。

再吟
贪泉何处是泉源，只在灵台一点间。必也心源元自有，此泉何必在江山。

六朝门

前赵刘聪
戎羯谁令识善言，刑将不舍遽能原。垂成却罢凤仪殿，仍改逍遥纳谏园。

前凉张轨
官从主簿至专征，谁遣凉王破赵名。益信用贤由拔擢，穰苴不是将家生。

后魏武帝
太武南征似卷蓬，徐阳兖蔡杀皆空。从来吊伐宁如此，千里无烟血草红。

三废帝
明庄节闵并罹殃，命在朱高二悖王。已叹一年三易换，更嗟殴辱下东廊。

苻坚
百万南征几马归，叛亡如猬亦何悲。宾擒敌国诸戎主，更遣权兵过在谁。

再吟
空知勇锐不知兵，困兽孤军未可轻。安有长驱百余万，身驰几旅欲先征。

又吟
水影星光怪异多，不思修德事干戈。无谋拒谏仍轻敌，国破身擒将奈何。

宋武帝
栖栖老楚未遭时，债主一作悲愤凭陵似迫危。人杰既为王谧识，刁逵诛斩独何悲。

二废帝
肆意荒狂杀不辜，方嗟废帝又苍梧。自言威震为英武，肯虑湘东与玉夫。

齐废帝东昏侯
定策谁扶捕鼠儿，不忧萧衍畏潘妃。长围既合刀临项，犹惜金钱对落晖。

梁武帝
梁武年高厌六龙，繁华声色尽归空。不求贤德追尧舜，翻作忧囚一病翁。

再吟
兴亡何故遽环回，汤纣身为事可哀。莫是自长嫌胜己，蔽贤犹执匹夫才。

简文帝
救兵方至强抽军，与贼开城是简文。曲项琵琶催酒处，不图为乐向谁云。

元帝
木栅江城困魏军，王褒横议遏谋臣。宾降

未免俱为戮，一死安能谢益仁。

谢举
  叛奴逃数岂堪留，忠节曾无肯到头。朱异早能同远见，青衫宁假帝登楼。

朱异
  徒览儒书不学兵，彦和虚得不廉名。四郊多垒犹相罪，国破将何谢太清。

傅昭
  为政残苛兽亦饥，除饥机在养疲羸。人能善政兽何暴，焉用劳人以槛为。

宣帝
  宣帝骄奢恣所为，后宫升降略无时。乘危自有妻公在，安许鸾凰是尉迟。

李集
  忠谏能坚信正臣，三沈三屈竟何云。每沈良久方能语，及语还呼桀纣君。

隋门

隋文帝
  孤儿寡妇忍同欺，辅政刚教篡夺为。矫诏必能疏昉译，直臣诚合重颜仪。

独孤后
  腹生奚强有亲疏，怜者为贤弃者愚。储贰不遭谗构死，隋亡宁便在江都。

炀帝
  拒谏劳兵作祸基，穷奢极武向戎夷。兆人疲弊不堪命，天下嗷嗷新主资。

贺若弼
  破敌将军意气豪，请除倾国斩妖娆。红绡忍染娇春雪，瞪目看行切玉刀。

全唐诗卷七百三十

李九龄

李九龄,洛阳人,唐末进士。入宋,登乾德二年进士第三人。诗一卷。

上清辞五首

入海浮生汗漫秋,紫皇高宴五云楼。霓裳曲罢天风起,吹散仙香满十洲。

楼锁彤霞地绝尘,碧桃花发九天春。东皇近日慵游宴,闲煞瑶池五色麟。

上清仙路有丹梯,影响行人到即迷。不会无端个渔父,阿谁教入武陵溪。

本来方朔是真仙,偶别丹台未得还。何事玉皇消息晚,忍教憔悴向人间。

新拜天官上玉都,紫皇亲授五灵符。群仙个个来相问,人世风光似此无。

读三国志

有国由来在得贤,莫言兴废是循环。武侯星落周瑜死,平蜀降吴似等闲。

山舍南溪小桃花

一树繁英夺眼红,开时先合占东风。可怜地僻无人赏,抛掷深山乱木中。

春行遇雨

夹路轻风撼柳条,雨侵春态动无憀。采春陌上谁家女,湿损钗头翡翠翘。

登楼寄远

满城春色花如雪,极目烟光月似钩。总是动人乡思处,更堪容易上高楼。

望思台

汉武年高慢帝图,任人曾不问贤愚。直饶四老依前出,消得江充宠佞无。

山舍偶题

门掩松萝一径深,偶携藜杖出前林。谁知尽日看山坐,万古兴亡总在心。

荆溪夜泊

点点渔灯照浪清,水烟疏碧月胧明。小滩惊起鸳鸯处,一双采莲船过声。

旅舍卧病

家隔西秦无远信,身随东洛度流年。病来旅馆谁相问,牢落闲庭一树蝉。

登昭福寺楼

旅怀秋兴正无涯,独倚危楼四望赊。谷变陵迁何处问,满川空有旧烟霞。

代边将

雪冻阴河半夜风,战回狂虏血漂红。据鞍遥指长安路,须刻麟台第一功。

夜与张舒话别

愁听南楼角又吹,晓鸡啼后更分离。如何销得凄凉思,更劝灯前酒一卮。

寒梅词

霜梅先拆岭头枝,万卉千花冻不知。留得和羹滋味在,任他风雪苦相欺。

题灵泉寺

入谷先生一阵香,异花奇木簇禅堂。可怜门外高低路,万毂千蹄日日忙。

宿张正字别业

茅屋萧寥烟暗后,松窗寂历月明初。此时谁念孤吟客,唯有黄公一帙书。

鹤

天上瑶池覆五云,玉麟金凤好为群。不须更饮人间水,直是清流也汗君。

过相思谷

悠悠信马春山曲,芳草和烟铺嫩绿。正被离愁著莫人,那堪更过相思谷。

写庄子

圣泽安排当散地,贤侯优贷借新居。闲中亦有闲生计,写得南华一部书。

山中寄友人

乱云堆里结茅庐,已共红尘迹渐疏。莫问野人生计事,窗前流水枕前书。

全唐诗卷七百三十一

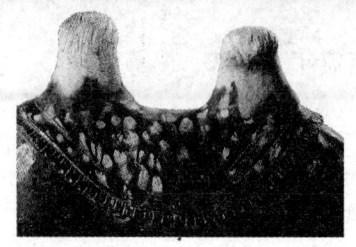

胡宿

以下四人,或云宋人,诸本并附唐末,今仍旧。胡宿,唐末人。诗十九首。

津亭

津亭欲阕戒棠舟,五两风来不暂留。西北浮云连魏阙,东南初日满秦楼。层城渺渺人伤别,芳草萋萋客倦游。平乐旧欢收不得,更凭飞梦到瀛洲。

古别

长道何年祖较休,风帆不断岳阳楼。佳人挟瑟漳河晓,壮士悲歌易水秋。九帐青油徒自负一作贵,百壶芳醑岂消忧。至今长乐坡前水,不啻秦人怨陇头。

塞上

汉家神箭定天山,烟火相望万里间。契作颉利请盟金匕酒,将军归卧玉门关。云沈老上妖氛断,雪照回中探骑闲。五饵已行王道胜,绝无刁斗至阗颜。

寄昭潭王中立

高弦一弄武陵深,六幕天空万里心。吴苑歌骊成久别,楚峰回雁好归音。十千美酒花期隔,三百枯棋弈思沈。莫上孤城频送目,浮云西北是家林。

雪

屏翳驱云结夜阴,素花飘坠恶氛沈。色欺曹国麻衣浅,寒入荆王翠被深。天上明河银作水,海中仙树玉为林。日高独拥鹔鹴卧,谁乞长安取酒金。

冲虚观

五粒青松护翠苔,石门岑寂断纤埃。水浮花片知仙路,风递鸾声认啸台。桐井晓寒千乳敛,茗园春嫩一旗开。驰烟未勒山亭字,可是英灵许再来。

淮南发动赵邢州被诏归阙

天台封诏紫泥馨,马首前瞻北斗城。人在函关先望气,帝于京兆最知名。一区东第趋晨近,数刻西厢接昼荣。正是两宫栽化日,百金双璧拜虞卿。

天街晓望

长乐才闻一叩钟,百官初谒未央宫。金波穆穆沙堤月,玉树琤琤上苑风。香重椒兰横结雾,气寒龙虎远浮空。嗟余索米无人问,行避霜台御史骢。

淮南王

贪铸金钱盗写符,何曾七国戒前车。长生不待炉中药,鸿宝谁收箧里书。碧井床空天影在,小山人去桂丛疏。云中鸡犬无消息,麦秀渐渐遍故墟。

赵宗道归辇下

沿牒相逢楚水湄,竹林文酒此攀嵇。半毡未暖还伤别,一臂初交又解携。江浦呕哑风送橹,河桥勃窣柳垂堤。明年四月秦关到,洗眼扬州看马蹄。

忆荐福寺牡丹

十日春风隔翠岑,只应繁朵自成阴。樽前可要人颓玉,树底遥知地侧金。花界三千春渺渺,铜槃十一夜沈沈。雕槃分簉何由得,空作西州拥鼻吟。

次韵和朱况雨中之什

苍野迷云黯不归,远风吹雨入岩扉。石床润极琴丝缓,水阁寒多酒力微。夕梦将成还滴滴,春心欲断正—作更霏霏。忧花惜月长如此,争得东阳病骨肥。

感旧

千里青云未致身,马蹄空踏几年尘。曾迷玉洞花光老,欲过金城柳眼新。粉壁已沈题凤字,酒垆犹记姓黄人。坞中横笛偏多感,一涕阑干白角巾。

城南

昨夜轻阴结夕霏,城南十里有香泥。初闻山鸟惊新晴,遥见林花识旧蹊。荡桨远从芳草渡,垫巾还傍绿杨堤。罗敷正苦桑蚕事,惆怅南来五马蹄。

早夏

井辖投多思不禁,密垂珠箔昼沈沈。睡惊燕语频移枕,病起蛛丝半在琴。雨径乱花埋宿艳,月轩修竹转凉阴。一春酒费知多少,探尽囊中换赋金。

侯家

洞户春迟—作深漏箭长,短辕初返雒阳傍。彩云按曲青岑醴,沈水薰衣白璧堂。前槛兰苕依玉树,后园桐叶护银床。宴残红烛长庚烂,还促朝珂谒未央。

函谷关

天开函谷壮关中,万古惊尘向此空。望气竟能知老子,弃繻何不识终童。谩持白马先生论,未抵鸣鸡下客功。符命已归如掌地,一丸曾误隗王东。

残花

雨压残红一夜凋,晓来帘外正飘摇。数枝翠叶空相对,万片香魂不可招。长乐梦回春寂寂,武陵人去水迢迢。愁将玉笛传遗恨,苦被芳风透绮寮。

次韵徐爽见寄

五两青丝帝渥深,平时可敢叹英沈。侏儒自是长三尺,澼絖都来直数金。寂寞死灰人丧偶,婆娑生意树交阴。年来想见琼枝色,久梦蘧蘧到竹林。

杜常

杜常,唐末人。诗一首。

华清宫

行尽江南数十程,晓星残月入华清。朝元阁上西风急,都入长杨作雨声。

滕白

滕白,官郎中,历台省。有《工部集》一卷,今存诗二首。

题文川村居

种茶岩接红霞坞,灌稻泉生白石根。皤腹老翁眉似雪,海棠花下戏儿孙。

燕

短羽新来别海阳,真珠高卷语雕梁。佳人未必全听尔,正把金针绣凤凰。

王喦

王喦,蜀人,曾避地荆南。有集一卷,今存诗六首。

题严君观

寒云古木罩星台,凡骨仙踪信可哀。二十年前曾此到,一千年内未归来。

山中有所思

零零夜雨渍愁根,触物伤离好断魂。莫怪杜鹃飞去尽,紫微花里有啼猿。

燕

一巢功绩破春光,絮落花残两翅狂。月树风枝不栖去,强来言语泥雕梁。

贫女

难把菱花照素颜,试临春水插花看。木兰船上游春子,笑指荆钗下远滩。

杪春寄友人

何处相逢万事忙,卓家楼上百淘香。明朝渐近山僧寺,更为残花醉一场。

回旧山

庾家楼上谢家池,处处风烟少旧知。明日落花谁共醉,野溪猿鸟恨归迟。

全唐诗卷七百三十二

高力士

高力士,明皇时宦官。被宠,封齐国公。后为李辅国所构,配流黔中。诗一首。

感巫州荠菜 力士谪黔中,道至巫州,地多荠而人不食,因感之,作诗寄意。

两京作斤—作芹卖,五溪无人采。夷夏虽有殊,气味都不改—作固常在。

句

烟熏眼落膜,瘴染面朱虞。 流巫州时作。

王越宾

王越宾,明皇时中官。诗一首。

使至潇山 《神异录》:明皇尝梦游潇岳,遣越宾祀之。

碧坞烟霞昼未开,游人到处尽裴回。凭谁借问岩前叟,曾托吾皇一梦来。

王良会

王良会,宪宗时内侍,为四川监军使,诗一首。

和武相公中秋夜西蜀锦楼望月得清字

德星摇此夜,珥耳满重城。杳霭烟氛色,飘飖砧杵声。令行秋气爽,乐感素风轻。共赏千年圣,长歌四海清。

南诏骠信

骠信,南诏酋也。诗一首。

星回节游避风台与清平官赋 南诏以十二月十六为星回节。《唐书》:南诏官曰清平者,犹(南)唐之宰相。

避风善阐台,南诏别都曰善阐府。极目见藤越。邻国之名。悲哉古与今,依然烟与月。自我居震旦,谓天子为震旦。朔卫类夔契。伊昔劲皇运,艰难仰忠烈。不觉岁云暮,感极星回节。元昶谓朕曰元,谓卿曰昶同一心,子孙堪贻厥。

赵叔达

赵叔达，南诏清平官。诗一首。

星回节避风台骠信命赋

法驾避星回，波罗毗勇猜。波罗，虎也。毗勇，野马也。骠信昔年幸此，曾射野马并虎也。河润冰难合，地暖梅先开。下令俚柔洽，俚柔，百姓也。献赆弄栋国名来。愿将不才质，千载侍游台。

杨奇鲲

杨奇鲲，南诏宰相，有词藻。僖宗幸蜀时，来朝行在。诗一首。

途中诗首缺二句

□□□□□，□□□□□。风里浪花吹更白，雨中山色洗还青。海鸥聚处窗前见，林狖啼时枕上听。此际自然无限趣，王程不敢暂留停。

布燮

布燮，长和国使人。南诏郑氏篡蒙氏，改国号曰大长和。布燮，官名，其宰相也。诗二首。

听妓洞云歌

嵇叔夜，鼓琴饮酒无闲暇。若使当时闻此歌，抛掷广陵都不藉。刘伯伦，虚生浪死过青春。一饮一硕犹自醉，无人为尔卜深尘。

思乡作

泸北行人绝，云南信未还。庭前花不扫，门外柳谁攀。坐久销银烛，愁多减玉颜。悬心秋夜月，万里照关山。

朝衡《品汇》作胡衡

朝衡，字巨卿，日本人。开元初，日本王圣武遣其臣粟田副仲满来朝，请从诸儒授经。仲满慕华，不肯去，易姓名曰朝衡，历左补阙，久之归国。上元中，擢散骑常侍。诗一首。

衔命还国作

衔命将辞国，非才忝侍臣。天中恋明主，海外忆慈亲。伏奏违金阙，骈骖去玉津。蓬莱乡路远，若木故园林。西望怀恩日，东归感义辰。平生一宝剑，留赠结交人。

长屋

长屋，日本相国也。诗一首。

绣袈裟衣缘 明皇时，长屋尝造千袈裟，绣偈于衣缘，来施中华。真公因泛海至彼国传法焉。

山川异域，风月同天。寄诸佛子，共结来缘。

王巨仁

王巨仁，新罗国隐士。诗一首。

愤怨诗

《朝鲜史略》云：新罗女主曼与魏弘通，弘死，复引年少美丈夫私之，授以要职。由是佞幸肆志，纪纲坏弛。时有人讥谤时政，榜于路。主疑隐者王巨仁所为，命下狱，将诛之。巨仁愤怨作诗，书狱壁。是夕忽震雷雨电，主惧，释之。唐僖宗文德初年事也。

于公恸哭三年旱，邹衍含愁五月霜。今我幽愁还似古，皇天无语但苍苍。

李赞华

李赞华，辽太祖长子，名倍，小字突欲。聪敏好学，尝市书万卷，藏医巫闾绝顶之望海堂。能诗画，兼精技术。奔唐，明宗赐姓名，后为废帝所害。诗一首。

立木海上刻诗

《辽史》：突欲初为太子，以淳钦后爱德光，不得已让位。国于东平，不得志。明宗招之，立木刻诗云云，遂携高美人并载书籍浮海至。

小山压大山，大山全无力一作气。羞见故乡一作本邦人，从此投外国一作化外。

成辅端

成辅端，贞元中优人。德宗以其诽谤国

政,决杀之。言者以为托诙谐讽谏,不可加罪,帝悔焉。诗一首。

戏语

《唐书》:京兆尹司农卿李实,务聚敛进奉,不恤灾歉。人穷无告,乃彻屋瓦木,卖麦苗,以供赋敛。辅端因戏作语,为秦民艰苦之状。如此者数十篇。实怒之,言于帝,故坐杀。

秦地城池二百年,何期如此贱田园。一顷麦苗硕伍米,三间堂屋二千钱。

张隐

张隐,龙纪初伶人。诗一首。

万寿寺歌词

《摭言》云:宰相张濬,尝与朝士万寿寺阅牡丹。抵菲饮不息,伶人皆御前供奉第一部,恃宠肆狂,无所畏惮。中有张隐者,忽跃出,扬声引词云云。唱讫遽去,阖席愕然,相盼失色而散。

位乖燮理致伤残,四面墙匡不忍看。正是花时堪下泪,相公何必更追欢。

朱元

朱元,即戟门门子。诗一首。

迎孙刺史 《郡阁雅谈》云:孙愿家自贞元巳后,三代为池阳刺史。有戟门门子朱元迎道左,献诗曰:

昔日郎君今刺史,朱元依旧守朱门。今朝竹马诸童子,尽是当时竹马孙。

陈璠

陈璠沛中走卒。与徐帅时溥结好,表为宿州太守。后以贪污斩之。诗一首。

临刑诗 璠不知书,时以为鬼代作

积玉堆金官又崇,祸来倏忽变成空。五年荣贵今何在,不异南柯一梦中。

捧剑仆

捧剑,咸阳郭氏之仆。虽在奴隶,尝以望水眺云为事。遭鞭箠,终不改。后窜去。诗三首。

诗 主人怪其作诗,怒之。儒士闻而竞观,以为协律之词,其主稍容焉。

青鸟衔葡萄,飞上金井栏。美人恐惊去,不敢卷帘看。

题牡丹

一种芳菲出后庭,却输桃李得佳名。谁能为向天人说,从此移根近太清。

将窜留诗

珍重郭四郎,临行不得别。晓漏动离心,轻车冒残雪。欲出主人门,零涕暗呜咽。万里隔关山,一心思汉月。

全唐诗卷七百三十三

李密

李密,京兆长安人,隋末,以父宽荫为左亲侍。宇文述劝令学,因谢病读书。尝乘一黄牛,被以蒲鞯,挂《汉书》一帙于角上,一手捉靮,一手翻卷。越公杨素见而异之,语其子玄感,倾心结纳。及玄感举兵,迎密为谋主。兵败亡命,集众据洛口,自号魏公,移檄州郡。后为王世充所败,归唐,拜光禄卿,封邢国公。行至桃林,惧诛,将叛,史万宝遣副将盛彦师追斩之。诗一首。

淮阳感怀

本传云:初,密与杨玄感同反。玄感败,密被获,用计得脱,诣淮阳,变姓名为刘智远,聚徒教授,郁郁不得志。为五言诗,诗成,泣下数行。夫怪之,告捕,乃亡去。

金风荡初节,玉露凋晚林。此夕穷途士,郁陶伤寸心。野平葭苇合,村荒藜藿深。眺听良多感,徒倚独沾襟。沾襟何所为,怅然怀古意。秦俗犹未平,汉道将何冀。樊哙市井徒,萧何刀笔吏。一朝时运会,千古传名谥。寄言世上雄,虚生真可愧。

孔德绍

孔德绍,会稽人,有清才。事窦建德,初为景城丞,后为内史侍郎,典书檄。建德败,太宗诛之。诗十二首。

南隐游泉山

名山狎招隐,俗外远相求。还如倒景望,忽似阆风游。临崖俯大壑,披雾仰飞流。岁积松方偃,年深椿欲秋。野花开石镜,云叶掩山楼。何须问方士,此处即瀛洲。

行经太华

纷吾世网暇,灵岳展幽寻。寥廓风尘远,杳冥川谷深。山昏五里雾,日落二华阴。疏峰起莲叶,危塞隐桃林。何必东都外,此处可抽簪。

夜宿荒村
绵绵夕漏深，客恨转伤心。抚弦无人听，对酒时独斟。故乡万里绝，穷愁百虑侵。秋草思边马，绕枝惊夜禽。风度谷余响，月斜山半阴。劳歌欲叙意，终是白头吟。

王泽岭遭洪水
地籁风声急，天津云色愁。悠然万顷满，俄尔百川浮。还似金堤溢，翻如碧海流。惊涛遥起鹭，回岸不分牛。徒知怀赵景，终是倦阳侯。木梗诚无托，芦灰岂暇求。思得乘槎便，萧然河汉游。

登白马山护明寺
名岳标形胜，危峰远郁纡。成象建环极，大壮阐规模。层台耸灵鹫，高殿迩阳乌。暂同游阆苑，还类入仙都。三休开碧岭，万户洞金铺。摄心馨前礼，访道挹中虚——作儒。遥瞻尽地轴，长望极天隅。白云起梁栋，丹霞映栱栌。露花疑濯锦，泉月似沉珠。今日桃源客，相顾失归途。

送舍利宿定普岩
仁祠表虚旷，祇园展肃恭。栖息翠微岭，登顿白云峰。映流看夜月，临峰听晓钟。涧芳十步草，崖阴百丈松。萧然遥路绝，无复市朝踪。

观太常奏新乐
大君膺宝历，出豫表功成。钧天金石响，洞庭弦管清。八单动繁会，九变叶希声。和云留睿赏，熏风悦圣情。盛烈光韶濩，易俗迈咸英。窃吹良无取，率舞抃群生。

赋得涉江采芙蓉
莲舟泛锦碛，极目眺江干。沿流渡楫易，逆流取花难。有雾疑川广，无风见水宽。朝来采摘倦，讵得久盘桓。

赋得华亭鹤
华亭失侣鹤，乘轩宠遂终。三山凌苦雾，千里激悲风。心危白露下，声断彩弦中。何言斯物变，翻覆似辽东。

送蔡君知入蜀二首
金陵已去国，铜梁忽背飞。失路远相送，他乡何日归。灵关九折险，蜀道二星遥。乘槎若有便，希泛广陵潮。

落叶—作孔绍安诗
早秋惊叶落，飘零似客心。翻飞未肯下，犹言惜故林。

句
谁分菱花影，还看蓬鬓秋。《照镜见白发》，《诗式》。

郑颋

郑颋，荥阳人，为王世充御史大夫。太宗围城时，乞为浮屠，世充恶而杀之。诗一首。

临刑诗
幻生还幻灭，大幻莫过身。安心自有处，求人无有人。

刘斌

刘斌，南阳人。有词藻，尝与虞世南、孔德绍、刘孝孙等结文会。事窦建德，为中书舍人。又事刘黑闼。及败，没突厥中。诗四首。

和谒孔子庙—作李百药诗
性与虽天纵，主世乃无由。何言泰山毁，空惊逝水流。及门思往烈，入室想前修。寂寞荒阶暮，摧残古木秋。遗风暖如此，聊以慰蒸求。

和许给事伤牛尚书
名臣不世出，百工之所求。况乃非常器，遭逢兴运秋。符彩照千里，铨衡综九流。经纶资百物,樽俎寄皇猷。韶濩倾复理,曲礼紊还修。虽贞栋梁任,兼好艺文游。伫闻和鼎实,行当奉介丘。高衢翻税驾,阅水遽迁舟。传呼更何日,曳履闻无由。归魂貌修路,征棹舣邗沟。林薄长风惨,江上寒云愁。夜台终不曙,遗芳徒自留。

送刘散员同赋陈思王诗,得好鸟鸣高枝

春林已自好,时鸟复和鸣。枝交难奋翼,谷静易流声。间关才得性,矰缴遽相惊。安知背飞远,拂雾独晨征。

咏山

灵山峙千仞,蔽日且嵯峨。紫盖云阴远,香炉烟气多。石梁高鸟路,瀑水近天河。欲知闻道里,别自有仙歌。

刘辟

刘辟,字太初。擢进士第,佐韦皋西川幕,后代为节度使,以叛诛。诗二首。

登楼望月二首

圆月当新霁,高楼见最明。素波流粉壁,丹桂拂飞甍。下瞰千门静,旁观万象生。梧桐窗下影,乌鹊槛前声。啸逸刘琨兴,吟资庾亮情。游人莫登眺,迢递故乡程。

皎洁三秋月,巍峨百丈楼。下分征客路,上有美人愁。帐卷芙蓉带,帘褰玳瑁钩。倚窗情渺渺,凭槛思悠悠。未得金波转,俄成玉箸流。不堪三五夕,夫婿在边州。

黄巢

黄巢,冤句人。举进士不第,广明作乱,破京都。后灭于泰山狼虎谷。诗三首。

题菊花

《贵耳集》:巢五岁时,侍其翁与父为菊花诗。翁未就,巢信口曰:"堪与百花为总首,自然天赐赭黄衣。"父怪,欲击之。翁曰:"可令再赋。"巢应声云云。

飒飒西风满院栽,蕊寒香冷蝶难来。他年我若为青帝,报与桃花一处开。

不第后赋菊

待到秋来九月八,我花开后百花杀。冲天香阵透长安,满城尽带黄金甲。

自题像
陶毅《五代乱离纪》云:巢败后为僧,依张全义于洛阳。曾绘像题诗,人见像,识其为巢云。

记得当年草上飞,铁衣著尽著僧衣。天津桥上无人识,独倚栏干看落晖。

全唐诗卷七百三十四

罗绍威

罗绍威,字端己,魏州贵乡人,弘信之子。唐末,官魏博节度使,封邺王。入梁,累拜太师兼中书令。集五卷,今存诗二首。

柳

妆点青春更有谁,青春常许占先知。亚夫营畔风轻处,元亮门前日暖时。花密宛如飘六出,叶繁何惜借双眉。交情别绪论多少,好向仁人赠一枝。

白菊一作罗隐诗

虽被风霜竞欲催,皎然颜色不低摧。已疑素手能妆出,又似金钱未染来。香散自宜飘渌酒,叶交仍得荫苍苔。寻思闭户中宵见,应认寒窗雪一堆。

句

楼前澹澹云头日,帘外萧萧雨脚风。

罗衮

罗衮,字子制,临邛人。大顺中,历左拾遗、起居郎。仕梁为礼部员外郎。集二卷,今存诗三首。

清明登奉先城楼

年来年去只艰危,春半尧山草尚衰。四海清平耆旧见,五陵寒食小臣悲。烟销井邑隈楼槛,雪满川原泥酒卮。拭尽贾生无限泪,一行归雁远参差。

清明赤水寺居

榆火轻烟处处新,旋从闲望到诸邻。浮生浮世只多事,野水野花娱病身。浊酒不禁云外景,碧峰犹冷寺前春。裹衣毳衲诚吾党,自结村园一社贫。

赠罗隐

平日时风好涕流,逸书虽盛一名休。寰区叹屈瞻天问,夷貊闻诗过海求。向夕便思青琐拜,近年寻伴赤松游。何当世祖从人望,早以公台命卓侯。隐开平中召拜夕郎,不就。

王镕

王镕,成德节度使庭凑之五世孙,中和中袭位。梁受禅,封赵王。后为大将张文礼所灭。诗二首。

哭赵州和尚二首

师离浭水动王侯,心印光潜尘尾收。碧落雾霾松岭月,沧溟浪覆济人舟。一灯乍灭波旬喜,双眼重昏道侣愁。纵是了然云外客,每瞻瓶几泪还流。

佛日西倾祖印隳,珠沈丹沼月沈辉。影敷丈室炉烟惨,风起禅堂松韵微。只履乍来留化迹,五天何处又逢归。解空弟子绝悲喜,犹自潸然对雪帏。

邓洵—作恂美

邓洵美,连州人,或曰郴郡人。晋天福中登第,后还乡。上笺周行逢,署馆驿巡官。已而行逢疑之,贬为易俗场官,使盗杀之。诗一首。

答同年李昉见赠次韵

词场几度让长鞭,又向清朝贺九迁。品秩虽然殊此日,岁寒终不改当年。驰名早已超三院,待直仍忻步八砖。今日相逢翻自愧,闲吟对酒倍潸然。

李京

李京,梁贞明六年登第。诗一首。

除夜长安作—作李景诗

长安朔风起,穷巷掩双扉。新岁明朝是,故乡何路归。鬓丝饶镜色,隙雪夺灯辉。却羡秦州雁,逢春尽北飞。

许鼎

许鼎,梁贞明六年登第。诗二首。

登岭望

渺渺三江水,悠悠五岭关。雁飞犹不度,人去若为还。

粤岭四望

汉家仙仗在咸阳,洛水东流出建章。野老至今犹望幸,离宫秋树独苍苍。

王易简

王易简,梁乾化中及第,累官左拾遗。谢职归,再召为郎,迁谏垣台阁。三十年归华山,十年而终。诗一首。

官左拾遗归隐作—作辞官归隐,留诗一绝

汨没朝班愧不才,谁能低折向尘埃。青山得去且归去,官职有来还来。

朱褒

朱褒,永嘉人。善属诗文。值寇乱,据州,以同姓结援梁太祖。奏授温州刺史,充静海军使。诗一首。

悼杨氏妓琴弦

魂归寥廓魄归泉,只住人间十五年。昨日施僧裙带上,断肠犹击琵琶弦。

黄损

黄损,字益之,连州人。梁龙德二年登进士第,仕南汉刘䶮,累官尚书仆射。有《桂香集》,今存诗四首。

公子行

春草绿绵绵,骄骢骤暖烟。微风飘乐韵,半日醉药边。打鹊抛金盏,招人举玉鞭。田翁与蚕妇,平地看神仙。

读史

逐鹿走红尘,炎炎火德新。家肥生孝子,国霸有余臣。帝道云龙合,民心草木春。须知烟阁上,一半老儒真。

出山吟

来书初出白云屝,乍蹑秋风马走轻。远近留连分岳色,别离呜咽乱泉声。休将巢许争喧杂,自共伊皋论太平。昨夜细看云色里,进贤星座甚分明。

书壁

<small>苏轼云:虔州布衣赖仙芝言:损未老退归。一日忽遁去,莫知所在,子孙画像事之。凡三十三年乃归,书壁上云云,投笔而去。</small>

一别人间岁月多,归来人事已销磨。惟有门前鉴池水,春风不改旧时波。<small>与贺知章还乡诗多同。</small>

句

机关才运动,胜败使相随。<small>以下并见《吟窗杂录》。</small>

忽遇南迁客,若为西入心。

往来三岛近,活计一囊空。

三通明主诏,一片白云心。

扫地待明月,踏花迎野僧。

水谙彭泽阔,山忆武陵深。

金镫冷光风宛转,锦袍红润雨霏微。

高齐日月方为道,动合乾坤始是心。

傍水野禽通体白,叮盘山果半边红。<small>见《零陵总记》。</small>

而今世上多离别,莫向相思树下啼。<small>《鹧鸪》,见《古今诗话》。</small>

张衮

张衮,仕梁。诗六首。

梁郊祀乐章

庆肃

笾豆簠簋,黍稷非馨。懿兹彝器,厥德惟明。金石匏革,以和以平。由此无疆,期乎永宁。

庆熙

哲后躬享,旨酒斯陈。王恭无斁,严祀惟寅。皇祖以配,大孝以振。宜锡影福,永休下民。

庆隆

恭祀上帝,于国之阳。爵醴是荷,鸿基永昌。

庆融

道和气兮袭氤氲,宣皇规兮彰圣神。服遐裔兮敷质文,格苗扈兮息烟尘。

庆休

大业来四夷,仁风和万国。白日体无私,皇天辅有德。七旬罪已服,六月师方克。伟哉帝道隆,终始常作则。

庆和

烟燎升,礼容彻。诚感达,人神悦。灵贶彰,圣情结。玉座寂,金炉歇。

赵光逢

赵光逢,京兆奉天人。乾符五年登进士第,释褐凤翔推官,入为监察御史。乾宁三年,从驾幸华州,拜御史中丞,改礼部侍郎。后仕梁,至宰辅,封齐国公。诗八首。

梁效祀乐章

庆和

就阳位,升圜丘。佩双玉,御大裘。膺天命,拥神休。万灵感,百禄遒。

秉黄钺,建朱旗。震八表,清二仪。帝业

显,王道夷。受景命,启皇基。

　　开九门,怀百神。通脧虡,接氤氲。明粢荐,广乐陈。奠嘉璧,燎芳薪。

　　膺宝图,执左契。德庆天,圣飨帝。荐衷衷,荷灵惠。寿万年,祚百世。

　　惟德动天,有感必通。秉兹一德,禋于六宗。钦膺宝命,恭肃礼容。来顾来享,永穆皇风。

　　天惟佑德,辟乃奉天。交感斯在,昭事罔愆。岁功已就,王道无偏。于焉报本,是用告虔。

庆顺

　　圣皇戾止,天步舒迟。乾乾睿相,穆穆皇仪。进退必肃,陟降是祗。六变克协,万灵协随。

庆平

　　天命降鉴,帝德惟馨。享祀不忒,礼容孔明。奠璧布币,荐纯献精。神祐以答,敷锡永宁。

全唐诗卷七百三十五

和凝

和凝,字成绩,郓州须昌人。举进士。唐天成中,历翰林学士。知贡举,所取皆一时之秀。晋天福五年,拜中书侍郎同平章事。入汉,拜太子太傅,封鲁国公。终于周。凝为文章,以多为富。有集百余卷,今编诗一卷。

宫词百首第九十首第一句缺一字

紫燎光销大驾归,御楼初见赭黄衣。千声鼓定将宣赦,竿上金鸡翅欲飞。

北阙晴分五凤楼,嵩山秀色护神州。洛河自契千年运,更似波中出九畴。

中兴殿上晓兴融,一炷天香舞瑞风。百避虔心齐稽首,卷帘遥见御衣红。

日和风暖御楼时,万姓齐瞻八彩眉。瑞气祥烟笼细仗,阁门宣赦四方知。

凤吹鸾歌晓日明,丰年观稼出神京。封人争献南山寿,五色云中御辇平。

圣主临轩待晓时,穿花宫漏正迟迟。鸡人一唱乾坤晓,百避分班俨羽仪。

朦胧西月照池亭,初夜椒房掩画屏。宫女相呼有何事,上楼同看老人星。

红泥椒殿缀珠珰,帐蹙金龙窣地长。红兽慢然天色暖,凤炉时复爇沈香。

九重楼殿簇丹青,高柳含烟覆井亭。宫内不知今日几,自来阶下楼尧蓂。

寝殿香浓玉漏严,云随凉月下西南。帐前宫女低声道,主上还应梦傅岩。

绕殿钩阑压玉阶,内人轻语凭葱苔。皆言明主垂衣理,不假朱云傍槛来。

巅顶冰面莹池心,风刮瑶阶腊雪深。怪得宫中无兽炭,步摇钗是辟寒金。

兰殿春融自艳笙,玉颜风透象纱明。金篦

如语莺声滑，可使云和独得名。

兰烛时将凤髓添，寒星遥映夜光帘。龙楼露著鸳鸯瓦，谁近螭头掷玉签。

玉甃莲池春水平，小鱼双并锦鳞行。内中知是黄河样，九曲今年彻底清。

真珠帘外静无尘，耿耿凉天景象新。金殿夜深银烛晃，宫嫔来奏月重轮。

鱼犀月掌夜通头，自著盘鸾锦臂韝。多把沈檀配龙麝，宫中掌浸十香油。

香云双飐玉蝉轻，侍从君王苑里行。嘉瑞忽逢连理木，一时跪拜贺文明。

金莺双立紫檀槽，暖殿无风韵自高。含笑试弹红蕊调，君王宣赐酪樱桃。

斑簟如霞可殿铺，更开新进瑞莲图。谁人筑损珊瑚架，子细看时认沥苏。

金盆初晓洗纤纤，银鸭香焦特地添。出户忽看春雪下，六宫齐卷水晶帘。

暖金盘里点酥山，拟望君王子细看。更向眉中分晓黛，岩边染出碧琅玕。

云母屏前绣柱衣，龙床闲卷谏书帏。黄金槛外螭头活，日照红兰露未晞。

楼西残月沿胧明，中禁鸡人报晓声。清旦司天台进状，夜来晴雾泰阶平。

纤謇摩轩响佩环，银台门外集鸳鸾。三钟五鼓祥烟敛，日照仙人捧露盘。

司膳厨中也禁烟，春宫相对画秋千。清明节日颁新火，蜡炬星飞下九天。

宫木交芳色尽深，和风轻舞早莺吟。侍臣不异东方朔，应喜仙桃满禁林。

贡橘香匀蘸醁容，星光初满小金笼。近臣押赐诸王宅，拜了方开敕字封。

献寿朝元欲偃戈，航深梯险竟骈罗。若论万国来朝日，比并涂山更较多。

艳阳风景簇神州，杏蕊桃心照凤楼。遥望青青河畔草，几多归马与休牛。

銮舆观稼晚方归，日月旗中见御衣。万姓焚香惟顶礼，瑞云随伞入宫闱。

宫庭皆应紫微垣，壮丽宸居显至尊。赤子颙颙瞻父母，已将仁德比乾坤。

三农皆已避田畴，又见金门出土牛。块雨条风符圣化，嘉禾看却报新秋。

进食门前水陆陈，大官斋洁贡时新。明君宵旰分日处，使索金盘赐重臣。

层台金碧惹红霞，仙掌亭亭对月华。昨夜盘中甘露满，婕妤争去奏官家。

水殿垂帘冷色凝，一床珍簟展春冰。才人侍立持团扇，金缕双龙贴碧藤。

香鸭烟轻爇水沈，云鬟闲坠凤犀簪。珠帘半卷开花雨，又见芭蕉展半心。

莺锦蝉罗撒麝脐，狻猊轻喷瑞烟迷。红酥点得香山小，卷上珠帘日未西。

锦褥花明满殿铺，宫娥分坐学樗蒱。欲教官马冲关过，咒愿纤纤早掷卢。

小楼花簇钿山低，金雉双来蹋马齐。夸向傍人能彩戏，朝来赢得鹭鸶犀。

红鬃白马嫩龙飞，天厩供来入紫微。遥见玉阶嘶不已，应缘认得赭黄衣。

班定千牛立受宣，佩刀揩笏凤墀前。一声不坐祥云合，鸳鹭依行拜两边。

三殿香浓晓色来，祥鸾威凤待门开。锵金佩玉趋丹陛，总是和羹作砺才。

两番供奉打球时，鸾凤分厢锦绣衣。虎骤龙腾宫殿响，骅骝争趁一星飞。

凤池冰泮岸莎匀，柳眼花心雪里新。都是九重和暖地，东风先报禁园春。

紫气氤氲满帝都，映楼明月锁金铺。银泥殿里嫌红烛，教近龙床著火珠。

地衣初展瑞霞融，绣帽金铃舞舜风。吹竹弹丝珠殿响，坠仙双降五云中。

锦策匀铺寒玉齐，星锤高运日通犀。铿金曲罢春冰碎，跪拜君王粉面低。

珠帘静卷水亭凉，玉蕊风飘小槛香。几处按歌齐入破，双双雏燕出宫墙。

宫娥解禊艳阳时，鸂鶒兰桡满凤池。春水如蓝垂柳醉，和风无力袅金丝。

白玉阶前菊蕊香，金杯仙酝赏重阳。层台云集梨园乐，献寿声声祝万康。

天籁吟风社燕归，渚莲香老碧苔肥。夜来霜坠梧桐叶，诸殿平明进御衣。

炉爇香檀兽炭痴，真珠帘外雪花飞。六宫进酒尧眉寿，舞凤盘龙满御衣。

云行风静早秋天，竞绕盆池蹋采莲。罨画披袍从窣地，更寻宫柳看鸣蝉。

阑珊星斗缀珠光，七夕宫嫔乞巧忙。总上穿针楼上去，竞看银汉洒琼浆。

宝瑟凄锵夜漏余，玉阶闲坐对蟾蜍。秋兴寂历银河转，已见宫女露滴疏。

春风金梁万年枝，簇白团红烂熳时。宫女竞思游御苑，大家齐奏圣人知。

乾文初见泰阶平，日月常遵阁道行。昨夜仰观垂象正，拱辰星宿转分明。

锵锵济济赴延英，渐近重瞳目转明。君圣臣贤鱼水契，鸿基须贺永清平。

天厩骖驔集嫩龙，雪光相照晓嘶风。昂头步步金鞍稳，掌扇花前御路中。

金吾细仗俨威仪，圣旨凝旒封远夷。晓日瞳昽瞻玉案，丁冬环珮满彤墀。

正旦垂旒御八方，蛮夷无不奉梯航。群臣舞蹈称觞处，雷动山呼万岁长。

圣主躬耕在籍田，公卿环卫待丰年。五风十雨余粮在，金殿惟闻奏舜弦。

圣日垂科委所司，英才咸喜遇明时。春官进榜莺离谷，月殿香残桂魄枝。

天街香满瑞云生，红伞凝空景日明。先遣五坊排猎骑，为民除害出神京。

内宴初开锦绣攒，教坊齐奏万年欢。箫韶响亮春云合，日照尧阶舞瑞鸾。

视草词臣直玉堂，对来新赐锦袍香。班资最在云霄上，长是先迎日月光。

玉殿朦胧散晓光，金龙高喷九天香。械鞭声定初开扇，百避齐呼万岁长。

五色卿云覆九重，香烟高舞御炉中。含元殿里行仁德，四海车书已混同。

欲封丹诏紫泥香，朱篆龙文御印光。汗涣丝纶出丹禁，便从天上凤衔将。

越溪姝丽人深宫，俭素皆持马后风。尽道君王修圣德，不劳辞辇与当熊。

早梅初向雪中明，风惹奇香粉蕊轻。谁道落花堪靧面，竞来枝上采繁英。

暖殿奇香馥绮罗，窗间初学绣金鹅。才经冬至阳生后，今日工夫一线多。

金井澄泉玉液香，琉璃深殿自清凉。温汤头进瓜初熟，后至宫嫔未得尝。

绣阃雕甍列锦闱，珍奇惟待凤凰栖。杏梁烜赫晴霞展，时见空虚坠燕泥。

龙凤金鞍软玉鞭，雪花光照锦连干。驾头直指西效去，晓日寒生讲武天。

戛云楼上定风盘，雀跃猿跳总不难。要对君王逞轻捷，御楼时拟上鸡竿。

停稳春衫窣地长，通天犀带缀金章。近臣衔命离丹禁，高捧恩波洒万方。

垂黎玉押春帘卷，不夜珠楼晓鉴开。袍裤宫人走迎驾，东风吹送御香来。

金吾勘契自通官，楼上初闻唱刻闲。金殿香高初唤仗，数行鸳鹭各趋班。

螺髻凝香晓黛浓,水精䴔鹕飐轻风。金钗斜戴宜春胜,万岁千秋绕鬓红。

缕金团扇对纤绨,正是深宫捧日时。要对君王说幽意,低头佯念婕妤诗。

结金冠子学梳蝉,碾玉蜻蜓缀鬓偏。寝殿垂帘悄无事,试香闲立御炉前。

金马词臣夜受宣,授毫交直八花砖。白麻草了初呈进,称旨丝纶下九天。

平明光政便门开,已见忠臣早入来。自是枢机符造化,大罗天上曜三台。

红罗窗里绣编㦬,弹袖闲限碧玉笼。兰殿春晴鹦鹉睡,结条钗飐落花风。

晓光初入右银台,鸳鹭分班启沃来。如水如鱼何际会,尽言金鼎得盐梅。

立名金马近尧阶,尽是家传八斗才。麻尾尚犹龙字湿,便从天上凤衔来。

狻猊镇角舞筵张,鸾凤花分十六行。轻动玉纤歌遍慢,时时偷眼看君王。

边藩□宴贺休征,细仗初排舜日明。坐定两军呈百戏,乐臣低折贺升平。

碧罗冠子簇香莲,结胜双衔利市钱。花下贪忙寻百草,不知遗却蹙金蝉。

兰省初除傅粉郎,静端霜简入鸳行。明庭转制浑无事,朝下空余鸡舌香。

采访宁遗草泽人,诏搜无不降蒲轮。集贤殿里开炉冶,待把黄金铸重臣。

红玉纤纤捧暖笙,绛唇呼吸引春莺。霓裳曲罢君王笑,宜近前来与改名。

绣额朱门插艾人,羞将角黍近香唇。平明朝下夸宣赐,五色香丝系臂新。

芙蓉冠子水精簪,闲对君王理玉琴。鹭颈莺唇胜仙子,步虚声细象窗深。

金马门开待从归,御香犹惹赐来衣。晓光满院金鱼冷,红药花擎宿露飞。

便殿朝回卸玉簪,竞来芳槛摘花心。风和难捉花中蝶,却向窗间弄绣针。

君王朝下未梳头,长晕残眉待鉴楼。扼臂交光红玉软,起来重拟理筝篌。

九重天上实难知,空遣微臣役梦思。葵藿一心期捧日,强搜狂斐拟宫词。

渔父歌

白芷汀寒立鹭鸶,蘋风轻剪浪花时。烟幂幂,日迟迟,香引芙蓉惹钓丝。

杨柳枝

软碧摇烟似送人,映花时把翠眉嚬。青青自是风流主,慢飐金丝待洛神。

瑟瑟罗裙金缕腰,黛眉限破未重描。醉来咬损新花子,拽住仙郎尽(一作同)放娇。

鹊桥初就咽银河,今夜仙郎自姓和。不是昔(一作当)年攀桂树,岂能月里索姮娥。

解红歌 唐有儿童解红之舞

百戏罢,五音清,解红一曲新教成。两个瑶池小仙子,此时夺却柘枝名。

题鹰猎兔画

虽是丹青物,沈吟亦可伤。君夸鹰眼疾,我悯兔心忙。岂动骚人兴,惟增猎客狂。鲛绡百余尺,争及制衣裳。

醴泉院

万山岚霭簇洋城,数处禅斋尽有名。古柏八株堆翠色,灵泉一派逗寒声。暂游颇爱闲滋味,久住翻嫌俗性情。珍重支公每相勉,我于儒行也修行。

兴势观

山名兴势镇梁洋,俨有真风福此方。瘦柏握盘笼殿紫,灵泉澄洁浸花香。暂游颇爱闲人少,久住翻嫌白日忙。只向五千文字内,愿成金骨住仙乡。

洋川

华夷图上见洋川,知在青山绿水边。官闲最好游僧舍,江近应须买钓船。

句

先生自舞琴。《三乐达节》。

波上人如潘玉儿,掌中花似赵飞燕。《采莲曲》,以上并见《乐书》。

全唐诗卷七百三十六

王仁裕

王仁裕,字德辇,天水人。初为秦州判官,入蜀,为中书舍人、翰林学士。历唐、晋、汉,终户部尚书,罢为太子少保。周显德初卒。仁裕晓音律,喜为诗。尝集平生所作诗为《西江集》,今编为一卷。

从蜀后主幸秦川上梓潼山

彩仗拂寒烟,鸣驺在半天。黄云生马足,白日下松巅。盛德安疲俗,仁风扇极边。前程问成纪,此去尚三千。

和蜀后主题剑门

孟阳曾有语,刊在白云楼。李杜常挨托,孙刘亦恃凭。庸才安可守,上德始堪矜。暗指长天路,浓峦蔽几层。

荆南席上咏胡琴妓二首 一作奉使荆南高从诲筵上听弹胡琴

红妆齐抱紫檀槽,一抹朱弦四十条。湘水凌波惭鼓瑟,秦楼明月罢吹箫。寒敲白玉声偏婉,暖逼黄莺语自娇。丹禁旧臣来侧耳,骨清神爽似闻韶。《十国春秋·高从诲世家》注载首二句,云是从诲作。

玉纤挑落折冰声,散入秋空韵转清。二五指中句塞雁,十三弦上啭春莺。谱从陶室偷将妙,曲向秦楼写得成。无限细腰宫里女,就中偏惬楚王情。

题麦积山天堂

《玉堂闲话》云:麦积山者,北跨清渭,南渐两当,冈峦崛起。一石高万寻,其青云之半。梯空架险,有散花楼。由西阁悬梯而上,有万菩萨堂,并就石凿成。自此室之上,有一龛,谓之天堂。空中倚一独梯,至此万中无一人敢登者。仁裕独登之,仍题诗于天堂西壁，前唐末辛未年也。

蹑尽悬空万仞梯，等闲身共白云齐。檐前下视群山小，堂上平分落日低。绝顶路危人少到，古岩松健鹤频栖。天边为要留名姓，拂石殷勤身自题。

题斗山观

《玉堂闲话》云：兴元斗山观，自平川耸起一山，四面悬绝，其上方于斗底，故号之。有唐公昉饮李八百仙酒全家拔宅之迹。仁裕辛巳岁为节度判官，尝以片板题诗于观。癸未年入蜀，因谒严真观，观斗山诗牌在焉，不知所来。旧说云斗山一洞与严真观井相通也。

霞衣欲举醉陶陶，公昉家饮八百洗疮酒，醉而上升。不觉全家住绛霄。拔宅只知鸡犬在，上天谁信路岐遥。三清辽廓抛尘梦，八景云烟事早朝。为有故林苍柏健，露华凉叶锁金飙。

题孤云绝顶淮阴祠

《玉堂闲话》云：兴元之南，有大竹路，通巴州。深溪峭岩，扪萝一上，三日达山顶。复登岭，其绝顶谓之孤云两角。彼中谚云：孤云两角，去天一握。淮阴侯祠在焉。昔汉祖不用，韩信遁归西楚，萧相国追之，及于兹山，故立庙貌。仁裕尝佐襄梁帅王思同南伐巴人，往返登陟，留题于祠。

一握寒天古木深，路人犹说汉淮阴。孤云不掩兴亡策，两角曾悬去住心。不是冕旒轻布素，岂劳丞相远追寻。当时若放还西楚，尺寸中华未可侵。

和韩昭从驾过白卫岭

龙旆飘飘指极边，到时犹更二三千。登高晓蹋巉岩石，冒冷朝冲断续烟。自学汉皇开土宇，不同周穆好神仙。秦民莫遣无恩及，大散关东别有天。

贺王溥入相

《石林诗话》云：仁裕知贡举，取王溥为状元，溥时年二十六。后六年，溥拜相，时仁裕犹致仕无恙，贺以诗。

一战文场拔赵旗，便调金鼎佐无为。白麻骤降恩何极，黄发初闻喜可知。跋敕案前人到少，筑沙堤上马归一作蹄迟。立班始得遥相见，亲洽争如未贵时。

与诸门生春日会饮繁台赋

柳阴如雾絮成堆，又引门生饮古台。淑景即随风雨去，芳樽宜命管弦开。谩夸列鼎鸣钟贵，宁免朝乌夜兔催。烂醉也须诗一首，不能空放马头回。

示诸门生

二百一十四门生，春风初长羽毛成。掷金换得天边桂，凿壁偷将榜上名。何幸不才逢圣世，偶将疏网罩群英。衰翁渐老儿孙小，异日知谁略有情。

过平戎谷吊胡翙

翙有文学，佐荆湖藩幕。善草军书，蔑视副军，构之主帅，尽室坑平戎谷。仁裕过而吊之。

立马荒郊满目愁，伊人何罪死林丘。风号古木悲长在，雨湿寒莎泪暗流。莫道文章为众嫉，只应轻薄是身雠。不缘魂寄孤山下，此地堪名鹦鹉洲。

奉诏赋剑州途中鸷兽

蜀后主幸秦川，至剑州西，鸷兽于路左丛林间跃出，搏一人去。至行宫顾问臣僚，皆陈恐惧。命仁裕及李浩弼等赋之，后主览之大笑曰："二臣之诗各有旨。"

剑牙钉舌血毛腥，窥算劳心岂暂停。不与大朝除患难，惟余当路食生灵。纵将户口资谗口，未委三丁税几丁。今日帝王亲出狩，白云岩下好藏形。

放猿

仁裕从事汉中，有献猿儿者，怜其黠慧，育之，名曰野宾。经年壮大，跳掷颇为患，系红绡于颈，题诗送之。

放尔丁宁复故林，旧来行处好追寻一作旧时侣伴好相寻。月明巫峡堪怜静，路隔巴山莫厌深一作耐寒不惮霜中宿，隐迹从教雾里深。栖宿一作归去免劳青嶂梦，跻攀应惬白云心。三秋果熟松梢健,任抱高枝彻晓吟。

遇放猿再作

仁裕罢职入蜀,行次汉江壖蟠冢庙前,见一巨猿舍群而前,于道畔古木间垂身下顾,红绡宛在。以野宾呼之,声声应。立马移时,不觉恻然,遂继之一篇云。

蟠冢祠前汉水滨,饮猿连臂下嶙峋。渐来子细窥行客,认得依稀是野宾。月宿纵劳羁绁梦,松餐非复稻粱身。数声肠断和云叫,识是前时旧主人。

句

铁锁寨门肩白日,大张旗帜插青天。《大散关》。

全唐诗卷七百三十七

冯道

冯道，字可道，景城人。初为刘守光参军，后历唐、晋、汉、周，事四姓十君，并在政府。自号长乐老，卒谥文懿，追封瀛王。诗集十卷，今存五首。

天道

穷达皆由命，何劳发叹声。但知行好事，莫要问前程。冬去冰须泮，春来草自生。请君观此理，天道甚分明。

偶作

莫为危时便怆神，前程往往有期因。须知海岳归明主，未必乾坤陷吉人。道德几时曾去世，舟车何处不通津。但教方寸无诸恶，狼虎丛中也立身。

北使还京作诗凡五章，今仅存其一。

去年今日奉皇华，只为朝廷不为家。殿上一杯天子泣，门前双节国人嗟。龙荒冬往时时雪，兔苑春归处处花。上下一行如骨肉，几人身死掩风沙。

赠窦十

燕山窦十郎，教子有义方。灵椿一株老，丹桂五枝芳。

放鱼书所钥户

《诗史》云：道性仁厚，家有一池，每得鱼放池中。其子监丞每窃钓之，道闻之不悦，于是高其墙垣，钥其门户，作诗书其门。

高却垣墙钥却门，监丞从此罢垂纶。池中鱼鳖应相贺，从此方知有主人。

句

朝披四袄专藏手，夜覆三衾怕露头。房中大寒，赐道锦袄、貂袄、羊狐貂袭各一。每入谒，悉服四袄衣，宿馆中,并覆三粲,故云。牛头偏得赐,象笏更容持。房以道有重名,欲留之,命与其国相同列,所赐皆等。房赐臣下以牙笏,及腊月赐牛头,皆殊礼也,道皆得之,以诗谢。以上见《丛苑》。

已落地花方遣扫,未经霜草莫教锄。《吟治圃》,见《事文类聚》。

视草北来唐学士,拥旄西去汉将军。《同光中承旨卢质节制河中赠》,见《续翰林志》。

卢文纪

卢文纪,字子持。举进士,事梁为集贤殿学士。唐明宗时,为御史中丞,迁工部尚书,贬石州司马。久之,为太常卿。奉使于蜀,过凤翔,废帝时为节度使,见文纪奇之。后入立,拜为中书侍郎同中书门下平章事。周时进司空。诗一首。

后唐宗庙乐舞辞

仁君御宇,寰海谧清。运符武德,道协文明。九成式叙,百度惟成。金门积庆,玉叶传荣。

崔居俭

崔居俭,唐末进士。仕后唐,累官户部尚书。诗一首。

后唐宗庙乐舞辞

艰难王业,返正皇唐。先天再造,却日重光。汉绍世祖,夏资少康。功成德茂,率祀无疆。

李涛

李涛,字信臣。避地湖南,事马殷。后唐天成中举进士,历事晋、汉,至宰辅。入周,封莒国公,后归宋。诗一首。

春社从李昉乞酒

《石林诗话》云:俗称社日饮酒治聋,昉时为翰林学士,有月给内库酒,故涛从乞之。社公,涛小字。与朝士言,多以自名。

社公今日没心情,为乞治聋酒一瓶。恼乱玉堂将欲遍,依稀巡到第三厅。

句

溪声长在耳,山色不离门。《诗人玉屑》。

扫地树留影,拂床琴有声。

一言寤主宁复听,三谏不从归去来。《谏晋主不从作》,见《吟窗杂录》。

卢士衡

卢士衡,后唐天成二年进士。集一卷,今存诗七首。

灵溪老松歌

灵溪古观坛西角,千尺鳞皴栋梁朴。横出一枝夏楼阁,直上一枝扫寥廓。白石苍苔拥根脚,月明风撼寒光落。有时风雨晦暝,摆撼若黑龙之腾跃。合生于象外峰峦,柱滞乎人间山岳。安得巨灵受请托,拔向青桂白榆边安著。

游灵溪观

云藏宝殿风尘外,粉壁松轩入看初。话久仙童颜色老,病来玄鹤羽毛疏。樵翁接引寻红术,道士留连说紫书。不为壮心降未得,便堪从此玩清虚。

寄天台道友

相思遥指玉霄峰,怅望江山阻万重。会隔晓窗闻法鼓,几同寒榻听疏钟。别来知子长餐柏,吟处将谁对倚松。且住人间行圣教,莫思天路便登龙。

花落

迎风啸未已,和雨落穀穀。千枝与万枝,不如一竿竹。

钟陵铁柱

千年埋没竟何为,变化宜将万物齐。安得风胡借方便,铸成神剑斩鲸鲵。

僧房听雨

古寺松轩雨声别,寒窗听久诗魔发。记得

年前在赤城,石楼梦觉三更雪。

题牡丹

万叶红绡剪尽春,丹青任写不如真。风光九十无多日,难惜尊前折赠人。

熊皦

熊皦,后唐清泰二年登进士第,延州刘景岩辟为从事。入晋拜补阙,贬商州上津令。《屠龙集》五卷,今存诗二首。

祖龙词

平吞六国更何求,童女童男问十洲。沧海不回应怅望,始知徐福解风流。

谪居海上

家临泾水隔秦川,来往关河路八千。堪恨此身何处老,始皇桥畔又经年。

熊皎

熊皎,自称九华山人。《南金集》二卷,今存诗四首。

冬日原居酬光上人见访

吾道丧已久,吾师何此来。门无尘事闭,卷有国风开。野迥霜先白,庭荒叶自堆。寒暄吟罢后,犹喜话天台。

早梅

江南近腊时,已亚雪中枝。一夜欲开尽,百花犹未知。人情皆共惜,天意欲教迟。莫讶无浓艳,芳筵正好吹。

怀三茅道友

尘事何年解客嘲,十年容易到三茅。长思碧洞云窗下,曾借黄庭雪夜抄。丹桂有心凭至论,五峰无信问深交。杏坛仙侣应相笑,只为浮名未肯抛。

赠胥尊师

绿发童颜羽服轻,天台王屋几经行。云程去速因风起,酒债还迟待药成。房闭十洲烟浪阔,箓开三洞鬼神惊。他年华表重归日,却恐桑田已变更。

句

山前犹见月,陌上未逢人。《早行》。以下见《雅言杂载》。

果熟秋先落,禽寒夜未栖。《山居》。

深逢野草皆为药,静见樵人恐是仙。

厌听啼鸟梦醒后,慵扫落花春尽时。

废土有人耕不畏,古厅无讼醉何妨。见《事文类聚》。

赵延寿

赵延寿,本姓刘,恒山人。仕后唐,尚主,为枢密使。清泰末,官至大丞相,封魏王。诗一首。

塞上

黄沙风卷半空抛,云动阴山雪满郊。探水人回移帐就,射雕箭落著弓抄。鸟逢霜果饥还啄,马渡冰河渴自跑。占得高原肥草地,夜深生火折林梢。

高辇

高辇,后唐秦王从荣府谘议参军。诗一首。

棋

野客围棋坐,搘颐向暮秋。不言如守默,设计似平雠。决胜虽关勇,防危亦合忧。看他终一局,白却少年头。

句

飘飘送下遥天雪,飒飒吹干旅舍烟。《冬风》,见《吟窗杂录》。

韩昭裔

韩昭裔,后唐清泰时宰相。诗一首。

与李专美

昭裔登庸汝未登,凤池鸡树冷如冰。何如且作宣徽使,免被人呼粥饭僧。_{时清泰帝以宰相李愚等无所事,目曰:"此粥饭僧尔。"}

张仁溥

张仁溥,后唐大宁县丞。诗一首。

题龙窝洞

折花携酒看龙窝,镂玉长旌俊彦过。他日各为云外客,碧纱笼却又如何。

李瀚

李瀚,后唐天成中擢进士第,仕晋为翰林学士。《丁年集》若干卷,今存诗一首。

留题座主和凝旧阁

座主登庸归凤阙,门生批诏立鳌头。玉堂旧阁多珍玩,可作西斋润笔不?

杨昭俭

杨昭俭,石晋时人,官尚书。诗一首。

题家园

池莲憔悴无颜色,园竹低垂减翠阴。园竹池莲莫惆怅,相看恰似主人心。

刘坦

刘坦,进士第一人及第。周恭帝时,李重进镇淮南,辟为掌书记。诗一首。

书从事厅屏上

_{《南部新书》:坦好酒,在维扬幕,李帅尝令酒库,但书记有客,无多少供之。寻为酒吏颇吝,须索甚艰,因书厅屏云云。}

金殿试回新折桂,将军留辟向江城。思量一醉犹难得,辜负扬州管记名。

韦遵

韦遵,后周起居郎。诗一首。

题施璘画竹图

枯箨危根缴石头,千竿交映近清流。堪珍仲宝_{璘字}穷幽笔,留得荆湘一片秋。

全唐诗卷七百三十八

宋齐丘

宋齐丘,字子嵩,世为庐陵人。父诚,为洪州副使,遂家焉。吴时,累官右仆射、平章事。李昪代吴,以齐丘为丞相、同平章事,寻出为镇南军节度。李璟嗣位,召为中书令。显德末,放归,缢死。集六卷,今存诗三首。

陪游凤凰台献诗

嵯峨压洪泉,岸峇撑碧落。宜哉秦始皇,不驱亦不凿。上有布政台,八顾背城郭。山蹙龙虎健,水黑螭蜃作。白虹欲吞人,赤骥相傅攉。画栋泥金碧,石路盘垮垝。倒挂哭月猿,危立思天鹤。凿池养蛟龙,栽桐栖鸳鷟。梁间燕教雏,石罅蛇悬壳。养花如养贤,去草如去恶。日晚严城鼓,风来萧寺铎。扫地驱尘埃,剪蒿除鸟雀。金桃带叶摘,绿李和衣嚼。贞竹无盛衰,媚柳先摇落。一作松竹无时衰,蒲柳先愁落。尘飞景阳井,草合临春阁。芙蓉如佳人,回首似调谑。当轩有直道,无人肯驻脚。夜半鼠窸窣,天阴鬼敲啄。松孤不易立,石丑难安著。自怜啄木鸟,去蠹终不错。晚风吹梧桐,树头鸣嚗嚗。峨峨江令石,青苔何淡薄。不话兴亡事,举首思眇邈。吁哉未到此,褊劣同尺蠖。笼鹤羡凫毛,猛虎爱蜗角。一日贤太守,时李昪为升州刺史。与我观橐籥。往往独自语,天帝相唯诺。风云偶不来,寰宇销一略。我欲烹长鲸,四海为鼎镬。我欲取大鹏,天地为赠缴。安得生羽翰,雄飞上寥廓。

赠仰山慧度禅师

初闻如自解,及见胜初闻。两鬓堆残雪,一身披断云。道应齐古佛,高不揖吾君。稽首清凉月,萧然万象分。

陪华林园试小妓羯鼓

切断牙床镂紫金,最宜平稳玉槽深。因逢淑景开佳宴,为出花奴奏雅音。掌底轻璁孤鹊噪,枝头干快乱蝉吟。开元天子曾如此,今日将军好用心。时李璟为诸卫将军。

句

大似贤臣扶社稷,遇明则见暗还藏。《影诗》,见《吟窗杂录》。

冯延巳

冯延巳,一名延嗣,字正中,广陵人。李璟为元帅时,辟掌书记。璟立,拜翰林学士,进中书侍郎同平章事。《阳春集》一卷,今存诗一首。

早朝

铜壶滴漏初昼,高阁鸡鸣半空。催启五门金锁,犹垂三殿帘栊。阶前御柳摇绿,仗下宫花散红。鸳瓦数行晓日,鸾旗百尺春风。侍臣踏舞重拜,圣寿南山永同。

句

青楼阿监应相笑,书记登坛又却回。

韩熙载

韩熙载,字叔言,北海人。后唐同光中,登进士第。李昪建国,用为秘书郎。璟嗣位,拜虞部员外郎、史馆修撰、知制诰。后主时,终中书侍郎。集五卷,今存诗五首。

感怀诗二章 奉使中原署馆壁

仆本江北人,今作江南客。再去江北游,举目无相识。金风吹我寒,秋月为谁白?不如归去来,江南有人忆。

未到故乡时,将为故乡好。及至亲得归,争如身不到。目前相识无一人,出入空伤我怀抱。风雨萧萧旅馆秋,归来窗下和衣倒。梦中忽到江南路,寻得花边旧居处。桃脸蛾眉笑出门,争向前头拥将去。

溧水无相寺赠僧

无相景幽远,山屏四面开。凭师领鹤去,待我挂冠来。药为依时采,松宜绕舍栽。林泉自多兴,不是效刘雷。

书歌妓泥金带

风柳摇摇无定枝,阳台云雨梦中归。他年蓬岛音尘断,留取尊前旧舞衣。

送徐铉流舒州 时铉弟锴亦贬乌江尉,亲友临江相送。

昔年凄断此江湄,风满征帆泪满衣。今日重怜鹡鸰羽,不堪波上又分飞。

句

几人平地上,看我半天中。《登楼》,见《吟窗杂录》。

李徵古

李徵古,袁州宜春人。南唐升元末举进士第,官枢密副使。坐宋齐丘党赐死。诗一首。

登祝融峰

欲上祝融峰,先登古石桥。凿开巉崄处,取路到丹霄。

潘佑

潘佑,幽州人。南唐时累官虞部员外郎、内史舍人。《荥阳集》十卷,今存诗四首。

七岁吟

马令《南唐书》曰:佑母方娠,梦古衣冠人告曰:"我颜延之也,与夫人为子。"及生,七岁始能语,曰:"儿误伤白龙,为上帝所罚也。"因吟诗云云,后果以三十六岁死。

朝游沧海东,暮归何太速。只因骑折白龙腰,谪向人间三十六。

送许处士坚往茅山

天坛云似雪,玉洞水如琴。白云与流水,千载清人心。君携布囊去,路长风满林。一入华阳洞,千秋哪可寻。

送人往宣城

江畔送行人,千山生暮氛。谢安团扇上,为画敬亭云。

失题

谁家旧宅春无主,深院帘垂杏花雨。香飞绿琐人未归,巢燕承尘默无语。

句

劝君此醉直须欢,明朝又是花狼籍。见《野客丛谈》。

李昉

李昉,南唐时人。诗一首。

寄孟宾于

初携书剑别湘潭,金榜标名第十三。昔日声名喧洛下,近来诗价满江南。长为邑令情终屈,纵处曹郎志未甘。莫学冯唐便休去,明君晚事未为惭。

马致恭

马致恭,南唐时人。诗一首。

送孟宾于

曾闻洛下缀神仙,火树南栖几十年。白首自怜丹桂在,诗名已得四方传。行随秋渚将归雁,吟傍梅花欲雪天。今日还家莫惆怅,不同初上渡头船。

张义方

张义方,南唐时历官侍御史、勤政殿学士。诗一首。

奉和圣制元日大雪登楼

恰当岁日纷纷落,天宝瑶花助物华。自古最先标瑞牒,有谁轻拟比杨花。密飘粉署光同冷,静压青松势欲斜。岂但小臣添兴咏,狂歌醉舞一家家。

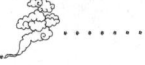

全唐诗卷七百三十九

李建勋

李建勋，字致尧，陇西人。少好学，能属文，尤工诗。南唐主李昪镇金陵，用为副使。预禅代之策，拜中书侍郎同平章事。升元五年，放还私第。嗣主璟召拜司空，寻以司徒致壮，赐号钟山公。集二十卷，今编诗一卷。

中酒寄刘行军

甚矣频频醉，神昏体亦虚。肺伤徒问药，发落不盈梳。恋寝嫌明室，修生愧道书。西峰老僧语，相劝合何如。

白雁

东溪一白雁，毛羽何皎洁。薄暮浴清波，斜阳共明灭。差池失群久，幽独依人切。旅食赖菰蒲，单栖怯霜雪。边风昨夜起，顾影空哀咽。不及墙上乌，相将绕双阙。

早春寄怀

家山归未得，又是看春过。老觉光阴速，闲悲世路多。风和吹岸柳，雪尽见庭莎。欲向东溪醉，狂眠一放歌。

春日东山正一作草堂作

身闲赢得出，天气渐喧和。蜀马登山稳，南朝古寺多。早花微弄色，新酒欲生波。从此唯行乐，闲愁奈我何。

春日小园晨看兼招同舍

最有杏花繁，枝枝若手抟。须知一春促，莫厌百回看。鸟啭风潜息，蜂迟露未干。可容排饮否，兼折赠头冠。

惜花寄孙员外一本缺孙字

朝始一枝开，暮复一枝落。只恐雨淋漓，又见春萧索。侵晨结驷携酒徒，寻芳踏尽长安衢。思量少壮不自乐，他日白头空叹吁。

春日病中
　　才得归闲去,还教病卧频。无由全胜意,终是负青春。绿柳渐拂地,黄莺如唤人。方为医者劝,断酒已经旬。

殴妓
　　自为专房甚,匆匆有所伤。当时心已悔,彻夜手犹香。恨枕堆云髻,啼襟搵月黄。起来犹忍恶,剪破绣鸳鸯。

踏青樽前
　　期君速行乐,不要旋还家。永日虽无雨,东风自落花。诗毫粘酒淡,歌袖向人斜。薄暮忘归路,垂杨噪乱鸦。

正月晦日
　　莫倦寻春去,都无百日游。更堪正月过,已是一分休。泉暖声才出,云寒势未收。晚来重作雪,翻为杏花愁。

惜花
　　白发今如此,红芳莫更催。预愁多日谢,翻怕十分开。点滴无时雨,荒凉满地苔。闲阶一杯酒,惟待故人来。

金谷园落花 一本缺谷字
　　愁见清明后,纷纷盖地红。惜看难过日,自落不因风。蝶散余香在,莺啼半树空。堪悲一尊酒,从此似西东。

柳花寄宋明府 一作寄人
　　每爱江城里,青春向尽时。一回新雨歇,是处好风吹。破石粘虫网,高楼扑酒旗。遥知陶令宅,五树正离披。

送人
　　相见未逾月,堪悲远别离。非君谁顾我,万里又南之。雨逼清明日,花阴杜宇时。愁看挂帆处,鸥鸟共迟迟。

闲游
　　携酒复携筋,朝朝一似忙。马谙频到路,僧借旧眠床。道胜他图薄,身闲白日长。扁舟动归思,高处见沧浪。

柏梁隔句韵诗 第三句缺一字
　　不喜长亭柳,枝枝拟送君。惟怜北窗□,树树解留人。圆缺都如月,东西只似云。愁看离席散,归盖动行尘。

赠赵学士
　　常钦赵夫子,远作五侯宾。见面到今日,操心如古人。醉同华席少,吟访野僧频。寂寂长河畔,荒斋与庙邻。

春阴
　　老雨不肯休,东风势还作。未放草蒙茸,已遭花萧索。浮生何苦劳,触事妨行乐。寄语达生人,须知酒胜药。

春日金谷园 一本缺谷字
　　火急召亲宾,欢游莫厌频。日长徒似岁,花过即非春。晚雨来何定,东风自不匀。须知三个月,不是负芳晨。

夏日酬祥松二公见访
　　多谢空门客,时时出草堂。从容非有约,淡薄不相忘。池映春筼老,檐垂夏果香。西峰正清霁,自与拂吟床。

怀赠操禅师
　　尝忆曹溪子,龛居面碧嵩。杉松新夏后,雨雹夜禅中。道匪因经悟,心能向物空。秋来得音信,又在剡山东。

闲居秋思呈祥松二公
　　秋光虽即好,客思转悠哉。去国身将老,流年雁又来。叶红堆晚径,菊冷藉空罍。不得师相访,难将道自开。

赋得冬日青溪草堂四十字
　　莫道无幽致,常来到日西。地虽当北阙,天与设东溪。疏苇寒多折,惊凫去不齐。坐中皆作者,长爱觅分题。

溪斋
水木绕吾庐,搴帘晚槛虚。衰条寒露鹊,幽果落惊鱼。爱酒贫还甚,趋时老更疏。乖慵自有素,不是忽簪裾。

留题爱敬寺
野性竟未改,何以居朝廷。空为百官首,但爱千峰青。南风新雨后,与客携觞行。斜阳惜归去,万壑啼鸟声。

小园
小园吾所好,栽植忘劳形。晚果经秋赤,寒蔬近社青。竹萝荒引蔓,土井浅生萍。更欲从人劝,凭高置草亭。

宿山房
石窗灯欲尽,松槛月还明。就枕浑无睡,披衣却出行。岩高泉乱滴,林动鸟时惊。倏忽山钟曙,喧喧仆马声。

金陵所居青溪草堂闲兴
窗外皆连水,杉松欲作林。自怜趋竞地,独有爱闲心。素壁题看遍,危冠醉不簪。江僧暮相访,帘卷见秋岑。

阙下偶书寄孙员外
长安驱驰地,贵贱共悠悠。白日谁相促,劳生自不休。凤翔双阙晓,蝉噪六街秋。独有南宫客,时来话钓舟。

寄魏郎中
碌碌但随群,蒿兰任不分。未尝矜有道,求遇向吾君。逸驾秋寻寺,长歌醉望云。高斋纸屏古,尘暗北山文。

病中书怀寄王二十六
落叶满山州,闲眠病未瘳。窗阴连竹枕,药气染茶瓯。路匪人遮去,官须自—本缺觅休。焉宜更羸老,扶杖作公侯。

采菊
簇簇竞相鲜,一枝开几番。味甘资曲糵,香好胜兰荪。古道风摇远,荒篱露压繁。盈筐时采得,服饵近知门。

送王郎中之官吉水
南望庐陵郡,山连五岭长。吾君怜远俗,从事辍名郎。移户多无土,春蚕不满筐。惟应劳赞画,溪峒况强梁。

孤雁
欲食不敢食,合栖犹未栖。闻风亦惊过,避缴恨飞低。水阔缘湘困,云寒过碛迷。悲鸣感人意,不—本缺见夜乌啼。

赠送致仕郎中
鹤立瘦棱棱,髭长白似银。衣冠皆古制,气貌异常人。听雪添诗思,看山滞酒巡。西峰重归路,唯许野僧亲。

宿友人山居寄司徒相公
雨雪正霏霏,令人不忆归。地炉僧坐暖,山柿火声肥。隔纸烘茶蕊,移铛剥芋衣。知君在霄汉,此兴得还稀。

郢客相寻夜,荒庭雪洒篁—作蒿。虚堂看向曙,吟坐共忘劳。溪冻声全减,灯寒焰不高。他人莫相笑,未易会吾曹。

感故府二首
戚戚复戚戚,期怀安可释。百年金石心,中路生死隔。新坟应草合,旧地空苔色。白日灯荧荧,凝尘满几席。

悒悒复悒悒,思君安可及。永日在阶前,披衣随风立。高楼暮角断,远树寒鸦集。惆怅几行书,遗踪墨犹湿。

田家三首—首第七句缺一字
毕岁知无事,兵销复旧丁。竹门桑径狭,春日稻畦青。犬吠隈篱落,鸡飞上碓程。归田起□思,蛙叫草冥冥。

不识城中路,熙熙乐—作自,—本缺有年。木桋擎社酒,瓦鼓送神钱。霜落牛归屋,禾收雀满田。遥陂过秋水,闲阁钓鱼船。

长爱田家事,时时欲一过。垣篱皆树槿,厅院亦堆禾。病果因风落,寒蔬向日多。遥闻数声笛,牛晚下前坡。

新竹

裊裊薰风软,娟娟湛露光。参差仙子仗,迤逦羽林枪。迥去侵花地,斜来破藓墙。箨干犹抱翠,粉腻若涂装。径曲茎难数,阴疏叶未长。懒嫌吟客倚,甘畏夏虫伤。映水如争立,当轩自著行。北亭尊酒兴,还为此君狂。

归燕词

羽翼势虽微,云霄亦可期。飞翻自有路,鸿鹄莫相嗤。待侣临书幌,寻泥傍藻池。冲人穿柳径,捕蝶绕花枝。广厦来应遍,深宫去不疑。雕梁声上下,烟浦影参差。旧地人潜换,新巢雀漫窥。双双暮归处,疏雨满江湄。

题魏坛二首

不遇至真传道要,曾看真诰亦何为。旧碑经乱沉荒涧,灵篆因耕出故基。蛙黾自喧浇<small>一作临,一本缺</small>药井,牛羊闲过放生池。萧条夕景空坛畔,朽桧枝斜绿蔓垂。

一寻遗迹到仙乡,云鹤沉沉思渺茫。丹井岁深生草木,芝田春废卧牛羊。雨淋残画摧荒壁,鼠引饥蛇落坏梁。薄暮欲归仍伫立,菖蒲风起水泱泱。

东楼看雪

一上高楼醉复醒,日西江雪更冥冥。化风吹火全无气,平望惟松少<small>一作别,一作劣</small>露青。腊内不妨南地少,夜长应得小窗听。因思旧隐匡庐日,闲看杉桧掩石扃。

落花

惜花无计又花残,独绕芳丛不忍看。暖艳动随莺翅落,冷香愁杂燕泥干。绿珠倚槛魂初散,巫峡归云梦又阑。忍把一尊重命乐,送春招客亦何欢。

春雪

南国春寒朔气回,霏霏还阻百花开。全移暖律何方去,似误新莺昨日来。平野旋销难蔽草,远林高缀却遮梅。不知金勒谁家子,只待晴明赏帝台。

重戏和春雪寄沈员外

谁道江南要雪难,半春犹得倚楼看。却遮迟日偷莺暖,密洒西风借鹤寒。散漫不容梨艳去,轻明应笑玉华干。和来琼什虽无敌,且是侬家比兴残。

春日尊前示从事

州中案牍鱼鳞密,界上军书竹节稠。眼底好花浑似雪,瓮头春酒漫如油。东君不为留迟日,清镜唯知促白头。最觉此春无气味,不如庭草解忘忧。

尊前

官为将相复何求,世路多端早合休。渐老更知春可惜,正欢唯怕客难留。雨催草色还依旧,晴放花枝始自由。莫厌百壶相劝倒,免教无事结闲愁。

蔷薇二首

万蕊争开照槛光,诗家何物可相方。锦江风撼云霞碎,仙子衣飘黼黻香。裛露早英浓压架,背人狂蔓暗穿墙。彩笺蛮榼旬休日,欲召亲宾看一场。

拂檐拖地对前墀,蝶影蜂声烂熳时。万倍馨香胜玉蕊,一生颜色笑西施。忘归醉客临高架,恃宠佳人索好枝。将并舞腰谁得及,惹衣伤手尽从伊。

残牡丹

肠断题诗如执别,芳茵愁更绕阑铺。风飘金蕊看全落,露滴檀英又暂苏。失意婕妤妆渐薄,背身妃子病难扶。回看池馆春休也,又是迢迢看画图。

春雨二首

春霖未免妨游赏,唯到诗家自有情。花径不通新草合,兰舟初动曲池平。净缘高树莓苔色,饥集—作啼虚廊燕雀声。闲忆昔年为客处,闷留山馆阻行行。

萧萧春雨密还疏,景象三时固不如。寒入远林莺翅重,暖抽新麦土膏虚。细濛台榭微兼日,潜涨涟漪欲动鱼。唯称乖慵多睡者,掩门中酒览闲书。

醉中惜花更书与诸从事

公退寻芳已是迟,莫因他事更来稀。未经旬日唯忧落,算有开时不合归。歌槛宴余风袅袅,闲园吟散雨霏霏。高楼鼓绝重门闭,长为抛回恨解衣。

和判官喜雨

去祷山州尚未还,云雷寻作远声寒。人情便似秋登悦,天色休劳夜起看。高槛气浓藏柳—本缺郭,小庭流拥没花坛。须知太守重墙内,心极农夫望处欢。

离阙下日感恩

二年尘冒处中台,喜得南归退不才。即路敢期皇子送,出关犹有御书来。未知天地恩何报,翻封江山思莫开。斜日苇汀凝立处,远波微扬翠如苔。

细雨遥怀故人

江云未散东风暖,溟蒙正在高楼见。细柳缘堤少过人,平芜隔水时飞燕。我有近诗谁与和,忆君狂醉愁难破。昨夜南窗不得眠,闲阶点滴回灯坐。

春水

万派争流雨过时,晚来春静更逶迤。轻鸥散绕夫差国,远树微分夏禹祠。青岸渐平濡柳带,旧溪应暖负莼丝。风鬟倚楫谁家子,愁看鸳鸯望所之。

蝶

粉蝶翩翩若有期,南园长是到春归。闲依柳带参差起,因傍桃花独自飞。潜被燕惊还散乱,偶因人逐入帘帏。晚来欲雨东风急,回看池塘影渐稀。

中春写怀寄沈彬员外

省从骑竹学讴吟,便殢光阴役此心。寓目不能闲一日,闭门长胜得千金。窗悬夜雨残灯在,庭掩春风落絮深。唯有故人同此兴,近来何事懒相寻。

钟山寺避暑勉二三子

楼台虽少景何深,满地青苔胜布金。松影晚留僧共坐,水声闲与客同寻。清凉会拟归莲社,沉湎终须弃竹林。长爱寄吟经案上,石窗秋霁向千岑。

道林寺

虽向钟峰数寺连,就中奇胜出其间。不教幽树妨闲地,别著高窗向远山。莲沼水从双涧入,客堂僧自九华还。无因得结香灯社,空向王门玷玉班。

和致仕沈郎中

欲谋休退尚因循,且向东溪种白蘋。谬应星辰居四辅,终期冠褐作闲人。城中隔日趋朝嬾,楚外千峰入梦频。残照晚庭沉醉醒,静吟斜倚老松身。

醉中咏梅花

十月清霜尚未寒,雪英重叠已如抟。还悲独咏东园里,老作南州刺史看。北客见皆惊节气,郡僚痴—作拟欲望杯盘。交亲罕至长安远,一醉如泥岂自欢。

闲出书怀

闲游何用问东西,寓兴皆非有所期。断酒只携僧共去,看山从听马行迟。溪田雨涨禾生耳,原野莺啼黍—本缺熟时。应有交亲长笑我,独轻人事鬓将衰。

寺居陆处士相访,感怀却寄二三友人

湘寺闲居亦半年,就中昨夜好潸然。人归远岫疏钟后,雪打高杉古屋前。投足正逢他国乱,冥心未解祖师禅。炉烟向冷孤灯下,唯有寒吟到曙天。

春雪

随风竟日势漫漫,特地繁于故岁看。幽榭冻粘花屋重,短檐斜湿燕巢寒。闲听不寐诗魂爽,净吃无厌酒肺干。莫道便为桑麦药,亦胜焦涸到春残。

惜花

淡淡西园日又垂,一尊何忍负芳枝。莫言风雨长相促,直是晴明得几时。心破只愁莺践落,眼穿唯怕客来迟。年年使我成狂叟,肠断红笺几首诗。

梅花寄所亲

一气才新物未知,每惭青律与先吹。雪霜迷素犹嫌早,桃杏虽红且后时。云鬓自粘飘处粉,玉鞭谁指出墙枝。老夫多病无风味,只向尊前咏旧诗。

登升元阁

登高始觉太虚宽,白雪须知唱和难。云渡琐窗金榜湿,月移珠箔水精寒。九天星象帘前见,六代城池直下观。唯有上层人未到,金乌飞过拂阑干。

雪有作

霏霏奕奕满寒空,况是难逢值腊中。未白已堪张宴会,渐繁偏好去帘栊。庭莎易集看盈地,池柳难装旋逐风。长爱清华入诗句,预愁迟日放消融。

宫词

自远凝旒守上阳,舞衣顿减旧朝香。帘垂粉阁春将尽,门掩梨花日渐长。草色深浓封辇路,水声低咽转宫墙。君王一去不回驾,皓齿青蛾空断肠。

晚春送牡丹

携觞邀客绕朱阑,肠断残春送牡丹。风雨数来留不得,离披将谢忍重看。氤氲兰麝香初减,零落云霞色渐干。借问少年能几许,不须推酒厌杯盘。

岁暮晚泊,望庐山不见,因怀岳僧呈察判

贪程只为看庐阜,及到停舟恨颇浓。云暗半空藏万仞,雪迷双瀑在中峰。林端莫辨曾游路,鸟际微闻向暮钟。长愧昔年招我入,共寻香社见芙蓉。

重台莲

斜倚秋风绝比伦,千英和露染难匀。自为祥瑞生南国,谁把丹青寄北人。明月几宵同绿水,牡丹无路出红尘。怜伊不算多时立,赢得馨香暗上身。

迎神

摘蛮鼍,吟塞笛,女巫结束分行立。空中再拜神且来,满奠椒浆齐献揖。阴风窣窣吹纸钱,妖巫瞑目传神言。与君降福为丰年,莫教赛祀亏常筵。

春词

日高闲步下堂阶,细草春莎没绣鞋。折得玫瑰花一朵,凭君簪向凤皇钗。

独夜作

佳人一去无消息,梦觉香残愁复入。空庭悄悄月如霜,独倚阑干伴花立。

竹

琼节高吹宿凤枝,风流交我立忘归。最怜瑟瑟斜阳下,花影相和满客衣。

清明日

他皆携酒寻芳去,我独关门好静眠。唯有杨花似相觅,因风时复到床前。

宫词

宫门长闭舞衣闲,略识君王鬓便斑。却羡落花春不管,御沟流水到人间。

送喻炼师归茅山

休粮知几载,脸色似桃红。半醉离城去,单衣行雪中。水声茅洞晓,云影石房空。莫学秦时客,音书便不通。

和元宗元日大雪登楼

纷纷忽降当元会,著物轻明似月华。狂洒玉墀初散絮,密粘宫树未妨花。迥封双阙千寻峭,冷压南山万仞斜。宁意传来中使出,御题先赐老僧家。

游栖霞寺

养花天气近平分,瘦马来敲白下门。晓色未开山意远,春容犹淡月华昏。琅琊冷落存遗迹,篱合稀疏带旧村。此地几经人聚散,只今王谢独名存。

答汤悦

司空犹不作,哪敢作司徒。幸有山翁号,如何不见呼?

金山

不嗟白发曾游此,不叹征帆无了期。尽日凭阑谁会我,只悲不见韩垂诗。

送李冠 冠善吹中管

匀如春涧长流水,怨似秋枝欲断蝉。可惜人间容易听,清声不到御楼前。

游宋兴寺东岩

几年不到东岩下,旧住僧亡屋亦无。寒日萧条何物在,朽松经烧石池枯。

批周宗书后 建勋镇临川,九江帅周宗初莅任,以书借器用仅注,因批其后。

偶罢阿衡来典郡,固无闲物可应官。凭君为报群胥道,莫作循州刺史看。 牛僧孺谪循州长史。

题信果观壁

春来涨水流而活,晓色西山势似行。玉洞主人经劫在,携竿步步就长生。

送八分书与友人,继以诗

耙趵为诗耙趵书,不封交去寄仙都。仙翁拍手应相笑,得似秦朝次仲无?

句

桃花流水须长信,不学刘郎去又来。见《南唐近事》。

粟多未必全为计,师老须防有伏兵。《寄冯延鲁使闽》。

遍寻云壑重题石,欲下山门更倚松。《留别钟山》,见《吟窗杂录》。

全唐诗卷七百四十

孟宾于

孟宾于,字国仪,连州人。天福九年登第,还乡为马氏从事。后归南唐,为涂阳令。坐系,赦归,后主起为水部员外,致仕。初居吉州玉笥山,自号群玉峰叟。有《金鳌集》二卷,今存诗八首。

蟠溪怀古

良哉吕尚父,深隐始归周。钓石千年在,春风一水流。松根盘藓石,花影卧沙鸥。谁更怀韬术,追思古渡头。

怀连上旧居

闲思连上景难齐,树绕仙乡路绕溪。明月夜舟渔父唱,春风平野鹧鸪啼。城边寄信归云外,花下倾杯到日西。更忆海阳垂钓侣,昔年相遇草萋萋。

公子行

锦衣红夺彩霞明,侵晓春游向野庭。不识农夫辛苦力,骄骢蹋烂麦青青。

湘江亭

独宿大中年里寺,樊笼得出事无心。寒山梦觉一声磬,霜叶满林秋正深。

题梅仙馆

仙界路遥云缥缈,古坛风冷叶萧骚。后来岂合言淹滞,一尉升腾道最高。

题颜氏亭宇

《南唐书》:颜诩居木川,雅词翰。所居依泉石,筑亭榭,开轩四敞,碧藓丛绕,翠微环列,萧爽之趣,杜绝尘嚣。名士宾于辈各为诗以述其幽隐。

园林萧洒闻来久,欲访因循二十秋。今日开襟吟不尽,碧山重叠水长流。

晚眺

倚杖残秋里，吟中四顾频。西风天际雁，落日渡头人。草色衰平野，山阴敛暮尘。却寻苔径去，明月照村邻。

献主司

那堪雨后更闻蝉，溪隔重湖路七千。忆昔故园杨柳岸，全家送上渡头船。<small>主司得诗，自谓得宾于之晚。后宾于致仕，归连上，过庐陵，吉守赠诗，有"今日还家莫惆怅，不同初上渡头船"，用此。</small>

句

远树连沙静，闲舟入浦迟。《夏日曲江》。

帘垂群吏散，苔长讼庭闲。《赠徐明府》并《诗中旨格》。

去年曾折处，今日又垂条。《柳》。以下《吟窗杂录》。

早知落处随疏雨，悔得开时顺暖风。《落花》。

千家帘幕春空在，几处楼台月自明。《落花》。

腊雪化为流水去，春风吹出好山来。《雪霁》。

昔日声尘喧洛下，近年诗句满江南。《寄李昉》。

匝地人家凭槛见，远山秋色卷帘看。《永州法华寺高轩》，《诗话总龟》。

蟾宫空手下，泽国更谁来。

水国二亲应探榜，龙门三月又伤春。

仙鸟却回空说梦，清朝未达自嫌身。

失意从他桃李春，嵩阳经过歇行尘。云僧不见城中事，问是今年第几人。

因逢日者教重应，忍被云僧劝却归。<small>宾于应举，卜于华山神。一年乞一珓，凡六掷而得吉兆。后果验，每年下第有诗。《郡阁雅谈》。</small>

廖匡图

廖匡图，字赞禹，虔州人。湖南马氏辟幕下，为天策府学士，与刘昭禹、李宏皋、徐仲雅、蔡昆、韦鼎、释虚中、齐己，俱以文藻知名。诗四首。

九日陪董内召登高

祝融峰下逢嘉节，相对那能不怆神。烟里共寻幽硐菊，樽前俱是异乡人。遥山带日应连越，孤雁来时想别秦。自古登高尽惆怅，茱萸休笑泪盈巾。

赠泉陵上人

暂把枯藤倚碧根，禅堂初创楚江濆。直疑松小难留鹤，未信山低住得云。草接寺桥牛笛近，日衔村树鸟行分。每来共记曾游处，万壑泉声绝顶闻。

和人赠沈彬

冥鸿迹在烟霞上，燕雀休夸大厦巢。名利最为浮世重，古今能有几人抛。逼真但使心无著，混俗何妨手强抄。深喜卜居连岳色，水边竹下得论交。

松

曾于西晋封中散，又向东吴作大夫。浓翠自知千古在，清声谁道四时无。枝柯偃后龙蛇老，根脚盘来爪距粗。直待素秋摇落日，始将凡木斗荣枯。

句

正悲世上事无限，细看水中尘更多。《永州江干感兴》。

廖凝

廖凝，字熙绩，图之弟。初归湖南，隐衡岳。后与马希萼同迁金陵，授水部员外郎，出为建昌令，终江州团练副使。善吟讽，与李建勋为诗友，相善。江左学诗者，多造其门。集七卷，今存诗三首。

中秋月

九十日秋色，今宵已半分。孤光含列宿，四面绝纤云。众木排疏影，寒流叠细纹。遥遥望丹桂,心绪正纷纷。

闻蝉

一声初应候,万木已西风。偏感异乡客,先于离塞鸿。日斜金谷静,雨过石城空。此处不堪听,萧条千古同。

彭泽解印

五斗徒劳漫折腰,三年两鬓为谁焦。今朝官满重归去,还挈来时旧酒瓢。

句

满汀沤不散,一局黑全输。《十岁咏棋》《郡阁雅谈》云:作者见之曰:"必垂名于后。"

猎回千帐雪,探密大河冰。以下并《吟窗杂录》。

落尽最高树,始知松柏青。《落叶》。

饭僧春岭蕨,醒酒雪潭鱼。《赠史虚白》。

风清竹阁留僧宿,雨湿莎庭放吏衙。《宰彭泽作》。

红踯躅繁金殿暖,碧芙蓉笑水宫秋。《锦绣万花谷》。

韦鼎

韦鼎,湖南人,与廖匡图俱知名。诗一卷,今存诗一首。

赠廖凝 时凝居南岳

君与白云邻,生涯久忍贫。姓名高雅道,寰海许何人。岳气秋来早,亭寒果落新。几回吟石畔,孤鹤自相亲。

左偃

左偃,南唐人。不仕,居金陵,能诗。有《钟山集》一卷,今存诗十首。

寄庐山白上人

潦倒门前客,闲眠岁又残。连天数峰雪,终日与谁看。万丈高松古,千寻落水寒。仍闻有新作,懒寄入长安。

寄韩侍郎

谋身谋隐两无成,拙计深惭负耦耕。渐老可堪怀故国,多愁翻觉厌浮生。言诗幸遇明公许,守朴甘遭俗者轻。今日况闻搜草泽,独悲憔悴卧升平。

汉宫词

寒烛照清夜,笙歌隔藓墙。一从飞燕入,便不见君王。

送君去

关河月未晓,行子心已急。佳人无一言,独背残灯泣。

秋晚野望

倚筇聊一望,何处是秦川?草色初晴路,鸿声欲暮天。

郊原晚望怀李秘书

归鸟入平野,寒云在远村。徒令睇望久,不复见王孙。

言怀别同志

渐老将谁托,劳生每自惭。何当重携手,风雨满江南。

江上晚泊

寒云淡淡天无际,片帆落处沙鸥起。水阔风高日复斜,扁舟独宿芦花里。

寄鉴上人

一从携手阻戈鋋,屈指如今已十年。长记二林同宿夜,竹斋听雨共忘眠。

送人

一茎两茎华发生,千枝万枝梨花白。春色江南独未归,今朝又送还乡客。

句

胡笳闻欲死,汉月望还生。《昭君怨》。

日华离碧海,云影散青霄。《早日》。

全唐诗卷七百四十一

陈贶

陈贶,南闽人。隐庐山三十年,元宗聘至,献《景阳台怀古》诗,元宗称善,授以官,固辞,赐粟帛遣还。诗一首。

景阳台怀古

景阳六朝地,运极自依依。一会皆同是,到头谁论非。酒浓沉远虑,花好失前机。见此尤宜戒,正当家国肥。

刘洞

刘洞,庐陵人。学诗于陈贶,隐居庐山。后主召见,献诗百篇。有集行世,存诗一首。

石城怀古

石城古岸头,一望思悠悠。几许六朝事,不禁江水流。

句

千里长江皆渡马,十年养士得何人。

翻忆潘郎章奏内,愔愔日暮好沾巾。《江南野录》:金陵受围,洞为七言诗,榜路傍云云。"家国愔,如日将暮",潘佑谏表中语也。

百骸同草木,万象入心灵。《夜坐》,《吟窗杂录》。

江为

江为,宋州人,避乱家建阳。游庐山,师陈贶为诗。集一卷,今存诗八首。

旅怀

迢迢江汉路,秋色又堪惊。半夜闻鸿雁,多年别弟兄。高风云影断,微雨菊花明。欲寄东归信,裴回无限情。

江行

越信隔年稀,孤舟几梦归。月寒花露重,

江晚水烟微。峰直帆相望，沙空鸟自飞。何时洞庭上，春雨满蓑衣。

登润州城

天末江城晚，登临客望迷。春潮平岛屿，残雨隔虹霓。鸟与孤帆远，烟和独树低。乡山何处是，目断广陵西。

岳阳楼

倚楼高望极，展转念前途。晚叶红残楚，秋江碧入吴。云中来雁急，天末去帆孤。明月谁同我，悠悠上帝都。

送客

明月孤舟远，吟髭镊更华。天形围泽国，秋色露人家。水馆萤交影，霜洲橘委花。何当寻旧隐，泉石好生涯。

临刑诗 《五代史补》：为在福州，有故人欲投江南，为与草表。事发，并诛，临刑词色不挠，赋此诗。

街鼓侵人急，西倾日欲斜。黄泉无旅店，今夜宿谁家？

塞下曲

万里黄云冻不飞，碛烟烽火夜深微。胡儿移帐寒笳绝，雪路时闻探马归。

隋堤柳

锦缆龙舟万里来，醉乡繁盛忽尘埃。空余两岸千株柳，雨叶风花作恨媒。

句

吟登萧寺旃檀阁，醉倚王家玳瑁筵。《题白鹿寺》。

远远朝宗出白云，方圆随处性长存。《水》，见《吟窗杂录》。

高越

高越，字仲远，幽州人。仕吴，授秘书郎，累迁中书舍人，终勤政殿学士、户部侍郎。诗一首。

咏鹰 越归南唐，初投鄂帅张宣，久不见知，以鹰诗讽之。

雪爪星眸世所稀，摩天专待振毛衣。虞人莫漫张罗网，未肯平原浅草飞。一作晴空不碍摩天翻，未肯平原浅草飞。

全唐诗卷七百四十二

张泌 一作佖

张泌,字子澄,淮南人。仕南唐为句容县尉,累官至内史舍人。诗一卷。

惜花

蝶散莺啼尚数枝,日斜风定更离披。看多记得伤心事,金谷楼前委地时。

寄人

别梦依依到谢家,小廊回合曲阑斜。多情只有春庭月,犹为离人照落花。

酷怜风月为多情,还到春时别恨生。倚柱寻思倍惆怅,一场春梦不分明。

边上

戍楼吹角起征鸿,猎猎寒旌背晚风。千里暮烟愁不尽,一川秋草恨无穷。山河惨澹关城闭,人物萧条市井空。只此旅魂招未得,更堪回首夕阳中。

长安道中早行

客离孤馆一灯残,牢落星河欲曙天。鸡唱未沉函谷月,雁声新度灞陵烟。浮生已悟庄周蝶,壮志仍输祖逖鞭。何事悠悠策赢马,此中辛苦过流年。

洞庭阻风

空江浩荡景萧然,尽日菰蒲泊钓船。青草浪高三月渡,绿杨花扑一溪烟。情多莫举伤春目,愁极兼无买酒钱。犹有渔人数家住,不成村落夕阳边。

春日旅泊桂州

暖一作晓风芳草竟芊绵,多病多愁负少年。弱柳未胜寒食雨,好花争奈夕阳天。溪边物色堪一作宜图画,林畔莺声似管弦。独有离人开泪眼,强凭杯酒亦潸然。

晚次—作歇湘源县

烟郭遥闻向晚鸡,水平舟静浪声齐。高林带雨杨梅熟,曲岸笼云谢豹啼。二女庙荒汀—作宫树老,九疑山碧楚天低。湘南自古多离怨,莫动哀吟易惨凄。

惆怅吟

秋风丹叶动荒城,惨澹云遮日半明。昼梦却因惆怅得,晚愁多为别离生。江淹彩笔空留恨,庄叟玄谈未及情。千古怨魂销不得,一江寒浪若为平。

秋晚过洞庭

征帆初—作高挂酒初酣,暮景离情两不堪。千里晚霞云梦北,一洲霜橘洞庭南。溪风送雨过秋寺,硐石惊龙落夜潭。莫把羁魂吊湘魄,九疑愁绝锁烟岚。

题华岩寺木塔

六街晴色动秋光,雨霁凭高只易伤。一曲晚烟浮渭水,半桥斜日照咸阳。休将世路悲尘事,莫指云山认故乡。回首汉宫楼阁暮,数声钟鼓自微茫。

经旧游

暂到高唐晓又还,丁香结梦水潺潺。不知云雨归何处,历历空留十二山。

碧户

碧户肩鱼锁,兰窗掩镜台。落花疑怅望,归燕自裴回。咏絮知难敌,伤春不易裁。恨从芳草起,愁为晚风来。衣惹湘云薄,眉分楚岫开。香浓眠旧枕,梦好醉春杯。小障明金凤,幽屏点翠苔。宝筝横塞雁,怨笛落江梅。卓氏仍多酒,相如正富才。莫教琴上意,翻作鹤声哀。

芍药

香清粉澹怨残春,蝶翅蜂须恋蕊尘。闲倚晚风生怅望,静留迟日学因循。休将薜荔为青琐,好与玫瑰作近邻。零落若教随暮雨,又应愁杀别离人。

春晚谣

雨微微,烟霏霏,小庭半拆红蔷薇。钿筝斜倚画屏曲,零落几行金雁飞。萧关梦断无寻处,万叠春波起南浦。凌乱杨花扑绣帘,晚窗时有流莺语。

所思

空塘水碧春雨微,东风散漫杨柳飞。依依南浦梦犹在,脉脉高唐云不归。江头日暮多芳草,极目伤心烟悄悄。隔江红杏一枝明,似玉佳人俯清沼。休向春台更回望,销魂自古因惆怅。银河碧海共无情,两处悠悠起风浪。

春夕言怀

风透疏帘月满庭,倚栏无事倍伤情。烟垂柳带纤腰软,露滴花房怨脸明。愁逐野云销不尽,情随春浪去难平。幽窗谩结相思梦,欲化西园蝶未成。

春江雨

雨溟溟,风泠泠,老松瘦竹临烟汀。空江冷落野云重,村—作云中鬼火—作孤月微如星。夜惊溪上渔人起,滴沥篷声满愁耳。子规叫断独未眠,罨岸春涛打船尾。

送容州中丞赴镇

交趾同星坐,龙泉佩斗文。烧香翠羽帐,看舞郁金裙。鹢首冲泷浪,犀渠拂岭云。莫教铜柱北,只说马将军。

赠韩道士

日暮秋风吹野花,上清归客意无涯。桃源寂寂烟霞闭,天路悠悠星汉斜。还似世人生白发,定知仙骨变黄芽。东城南陌频相见,应是壶中别有家。

全唐诗卷七百四十三

孙鲂

孙鲂,字伯鱼,南昌人。从郑谷为诗,颇得郑体。事吴为宗正郎,与沈彬、李建勋友善。集三卷,今存诗七首。

甘露寺

寒暄皆有景,孤绝画难形。地拱千寻崄,天垂四面青。昼灯笼鹫塔,夜磬彻渔汀。最爱僧房好,波光满户庭。

题金山寺

万古波心寺,金山名目新。天多剩得月,地少不生尘。过橹妨僧定,惊涛溅佛身。谁言张处士,题后更无人。前四句一作山载江心寺,鱼龙是四邻。楼台悬倒影,钟磬隔嚣尘。末二句一作谁言题咏处,流响更无人。

杨柳枝词五首

灵和风暖太昌春,舞线摇丝向昔人。何似晓来江雨后,一行如画隔遥津。

彭泽初栽五树时,只应闲看一枝垂。不知天意风流处,要与佳人学画眉。

暖傍离亭静拂桥,入流穿槛绿阴摇。不知落日谁相送,魂断千条与万条。

春来绿树遍天涯,未见垂杨未可夸。晴日万株烟一阵,闲坊兼是莫愁家。

十首当年有旧词,唱青歌翠几无遗。未曾得向行人道,不谓离情莫折伊。

句

游子未归去,野花愁破心。《春日途中》,《吟窗杂录》。

划多灰渐冷,坐久席成痕。《江南野录》。

结宇孤峰上,安禅巨浪间。

分开朝海浪,留住过江云。以上并《金山寺》。

划多灰杂苍虬迹,坐久烟消宝鸭香。《夜坐》。

沈彬

沈彬，字子文，高安人。唐末应进士，不第。浪迹湖湘，尝与僧虚中、齐己为诗友。事吴为秘书郎，以吏部郎中致仕。年八十余。李璟以旧恩召见，赐粟帛，官其子。诗十九首。

入塞二首

欲为皇王服远戎，万人金甲鼓鼙中。阵云黯塞三边黑，兵血愁天一片红。半夜翻营旗搅月，深秋防戍剑磨风。谤书未及明君爇，卧骨将军已殁功。

苦战沙门卧箭痕一作年少辞乡事冠军，戍楼闲上望星文。生希国泽分偏将一作生希沙漠擒骄虏，死夺河源答圣君。鸢觑败兵眠白一作血草，马惊边一作冤鬼哭阴一作愁云。功多地远无人纪，汉阁笙歌日又曛。

塞下三首

塞叶声悲秋欲霜，寒山数点下牛羊。映霞旅雁随疏雨，向碛行人带夕阳。边骑不来沙路失，国恩深后海城荒。胡儿向化新成长，犹自千回问汉王。

贵主和亲杀气沉，燕山闲猎鼓鼙音。旗分雪草偷边马，箭入寒云落塞禽。陇月尽牵乡思动，战衣谁寄泪痕深。金钗谩作封侯别，劈破佳人万里心。

月冷榆关过雁行，将军寒笛老思乡。二师骨恨千夫壮，李广魂飞一剑长。戍角就沙催落日，阴云分碛护飞霜。谁知汉武轻中国，闲夺天山草木荒。

秋日

秋含砧杵捣斜阳，笛引西风颢气凉。薜荔惹烟笼蟋蟀，芰荷翻雨泼鸳鸯。当年酒贱何妨醉，今日时难不易狂。肠断旧游从一别，潘安惆怅满头霜。

金陵杂题二首

王气生秦四百年，晋元东渡浪花船。正惭海内皆涂地，来保江南一片天。古树著行临远岸，暮山相亚出微烟。千征万战英雄尽，落日牛羊食野田。

暮潮声落草光沉，贾客来帆宿岸阴。一笛月明何处酒，满城秋色几家砧。时清曾恶桓温盛，山翠长牵谢傅心。今日到来何物在，碧烟和雨锁寒林。

麻姑山

绀殿松萝太古山，仙人曾此话桑田。闲倾云液十分日，已过浮生一万年。花洞路中逢鹤信，水帘岩底见龙眠。我来游礼酬心愿，欲共怡神契自然。

题苏仙山 郴州城东有山，为苏耽修真之所，名苏仙山

眼穿林罅见郴州，井里交连侧局楸。味道不来闲处坐，劳生更欲几时休。苏仙宅古烟霞老，义帝坟荒草木愁。千古是非无处问，夕阳西去水东流。

洪州解至长安，初举纳省卷梦仙谣缺二十八字

□□□□□□□，□□□□□□□。玉殿大开从客入，金桃烂熟没人偷。凤惊宝扇频翻翅，龙惧一作误金鞭不一作急转头。□□□□□□□，□□□□□□□。

忆仙谣 第二举

白榆风飒九天秋，王母朝回宴玉楼。日月渐长双凤睡，桑田欲变六鳌愁。云翻箫管相随去，星触旌幢各自流。诗酒近来狂不得，骑龙却忆上清游。

纳省卷赠为首刘象 第三举

曾应大中天子举，四朝风月鬓萧疏。不随世祖重携剑，却为文皇再读书。十载战尘销旧业，满城春雨坏贫居。一枝何事于君借，仙桂年年幸有余。文皇谓太宗，世祖谓昭宗，以光武中兴比之也。

赠王定保

定保光化中及第，吴子华侍郎以子妻之。子华即

世,定保南游湖湘,无北归意。吴女假缁服,自长安来谒,白于马殷,令引见于佛寺,吴隔帘诮之。

仙桂曾攀第一枝,薄游湘水阻佳期。皋桥已失齐眉愿,萧寺行逢落发师。废苑露寒兰寂寞,丹山云断凤参差。闻公已有平生约,谢绝女萝依兔丝。

结客少年场行

重义轻生一剑知,白虹贯日报雠归。片心惆怅清平世,酒市无人问布衣。

阳朔碧莲峰

陶潜彭泽五株柳,潘岳河阳一县花。两处争如阳朔好—作县,碧莲峰里住人家。

再过金陵

玉树歌终王气收,雁行高送石城秋。江山不管兴亡事,一任斜阳伴客愁。

都门送别

岸柳萧疏野荻秋,都门行客莫回头。一条灞水清如剑,不为离人割断愁。

吊边人

杀声沈后野风悲,汉月高时望不归。白骨已枯沙上草,家人犹自寄寒衣。

句

尺素隐清辉,一毫分险阻。《题画山水图》。

金翅动身摩日月,银河转浪洗乾坤。《献马殷颂德》,《五代史补》。

须知手笔安排定,不怕山河整顿难。《献李昪山水图诗》。

九衢冠盖暗争路,四海干戈多异心。《纪事》。

地限一水巡城转,天约群山附郭来。《题法华寺》,《零陵总记》。

数家鱼网疏云外,一岸残阳细雨中。《湘江行》。

松敲晚影离坛草,钟撼秋声入殿风。《潘天锡同题古观》,《郡阁雅谈》。

压低吴楚遥涵水,约破云霞独倚天。《望庐山》,《野客丛谈》。

半身落日离秦树,一路平芜入楚烟。以下《锦绣万花谷》。

清占月中三峡水,丽偷云外十洲春。

幽鸟唤人穿竹去,野猿寻果出云来。

全唐诗卷七百四十四

伍乔

伍乔，庐江人。南唐时举进士第一，仕至考功员外郎。诗一卷。

僻居谢何明府见访

公退琴堂动逸怀，闲披烟霭访微才。马嘶穷巷蛙声息，辙到衡门草色开。风引柳花当坐起，日将林影入庭来。满斋尘土一床藓，多谢从容水饭回。

冬日道中—作冬日送人

去去天涯无定期，瘦童羸马共依依。暮烟江口客来绝，寒叶岭头一作前人住一作稀。带雪野风吹旅思，入云山火照行衣。钓台吟阁沧洲在，应为初心未得归。

僻居酬友人

僻居虽一作惟爱近林泉，幽径闲居一作园碧一作任藓连。向竹掩扉随鹤息，就溪安石学僧禅。古琴带月音声亮一作正，山果经霜气味全。多谢故交怜朴野，隔云时复寄佳篇。

游西山龙泉禅寺一作院

叠巘层峰坐可观，枕门流水更潺湲一作出云端。晓钟声彻洞溪远，夏木影笼轩槛寒。幽径乍寻衣屡润，古堂频宿梦魂安。因嗟城郭营营事，不得长游一作游兹空鬓残。

宿鸋山

一入仙山万虑宽，夜深宁厌倚虚栏。鹤和云影宿高木，人带月光登古坛。芝术露浓溪坞白，薜萝风起殿廊寒。更陪羽客论真理，不觉初钟叩晓残。

游西禅

远岫当轩列翠光，高僧一衲万缘忘。碧松影里地长润，白藕花中水亦香。云自雨前生净石，鹤于钟后宿长一作尘廊。游人恋此吟终日，盛暑楼台早有凉。

寄史处士

长羡闲居一水湄,吟情高古有谁知。石楼待月横琴久,渔浦经风下钓迟。僻坞—作幽圃落花多掩径,旧山残烧几侵篱。松门别后无消息,早晚重应蹑屐随—作重为清话期。

僻居秋思寄友人—作故友

门巷秋归更寂寥,雨余闲砌委兰苗。梦回月夜虫吟壁,病起茅斋药满瓢。泽国旧游关远思,竹林前会负佳招。身名未立犹辛苦,何许流年晚鬓雕—作焦。

寄落星史虚白处士

白云峰下古溪头,曾与提壶烂熳游。登阁共看彭蠡水,围炉相忆杜陵秋。棋玄不厌通高品—作通寓算,句妙多容隔岁酬。别后相思时一望,暮山空碧水空流。

九江旅夜寄山中故人

弱柳风高远漏沉,坐来难便息愁吟。江城雪尽寒犹在,客舍灯孤夜正深。尘土积年粘旅服,关山无处寄归心。此时遥羡闲眠侣,静掩云扉卧—作向一林。

闻杜牧赴阙

旧隐匡庐一草堂,今闻携策谒吾皇。峡云难卷从龙势,古剑终腾出土光。开翅定期归碧落,濯缨宁肯问沧浪。他时得意交知仰,莫忘裁诗寄钓乡。

题西林寺水阁

竹翠苔花绕槛浓,此亭幽致讵曾逢。水分林下清泠派,山峙云间峭峻峰。怪石夜光寒射烛,老杉秋韵冷和钟。不知来往留题客,谁约重寻莲社踪。

林居喜崔三博远至

几日区区在远程,晚烟林径喜相迎。姿容虽有尘中色,巾屦犹多岳上清。野石静排为坐榻,溪茶深煮当飞觥。留连话与方经宿,又欲携书别我行。

观华夷图

别手应难及此精,须知攒簇自心灵。始于毫末分诸国,渐见图中列四溟。关路欲伸通楚势,蜀山俄耸入秦青。笔端尽现寰区事,堪把长悬在户庭。

庐山书堂送祝秀才还乡

束书辞我下重巅,相送同临楚岸边。归思几随千里水,离情空寄一枝蝉。园林到日酒初熟,庭户开时月正圆。莫使蹉跎恋疏野,男儿酬志在当年。

暮冬送何秀才毗陵

匹马嘶风去思长,素琴孤剑称戎装。路途多是过残岁,杯酒无辞到醉乡。云傍水村凝冷片,雪连山驿积寒光。毗陵城下饶嘉景,回日新诗应满堂。

龙潭张道者

碧洞幽岩独息心,时人何路得相寻。养生不说凭诸药,适意惟闻在一琴。石径扫稀山藓合,竹轩开晚野云深。他年功就期飞去,应笑吾徒多苦吟。

晚秋同何秀才溪上

闲步秋光思杳然,荷蓑因共过林烟。期收野药寻幽路,欲采溪菱上小船。云吐晚阴藏霁岫,柳含余霭咽残蝉。倒尊尽日忘归处,山磬数声敲暝天。

送江少府授延陵后寄

五老云中勤学者,遇时能不困风尘。束书西上谒明主,捧檄南归慰老亲。别馆友朋留醉久,去程烟月入吟新。莫因官小慵之任,自古鸾栖有异人。

观山水障子

功绩精妍世少伦,图时应倍用心神。不知

草木承何异，但见江山长带春。云势似离岩底石，浪花如动岸边蘋。更疑独泛渔舟者，便是其中旧隐人。

寄张学士泊

不知何处好消忧，公退携壶即上楼。职事久参侯伯幕，梦魂长绕帝王州。黄山向晚盈轩翠，黟水含春绕槛流。遥想玉堂多暇日，花时谁伴出城游？

句

积霭沈诸壑，微阳在半峰。《省试霁后望钟山》。

全唐诗卷七百四十五

陈陶

陈陶,字嵩伯,岭南一云鄱阳,一云剑浦人。大中时,游学长安。南唐升元中,隐洪州西山,后不知所终。诗十卷,今编为二卷。

塞下曲

边头能走马,猿臂李将军。射虎群胡伏,开弓绝塞闻。海山谙向背,攻守别风云。只为坑降罪,轻车未转勋。

望湖关下战,杂虏丧全师。鸟啄豺狼将,沙埋日月旗。牛羊奔赤狄,部落散燕耆。都护凌晨―作临城出,铭功瘗死尸。

胡无人行

十万羽林儿,临洮破郅支。杀添胡地骨,降足汉营旗。塞阔牛羊散,兵休帐幕移。空流陇头水,呜咽向人悲。

悲哉行

中岳仇先生,遗余饵松方。服之一千日,肢体生异香。步履如风旋,天涯不赍粮。仍云一作闻为地仙,不得朝虚皇。狡兔有三穴,人生又何常。悲哉二廉士,饿死于首阳。

涂山怀古

落拓书剑晚,清秋鹰正笼。涂山间来上,敬爱如登龙。览古觉神王,脩然天地空。东南更一作竟何有,一醉先王风。惟昔放勋世,阴晦一作胤成洪。皇图化鱼鳖,天道漂无踪。帝乃命舟楫,掇芳儒素中。高陈九州力,百道驱归东。旧物复光明,洪炉再埏熔。经门不私子,足知一作示天下公。亮日那并生,唐虞禅华虫。兹山朝万国,一赋寰海同。十载有区宇,秋毫皆一作赤帝功。垂衣不骄德,子桀如何聋。握发闻礼贤,茸茅见卑宫。凡夫色难事,神圣安能恭。道隐一作德三千年,遗芳播笙镛。当时执圭处,佳气仍童童。海屿俨清庙,天人盛祇供。玄恩及花木，丹谶名崆峒。异代草泽臣，何由树勋庸。尧阶未曾识，谁信平生忠。恨不当际会，预为执鞭僮。劳歌下山去，怀德心无穷。

游子吟

栖乌喜林曙，惊蓬伤岁阑。关河三尺雪，何处是天山。朔风无重衣，仆马饥且寒。惨戚别妻子，迟回出门难。男儿值休明，岂是长泥蟠。何者为木偶，何人侍金銮。郁郁守贫贱，悠悠亦无端。进不图功名，退不处岩峦。穷通在何日，光景如跳丸。富贵苦不早，令人摧心肝。誓期春之阳，一振摩霄翰。

怀仙吟二首

丹陵五牙一作霞客，昨日罗浮归。赤斧寻不得，烟霞空满衣。试于华阳问，果遇三茅知。采药向十洲，同行牧羊儿。十洲隔八海，浩渺不可期。空留双白鹤，巢在长松枝。

云溪古流水，春晚桃花香。忆与我师别，片帆归沧浪。沧浪在何许，相思泪如雨。黄鹤不复来，云深离别处。石渠泉泠泠，三见菖蒲生。日夜劳梦魂，随波注东溟。空怀别时惠，长读消魔经。

海昌望月

何处无今夕，岂期在海头。贾客不爱月，婵娟闲一作避，一作入沧洲。浩然伤岁华，独望湖边楼。烟岛青历历，蓝田白悠悠。谁无破镜期，縶我信虚舟？谁无桂枝念，縶我方摧輈？始见弯环春，又逢团圆秋。莫厌绫扇夕，百年多银钩。金盘谁雕镂，玉窟难冥搜。重轮运时节，三五不自由。疑抛云上锅一作碣，欲搂天边球。孀居应寒冷，捣药青冥愁。兔子树下蹲，虾蟆池中游。如何名金波，不共水东流。天花辟膻腥，野云无边陬。蚌蛤乘大运，含珠相对酬。夜鹊思南乡，露华清东瓯。百宝安可觑，老龙锁深湫。究究如情人，盗者即一作如仇雠。海涯上皎洁，九门更清幽。亭亭劝金尊，夜久喘吴牛。夷俗皆轻掷，北山思今一作遂游。雁声故乡来，客泪堕南洲。平生烟霞志，读书觅封侯。四海尚白身，岂无故乡羞。壈坎何足叹，壮如水中虬。猎猎谷底兰，摇摇波上鸥。中途丧资斧，两地生繁忧。一杯太阴君，鹪鹩岂无求。明日将片叶，三山东南浮。

蒲门戍观海作

廓落溟涨晓，蒲门郁苍苍。登楼礼东君，旭日生扶桑。毫厘见蓬瀛，含一作吞吐金银光。草木露未晞，蜃楼气若藏。欲游蟠桃国，虑涉魑魅乡。徐市惑秦朝，何人在岩廊。惜哉千童子，葬骨于渺茫。恭闻槎客言，东池接天潢。即此聘牛女，日祈长寿方。灵津水清一作深浅，余亦慕修航。

番禺道中作

博罗程远近，海塞愁先入。瘴雨出虹蝀，蛮江渡山急。常闻岛夷俗，犀象满城邑。雁至草犹春，潮回樯半湿。丹丘凤皇隐，水庙蛟龙集。何处树能言，几乡珠是泣。千年赵佗国，霸气委原隰。龌龊笑终军，长缨祸先及。

赠江西周大夫一作赠周太史

否极生大贤，九元降灵气。独立正始风，蔚然中兴瑞。渊伦照三古，磊落涵泾渭。真貌月悬秋，雄词雷出地。具瞻先皇宠，俗践东华贵。咫尺时不来，千秋鼎湖泪。因分三辅职，进领南平位。报政黄霸惭，提兵吕蒙醉。岁星临斗牛，水国嘉祥至。不独苍生苏，仍兼六骃喜。一作师治。恭闻庙堂略，欲断匈奴臂。划释自宸衷，平戎在连帅。时康簪笏冗，世梗忠良议。丘壑非无人，松香有私志。三朝倚天剑，十万浮云骑。可使河曲清，群公信儿戏。沧溟用谦德，百谷走童稚。御众付深人，参筹须伟器。他年蓬荜贱，愿附鹓鸾翅。

旅次铜山途中先寄温州韩使君

乱山沧海曲，中有横阳道。束马过铜梁，苔华坐堪老。鸠鸣高崖裂，熊斗深树倒。绝壑无坤维，重林失苍昊。跻攀寡侪侣，扶接念舆皂。俯仰慄嵌空,无因掇灵草。梯—作眰穷闻戍鼓,魂续赖丘祷。敲豁天地归,萦纡村落好。悠悠思蒋径,扰扰愧商皓。驰想永嘉侯,应伤此怀抱。

种兰

种兰幽谷底,四远闻馨香。春风长养深,枝叶趁人长。智水润其根,仁锄护其芳。蒿藜不生地,恶鸟弓已藏。椒桂夹四隅,茅茨居中央。左邻桃花坞,右接莲子塘。一月薰手足,两月薰衣裳。三月薰肌骨,四月薰心肠。幽人饥如何,采兰充馁粮。幽人渴如何,酝兰为酒浆。地无青苗租,白日如散王—作羲皇。不尝仙人药,端坐红霞房。日夕望美人,佩花正煌煌。美人久不来,佩花徒生光。刈获及葳蕤,无令见雪霜。清芬信神鬼,一叶岂可忘。举头愧青天,鼓腹咏时康。下有贤公卿,上有圣明王。无阶答风雨,愿献兰一筐。

草木言

何生我苍苍,何育我黄黄。草木无知识,幸君同三光。始自受姓名,葳蕤立衣—作表裳。山河既分丽,齐首乳青阳。甘辛各有荣,好丑不相防。常忧刀斧劫,窃慕仁寿乡。愿天雨无暴,愿地风无狂。雨足因衰瘥,风多因夭伤。在山不为桂,徒辱君高冈。在水不为莲,徒占君深塘。勿轻培塿阜,或有奇栋梁。勿轻蒙胧泽,或有奇馨香。涓毫可麓差,朝菌寿为长。拥肿若无取,大椿命为伤。婆娑不材生,苒苒向秋荒。幸遭薰风日,有得皆簸扬。所愧雨露恩,愿效幽微芳。希君频采择,勿使枯雪霜。

题僧院紫竹

喜游蛟井寺,复见炎州竹。杳霭万丈间,啸风清独速。江南正霜霰,吐秀弄颜顼。似瑞惊坚贞,如魔试金粟。笋非孝子泣,文异湘灵哭。金碧谁与邻,萧森自成族。新闻赤帝种,子落毛人谷。远祖赐鹓鹏,遗芳遍南陆。对烟苏麻丑,夹涧箦筜伏。美誉动丹青,瑰姿艳秦蜀。因缘鹿苑识,想像蛇丘厮。几叶别黄茅,何年依白足。龙树蛰一花,砌瑶扫云屋。色静曼仙花,名高给孤独。青葱太子树,洒落观音目。法雨每沾濡,玉毫时照烛。离居鸾节变,住冷金颜缩。岂念葛陂荣,幸无祖父辱。光摇水精串,影送莲花轴。江鹥日相寻,野鹜时寄宿。幽香入茶灶,静翠直棋局。肯羡垣上蒿,自多篱下菊。从来道生一,况伴龟藏六。栖托诇星回,檀栾已云矗。霞杯传缥叶,羽管吹紫玉。久绝—作无钓竿歌,聊裁竹枝曲。愧生黄金地,千秋为师绿。

早发始兴

云里山已曙,舟中火初爇。绿浦待行桡,玄猿催落月。沿流信多美,况复秋风发。挂席借前期,晨鸡莫嘲哳。

寄元孚道人

梵宇—作楚寺章句客,佩兰三十年。长乘碧云马,时策—作借翰林鞭。曩事五岳游,金衣曳祥烟。高攀桐君手,左倚鹫鹭肩。哭玉秋雨中,摘星春风前。横铩截洪偃,凭几见广宣。尔来瘖华胥,石壁孤云眠。龙降始得—作听偈,龟老方巢莲。内殿无文僧,驺虞谁能牵。因之问楚水,吊屈几潺湲。

和西江—作江南李助副使早登开元寺阁第十五句缺一字

虚豁登宝阁,三休极层构。独立天地间,烟云满襟袖。鳌荒初落日,剑野呈绮绣。秋槛祝融微,阴轩九江湊。拂檐皇姑舍,错落白榆秀。倚砌天竺祠,蛟龙蟠古甃。翛然观六合,一指齐宇宙。书剑忽若□,青云日方昼。南朝空苍莽,楚泽稀耕耨。万事溺颓波,一航安可溇。徒云寄麟泣,六五终难就。资斧念余生,湖光隐圭窦。早闻群黄鹤,飘举此江岫。陵谷空霭然,人樵已雏鹫。燕宫豸冠客,凭览发清奏。珠玉难嗣音,抳—作枇辕愧孤陋。

将归钟陵留赠南海李尚书

楚国有田舍,炎州长楚归。怀恩似秋燕,

屡绕玉堂飞。越酒岂不甘,海鱼宁无肥。山裘醉歌舞,事与初心违。晔晔文昌公,英灵世间稀。长江浩无际,龙蜃皆归依。贱子感一言,草茅发光辉。从来鸡鳧质,得假凤皇威。常欲讨玄珠,青云报巍巍。龙门竟多故,双泪别旍_{一作旌旂}。

宿岛径夷山舍

百里遵岛径,蓬征信遭回。暝依渔樵宿,似过_{一作遇}黄金台。缺啮心未理,寥寥夜猿哀。山深石床冷,海近腥气来。主人意不浅,屡献流霞杯。对月抚长剑,愁襟纷莫开。九衢平如水,胡为涉崔嵬。一饭未遑饱,鹏图信悠哉。山涛谑细君,吾岂厌蓬莱。明发又驱马,客思一裴回。

避世翁

海上一蓑笠,终年垂钓丝。沧洲有深意,冠盖何由知。直钩不营鱼,蜗室无妻儿。渴饮寒泉水,饥餐紫芁_{一作灵芝}。鹤发披两肩,高怀如澄陂。尝闻仙老言,云是古鸱夷。石窦闷雷雨,金潭养蛟螭。乘槎上玉津,骑鹿游峨嵋。以人为语默,与世为雄雌。兹焉乃磻溪,豹变应须时。自古隐沦客,无非王者师。

冬夜吟

黑夜天寒愁散玉,东皇海上张仙烛。侯家歌舞按梨园,石氏宾寮醉金谷。鲁家襜褕暗披水,雪花灯下甘垂翅。散帙高编折桂枝,披纱密髻青云地。霜白溪松转斜盖,铜龙唤曙咽声细。八埏蟪蚁厌寒栖,早晚青旗引春帝。展转城乌啼紫天_{一作烟},瞳朦千骑衘楼前。

西川座上听金五云唱歌

蜀王殿上华筵开,五云歌从天上来。满堂罗绮悄无语,喉音止_{一作只}驻云裴回。管弦金石还依转,不随歌出灵和殿。白云飘飘_{一作飘席上闻},贯珠历历声中见。旧样钗篦浅淡衣,元和梳洗青黛眉。低丛小鬟腻鬂_{一作鬂果切小貌},_{剪发为鬂}。碧牙镂掌山参差。曲终暂起更衣过,还向南行座头坐。低眉欲语谢贵侯,檀脸双双泪穿破。自言本是宫中嫔,武皇改号承恩新。中丞御史不足比,_{中丞、御史,皆当时宫中歌者}。水殿一声愁杀人。武皇铸鼎登真箓,嫔御蒙恩免幽辱。茂陵弓剑不得亲,嫁与卑官到西蜀。卑官到官年未周,堂衡禄罢东西游。蜀江水急驻不得,复此萍蓬二十秋。今朝得侍王侯宴,不觉途中妾身残。愿持卮酒更唱歌,歌是伊州第三遍。唱著右丞征戍词,更闻闰_{一作明月添}相思。如今声韵尚如在,何况宫中年少时。五云处处可怜许,明朝道向襄中去。须臾宴罢各东西,雨散云飞莫知处。

飞龙引

有熊之君好神仙,餐霞炼石三千年。一旦黄龙下九天,骑龙栟栟升紫烟。万姓攀髯髯堕地,啼呼弓剑飘寒水。紫鸾八九堕玉笙,金镜空留照魑魅。羽幢裓褋银汉秋,六宫望断芙蓉愁。应龙下挥中园笑,泓泓水绕青苔洲。瑞风飒遝_{一作还}天光浅,瑶阙峨峨横露苑。沆瀣楼头紫凤歌,三株树下青牛饭。鸿胧九阙相玉皇,钧天乐引金华郎。散花童子鹤衣短,投壶姹女蛾眉长。彤庭侍宴瑶池席,老兔春高桂宫白。蓬莱下国赐分珪,阿母金桃容小摘。仙流万缄虫篆春,三十六洞交风云。千年小兆一蝉蜕,丹台职亚扶桑君。金乌试浴青门水,下界蜉蝣几回死。

谪仙词

牧龙丈人病高_{一作歌}秋,群童击节星汉愁。瑶台凤辇不胜恨,太古一声龙白头。玉气兰光久摧折,上清鸡犬音书绝。蜺旌失手远于天,三岛空云对秋月。人间磊磊浮沤客,鸳鸯蜻蜓飞自隔。不应冠盖逐黄埃,长梦真君旧恩泽。

步虚引_{一作仙人词}

小隐山人十洲客,莓苔为衣双耳白。青编为我急降书_{一作隐身},暮雨虹蜺_{一作霞}一千尺。赤城门闭_{一作开}六丁直,晓日已烧_{一作红}东海色。朝天半夜闻玉鸡,星斗离离碍龙翼。_{一本后四句}

另作一首。

独摇手

汉宫新燕矜蛾眉,春台艳妆莲一枝。迎春侍宴瑶华池,游龙七盘娇欲飞。冶袖莺莺拂朝曦,摩烟袅金碧遗。愁鸿连翾蚕曳丝,飒逻明珠掌中移。仙人龙凤云雨吹,朝哀暮愁引哑一作喔呷。鸳鸯翡翠承宴私,南山一笑君无辞。仙娥泣月清露垂,六宫烧烛愁风欹。

空城雀

古城蒙蒙花覆水,昔日住人今住鬼。野雀荒台遗子孙,千年饮啄枯桑根。不随海燕柏梁去,应无玉环衔报恩。近村红栗一作粟香压枝,嗷嗷黄口诉朝饥。生来未见凤凰语,欲飞常怕蜘蛛丝。断肠四隅天四绝,清泉绿蒿无恐疑。

鸡鸣曲

鸡声春晓上林中,一声惊落虾蟆宫。二声唤破枕边梦,三声行人烟海红。平旦慵将百雏语,蓬松锦绣当阳处。愧君饮食长相呼,为君昼鸣下高树。

小笛弄一作小弄莲

一尺玲珑握中翠,仙娥月浦呼龙子。五夜流珠一作球縶一作渠梦卿一作乡,九青鸾倚洪崖醉。丹穴饥儿笑风雨,娲皇碧玉星星语。蛇蝎愁闻骨髓寒,江山恨老眠秋雾。绮席鸳鸯冷朱翠,星流露泫谁驱使。江南一曲罢伶伦,芙蓉水殿春风起。

将进酒

金尊莫倚青春健,腥䭾浮生如走电。琴瑟盘倾从世珠,黄泥局泻流年箭。麻姑爪秃瞳子昏,东皇肉角生鱼鳞。灵鳌柱骨半枯朽,骊龙德悔愁耕人。周孔蓍龟久沦没,黄蒿谁认贤愚骨。兔苑词才去不还,兰亭水石空明月。姮一作巫娥弄箫香雨一作天女收,江滨迸瑟鱼龙愁。灵芝九折楚莲醉,翾风一叹梁庭秋一作尘愁。酃亚一作凸蛮觥奉君寿,玉山三献春红透。银鸭金鹅言待谁,隋家岳渎皇家有。珊瑚座上凌香云,凤臜龙炙猩猩唇。芝兰此日不倾倒,南山白石皆贤人。文康调笑麒麟起,一曲飞龙寿天地。

钱塘对酒曲

风天雁悲西陵愁,使君红旗弄涛头。东海神鱼骑未得,江天大笑闲悠悠。嵯峨吴山莫夸碧,河阳经年一宵白。南州彩凤为君生,古狱愁蛇待恩泽。三清羽童来何迟,十二玉楼胡蝶飞。炎荒翡翠九门去,辽东白鹤无归期一作家归。鸥夷公子休悲悄,六鳌如镜天始老一作晓。尊前事去月团圆,琥珀无情忆苏小。

巫山高

玉峰青云一作翠峰十二枝,金母和云赐瑶姬。花宫磊砢楚宫外一作列,列仙一作仙客八面星斗垂。秀色无双怨三峡,春风几梦襄王猎。青鸾不在懒吹箫,斑竹题诗寄江妾。飘飘丝散巴子天,苔裳玉篸红霞幡一作鲜。归时白帝掩青琐,琼枝草草遗一作迷湘烟。

赠别离

碧玉飞天星坠地,玉剑分风交合水。杨柳听歌莫向隅,鸡鸣一石留髡醉。蹄轮送客沟水东,月娥挥手崦嵫峰。蛮天列嶂俨相待,风官扫道迎游龙。天姥剪霞铺晓空,濛濛大帝开明宫。文鲸掉尾四海通,分明瀑布收灵桐。山妖水魅骑旋风,魇梦啮魂黄瘴中。借君朗鉴入崆峒,灵光草照闲花红。

关山月

昔年嫖姚护羌月,今照嫖姚双鬓雪。青冢曾无尺寸归,锦书一作囊多一作曾寄穷荒骨。百战金疮体沙碛,乡心一片悬秋碧。汉城一作应期一作啼破镜时,胡尘万里婵娟隔。度碛冲云朔风起,边笳欲晚生青珥。陇上横吹霜色刀一作色如刀,何年断得匈奴臂。

殿前生桂树

仙娥玉宫秋夜明,桂枝拂槛参差琼。香风下天漏丁丁,牛渚翠梁横浅清,羽帐不眠恨吹笙。栖乌一作鸟暗惊仙子落,步月鬟云堕金雀。蕙楼凉簟翠波空,银缕香寒凤凰薄。东海即为郎斟酌,绮疏长悬七星杓。

古镜篇
　　紫皇玉镜蟾蜍字,堕地千年光不死。发匣身沈古井寒,悬台日照愁成水。海户山窗几梳绾,菱花开落何人见。野老曾耕太白星,神狐夜哭秋天片。下国青铜旋磨灭,回鸾万影成枯骨。会待搏风雨沈寥,长恐莓苔蚀明月。

自归山
　　海岳南归远,天门北望深。暂为青琐客,难换一作不替白云心。富贵老闲事,猿猱思旧林。清平无乐志一作道,尊酒有一作自瑶琴。

渡一作济浙江
　　适越一轻艘,凌兢截鹭涛。曙光金海近,晴雪玉峰高。静寇思投笔,伤时欲钓鳌。壮心殊未展,登涉漫劳劳。

清源途中旅思
　　古木闽州道,驱羸落照间。投村一作林碍野水,问店隔荒山。身事几时了,蓬飘何日闲。看花滞南国,乡月十湾环。

南海送韦七使君赴象州任
　　一鹗韦公子,新恩颁郡符。岛夷通荔浦,龙节过苍梧。地理金城近,天涯玉树孤。圣朝朱绂贵,从此展雄图。

送沈次鲁南游一作卢嵌石送沈次鲁
　　高一作南台赠君别,满握轩辕风。落日一挥手,金鹅云一作烟雨空。鳌洲石梁外,剑浦罗浮东。兹兴不可接,翛翛烟际鸿。

南海石门戍怀古
　　汉家征百越,落地丧貔貅。大野朱旗没,长江赤血流。鬼神寻覆族,宫庙变荒丘。唯有朝台月,千年照戍楼。

赋得池塘生春草
　　谢公遗咏处,池水夹通津。古往人何在,年来草自春。色宜波际绿,香异雨中新。今日青青意,空悲行路人。

题居上人法华新院
　　浮名深般若,方寺设莲华。钟呗成僧国,湖山称法家。一尘多宝塔,千佛大牛车。能诱泥犁客,超然识聚沙。

送秦炼师
　　紫府静沉沉,松轩思别吟一作到琴。水流宁有意,云泛本无心。锦洞桃花远,青山竹叶深。不因时卖药,何路更相寻。

哭宝月三藏大禅师
　　五峰习圣罢,乾竺化身归。帝子传真印,门人哭宝衣。一囊穷海没,三藏故园稀。无复天花落,悲风满铁围。

溢城赠别
　　楚岸青枫树,长随送远心。九江春水阔,三峡暮云深。气调桓伊笛,才华蔡琰琴。迢迢嫁湘汉,谁不重黄金。

赠别
　　海国一尺绮,冰壶万缕丝。以君西攀桂,赠此金莲枝。高鸟思茂林,穷鱼乐洿池。平生握中宝,无使岁寒移。

全唐诗卷七百四十六

陈陶

赠温州韩使君

康乐风流五百年,永嘉铃阁又登贤。严城鼓动鱼惊海,华屋尊开月下天。内使笔锋光案牍,鄢陵诗句满山川。今来谁似韩家贵,越绝麾幢雁影连。

闲居寄太学卢景博士

无路青冥夺锦袍,耻随黄雀住蓬蒿。碧云梦后山风起,珠树诗成海月高。久滞鼎书求羽翼,未忘龙阙致波涛。闲来长得留侯癖,罗列楂梨校六韬一作磻溪老叟无人用,闲列查梨校六韬。

赠漳州张怡一作贻使君

旧德徐方天下闻,当年熊轼继清芬。井田异政光蛮竹,符节深恩隔瘴云。已见嘉祥生北户,尝嫌夷貊蠹南薰。几时征拜征西越,学著缦胡从使君。

赠容南韦中丞

普宁都护军威重,九驿梯航压要津。十二铜鱼尊画戟,三千犀甲拥朱轮。风云已静西山寇,闾井全移上国春。不独来苏发歌咏,天涯半是泣珠人。

投赠福建路罗中丞

越艳新谣不厌听,楼船高卧静南溟。未闻建水窥龙剑,应喜家山接女星。三捷楷模光典策,一生封爵笑丹青。皇恩几日西归去,玉树扶疏正满庭。

赠江南李偕副使

世禄三朝压凤池,杜陵公子汉庭知。雷封始贺堂溪剑,花府寻邀玉树枝。几日坐谈诛叛逆,列城归美见歌诗。从军莫厌千场醉,即是金銮宠命时。

贺容府韦中丞大府贤兄新除黔南经略

蓬瀛簪笏旧联行，紫极差池降宠章。列国山河分雁字—作序，一门金玉尽龙骧。耿家符节朝中美，袁氏芝兰阃外香。烽戍悠悠限巴越，伫听歌咏两甘棠。

和容南韦中丞题瑞亭白燕、白鼠、六眸龟、嘉莲

伏波恩信动南夷，交趾喧传四瑞诗。燕鼠孕灵褒上德，龟莲增耀答无私。回翔雪侣窥檐处，照映红巢出水时。尽写流传—作风流在轩槛，嘉祥从此百年—作城知。

题豫章西山香城寺

十—作大地严宫礼竺皇，旃檀楼阁半天香。祇园树老梵声小，雪岭花香—作开灯影长。霄汉落泉供月界，蓬壶灵鸟侍云房。何年七七金—作空人降，金锡珠坛满上方。

送江西周尚书赴滑台

楚谣襦袴整三千，喉舌新恩下九天。天—本此字缺角雄都分节钺，蛟龙旧国罢楼船。昆河已在兵钤内，棠树空留鹤岭前。多病无因酬一顾，鄢陵千骑去翩翩。

闽中送任畹端公还京

燕台下榻玉为人，月桂曾输次第春。几日酬恩坐炎瘴，九秋高驾拂星辰。汉庭凤进鹓行喜，隋国珠还水府贫。多少嘉谟奏风俗，斗牛孤剑在平津。

豫章江楼望西山有怀

水护星坛列太虚，烟霓十八—作烟霞明灭上仙—作真居。时人未识辽东鹤，吾祖曾传宝鼎书。终日章江催白鬓，何年丹灶见红蕖。桃花谷口春深浅，欲访先生赤鲤鱼。

经徐稚墓

郏鄏妖兴炎汉衰，先生南国卧明夷。凤凰屡降玄纁礼，琼石终藏烈火诗。禁掖衣冠加宋鹊，湖山耕钓没尧时—作师。千年垅树何人哭，寂寞苍苔内史碑。

钟陵道中作

原隰经霜蕙草黄，塞鸿消息怨流芳。秋山落照见麋鹿，南国异花开雪霜。烟火近通槃瓠俗，水云深入武陵乡。曾逢啮缺话东海，长忆萧家青玉床。

旅泊涂江

烟雨南江一叶微，松潭渔父夜相依。断沙雁起金精出，孤岭猿愁木客归。楚国柑橙劳梦想，丹陵霞鹤间音徽。无因得似沧溟叟，始忆离巢已倦飞。

上建溪

崆峒一派泻苍烟，长揖丹丘逐水仙。云树杳冥通上界，峰峦回合下闽川。侵星愁过蛟龙国，采碧时逢婺女船。已判猿催鬓先白，几重滩濑在秋天。

冬日暮—作冬夜旅泊庐陵

螺亭倚棹哭飘蓬，白浪欺船自向东。楚国蕙兰增怅望，番禺筐篚旅—作屡虚空。江城雪落千家梦，汀渚冰生一夕风。弃置侯鲭任羁束，不劳龟瓦问穷通。

登宝历寺阁

金碧高层世界空，凭蜺—作阑长啸八蛮风。横轩水壮蛟龙府，倚栋星开牛斗宫。三楚故墟残景北，六朝荒苑断山东。不堪怀古劳悲笑，安得鹏抟颢气中。

寄兵部任畹郎中

常思剑浦越—作别清尘，豆蔻花红十二春。昆玉已成廊庙器，涧松犹是薜萝身。虽同橘柚依南土，终愧—作仰魁罡近北辰。好向昌—作明时荐遗逸，莫教千古吊灵均。

赠江南从事张侍郎—作御

平南门馆凤凰毛，二十华轩立最高。几处

谈天致云雨,早时文海得鲸鳌。姻联紫府萧窗贵,职称青钱绣服豪。江徽无虞才不展,衔杯终日咏离骚。

剑池

秦帝南巡厌火精,苍黄埋剑故丰城。霸图缭戾金龙蛰,坤道扶摇紫气生。星斗卧来闲窟穴,雌雄飞去变澄泓。永怀惆怅中宵作,不见春雷发匣声。

洛城见贺自真飞升 一作登仙

子晋鸾飞古洛川,金桃再熟贺郎仙。三清乐奏嵩丘下,五色云屯御苑前。朱顶舞低一作翻迎绛节,青鬟歌对驻香軿。谁能白昼相悲泣,太极光阴亿万年。

谪仙吟赠赵道士

汗漫东游黄鹤雏,缙云仙子住清都。三元麟凤推高座,六甲风雷闷小壶。日月暗资灵寿药,山河拟作一作常直,又作直拟化生符。若为失意居蓬岛,鳌足尘飞桑树枯。

夜别温商梓州

凤皇城里花时别,玄武江边月下逢。客舍莫辞先买酒,相门曾忝旧登龙。迎风骚屑千家竹,隔水悠扬午夜钟。明日又行西蜀去,不堪天际远山重。

题赠高闲上人

檐卜花间客,轩辕席上珍。笔江秋菡萏,僧国瑞麒麟。内殿初招隐,曹溪得后尘。龙蛇惊粉署,花雨对金轮。白马方依汉,朱星又入秦。剧谈凌凿齿,清论倒波旬。拂石先天古,降龙旧国春。珠还合浦老,龙去玉州贫。鸳鹭输黄绢,场坛绕白蘋。鼎湖闲入梦,金阁静通神。海气成方丈,山泉落净巾。狝猴深爱月,鸥鸟不猜人。拂岳萧萧竹,垂空澹澹津。汉珠难觅对,荆璞本来真。伊傅多联璧,刘雷竞买邻。江边有国宝,时为副星辰。

哭王赞府

白水流今古,青山送死生。驱驰三楚掾,倏忽一空名。金玉埋皋壤,芝兰哭弟兄。龙头孤后进,鹏翅失前程。愁变风云色,悲连鼓角声。落星辞圣代,寒梦闭佳城。伊昔来江邑,从容副国英。德逾栖棘美,公亚饮冰清。大厦亡孤直,群儒忆老成。白驹悲里巷,梁木恸簪缨。陇遂添新草,珠还满旧籯。苍苍难可问,原上晚烟横。

圣帝击壤歌四十声

百六承尧绪,艰难土一作上运昌。太虚横彗孛,中野斗豺狼。帝曰更吾嗣,时哉忆圣唐。英星一作皇垂将校,神岳诞忠良。炼石医元气,屠鳌正昊苍。扫原铺一德,驱祲立三光。大道重苏息,真风再发扬。芟夷逾旧迹,神圣掩前王。郊酒酬寥廓,鸿恩受渺茫。地图龟负出,天诰凤衔将。杂贡来山峤,群夷入雁行。紫泥搜海岱,鸿笔富岩廊。鹰象敷宸极,寰瀛作瑞坊。泥丸封八表,金镜照中央。构殿基一作辉麟趾,开藩表凤翔。銮舆亲稼穑,朱幌务蚕桑。戎羯输天马,灵仙侍玉房。宫仪水蒐一作精甲,门卫绿沈枪。陶铸超三古,车书混万方。时巡望虞舜,蒐狩法殷汤。化合讴谣满,年丰鬼蜮藏。政源归牧马,公法付神羊。宝鼎无灵应,金瓯肯破伤。封山昭茂绩,祠一作神执答嘉祥。在昔宫闱僭,仍罹羿浞殃。牝鸡何谡谡,狺犬漫劻勷。苗祷三灵怒,桓偷九族亡。鲸鲵寻挂网,魑魅旋投荒。松柏霜逾一作还翠,芝兰露更香。圣谟流祚远,仙系发源长。岛屿征谣薄,漪澜泛稻凉一作梗稻香。凫鱼餍餐啄,荷薜足衣裳。瘠瘵华胥国,嬉游太素乡。鹰鹯飞接翼,忠孝住连墙。有叟能调鼎,无媒隐钓璜。乾坤资识量,江海入文章。野鹤思蓬阙,山麋忆庙堂。泥沙空淬砺,星斗屡低昂。历草何因见,衢尊岂暂忘。终随嘉橘赋,霄汉谒羲皇。

续古二十九首

大尧登宝位,麟凤焕宸居。海曲沾恩泽,还生比目鱼。

生值揖逊历,长歌东南春。钓鳌年三十,

未见天子巡。

轩辕承化日,群凤戏池台。大朴衰丧后,仲尼生不来。

大道归孟门,萧兰日争长。想得巢居时,碧江应无浪。

矻矻蓬舍下,慕君麒麟阁。笑杀王子乔,寥天乘白鹤。

杳杳巫峡云,悠悠汉江水。愁杀几少年,春风相忆地。

吴洲采芳客,桂棹木兰船。日晚欲有寄,裴回春风前。

仙家风景晏,浮世年华速。邂逅汉武时,蟠桃海东熟。

南国珊瑚树,好裁天马鞭。鱼龙不解语,海曲空婵娟。

周穆恣游幸,横天驱八龙。宁知泰山下,日日望登封。

秦国饶罗网,中原绝麟凤。万乘巡海回,鲍鱼空相送。

秦家无庙略,遮虏续长城。万姓陇头死,中原荆棘生。

秦作东海桥,中州（一作原）鬼辛苦。纵得跨蓬莱,群仙亦飞去。

隋炀弃中国,龙舟巡海涯。春风广陵苑,不见秦宫花。

范子相句践,灭吴成大勋。虽然五湖去,终愧磻溪云。

麟凤识翔蛰,圣贤明卷舒。哀哉嵇叔夜,智不及鹥鹩。

战地三尺骨,将军一身贵。自古若吊冤,落花少于泪。

楚国千里旱,土龙日已多。九谷竟枯死,好云闲嵯峨。

汉家三殿色,恩泽若飘风。今日黄金屋,明朝长信宫。

南园杏花发,北渚梅花落。吴女妒西施,容华日消铄。

山鸡理毛羽,自言胜乌鸢。一朝逢鸳鸯,羞死南海边。

秦家卷衣贵,本是倡家子。金殿一承恩,貂蝉满乡里。

魏宫薛家女,秀色倾三殿。武帝鼎湖归,一身似秋扇。

婵娟越机里,织得双栖凤。慰此殊世花,金梭急停弄。

学古三十载,犹依白云居。每览班超传,令人慵读书。

雄剑久濩落,夜吟秋风起。不是懒为龙,此非延平水。

朝为杨柳色,暮作芙蓉好。春风若有情,江山相逐老。

景龙临太极,五凤当庭舞。谁信壁间梭,升天作云雨。

曾梦诸侯笑,康囚议脱枷。千根池底藕,一朵火中花。

永嘉赠别

芳草温阳客,归心浙水西。临风青桂楫,几日白蘋溪。

有所思一作长相思

欲唱玄云曲,知音复谁是。采掇情未来,临池画春水。

吴苑思

今人地藏古人骨,古人花为今人发。江南何处葬西施,谢豹空闻采香月。

古意

麻姑井边一株杏,花开不如古时红。西邻

蔡家十岁女,年年二月卖—作嗔东风。

朝元引四首

帝烛荧煌下九天,蓬莱宫晓玉炉烟。无央—作穷鸾凤随金母,来贺熏风一万年。

正—作玉殿云开露冕旒,下方珠翠压鳌头。天鸡唱罢南山晓—作曙,春色光辉—作先归十二楼。

万宇灵祥拥帝居,东华元老荐屠苏。龙池遥望非烟拜,五色瞳胧在玉壶。

宝祚河宫一向清,龟鱼天篆益分明。近臣谁献登封草,五岳齐呼万岁声。

宿天竺寺

一宵何期此灵境,五粒松香金地冷。西僧示我高隐心,月在中峰葛洪井。

赋得古莲塘

阊阗宫娃能采莲,明珠作佩龙为船。三千巧笑不复见,江头废苑花年年。

双桂咏

青冥结根易倾倒,沃洲山中双树好。琉璃宫殿无斧声,石上萧萧伴僧老。

夏日怀天台—作夏日有怀

竹斋睡余柘浆清,麟风诱我劳此生。勿忆天台掩书坐,涧云起尽红峥嵘。

临风叹

芙蓉楼中饮君酒,骊驹结言春杨柳。豫章花落不见归,一望东风堪白首。

春日行

鹍𪄢初鸣洲渚满,龙蛇洗鳞春水暖。病多欲问山寺僧,湖上人传石桥断。

春归去

九十春光在何处,古人今人留不住。年年白眼向黔娄,唯放蜻蟟飞上树。

蜀葵咏

绿衣宛—作去地红倡倡,熏风似舞诸女郎。南邻荡子妇无赖,锦机春夜成文章。

南昌道中

古道贪缘蔓黄葛,桓伊冢西春水阔。村翁莫倚横浦罾,一半鱼虾属鹈鹕。

子规思

春山杜鹃来几日,夜啼—作啼过南家复北家。野人听此坐惆怅,恐畏踏落东园花。

吴兴秋思二首

不是苕溪厌看月,天涯有程云树凉。何意汀洲剩风雨,白蘋今日似潇湘。

日夕鲲鱼梦南国,苕阳水高迷渡头。故山秋风忆归去—作秋风忆归故山去,白云又被王孙留。

闽川梦归

千里潺湲建溪路,梦魂一夕西归去。龙舡欲上巴兽滩,越王金鸡报天曙。

竹十一首

不厌东溪绿—作碧玉君,天坛双凤有时闻。一峰晓似朝仙处,青节森森倚绛云。

万枝朝露学潇湘,杳霭孤亭白石凉。谁道乖龙不得—作行雨,春雷入地马鞭狂。

啸入新篁一里行,万竿如瓮锁龙泓。惊巢翡翠无寻处,闲倚云根刻姓名。

青岚帚亚思吾祖,绿润偏多忆蔡邕。长听南园风雨夜,恐生鳞甲尽为龙。

进玉闲抽上钓矶,翠苗番次脱霞衣。山童泥乞青骢马,骑过春—作青泉掣手飞。

须—作独题内史琅玕坞,几醉山阳瑟瑟村。剩养万茎将扫俗,莫教凡鸟闹云门。

一溪云母间灵花,似到封侯逸士家。谁识雌雄九成律,子乔丹井在深涯。

燕燕雏时紫米香,野溪羞色过东墙。诸儿莫拗成蹊笋,从结高笼养凤凰。

一节呼龙万里秋,数茎垂海六鳌愁。更须瀑布峰前种,云里阑干过子猷。

丘壑谁堪话一作语碧鲜,静寻春谱认婵娟。会当小杀青瑶简,图写龟鱼把上天。

玄圃千春闭玉丛,湛阳一祖碧云空。不须骚屑愁江岛,今日南枝在国风。

钟陵秋夜
洪崖岭上秋月明,野客枕底章江清。蓬壶宫阙不可梦,一一入楼归雁声。

江上逢故人
十年蓬转金陵道,长哭一作笑青云身不早。故乡逢尽白头人一作故里相逢尽白头,清江颜色何曾老。

水调词十首
黠虏迢迢未肯和,五陵年少重横戈。谁家不结空闺恨,玉箸阑干妾最多。

羽管慵调怨别离,西园新月伴愁眉。容华不分随年去,独有妆楼明镜知。

忆饯良人玉塞行,梨花三见换啼莺。边场岂得胜闺阁,莫遣雕弓过一生。

惆怅江南早雁飞,年年辛苦寄寒衣。征人岂不思乡国,只是皇恩一作家未放归。

水阁莲开燕引雏,朝朝攀折望金吾。闻道碛西春不到,花时还忆故园无。

自从清野戍辽东,舞袖香销罗幌空。几度长安发梅柳,节旄零落不成功。

长夜孤眠倦锦衾,秦楼霜月苦边心。征衣一倍装绵厚,犹虑交河雪冻深。

瀚海长征古别离,华山归马是何时?仍闻万乘尊犹屈,装束千娇嫁郅支。

沙塞依稀落日边,寒宵魂梦怯山川。离居渐觉笙歌懒,君逐嫖姚已十年。

万里轮台音信稀,传闻移帐护金微。会须麟阁留踪迹,不斩天骄莫议归。

送谢山人归江夏
黄鹤春风二一作三千里,山人佳期碧江水。携琴一醉杨柳堤,日暮龙沙白云起。

闲居杂兴五首
虞韶九奏音犹在,只是巴童自弃遗。闲卧清秋忆师旷,好风摇动古松枝。

一顾成周力有余,白云闲钓五溪鱼。中原莫道无麟凤,自是皇家结网疏。

长爱一作寿真人王子乔,五松山月伴吹箫。从他浮世悲生死,独驾苍鳞一作龙入九霄。

越里娃童锦作襦,艳歌声压郢中姝。无人说向张京兆,一曲江南十斛珠。

云堆西望贼连营,分阃何当举义兵。莫道羔裘无壮节,古来成事尽书生。

泉州刺桐花咏兼呈赵使君
仿佛三株植世间,风光满地赤城闲。无因秉烛看奇树,长伴刘公醉玉山。

海曲春深满郡霞,越人多种刺桐花。可怜虎竹西楼色,锦帐三千阿母家。

石氏金园无此艳,南都旧赋乏灵材。只因赤帝宫中树,丹凤新衔出世来。

猗猗小艳夹通衢,晴日熏风笑越姝。只是红芳移不得,刺桐屏障满中都。

不胜攀折怅年华,红树南看见海涯。故国春风归去尽,何人堪寄一枝花。

赤帝常一作尝闻海上游,三千幢盖拥炎州。今来树似离宫色,红翠斜欹一作敧斜十二楼。

投赠福建桂常侍二首
后来台席更何人,都护朝天拜近臣。长笑当时汉卿士,等闲恩泽画麒麟。

匝地歌钟镇海隅,城池鞍掌旧名都。不知珠履三千外,更许侯嬴寄食无。

陇西行四首

汉主东封报太平,无人金阙议边兵。纵饶夺得林胡塞,碛地桑麻种不生。

誓扫匈奴不顾身,五千貂锦丧胡尘。可怜无定河边骨,犹是春闺梦里人。

陇戍三看塞草青,楼烦新替护羌兵。同来死者伤离别,一夜孤魂哭旧营。

黠虏生擒未有涯,黑山营阵识龙蛇。自从贵主和亲后,一半胡风似汉家。

答莲花妓

近来诗思清于水一作月,老去一作大风一作心情薄似云。已向升天得门户,锦衾深愧卓文君。

镜道中吹箫

金栏一本作栏白的善一作苦篸篸,双凤夜伴江南栖。十洲人听玉楼晓,空向千山桃杏枝。

赠野老

何年种芝白云里,人传先生老莱子。消磨世上名利心,澹若岩间一流水。

酬元亨一作孚上人

一衲净居云梦合,秋来诗思祝融高。何因知我津涯阔,远寄东溟六巨鳌。

题徐稚湖亭

伏龙山横洲渚地,人如白蘋自生死。洪崖成道二千年,唯有徐君播青史。

鄱阳秋夕

忆昔鄱阳旅游日,曾听南家争捣衣。今夜重开旧砧杵,当时还见雁南飞。

飞龙引

长洲茂苑朝夕池,映日含风结细漪。坐当伏槛红莲披,雕轩洞户青蘋吹。轻幌芳烟郁金馥,绮檐花簟桃李枝。苕苕翡翠但相逐,桂树鸳鸯恒并宿。

句

蝉声将月短,草色与秋长。

比屋歌黄竹,何人撼白榆。以上见张为《主客图》。

好看如镜夜,莫笑似弓时。《新月》,见《吟窗杂录》。

江湖水清浅,不足掉鲸尾。

饮水狼子瘦,思日鹧鸪寒。

一鼎雄雌金液火,十年寒暑鹿麑裘。

寄语东流任斑鬓,向隅终守铁梭飞。以上见《北梦琐言》。

乾坤见了文章懒,龙虎成来印绶疏。

近来世上无徐庶,谁向桑麻识卧龙。见《钓矶立谈》。

全唐诗卷七百四十七

李中

李中,字有中,陇西人。仕南唐为淦阳宰。《碧云集》三卷,今编诗四卷。

春日作

和气来无象,物情还暗新。乾坤一夕雨,草木万方春。染一作溅水烟光媚,催花鸟语频。高台旷望处,歌咏属诗人。

寒江暮泊寄左偃

维舟芦荻岸,离恨若为宽。烟火人家远,汀洲暮雨寒。天涯孤梦去,篷底一灯残。不是凭骚雅,相思写亦难。

喜春雨有寄

青春终日雨,公子莫思晴。任阻西园会,且观南亩耕。最怜滋垄麦,不恨湿林莺。父老应相贺,丰年兆已成。

魏夫人坛

仙坛遗迹在,苔合落花明。绛节何年返,白云终日生。旋新芳草色,依旧偃松声。欲问希夷事,音尘隔上清。

访洞神宫邵道者不遇

闲来仙观问希夷,云满一作隔星坛水满池。羽客不知何处去,洞前花落立多时。

寄赠致仕沈彬郎中

鹤氅换朝服,逍遥云水乡。有时乘一叶,载酒入三湘。尘梦年来息,诗魔老亦一作更狂。莼羹与鲈鲙,秋兴最宜一作应长。

赠别

行杯酌罢歌声歇,不觉前汀月又生。自是离人魂易断,落花芳草本无情。

送刘恭游庐山兼寄令上人

松桂烟霞蔽梵宫,诗流闲去访支公。石堂

磬断相逢夜,五老月生黉影空。

宿庐山白云峰重道者院

绝顶松堂喜暂游,一宵玄论接浮丘。云开碧落星河近,月出沧溟世界秋。尘里年光何急急,梦中强弱自悠悠。他时书剑酬恩了,愿逐鸾车看十洲。

海上从事秋日书怀

悠悠旅宦役尘埃,旧业那堪信未回。千里梦随残月断,一声蝉送早秋来。壶倾浊酒终难醉,匣锁青萍久不开。唯有搜吟遣怀抱,凉风时复上高台。

访蔡文庆处士留题

幽人栖息处,一到涤尘心。藓色花阴阔,棋声竹径深。篱根眠野鹿,池面戏江禽。多谢相留宿,开樽拂索琴。

寄庐岳鉴上人

岳寺栖瓶锡,常人亲亦难。病披青衲重,晚剃白髭寒。烘壁茶烟暗,填沟木叶干。昔年皆礼谒,频到碧云端。

书小斋壁

其谁肯见寻,冷淡少知音。尘土侵闲榻,烟波隔故林。竹风醒晚醉,窗月伴秋吟。道在唯求己,明时岂陆沈。

怀王道者

闲思王道者,逸格世难群。何处眠青嶂,从来爱白云。酒沽应独醉,药熟许谁分。正作趋名计,如何得见君。

桃花

只应红杏是知音,灼灼偏宜间竹阴。几树半开金谷晓,一溪齐绽武陵深。艳舒百叶时皆重,子熟千年事莫寻。谁步宋墙明月下,好香和影上衣襟。

思旧游有感

长忆衔杯处,酕醄尚未阑。江南正烟雨,楼上恰春寒。好树藏莺密,平芜彻野宽。如今无处觅,音信隔波澜。

依韵和智谦上人送李相公赴昭武军

暂别庙堂上,雄藩去豁情。秋风生雁渚,晚雾湿龙旌。吟里过侯服,梦中归帝城。下车军庶乐,千里月华清。

姑苏怀古

阊闾兴霸日,繁盛复风流。歌舞一场梦,烟波千古愁。樵人归野径,渔笛起扁舟。触目牵伤感,将行又驻留。

苏台踪迹在,旷望向江滨。往事谁堪问,连空草自春。花疑西子脸,涛想伍胥神。吟尽情难尽,斜阳照路尘。

赠史虚白

致主嘉谋尚未伸,慨然深志与谁论。唤回古意琴开匣,陶出真情酒满樽。明月过溪吟钓艇,落花堆席睡僧轩。九重梦卜时终在,莫向深云独闭门。

赠蒯亮处士

著得新书义更幽,负琴何处不遨游。玄宫寄宿月年冷,羽客伴吟松韵秋。满户烟霞思紫阁一作殿,一帆风雨忆沧洲。吾君侧席求贤切,未可悬瓢枕碧流。

春夕偶作

早是春愁触目生,那堪春夕酒初醒。贯珠声罢人归去,半落桃花月在庭。

子规

暮春滴血一声声,花落年年不忍听。带月莫啼江畔树,酒醒游子在离亭。

书王秀才壁

茅舍何寥落,门庭长绿芜。贫来卖书剑,病起忆江湖。对枕暮山碧,伴吟凉月孤。前贤多晚达,莫叹有霜须。

春日途中作

　　干禄趋名者,迢迢别故林。春风短亭路,芳草异乡心。雨过江山出,莺啼村落深。未知将雅道,何处谢知音。

依韵和蠡泽王去微秀才见寄

　　咫尺风骚客,难谐面继酬。相思对烟雨,一雁下汀洲。花影谁家坞,笛声何处楼。楮笫朗吟罢,搔首独迟留。

送孙孔二秀才游庐山

　　庐山多胜景,偏称二君游。松径苍苔合,花阴碧涧流。倾壶同坐石,搜句共登楼。莫学天台客,逢山即驻留。

春日野望怀故人

　　野外登临望,苍苍烟景昏。暖风医病草,甘雨洗荒村。云散天边野一作影,潮回岛上痕。故人不可见,倚杖役吟魂。

游玄真观

　　闲吟一作闲游古观,静虑想神仙。上景非难度,阴功不易全。醮坛松作盖,丹井藓成钱。浩浩红尘里,谁来叩自然。

剑客

　　恩酬期必报,岂是轻轻生。神剑冲霄去,谁为一作为谁平不平。

鹤

　　警露精神异,冲天羽翼新。千年一归日,谁识令威身。

送致仕沈彬郎中游茅山

　　挂却朝冠披鹤氅,羽人相伴恣遨游。忽因风月思茅岭,便挈琴樽上叶舟。野寺宿时魂梦冷,海门吟处水云秋。华阳洞府年光永,莫向仙乡拟驻留。

题庐山东寺远大师影堂

　　远公遗迹在东林,往事名存动苦吟。杉桧已依灵塔老,烟霞空锁影堂深。入帘轻吹催香印,落石幽泉杂磬音。十八贤人消息断,莲池千载月沈沈。

庭苇

　　品格清于竹,诗家景最幽。从栽向池沼,长似在汀洲。玩好招溪叟,栖堪待野鸥。影疏当夕照,花乱正深秋。韵细堪清耳,根牢好系舟。故溪高岸上,冷淡有谁游。

寄左偃

　　每病风骚路,荒凉人莫游。惟君还似我,成癖未能休。舍寐缘孤月,忘形为九秋。垂名如不朽,那恨雪生头。

宿山店书怀寄东林令图上人

　　一宿山前店,旅情安可穷。猿声乡梦后,月影竹窗中。南楚征途阔,东吴旧业空。虎溪莲社客,应笑此飘蓬。

途中闻子规

　　春残杜宇愁,越客思悠悠。雨歇孤村里一作幕,花飞远水头。微风声渐咽,高树血应流。因此频回首,家山隔几州。

春日书怀

　　千峰雪尽鸟声春,日永一作永日孤吟野水滨。霄汉路岐升未得,花时空拂满衣尘。

所思代人

　　巫峡云深湘水遥,更无消息梦空劳。梦回深夜不成寐,起立闲庭花月高。

春晚过明氏闲居

　　寥寥陋巷独扃门,自乐清虚不厌贫。数局棋中消永日,一樽酒里送残春。雨催绿藓铺三径,风送飞花入四邻。羡尔朗吟无外事,沧洲何必去垂纶。

赠重安寂道者

　　寒松肌骨鹤心情,混俗陶陶隐姓名。白发只闻悲短景,红尘谁解信长生。壶中日月存心近,岛外烟霞入梦清。每许相亲应计分,琴余常见话蓬瀛。

江边吟

风暖汀洲吟兴生,远山如画雨新晴。残阳影里水东注,芳草烟中人独行。闪闪酒帘招醉客,深深绿树隐啼莺。盘桓渔舍忘归去,云静高空月又明。

献张义方常侍

雄飞看是逼岩廊,逸思常闻不暂忘。公署静眠思水石,古屏闲展看潇湘。老来酒病虽然减,秋杪诗魔更是狂。乘兴有时招羽客,横琴移月启茅堂。

赠永真—作员杜翱少府

蓝袍竹简佐琴堂,县僻人稀觉日长。爱静不嫌官况冷,苦吟从听鬓毛苍。闲寻野寺听秋水,寄睡僧窗到夕阳。骞翥会应霄汉去,渔竿休更恋沧浪。

献中书韩舍人

丹墀朝退后,静院即冥搜。尽日卷帘坐,前峰当槛秋。烹茶留野客,展画看沧洲。见说东林夜,寻常秉烛游。

献徐舍人

清名喧四海,何止并南金。奥学群英伏,多才万乘钦。秩参金殿峻,步历紫微深。顾问承中旨,丝纶演帝心。褒雄饶义路,贾马避词林。下直无他事,开门对远岑。轩窗来晚吹,池沼歇秋霖。藓点生棋石,茶烟过竹阴。希夷元已达,躁竞岂能侵。羽客闲陪饮,诗人伴静吟。自惭为滞物,多幸辱虚襟。此日重遭遇,心期出陆沈。

新秋有感

门巷凉秋至,高梧一叶惊。渐添衾簟爽,顿觉梦魂清。暗促莲开艳,乍催蝉发声。雨降炎气减,竹引冷烟生。戍客添归思,行人怯远程。未逢征雁下,渐听夜砧鸣。张翰思鲈兴,班姬咏扇情。音尘两难问,蛩砌月空明。

秋雨

竟日散如丝,吟看半掩扉。秋声在梧叶,润气逼书帏。曲涧泉承去,危檐燕带归。寒蛩悲旅壁,乱藓滑渔矶。爽欲除幽簟,凉须换熟衣。疏篷谁梦断,荒径独游稀。偏称江湖景,不妨鸥鹭飞。最怜为瑞处,南亩稻苗肥。

寄庐山白大师

长忆寻师处,东林寓泊时。一秋同看月,无夜不论诗。泉美茶香异,堂深磬韵迟。鹿驯眠藓径,猿苦叫霜枝。别后音生隔,年来鬓发衰。趋名方汲汲,未果再游期。

访龙光智谦上人

忽起寻师兴,穿云不觉劳。相留看山雪,尽日论风骚。竹影摇禅榻,茶烟上毳袍。梦魂曾去否,旧国阻波涛。

送仙客

危言危行是男儿,倚伏相牵岂足悲。莫向汀洲时独立,悠悠斜日照江蓠。

祀风师迎神曲 第六句缺一字

太皥御气,勾芒肇功。苍龙青旗,爰候祥风。律以和应,□以感通。鼎俎修蠲,时惟礼崇。

柳二首

春来无树不青青,似共东风别有情。闲忆旧居溢水畔,数枝烟雨属啼莺。

最爱青青水国中,莫愁门外间花红。纤纤无力胜春色,撼起啼莺恨晚风。

送庐阜僧归山阳

山阳旧社终经梦,容易言归不可留。瓶贮瀑泉离五老,锡摇江雨上孤舟。鱼行细浪分沙觜,雁逆高风下苇洲。遥想枚皋宅边寺,不知凉月共谁游。

投所知

孤琴尘翳剑慵磨,自顾泥蟠欲奈何。千里交亲消息断,一庭风雨梦魂多。题桥未展相如志,叩角谁怜宁戚歌。唯赖明公怜道在,敢携蓑笠钓烟波。

寄左偃

萧条陋巷绿苔侵,何事君心似我心。贫户懒开元爱静,病身才起便思吟。闲留好鸟庭柯密,暗养鸣蛩砌草深。况是清朝重文物,无愁当路少知音。

游北山洞神宫

闷见尘中光影促,仙乡来礼紫阳君。人居淡寂应难老,道在虚无不可闻。松桧稳栖三岛鹤,楼台闲锁九霄云。羡师向此朝星斗,一炷清香午夜焚。

思简寂观旧游寄重道者

闲忆当年游物外,羽人曾许驻仙乡。溪头烘药烟霞暖,花下围棋日月长。偷摘蟠桃思曼倩,化成蝴蝶学蒙庄。俗缘未断归浮世,空望林泉意欲狂。

云

悠悠离洞壑,冉冉上天津。捧日终为异,从龙自有因。高行四海雨,暖拂万山春。静与霞相近,闲将鹤最亲。帝乡归莫问,楚殿梦曾频。白向封中起,碧从诗里新。冷容横钓浦,轻缕绊蟾轮。不滞浓还淡,无心卷复伸。非烟聊拟议,干吕一作千里在逡巡。会作五般色,为祥覆紫宸。

徐司徒池亭

亭树跨池塘,泓澄入座凉。扶疏皆竹柏,冷淡似潇湘。萍嫩铺波面,苔深锁岸傍。朝回游不厌,僧到赏难忘。最称收残雨,偏宜带夕阳。吟堪期谢朓,醉好命嵇康。奢侈心难及,清虚趣最长。月明垂钓兴,何必忆沧浪。

赋得江边草

岸春芳草合,几处思缠绵。向暮江蓠雨,初晴杜若烟。静宜幽鹭立,远称碧波连。送别王孙处,萋萋南浦边。

江行夜泊

扁舟倦行役,寂寂宿江干。半夜风雷过,一天星斗寒。潮平沙觜没,霜苦雁声残。渔父何疏逸,扣舷歌未阑。

访山叟留题

策杖寻幽客,相携入竹扃。野云生晚砌,病鹤立秋庭。茶美睡心爽,琴清尘虑醒。轮蹄应少到,门巷草青青。

江行晚泊寄溢城知友

孤舟相忆久,何处倍关情。野渡帆初落,秋风蝉一声。江浮残照阔,云散乱山横。渐去溢城远,那堪新月生。

秋夕书怀

功名未立诚非晚,骨肉分飞又入秋。枕上不堪残梦断,壁蛩窗月夜悠悠。

感兴

渔休渭水兴周日,龙起南阳相蜀时。不遇文王与先主,经天才业拟何为!

舟中望九华山

排空苍翠异,辍棹看崔嵬。一面雨初歇,九峰云正开。当时思水石,便欲上楼台。隐去心难遂,吟余首懒回。僧休传紫阁,屏歇写天台。中有忘机者,逍遥不可陪。

渔父

烟冷暮江滨,高歌散诞身。移舟过蓼岸,待月正丝纶。亦与樵翁约,同游酒市春。白头云水上,不识独醒人。

赠上都紫极宫刘日新先生

道德吾君重,含贞本去华。因知炼神骨,

何必在烟霞。棋散庭花落,诗成海月斜。瀛洲旧仙侣,应许寄丹砂。

勉同志

读书与磨剑,旦夕但忘疲。倘若功名立,那愁变化迟。尘从侵砚席,苔任满庭墀。明代搜扬切,升沈莫问龟。

寄刘钧秀才

掩户当春昼,知君志在诗。闲花半落处,幽客未来时。野鸟穿莎—作沙径,江云过竹篱。会须明月夜,与子水边期。

离亭前思有寄

酒醒江亭客,缠绵恨别离。笙歌筵散后,风月夜长时。耿耿看灯暗,悠悠结梦迟。若无骚雅分,何计达相思。

赠上都先业大师

懒向人前著紫衣,虚堂闲倚一条藜。虽承雨露居龙阙,终忆烟霞梦虎溪。睡起晓窗风淅淅,病来深院草萋萋。有时乘兴寻师去,煮茗同吟到日西。

思九江旧居三首

结茅曾在碧江隈,多病贫身养拙来。雨歇汀洲垂钓去,月当门巷访僧回。静临窗下开琴匣,闷向床头泼酒醅。游宦等闲千里隔,空余魂梦到渔台。

门前烟水似潇湘,放旷优游兴味长。虚阁静眠听远浪,扁舟闲上泛残阳。鹤翘碧藓庭除冷,竹引清风枕簟凉。犬吠疏篱明月上,邻翁携酒到茅堂。

无机终日狎沙鸥,得意高吟景且幽。槛底江流偏称月,檐前山朵最宜秋。遥村处处吹横笛,曲岸家家系小舟。别后再游心未遂,设屏惟画白𬞟洲。

赠东林白大师

虎溪久驻灵踪,禅外诗魔尚浓。卷宿吟销永日,移床坐对千峰。苍苔冷锁幽径,微风闲坐古松。自说年来老病,出门渐觉疏慵。

春晓

残烛犹存月尚明,几家帏幌梦魂惊。星河渐没行人动,历历林梢百舌声。

听郑羽人弹琴

仙乡景已清,仙子启琴声。秋月空山寂,淳风一夜生。莎间虫罢响,松顶鹤初惊。因感浮华世,谁怜太古情。

秋夕书事寄友人

信断关河远,相思秋夜深。砌蛩声咽咽,檐月影沈沈。未遂青云志,那堪素发侵。吟余成不寐,彻曙四邻砧。

秋日途中

竹林已萧索,客思正如雠。旧业吴江外,新蝉楚驿头。遥天疏雨过,列岫乱云收。今夕谁家宿,孤吟月色秋。

秋夜吟寄左偓

与君诗兴素来狂,况入清秋夜景长。溪阁共谁看好月,莎阶应独听寒螀。卷中新句诚堪喜,身外浮名不足忙。会约垂名继前哲,任他玄发尽如霜。

竹

森森移得自山庄,植向空庭野兴长。便有好风来枕簟,更无闲梦到潇湘。荫来砌藓经疏雨,引下溪禽带夕阳。闲约羽人同赏处,安排棋局就清凉。

怀庐岳旧游寄刘钧因感鉴上人

昔年庐岳闲游日,乘兴因寻物外僧。寄宿爱听松叶雨,论诗惟对竹窗灯。各拘片禄寻分别,高榭浮名竟未能。一念支公安可见,影堂何处暮云凝。

依韵酬智谦上人见寄

性拙才非逸,同心友亦稀。风昏秋病眼,

霜湿夜吟衣。莺谷期犹负,兰陔养不违。吾师惠佳句,胜得楚金归。

落花

年年三月暮,无计惜残红。酷恨西园雨,生憎南陌风。片随流水远,色逐断霞空。怅望丛林下,悠悠饮兴穷。

题柳

折向离亭畔,春光满手生。群花岂无艳,柔质自多情。夹岸笼溪月,兼风撼野莺。隋堤三月暮,飞絮想纵横。

赠谦明上人

虽寄上都眠竹寺,逸情终忆白云端。闲登钟阜林泉晚,梦去沃洲风雨寒。新试茶经煎有兴,旧婴诗病舍终难。常闻秋夕多无寐,月在高台独凭栏。

书蔡隐士壁

病后霜髭出,衡门寂寞中。蠹侵书帙损,尘覆酒樽空。池暗菰蒲雨,径香兰蕙风。幽闲已得趣,不见卜穷通。

赠钟尊师游茅山

筇杖担琴背俗尘,路寻茅岭有谁群。仙翁物外应相遇,灵药壶中必许分。香入肌肤花洞酒,冷侵魂梦石床云。伊予亦有朝修志,异日遨游愿见君。

访徐长史留题水阁

君家池阁静,一到且淹留。坐听蒹葭雨,如看岛屿秋。杯盘深有兴,吟笑迥忘忧。更爱幽奇处,双双下野鸥。

夕阳

影未沈山水面红,遥天雨过促征鸿。魂销举子不回首,闲照槐花驿路中。

鸂鶒

流品是鸳鸯,翻飞云水乡。风高离极浦,烟暝下方塘。比鹭行藏别,穿荷羽翼香。双双浴轻浪,谁见在潇湘。

所思

离思春来切,谁能慰寂寥。花飞寒食过,云重楚山遥。耿耿梦徒往,悠悠鬓易凋。那堪对明月,独立水边桥。

全唐诗卷七百四十八

李中

春闺辞二首

卷帘迟日暖,睡起思沈沈。辽海音尘远,春风旅馆深。疏篁留鸟语,曲砌转花阴。寄语长征客,流年不易禁。

不得辽阳信,春心何以安。鸟啼窗树晓,梦断碧烟残。绿鬓开还懒,红颜驻且难。相思谁可诉,时取旧书看。

腊中作

冬至虽云远,浑疑朔漠中。劲风吹大野,密雪翳高空。泉冻如顽石,人藏类蛰虫。豪家应不觉,兽炭满炉红。

海城秋日书怀寄朐山孙明府

槐柳蝉声起渡头,海城孤客思悠悠。青云展志知何日,皓月牵吟又入秋。鉴里渐生潘岳鬓,风前犹著卜商裘。鸣琴良宰挥毫士,应笑蹉跎身未酬。

题柴司徒亭假山

叠石峨峨象翠微,远山魂梦便应稀。从教藓长添峰色,好引泉来作瀑飞。萤影夜攒疑烧起,茶烟朝出认云归。知君创得兹幽致,公退吟看到落晖。

都下寒食夜作

香尘未歇暝烟收,城满笙歌事胜游。自是离人睡长早,千家帘卷月当楼。

客中春思

又听黄鸟绵蛮,目断家乡未还。春水引将客梦,悠悠绕遍关山。

所思

门掩残花寂寂,帘垂斜月悠悠。纵有一庭萱草,何曾与我忘忧。

江馆秋思因成自勉
　　江边候馆幽,汀鸟暝烟收。客思虽悲月,诗魔又爱秋。声名都是幻,穷达未能忧。散逸怜渔父,波中漾小舟。

赠朐山杨宰
　　讼闲征赋毕,吏散卷帘时。听雨入秋竹,留僧覆旧棋。得诗书落叶,煮茗汲寒池。化俗功成后,烟霄会有期。

庐山
　　控压浔阳景,崔嵬古及今。势雄超地表,翠盛接天心。溢浦春烟列一作到,星湾晚景沈。图经宜细览,题咏卒难任。靖节门遥对,庾公楼俯临。参差含积雪,隐映见归禽。峭拔推双剑,清虚数二林。白莲池宛在,翠辇事难寻。天近星河冷,龙归洞穴深。谷春攒锦绣,石润叠琼琳。玄鹤传仙拜,青猿伴客吟。泉通九江远,云出几州阴。冬有灵汤溢,夏无炎暑侵。他年如遂隐,五老是知音。

送孙霁书记赴寿阳辟命
　　辟命羡君赴,其如怆别情。酒阑汀树晚,帆展野风生。淮静寒烟敛,村遥夜火明。醉沈朐岭梦,吟达寿春城。旧友摇鞭接,元戎扫榻迎。雪晴莲幕启,云散桂山横。王粲从军画,陈琳草檄名。知君提健笔,重振此嘉声。

听蝉寄朐山孙明府
　　忽听新蝉发,客情其奈何。西风起槐柳,故国阻烟波。垄笛悲犹少,巴猿恨未多。不知陶靖节,还动此心么?

秋江夜泊寄刘钧正字
　　闲忆诗人思倍劳,维舟清夜泥风骚。鱼龙不动澄江远,云雾皆收皎月高。潮满钓舟迷浦屿,霜繁野树叫猿猱。此时吟苦君知否,双鬓从他有二毛。

赠朐山孙明府
　　县庭无事似山斋,满砌青青旋长苔。闲抚素琴曹吏散,自烹新茗海僧来。买将病鹤劳心养,移得闲花用意栽。几度访君留我醉,瓮香皆值酒新开。

赠海上书记张济员外
　　鹏霄休叹志难伸,贫病虽萦道且存。阮瑀不能专笔砚,嵇康唯要乐琴尊。春风满院空欹枕,芳草侵阶独闭门。剑有尘埃书有蠹,昔年心事共谁论?

对竹
　　懒穿幽径冲鸣鸟,忍踏清阴损翠苔。不似闭门欹枕听,秋声如雨入轩来。

送朐山孙明府赴寿阳幕府辟命
　　堪羡元戎虚右席,便承纶绰起一作赴金台。菊丛憔悴陶潜去,莲幕光辉阮瑀来。好向尊罍陈妙画,定应书檄播雄才。预愁别后相思处,月入闲窗远梦回。

经废宅
　　一梦奢华去不还,断墙花发岂堪看。玉纤素绠知何处,金井梧枯碧甃寒。

溪边吟
　　鸂鶒双飞下碧流,蓼花蘋穗正含秋。茜裙二八采莲去,笑冲微雨上兰舟。

得故人消息
　　多难分离久,相思每泪垂。梦归残月晓,信到落花时。未必乖良会,何当有后期。那堪楼上望,烟水接天涯。

芳草
　　二月正绵绵,离情被尔牵。四郊初过雨,万里正铺烟。眷恋残花惹,留连醉客眠。飘香是杜若,最忆楚江边。

江南春
　　千家事胜游,景物可忘忧。水国楼台晚,春郊烟雨收。鹧鸪啼竹树,杜若媚汀洲。永巷歌声远,王孙会莫愁。

悼亡

巷深芳草细,门静绿杨低。室迩人何处,花残月又西。武陵期已负,巫峡梦终迷。独立销魂久,双双好鸟啼。

春晏寄从弟德润

相思禁烟近,楼上动吟魂。水国春寒在,人家暮雨昏。朱桥通竹树,香径匝兰荪。安得吾宗会,高歌醉一尊。

赠致仕沈彬郎中

自言婚嫁毕,尘事不关心。老去诗魔在,春来酒病深。山翁期采药,海月伴鸣琴。多谢维舟处,相留接静吟。

忆溪居

竹轩临水静无尘,别后凫鹥入梦频。杜若菰蒲烟雨歇,一溪春色属何人。

登下蔡县楼

长涯烟水又含秋,吏散时时独上楼。信断兰台乡国远,依稀王粲在荆州。

下蔡春偶作

旅馆飘飘类断蓬,悠悠心绪有谁同。一宵风雨花飞后,万里乡关梦自通。多难不堪容鬓改,沃愁惟怕酒杯空。采兰扇枕何时遂,洗虑焚香叩上穹。

再游洞神宫怀邵羽人有感

重向烟萝省旧游,因寻遗迹想浮丘。峰(一作松)头鹤去三清远,坛畔月明千古秋。泉落小池清夏咽,云从高峤起还收。自惭未得冲虚术,白发无情渐满头。

秋雨二首

飘洒当穷巷,苔深落叶铺。送寒来客馆,滴梦在庭梧。逼砌蛩声断,侵窗竹影孤,遥思渔叟兴,蓑笠在江湖。

竟日声萧飒,兼风不暂阑。竹窗秋睡美,荻浦夜渔寒。地僻苔生易,林疏鸟宿难。谁知苦吟者,坐听一灯残。

经古观有感

古观寥寥枕碧溪,偶思前事立残晖。漆园化蝶名空在,柱史犹龙去不归。丹井泉枯苔锁合,醮坛松折鹤来稀。回头因叹浮生事,梦里光阴疾若飞。

吉水春暮访蔡文庆处士留题

无事无忧鬓任苍,浊醪闲酌送韶光。溟蒙雨过池塘暖,狼藉花飞砚席香。好古未尝疏典册,悬图时要看潇湘。恋君清话难留处,归路迢迢又夕阳。

烈祖孝高挽歌二首

谁解叩乾关,音容去不还。位方尊北极,寿忽殒南山。凤辇应难问,龙髯不可攀。千秋遗恨处,云物锁桥山。

仙驭归何处,苍苍问且难。华夷喧道德,陵垅葬衣冠。御水穿城咽,宫花泣露寒。九疑消息断,空望白云端。

赠海上观音院文依上人

烟霞海边寺,高卧出门慵。白日少来客,清风生古松。虚窗从燕入,坏屐任苔封。几度陪师话,相留到暮钟。

秋夕病中作

卧病当秋夕,悠悠枕上情。不堪抛月色,无计避虫声。煎药惟忧涩,停灯又怕明。晓临清鉴里,应有白髭生。

寄黄鹍秀才

长忆狂游日,惜春心恰同。预愁花片落,不遣酒壶空。草软眠难舍,莺娇听莫穷。如今千里隔,搔首对秋风。

春日书怀寄朐山孔明府

一作边城客,闲门两度春。莺花深院雨,书剑满床尘。紫阁期终负,青云道未伸。犹怜陶靖节,诗酒每相亲。

柴司徒宅牡丹

暮春栏槛有佳期,公子开颜乍拆时。翠幄密笼莺未识,好香难掩蝶先知。愿陪妓女争调乐,欲赏宾朋预课诗。只恐却随云雨去,隔年还是动相思。

赠王道者

混俗从教鬓似银,世人无分得相亲。槎流海上波涛阔,酒满壶中天地春。功就不看丹灶火,性闲时拂玉琴尘。仙家变化谁能测,只恐洪崖是此身。

春闺辞二首

尘昏菱鉴懒修容,双脸桃花落尽红。玉塞梦归残烛在,晓莺窗外噤梧桐。

边无音信暗消魂,茜袖香裙积泪痕。海燕归来门半掩,悠悠花落又黄昏。

暮春怀故人

池馆寂寥三月尽,落花重叠盖莓苔。惜春眷恋不忍扫,感物心情无计开。梦断美人沈信息,目穿长路倚楼台。琅玕绣段安可得,流水浮云共不回。

秋日登润州城楼

虚楼一望极封疆,积雨晴来野景长。水接海门铺远色,稻连京口发秋香。鸣蝉历历空相续,归鸟翩翩自著行。吟罢倚栏深有思,清风留我到斜阳。

晚春客次偶吟

暂驻征轮野店间,悠悠时节又春残。落花风急宿酲解,芳草雨昏春梦寒。惭逐利名头易白,欲眠云水志犹难。却怜村寺僧相引,闲上虚楼共倚栏。

对雨寄朐山林番明府

竟日如丝不暂停,莎阶闲听滴秋声。斜飘虚阁琴书润,冷逼幽窗梦寐清。开户只添搜句味,看山还阻上楼情。遥知公退琴堂静,坐对萧骚饮兴生。

落花

残红引动诗魔,怀古牵情奈何。半落铜台月晓,乱飘金谷风多。悠悠旋逐流水,片片轻粘短莎。谁见长门深锁,黄昏细雨相和。

燕

豪家五色泥香,衔得营巢太忙。喧觉佳人昼梦,双双犹在雕梁。

莺

羽毛特异诸禽,出谷堪听好音。薄暮欲栖何处,雨昏杨柳深深。

宿山中寺

寄宿深山寺,惟逢老病僧。风吹几世树,云暗暮秋灯。瞑目忘尘虑,谈空入上乘。明晨返名路,何计恋南能。

海上载笔依韵酬左偃见寄

都城分别后,海峤梦魂迷。吟兴疏烟月,边情起鼓鼙。戍旗风飐小,营柳雾笼低。草檄无余刃,难将阮瑀齐。

春晚招鲁从事

衮衮利名役,常嗟聚会稀。有心游好景,无术驻残晖。南陌草争茂,西园花乱飞。期君举杯酒,不醉莫言归。

和易秀才春日见寄

每恨多流落,吾徒不易亲。相逢千里客,共醉百花春。小槛山当面,闲阶柳拂尘。何时卜西上,明月桂枝新。

送黄一作王秀才

雨余飞絮乱,相别思难任。酒罢河桥晚,帆开烟水深。蟾宫须展志,渔艇莫牵心。岐路从兹远,双鱼信勿沈。

庭竹

偶自山僧院,移归傍砌栽。好风终日起,

幽鸟有时来。筛月牵诗兴,笼烟伴酒杯。南窗睡轻起,萧飒雨声回。

送戴秀才

已是殊乡客,送君重惨然。河桥乍分首,槐柳正鸣蝉。短棹离幽浦,孤帆触远烟。清朝重文物,变化莫迁延。

病中一作起作

闲斋病初起,心绪复悠悠。开箧群书蠹,听蝉满树秋。诗魔还渐动,药债未能酬。为忆前山色,扶持上小楼。

离家

送别人归春日斜,独鞭羸马指天涯。月生江上乡心动,投宿匆一作狼忙近酒家。

村行

极目青青垄麦齐,野塘波阔下凫鹥。阳乌景暖林桑密,独立闲听戴胜啼。

献乔侍郎

位望谁能并,当年志已伸。人间传凤藻,天上演龙纶。贾马才无敌,褒雄誉益臻。除奸深系念,致主迥忘身。谏疏纵横上,危言果敢陈。忠贞虽贯世,消长岂由人。慷慨辞朝阙,迢遥涉路尘。千山明夕照,孤棹渡长津。杜宇声方切,江蓠色正新。卷舒唯合道,喜愠不劳神。禅客陪清论,渔翁作近邻。静吟穷野景,狂醉养天真。格论思名士,舆情渴直臣。九霄恩复降,比户意皆忻。却入鸳鸾序,终身一作承顾问频。漏残丹禁晓,日暖玉墀春。鉴物心如水,忧时鬓若银。惟期康庶事,永要叙彝伦。贵贱知无间,孤寒必许亲。几多沈滞者,拭目望陶钧。

献中书张舍人

仙桂从攀后,人间播大名。飞腾谐素志,霄汉是前程。持宪威声振,司言品秩清。帘开春酒醒,月上草麻成。丹陛凌晨对,青云逐步生。照人装玉莹,鉴物宪陂明。下直无他事,闲游恣逸情。林僧开户接,溪叟扫苔迎。煮茗山房冷,垂纶野艇轻。神清宜放旷,诗苦益纵横。余刃时皆仰,嘉谋众伫行。四方观启沃,毕一作必竟念孤平。

海上和郎戬员外赴倅职

宋玉逢秋何起悲,新恩委寄好开眉。班升鹓鹭频经岁,任佐龚黄必暂时。乍对烟霞吟海峤,应思蘋蓼梦江湄。一朝凤诏重征入,鹏化那教尺鷃知。

又送赴关

心似白云归帝乡,暂停良画别龚黄。烟波乍晓浮兰棹,魂梦先飞近御香。一路伴吟汀草绿,几程清思水风凉。想应敷对忠言后,不放乡云离太阳。

书郭判官幽斋壁

不妨公退尚清虚,创得幽斋兴有余。要引好风清户牖,旋栽新竹满庭除。倾壶待客花开后,煮茗留僧月上初。更有野情堪爱处,石床苔藓似匡庐。

石棋局献时宰

得从岳叟诚堪重,却献皋夔事更宜。公退启枰书院静,日斜收子竹阴移。适情岂待樵柯烂,罢局还应展齿隳。预想幽窗风雨夜,一灯闲照覆图时。

海城秋夕寄怀舍弟

鸟栖庭树夜悠悠,枕上谁知泪暗流。千里梦魂迷旧业,一城砧杵捣残秋。窗间寂寂灯犹在,帘外萧萧雨未休。早晚莱衣同著去,免悲流落在边州。

和夏侯秀才春日见寄

绵蛮黄鸟不堪听,触目离愁怕酒醒。云散碧山当晚槛,雨催青藓匝春庭。寻芳懒向桃花坞,垂钓空思杜若汀。昼梦不成吟有兴,挥毫书在枕边屏。

送夏侯秀才

江村摇落暮蝉鸣,执手临岐动别情。古岸相看残照在,片帆难驻好风生。牵吟一路逢山色,醒睡长汀对月明。况是清朝至公在,预知乔木定迁莺。

江南重会友人感旧二首

江南重会面,聊话十年心。共立黄花畔,空惊素发侵。斜阳浮远水,归鸟下疏林。牵动诗魔处,凉风村落砧。

长江落照天,物景似当年。忆昔携村酒,相将上钓船。狂歌红蓼岸,惊起白鸥眠。今日趋名急,临风一黯然。

己未岁冬捧宣头离下蔡

诏下如春煦,巢南志不违。空将感恩泪,滴尽一作尽滴冒寒衣。覆载元容善,形骸果得归。无心惭季路,负米觐亲闱。

哭舍弟二首

鸿雁离群后,成行忆日存。谁知归故里,只得奠吟魂。虫蠹书盈箧,人稀草拥门。从兹长恸后,独自奉晨昏。

浮生多夭枉,惟尔最堪悲。同气未归日,慈亲临老时。旧诗传海峤,舍弟有诗云:梦断海山远,夜长风雨多。传至海上。新冢枕江湄。遗稚呜呜处,黄昏绕缞帷。

书情寄诗友

默默谁知我,裴回野水边。诗情长若旧,吾事更无先。芳草人稀地,残阳雁过天。静思吟友外,此意复谁怜?

读蜀志

鼎分天地日,先主力元微。鱼水从相得,山河遂有归。任贤无间忌,报国尽神机。草昧争雄者,君臣似此稀。

献张拾遗

官资清贵近丹墀,性格孤高世所稀。金殿日开亲凤扆,古蟾时展看渔矶。酒醒虚阁秋帘卷,吟对疏篁夕鸟归。献替频陈忠誉播,鹏霄万里展雄飞。

献中书汤舍人

庆云呈瑞为明时,演畅丝纶在紫微。銮殿对时亲舜日,鲤庭过处著莱衣。闲寻竹寺听啼鸟,吟倚江楼恋落晖。隔座银屏看是设,一门清贵古今稀。

海上太守新创东亭

使君心智杳难同,选胜开亭景莫穷。高敞轩窗迎海月,预栽花木待春风。静披典籍堪师古,醉拥笙歌不碍公。满径苔纹疏雨后,入檐山色夕阳中。偏宜下榻延徐孺,最称登门礼孔融。事简岂妨频赏玩,况当为政有余功。

宫词二首

门锁帘垂月影斜,翠华咫尺隔天涯。香铺一作销罗幌不成梦,背壁银釭落尽花。

金波寒透水精帘,烧尽沈檀手自添。风递笙歌门已掩,翠华何处夜厌厌。

采莲女

晚凉含笑上兰舟,波底红妆影欲浮。陌上少年休植足,荷香深处不回头。

钟陵春思

沈沈楼影月当午,冉冉风香花正开。芳草迢迢满南陌,王孙何处不归来。

赠夏秀才

轩车紫陌竞寻春,独掩衡门病起身。步月怕伤三径藓,取琴因拂一床尘。明时倘有丹枝分,青鉴从他素发新。况是青云知己在,原思生计莫忧贫。

夏日书依上人壁

门外尘飞暑气浓,院中萧索似山中。最怜煮茗相留处,疏竹当轩一榻风。

下蔡春暮旅怀

柳过春霖絮乱飞,旅中怀抱独凄凄。月生淮上云初散,家在江南梦去迷。发白每惭清鉴启,心孤长怯子规啼。拜恩一作章为养慈亲急,愿向明朝捧紫泥。

捧宣头许归侍养

泥书捧处圣恩新,许觐庭闱养二亲。蝼蚁至微宁足数,未知何处答穹旻。

途中作逢旧识,闻老亲所患,不至加甚

烟波涉历指家林,欲到家林惧却深。得信慈亲疴瘵减,当时宽勉采兰心。

都下再会友人

谁言多难后,重会喜淹留。欲话关河梦,先惊鬓发秋。浮云空冉冉,远水自悠悠。多谢开青眼,携壶共上楼。

全唐诗卷七百四十九

李中

登毗陵青山楼

高楼闲上对晴空,豁目开襟半日中。千里吴山清不断,一边辽海浸无穷。人生歌笑开花雾—作露,世界兴亡落叶风。吟罢倚栏何限意,回头城郭暮烟笼。

晋陵罢任寓居,依韵和陈锐秀才见寄

掩门三径莓苔绿,车马谁来陋巷间。卧弃琴书公干病,笑迎风月步兵闲。当秋每谢蝉清耳,渐老多惭酒借颜。济物未能伸一术,敢于明代爱青山。

春苔

春霖催得锁烟浓,竹院莎斋径小通。谁爱落花风味处,莫愁门巷衬残红。

夏云

如蜂形状在西郊,未见从龙上泬寥。多谢好风吹起后,化为甘雨济田苗。

书夏秀才幽居壁

永巷苔深户半开,床头书剑积尘埃。最怜小槛疏篁晚,幽鸟双双何处来?

红花

红花颜色掩千花,任是猩猩血未加。染出轻罗莫相贵,古人崇俭诫奢华。

安福县秋吟寄陈锐秘书

县庭事简得余功,诗兴秋来不可穷。卧听寒蛩莎砌月,行冲落叶水村风。愁髭渐去人前白,醉面犹怜鉴里红。苦恨交亲多契阔,未知良会几时同。

新喻县酬王仲华少府见贻

事简开樽有逸情,共忻官舍月华清。每惭

花欠河阳景,长愧琴无单父声。未泰黎元惭旷职,纵行谦直是虚名。与君尽力行公道,敢向昌朝俟陟明。

暮春有感寄宋维员外

杜宇声中老病心,此心无计驻光阴。西园雨过好花尽,南陌人稀芳草深。喧梦却嫌莺语老,伴吟惟怕月轮沈。明年才候东风至,结驷期君预去寻。

题吉水县厅前新栽小松

劚开幽涧藓苔斑,移得孤根植砌前。影小未遮官舍月,翠浓犹带旧山烟。群花解笑香宁久,众木虽高节不坚。输我婆娑栏槛内,晚风萧飒学幽泉。

赠一作贻念《法华经》绶上人

五更初起扫松堂,瞑目先焚一炷香。念彻莲经谁得见,千峰岩外晓苍苍。

秋日途中

信步腾腾野岩边,离家都为利名牵。疏林一路斜阳里,飒飒西风满耳蝉。

宿韦校书幽居

溪上高眠与鹤闲,开樽留我待柴关。园林月白秋霖歇,一夜泉声似故山。

依韵和友人秋夕见寄

夕风庭叶落,谁见此时情?不作关河梦,空闻砧杵声。会须求至理,何必叹无成。好约高僧宿,同看海月生。

吉水作尉酬高援秀才见赠

佐邑惭无术,敢言贫与清。风骚谁是主,烟月自关情。卷箔当山色,开窗就竹声。怜君惠嘉句,资我欲垂名。

送智雄上人

忽起游方念,飘然不可留。未知携一锡,乘兴向何州。古岸春云散,遥天晚雨收。想应重会面,风月又清秋。

览友人卷

新诗开卷处,造化竭精英。雪霁楚山碧,月高湘水清。初吟尘虑息,再味古风生。自此寰区内,喧腾二雅名。

送人南游

浪迹天涯去,南荒必动情。草青虞帝庙,云暗夜郎城。越鸟惊乡梦,蛮风解宿酲。早思归故里,华发等闲生。

晋陵县夏日作

事简分庭静,开帘暑气中。依经煎绿茗,入竹就清风。至论招禅客,忘机忆钓翁。晚凉安枕簟,海月出墙东。

邮亭早起

邮舍残灯在,村林鸡唱频。星河吟里晓,川陆望中春。旧友青云贵,殊乡素发新。悠悠念行计,难更驻征轮。

客中寒食

旅次经寒食,思乡泪湿巾。音书天外断,桃李雨中春。欲饮都无绪,唯吟似有因。输他郊郭外,多少踏青人。

旅馆秋夕

寥寥山馆里,独坐酒初醒。旧业多年别,秋霖一夜听。砌蛩声渐息,窗烛影犹停。早晚无他事,休如泛水萍。

宿青溪米处士幽居

寄宿溪光里,夜凉高士家。养风窗外竹,叫月水中蛙。静虑同搜句,清神旋煮茶。唯忧晓鸡唱,尘里事如麻。

维舟秋浦,逢故人张矩同泊

卸帆清夜碧江滨,冉冉凉风动白蘋。波上正吟新霁月,岸头恰见故乡人。共惊别后霜侵鬓,互说年来疾逼身。且饮一壶销百恨,会须遭遇识通津。

代别

明日鸣鞭天一涯,悠悠此夕怯分离。红楼有恨金波转,翠黛无言玉箸垂。浮蚁不能迷远意,回纹从此寄相思。花时定是慵开鉴,独向春风忍扫眉。

悼怀王丧妃

花绽花开事可惊,暂来浮世返蓬瀛。楚宫梦断云空在,洛浦神归月自明。香解返魂成浪语,胶能续断是虚名。音容寂寞春牢落,谁会楼中独立情。

酒醒

睡觉花阴芳草软,不知明月出墙东。杯盘狼藉人何处,聚散空惊似梦中。

送虞道士

烟霞聚散通三岛,星斗分明在一壶。笑说余杭沽酒去,蔡家重要会麻姑。

怀旧夜吟寄赵杞

长笛声中海月飞,桃花零落满庭墀。魂销事去无寻处,酒醒孤吟不寐时。萱草岂能忘积恨,尺书谁与达相思。悠悠方寸何因解,明日江楼望渺弥。

宿临江驿

候馆寥寥辍棹过,酒醒无奈旅愁何。雨昏郊郭行人少,苇暗汀洲宿雁多。干禄已悲凋发鬓,结茅终愧负烟萝。篇章早晚逢知己,苦志忘形自有魔。

途中柳

翠色晴来近,长亭路去遥。无人折烟缕,落日拂溪桥。

隔墙花

颜色尤难近,馨香不易通。朱门金锁隔,空使怨春风。

广陵寒食夜

广陵寒食夜,豪贵足佳期。紫陌人归后,红楼月上时。绮罗香未歇,丝竹韵犹迟。明日踏青兴,输他轻薄儿。

寄庐山庄隐士

烟萝拥竹关,物外自求安。逼枕溪声近,当檐岳色寒。药苗应自采,琴调对谁弹?待了浮名后,依君共挂冠。

吉水寄阎侍御 时公调官瀑川

何处怀君切,令人欲白头。偶寻花外寺,独立水边楼。不得论休戚,何因校献酬。吟余兴难尽,风笛起渔舟。

送张惟贞少府之江阴

相送烟汀畔,酒阑登小舟。离京梅雨歇,到邑早蝉秋。俗必期康济,诗谁互唱酬。晚凉诸吏散,海月入一作上虚楼。

钟陵禁烟寄从弟

落絮飞花日又西,踏青无侣草萋萋。交亲书断竟不到,忍听黄昏杜宇啼。

夜泊江渚

水乡明月上晴空,汀岛香生杜若风。不是当年独醒客,且沽村酒待渔翁。

吉水县依韵酬华松秀才见寄

官况萧条在水村,吏归无事好论文。枕敧独听残春雨,梦去空寻五老云。竹径每怜和薜步,禽声偏爱隔花闻。诗情冷淡知音少,独喜江皋得见君。

贻庐山清溪观王尊师

霞帔星冠复杖藜,积年修炼住灵溪。松轩睡觉冷云起,石磴坐来春日西。采药每寻岩径远,弹琴常到月轮低。鼎中龙虎功成后,海上三山去不迷。

王昭君

蛾眉翻自累,万里陷穷边。滴泪胡风起,宽心汉月圆。飞尘长翳日,白草自连天。谁贡和亲策,千秋污简编。

送姚端先辈归宁

知君归觐省，称意涉通津。解缆汀洲晓，张帆烟水春。牵吟芳草远，贳酒乱花新。拜庆庭闱处，蟾枝香满身。

江村晚秋作

高秋水村路，隔岸见人家。好是经霜叶，红于带露花。临罾鱼易得，就店酒难赊。吟兴胡能尽，风清日又斜。

蛩

月冷莎庭夜已深，百虫声外有清音。诗情正苦无眠处，愧尔阶前相伴吟。

感秋书事

宦途憔悴雪生头，家计相牵未得休。红蓼白蘋消息新，旧溪烟月负渔舟。

访庐山归章禅伯

沈沈石室疏钟后，寂寂莎池片月明。多少学徒求妙法，要于言下悟无生。

庐山栖隐洞谭先生院留题

坛畔归云冷湿襟，拂苔移石坐花阴。偶然醒得庄周梦，始觉玄门兴味深。

江行值暴风雨

风狂雨暗舟人惧，自委神明志不邪。投得苇湾波浪息，岸头烟火近人家。

杪秋夕吟怀寄宋维先辈

江岛穷秋木叶稀，月高何处捣寒衣。苦嗟不见登龙客，此夜悠悠一梦飞。

七夕

星河耿耿正新秋，丝竹千家列彩楼。可惜穿针方有兴，纤纤初月苦难留。

吉水作尉时酬阎侍御见寄

谬佐驱鸡任，常思赋鹏人。时阎公谪官吉州。未谐林下约，空感病来身。锁径青苔老，铺阶红叶新。相思不可见，犹喜得书频。

清溪逢张惟贞秀才

洞隐红霞外，房开碧嶂根。昔年同炼句，几夜共听猿。考古书千卷，忘忧酒一樽。如今归建业，雅道喜重论。

送阎侍御归阙

羡君乘紫诏，归路指通津。鼓棹烟波暖，还京雨露新。趋朝丹禁晓，耸辔九衢春。自愧湮沈者，随轩未有因。

甲子岁罢吉水县过钟陵，时暮春，维舟江渚，谒柴太尉席上作

公侯延驻暂踟蹰，况值风光三月初。乱落杯盘花片小，静笼池阁柳阴疏。舟维南浦程虽阻，饮预西园兴有余。却笑田家门下客，当时容易叹车鱼。

海上春夕旅怀寄左偃 此诗与《下蔡春暮旅怀》略同

柳过清明絮乱飞，感时怀旧思凄凄。月生楼阁云初散，家在汀洲梦去迷。发白每惭清鉴启，酒醒长怯子规啼。北山高卧风骚客，安得同吟复杖藜。

江次维舟登古寺

辍棹因过古梵宫，荒凉门径锁苔茸。绿阴满地前朝树，清韵含风后殿钟。童子纵慵眠坏榻，老僧耽话指诸峰。吟余却返来时路，回首盘桓尚驻筇。

春日招宋维先辈

瓮中竹叶今朝熟，鉴里桃花昨日一作夜开。为报广寒攀桂客，莫辞相访共衔杯。

吹笛儿

陇头休听月明中，妙竹嘉音际会逢。见尔樽前吹一曲，令人重忆许云封。云封，开元善笛者。

所思

解佩当时在洛滨，悠悠疑是梦中身。自从

物外无消息,花谢莺啼近十春。

吉水县酬夏侯秀才见寄
　　启鉴悠悠两鬓苍,病来心绪易凄凉。知音不到吟还懒,锁印开帘又夕阳。

和友人喜雪
　　腊雪频频降,成堆不可除。伴吟花莫并,销瘴药何如?谢女诗成处,袁安睡起初。深迷樵子径,冷逼旅人居。惹砌催樽俎,飘窗入簿书。最宜楼上望,散乱满空虚。

感事呈所知
　　竞爱松筠翠,皆怜桃李芳。如求济世广,桑柘愿商量。

送汪涛
　　知君别家后,不免泪沾襟。芳草千里路,夕阳孤客心。花飞当野渡,猿叫在烟岑。霄汉知音在,何须恨陆沈。

言志寄刘钧秀才
　　童稚亲儒墨,时平喜道存。酬身指书剑,赋命委乾坤。秋爽鼓琴兴,月清搜句魂。与君同此志,终待至公论。

访澄上人
　　寻师来静境,神骨觉清凉。一饷逢秋雨,相留坐竹堂。石渠堆败叶,莎砌咽寒螀。话到南能旨,怡然万虑忘。

经古寺
　　殿宇半隳摧,门临野水开。云凝何代树,草蔽此时台。绕塔堆黄叶,沿阶积绿苔。踟蹰日将暮,栖鸟入巢来。

送王道士游东海
　　巨浸常牵梦,云游岂觉劳。遥空收晚雨,虚阁看秋涛。必若思三岛,应须钓六鳌。如通十洲去,谁信碧天高。

贻青阳宰
　　征赋常登限,名山管最多。吏闲民讼少,时得访烟萝。

哭故主人陈太师
　　十年孤迹寄侯门,入室升堂忝厚恩。游遍春郊随茜旆,饮残秋月待金尊。车鱼郑重知难报,吐握周旋不可论。长恸裴回逝川上,白杨萧飒又黄昏。

秋江夜泊寄刘钧
　　万里江山敛暮烟,旅情当此独悠然。沙汀月冷帆初卸,苇岸风多人未眠。已听渔翁歌别浦,更堪边雁过遥天。与君共俟酬身了,结侣波中寄钓船。

全唐诗卷七百五十

李中

和浔阳宰感旧绝句五首

追感古今情不已,竹轩闲取史书看。欲亲往哲无因见,空树临风襟袖寒。

浔阳物景真难及,练泻澄江最好看。曾上虚楼吟倚槛,五峰擎雪照人寒。

园林春媚千花发,烂熳如将画障看。惟爱松筠多冷淡,青青偏称雪霜寒。

知君百里鸣琴处,公退千山尽日看。政化有同风偃草,更将余力拯孤寒。

昔岁寻芳忻得侣,江堤物景尽情看。就中吟恋垂杨下,撼起啼莺晚吹寒。

哭柴郎中

昔岁遭逢在海城,曾容孤迹奉双旌。酒边不厌笙歌盛,花下只愁风雨生。棋接山亭松影晚,吟陪月槛露华清。音尘自此无因问,泪洒川波夕照明。

访章禅老

比寻禅客叩禅机,澄却心如月在池。松下偶然醒一梦,却成无语问吾师。

泊秋浦

苇岸风高宿雁惊,维舟特地起乡情。渔儿隔水吹横笛,半夜空江月正明。

闲居言怀

未达难随众,从他俗所憎。闲听九秋雨,远忆四明僧。病后倦吟啸,贫来疏友朋。寂寥元合道,未必是无能。

舟次彭泽

飘泛经彭泽,扁舟思莫穷。无人秋浪晚,一岸蓼花风。乡里梦渐远,交亲书未通。今宵见圆月,难坐冷光中。

宿钟山知觉院

宿投林下寺,中夜觉神清。磬罢僧初定,山空月又生。笼灯吐冷艳,岩树起寒声。待晓红尘里,依前冒远程。

游茅山二首

绿藓深迎步,红霞烂满衣。洞天应不远,鸾鹤向人飞。

茅许仙踪在,烟霞一境清。夷希一作希夷何许叩,松径月空明。

鹤

九皋羽翼下晴空,万里心难驻玉笼。清露滴时翘藓径,白云开处唳松风。归当华表千年后,怨在瑶琴别操中。好共灵龟作俦侣,十洲三岛逐仙翁。

暮春吟怀寄姚端先辈

无奈诗魔旦夕生,更堪芳草满长汀。故人还爽花前约,新月又生江上亭。庄梦断时灯欲烬,蜀魂啼处酒初醒。何时得见登龙客,隔却千山万仞青。

送圆一作图上人归庐山

莲宫旧隐尘埃外,策杖临风拂袖还。踏雪独寻青嶂下,听猿重入白云间。萧骚红树当门老,斑驳苍苔锁径闲。预想松轩夜禅处,虎溪圆月照空山。

送相里秀才之匡山国子监

气秀情闲杳莫群,庐山游去志求文。已能探虎穷骚雅,又欲囊萤就典坟。目豁乍窥千里浪,梦寒初宿五峰云。业成早赴春闱约,要使嘉名海内闻。

渔父二首

偶向芦花深处行,溪光山色晚来晴。渔家开户相迎接,稚子急窥犬吠声。

雪鬓衰髯白布袍,笑携赪鲤换村醪。殷勤留我宿溪上,钓艇归来明月高。

旅次闻砧

砧杵谁家夜捣衣,金风淅淅露微微。月中独坐不成寐,旧业经年未得归。

寄杨先生

仙翁别后无信,应共烟霞卜邻。莫把壶中秘诀,轻传尘里游人。浮生日月自急,上境莺花正春。安得一招琴酒,与君共泛天津。

对酒招陈昭用

花开叶落堪悲,似水年光暗移。身世都如梦役,是非空使神疲。良图有分终在,所欲无劳妄一作远思。幸有一壶清酒,且来闲语希夷。

旅夜闻笛

长笛起谁家,秋凉夜漏赊。一声来枕上,孤客在天涯。木末风微动,窗前月渐斜。暗牵诗思苦,不独落梅花。

送绍明上人之毗陵

忽起毗陵念,飘然不可留。听蝉离古寺,携锡上扁舟。月出沙汀冷,风高苇岸秋。回期端的否,千里路悠悠。

再到山阳寻故人不遇二首

维舟登野岸,因访故人居。乱后知何处,荆榛匝弊庐。

欲问当年事,耕人都不知。空余堤上柳,依旧自垂丝。

寄庐山简寂观重道者

忆昔采芝庐岳顶,清宫常接绛霄人。玉书闲展石楼晓,瑶瑟醉弹琪树春。惟恨仙桃迟结实,不忧沧海易成尘。似醒一梦归凡世,空向彤霞寄梦频。

思溢渚旧居

昔岁曾居溢水头,草堂吟啸兴何幽。迎僧常踏竹间藓,爱月独登溪上楼。寒翠入檐岚岫晓,冷声萦枕野泉秋。从拘宦路无由到,昨夜分明梦去游。

思朐阳春游感旧寄柴司徒五首

王孙昔日甚相亲,共赏西园正媚春。醉卧如茵芳草上,觉来花月影笼身。

烟铺芳草正绵绵,藉草传杯似列仙。暂辍笙歌且联句,含毫花下破香笺。

南陌风和舞蝶狂,惜春公子恋斜阳。高歌饮罢将回辔,衣上花兼百草香。

春郊饮散暮烟收,却引丝簧上翠楼。红袖歌长金翠乱,银蟾飞出海东头。

昔年常接五陵狂,洪一作共饮花间数十场。别后或惊如梦觉,音尘难问水茫茫。

泉

潺潺青嶂底,来处一何长。漱石苔痕滑,侵松鹤梦凉。泛花穿竹坞,泻月下莲塘。想得归何处,天涯助渺茫。

题徐五教池亭

多一作名士池溏好,尘中景恐无。年来养鸥鹭,梦不去江湖。泉脉通深涧,风声起短芦。惊鱼跳一作藏藻荇,戏蝶上菰蒲。泛泛容渔艇,闲闲载酒壶。涨痕山雨过,翠积岸苔铺。花影沈波底,烟光入座隅。晓香怜杜若,夜浸爱蟾蜍。步逸心难厌,看吟兴不孤。凭君命奇笔,为我写成图。

遥赋义兴潜泉

见说灵泉好,潺湲兴莫穷。谁当秋霁后,独听月明中。溅石苔花润,随流木叶红。何当化霖雨,济物显殊功。

和毗陵尉一作扎曹昭用见寄

决狱多余暇,冥搜万象空。卷帘疏雨后,锁印夕阳中。还往多名士,编题尚古风。宦途知此味,能有几人同。

梅花

群木方憎雪,开花长在先。流莺与舞蝶,

不见许因缘。

舟次吉水逢蔡文庆秀才

别后音尘断,相逢又共吟。雪霜今日鬓,烟月旧时心。舣棹夕阳在,听鸿秋色深。一尊开口笑,不必话升沉。

新喻县偶寄彭仁正字

经年离象魏,孤宦在南荒。酒醒公斋冷,雨多归梦长。志难酬国泽,术欠致民康。吾子应相笑,区区道未光。

和彭正字喜雪见寄

千门忻应瑞,偏称上楼看。密洒虚窗晓,狂飘大野寒。园深宜竹树一作柏,帘卷洽杯盘。已作丰年兆,黎民意尽安。

海上和柴军使清明书事

清明时节好烟光,英杰高吟兴味长。捧日即应还禁卫,当春何惜醉朐阳。千山过雨难藏翠,百卉临风不藉香。却是旅人凄屑甚,夜来魂梦到家乡。

壬申岁承命之任淦阳,再过庐山国学,感旧寄刘钧明府

三十年前共苦辛,囊萤曾寄此烟岑。读书灯暗嫌云重,搜句石平怜藓深。各历宦途悲聚散,几看时一作流辈或浮沈。再来物景还依旧,风冷松高猿狖吟。

留题胡参卿秀才幽居

竹荫庭除藓色浓,道心安逸寂寥中。扣门时有栖禅客,洒一作漉酒多招采药翁。江近好听菱芡雨,径香偏爱蕙兰风。我惭名宦犹拘束,脱屣心情未得同。

放鹭鸶

池塘多谢久淹留,长得霜翎放自由。好去兼葭深处宿,月明应认旧江秋。

柳絮

年年二一作三月暮,散乱杂飞花。雨过微

风起,狂飘千万家。

早春

一种和风至,千花未放妍。草心并柳眼,长是被恩先。

春云

阴去为膏泽,晴来媚晓空。无心亦无滞,舒卷在东风。

送姚端秀才游毗陵

毗陵嘉景太湖边,才子经游称少年。风弄青帘沽酒市,月明红袖采莲船。若耶鄳画应相似,_{若耶,溪名,在毗陵。}越岫吴峰尽接连。此去高吟须早返,广寒丹桂莫迁延。

和朐阳载笔鲁裕见寄

燕台多事每开颜,相许论交淡薄间。饮兴共怜芳草岸,吟情同爱夕阳山。露浓小径蛩声咽,月冷空庭竹影闲。何事此时攀忆甚,与君俱是别乡关。

叙吟二首

往哲搜罗妙入神,隋珠和璧未为珍。而今所得惭难继,谬向平生著苦辛。

成僻成魔二雅中,每逢知己是亨通。言之无罪终难厌,欲把风骚继古风。

贻毗陵正勤禅院奉长老

随缘驻瓶锡,心已悟无生。默坐烟霞散,闲观水月明。竹深风倍冷,堂迥磬偏清。愿作传灯者,忘言学净名。

冬日_{一作中书怀寄惟真大师}

自别吾师后,风骚道甚孤。雪霜侵鬓发,音信隔江湖。扰扰悲时世,悠悠役梦途。向公期尽节,多病怕倾壶。贱迹虽惭滞,幽情忍使辜。诗成天外句,棋覆夜中图。落壁灯花碎,飘窗雪片粗。煮茶烧栗兴,早晚复围炉。

献中书潘舍人

运叶半千数,天钟许国臣。鹏霄开羽翼,凤阙演丝纶。顾问当清夜,从容向紫宸。立言成雅诰,正意叙彝伦。朴素偕前哲,馨香越揩坤。褒辞光万代,优旨重千钧。公退谁堪接,清闲道是邻。世间身属幻,物外意通津。吊往兼春梦,文高赋复新。_{舍人有《吊往文》《春梦赋》行于世也。}琴弹三峡水,屏画十洲春。庭冷铺苔色,池寒浸月轮。竹风来枕簟,药气上衣巾。茶谱传溪叟,棋经受羽人。清虚虽得趣,献替不妨陈。杞梓呈才后,神仙入侍频。孤寒皆有赖,中外亦同忻。有士曾多难,无门得望尘。忙忙罹险阻,往往耗精神。寻果巢枝愿,终全负米身。连逢敦孝治,褰塞值通津。最庆清朝禄,还沾白发亲。甘柔心既遂,虚薄报何因。远宦联绵历,卑栖夙夜勤。良时空爱惜,末路每悲辛。骨立驹犹病,颜凋女尚贫。而今谐_{一作偕}顾遇,尺蠖愿求伸。

全唐诗卷七百五十一

徐铉

徐铉,字鼎臣,广陵人。十岁能属文,与韩熙载齐名,江东谓之韩徐。仕吴为秘书郎。仕南唐,历中书舍人、翰林学士、吏部尚书。归宋,为散骑常侍,坐贬卒。铉文思敏速,凡所撰述,往往执笔立就。精小学,篆隶尤工。集三十卷,今编诗六卷。

早春左省寓直

旭景鸾台上,微云象阙间。时清政事少,日永直官闲。远籁飞箫管,零冰响佩环。终军年二十,默坐叩玄关。

寒食宿陈公塘上

垂杨界官道,茅屋倚高坡。月下春塘水,风中牧竖歌。折花闲立久,对酒远情多。今夜孤亭梦,悠扬奈尔何。

将去广陵别史员外南斋

家声曾与金张辈,官署今居何宋间。起得高斋临静曲,种成奇树学他山。鸳鸾终日同醒醉,萝薜常时共往还。贱子今朝独南去,不堪回首望清闲。

将过江题白沙馆

少长在维扬,依然认故乡。金陵佳丽地,不道少风光。稍望吴台远,行登楚塞长。殷勤语江岭,归梦莫相妨。

登甘露寺北望

京口潮来曲岸平,海门风起浪花生。人行沙上见日影,舟过江中闻橹声。芳草远迷扬子渡,宿烟深映广陵城。游人乡思应如橘,相望须含两地情。

山路花

不共垂杨映绮寮,倚山临路自娇饶。游人过去知香远,谷鸟飞来见影摇。半隔烟岚遥隐隐,可堪风雨暮萧萧。城中春色还如此,几处笙歌按舞腰。

京口江际弄水

退公求静独临川,扬子江南二月天。百尺翠屏甘露阁,数帆晴日海门船。波澄濑石寒如玉,草接汀蘋绿似烟。安得乘槎更东去,十洲风外弄潺湲。

早春旬假独直寄江舍人

省署皆归沐,西垣公事稀。咏诗前砌立,听漏向申归。远思风醒酒,余寒雨湿衣。春光已堪探,芝盖共谁飞?

从驾东幸呈诸公

吴公台下旧京城,曾掩衡门过十春。别后不知新景象,信来空问故交亲。宦游京口无高兴,习隐钟山限俗尘。今日喜为华表鹤,况陪鵷鹭免迷津。

重游木兰亭

缭绕长堤带碧浔,昔年游此尚青衿。兰桡破浪城阴直,玉勒穿花苑树深。宦路尘埃成久别,仙家风景有谁寻?那知年长多情后,重凭栏干一独吟。

赋得彩燕

缕彩成飞燕,迎和启蛰时,翠翘生玉指,绣羽拂文楣。讵费衔泥力,无劳剪爪期。化工今在此,翻怪社来迟。

送魏舍人仲甫为蕲州判官

从事蕲春兴自长,蕲人应识紫薇郎。山资足后抛名路,莼菜秋来忆故乡。以道卷舒犹自适,临戎谈笑固无妨。如闻郡阁吹横笛,时望青溪忆野王。

题殷舍人宅木芙蓉

怜君庭下木芙蓉,袅袅纤枝淡淡红。晓吐芳心零宿露,晚摇娇影媚清风。似含情态愁秋雨,暗减馨香借菊丛。默饮数杯应未称,不知歌管与谁同?

送史馆高员外使岭南

东观时闲暇,还修喻蜀书。双旌驰县道,百越从轺车。桂蠹晨餐罢,贪泉访古初一作余。春江多好景,莫使醉吟疏。

春日紫岩山期客不至

郊外春华好,人家带碧溪。浅莎藏鸭戏,轻霭隔鸡啼。掩映红桃谷,贪缘翠柳堤。王孙竟不至,芳草自萋萋。

宿蒋帝庙,明日游山南诸寺

便返城闉尚未甘,更从山北到山南。花枝似雪春虽半,桂魄如眉日始三。松盖遮门寒黯黯,柳丝妨路翠毵毵。登临莫怪偏留恋,游宦多年事事谙。

赋得有所思

所思何在杳难寻,路远山长水复深。衰草满庭空伫立,清风吹袂更长吟。忘情好醉一作酹青田酒,寄恨宜调绿绮琴。落日鲜云偏聚散,可能知我独伤心?

赠王贞素先生

先生尝已佩真形,绀发朱颜骨气清。道秘未传鸿宝术,院深时听步虚声。辽东几度悲城郭,吴市终应变姓名。三十六天皆有籍,他年何处问归程。

春夜月

幽人春望本多情,况是花繁月正明。竟夕无言亦无寐,绕阶芳草影随行。

爱敬寺有老僧,尝游长安,言秦雍间事历历可听,因赠此诗兼示同行客

白首栖禅者,尝谈灞浐游。能令过江客,偏起失乡愁。室倚桃花崦,门临杜若洲。城中无此景,将子剩淹留。

游蒋山题辛夷花寄陈奉礼 本约陈同游,不至

今岁游山已恨迟,山中仍喜见辛夷。簪缨

且免全为累,桃李犹堪别作期。晴后日高偏照灼,晚来风急渐离披。山郎不作同行伴,折得何由寄所思。

和殷舍人萧员外春雪

万里春阴乍履端,广庭风起玉尘干。梅花岭上连天白,蕙草阶前特地寒。晴去便为经岁别,兴来何惜彻宵看。此时鸳侣皆闲暇,赠答诗成禁漏残。

寄蕲州高郎中

贾傅栖迟楚泽东,兰皋三度换秋风。纷纷世事来无尽,黯黯离魂去不通。直道未能胜社鼠,孤飞徒自叹冥鸿。知君多少思乡恨,并在山城一笛中。

寄和州韩舍人

急景駸駸度,遥怀处处生。风头乍寒暖,天色半明晴。久别魂空断,终年道不行,殷勤云上雁,为过历阳城。

从兄龙武将军没于边戍,过旧营宅作

前年都尉没边城,帐下何人领旧兵。徼外瘴烟沉鼓角,山前秋日照铭旌。笙歌却返乌衣巷,部曲皆还细柳营。今日园林过寒食,马蹄犹拟入门行。

景阳台怀古

后主忘家不悔,江南异代长春。今日景阳台上,闲人何用伤神。

春分日

仲春初四日,春色正中分。绿野徘徊月,晴天断续云。燕飞犹个个,花落已纷纷。思妇高楼晚,歌声不可闻。

寄驾部郎中瞻

贱子乖慵性,频为省直牵。父亲每相见,多在相门前。君独疏名路,为郎过十年。炎风久成别,南望思悠然。

和王庶子寄题兄长建州廉使新亭

谢守高斋结构新,一方风景万家情。群贤讵减山阴会,远俗初闻正始声。水槛片云长不去,讼庭纤草转应生。阿连诗句偏多思,遥想池塘昼梦成。

谢文靖墓下作 时闻岭用师,契丹陷梁宋

越徼稽天讨,周京乱虏尘。苍生何可奈,江表更无人。岂惮寻荒垄,犹思认后身。春风白杨里,独步泪沾巾。

全唐诗卷七百五十二

徐铉

观人读《春秋》

日觉儒风薄,谁将霸道羞。乱臣无所惧,何用读春秋。

秋日雨中与萧赞善访殷舍人于翰林座中作

野出西垣步步迟,秋光如水雨如丝。铜龙楼下逢闲客,红药阶前访旧知。乱点乍滋承露处,碎声因想滴蓬时。银台钥入须归去,不惜余欢尽酒卮。

送和州张员外为江都令

经年相望隔重湖,一旦相逢在上都。塞诏官班聊慰否,埋轮意气尚存无。由来圣代怜才子,始觉清风激懦夫。若向西冈寻胜赏,旧题名处为踌躇。

和明道人宿山寺

闻道经行处,山前与水阳。磬声深小院,灯影迥高房。落宿依楼角,归云拥殿廊。羡师闲未得,早起逐班行。

晚归

暑服道情出,烟街薄暮还。风清飘短袂,马健弄连环。水静闻归橹,霞明见远山。过从本无事,从此涉旬间。

月真歌 月真,广陵妓女,翰林殷舍人所录。携之垂访。筵上赠此。

扬州胜地多丽人,其间丽者名月真。月真初年十四五,能弹琵琶善歌舞。风前弱柳一枝春,花里娇莺百般语。扬州帝京多名贤,其间贤者殷德川、德川初秉纶闱笔,职近名高常罕出。花前月下或游从,一见月真如旧识。闲庭深院资贤宅,宅门严峻无凡客。垂帘偶坐唯月真,调弄琵琶郎为拍。殷郎一旦过江去,镜中懒作孤鸾舞。朝云暮雨镇相随,石头城下还相遇。二月三月江南春,满城蒙蒙起香尘。隔墙试听歌一曲,乃是资贤宅里人。绿窗绣幌天将晓,残烛依依香袅袅。离肠却恨苦多情,软障薰笼空悄悄。殷郎去冬入翰林,九霄官署转深沉。人间想望不可见,唯向月真存旧心。我惭阛阓何为者,长感余光每相假。陋巷萧条正掩扉,相携访我衡茅下。我本山人愚且贞,歌筵歌席常无情。自从一见月真后,至今赢得颠狂名。殷郎月真听我语,少壮光阴能几许。良辰美景数追随,莫教长说相思苦。

走笔送义兴令赵宣辅

闻君孤棹泛荆溪,陇首云随别恨飞。杜牧旧居凭买取,他年黎杖愿同归。

天阙山绝句

散诞爱山客,凄凉怀古心。寒风天阙晚,尽日倚轩吟。

除夜

寒灯耿耿漏迟迟,送故迎新了不欺。往事并随残历日,春风宁识旧容仪。预惭岁酒难先饮,更对乡傩羡小儿。吟罢明朝赠知己,便须题作去年诗。

寄钟谟

看看潘鬓二毛生,昨日林梢又转莺。欲对春风忘世虑,敢言尊酒召时英。假中西阁应无事,筵上南威幸有情。不得车公终不乐,已教红袖出门迎。

正初答钟郎中见招

高斋迟景雪初晴,风拂乔枝待早莺。南省郎官名籍籍,东邻妓女字英英。流年倏忽成陈事,春物依稀有旧情。新岁相思自过访,不烦虚左远相迎。

闻雁寄故人

久作他乡客,深惭薄宦非。不知云上雁,何得每年归。夜静声弥怨,天空影更微。往年离别泪,今夕重沾衣。

江舍人宅筵上有妓唱和州韩舍人歌辞,因以寄

良宵丝竹偶成欢,中有佳人俯翠鬟。白雪飘飘传乐府,阮郎憔悴在人间。清风朗月长相忆,佩蕙纫兰早晚还。深夜酒空筵欲散,向隅惆怅鬓堪斑。

寒食日作

厨冷烟初禁,门闲日更斜。东风不好事,吹落满庭花。过社纷纷燕,新晴淡淡霞。京都盛游观,谁访子云家。

贺殷游二舍人入翰林、江给事拜中丞

清晨待漏独徘徊,霄汉悬心不易裁。阁老深严归翰苑,夕郎威望拜霜台。青绫对覆蓬壶晚,赤棒前驱道路开。犹有西垣厅记在,莫忘同草紫泥来。

欧阳太监雨中视决堤,因堕水。明日见于省中,因戏之

闻道张晨盖,徘徊石首东。浚川非伯禹,落水异三公。衣湿仍愁雨,冠敧更怯风。今朝复相见,疑是葛仙翁。

送吴郎中为宣州推官知泾县

征房亭边月,鸡鸣伴客行。可怜何水部,今事谢宣城。风物聊供赏,班资莫系情。同心不同载,留滞为浮名。

寄舒州杜员外

信到得君书,知君已下车。粉闱情在否,莲幕兴何如。人望征贤入,余思从子居。灊山真隐地,凭为卜茅庐。

九月十一日寄陈郎中

我多吏事君多病,寂绝过从又几旬。前日龙山烟景好,风前落帽是何人?

和司门郎中陈彦

衡门寂寂逢迎少,不见仙郎向五旬。莫问

龙山前日事,菊花开却为闲人。

赋得捣衣
江上多离别,居人夜捣衣。拂砧知露滴,促杵恐霜飞。漏转声频断,愁多力自微。裁缝依梦见,腰带定应非。

九月三十夜雨寄故人
独听空阶雨,方知秋事悲。寂寥旬假日,萧飒夜长时。别念纷纷起,寒更故故迟。情人如不醉,定是两相思。

寄抚州钟郎中 时王师败绩于闽中,谋在建州。
去载分襟后,寻闻在建安。封疆正多事,尊俎若为欢。都护空遗镞,明君欲舞干。绕朝时不用,非是杀身难。

送欧阳太监游庐山
家家门外庐山路,唯有夫君乞假游。案牍乍抛公署晚,林泉已近暮天秋。海潮尽处逢陶石,江月圆时上庚楼。此去萧然好长往,人间何事不悠悠。

立秋后一日与朱舍人同直
一宿秋风未觉凉,数声宫漏日犹长。林泉无计消残暑,虚向华池费稻粱。

赋得霍将军辞第
汉将承恩久,图勋肯顾私!匈奴犹未灭,安用以家为。郢匠虽闻诏,衡门竟不移。宁烦张老颂,无待晏婴辞。甲乙人徒费,亲邻我自持。悠悠千载下,长作帅臣师。

和元帅书记萧郎中观习水师
元帅楼船出治兵,落星山外火旗明。千帆日助江陵势,万里风驰下濑声。杀气晓严波上鹢,凯歌遥骇海边鲸。仲宣一作从军咏,回顾儒衣自不平。

秋日卢龙村舍
置却人间事,闲从野老游。树声村店晚,草色古城秋。独鸟飞天外,闲云度陇头。姓名君莫问,山木与虚舟。

和萧郎中小雪日作
征西府里日西斜,独试新炉自煮茶。篱菊尽来低覆水,塞鸿飞去远连霞。寂寥小雪闲中过,斑驳轻霜鬓上加。算得流年无奈处,莫将诗句祝苍华。

中书相公溪亭闲宴依韵 李建勋
雨霁秋光晚,亭虚野兴回。沙鸥掠岸去,溪水上阶来。客傲风欹帻,筵香菊在杯。东山长许醉,何事忆天台。

寄饶州王郎中效李白体
珍重王光嗣,交情尚在不?芜城连宅住,楚塞并车游。别后官三改,年来岁六周。银钩无一字,何以缓离愁?

寄歙州吕判官
任公郡占好山川,溪水萦回路屈盘。南国自来推胜境,故人此地作郎官。风光适意须留恋,禄秩资贫且喜欢。莫忆班行重回首,是非多处是长安。

宣威苗将军贬官后重经故宅
蒋山南望近西坊,亭馆依然锁院墙。天子未尝过细柳,将军寻已戍敦煌。史万岁尝谪戍敦煌。鼓倾怪石山无色,零落圆荷水不香。为将为儒皆寂寞,门前愁杀马中郎。

附池州薛郎中书因寄歙州张员外
新安从事旧台郎,直气多才不可忘。一旦江山驰别梦,几年簪绂共周行。岐分出处何方是,情共穷通此义长。因附邻州寄消息,接舆今日信为狂。

寄江都路员外
吾兄失意在东都,闻说襟怀任所如。已纵乖慵为傲吏,有何关键制豪胥。县斋晓闭多移病,南亩秋荒忆遂初。知道故人相忆否,嵇康不得懒修书。

张员外好茅山风景，求为句容令，作此送

句曲山前县，依依数舍程。还同适勾漏，非是厌承明。柳谷供诗景，华阳契道情。金门容傲吏，官满且还城。

送应之道人归江西

曾骑竹马傍洪厓，二十余年变物华。客梦等闲过驿阁，归帆遥羡指龙沙。名垂小篆矜垂露，诗作吴吟对绮霞。岁暮定知回未得，信来凭为寄梅花。

送元帅书记高郎中出为婺源建威军使

寒风萧瑟楚江南，记室戎装挂锦帆。倚马未曾妨笑傲，斩牲先要厉威严。危言昔日尝无隐，壮节今来信不凡。惟有杯盘思上国，酒醪甜淡菜蔬甘。

游方山宿李道士房

从来未面李先生，借我西窗卧月明。二十三家同愿识，素骡何日暂还城。

题画石山

彼美巉岩石，谁施黼藻功。回岩明照地，绝壁烂临空。锦段鲜须濯，罗屏展易穷。不因秋藓绿，非假晚霞红。羽客藏书洞，樵人取箭风。灵踪理难问，仙路去何通。返驾归尘里，留情向此中。回瞻画图畔，遥羡面山翁。

临石步港

碕岸堕萦带，微风起细涟。绿阴三月后，倒影乱峰前。吹浪游鳞小，粘苔碎石圆。会将腰下组，换取钓鱼船。

病题二首

性灵慵懒百无能，唯被朝参遣夙兴。圣主优容恩未答，丹经疏阔病相陵。脾伤对客偏愁酒，眼暗看书每愧灯。进与时乖不知退，可怜身计谩腾腾。

人间多事本难论，况是人间懒慢人。不解养生何怪病，已能知命敢辞贫。向空咄咄烦书字，举世滔滔莫问津。金马门前君识否，东方曼倩是前身。

寄江州萧给事

夕郎忧国不忧身，今向天涯作逐臣。魂梦暗驰龙阙曙，啸吟闲绕虎溪春。朝车载酒过山寺，谏纸题诗寄野人。惆怅懦夫何足道，自离群后已同尘。

和江州江中丞见寄

贾傅南迁久，江关道路遥。北来空见雁，西去不如潮。鼠穴依城社，鸿飞在沈寥。高低各有处，不拟更相招。

和钟郎中送朱先辈还京垂寄

分司洗马无人问，辞客殷勤辍棹歌。苍藓满庭行径小，高梧临槛雨声多。春愁尽付千杯酒，乡思遥闻一曲歌。且共胜游消永日，西冈风物近如何？

送郝郎中为浙西判官

大藩从事本优贤，幕府仍当北固前。花绕楼台山倚郭，寺临江海水连天。恐君到即忘归日，忆我游曾历二年。若许他时作闲伴，殷勤为买钓鱼船。

翰林游舍人清明日入院，中途见过。余明日亦入西省上直，因寄游君

榆柳开新焰，梨花发故枝，辒輣隘城市，圭组坐曹司。独对芝泥检，遥怜白马儿。禁林还视草，气味两相知。

陪王庶子游后湖涵虚阁 东宫园

悬圃清虚午过秋，看山寻水上兹楼。轻鸥的的飞难没，红叶纷纷晚更稠。风卷微云分远岫，浪摇晴日照中洲。跻攀况有承华客，如在南皮奉胜游。

柳枝辞十二首

把酒凭君唱柳枝，也从丝管递相随。逢春只合朝朝醉，记取秋风落叶时。

南园日暮起春风,吹散杨花雪满空。不惜杨花飞也得,愁君老尽脸边红。

　　陌上朱门柳映花,帘钩半卷绿阴斜。凭郎暂驻青骢马,此是钱塘小小家。

　　夹岸朱栏柳映楼,绿波平幔带花流。歌声不出长条密,忽地风回见彩舟。

　　老大逢春总恨春,绿杨阴里最愁人。旧游一别无因见,嫩叶如眉处处新。

　　蒙蒙堤畔柳含烟,疑是阳和二月天。醉里不知时节改,漫随儿女打秋千。

　　水阁春来乍减寒,晓妆初罢倚栏干。长条乱拂春波动,不许佳人照影看。

　　柳岸烟昏醉里归,不知深处有芳菲。重来已见花飘尽,唯有黄莺啭树飞。

　　此去仙源不是遥,垂杨深处有朱桥。共君同过朱桥去,索—作密映垂杨听洞箫。

　　暂别扬州十度春,不知光景属何人。一帆归客千条柳,肠断东风扬子津。

　　仙乐春来按舞腰,清声偏似傍娇饶。应缘莺舌多情赖,长向双成说翠条。

　　凤笙临槛不能吹,舞袖当筵亦自疑。唯有美人多意绪,解依芳态画双眉。

贬官泰州出城作

　　浮名浮利信悠悠,四海干戈痛主忧。三谏不从为逐客,一身无累似虚舟。满朝权贵皆曾忤,绕郭林泉已遍游。惟有恋恩终—作心不改,半程犹自望城楼。

过江

　　别路知何极,离肠有所思。登舻望城远,摇橹过江迟。断岸烟中失,长天水际垂。此心非橘柚,不为两乡移。

经东都太子桥

　　纶闱放逐知何道,桂苑风流且暂归。莫问升迁桥上客,身谋疏拙旧心违。

全唐诗卷七百五十三

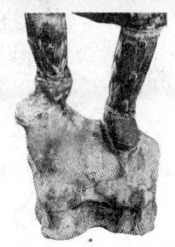

徐铉

赠维扬故人

东京少长认维桑,书剑谁教入帝乡。一事无成空放逐,故人相见重凄凉。楼台寂寞官河晚,人物稀疏驿路长。莫怪临风惆怅久,十年春色忆维扬。

泰州道中却寄东京故人

风紧雨凄凄,川回岸渐低。吴州林外近,隋苑雾中迷。聚散纷如此,悲欢岂易齐。料君残酒醒,还听子规啼。

得浙西郝判官书未及报,闻燕王移镇京口,因寄此诗问方判官田书记消息

秋风海上久离居,曾得刘公一纸书。淡水心情长若此,银钩踪迹更无如。尝忧座侧飞鸮鸟,未暇江中觅鲤鱼。今日京吴建朱邸,问君谁共曳长裾。

赠陶使君求梨

昨宵宴罢醉如泥,惟忆张公大谷梨。白玉花繁曾缀处,黄金色嫩乍成时。冷侵肺腑醒偏早,香惹衣襟歇倍迟。今旦中山方酒渴,唯应此物最相宜。

陈觉放还至泰州,以诗见寄,作此答之

朱云曾为汉家忧,不怕交亲作世仇。壮气未平空咄咄,狂言无验信悠悠。今朝我作伤弓鸟,却羡君为不系舟。劳寄新诗平宿憾,此生心气贯清秋。

王三十七自京垂访,作此送之

失乡迁客在天涯,门掩苔垣向水斜。只就鳞鸿求远信,敢言车马访贫家。烟生柳岸将垂缕,雪压梅园半是花。惆怅明朝尊酒散,梦魂相送到京华。

陶使君挽歌二首

太守今何在,行春去不归。筵空收管吹,郊迥俨骖騑。营外星才落,园中露已稀。伤心梁上燕,犹解向人飞。

始忆花前宴,笙歌醉夕阳。那堪城外送,哀挽逐归艎。铃阁朝犹闭,风亭日已荒。唯余迁客泪,沾洒后池傍。

雪中作

赋分多情客,经年去国心。疏钟寒郭晚,密雪水亭深。影迥鸿投渚,声愁雀噪林。他乡一尊酒,独坐不成斟。

赋得风光草际浮

宿露依芳草,春郊古陌旁。风轻不尽偃,日早未晞阳。耿耿依平远,离离入望长。映空无定彩,飘径有余光。飐若荷珠乱,纷中爝火扬。诗人多感物,凝思绕池塘。

寒食成判官垂访因赠

常年寒食在京华,今岁清明在海涯。远巷蹋歌深夜月,隔墙吹管数枝花。鸳鸯得路音尘阔,鸿雁分飞道里赊。不是多情成二十,断无人解访贫家。

送客至城西,望图山,因寄浙西府中

牧叟邹生笑语同,莫嗟江上听秋风。君看逐客思乡处,犹在图山更向东。

送写真成处士入京

传神踪迹本来高,泽畔形容愧彩毫。京邑功臣多伫望,凌烟阁上莫辞劳。

九日雨中

茱萸房重雨霏微,去国逢秋此恨稀。目极暂登台上望,心遥长向梦中归。荃荪路远愁霜早,兄弟乡遥羡雁飞。唯有多情一枝菊,满杯颜色自依依。

寄外甥苗武仲

放逐今来涨海边,亲情多在凤台前。且将聚散为闲事,须信华枯是偶然。蝉噪疏林村倚郭,鸟飞残照水连天。此中唯欠韩康伯,共对秋风咏数篇。

寄从兄宪兼示二弟

别路吴将楚,离忧弟与兄。断云惊晚吹,秋色满孤城。信远鸿初下,乡遥月共明。一枝栖未稳,回首望三京。

附书与钟郎中因寄京妓越宾

暮春桥下手封书,暮春,海陵桥名。寄向江南问越姑。不道诸郎少欢笑,经年相别忆侬无?

代钟答

一幅轻绡寄海滨,越姑长感昔时恩。欲知别后情多少,点点凭君看泪痕。

亚元舍人不替深知,猥贻佳作三篇,清绝,不敢轻酬,因为长歌,聊以为报。未竟,复得子乔校书示问,故兼寄陈君,庶资一笑耳

海陵城里春正月,海畔朝阳照残雪。城中有客独登楼,遥望天边白银阙。天帝以黄金、白银为宫阙。白银阙下何英英,雕鞍绣毂趋承明。阊门晓辟旌旗影,玉墀风细佩环声。此处追飞皆俊彦,当年何事容疵贱。怀铅昼坐紫微宫,焚香夜直明光殿。王言简静官司闲,朋好殷勤多往还。新亭风景如东洛,邙岭林泉似北山。光阴暗度杯盂里,职业未妨谈笑间。有时邀宾复携妓,造门不问都非是。酣歌叫笑惊四邻,赋笔纵横动千字。任他银箭转更筹,不怕金吾司夜吏。可怜诸贵贤且才,时情物望两无猜。伊余独禀狂狷性,褊量多言仍薄命。吞舟可漏岂无恩,负乘自贻非不幸。一朝削迹为迁客,旦暮青云千里隔。离鸿别雁各分飞,折柳攀花两无色。卢龙渡口问迷津,瓜步山前送暮春。去年三月三十日,瓜步阻风。白沙江上曾行路,青林花落何纷纷。汉皇昔幸回中道,升远中崿驾东游之路。极目牛羊卧芳草。旧宅重游尽隙荒,故人相见多衰老。禅智寺,山光桥,风瑟瑟兮雨萧萧。行杯已醒残梦断,征途未极离魂消。海

陵郡中陶太守,相逢本是随行旧。乍申拜起已开眉,却问辛勤还执手。精庐水榭最清幽,一税征车聊驻留。闭门思过谢来客,知恩省分宽离忧。郡斋胜境有后池,山亭茵阁互参差。有时虚左来相召,举白飞觥任所为。多才太守能挝鼓,醉送金船间歌舞。酒酣耳热眼生花,暂似京华欢会处。归来旅馆还端居,清风朗月夜窗虚。骎骎流景岁云暮,天涯望断故人书,春来凭槛方叹息,仰头忽见南来翼。足系红笺堕我前,引颈长鸣如有言。开缄试读相思字,乃是多情乔亚元。短韵三篇皆丽绝,小梅寄意情偏切。亚元诗云:"借问小梅应得信,春风新自海边来。"此篇尤佳。金兰投分一何坚,银钩置袖终难灭。醉后狂言何足奇,感君知己不相遗。长卿曾作美人赋,玄成今有责躬诗。弦去春醉中赠醉妓长歌,酷为乔君所赏。来篇所引,故以谢之。报章欲托还京信,笔拙纸穷情未尽。珍重芸香陈子乔,亦解贻书远相问。宁须买药疗羁愁,只恨无书消鄙吝。子乔问药物所要,又问置新书,故有此句。游处当时靡不同,欢娱今日两成空。天子尚应怜贾谊,时人未要嘲扬雄。曲终笔阁缄封已,翩翩驿骑行尘起。寄向中朝谢故人,为说相思意如此。

送蒯司录归京亮

早年闻有蒯先生,二十余年道不行。抵掌曾论天下事,折腰犹悟俗人情。老还上国欢娱少,贫聚一作裹归资一作装结束轻。迁客临流倍惆怅,冷风黄叶满山城。

闻查建州陷贼寄钟郎中谋即查从事也

闻道将军轻壮图,螺江城下委犀渠。旌旗零落沉荒服,簪履萧条返故居。皓首应全苏武节,故人谁得李陵书。自怜放逐无长策,空使卢谌泪满裾。

还过东都,留守周公筵上赠座客

贾生三载在长沙,故友相思道路赊。已分终年甘寂寞,岂知今日返京华。麟符上相恩偏厚,隋苑留欢日欲斜。明旦江头倍惆怅,远山芳草映残霞。

送杨郎中唐员外奉使湖南

江边微雨柳条新,握节含香二使臣。两绶对悬云梦日,方舟齐泛洞庭春。今朝草木逢新律,昨日山川满战尘。同是多情怀古客,不妨为赋吊灵均。

表弟包颖见寄 此子侍亲在饶州,累年卧疾

常思帝里奉交亲,别后光阴屈指频。兰佩却归纶阁下,荆枝犹寄楚江滨。十程山水劳幽梦,满院烟花醉别人。料得此生强健在,会须重赏昔年春。

寄萧给事 萧江西致仕

危言危行古时人,归向西山卧白云。买宅尚寻徐处士,餐霞终访许真君。容颜别后应如故,诗咏年来更不闻。今日城中春又至,落梅愁绪共纷纷。

赋石奉送钟德林少尹员外 并序

岁辛亥冬十月,天子命吾友德林为东府亚尹。大弟谕德萧君泪诸客饯于石头城,云日苍茫,园林摇落,尊酒将竭,征帆欲飞。处者眷眷而不能回,行者迟迟而不忍去。烟生景夕,风静江平。君子曰:公足以灭私,子当促棹。诗所以言志,我当分题。故以风、月、松、竹、山、石寄情于赠别云尔。

我爱他山石,中含绝代珍。烟披寒落落,沙浅静磷磷。翠色辞文陛,清声出泗滨。扁舟戴归去,知是泛槎人。

全唐诗卷七百五十四

徐铉

赠泰州掾令狐克己 文公曾孙

念子才多命且奇,乱中抛掷少年时。深藏七泽衣如雪,却见中朝鬓似丝。旧德在人终远大,扁舟为吏莫推辞。孤芳自爱凌霜处,咏取文公白菊诗。

送荻栽与秀才朱观

羡子清吟处,茅斋面碧流。解憎莲艳俗,唯欠荻花幽。鹭立低枝晚,风惊折叶秋。赠君须种取,不必树忘忧。

使浙西先寄献燕王侍中

京江风静喜乘流,极目遥瞻万岁楼。喜气茏葱甘露晚,水烟波淡海门秋。五年不见鸾台长,明日将陪兔苑游。欲问平台门下吏,相君还许吐茵不?

常州驿中喜雨

飒飒旱天雨,凉风一夕回。远寻南亩去,细入驿亭来。蓑唱牛初牧,渔歌棹正开。盈庭顿无事,归思酌金罍。

驿中七夕

七夕雨初霁,行人正忆家。江天望河汉,水馆折莲花。独坐凉何甚,微吟月易斜。今年不乞巧,钝拙转堪嗟。

赠浙西顾推官

盛府宾寮八十余,闭门高卧兴无如。梁王苑里相逢早,润浦城中得信疏。狼藉杯盘重会面,风流才调一如初。愿君百岁犹强健,他日相寻隐士庐。

赠浙西妓亚仙 筵上作

翠黛嚬如怨,朱颜醉更春。占将南国貌,恼杀别家人。粉汗沾巡盏,花钿逐舞茵。明朝绮窗下,离恨两殷勤。

回至瓜洲献侍中

紫微垣里旧宾从,来向吴门谒府公。奉使谬持严助节,登门初识鲁王宫。笙歌隐隐违离后,烟水茫茫怅望中。日暮瓜洲江北岸,两行清泪滴西风。

邵伯埭下寄高邮陈郎中

故人相别动经年,侯馆相逢倍惨然。顾我饮冰难辍棹,感君扶病为开筵。河湾水浅翘秋鹭,柳岸风微噪暮蝉。欲识酒醒魂断处,谢公祠畔客亭前。

谪居舒州,累得韩高二舍人书,作此寄之

三峰烟霭碧临溪,中有骚人理钓丝。会友少于分袂日,谪居多却在朝时。丹心历历吾终信,俗虑悠悠尔不知。珍重韩君与高子,殷勤书札寄相思。舒人以灊、皖、天柱为三峰。

和张先辈见寄二首

去国离群掷岁华,病容憔悴愧丹砂。溪连舍下衣长润,山带城边日易斜。几处垂钩依野岸,有时披褐到邻家。故人书札频相慰,谁道西京道路赊。

清时沦放在山州,邛竹纱巾处处游。野日苍茫悲鹏舍,水风阴湿弊貂裘。鸡鸣候已宁辞晦,松节凌霜几换秋。两首新诗千里道,感君情分独知丘。

印秀才至舒州见寻,别后寄诗依韵和

羁游白社身虽屈,高步辞场道不卑。投分共为知我者,相寻多愧谪居时。离怀耿耿年来梦,厚意勤勤别后诗。今日溪边正相忆,雪晴山秀柳丝垂。

行园树

松节凌霜久,蓬根逐吹频。群生各有性,桃李但争春。

题雷公井

捭霭愚公谷,萧寥羽客家。俗人知处所,应为有桃花。

送彭秀才

贾生去国已三年,短褐闲行皖水边。尽日野云生舍下,有时京信到门前。无人与和投湘赋,愧子来浮访戴船。满袖新诗好回去,莫随骚客醉林泉。

移饶州别周使君

正怜东道感贤侯,何幸南冠脱楚囚。皖伯台前收别宴,乔公亭下舣行舟。四年去国身将老,百郡征兵主尚忧。更向鄱阳湖上去,青衫憔悴泪交流。

避难东归,依韵和黄秀才见寄

戚戚逢人问所之,东流相送向京畿。自甘逐客纫兰佩,不料平民著战衣。树带荒村春冷落,江澄霁色雾霏微。时危道丧无才术,空手徘徊不忍归。

酬郭先辈

太原郭夫子,行高文炳蔚。弱龄负世誉,一举游月窟。仙籍第三人,时人故称屈。昔余吏西省,倾盖名籍籍。及我窜群舒,向风心郁郁。归来暮江上,云雾一披拂。雷雨不下施,犹作池中物。念君介然气,感时思奋发。示我数篇文,与古争驰突。彩褥粲英华,理深刮肌骨。古诗尤精奥,史论皆宏拔。举此措诸民,何忧民不活。吁嗟吾道薄,与世长迂阔。顾我徒有心,数奇身正绌。论兵属少年,经国须儒术。夫子无自轻,苍生正愁疾。

和集贤钟郎中

石渠册府神仙署,当用明朝第一人。腰下别悬新印绶,座中皆是故交亲。龙池树色供清景,浴殿香风接近邻。从此翻飞应更远,遍寻三十六天春。

送刘山阳

旧族知名士,朱衣宰楚城。所嗟吾道薄,岂是主恩轻。战鼓何时息,儒冠独自行。此心多感激,相送若为情。

题伏龟山北隅

兹山信岑寂,阴崖积苍翠。水石何必多,宛有千岩意。孰知近人境,旦暮含佳气。池影摇轻风,林光澹新霁。支颐藉芳草,自足忘世事。未得归去来,聊为宴居地。

送黄梅江明府_{江前为江夏令,有善政。今更宰小邑,赋诗留别,作此和之。}

封疆多难正经纶,台阁如何不用君。江上又劳为小邑,箧中徒自有雄文。书生胆气人谁信,远俗歌谣主不闻。一首新诗无限意,再三吟味向秋云。

咏梅子真送郭先辈

忠臣本爱君,仁人本爱民。宁知贵与贱,岂计名与身。梅生为一尉,献疏来君门。君门深万里,金虎重千钧。向永且不用,_{刘向、谷永}。况复论子真。拂衣遂长往,高节邈无邻。至今仙籍中,谓之梅真人。郭生负逸气,百代继遗尘。进退生自知,得丧吾不陈。斯民苟有幸,期子一朝伸。

和萧郎中午日见寄

细雨轻风采药时,褰帘隐几更何为。岂知泽畔纫兰客,来赴城中角黍期。多罪静思如锉蘖,赦书才听似含饴。谢公制胜常闲暇,愿接西州敌手棋。

送黄秀才姑孰辟命

世乱离情苦,家贫色养难。水云孤棹去,风雨暮春寒。幕府才方急,骚人泪未干。何时王道泰,万里看鹏抟。

送王四十五归东都

海内兵方起,离筵泪易垂。怜君负米去,惜此落花时。想忆看来信,相宽指后期。殷勤手中柳,此是向南枝。

和太常萧少卿近郊马上偶吟

田园经雨绿分畦,飞盖闲行九里堤。拂袖清风尘不起,满川芳草路如迷。林开始觉晴天迥,潮上初惊浦岸齐。怪得仙郎诗句好,断霞残照远山西。

又和

抱瓮何人灌药畦,金衔为尔驻平堤。村桥野店景无限,绿水晴天思欲迷,横笛乍随轻吹断,归帆疑与远山齐。凤城回望真堪画,万户千门蒋峤西。

抛球乐辞二首

歌舞送飞球,金觥碧玉筹。管弦桃李月,帘幕凤凰楼。一笑千场醉,浮生任白头。

灼灼传花枝,纷纷度画旗。不知红烛下,照见彩球飞,借势因期克,巫山暮雨归。

离歌辞五首

莫折红芳树,但知尽意看。狂风幸天意,那忍折教残。

朝日城南路,旌旗照绿芜。使君何处去,桑下觅罗敷。

事与年俱往,情将分共深。莫惊容鬓改,只是旧时心。

暂别劳相送,佳期愿莫违。朱颜不须老,留取待郎归。

拂匣收珠佩,回灯拭薄妆。莫嫌春夜短,匹似楚襄王。

梦游三首

魂梦悠扬不奈何,夜来还在故人家。香蒙蜡烛时时暗,户映屏风故故斜。檀的慢调银字管,云鬟低缀折枝花。天明又作人间别,洞口春深道路赊。

绣幌银屏杳霭间,若非魂梦到应难。窗前人静偏宜夜,户内春浓不识寒。醮甲递觞纤似玉,含词忍笑腻于檀。锦书若要知名字,满县花开不姓潘。

南国佳人字玉儿,芙蓉双脸远山眉。仙郎有约长相忆,阿母何_{一作无}猜不得知。梦里行云还倏忽,暗中携手乍疑迟。因思别后闲窗下,织得回文几首诗。

和萧少卿见庆新居

湘浦怀沙已不疑,京城赐第岂前期。鼓声到晚知坊远,山色来多与静宜。簪屦—作履尚应怜故物,稻粱空自愧华池。新诗问我偏饶思,还念鹪鹩得一枝。

又和

惊蓬偶驻知多幸,断雁重联悭素期。当户小山如旧识,上墙幽藓最相宜。清风不去因栽竹,隙地无多也凿池。更喜良邻有嘉树,绿阴分得近南枝。

送勋道人之建安

下国兵方起,君家义独闻。若为轻世利,归去卧溪云。挂席冲岚翠,携筇破藓纹。离情似霜叶,江上正纷纷。

送许郎中歙州判官兼黟县

尝闻黟县似桃源,况是优游冠珮筵。遗爱非遥应卧理,许尝宰泾县。祖风犹在好寻仙。许宣平,黟人,得道。朝衣旧识熏香史,禄米初营种秫田。大抵宦游须自适,莫辞离别二三年。

送彭秀才南游

问君孤棹去何之,玉笛春风楚水西。山上断云分翠霭,林间晴雪入澄溪。琴心酒趣神相会,道士仙童手共携。他日时清更随计,莫如刘阮洞中迷。

和明上人除夜见寄

酌酒围炉久,愁襟默自增。长年逢岁暮,多病见兵兴。夜色开庭燎,寒威入砚冰。汤师无别念,吟坐一灯凝。

正初和鄂州边郎中见寄

潦倒含香客,凄凉赋鹏人。未能全卷舌,终拟学垂纶。故友睽离久,音书问讯频。相思俱老大,又见一年新。

送刘司直出宰

之子有雄文,风标秀不群。低飞从墨绶,逸志在青云。柳色临流动,春光到县分。贤人多静理,未爽醉醺醺。

送从兄赴临川幕

梁王籍宠就东藩,还召邹枚坐兔园。今日好论天下事,昔年同受主人恩。石头城下春潮满,金柅亭边绿树繁。唯有音书慰离别,一杯相送别无言。《方舆胜览》:临川郡旧有金柅园,园中瀛洲亭,景物为一州冠。

送龚员外赴江州幕

烦君更上筑金台,世难民劳藉俊才。自有声名驰羽檄,不妨谈笑奉尊罍。元规楼迥清风满,匡俗山春画障开。莫忘故人离别恨,海潮回处寄书来。

送朱先辈尉庐陵

我重朱夫子,依然见古人。成名无愧色,得禄及慈亲。莫叹官资屈,宁论活计贫。平生心气在,终任静边尘。

送钟德林郎中学士赴东府诗并序

德林始以才术优赡,入参近司。旋以地望清雅,宠登书殿,会东徽克复,上以君有遗爱于淮海之都,故辍侍从之班,摄尹正之任。吾一二亲友,共饯行舟。铉也不才,请以言赠。理大国若烹小鲜,言不可挠之也,况乱后乎? 德林当本仁守信,体宽务断。大兵之后,民各思义,听其自理,任其自营。为之上者,导其蒙,遏其淫而已。示之以聪明,则民益迷;拘之以禁令,则民重困。弃仁则吏暴,失信则众惑,急则民伤,不断则民懈,慎此四者,何往而不臧! 嘻嘻! 吾党皆忘形者也,平生以来,胥会者几何! 思当鸡犬相闻,身舆不接,开口而笑,携手而游,在吾辈勉之而已。忘身徇国,急病让夷。德林此行,宜减离恋。盍各赋一物以为赠乎! 九月十七日序。

得酒

酌此杯中物,茱萸满把秋。今朝将送别,他日是忘忧。世乱方多事,年加易得愁。政成频一醉,亦未减风流。

全唐诗卷七百五十五

徐铉

送陈先生之洪井寄萧少卿

闻君仙袂指洪厓,我忆情人别路赊。知有欢娱游楚泽,更无书札到京华。云开驿阁连江静,春满西山倚汉斜。此处相逢应见问,为言搔首望龙沙。

送龚明府九江归宁

茂宰隳官去,扁舟著彩衣。溢城春酒熟,匡阜野花稀。解缆垂杨绿,开帆宿鹭飞。一朝吾道泰,还逐落潮归。

和江西萧少卿见寄二首

亡羊岐路愧司南,二纪穷通聚散三。老去何妨从笑傲,病来看欲懒朝参。离肠似线常忧断,世态如汤不可探。珍重加餐省思虑,时时斟酒压山岚。

身遥上国三千里,名在朝中二十春。金印不须辞入幕,麻衣曾此叹迷津。卷舒由我真齐物,忧喜忘心即养神。世路风波自翻覆,虚舟无计得沉沦。

送薛少卿赴青阳

我爱陶靖节,吏隐从弦歌。我爱费征君,高卧归九华。清风激颓波,来者无以加。我志两不遂,漂沦浩无涯。数奇时且乱,此图今愈赊。贤哉薛夫子,高举凌晨霞。安民即是道,投足皆为家。功名与权位,悠悠何用夸。携朋出远郊,酌酒藉平沙。云收远天静,江阔片帆斜。离怀与企羡,南望长咨嗟。

送高起居之泾县

右史罢朝归,之官句水湄。别我行千里,送君倾一卮。酒罢长叹息,此叹君应悲。乱中吾道薄,卿族旧人稀。胡为佩铜墨,去此白玉墀。吏事岂所堪,民病何可医。藏用清其心,此外慎勿为。县郭有佳境,千峰溪水西。云树杳回合,岩峦互蔽亏。弹琴坐其中,世事吾不知。时时寄书札,以慰长相思。

宿茅山寄舍弟

茅许禀灵气,一家同上宾。仙山空有庙,举世更无人。独往诚违俗,浮名亦累真。当年各自勉,云洞镇长春。

晚憩白鹤庙寄句容张少府

日入林初静,山空暑更寒。泉鸣细岩窦,鹤唳眇云端。拂榻安棋局,焚香戴道冠。望君殊不见,终夕凭栏干。

题紫阳观

南朝名士富仙才,追步东卿遂不回。丹井自深桐暗老,祠宫长在鹤频来。岩边桂树攀仍倚,洞口桃花落复开。惆怅霓裳太平事,一函真迹锁昭台。

赠奚道士含象

先生曾有洞天期,犹傍天坛摘紫芝。处世自能心混沌,全真谁见德支离。玉霄尘闭人长在,金鼎功成俗未知。他日飙轮谒茅许,愿同鸡犬去相随。

题碧岩亭赠孙尊师

绝境何人识,高亭万象含。凭轩临树杪,送目极天南。积霭生泉洞,归云锁石龛。丹霞披翠巘,白鸟带晴岚。仙去留虚室,龙归涨碧潭。幽岩君独爱,玄味我曾耽。世上愁何限,人间事久谙。终须脱羁绊,来此会空谈。

题白鹤庙

平生心事向玄关,一入仙乡似旧山。白鹤唳空晴眇眇,丹沙流涧暮潺潺。尝嗟多病嫌中药,拟问真经乞小还。满洞烟霞互陵乱,何峰台榭是萧闲。

步虚词五首

气为还元正,心由抱一灵。凝神归罔象,飞步入青冥。整服乘三素,旋纲蹑九星。琼章开后学,稽首奉真经。

天帝黄金阙,真人紫锦书。霓裳纷蔽景,羽服迥凌虚。白鹤能为使,班麟解驾车。灵符终愿借,转共世情疏。

圣主过幽谷,虚皇在蕊宫。五千宗物母,七字秘神童。世上金壶远,人间玉籥空。唯余养身法,修此与天通。

何处求玄解,人间有洞天。勤行皆是道,谪下尚为仙。蔽景乘朱凤,排虚驾紫烟。不嫌园吏傲,愿在玉宸前。

三素霏霏远,盟威凛凛寒。火铃空灭没,星斗晓阑干。佩响流虚殿,炉烟在醮坛。萧寥不可极,骖驾上云端。

留题仙观

瑶坛醮罢晚云开,羽客分飞俗士回。为报移文不须勒,未曾游处待重来。

和陈洗马山庄新泉

已开山馆待抽簪,更要岩泉欲洗心。常被松声迷细韵,忽流花片落高岑。便疏浅濑穿莎径,始有清光映竹林。何日煎茶酝香酒,沙边同听暝猿吟。

奉和七夕应令

今宵星汉共晶光,应笑罗敷嫁侍郎。斗柄易倾离恨促,河流不尽后期长。静闻天籁疑鸣佩,醉折荷花想艳妆。谁见宣猷堂上宴,一篇清韵振金铛。

又和八日

微云疏雨淡新秋,晓梦依稀十二楼。故作别离应有以,拟延更漏共无由。那教人世长多恨,未必天仙不解愁。博望苑中残酒醒,香风佳气独迟留。

和印先辈及第后献座主朱舍人郊居之作

成名郊外掩柴扉,树影蝉声共息机。积雨暗封青藓径,好风轻透白练所於切衣。嘉鱼始赋人争诵,荆玉频收国自肥。独坐公厅正烦暑,喜吟新咏见玄微。印以《南有嘉鱼》赋及第。

和致仕张尚书新创道院

梓泽成新致,金丹有旧情。挂冠朝睡足,隐几暮江清。药圃分轻绿,松窗起细声。养高宁厌病,默坐对诸生。尚书时有瘠疾。

和尉迟赞善秋暮僻居

登高节物最堪怜,小岭疏林对槛前。轻吹断时云缥缈,夕阳明处水澄鲜。江城秋早催寒事,望苑朝稀足晏眠。庭有菊花尊有酒,若方陶令愧前贤。

和陈赞善致仕还京口

海门山下一渔舟,中有高人未白头。已驾安车归故里,尚通闺籍在龙楼。泉声漱玉窗前落,江色和烟槛外流。今日君臣厚终始,不须辛苦画双牛。

京使回自临川,得从兄书寄诗,依韵和

珍重还京使,殷勤话故人。别离长挂梦,宠禄不关身。趣向今成道,声华旧绝尘。莫嗟客鬓老,诗句逐时新。

陪郑王相公赋筵前垂冰,应教依韵

窗外虚明雪乍晴,檐前垂霤尽成冰。长廊瓦叠行行密,晚院风高寸寸增。玉指乍拈簪尚愧,金阶时坠磬难胜。晨餐堪醒曹参酒,自恨空肠病不能。

送礼部潘尚书致仕还建安

名遂功成累复轻,鲈鱼因起旧乡情。履声初下金华省,帆影看离石首城。化剑津头寻故老,同亭会上问仙卿。冥鸿高举真难事,相送何须泪满缨。慢亭亦号同亭。

和尉迟赞善病中见寄

仙郎移病暑天过,却似冥鸿避厨罗。昼梦乍惊风动竹,夜吟时觉露沾莎。情亲稍喜贫居近,性懒犹嫌上直多。望苑恩深期勿药,青云岐路未蹉跎。

池州陈使君见示游齐山诗因寄

往岁曾游弄水亭,齐峰浓翠暮轩横。哀猿出槛心虽喜,伤鸟闻弦势易惊。病后簪缨殊寡兴,老来泉石倍关情。今朝池口风波静,遥贺山前有颂声。

再领制诰和王明府见贺

蹇步还依列宿边,拱辰重认旧云天。自嗟多难飘零困,不似当年胆气全。鸡树晚花疏向日,龙池轻浪细含烟。从来不解为身计,一叶悠悠任大川。

送高舍人使岭南

西掖官曹近,南溟道路遥。使星将渡汉,仙棹乍乘潮。柳映一作映灵和折,梅依大庾飘。江帆风浙浙,山馆雨萧萧。陆贾真迂阔,终童久寂寥。送君何限意,把酒一长谣。

和王明府见寄

时情世难消吾道,薄宦流年危此身。莫叹京年同寂寞,曾经兵革共漂沦。对山开户唯求静,贳酒留宾不道贫。善政空多尚淹屈,不知谁是解忧民。

和方泰州见寄

逐客凄凄重入京,旧愁新恨两难胜。云收楚塞千山雪,风结秦淮一尺冰。置醴筵空情岂尽,投湘文就思如凝。更残月落知孤坐,遥望船窗一点星。

文献太子挽歌词五首

国有承桃重,人知秉哲尊。清风来望苑,遗烈在东藩。此日升缑岭,何因到寝门。天高不可问,烟霭共昏昏。

夏启吾君子,周储上帝宾。音容一飘忽,功业自纷纶。露泣承华月,风惊丽正尘。空余商岭客,行泪一作咒下宜春。

出处成交让,经纶有大功。泪碑瓜步北,

棠树蓟山东。百揆方时叙,重离遂不融。故臣偏感咽,曾是叹三穷。

甲观光阴促,园陵天地长。箫笳咽无韵,宾御哭相将。盛烈传彝鼎,遗义被乐章。君臣知己分,零泪乱无行。

彩仗清晨出,非同齿胄时。愁烟锁平甸,朔吹绕寒枝。楚客来何补,猴山去莫追。回瞻飞盖处,掩袂不胜悲。

送王员外宰德安

家世朱门贵,官资粉署优。今为百里长,应好五峰游。柳影连彭泽,湖光接庾楼。承明须再入,官满莫淹留。

以端溪砚酬张员外水精珠兼和来篇

请以端溪润,酬君水玉明。方圆虽异器,功用信俱呈。自得山川秀,能分日月精。巾箱各珍重,所贵在交情。

奉使九华山,中途遇青阳薛郎中

故人相别动相思,此地相逢岂素期。九子峰前闲未得,五溪桥上坐多时。甘泉从幸余知忝,宣室征还子未迟。且饮一杯消别恨,野花风起渐离披。

奉命南使经彭泽值王明府不在,留此。

远使程途未一分,离心常要醉醺醺。那堪彭泽门前立,黄菊萧疏不见君。

南都遇前嘉鱼刘令,言游闽岭,作此与之

我持使节经韶石,君作闲游过武夷。两地山光成独赏,隔年乡思暗相知。洪厓坛上长岑寂,孺子亭前自别离。珍重分岐一杯酒,强加餐饭数吟诗。

阁皂山

殿影高低云掩映,松阴缭绕步徘徊。从今莫厌簪裾累,不是乘轺不得来。

玉笥山留题

仙乡会应远,王事知何极。征传莫辞劳,玉峰聊一息。形骸已销散,心想都凝寂。真气自清虚,非关好松石。九仙皆积学,洞壑多遗迹。游子归去来,胡为但征役。

庐陵别朱观先辈

桂籍知名有几人,翻飞相续上青云。解怜才子宁唯我,远作卑官尚见君。岭外独持严助节,宫中谁荐长卿文。新诗试为重高咏,朝汉台前不可闻。

文或少卿文山郎中交好,深至二纪已余,睽别数年,二子长逝。奉使岭表,途次南康,吊孙氏之孤于其家,睹文或手书于僧室,慷慨悲叹,留题此诗

孙家虚座吊诸孤,张叟僧房见手书。二纪欢游今若此,满衣零泪欲何如。腰间金印从如斗,镜里霜华已满梳。珍重远公应笑我,尘心唯此未能除。

朱处士相与有山水之愿,见送至南康,作此以别之

怜君送我至南康,更忆梅花庾岭芳。多少仙山共游在,愿君百岁尚康强。

清明日清远峡作

岭外春过半,途中火又新。殷勤清远峡,留恋北归人。

回至南康题紫极宫里道士房

王事信靡盬,饮冰安足辞。胡为拥征传,乃至天南陲。天南非我乡,留滞忽逾时。还经羽人家,豁若云雾披。何以宽吾怀,老庄有微词。达士无不可,至人岂偏为。客愁勿复道,为君吟此诗。

和歙州陈使君见寄

新安风景好,时令肃辕门。身贵心弥下,功多口不言。韬钤家法在,儒雅素风存。簪履陪游盛,乡闾俗化敦。临窗山色秀,绕郭水声喧。织络文章丽,矜严道义尊。楼台秋月静,京庾晚云屯。晓吹传衙鼓,晴阳展信旛。一篇

贻友好,千里倍心论。未见归骖动,空能役梦魂。

和贾员外戬见赠玉蕊花栽

琼瑶一簇带花来,便断苍苔手自栽。喜见唐昌旧颜色,为君判病酌金罍。

光穆皇后挽歌三首

仙驭期难改,坤仪道自光。閟宫新表德,沙麓旧膺祥。素帟尧门掩,凝笳毕陌长。东风惨陵树,无复见亲桑。

永乐留虚位,长陵启夕扉。返虞严吉仗,复土掩空衣。功业投三母,光灵极四妃。唯应彤史在,不与露花晞。

隐隐阊门路,烟云晓更愁。空瞻金辂出,非是濯龙游。德感人伦正,风行内职修。还随偶物化,同此思轩丘。

严相公宅牡丹

但是豪家重牡丹,争如丞相阁前看。凤楼日暖开偏早,鸡树阴浓谢更难。数朵已应迷国艳,一枝何幸上尘冠。不知更许凭栏否,烂熳春光未肯残。

侍宴赋得归雁

夜静群动息,翩翩一雁归。清音天际远,寒影月中微。何处云同宿,长空雪共飞。阳和常借便,免与素心违。

又赋早春书事

苑里芳华早,皇家胜事多。弓声达春气,弈思养天和。暖酒红炉火,浮舟绿水波。雪晴农事起,击壤听赓歌。

依韵和令公大王蔷薇诗

绿树成阴后,群芳稍歇时。谁将新濯锦,挂向最长枝。卷箔香先入,凭栏影任移。赏频嫌酒渴,吟苦怕霜髭。架迥笼云幄,庭虚展绣帷。有情萦舞袖,无力冒游丝。嫩蕊莺偷采,柔条柳伴垂。苟池波自照,梁苑客尝窥。玉李寻皆谢,金桃亦暗衰。花中应独贵,庭下故开迟。委艳妆苔砌,分华借槿篱。低昂匀灼烁,浓淡叠参差。幸植王宫里,仍逢宰府知。芳心向谁许,醉态不能支。芍药天教避,玫瑰众共嗤。光明烘昼景,润腻裹轻霏。丽似期神女,珍如重卫姬。君王偏属咏,七子尽搜奇。

和门下殷侍郎新茶二十韵

暖吹入春园,新芽竞粲然。才教鹰觜拆,未放雪花妍。荷杖青林下,携筐旭景前。采茶须在日未出前。孕灵资雨露,钟秀自山川。碾后香弥远,烹来色更鲜。名随土地贵,味逐水泉迁。力藉流黄暖,形模紫笋圆。茶之美者有圆卷紫笋。正当钻柳火,遥想涌金泉。阳羡茶山有金涉泉,修贡时出。任道时新物,须依古法煎。轻瓯浮绿乳,孤灶散余烟。甘荠非予匹,宫槐让我先。槐芽亦可为茶。竹孤空冉冉,荷弱谩田田。解渴消残酒,清神感夜眠。十浆何足馈,百榼尽堪捐。采撷唯忧晚,营求不计钱。任公因焙显,陆氏有经传。爱甚真成癖,尝多合得仙。亭台虚静处,风月艳阳天。自可临泉石,何妨杂管弦。东山似蒙顶,愿得从诸贤。

春雪应制

繁阴连曙景,瑞雪洒芳辰。势密犹疑腊,风和始觉春。紫林开玉蕊,飘座裛香尘。欲识宸心悦,云谣慰兆人。

进雪诗

欲使新正识有年,故飘轻絮伴春还。近看琼树笼银阙,远想瑶池带玉关。润逐犁力该切铧铺绿野,暖随杯酒上朱颜。朝来花萼楼中宴,数曲赓歌雅颂间。

自题山亭三首

簪组非无累,园林未是归。世喧长不到,何必故山薇。

小舫行乘月,高斋卧看山。退公聊自足,争敢望长闲。

跂石仍临水,披襟复挂冠。机心忘未得,

棋局与鱼竿。

和陈表用员外求酒
暑天频雨亦频晴,帘外闲云重复轻。珍重一壶酬绝唱,向风遥想醉吟声。

奉和右省仆射西亭高卧作
院静苍苔积,庭幽怪石攲。蝉声当槛急,虹影向檐垂。昼漏犹怜永,丛兰未觉衰。疏篁巢翡翠,折苇覆鸬鹚。对酒襟怀旷,围棋旨趣迟。景皆随所尚,物各遂其宜。道与时相会,才非世所羁。赋诗贻座客,秋事尔何悲。

忆新淦筋池寄孟宾于员外
往年淦水驻行轩,引得清流似月圆。自有黎光还碧甃,不劳人力递金船。润滋苔藓欺茵席,声入杉松当管弦。珍重诗人频管领,莫都尘土咽潺潺。

右省仆射后湖亭闲宴,铉以宿直先归,赋诗留献
湖上一阳生,虚亭启高宴。枫林烟际出,白鸟波心见。主人忘贵达,座客容疵贱。独惭残照催,归宿明光殿。

全唐诗卷七百五十六

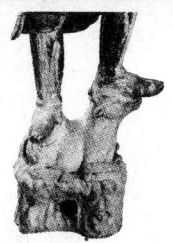

徐铉

送孟宾于员外还新淦

暂来城阙不从容,却佩银鱼隐玉峰。双涧水边敧醉石,九仙台下听风松。题诗翠壁称逋客,采药春畦狎老农。野鹤乘轩云出岫,不知何日再相逢。

孟君别后相续寄书,作此酬之

多病怯烦暑,短才忧近职。跂足北窗风,遥怀浩无极。故人易成别,诗句空相忆。尺素寄天涯,淦江秋水色。

纳后夕侍宴

天上轩星正,云间湛露垂。礼容过渭水,宴喜胜瑶池。彩雾笼花烛,升龙肃羽仪。君臣欢乐日,文物盛明时。帘卷银河转,香凝玉漏迟。华封倾祝意,觞酒与声诗。

又三绝

时平物茂岁功成,重翟排云到玉京。四海未知春色至,今宵先入九重城。

银烛金炉禁漏移,月轮初照万年枝。造舟已似文王事,卜世应同八百期。

汉主承乾帝道光,天家花烛宴昭阳。六衣盛礼如金屋,彩笔分题似柏梁。

北苑侍宴杂咏诗

竹

劲节生宫苑,虚心奉豫游。自然名价重,不羡渭川侯。

松

细韵风中远,寒青雪后浓。繁阴堪避雨,效用待东封。

水

碧草垂低岸,东风起细波。横汾从游宴,

何谢到天河。

风

昨朝才解冻,今日又开花。帝力无人识,谁知玩物华。

菊

细丽披金彩,氤氲散远馨。泛杯频奉赐,缘解制颓龄。

柳枝词十首 座中应制

金马辞臣赋小诗,梨园弟子唱新词。君恩还似东风意,先入灵和蜀柳枝。

百草千花共待春,绿杨颜色最惊人。天边雨露年年在,上苑芳华岁岁新。

长爱龙池二月时,毵毵金线弄春姿。假饶叶落枝空后,更有梨园笛里吹。

绿水成文柳带摇,东风初到不鸣条。龙舟欲过偏留恋,万缕轻丝拂御桥。

百尺长条婉—作宛曲尘,诗题不尽画难真。凭君折向人间种,还似君恩处处春。

风暖云开晚照明,翠条深映凤皇城。人间欲识灵和态,听取新词玉管声。

醉折垂杨唱柳枝,金城三月走金羁。年年为爱新条好,不觉苍华也似丝。

新春花柳竞芳姿,偏爱垂杨拂地枝。天子遍教词客赋,宫中要唱洞箫词。

凝碧池头蘸翠涟,凤凰楼畔簇晴烟。新词欲咏知难咏,说与双成入管弦。

侍从甘泉与未央,移舟偏要近垂杨。樱桃未绽梅花老,折得柔条百尺长。

奉和宫傅相公怀旧见寄四十韵

谢傅功成德望全,鸾台初下正萧然。抟风乍息三千里,感旧重怀四十年。西掖新官同贾马,南朝兴运似开天。文辞职业分工拙,流辈班资让后先。每愧陋容劳刻画,长惭顽石费雕镌。晨趋纶掖吟春永,夕会精庐待月圆。立马有时同草诏,联镳几处共成篇。闲歌柳叶翻新曲,醉咏桃花促绮筵。少壮况逢时世好,经过宁虑岁华迁。云龙得路须腾跃,社栎非材合弃捐。再谒湘江犹是幸,两还宣室竟何缘。已知瑕玷劳磨莹,又得官司重接连。听漏分宵趋建礼,从游同召赴甘泉。云开阊阖分台殿,风过华林度管弦。行止不离宫仗影,衣裾尝惹御炉烟。师资稷契论中礼,依止山公典小铨。多榭天波垂赤管,敢教晨景过华砖。翩飞附骥方经远,巨楫垂风遂济川。玉烛调时钩轴正,台阶平处德星悬。岩廊礼绝威容肃,布素情深友好偏。长拟营巢安大厦,忽惊操钺领中权。吴门日丽龙衔节,京口沙晴鹢画船。盖代名高方赫赫,恋恩心切更乾乾。袁安辞气忠仍恳,吴汉精诚直且专。却许丘明师纪传,更容疏广奉周旋。朱门自得施行马,厚禄何妨食万钱。密疏尚应劳献替,清谈唯见论空玄。东山妓乐供闲步,北牖风凉足晏眠。玄武湖边林隐见,五城桥下棹洄沿。曾移苑树开红药,新凿家池种白莲。不遣前驺妨野逸,别寻逋客互招延。棋枰寂静陈虚阁,诗笔沉吟劈彩笺。往事偶来春梦里,闲愁因动落花前。青云旧侣嗟谁在,白首亲情倍见怜。尽日凝思殊怅望,一章追叙信精研。韶颜莫与年争竞,世虑须凭道节宣。幸喜书生为将相,定由阴德致神仙。羊公剩有登临兴,尚子都无嫁娶牵。退象天山镇浮竞,起为霖雨润原田。从容自保君臣契,何必扁舟始是贤。

右省仆射相公垂览和诗,复贻长句,辄次来韵

西院春归道思深,披衣闲听暝猿吟。铺陈政事留黄阁,偃息神机在素琴。玉柄暂时疏末座,瑶华频复惠清音。开晴便作东山约,共赏烟霞放旷心。

九日落星山登高

秋暮天高稻穟成,落星山上会诸宾。黄花

泛酒依流俗,白发满头思古人。岩影晚看云出岫,湖光遥见客垂纶。风烟不改年长度,终待林泉老此身。

十日和张少监

重阳高会古平台,吟遍秋光始下来。黄菊后期香未减,新诗捧得眼还开。每因佳节知身老,却忆前欢似梦回。且喜清时屡行乐,是非名利尽悠哉。

御筵送邓王

禁里秋一作花光似水清,林烟池影共离情。暂移黄阁只三载,却望紫垣都数程。满座清风天子送,随车甘雨郡人迎。绮霞阁上诗题在,从此还应有颂声。

和张少监晚菊

忆共庭兰倚砌栽,柔条轻吹独依隈。自知佳节终堪赏,为惜流光未忍开。采撷也须盈掌握,馨香还解满尊罍。今朝旬假犹无事,更好登临泛一杯。

送冯侍郎

闻君竹马戏毗陵,谁道观风自六卿。今日声明光旧物,共看旌旆拥书生。斩蛟桥下溪烟碧,射虎亭边草路清。应念筵中倍离恨,老来偏重十年兄。

又绝句寄题毗陵驿

曾持使节驻毗陵,长与州人有旧情。为向驿桥风月道,舍人髭鬓白千茎。

陈侍郎宅观花烛

今夜银河万里秋,人言织女嫁牵牛。佩声寥亮和金奏,烛影荧煌映玉钩。座客亦从天子赐,更筹须为主人留。世间盛事君知否,朝下鸾台夕凤楼。

送萧尚书致仕归庐陵

江海分飞二十春,重论前事不堪闻。主忧臣辱谁非我,曲突徙薪唯有君。金紫满身皆外物,雪霜垂领便离群。鹤归华表望不尽,玉笥山头多白云。

赋得秋江晚照

落日照平流,晴空万里秋。轻明动枫叶,点的乱沙鸥。罾网鱼梁静,篝簦稻穗收。不教行乐倦,冉冉下城楼。

奉和子龙大监与舍弟赠答之什

石渠东观两优贤,明主知臣岂偶然。鸳鹭分行皆接武,金兰同好共忘年,怀恩未遂林泉约,窃位空惭组绶悬。多少深情知不尽,好音相慰强成篇。

史馆庭梅,见其毫末,历载三十,今已半枯。尝僚诸公,唯相公与铉在耳。睹物兴感,率成短篇。谨书献上,伏惟垂览

东观婆娑树,曾怜甲坼时。繁英共攀折,芳岁几推移。往事皆陈迹,清香亦暗衰。相看宜自喜,双鬓合垂丝。

太傅相公深感庭梅,再成绝唱。曲垂借示,倍认知怜,谨用旧韵攀和

禁省繁华地,含芳自一时。雪英开复落,红药植还移。谓尝为翰林,又为史馆。静想分今昔,频吟叹盛衰。多情共如此,争免鬓成丝。

太傅相公以庭梅二篇许舍弟同赋,再迁藻思,曲有虚称,谨依韵奉和,庶申感谢

旧眷终无替,流光自足悲。攀条感花萼,和曲许埙篪。前会成春梦,何人更已知。缘情聊借喻,争敢道言诗。

和钟大监泛舟同游见示

潮沟横趣北山阿,一月三游未是多。老去交亲难暂舍,闲中滋味更无过。溪桥树映行人渡,村径同飘牧竖歌。孤棹乱流偏有兴,满川晴日弄微波。

又和游光睦院

寺门山水际,清浅照屋颜。客棹晚维岸,

僧房犹掩关。日华穿竹静，云影过阶闲。箕踞一长啸，忘怀物我间。

和张少监舟中望蒋山

豀路向还背，前山高复重。纷披红叶树，间断白云峰。尽日慵移棹，何年醉倚松。自知闲未得，不敢笑周颙。

茱萸诗

一本作奉御札赋茱萸诗。御札云：新酒初熟，偶与郑王诸公开尝于清宴堂庑之间。既览秋物，复瞩霜筴，因赋茱萸一题，以遣此时之兴。卿鸿才敏思，不可独醒。宜应急征，同赋前旨。铉因进诗云。

万物庆西成，茱萸独擅名。芳排红结小，香透夹衣轻。宿露沾犹重，朝阳照更明。长和菊花酒，高宴奉西清。

奉和御制茱萸

台畔西风御果新，芳香精彩丽萧辰。柔条细叶妆治好，紫蒂红芳点缀匀。几朵得陪天上宴，千株长作洞中春。今朝圣藻偏流咏，黄菊无由更敢邻。

蒙恩赐酒旨令醉，进诗以谢

明光殿里夜迢迢，多病逢秋自寂寥。臣以病戒酒多时。蜡炬乍传丹凤诏，御题初认白云谣。今宵幸识醽尊味，明日知停入阁朝。为感君恩判一醉，不烦辛苦解金貂。

秋日泛舟赋蘋花

素艳拥行舟，清香覆碧流。远烟分的的，轻浪泛悠悠。雨歇平湖满，风凉运浃秋。今朝流咏处，即是白蘋洲。

题梁王旧园

梁王旧馆枕潮沟，共引垂藤系小舟。树倚荒台风淅淅，草埋敧石雨修修。门前不见邹枚醉，池上时闻雁鹜愁。节士逢秋多感激，不须频向此中游。

奉酬度支陈员外

古来贤达士，驰骛唯群书。非礼暂弗习，违道无与居。儒家若迂阔，遂将世情疏。吾友嗣世德，古风蔼有馀。幸遇汉文皇，握兰佩金鱼。俯视长沙赋，凄凄将焉如。

明道人归西林，求题院额，作此送之

昔从岐阳狩，簪缨满翠微。十年劳我梦，今日送师归。曳尾龟应乐，乘轩鹤漫肥。含情题小篆，将去挂岩扉。

送宣州丘判官

宪署游从阻，平台道路赊。喜君驰后乘，于此去仙槎。缓酌迟飞盖，微吟望绮霞。相迎在春渚，暂别莫咨嗟。

北使还襄邑道中作 九月三十日

九月三十日，独得梁宋道。河流激似飞，林叶翻如扫。程遥苦昼短，野迥知寒早。还家亦不闲，要且还家了。

禁中新月

今夕拜新月，沈沈禁署中。玉绳疏间彩，金掌静无风。节换知身老，时平见岁功。吟看北墀暝，兰烬坠微红。

观吉王从谦花烛

王门嘉礼万人观，况是新承醴欢。花烛喧阗丞相府，星辰摇动远游冠。歌声暂阕闻宫漏，云影初开见露盘。帝里佳期频赋颂，长留故事在金銮。

棋赌赋诗输刘起居奂

刻烛知无取，争先素未精。本图忘物我，何必计输赢。赌墅终规利，焚囊亦近名。不如相视笑，高咏两三声。

春尽日游后湖赠刘起居 刘时方烧药

今朝湖上送春归，万顷澄波照白髭。笑折残花劝君酒，金丹成熟是何时？

送察院李侍御使庐陵因寄孟员外

绣衣乘驿急如星，山水何妨寄野情。肯向九仙台下歇，闲听孟叟醉吟声。

后湖访古各赋一题得西邸

南朝藩阃地,八友旧招寻。事往山光在,春晴草色深。曲池鱼自乐,丛桂鸟频吟。今日中兴运,犹怀翰墨林。

送德迈道人之豫章

禅灵桥畔落残花,桥上离情对日斜。顾我乘轩惭组绶,羡师飞锡指烟霞。楼中西岭真君宅,门外南州处士家。莫道空谈便无事,碧云诗思更无涯。

送陈秘监归泉州

风满潮沟木叶飞,水边行客驻骖骓。三朝恩泽冯唐老,万里乡关贺监归。世路穷通前事远,半生谈笑此心违。离歌不识高堂庆,特地令人泪满衣。

又听《霓裳羽衣曲》送陈君

清商一曲远人行,桃叶津头月正明。此是开元太平曲,莫教偏作别离声。

又题白鹭洲江鸥送陈君

白鹭洲边江路斜,轻鸥接翼满平沙。吾徒来送远行客,停舟为尔长叹息。酒旗渔艇两无猜,月影芦花镇相得。离筵一曲怨复清,满座销魂鸟不惊。人生不及水禽乐,安用虚名上麟阁。同心携手今如此,金鼎丹砂何寂寞。天涯后会眇难期,从此又应添白髭。愿君不忘分飞处,长保翩翩洁白姿。

哭刑部侍郎乔公诗并序

公临终数日,舍弟往候之。怡然言曰:"吾往矣,君兄弟可各为一诗哭我。"翼日,复告门生曰:"吾已得徐君兄弟许我诗,余无事矣。"其忘怀死生也如此。呜呼!絮酒之礼,已隔平生。挂剑之信,永昇穹壤。故以二章为志锴诗一章见本集,闶于九原,其诗云:

举世重文雅,夫君更质真。曾嗟混鸡鹤,终日异淄磷。词赋离骚客,封章谏诤臣。襟怀道家侣,标格古时人。逸老诚云福,遗形未免贫。求文空得草,埋玉遂为尘。静想忘年契,冥思接武晨。连宵洽杯酒,分日掌丝纶。蠹简书陈事,遗孤托世亲。前贤同此叹,非我独沾巾。

全唐诗卷七百五十七

徐锴

徐锴,字楚金,广陵人,铉之弟。南唐时为屯田郎中、知制诰、集贤殿学士。集十五卷,今存诗五首。

送程德琳郎中学士得远山

瓜步妖氛灭,昆冈草树青。终朝空望极,今日送君行。报政秋云静,微吟晓月生。楼中长可见,特用灭离情。

太傅相公以东观庭梅西垣旧植,昔陪盛赏,今独家兄。唱和之余,俾令攀和。辄依本韵,伏愧斐然

静对含章树,汉有含章檐下树。闲思共有时。香随荀令在,根异武昌移。物性虽摇落,人心岂变衰。唱酬胜笛曲,来往韵朱弦。

太傅相公与家兄梅花酬唱,许缀末篇。再赐新诗,俯光拙句,谨奉清韵,用感钧私,伏惟采览

重叹梅花落,非关塞笛悲。论文叨接萼,末曲愧吹篪。毛诗云:仲氏吹篪。枝逐清风动,香因白雪知。陶钧敷左悌,更赋邵公诗。

同家兄哭乔侍郎

诸公长者郑当时,事事无心性坦夷。但是登临皆有作,未尝相见不伸眉。生前适意无过酒,身后遗言只要诗。三日笑谈成理命,一篇投吊尚应知。

秋词

井梧纷堕砌,寒雁达横空。雨久梅苔紫,霜浓薜荔红。

包颖

包颖,南唐时人。诗一首。

和徐鼎臣见寄

平生中表最情亲,浮世那堪聚散频。谢朓却吟归省阁,刘桢犹自卧漳滨。旧游半似前生事,要路多逢后进人。且喜新吟报强健,明年相望杏园春。

钟谟

钟谟,字仲益。其先会稽人,徙闽之崇安,已而侨居金陵。李璟时为翰林学士。进礼部侍郎,判尚书省。诗三首。

贻耀州将

翩翩归尽塞垣鸿,隐隐惊开蛰户虫。渭北离愁春色里,江南家事战尘中。还同逐客纫兰佩,谁听缧囚奏土风。多谢贤侯振吾道,免令搔首泣途穷。

献周世宗

三年耀武群雄服,一日回銮万国春。南北通欢永无事,谢恩归去老陪臣。

代京妓越宾答徐铉

一幅轻绡寄海滨,越姑长感昔时恩。欲知别后情多少,点点凭君看泪痕。

查文徽

查文徽,字光慎,歙州休宁人。李璟时,元宗以取闽功,拜抚州观察使、建州留后。诗一首。

寄麻姑仙坛道士

别后相思鹤信稀,郡楼南望远峰迷。人归仙洞云连地,花落春林水满溪。白发只应悲镜锁,丹砂犹待寄刀圭。方平车驾今何在,常苦尘中日易西。

马彧一作郁

马彧,少负文艺。李匡威领镇卢龙,署幕职。匡威灭,复事刘仁恭。诗一首。

赠韩定辞

燧林芳草绵绵思,尽日相携陟丽谯。别后鹳鹜山上望,羡君时复见王乔。

韩定辞

韩定辞,深州人。为镇州观察判官、检校尚书祠部郎中兼侍御史。诗一首。

答马彧

崇霞台上神仙客,学辨痴龙艺最多。盛德好将银管述,丽词堪与雪儿歌。

何昌龄

何昌龄,南唐时庐陵宰。诗一首。

题杨克俭池馆

经旬因雨不重来,门有蛛丝径有苔。再向白莲亭上望,不知花木为谁开。

李羽

李羽,庐州人。登南唐进士第。诗一首。

献江淮郡守卢公

塞诏东来泚水滨,时情惟望秉陶钧。将军一阵为功业,忍见沙场百战人。

梁藻

梁藻,字仲华,长汀人,南唐总殿前步军晖之子。性乐萧散,应袭父任,不就。《处士集》若干卷,今存诗一首。

南山池

翡翠戏翻荷叶雨,鹭鸶飞破竹林烟。时沽村酒临轩酌,拟摘新茶靠石煎。

陈沆

陈沆，南唐时庐阜处士。诗一首。

嘲庐山道士

《南唐近事》云：庐山九天使者庙有一道士，体貌魁伟，饮啖酒肉，晚节服饵丹砂，躁于冲举。有鹤因风所飘，憩于庙庭，道士惊喜，谓当赴升腾之召，令山童控而乘之。羽仪清弱，不胜其载。毛伤骨折而毙。翌日，驯养者知，诉于公府，沆以诗嘲之。

啖肉先生欲上升，黄云踏破紫云崩。龙腰鹤背无多力，传与麻姑借大鹏。

句

罢却儿女戏，放他花木生。《寒食》。

扫地云粘帚，耕山鸟怕牛。《闲居》。

点入旱云千国仰，力浮尘世一毫轻。《题水》。

李询

李询，南唐时人。诗一首。

赠织锦人

札札机声晓复晡，眼穿力尽竟何如。美人一曲成千赐，心里犹嫌花样疏。

韩垂

韩垂，南唐时人。诗一首。

题金山

灵山一峰秀，岌然殊众山。盘根大江底，插影浮云间。雷霆常间作，风雨时往还。象外悬清影，千载长跻攀。

朱存

朱存，金陵人。诗一首。

后湖

雷轰叠鼓火翻旗，三异翩翩试水师。惊起黑龙眠不得，狂风猛雨不多时。

陈彦

陈彦，司门郎中。诗一首。

和徐舍人九月十一日见寄

衡门寂寂逢迎少，不见仙郎向五旬。莫问龙山前日事，菊花开却为闲人。

许坚

许坚，有异术，尝往来庐阜茅山间。李璟时以异人召，不至，后不知所终。诗五首。

登游齐山

星使南驰入楚重，此山偏得驻行踪。落花满地月华冷，寂寞旧山三四峰。

游溧阳下山寺 一作灵泉精舍限韵

地枕吴溪与越峰，前朝恩锡灵泉额。竹林晴见一作层建雁塔高，石室曾一作幽栖几禅伯。荒碑字一作芜没秋一作苍苔深，古池香泛荷花白。客有经年说别林，落日啼猿情脉脉。

题幽栖观

仙翁上升去，丹井寄晴壑。山色接天台，湖光照寥廓。玉洞绝无人，老桧犹栖鹤。我欲掣青蛇，他时冲碧落。

上舍人徐铉

几宵烟月锁楼台，欲寄侯门荐下才。满面尘埃人不识，漫随流水出山来。

题茅山观

常恨清风千载郁，洞天令得恣游遨。松楸古色玉坛静，鸾鹤不来青汉高。茅氏井寒丹已化，玄宗碑断梦仍劳。分明有个长生路，休向红尘叹二毛。

王感化

王感化，建州人，后入金陵教坊。少聪敏，未尝执卷而多识。善为词，滑稽无穷。元宗嗣位，宴乐击鞠不辍，尝乘醉命感化奏水调词，感化唯歌"南朝天子爱风流"一句。如是者数四,元宗悟,覆杯叹曰:"使孙陈二主得此一句,不当有衔璧之辱也。"由是有宠。诗二首。

建州节帅更代,筵上献诗
旌旗赴天台,溪山晓色开。万家悲更喜,迎佛送如来。

奉元宗命咏苑中白野鹊
碧岩深洞恣游遨,天与芦花作羽毛。要识此来栖宿处,上林琼树一枝高。

句
草中误认将军虎,山上曾为道士羊。《题怪石》,八句,皆用故事,今但存其一联。

李家明
李家明,庐州西昌人。元宗时为乐部头,谈谐敏给,善为讽辞。诗四首。

元宗钓鱼无获,进诗
玉螯垂钩兴正浓,碧池春暖水溶溶。凡鳞不敢吞香饵,知是君王合钓龙。

咏卧牛
元宗游后苑,登台,见牛晚卧美荫。家明曰:"臣不学,敢上绝句。"辅相皆惭。

曾遭宁戚鞭敲角,又被田单火燎身。闲向斜阳嚼枯草,近来问喘为无人。

题纸鸢止宋齐丘哭子
烈祖受杨氏禅,迁让皇于海陵。元宗继统,用齐丘之谋,无少长杀之。齐丘无子。晚得一子,随卒,恸不止。家明曰:"惟臣能止之。"乃为诗书纸鸢上,乘风吹之,度至齐丘家,遂绝其缕。齐丘见之惭感,乃止。一作布衣李匡尧作。

安排唐祚革强吴,尽是先生作计谟。一个孩儿拚不得,让皇百口合何如? 一作化家为国实良图,总是先生画计谋。今日丧雏犹自哭,让皇宫眷合何如?

咏皖公山
龙舟轻飐锦帆风,正值宸游望远空。回首皖公山色翠,影斜不到寿杯中。

汤悦
汤悦,陈州西华人。本姓殷,文圭之子。仕南唐,官学士,历枢密使、右仆射。元宗时,淮上用兵,书檄教诰皆出其手。诗五首。

奉和圣制送邓王牧宣城
千里陵阳同陕服,凿门胙土寄亲贤。曙烟已别黄金殿,晚照重登白玉筵。江上浮光宜雨后,郡中远岫列窗前。天心待报期年政,留与工师播管弦。

早春寄华下同志
正是花时节,思君寝复兴。市沽终不醉,春梦亦无凭。岳面悬清雨,河心走浊冰。东门一条路,离恨正相仍。

鼎臣学士侍郎以东馆庭梅昔翰苑之毫末,今复半枯,向时同僚,零落都尽,素髯垂领,兹唯二人。感旧伤怀,发于吟咏。惠然好我,不能无言,辄次来韵攀和
忆见萌芽日,还怜合抱时。旧欢如梦想,物态暗还移。素艳今无几,朱颜亦自衰。树将人共老,何暇更悲丝。

再次前韵代梅答
托植经多稔,顷筐向盛时。枝条虽已故,情分不曾移。莫向阶前老,还同镜里衰。更应怜堕叶,残吹挂虫丝。

鼎臣学士侍郎、楚金舍人学士以再伤庭梅诗同垂宠和,清绝感叹,情致俱深。因成四十字陈谢
人物同迁谢,重成念旧悲。连华得琼玖,合奏发埙篪。余柹虽无取,残芳尚获知。问君何所似,珍重杜秋诗。

萧彧
萧彧,字文彧。官少卿。诗二首。

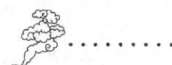

送钟员外赋月

丽汉金波满,当筵玉斝倾。因思频聚散,几复换亏盈。光彻离襟冷,声符别管清。那堪还目此,两地倚楼情。

送德林郎中学士赴东府得菊

离情折杨柳,此别异春哉。含露东篱艳,泛香南浦杯。惜持行次赠,留插醉中回。暮齿如能制,玉山甘判颓。

孙岘

孙岘,字文山,南康人。官郎中。诗一首。

送钟员外赋竹

万物中萧洒,修篁独逸群。贞姿曾冒雪,高节欲凌云。细韵风初发,浓烟日正曛。因题偏惜别,不可暂无君。

谢仲宣

谢仲宣,尝为齐王景达宫寮。诗一首。

送钟员外赋松

送人多折柳,唯我独吟松。若保岁寒在,何妨霜雪重。森梢逢静境,廓落见孤峰。还似君高节,亭亭勘继踪。

钟蒨

钟蒨,字德林。东都尹、勤政殿学士,国亡死节。诗一首。

别诸同志得新鸿

随阳来万里,点点度遥空。影落长江水,声悲半夜风。残秋辞绝漠,无定似惊蓬。我有离群恨,飘飘类此鸿。

乔舜

乔舜,字亚元,高邮人。初为秘书省正字,保大中历中书舍人,终刑部侍郎。诗一首。

送德林郎中学士赴东府得江

掺袂向江头,朝宗势未休。何人乘桂楫,之子过扬州。飒飒翘沙雁,漂漂逐浪鸥。欲知离别恨,半是泪和流。

王沂

王沂,南唐时人。诗一首。

送钟员外赋风

静追蘋末兴,况复值萧条。猛势资新雁,寒声伴暮潮。过山云散乱,经树叶飘飖。今日烟江上,征帆望望遥。

陈元裕

陈元裕,南唐时人。诗一首。

送德林郎中学士赴东府得水

上善湛然秋,恩波洽帝猷。漫言生险浪,岂爽见安流。泛去星槎远,澄来月练浮。滔滔对离酌,入洛称仙舟。

全唐诗卷七百五十八

孟贯

孟贯,字一之,建安人。初客江南,后仕周。诗一卷。

宿山寺

溪山尽日行,方听远钟声。入院逢僧定,登楼见月生。露垂群木润,泉落一岩清。此景关吾事,通宵寐不成。

赠栖隐洞谭先生

先生双鬓华,深谷卧云霞。不伐有巢树,多移无主花。石泉春酿酒,松火夜煎茶。因问山中事,如君有几家。

归雁

春至衡阳雁,思归塞路长。汀洲齐奋翼,霄汉共成行。雪尽翻风暖,寒收度月凉。直应到秋日,依旧返潇湘。

春江送人

春江多去情,相去枕长汀。数雁别溢浦,片帆离洞庭。雨余沙草绿,云散岸峰青。谁共观明月,渔歌夜好听。

过秦岭

古今传此岭,高下势峥嵘。安得青山路,昼为平地行。苍苔留虎迹,碧树障溪声。欲过一回首,踟蹰无限情。

送吴梦闱归闽

瓯闽在天末,此去整行衣。久客逢春尽,思家冒暑归。海云添晚景,山瘴灭—作减晴晖。相忆吟偏苦,不堪书信稀。

山中夏日

深山宜避暑,门户映岚光。夏木荫溪路,昼云埋石床。心源澄道静,衣葛蘸泉凉。算得红尘里,谁知此兴长。

宿故人江居

渡口树冥冥,南山渐隐青。渔舟归旧浦,鸥鸟宿前汀。静榻悬灯坐,闲门对浪扃。相思频到此,几番醉还醒。

寄伍乔

蹉跎春又晚,天末信来迟。长忆分携日,正当摇落时。独游饶旅恨,多事失归期。君看前溪树,山禽巢几枝。

山中访人不遇

负琴兼杖藜,特地过岩西。已见竹轩闭,又闻山鸟啼。长松寒倚谷,细草暗连溪。久立无人事,烟霞归路迷。

赠隐者

世路争名利,深山独结茅。安情自得所,非道岂相交。百尺松当户,千年鹤在巢。知君于此景,未欲等闲抛。

寄暹上人

闻罢城中讲,来安顶上禅。夜灯明石室,清磬出岩泉。欲访惭多事,相思恨隔年。终期息尘虑,接话虎溪边。

江边闲步

闲来南渡口,迤逦看江枫。一路波涛畔,数家芦苇中。远汀排晚树,深浦漾寒鸿。吟罢慵回首,此情谁与同。

过王—作林逸人园林

谷口何时住,烟霞一径深。水声离远洞,山色出疏林。雪彩从沾鬓,年光不计心。自言人少到,犹喜我来寻。

寄李处士

僧话磻溪叟,平生重赤松。夜堂悲蟋蟀,秋水老芙蓉。吟坐倦垂钓,闲行多倚筇。闻名来已久,未得一相逢。

夏日寄史处士

掩关苔满地,终日坐腾腾。暑气冷衣葛,暮云催烛灯。寂寥知得趣,疏懒似无能。还忆旧游否,何年别杜陵。

夏日登瀑顶寺,因寄诸知己

曾于尘里望,此景在烟霄。岩静水声近,山深暑气遥。杖藜青石路,煮茗白云樵。寄语为郎者,谁能访寂寥。

怀果上人

拥锡南游去,名香几处焚。别来无远信,多恐在深云。好月曾同步,幽香省共闻。相思不相见,林下叶纷纷。

寄故园兄弟

久与乡关阻,风尘损旧衣。水思和月泛,山忆共僧归。林想添邻舍,溪应改钓矶。弟兄无苦事,不用别庭闱。

早秋吟眺

新秋初—作新雨后,独立对遥山。去鸟望中没,好云吟里还。长年惭道薄,明代取身闲。从有西征思,园林懒闭关。

送江为归岭南

旧山临海色,归路到天涯。此别各多事,重逢是几时。江行晴望远,岭宿夜吟迟。珍重南方客,清风失所思。

山中答友人

偶爱春山住,因循值暑时。风尘非所愿,泉石本相宜。坐久松阴转,吟余蝉韵移。自惭疏野甚,多失故人期。

山斋早秋雨中

深居少往还,卷箔早秋间。雨洒吟蝉树,云藏啸狖山。炎蒸如便退,衣葛亦堪闲。静坐得无事,酒卮聊畅颜。

送人游南越

子然南越去,替尔畏前程。见说路岐崄,不通车马行。瘴烟迷海色,岭树带猿声。独向山家宿,多应乡思生。

酬东溪史处士

咫尺东溪路,年来偶访迟。泉声迷夜雨,花片落空枝。石径逢僧出,山床见鹤移。贫斋有琴酒,曾许月圆期。

秋江送客

秋风楚江上,送子话游遨。远水宿何处,孤舟春夜涛。浦云沈雁影,山月照猿嗥。莫为饥寒苦,便成名利劳。

寄山中高逸人

烟霞多放旷,吟啸是寻常。猿共摘山果,僧邻住石房。蹑云双屦冷,采药一—作满身香。我忆相逢夜,松潭月色凉。

怀友人

浮世况多事,飘流每叹君。路岐何处去,消息几时闻。吟里落秋叶,望中生暮云。孤怀谁慰我,夕鸟自成群。

送人归别业

别业五湖上,春残去路赊。还寻旧山水,重到故人家。门径掩芳草,园林落异花。君知钓矶在,犹喜有生涯。

冬日登江楼

高楼临古岸,野步一作老晚来登。江水因寒落,山云为雪凝。远村虽入望,危槛不堪凭。亲老未归去,乡愁徒自兴。

寄张山人

草堂南涧边,有客啸云烟。扫叶林风后,拾薪山雨前。野桥通竹径,流水入芝田。琴月相亲夜,更深恋不眠。

全唐诗卷七百五十九

成彦雄

成彦雄,字文幹。南唐进士。《梅岭集》五卷,今编诗一卷。

杜鹃花

杜鹃花与鸟,怨艳两何赊。疑是口中血,滴成枝上花。一声寒食夜,数朵野僧家。谢豹出不出,日迟迟又斜。

江上枫

江枫自翁郁,不竞松筠力。一叶落渔家,残阳带秋色。

夜夜曲

自从君去夜,锦幌孤兰麝。攲枕对银缸,秦筝绿窗下。

村行

暧暧村烟暮,牧童出深坞。骑牛不顾人,吹笛寻山去。

煎茶

岳寺春深睡起时,虎跑泉畔思迟迟。蜀茶倩个云僧碾,自拾枯松三四枝。

松

大夫名价古今闻,盘屈孤贞更出群。将谓岭头闲得了,夕阳犹挂数枝云。

新燕

才离海—作江岛宿江滨,应梦笙歌作近郊。减省雕梁并头语,画堂中有未归人。

会友不至

王孙还是负佳期,玉马追游日渐西。独上郊原人不见,鹧鸪飞过落花溪。

惜花

忘餐为恋满枝红,锦障频移护晚风。客散酒醒归未得,栏边独立月明中。

中秋月
　　王母妆成镜未收,倚栏人在水精楼。笙歌莫占清光尽,留与溪翁一钓舟。

暮春日宴溪亭
　　寒食寻芳游不足,溪亭还醉绿杨烟。谁家花落临流树,数片残红到槛前。

晓
　　列宿回元朝北极,爽神晞露滴楼台。佳人卷箔临阶砌,笑指庭花昨夜开。

夕
　　台榭沈沈禁漏初,麝烟红蜡透虾须。雕笼鹦鹉将栖宿,不许鸦鬟转辘轳。

露
　　银河昨夜降醍醐,洒遍坤维万象苏。疑是鲛人曾泣处,满池荷叶捧真珠。

游紫阳宫
　　古殿烟霞簇画屏,直疑踪迹到蓬瀛。碧桃满地眠花鹿,深院松窗捣药声。

除夜
　　铜龙看却送春来,莫惜颠狂酒百杯。吟鬓就中专拟白,那堪更被二更催。

元日
　　戴星先捧祝尧觞,镜里堪惊两鬓霜。好是灯前偷失笑,屠苏应不得先尝。

寒夜吟
　　洞房脉脉寒宵永,烛影香消金凤冷。猧儿睡魔唤不醒,满窗扑落银蟾影。

柳枝辞九首
　　轻笼小径近谁家,玉马追风翠影斜。爱把长条恼公子,惹他头上海棠花。
　　鹅黄剪出小花钿,缀上芳枝色转鲜。饮散无人收拾得,月明阶下伴秋千。
　　东君爱惜与先春,草泽无人处也新。委嘱露华并细雨,莫教迟日惹风尘。
　　句践初迎西子年,琉璃为帚扫溪烟。至今不改当时色,留与王孙系酒船。
　　绿杨移傍小亭栽,便拥秾烟拨不开。谁把金刀为删掠,放教明月入窗来。
　　远接关河高接云,雨余洗出半天津。牡丹不用相轻薄,自有清阴覆得人。
　　掩映莺花媚有余,风流才调比应无。朝朝奉御临池上,不羡青松拜大夫。
　　王孤宴罢曲江池,折取春光伴醉归,怪得美人争斗乞,要他秾翠染罗衣。
　　残照林梢袅数枝,能招醉客上金堤。马娇如练缨如火,瑟瑟阴中步步嘶。

句
　　莎草放茵深护砌,海榴喷火巧横墙。
　　纹鳞引子跳银海,紫燕呼雏语画梁。见《吟窗杂录》。

全唐诗卷七百六十

周庠

周庠,唐龙州司仓。后事王建,累官御史中丞、中书侍郎同平章事。王衍嗣位,进司徒。诗一首。

寄禅月大师

昨日尘游到几家,就中偏省近宣麻。水田铺座时移画,金地谭空说尽沙。傍竹欲添犀浦石,栽松更碾味江茶。有时捻得休公卷,倚柱闲吟见落霞。

张格

张格,字义师,河间人。仕蜀,为翰林学士。拜中书侍郎同平章事,累加右仆射、太傅。诗一首。

寄禅月大师

龙华咫尺断来音,日夕空驰咏德心。禅月字清师号别,寿春诗古帝恩深。画成罗汉惊三界,书似张颠直万金。莫倚名高忘故旧,晓晴闲步一相寻。

王锴

王锴,字鳣祥。仕蜀,为翰林学士,迁御史中丞,历中书侍郎同平章事。诗一首。

赠禅月大师

长爱吾师性自然,天心白月水中莲。神通力遍恒沙外,诗句名高八米前。寻访不闻朝振锡,修行唯说夜安禅。太平时节俱无事,莫惜时来话草玄。

牛希济

牛希济,陇西人。仕蜀,为起居郎,累官翰林学士、御史中丞。后入唐,为雍州节度副使。诗一首。

奉诏赋蜀主降唐

满城文武欲朝天,不觉邻师犯塞烟。唐主再悬新日月,蜀王难保旧山川。非干将相扶持拙,自是君臣数尽年。古往今来亦如此,几曾欢笑几潸然。

冯涓

冯涓,字信之,东阳人,或曰信都人。举进士,登大中四年宏词科,为京兆府参军,寻隐商山。昭宗起为祠部郎中,擢眉州刺史。田陈拒命,不令之任,涓于成都墨池灌园自给。王建据蜀,以为翰林学士,终御史大夫。集十三卷,今存诗二首。

蜀驮引

昂藏大步蚕丛国,曲颈微伸高九尺。卓女窥窗莫我知,严仙据案何曾识。

自古皆传蜀道难,尔何能过拔蛇山。忽惊登得鸡翁碛,又恐碍著鹿头关。

句

不随俗物皆成土,只待良时却补天。《题支机石》见《纪事》。

釜鱼化作池中物,木履浮为天际船。《苦雨》。

李浩弼

李浩弼,蜀翰林学士。诗一首。

从幸秦川赋鸳兽诗

岩下年年自寝讹,生灵餐尽意如何。爪牙众后民随减,溪壑深来骨已多。天子纪纲犹被弄,客人穷独固难过。长途莫怪无人迹,尽被山王㥄杀他。

杨玢

杨玢,字靖夫,虞卿之曾孙也。蜀王建时,累官礼部尚书。衍嗣位,谪荣经尉。乾德中,复为太常少卿。后归唐,授工部尚书。诗三首。

批子弟理旧居状

《谈苑》云:玢自蜀归唐,长安旧居,多为邻里侵占。子弟欲诣府诉其事,以状白玢,玢批纸尾云云,子弟不复敢言。

四邻侵我我从伊,毕竟须思未有时。试上含元殿基望,秋风秋草正离离。

登兹恩寺塔

紫云楼下曲江平,鸦噪残阳麦陇青。莫上慈恩最高处,不堪看又不堪听。

遣歌妓

垂老无端用意乖,谁知道侣厌清斋。如今又采蘼芜去,辜负张君绣鞍鞋。

韩昭

韩昭,字德华,长安人。为蜀后主王衍狎客,累官礼部尚书、文思殿大学士。唐兵入蜀,王宗弼杀之。诗二首。

和题剑门

闭关防老寇,孰敢振威棱。险固疑天设,山河自古凭。三川奚所赖,双剑最堪矜。鸟道微通处,烟霞锁百层。

从幸秦川过白卫献诗

吾王巡狩为安边,此去秦亭尚数千。夜照路岐山店火,晓通消息戍瓶烟。为云巫峡虽神女,跨凤秦楼是谪仙。八骏似龙人似虎,何愁飞过大漫天。

杨鼎夫

杨鼎夫,成都人。举进士,为蜀安思谦慕吏,判榷盐院事。诗一首。

记皂江堕水事

鼎夫游青城山,过皂江。至中流,遇暴风,船抵巨石,覆洪涛间。同济尽没,独鼎夫似有物扶助达岸。有老人以杖接引,鼎夫未及致谢,旋失所之,因作诗以记。

青城山峭皂江寒,欲度当时作等闲。棹逆狂风趋近岸,舟逢怪石碎前湾。手携弱杖仓皇处,命出洪涛顷刻间。今日深恩无以报,令人羞记雀衔环。

蒋贻恭

蒋贻恭,江淮人。唐末入蜀,孟氏时官大井县令。诗二首。

题张道隐太山祠画龙

世人空解竞丹青,惟子通玄得墨灵。应有鬼神看下笔,岂无风雨助成形。威疑喷浪归沧海,势欲拏云上杳冥。静闭绿堂深夜后,晓来帘幕似闻腥。

咏蚕

辛勤得茧不盈筐,灯下缫丝恨更长。著处不知来处苦,但贪衣上绣鸳鸯。

李珣

李珣,字德润,梓州人。有《琼瑶集》,今存诗三首。

渔父歌三首

水接衡门十里余,信船归去卧看书。轻爵禄,慕玄虚,莫道渔人只为鱼。

避世垂纶不记年,官高争得似君闲。倾白酒,对青山,笑指柴门待月还。

棹警鸥飞水溅袍,影侵潭面柳垂绦。终日醉,绝尘劳,曾见钱塘八月涛。

顾夐

顾夐,蜀王建时给事内庭,擢茂州刺史。后复事孟知祥,官至太尉。诗一首。

感秃鹙潜吟

昔日曾看瑞应图,万般祥瑞不如无。摩诃池上分明见,仔细看来是那趟。

张令问

张令问,唐兴人。隐居不仕,号天国山人。诗一首。

与杜光庭

试问朝中为宰相,何如林下作神仙。一壶美酒一炉药,饱听松风白昼眠。

全唐诗卷七百六十一

徐光溥—作浦

徐光溥,蜀人。事孟知祥,为观察判官。知祥称尊号,进翰林学士。后主衍时,拜中书侍郎同平章事。诗二首。

题黄居寀秋山图 第十七句缺一字

天与黄筌艺奇绝,笔精回感重瞳悦。运思潜通造化工,挥毫定得神仙诀。秋来奉诏写秋山,写在轻绡数幅间。高低向背无遗势,重峦叠嶂何屃颜。目想心存妙尤极,研巧核能状不得。珍禽异兽皆自驯,奇花怪木非因植。崎岖石磴绝游踪,薄雾冥冥藏半峰。娑萝掩映迷仙洞,薜荔累垂缴古松。月槛参桥,□僧老坐揩筇。屈原江上婢娟竹,陶潜篱下芳菲菊。良宵只恐鹧鸪啼,晴波但见鸳鸯浴。暮烟幂幂锁村坞,一叶扁舟横野渡。飒飒白蘋欲起风,黯黯红蕉犹带雨。曲沼芙蓉香馥郁,长汀芦荻花簌簌。雁过孤峰贴远青,鹿傍小溪饮残绿。秋山秀兮秋江静,江光山色相辉映。雪迸飞泉溅钓矶,云分落叶拥樵径。张璪松石徒称奇,边鸾花鸟何足窥。白旻鹰逞凌风势,薛稷鹤夸警露姿。方原画山空巉岩,峭壁枯槎人见嫌。孙位画水多汹涌,惊湍怒涛人见恐。若教对此定妍媸,必定伏膺怀愧悚。再三展向冕旒侧,便是移山回辋力。大李小李灭声华,献之恺之无颜色。仿佛垂纶渭水滨,吾皇睹之思良臣。依稀荷锸傅岩野,吾皇睹之求贤者。从兹仄展复悬旌,宵衣旰食安天下。才当老人星应候,愿与南山俱献寿。微臣稽首贡长歌,丹青景化同天和。

同刘侍郎咏笋

迸出班犀数十株,更添幽景向蓬壶。出来似有凌云势,用作丹梯得也无?

欧阳炯—作迥

欧阳炯,益州华阳人。少事王衍,为中书舍人。孟昶时,拜翰林学士,历门下侍郎、平章事，后从鋹归宋。诗六首。

贯休应梦罗汉画歌 一作禅月大师歌

西岳高僧名贯休，孤情峭拔凌清秋。天教水墨画罗汉，魁岸古容生笔头。时捎大绢泥高壁，闭目焚香坐禅室。忽然梦里见真仪，脱下一作去袈裟点神笔。高握一作拈节腕当空掷，窸窣毫端任狂逸。逡巡便是两三躯，不似画工虚费日。怪石安拂嵌复枯，真僧列坐连跏趺。形如瘦鹤精神健，顶似伏犀头骨粗。倚松根，傍岩缝，曲录腰身长欲动。看经弟子拟闻声，瞌睡山童疑有梦。不知夏腊几多年，一手搘颐偏袒肩。口开或若共人语，身定复疑初坐禅。案前卧象低垂鼻，崖畔戏猿斜展臂。芭蕉花里刷轻红，苔鲜文中晕深翠。硬筇杖，矮松床，雪色眉毛一寸长。绳开梵夹两三片，线补衲衣千万行。林间乱叶纷纷堕，一印残香断烟火。皮穿木屐不曾拖，笋织蒲团镇长坐。休公逸艺无人加 一作偕，声誉喧喧遍海涯。五七字句一千首，大小篆书三十家。唐朝历历多名士，萧子云兼吴道子。若将书画比休公，只恐当时浪生死。休公始自江南来入秦，于今到蜀无交亲。诗名画手皆奇绝，觑你凡人争是人 一作事事精。瓦棺寺里维摩诘，舍卫城中辟支佛。若将此画比量看，总在人间为第一。

题景焕画应天寺壁天王歌

锦城东北黄金地，故迹何人兴此寺。白眉长老重名公，曾识会稽山处士。寺门左壁图天王，威仪部从来何方。鬼神怪异满壁走，当檐飒飒生秋光。我闻天王分理四天下，水晶宫殿琉璃瓦。彩仗时驱狒狖装，金鞭频策骐骥马。毗沙大像何光辉，手擎巨塔凌云飞。地神对出宝瓶子，天女倒披金缕衣。唐朝说著名公画，周昉毫端善图写。张僧繇是有神人，吴道子称无敌者。奇哉妙手传孙公，能如此地留神踪。斜窥小鬼怒双目，直倚越狼高半胸。宝冠动总生威容，趋跄左右来倾恭。臂横鹰爪尖纤利，腰缠虎皮斑剥红。飘飘但恐入云中，步骤还疑归海东。蟒蛇拖得浑身堕，精魅搦来双眼空。当时此艺实难有，镇在宝坊称不朽。东边画了空西边，留与后人教敌手。后人见者皆心惊，尽为名公不敢争。谁知未满三十载，或有异人来间生。匡山处士名称朴，头骨高奇连五岳。曾持象简累为官，又有蛇珠常在握。昔年长老遇奇踪，今日门师识景公。兴来便请泥高壁，乱抢笔头如疾风。逡巡队仗何颠逸，散漫奇形皆涌出。交加器械满虚空，两面或然如斗敌。圣王怒色览东西，剑刃一挥皆整齐。腕头狮子咬金甲，脚底夜叉击络鞮。马头壮健多筋节，乌觜弯环如屈铁。遍身蛇虺乱纵横，绕颔髑髅干子裂。眉粗眼竖发如锥，怪异令人不可知。科头巨卒欲生鬼，半面女郎安小儿。况闻此寺初兴置，地脉沈沈当正气。如何请得二山人，下笔咸成千古事。君不见明皇天宝年，画龙致雨非偶然。包含万象藏心里，变现百般生眼前。后来画品列名贤，唯此二人堪比肩。人间是物皆求得，此样欲于何处传。尝忧壁底生云雾，揭起寺门天上去。

渔父歌二首

摆脱尘机上钓船，免教荣辱有流年。无系绊，没愁煎，须信船中有散仙。

风浩寒溪照胆明，小君山上玉蟾生。荷露坠，翠烟轻，拨剌游鱼几处 一作个惊。

大游仙诗 一作欧阳炳

赤城霞起武陵春，桐柏先生解守真。白石桥高曾纵步，朱阳馆静每存神。囊中隐诀多仙术，肘后方书济俗人。自领蓬莱都水监，只忧沧海变成尘。

杨柳枝

软碧摇烟似送人，映花时把翠蛾嚬。青青自是风流主，慢飐金丝待洛神。

句

古人重到今人爱，万局都无一局同。《赋棋》，见《韵语阳秋》。

刘义度

刘义度,后蜀工部侍郎。诗一首。

感怀诗

昨日方髫髻,如今满颔髯。紫阁无心恋,青山有意潜。

刘羲叟

刘羲叟,后蜀翰林学士。诗一首。

同徐学士咏笋

徐徐出土非人种,枝叶难投日月壶。为是因缘生此地,从他长养譬如无。

詹敦仁

詹敦仁,字君泽,固始人。初隐仙游,后为清溪令。诗六首。

复留侯从效问南汉刘岩改名龑字音义

伏羲初画卦,苍氏乃制字。点画有偏旁,阴阳贵协比。古者不嫌名,周公始称讳。始讳犹未酷,后习转多忌。或援他代易,或变文回避。滥觞久滋蔓,伤心日益炽。孙休命子名,吴国尊王意。䨄𩅦𩇨䍧,𪓟𪓔𪓹𪓰异。梁复踵已非,时亦迹旧事,巇杰自其一,蜀闽是其二。鄙哉化瞽名,陋矣越巂义。大唐有天下,武后拥神器。私制迄无取,古音实相类。平虒囶囝星,嵐怹厓丙坐。年囨及墾嵐,作史难详备。唐祚值倾危,刘龑怀僣伪。吁嗟毒蛟辈,睥睨飞龙位。龑岩虽同音,形体殊乖致。废学愧未弘,来问辱不弃。奇字难雄博,摛文伏韩智。因诵鄙所闻,敢布诸下吏。

柳堤诗并序 序内缺一字

夫柳之性,断根插地,遂有生意。越一二年,而笼晴蔽阴矣。予不知天地生物之心,且得以为负耒息耕之便焉。况是木删之则枝叶倍长,剪之则芽蘖滋多,又得以供火爨之用焉。时方春也,绿染方匀,柔丝袅风。撷诗肠之百结,宜吾一咏而一觞也。春云暮矣,雪絮飞球,悠扬远近。叹人生之聚散,宜闲居而自适也。于是秉耒就耕,书横牛角,锄且带经。或偃息乎繁阴之下,开卷自得,悠然而乐。虽盛夏溽暑,白扇可置,风□是快。则是柳之繁茂,不谓无庇物之效也。俄而凉飙飒至,一叶惊秋,露滴疏枝,月筛淡影。放出千岩霁色,静笼数顷黄云。觉岁月以惊心,叹年华之暗度。雨雪飘飘,未春而絮,青山改色,觉老其容。即当收敛暇余,乃且呼童削其繁冗,伐其朽蠹。夫插柳之效,予既两资其利,泚笔缀字,以示后人。使知予插柳之意,不为徒耳,仍记之以诗曰:

种稻三十顷,种柳百余林。稻可供饦粥,柳可爨庖厨。息耒柳阴下,读书稻田隅。以乐尧舜道,同是耕莘夫。

劝王氏入贡,宠予以官,作辞命篇

争霸图王事总非,中原失统可伤悲。往来宾主如邮传,胜负干戈似局棋。周粟纵荣宁忍食。葛庐频顾谩劳思。江山有待早归去,好向鹪林择一枝。

余迁泉山城,留侯招游郡圃作此

当年巧匠制茅亭,台馆翚飞匝郡城。万灶貔貅戈甲散,千家罗绮管弦鸣。柳腰舞罢香风度,花脸妆匀酒晕生。试问亭前花与柳,几番衰谢几番荣。

留侯受南唐节度使知郡事,辟予为属,以诗谢之

晋江江畔趁春风,耕破云山几万重。两足一犁无外事,使君何啻五侯封。

遣子访刘乙

扫石耕山旧子真,布衣草履自随身。石崖壁立题诗处,知是当年凤阁人。

詹琲

詹琲,敦仁子,劝陈洪进纳土,归隐凤山。诗三首。

永嘉乱,衣冠南渡,流落南泉,作忆昔吟

忆昔永嘉际,中原板荡年。衣冠坠涂炭,舆辂染腥膻。国势多危厄,宗人苦播迁。南来

频洒泪,渴骥每思泉。

癸卯闽乱,从弟监察御史敬凝迎仕别作

一别几经春,栖迟晋水滨。鹡鸰长在念,鸿雁忽来宾。五斗嫌腰折,朋山刺眼新。善辞如复我,四海五湖身。

追和秦隐君辞荐之韵,上陈侯乞归凤山第八句缺一字

谁言悦口是甘肥,独酌鹅儿唼翠微。蝇利薄于青纸扇,羊裘暖甚紫罗衣。心随倦鸟甘栖宿,目送征鸿远奋飞。击壤太平朝野客,凤山深处□生辉。

幸夤逊

幸夤逊,夔州云安监人一云成都人。仕后蜀,为翰林学士、工部侍郎。随昶入宋。诗一首。

云

因登巨石知来处,勃勃元生绿藓痕。静即等闲藏草木,动时顷刻遍乾坤。横天未必朋元恶,捧日还曾瑞至尊。不独朝朝在巫峡,楚王何事谩劳魂。

句

苦教作镇居中国,争得泥金在泰山。《岷山》,见《吟窗集录》。

才闻暖律先偷眼,既待和风始展眉。《柳》。

蒙君知重惠琼实,薄起金刀钉玉深。

嚼处春冰敲齿冷,咽时雪液沃心寒。《梨》,以上见《事文类聚》。

深妆玉瓦平无垄,乱拂芦花细有声。《雪》。

日回禽影穿疏木,风递猿声入小楼。

丁元和

丁元和,后蜀时人。诗一首。

诗

九重天子人中贵,五等诸侯阃外尊。争似布衣云水客,不将名字挂乾坤。

张立 一作玄

张立,新津人。李昊尝荐之孟昶,不赴,自号阜江渔翁。诗二首。

咏蜀都城上芙蓉花

四十里城花发时,锦囊高下照坤维。虽妆蜀国三秋色,难入豳风七月诗。

又咏

去年今日到城都,城上芙蓉锦绣舒。今日重来旧游处,此花憔悴不如初。

句

朝廷不用忧巴蜀,称霸何曾是蜀人。《初唐明宗徙蜀豪杰入洛赋》。

全唐诗卷七百六十二

刘昭禹

刘昭禹,字休明,桂阳人一云婺州人。在湖南累为县令,后署天策府学士,终岩州刺史。集一卷,今存诗九首。

括苍一作玉几山

尽日行方半,诸山直下看。白云随步起,危径极天盘。瀑顶桥形小,溪边店影寒。往来空太息,玄鬓改非难。

忆天台山

常记游灵境,道人情不低。岩房客偃息,天路许相携。霞散曙峰外,虹生凉瀑西。何当尘役了,重去听猿啼。

冬日暮国清寺留题

天台山下寺,冬暮景如屏。树密风长在,年深像有灵。高钟疑到月,远烧欲连星。因共真僧话,心中万虑宁。

灵溪观

鳌海西边地,宵吟景象宽。云开孤月上,瀑喷一山寒。人异发常绿,草灵秋不干。无由此栖息,魂梦在长安。

怀华山隐者

先生入太华,杳杳绝良音。秋梦有时见,孤云无处寻。神清峰顶立,衣冷瀑边吟。应笑干名者,六街尘土深。

赠惠律大师

秋是忆山日,禅窗露洒余。几悬华顶梦,应寄沃洲书。风月资吟笔,杉篁笼静居。满城谁不重,见著紫衣初。

经费冠卿旧隐

节高终不起,死恋九华山。圣主情何切,孤云性本闲。名传中国外,坟在乱松间,依约曾栖处,斜阳鸟自还。

闻蝉
　　一雨一番晴，山林冷落青。莫侵残日噪，正在异乡听。孤馆宿漳浦，扁舟离洞庭。年年当此际，那免鬓凋零。

送休公归衡
　　草履初登南岳船，铜瓶犹贮北山泉。衡阳旧寺春归晚，门锁寒潭几树蝉。

句
　　句向夜深得，心从天外归。见《纪事》。

　　危楼聊侧耳，高柳又鸣蝉。《秋日登楼》，见《吟窗杂录》。

　　藓色围波井，花阴上竹楼。以下见《海录碎事》。

　　对面雷瞋树，当街雨趁人。《夏雨》。

　　春光怀玉阙，万里起初程。《送人》。

　　江上呼风去，天边挂席飞。《送人舟行》。

　　漆灯寻黑洞，之字上危峰。《送人游九疑》。

李宏皋
　　李宏皋，善夷之子。仕湖南为天策学士，官至刑部侍郎。集二卷，今存诗二首。

铜柱辞
　　招灵铸柱垂英烈，手执干戈征百越。诞今铸柱庇黔黎，指画风雷开五溪。五溪之险不足恃，我旅争登若平地。五溪之众不足平，我师轻蹑如春水。溪人畏威思纳质，弃污归明求立誓。誓山川兮告鬼神，保子孙兮千万春。

题桃源
　　山翠参差水渺茫，秦人昔在楚封疆。当时避世乾坤窄，此地安家日月长。草色几经坛杏老，岩花犹带洞—作露桃香。他年倘遂平生志，来著霞衣侍玉皇。

何仲举
　　何仲举，营道人。后唐天成中登进士第，仕楚，署天策府学士，全、衡二州刺史。诗一首。

李皋试诗
　　仲举年十三，家贫，输县税不及限。李皋为令，荷项系之狱。或有言其能诗，皋试之，立成，释而延礼焉。于是遂锐意就学。

　　似玉来投狱，抛家去就枷。可怜两片木，夹却一枝花。

句
　　碧云章句才离手，紫府神仙尽点头。《献秦王》。

　　树迎高鸟归深野，云傍斜阳过远山。《秋日晚望》，以上见《五代史补》。

徐仲雅—作东野
　　徐仲雅，其先秦中人，徙居长沙。事马氏，为观察判官、天册府学士。所业百余卷行世，今存诗六首。

耕—作农夫谣
　　张绪逞风流，王衍事轻薄。出门逢耕夫，颜色必不乐。肥肤如玉浩，力拗丝不折。半日无耕夫，此辈总饿杀。

赠齐己
　　我唐有僧号齐己，未出家时宰相器。爰见梦中逢五丁，毁形自学无生理。骨瘦神清风一襟，松老霜天鹤病深。一言悟得生死海，芙蓉吐出琉璃心。闷见有唐风雅缺，敲破冰天飞白雪。清塞清江却有灵，遗魂泣对荒郊月。格何古，天工未生谁知主。混沌凿开鸡子黄，散作纯风如胆苦。意何新，织女星机挑白云。真宰夜来调暖律，声声吹出嫩青春。调何雅，涧底孤松秋雨洒。嫦娥月里学步虚，桂风吹落玉山下。语何奇，血泼乾坤龙战时。祖龙跨海日方出，一鞭风雨万山飞。己公己公道如此，浩浩寰中如独自。一簪松风冷如冰,长伴巢由伸脚睡。

赠江处士

门在松阴里,山僧几度过。药灵丸不大,棋妙子无多。薄雾笼寒径,残风恋绿萝。金乌兼玉兔,年几—作纪奈公何。

东华观偃松

半已化为石,有灵通碧湘。生逢尧雨露,老直汉风霜。月滴蟾心水,龙遗脑骨香。始于毫末后,曾见几兴亡。

咏棕树

叶似新蒲绿,身如乱锦缠。任君千度剥,意气自冲天。

宫词

内人晓起怯春寒,轻揭珠帘看牡丹。一把柳丝收不得,和风搭在玉栏杆。

句

屋面尽生人耳朵,篱头多是老翁须。《闲居》。

平分造化双苞去,拆破春风两面开。《合欢牡丹》。

云路半开千里月,洞门斜掩一天春。《马希范夜宴,迎四仪夫人》。

凿开青帝春风国,移下姮娥夜月楼。《马殷明月圃》,见《野客丛谈》。

珠玑影冷偏粘草,兰麝香浓却损花。《春园宴》。

山色晓堆罗黛雨,草梢春戛麝香风。

衰兰寂寞含愁绿,小杏妖娆弄色红。

旁搜水脉湘心满,遍揭泉根梵底通。

水□滴残青□瘦,石脂倾尽白云空。缺二字。

深浦送回芳草日,急滩牵断绿杨风。

藕梢逆入银塘里,蘋迹潜来玉井中。

败菊篱疏临野渡,落梅村冷隔江枫。

剪开净涧分苗稼,划破涟漪下钓筒。以上见《湘湖故事》。

伍彬

伍彬,邵阳人。初仕楚,后入宋。诗一首。

分水岭

前贤功及物,禹后杳难俦。不改古今色,平分南北流。寒冲山影岸,清绕荻花洲。尽是朝宗去,潺潺早晚休。

句

稚子出看莎径没,渔翁来报竹桥流。《夏日喜雨》。

踪迹未辞鸳鹭客,梦魂先到鹧鸪村。《辞解牧》。

杨徽之

杨徽之,楚马殷时人。诗一首。

留宿廖融山斋

清和春尚在,欢醉日何长。谷鸟随柯转,庭花夺酒香。初晴岩翠滴,向晚树阴凉。别有堪吟处,相留宿草堂。

句

新霜染枫叶,皎月借芦花。《秋日》。

废宅寒塘水,荒坟宿草烟。《哭江为》,见《纪事》。

王元

王元,字文元,桂林人。隐居不仕。诗五首。

登祝融峰

草叠到孤顶,身齐高鸟翔。势疑撞翼轸,翠欲滴潇湘。云湿幽崖滑,风梳古木香。晴空聊纵目,杳杳极穷荒。

怀翁宏

独夜思君切,无人知此情。沧州归未得,华发别来生。孤馆木初落,高空月正明。远书多隔岁,独念没前程。

听琴

拂尘开素匣,有客独伤时。古调俗不乐,正声君自知。寒泉出涧涩,老桧倚风悲。纵有来听者,谁堪继子期。

哭李韶

韶也命何奇,生前与世违。贫栖古梵刹,终著旧麻衣。雅句僧抄遍,孤坟客吊稀。故园今孰在,应见梦中归。

题邓真人遗址

三千功满仙升去,留得山前旧隐基。但见白云长掩映,不知浮世几兴衰。松稍风触霓旌动,棕叶霜沾鹤翅垂。近代无人寻异事,野泉喷月泻秋池。

句

伴行惟瘦鹤,寻步入深云。《赠廖融》,见《纪事》。

廖融

廖融,字元素。隐居衡山。诗七首。

谢翁宏以诗百篇见示

高奇一百篇,造化见工全。积思游沧海,冥搜入洞天。神珠迷罔象,端玉匪雕镌。休叹不得力,离骚千古传。

赠天台逸人

移桧托禅子,携家上赤城。拂琴天籁寂,攲枕海涛生。云白寒峰晚,鸟歌春谷晴。又闻求桂楫,载月十洲行。

古桧

何人见植初,老树梵王居。山鬼暗栖托,樵夫难破除。声高秋汉迥,影倒月潭虚。尽日无僧倚,清风长有余。

题伍彬屋壁

圆塘绿水平,鱼跃紫莼生。要路贫无力,深村老退耕。犊随原草远,蛙傍堑篱鸣。拨棹茶川去,初逢谷雨晴。

梦仙谣

琪木扶疏系辟邪,麻姑夜宴紫皇家。银河旌节摇波影,珠阁笙箫吸月华。翠凤引游三岛路,赤龙齐驾五云车。星稀犹倚虹桥立,拟就张骞搭汉槎。

退宫妓

神仙风格本难俦,曾从前皇翠辇游。红踯躅繁金殿暖,碧芙蓉笑水宫秋。宝筝钿剥阴尘覆,锦帐香消画烛幽。一旦色衰归故里,月明犹梦按梁州。

句

圭灶先知晓,盆池别见天。

古寺寻僧饭,寒岩衣鹿裘。

云穿捣药屋,雪压钓鱼舟。

王正己

王正己,楚逸人。与任鹄、凌蟾、廖融、王元友善。诗一首。

赠廖融

病起正当秋阁迥,酒醒迎对夜涛寒。炉中药熟分僧饭,枕上琴闲借客弹。

句

洗盂秋涧日华动,捣药夜坐秋气深。《赠隐者》,见《纪事》。

翁宏

翁宏,字大举,桂州人。诗三首。

送廖融处士南游

病卧瘴云间,莓苔渍竹关。孤吟牛渚月,

老忆洞庭山。壮志潜消尽,淳风竟未还。今朝忽相遇,执手一开颜。

春残

又是春残也,如何出翠帏。落花人独立,微雨燕双飞。寓目魂将断,经年梦亦非。那堪向愁夕,萧飒暮蝉辉。

秋残

又是秋残也,无聊意若何。客程江外远,归思夜深多。岘首飞黄叶,湘湄走白波。仍闻汉都护,今岁合休戈。

句

万木横秋里,孤舟半夜猿。《送人》。

漏光残井甃,缺影背山椒。《咏晓月》。

风回山火断,潮落岸冰高。《湘江吟》。

张观

张观,楚马殷时人。诗一首。

过衡山赠廖处士

未向漆园为傲吏,定应明代作征君。传家奕世无金玉,乐道经年有典坟。带雨小舟横别涧,隔花幽犬吠深云。到头终为苍生起,休恋耕烟楚水濆。

孙光宪

孙光宪,字孟文,陵州人。为荆南高从诲书记,历检校秘书,兼御史大夫。有集五十余卷,今存诗八首。

竹枝词二首

门前春水白蘋花,岸上无人小艇斜。商女经过江欲暮,散抛残食饲神鸦。

乱绳千结绊人深,越罗万丈表长寻。杨柳在身垂意绪,藕花落尽见莲心。

杨柳枝词四首

阊一作间门风暖落花干,飞遍江城雪不寒。独有晚来临水驿,闲人多凭赤栏干。

有池有榭即蒙蒙,浸润翻成长养功。恰似有人长点检,著行排立向春风。

根柢虽然傍浊河,无妨终日近笙歌。氍氍金带谁堪比,还共黄莺不较多。

万株枯槁怨亡隋,似吊吴台各自垂。好是淮阴明月里,酒楼横笛不胜吹。

采莲

菡萏香连十顷陂,小姑贪戏采莲迟。晚来弄水船头湿,更脱红裙裹鸭儿。

八拍蛮

孔雀尾拖金线长,怕人飞起入丁香。越女沙头争拾翠,相呼归去背斜阳。

句

晓厨烹淡菜,春杼种橦花。《和南越诗》。

刘章

刘章,字克明,江左人。事湖南马氏。诗一首。

咏蒲鞋

吴江浪浸白蒲春,越女初挑一样新。才自绣窗离玉指,便随罗袜上香尘。石榴裙下从容久,玳瑁筵前整顿频。今日高楼鸳瓦上,不知抛掷是何人。

路洵美

路洵美,永州祁阳人,唐相岩之孙。避地湘潭,事马氏,署连州从事。诗一首。

夜坐

帘卷竹轩清,四邻无语声。漏从吟里转,月自坐来明。草木露华湿,衣裳寒气生。难逢知鉴者,空悦此时情。

梁震

梁震,邛州依政人。登进士第。梁开平初

归蜀,道过江陵,高季兴留之,与司空薰、王保义同为宾客。震独不受辟署,自号荆台隐士。集一卷,今存诗一首。

荆台道院

桑田一变赋归来,爵禄焉能浼我哉。黄犊依然花竹外,清风万古凛荆台。

全唐诗卷七百六十三

杨夔

杨夔,唐末为田頵客。集五卷,今存诗十二首。

宁州道中

城枕萧关路,胡兵日夕临。唯凭一炬火,以慰万人心。春老雪犹重,沙寒草不深。如何驱匹马,向此独闲吟。

寻九华王山人

下马扣荆扉,相寻春半时。扪萝盘磴险,垒石渡溪危。松夹莓苔径,花藏薜荔篱。卧云情自逸,名姓厌人知。

金陵逢张乔

殊乡会面时,辛苦两情知。有志年空过,无媒命共奇。吟余春漏急,语旧酒巡迟。天爵如堪倚,休惊鬓上丝。

送邹尊师归洞庭

众岛在波心,曾居一作为旧隐林。近闻飞檄急,转忆卧云深。卖药唯供酒,归舟只载琴。遥知明月夜,坐石自开襟。

送日东僧游天台

一瓶离日外,行指赤城中。去自重云下,来从积水东。攀萝跻石径,挂锡憩松风。回首鸡林道,唯应梦想通。

题甘露寺

高殿拂云霓,登临想虎溪。风匀帆影众,烟乱鸟行迷。北倚波涛阔,南窥并邑低。满城尘漠漠,隔岸草萋萋。虚阁延秋磬,澄江响暮鼙。客心还惜去,新月挂楼西。

送张相公出征

得意在当年,登坛秉国权。汉推周勃重,晋让赵宣贤。儒德尼丘降,兵钤太白传。援毫飞凤藻,发匣吼龙泉。历火金难耗,零霜桂益坚。从来称玉洁，此更让朱妍。鸳鹭臻门下，貔貅拥帐前。去知青朔漠，行不费陶甄。献画符中旨，推诚契上玄。愿将班固笔，书颂勒燕然。

题郑山人郊居

谷口今逢避世才，入门潇洒绝尘埃。渔舟下钓乘风去，药酝留宾待月开。数片石从青嶂得，一条泉自白云来。竹轩相对无言语，尽日一作肆目南山不欲回。

题宣州延庆寺益公院咸通中入讲，极承恩泽

嘿坐能除万种情，腊高兼有赐衣荣。讲经旧说倾朝听，登殿曾闻降辇迎。幽径北连千嶂碧，虚窗东望一川平。长年门外无尘客，时见元戎驻旆旌。

寄当阳袁皓明府

高人为县在南京，竹绕琴堂水绕城。地古既资携酒兴，务闲偏长看山情。松轩待月僧同坐，药圃寻花鹤伴行。百里甚堪留惠爱，莫教空说鲁恭名。

送杜郎中入茶山修贡

一道澄澜彻底清，仙郎轻棹出重城。采蘋虚得当时称，述职那同此日荣。剑戟步经一作摇高障黑，绮罗光动百花明。谢公携妓东山去，何似乘春奉诏行。

送郑谷

春江潋潋清且急，春雨蒙蒙密复疏。一曲狂歌两行泪，送君兼寄故乡书。

杜建徽

杜建徽，字延光，新登人。随钱镠征伐，累立战功，官至丞相、中书令，封郧国公。诗一首。

自叙

建徽累征伐，皆单衣入阵，敌无不披靡。年老尚能骑射，尝从击球于广场，兴酣，有宿中箭镞自臂中飞出，人皆壮之。为诗自叙。

中剑斫耳缺，被箭射胛过。为将须有胆，有胆即无贾。

沈韬文

沈韬文，湖州人。事钱镠为元帅府典谒，累官左卫上将军，改湖州刺史。诗一首。

游西湖首句缺

□□□□□□□，菰米蘋花似故乡。不是不归归未得，好风明月一思量。

王继勋

王继勋，审知诸孙。连重遇之乱，泉州军将留从效拥立为刺史，后执送南唐。诗一首。

赠和龙妙空禅师

白面山南灵庆院，茅一作卯斋道者雪峰禅。只栖云树两三亩，不下烟萝四五年。猿鸟认声呼唤易，龙神降伏住持坚。谁知今日秋江畔，独步医王阐法筵。

刘乙

刘乙，字子真，泉州人。仕闽为凤阁舍人，弃官隐安溪凤髻山。集一卷，今存诗一首。

题建造寺

曾看画图劳健羡，如今亲见画犹粗。减除天半石初渺，欠却几株松未枯。题像阁人渔浦叟，集生台鸟谢城乌。我来一听支公论，自是吾身幻得吾。

句

扫石云随帚，耕山鸟傍人。《闽志》。

夏鸿

夏鸿，闽王氏客也。诗一首。

和赠和龙妙空禅师

翰林遗迹镜潭前，孤峭高僧此处禅。山为信门兴化日，坐当吾国太平年。身同莹澈尼珠

净,语并锋铓慧剑坚。道果已圆名已遂,即看千匦绕香筵。

刘山甫

刘山甫,彭城人。为王审知判官。诗一首。

题青草湖神词 并序

山甫父官岭外,侍从北归,泊青草湖。见天王祠,庙宇倾颓,香火不续,题诗云云。是夜梦为天王所责云:"我南岳神,主张此地,何为见侮?"俄而惊觉,风浪暴起,殆欲沈溺。遽起令撤诗板,然后定。

坏墙风雨几经春,草色盈庭一座尘。自是神明无感应,盛衰何得却由人。

张昭

张昭,南汉时人。诗一首。

汉宗庙乐舞辞

高庙明灵再启图,金根玉辂幸神都。巢阿丹凤衔书命,入昴飞星献宝符。正抚薰弦娱赤子,忽登仙驾泣苍梧。荐樱鹤馆筳箫咽,酌郁金罍剑珮趋。星俎云罍兼鲁礼,朱干象箭杂巴渝。氤氲龙麝交青琐,仿佛锡銮下蕊珠。荐豆奉觞亲玉几,配天合祖耀璇枢。受釐饮酒皇欢洽,仰俟余灵泰九区。

颜仁郁

颜仁郁,字文杰,泉州人。仕王审知为归德场长。诗二首。

农家

夜半呼儿趁晓耕,羸牛无力渐艰行。时人不识农家苦,将谓田中谷自生。

山居

柏树松阴覆竹斋,罢烧药灶纵高怀。世间应少山间景,云绕青松水绕阶。

王延彬

王延彬,闽王审知弟审邦之子,官节度使。时中原人士杨承休、郑璘、韩偓、归传懿、杨赞图、郑戬等皆避乱入闽,依审邦,审邦振赋以财,遣延彬作招贤馆礼焉。诗二首。

春日寓感

两衙前后讼堂清,软锦披袍拥鼻行。雨后绿苔侵履迹,春深红杏锁—作启莺声。因携久酝松醪酒,自煮新抽竹—作绿笋羹。也解为诗也为政,侬家何以谢宣城。

哭徐夤

延寿溪头叹逝波,古今人事半销磨。昔除正字今何在,所谓人生能几何。延寿溪,夤所居也。

全唐诗卷七百六十四

谭用之

谭用之,字藏用,五代末人。善为诗,而官不达。诗一卷。

塞上

秋风汉北雁飞天,单骑那堪绕贺兰。碛暗更无岩树影,地平时有野烧瘢。貂披寒色和衣冷,剑佩胡霜隔匣寒。早晚横戈似飞尉,拥旄深入异田单。

钵略城边日欲西,游人却忆旧山归。牛羊集水烟粘步,雕鹗盘空雪满围。猎骑静逢边气薄,戍楼寒对暮烟微。横行总是男儿事,早晚重来似汉飞。

赠索处士

不将桂子种诸天,长得寻君水石边。玄豹夜寒和雾隐,骊龙春暖抱珠眠。山中宰相陶弘景,洞里真人葛稚川。一度相思一惆怅,水寒烟澹落花前。

别雒下一二知己

金鼎光辉照雪袍,雒阳春梦忆波涛。尘埃满眼人情异,风雨前程马足劳。接塞峨眉通蜀险,过山仙掌倚秦高。别来无限幽求子,应笑区区味六韬。

约张处士游梁

莫学区区老一经,夷门关吏旧书生。晋朝灭后无中散,韩国亡来绝上卿。龙变洞中千谷冷,剑横天外八风清。好携长策干时去,免逐渔樵度太平。

送友人归青社

雕鹗途程在碧天,彩衣东去复何言。二千宾客旧知己,十二山河新故园。吟看桂生溪月上,醉听鲲化海涛翻。好期圣代重相见,莫学袁生老竹轩。

送丁道士归南中

孤云无定鹤辞巢,自负焦桐不说劳。服药几年期碧落,验符何处咒丹毫。子陵山晓红云密_{一作落},青草湖平雪浪高。从此人稀见踪迹,还应选地种仙桃。

月夜怀寄友人

剑气徒劳望斗牛,故人别后阻仙舟。残春谩道深倾酒,好月那堪独上楼。何处是非随马足,由来得丧白人头。清风未许重携手,几度高吟寄水流。

闲居寄陈山人

闲居何处得闲名,坐掩衡茅损性灵。破梦晓钟闻竹寺,沁心秋雨浸莎庭。瓮边难负千杯_{一作钟}绿,海上终眠万仞青。珍重先生全太古,应看名利似浮云。

忆南中

碧江头与白云门,别后秋霜点鬓根。长记学禅青石寺,最思共醉落花村。林间竹有湘妃泪,窗外禽多杜宇魂。未棹扁舟重回首,采薇收橘不堪论。

寄友人

病多慵引架书看,官职无才思_{一作兴}已阑。穴凤瑞时来却易,人龙别后见何难。琴樽风月闲生计,金玉松筠旧岁寒。早晚烟村碧江畔,挂罾重对蓼花滩。

别江上一二友生

国风千载务重华,须逐浮云背若耶。无地可归堪种玉,有天教上且乘槎。白纶巾卸苏门月,红锦衣裁御苑花。他日成都却回首,东山看取谢鲲家。

寄岐山林逢吉明府

岐山高与陇山连,制锦无私服晏眠。鹦鹉语中分百里,凤凰声里过三年。秦无旧俗云烟媚,周有遗风父老贤。莫役生灵种杨柳,一枝折灞桥边。

感怀呈所知

十年流落赋归鸿,谁傍昏衢驾烛龙。竹屋乱烟思梓泽,酒家疏雨梦临邛。千年别恨调琴懒,一片年光览镜慵。早晚休歌白石烂,放教归去卧群峰。

江上闻笛

谁为梅花怨未平,一声高唤百龙惊。风当闾阖庭初静,月在姑苏秋正明。曲尽绿杨涵野渡,管吹青玉动江城。临流不欲殷勤听,芳草王孙旧有情。

寄孟进士

依旧池边草色芳,故人何处忆山阳。书回科斗江帆暮,曲罢驺虞海树苍。吟望晓烟思桂渚,醉依残月梦余杭。别来南国知谁在,空对襜褕一断肠。

寄阎记室

织锦歌成下翠微,岂劳西去问楂机。未开水府珠先见,不掘丰城剑自辉。鳌逐玉蟾攀桂上,马随青帝踏花归。相逢半是云霄客,应笑歌牛一布衣。

幽居寄李秘书

几年帝里阻烟波,敢向明时叩角歌。看尽好花春卧稳,醉残红日夜吟多。印开夕照垂杨柳,画破寒潭老芰荷。昨夜前溪有龙斗,石桥风雨少人过。

贻钓鱼李处士

罢吟鹦鹉草芊芊,又泛鸳鸯水上天。一棹冷涵杨柳雨,片帆香挂芰荷烟。绿摇江澹萍离岸,红点云疏橘满川。何处邀将归画府,数茎红蓼一渔船。

河桥楼赋得群公夜宴

芙蓉帘幕扇秋红,蛮府新郎夜宴同。满座马融吹笛月,一楼张翰过江风。杯粘紫酒金螺重，谈转珊珰玉尘空。深荷良宵慰憔悴，德星池馆在江东。

寄左先辈

狂歌白鹿上青天，何似兰塘钓紫烟。万卷祖龙坑外物，一泓孙楚耳中泉。翩翩蛮榼薰晴浦，轂辘鱼车响夜船。学取青莲李居士，一生杯酒在神仙。

贻费道人

谁如南浦傲烟霞，白葛衣轻称帽纱。碧玉蜉蝣迎客酒，黄金轂辘钓鱼车。吟歌云鸟归樵谷，卧爱神仙入画家。他日风书何处觅，武陵烟树半桃花。

寄许下前管记王侍御

昔年南去得娱宾，顿逊杯前共好春。蚁泛羽觞蛮酒腻，凤衔瑶句蜀笺新。花怜游骑红随辔，草恋征车碧绕轮。别后青青郑南陌，不知风月属何人。

秋日圃田送人随计

仆射陂前是传邮，去程雕鹗弄高秋。吟抛芍药栽诗圃，醉下茱萸饮酒楼。向日迥飞驹皎皎，临风谁和鹿呦呦。明年二月仙山下，莫遣桃花逐水流。

途次宿友人别墅

千里崤函一梦劳，岂知云馆共萧骚。半帘绿透偎寒竹，一榻红侵坠晚桃。蛮酒客稀知味长，蜀琴风定觉弦高。感君岩下闲招隐，细缕金盘脍错刀。

春日期巢湖旧事

暖掠红香燕燕飞，五云仙珮晓相携。花开鹦鹉韦郎曲，竹亚虬龙白帝溪。富贵万场归紫酒，是非千载逐芳泥。不知多少开元事，露泣春丛向日低。

再游韦曲山寺

鹊岩烟断玉巢欹，鼍画春塘太白低。马踏翠开垂柳寺，人耕红破落花蹊。千年胜概咸原上，几代荒凉绣岭西。碧吐红芳旧行处，岂堪回首草萋萋。

寄徐拾遗

长竿一系白龙吟，谁和驺虞发素琴。野客碧云魂易断，故人芳草梦难—作同寻。天从补后星辰稳，海自潮来岛屿深。好向明庭拾遗事，莫教玄豹老泉林。

秋宿湘江遇雨

江上阴云锁梦魂，江边深夜舞刘琨。秋风万里芙蓉国，暮雨千家薜荔村。乡思不堪悲橘柚，旅游谁肯重王孙。渔人相见不相问，长笛一声归岛门。

贻南康陈处士陶

白玉堆边蒋径横，空涵二十四滩声。老无征战轩辕国，贫有茅茨帝舜城。丹凤昼飞群木冷，一龙秋卧九江清。时人莫笑非经济，还待中原致太平。

渭城春晚

秦树朦胧春色微，香风烟暖树依依。边城夜静月初上，芳草路长人未归。折柳且堪吟晚槛，弄花何处醉残晖。钓乡千里断消息，满目碧云空自飞。

山中春晚寄贾员外

不随黄鹤起烟波，应笑无成返薜萝。看尽好花春卧稳，醉残红日夜吟多。高添雅兴松千尺，暗养清音竹数科。珍重仙曹旧知己，往来星骑一相过。

贻净—作安居寺新及第

秋池云下白莲香，池上吟仙寄竹房。闲颂国风文字古，静消心火梦魂凉。三春蓬岛花无限，八月银河路更长。此境空门不曾有，从头好语与医王。

江边秋夕

千钟紫酒荐—作煮菖蒲，松岛兰舟潋滟居。

曲内橘香江客笛,字中岚气岳僧书。吟期汗漫驱金虎,坐约丹青跨玉鱼。七色花虬一声鹤,几时乘兴上清虚。

送僧中孚南归

琵琶峡口月溪边,玉乳头佗忆旧川。一锡冷涵兰径路,片帆香挂橘洲烟。苔封石锦栖霞室,水溅衣珠喷玉蝉。莫道翩翩去如梦,本来吟鸟在林泉。

江馆秋夕

耿耿银河雁半横,梦𩧢金碧辘轳轻。满窗谢练江风白,一枕齐纨海月明。杨柳败梢飞叶响,芰荷香柄折秋鸣。谁人更唱阳关曲,牢落烟霞梦不成。

秋夜同友人话旧

露下银河雁度频,囊中炉火几时真。数茎白发生浮世,一盏寒灯共故人。云外簟凉吟峤月,岛边花暖钓江春。何当归去重携手,依旧红霞作近邻。

古剑

铸时天匠待英豪,紫焰寒星匣倍牢。三尺何年拂尘土,四溟今日绝波涛。雄应垓下收蛇阵,滞想溪头伴豹韬。惜是真龙懒抛掷,夜来冲斗气何高。

寄王侍御

鸟尽弓藏良可哀,谁知归钓子陵台。炼多不信黄金耗,吟苦须惊白发催。喘月吴牛知夜至,嘶风胡马识秋来。燕歌别后休惆怅,黍已成畦菊已开。

别何处士陵俊老

三皇上人春梦醒,东侯老大麒麟生。洞连龙穴全山冷,窗透鳌波尽室清。计拙耻居岩麓老,气狂惭与斗牛平。谁人为向青编上,直傍巢由写一名。

句

流水物情谙世态,落花春梦厌尘劳。《贻僧》。

织槛锦纹苔乍结,堕书花印菊初残。《宿西溪隐士》。

光阴老去无成事,富贵不来争奈何。《途中》。

眠云无限好知己,应笑不归花满樽。《入关》,以上并《吟窗杂录》。

全唐诗卷七百六十五

王周

王周,登进士第。曾官巴蜀。诗一卷(胡震亨云:唐、宋《艺文志》并无其人,惟《文献通考》载入唐人集目中。今考《峡船诗序》引陆鲁望《茶具》诗,其人盖在鲁望之后。而诗题纪年有戊寅、己卯两岁,近则梁之贞明,远则宋之太平兴国也。自注地名,又有汉阳军、兴国军,为宋郡号,殆五代人而入宋者)。

泊姑熟口

杳杳金陵路,难禁欲断魂。雨晴山有态,风晚水无痕。远色千樯岸,愁声一笛村。如何遣怀抱,诗毕自开尊。

湖口县

柴桑分邑载图经,屈曲山光展画—作翠屏。最是芦洲东北望,人家残照隔烟汀。

岳州众湖阻风二首

众湖湖口系兰船,睡起中餐又却眠。风伯如何解回怒,数宵樯倚碧芦烟。

偶系扁舟枕绿莎,旋移深处避惊波。晓来闲共渔人话,此去巴陵路几多?

问春

游丝垂幄雨依依,枝上红香片片飞。把酒向春因底意,为谁来后为谁归。

春答

花枝千万趁春开,三月瓓珊即自回。剩向东园种桃李,明年依旧为君来。

西塞山二首 今谓之道士矶,即兴国军大冶县所隶也。

西塞名山立翠屏,浓岚横入半江青。千寻铁锁无由问,石壁空存道者形。

匹妇顽然莫问因,匹夫何去望千春。翻思岵屺传诗什,举世曾无化石人。

使风
　　风起即千里,风回翻问津。沈思宦游者,何啻使风人。

石首山荆江东南流,至此山即西北流,下川峡。泽之大首有此,因而为名也。
　　首出崔嵬占上游,迥存浓翠向荆州。空闻别有回山力,却见长江曲尺流。

金口步在江北汉阳军,下必铁也
　　两山斗咽喉,群石矗牙齿。行客无限愁,横吞一江水。

采桑女二首
　　渡水采桑归,蚕老催上机。扎扎得盈尺,轻素何人衣。
　　采桑知蚕饥,投梭惜夜迟。谁夸罗绮丛,新画学月眉。

渡溪
　　渡溪溪水急,水溅罗衣湿。日暮犹未归,盈盈水边立。

落叶
　　素律铄欲脆,青女妒复稀。月冷天风吹,叶叶干红飞。

宿疏陂驿
　　秋染棠梨叶半红,荆州东望草平空。谁知孤宦天涯意,微雨萧萧古驿中。

再经秭归二首
　　总角曾随上峡船,寻思如梦可凄然。夜来孤馆重来宿,枕底滩声似旧年。
　　秭归城邑昔曾过,旧识无人奈老何。独有凄清难改处,月明闻唱竹枝歌。

霞
　　拂拂生残晖,层层如裂绯。天风剪成片,疑作仙人衣。

巫山公署壁有无名氏戏书二韵施州路一百八盘
　　南陵直上路盘盘,平地凌云势万端。堪笑巴民不厌足,更嫌山少画山看。

道院
　　白日人稀到,帘垂道院深。雨苔生古壁,雪雀聚寒林。忘虑凭三乐,消闲信五禽。谁知是官府,烟缕满炉沈。

会唫岑山人戊寅仲冬六日
　　渝州江上忽相逢,说隐西山最上峰。略坐移时又分别,片云孤鹤一枝筇。

巴江
　　巴江江水色,一带浓蓝碧。仙女瑟瑟衣,风梭晚来织。

小园桃李始花,偶以成咏
　　桃李栽成艳一作置格新,数枝留得小园春。半红半白无风雨,随分夭容解笑人。

公居
　　公居门馆静,旅寄万州城。山共秋烟紫,霜并夜月清。无愁干酒律,有句入诗评。何必须林下,方驰吏隐名。

富池口
　　扁舟闲引望,望极更盘桓。山密碍江曲,雨多饶地寒。短莎烟苒苒,惊浪雪漫漫。难写愁何限,乡关在一端。

夔州病中
　　隐几经旬疾未瘥,孤灯孤驿若为眠。郡楼昨夜西风急,一一更筹到枕前。

题厅壁
　　永日无他念,孤清吏隐心。竹声并雪碎,溪色共烟深。数息闲凭几,缘情默寄琴。谁知同寂寞,相与结知音。

过武宁县九月十九日
　　行过武宁县,初晴物景和。岸回惊水急,

山浅见天多。细草浓蓝泼,轻烟匹练拖。晚来何处宿,一笛起渔歌。

路次覆盆驿

曾上青泥蜀道难,架空成路入云寒。如何却向巴东去,三十六盘天外盘。

藕池阻风,寄同行抚牧裘驾

船樯相望荆江中,岸芦汀树烟蒙蒙。路间堤缺水如箭,未知何日生南风。

无题二首

冰雪肌肤力不胜,落花飞絮绕风亭。不知何事秋千下,蹙破愁眉两点青。

梨花如雪已相迷,更被惊乌半夜啼。帘卷玉楼人寂寂,一钩新月未沈西。

泊巴东

偶泊巴东古县前,宦情乡思两绵绵。不堪蜡炬烧残泪,雨打船窗半夜天。

道中未开木杏花

粉英香萼一般般,无限行人立马看。村女浴蚕桑柘绿,柱将颜色忍春寒。

西山晚景

公局长清淡,池亭晚景中。蔗竿闲倚碧,莲朵静淹红。半引弯弯月,微生飒飒风。无思复无虑,此味几人同。

自和

一片残阳景,朦胧淡月中。兰芽纤嫩紫,梨颊抹生红。琴阮资清格,冠簪养素风。烟霄半知足一作已,吏隐少相同。

齿落词

己卯至庚辰,仲夏晦之暮。吾齿右排上,一齿脱而去。呼吸缺吾防,咀嚼欠吾助。年龠惜不返,日驭走为蠹。唇亡得无寒,舌在从何诉。辅车宜长依,发肤可增惧。不须考前古,聊且为近喻。有如云中雨,雨散绝回顾。有如枝上叶,叶脱难再附。白发非独愁,红颜岂私驻。何必郁九回,何必牵百虑。开尊复开怀,引笔作长句。

淘金碛

画船晚过淘金碛,不见黄金惟见石。犹恐黄金价未高,见得锱铢几多力。

施南路偶书 俗谓太市岭,即音之讹。近时岁再去秭归寄家处。

大石岭头梅欲发,南陵陂上雷初飞。苦无酒解愁成阵,又附兰桡向秭归。

大石岭驿梅花 己卯十一月十二日

仙中姑射接瑶姬,成阵清香拥路岐。半出驿墙谁画得,雪英相倚两三枝。

赠恣师

水中有片月,照耀婵娟姿。庭前有孤柏,竦秀岁寒期。坚然物莫迁,寂焉心为师。声响必答,形存影即随。雪花安结子,雪叶宁附枝。兰死不改香,井寒岂生澌。晨炉烟袅袅,病发霜丝丝。丈室冰凛冽,一衲云离披。顾此名利场,得不惭冠绶一作缕。

游仙都观

冷杉枯柏路盘空,毛发生寒略略风。两汉真仙在何处,巡香行绕蕊珠宫。

志峡船具诗并序

峡山之船,与下之船,大抵观浮叶而为之,其状一也。执而为用者,或状殊而用一,或状同而名异,皆有谓也。下之船有樯,有五两,有帆,所以使风也。尾有柁,傍有棚。上者以其山曲水急,下有石,皆不可用也。状直如橹,前后各一者,谓之梢。船之斜正敧侧,为船之司命者。梢类柁,其状殊,而船之便于事者,悉不如梢,作梢诗。橹、桨、桡、棹、拔,使其进而无退,利涉川泽,为船之陈力者。橹,几桨类,其状同而异名也。在船有力,悉不如橹,作橹诗。峡水湍峻,激石忽发者谓之溃,沱泷而漩者谓之脑。岸石壁立,钰之忽作,篙力难制,以其木之坚韧竿直。戴其首以竹纳护之者,谓之贼。竹为縰而句其贼者,谓之纳。为船良辅者,戙与篙,状殊而用一也。在船独出,悉不如戙,作戙诗。岸石如齿,非麻枲纫绳之为前牵。取竹之箬者,破而用枲为韧以续之,以备其牵者,谓之百丈。系其船首者谓之阳纽,牵之者击鼓以号令。人声滩乱,无以相接,所以节动止进退,牵之防碍者谓之下纬。济其不通,为船之先进者,枲与竹,状殊而用一也。在船先容,悉不如百丈,作百丈诗。噫!古人观物,因事为志者甚多也。予祇命宪局,沿溯巴赏,抵瞿塘,耳目熟于长年三老辈矣。船具之于船有力者,作诗以称之,庶几鲁望《茶经》者也。俾系其末。诗云:

梢

制之居首尾,俾之辨斜正。首动尾聿随,斜取正为定。有如提吏笔,有如执时柄。有如秉师律,有如宣命令。守彼方与直,得其刚且劲。既能济险难一作诫,何畏涉辽夐。招招俾作主,泛泛实司命。风乌愧斟酌,画鹢空辉映。古人存丰规,猗欤聊引证。

橹

用之大曰橹,冠乎小者楫。通津既能济,巨浸即横涉。身之使者颊,虎之挐者爪。鱼之拨者鬣,弩之进者笑。此实为相须,相须航一叶。

戙

箭飞峡中水,锯立峡中石。峡与水为隘,水与石相击。溃为生险艰,声发甚霹雳。三老航一叶,百丈空千尺。苍黄徒尔为,倏忽何可测。篙之小难制,戙之独有力。猗嗟戙之为,彬彬坚且直。有如用武人,森森矗戈戟。有如敢言士,落落吐胸臆。拯危居坦夷,济险免兢惕。志彼哲匠心,俾其来一作求者识。

百丈

少尝侍先君,余闲诵白氏。始得入峡诗,深味作诗旨。云有万仞山,云有千丈水。自念坎壈时,尤多兢慎理。山束峡如口,水漱石如齿。孤舟行其中,薄冰犹坦履。层颜屹焉立,汹涌勃然起。百丈为前牵,万险即平砥。破之以筼筜,续之以麻枲。砺之坚以节,引之直如

矢。杼轴连半空,长短随两涘。铁锁枉驰名,锦缆谩称美。长绳岂能系,朽索何足拟。苟非综之为,胡可力行此。

早春西园

引步携筇竹,西园小径通。雪鼓梅蒂绿,春入杏梢红。静意崖穿溜,孤愁笛破空。如何将此景,收拾向图中。

金盘草诗 生宁江巫山南陵林木中

今春从南陵,得草名金盘。金盘有仁性,生在林一端。根节岁一节,其根一年生一节,人采而服,可解毒也。食之甘而酸。风俗竞采掇,俾人防急难。巴中蛇虺毒,解之如走丸。巨叶展六出,软干分长竿。摇摇绿玉活,袅袅香荷寒。世云暑酷月,郁有神物看。夏中采之,则必有巨蛇冲足,人即难采。天之产于此,意欲生民安。今之为政者,何不反此观。知彼苛且猛,慎勿虐而残。一物苟失所,万金惟可叹。莫并蒿与莱,岂羡芝及兰。勤渠护根本,栽植当庭栏。寄言好生者,休说神仙丹。

和程刑部三首

公会亭

公事公言地,标名姓必臧。江山如得助,谈笑若为妨。均赋乡原肃,详刑郡邑康。官箴居座右,夙夜算难忘。

碧鲜亭

飔飔笼清籁,萧萧锁翠阴。向高思尽节,从直美虚心。迴砌滋苍藓,幽窗伴素琴。公余时引步,一径静中深。

清涟阁

照影翻窗绮,层纹滉额波。丝青迷岸柳,茸绿蘸汀莎。片雪一作云翘饥一作野鹭,孤香卷嫩荷。凭栏堪入画,时听竹枝歌。

自喻

予念天之生,生本空疏器。五岁禀慈训,

愤悱读书志。七步辨声律,勤苦会诗赋。九岁执公卷,倜傥干名意。乞荐乡老书,幸会春官试。折桂愧巍峨,依莲何气味。性拙绝不佞,才短无余地。前年会知己,荐章实非据。宁见民说平,空荷君恩寄。瞿塘抵巴渝,往来名揽辔。孤舟一水中,艰险实可畏。群操百丈牵,临难无苟避。溃向江底发,水在石中沸。槌鼓称打宽,系纼呼下纬。善恶胡可分,死生何足讳。骑衡与垂堂,非不知前喻。临渊与履冰,非不知深虑。我今縻搢绅,善地谁人致。城狐与社鼠,巧佞谁从庇。奴颜与婢膝,丑直谁从媚。妻儿夐限越,容颜几憔悴。致身霄汉人,呓欷尽贤智。

巫山庙

庙前溪水流潺潺,庙中修竹声珊珊。襄王一梦杳难问,晚晴天气归云闲。

下瞿塘寄时同年

春寒天气下瞿塘,大壤溪前柳线长。须信孤云似孤宦,莫将乡思附归艎。

和杜运使巴峡地暖,节物与中土异,黯然有感诗三首

随柳参差破绿芽,此中依约欲飞花。春光是处伤离思,何况归期未有涯。

始看菊蕊开篱下,又见梅花寄岭头。揽辔巴西官局冷,几凭春酒沃乡愁。

花品姚黄冠洛阳,巴中春早羡孤芳。不知别有栽培力,流咏新诗与激昂。

施南太守以猿儿为寄,作诗答之 得之黔中,生即头白。

虞人初获酉江西,长臂难将意马齐。今日未啼头已白,不堪深入白云啼。

巫庙

巴水走若箭,峡山开如屏。汹涌匹练白,茜崒浓蓝青。崖空蓄云雨,滩恶惊雷霆。神仙宅幽邃,庙貌横杳冥。隐约可一梦,缥缈余千龄。名利有所役,舟楫无暂停。悉窣垂眄䁘,祠祷希安宁。鸦鸦尔何物,飞飞来庙庭。纷纷扬寥沉,远近随虚舲。铁石砺觜爪,金碧辉光翎。翔集托阴险,鹁啄贪膻腥。日既恃威福,岁久为精灵。依草与附木,诬诡殊不经。城狐与社鼠,琐细何足听。况乎人假人,心阔吞沧溟。

全唐诗卷七百六十六

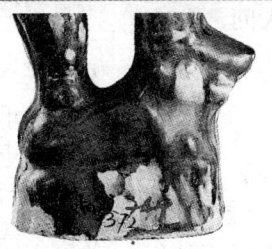

刘兼

刘兼,长安人。官荣州刺史。诗一卷胡震亨云:云间朱氏得宋刻《唐百家诗》,兼集中有《长春节》诗,为宋太祖诞节,其人盖五代人而入宋者。

贵游

绣衣公子宴池塘,淑景融融万卉芳。珠翠照天春未老,管弦临水日初长。风飘柳线金成穗,雨洗梨花玉有香。醉后不能离绮席,拟凭青帝系斜阳。

梦归故园

桐叶飞霜落井栏,菱花藏雪助衰颜。夜窗飒飒摇寒竹,秋枕迢迢梦故山。临水钓舟横荻一作苇岸,隔溪禅侣启柴关。觉来依旧三更月,离绪乡心起万端。

旧馆秋寒夜梦长,水帘疏影入回塘。宦情率尔拖鱼一作渔艇,客恨依然在燕梁。白鹭独飘山面雪,红蕖全谢镜心香。起来不语无人会,醉倚东轩半夕阳。

蜀都春晚感怀

蜀都春色渐离披,梦断云空事莫追。宫阙一城荒作草,王孙犹自醉如泥。谁家玉笛吹残照,柳市金丝拂旧堤。可惜锦江无锦濯,海棠花下杜鹃啼。

对雨

幽庭凝碧亦涟漪,檐溜声繁聒梦归。半岫金乌才委照,一川石燕又交飞。濯枝霢霂榴花吐,吹渚飘飖暑气微。因忆故园闲钓处,苍苔斑驳满渔矶。

春霁

春霁江山似画图,醉垂鞭袂出康衢。猖狂乱打貔貅鼓,懒慢迟一作稽懒慵修鸳鹭书。老色渐来欺鬓发,闲情将欲傲簪裾。苔钱遍地知多少,买得花枝不落无。

秋夕书怀

荒僻淹留岁已深,解龟无计恨难任。守方半会蛮夷语,贺厦全忘燕雀心。夜静倚楼悲月笛,秋寒攲枕泣霜砧。宦情总逐愁肠断,一箸鲈鱼直万金。

直气从来不入时,掩关慵更钓磻溪。斯文未丧宣尼叹,吾道将穷阮籍悲。轻粉覆霜凝夜砌,乱金铺菊织秋篱。南阳卧久无人问,薄命非才有可疑。

春宵

春云春日共朦胧,满院梨花半夜风。宿酒未醒珠箔卷,艳歌初阕玉楼空。五湖范蠡才堪重,六印苏秦道不同。再取素琴聊假寐,南柯灵梦莫相通。

秋夕书怀呈戎州郎中

素律初回枕簟凉,松风飘泊入华堂。谭鸡寂默纱窗静,梦蝶萧条玉漏长。归去水云多阻隔,别来情绪足悲伤。霜砧月笛休相引,只有离襟泪两行。

风送秋荷满鼻香,竹声敲玉近虚廊。梦回故国情方黯,月过疏帘夜正凉。菱镜也知移艳态,锦书其奈隔年光。鸾胶处处难寻觅,断尽相思寸寸肠。

晚楼寓怀

薄暮疏林宿鸟还,倚楼垂袂复凭栏。月沈江底珠轮冷,云锁峰头玉叶寒。刘毅暂贫虽壮志,冯唐将老自低颜。无言独对秋风立,拟把朝簪换钓竿。

征妇怨

金闺寂寞罢妆台,玉箸阑干界粉腮。花落掩关春欲暮,月圆攲枕梦初回。鸾胶岂续愁肠断,龙剑难挥别绪开。曾寄锦书无限意,塞鸿何事不归来。

对镜

青镜重磨照白须,白须闲拈意何如?故园迢递千山外,荒郡淹留四载余。风送竹声侵枕簟,月移花影过庭除。秋霜满领难消释,莫读离骚失意书。

春燕

多时窗外语呢喃,只要佳人卷绣帘。大厦已成须庆贺,高门频入莫憎嫌。花间舞蝶和香趁,江畔春泥带雨衔。栖息数年情已厚,营巢争肯傍他檐。

春晚寓怀

一承兑泽莅方州,八度春光照郡楼。好景几将官吏醉,名山时领管弦游。空花任尔频侵眼,老雪从他渐满头。归去杜陵池阁在,只能欢笑不能愁。

中春宴游

二月风光似洞天,红英翠萼簇芳筵。楚王云雨迷巫峡,江令文章媚蜀笺。歌黛入颦春袖_{一作岫敛},舞衣新绣晓霞鲜。酒阑香袂初分散,笑指渔翁钓暮烟。

春晚闲望

东风满地是梨花,只把琴心殢酒家。立处晚楼横短笛,望中春草接平沙。雁行断续晴天远,燕翼参差翠幕斜。归计未成头欲白,钓舟烟浪思无涯。

秋夕书事

摇落江天万木空,雁行斜戛塞垣风。征闺捣月离愁远,旧馆眠云旅梦通。郢客岂能陪下里,皋禽争肯恋樊笼。此心旷荡谁相会,尽在南华十卷中。

莲塘霁望

新秋菡萏发红英,向晚风飘满郡馨。万叠水纹罗乍展,一双鸂鶒绣初成。采莲女散吴歌阕,拾翠人归楚雨晴。远岸牧童吹短笛,蓼花深处信牛行。

送从弟舍人入蜀

嘉陵江畔饯行车,离袂难分十里余。慷慨

莫夸心似铁，留连不觉泪成珠。风光川谷梅将发，音信云天雁未疏。立马举鞭无限意，会稀别远拟何如。

新回车院筵上作
回车院子未回车，三载疲民咏袴襦。借寇已承英主诏，乞骸须上老臣书。黄金蜀柳笼朱户，碧玉湘筠映绮疏。因问满筵诗酒客，锦江何处有鲈鱼？

寄长安郑员外
屈指良交十四人，隙驹风烛渐为尘。当初花下三秦客，只有天涯二老身。乘醉几同游北内，寻芳多共谒东邻。此时阻隔关山远，月满江楼泪满巾。

咸阳怀古
高秋咸镐起霜风，秦汉荒陵树叶红。七国斗鸡方贾勇，中原逐鹿更争雄。南山漠漠云常在，渭水悠悠事旋空。立马举鞭遥望处，阿房遗址夕阳东。

春怨
绣林红岸落花钿，故去新来感自然。绝塞抄春悲汉月，长林深夜泣缃弦。锦书雁断应难寄，菱镜鸾孤貌可怜。独倚画屏人不会，梦魂才别戍楼边。

登楼寓望
凭高多是偶汍澜，红叶何堪照病颜。万叠云山供远恨，一轩风物送秋寒。背琴鹤客归松径，横笛牛童卧蓼滩。独倚郡楼无限意，夕阳西去一作迈水东还。

江岸独步
醉卓寒筇傍水行，渔翁不会独吟情。龟能顾印谁相重，鹤偶乘轩自可轻。簪组百年终长物，文章千古亦虚名。是非得丧皆闲事，休向南柯与梦争。

江楼望乡寄内
独上江楼望故乡，泪襟霜笛共凄凉。云生

陇首秋虽早，月在天心夜已长。魂梦只能随蛱蝶，烟波无计学鸳鸯。蜀笺都有三千幅，总写离情寄孟光。

命妓不至
琴中难挑孰怜才，独对良宵酒数杯。苏子黑貂将已尽一作敝，宋弘青鸟又空回。月穿冷牖霜成隙，风卷残花锦作堆。欹枕梦魂何处去，醉和春色入天台。

宣赐锦袍设上赠诸郡客
十月芙蓉花满枝，天庭驿骑赐寒衣。将同玉蝶侵肌冷，也遣金鹏遍体飞。夜卧始知多忝窃，昼行方觉转光辉。深冬若得朝丹阙，太华峰前衣锦归。

晨鸡
朱冠金距彩毛身，昧爽高声已报晨。作瑞莫惭先贡楚，擅场须信独推秦。淮南也伴升仙犬，函谷曾容借晓人。此日卑栖随饮啄，宰君驱我亦相驯。

芳春
微雨微风隔昼帘，金炉檀炷冷慵添。桃花满地春牢落，柳絮成堆雪弃嫌。宝瑟不能邀卓氏，彩毫何必梦江淹。宦情归兴休相挠，隼旆渔舟总未厌。

春游
柳成金穗草如茵，载酒寻花共赏春。先入醉乡君莫问，十年风景在三秦。

摇摇离绪不能持，满郡花开酒熟时。羞听黄莺求善友，强随绿柳展愁眉。隔云故国山千叠，傍水芳林锦万枝。圣主未容归北阙，且将勤俭抚南夷。

重阳感怀
重阳不忍上高楼，寒菊年年照暮秋。万叠故山云总隔，两行乡泪血和流。黄茅莽莽连边郡，红叶纷纷落钓舟。归计未成年渐老，茱萸羞戴雪霜头。

载花乘酒上高山,四望秋空八极宽。蜀国江山存不得,刘家豚犬取何难。张仪旧壁苍苔厚,葛亮荒祠古木寒。独对斜阳更惆怅,锦江东注似波澜。

宴游池馆

绮筵金碧照芳菲,酒满瑶卮水满池。去岁南岐离郡日,今春东蜀看花时。俭莲发脸当筹著,绪柳生腰按柘枝。座客半酣言笑狎,孔融怀抱正怡怡。

寄高书记

齐朝庆裔祖敖曹,麟角无双凤九毛。声价五侯争辟命,文章一代振风骚。醉琴自寄陶家意,梦枕谁听益郡刀。补衮应星曾奏举,北山南海孰为高?

再见从弟舍人

屈指依稀十五年,鸾台秘阁位相悬。分飞淮甸雁行断,重见江楼蟾影圆。滞迹未偕朝北阙,高才方命入西川。愿君通理须还早,拜庆慈亲几杖前。

春昼醉眠

朱栏芳草绿纤纤,欹枕高堂卷昼帘。处处落花春寂寂,时时中酒病恹恹。塞鸿信断虽堪讶,梁燕词多且莫嫌。自有卷书销永日,霜华未用鬓边添。

中夏昼卧

寂寂无聊九夏中,傍帘依壁待清风。壮图奇策无人问,不及南阳一卧龙。

春夕寓兴

忘忧何必在庭萱,是事悠悠竟可宽。酒病未能辞锦里,春狂又拟入桃源。风吹杨柳丝千缕,月照梨花雪万团。闲泥金徽度芳夕,幽泉石上自潺湲。

春夜

薄薄春云笼皓月,杏花满地堆香雪。醉垂罗袂倚朱栏,小数玉仙歌未阕。

访饮妓不遇,招酒徒不至

小桥流水接平沙,何处行云不在家。毕卓未来轻竹叶,刘晨重到斓桃花。琴樽冷落春将尽,帏幌萧条日又斜。回首却寻芳草路,金鞍拂柳思无涯。

春宴河亭

柳摆轻丝拂嫩黄,槛前流水满池塘。一筵金翠临芳岸,四面烟花出粉墙。舞袖逐风翻绣浪,歌尘随燕下雕梁。蛮笺象管休凝思,且放春心入醉乡。

蜀都道中

剑关云栈乱峥嵘,得丧何由险与平。千载龟城终失守,一堆鬼录漫留名。季年必不延昏主,薄赏那堪激懦兵。李特后来多二世,纳降归拟尽公卿。

万葛树 第六句缺一字

叶如羽盖岂堪论,百步清阴锁绿云。善政已闻思召伯,英风偏称号将军。静铺讲席麟经润,高拂□枝兔影分。更有岁寒霜雪操,莫将樗栎似相群。

春夕遣怀

穷通分定莫凄凉,且放欢情入醉乡。范蠡扁舟终去相,冯唐半世只为郎。风飘玉笛梅初落,酒泛金樽月未央。休把虚名挠怀抱,九原丘陇尽侯王。

西斋

西斋新竹两三茎,也有风敲碎玉声。莫恨移来栏槛远,譬如元本此间生。

新蝉

齐女屏帏失旧容,侍中冠冕有芳踪。翅翻晚鬓寻香露,声引秋丝逐远风。旅馆听时髭欲白,戍楼闻处叶多红。只知送恨添愁事,谁见凌霄羽蜕功。

寄滑州文秀大师

分飞屈指十三年,菡萏峰前别社莲。薄宦偶然来左蜀,孤云何事在南燕。一封瑶简音初达,两处金沙色共圆。珍重汤休惠佳句,郡斋吟久不成眠。

中春登楼

金杯不以涤愁肠,江郡芳时忆故乡。两岸烟花春富贵,一楼风月夜凄凉。王章莫耻牛衣泪,潘岳休惊鹤鬓霜。归去莲花归未得,白云深处有茅堂。

古今通塞莫咨嗟,谩把霜髯敌岁华。失手已惭蛇有足,用心休为鼠无牙。九天云净方怜月,一夜风高便厌花。独倚郡楼人不会,钓舟春浪接平沙。

自遣

未上亨衢独醉吟,赋成无处博黄金。家人莫问张仪舌,国士须知豫让心。照乘始堪沽善价,阳春争忍混凡音。鹍鹏鳞翼途程在,九万风云海浪深。

偶有下殇,因而自遣

彭寿殇龄共两空,幻泡缘影梦魂中。缺圆宿会长如月,飘忽浮生疾似风。修短百年先后定,贤愚千古是非同。南柯太守知人意,休问陶陶塞上翁。

倦学 此首用韵错讹

乐广亡来冰镜稀,宓妃嫫母混妍嬃。且于雾里藏玄豹,休向窗中问碧鸡。百氏典坟空自苦,一堆萤雪竟谁知。门前春色芳如昼,好掩书斋任所之。

去年今日

去年今日到荣州,五骑红尘入郡楼。貔虎只知迎太守,蛮夷不信是儒流。奸豪已息时将泰,疲瘵全苏岁又周。圣主若容辞重禄,便归烟水狎群鸥。

昼寝

花落青苔锦数重,书淫不觉避春慵。恐情枕上飞庄蝶,任尔云间骋陆龙。玉液未能消气魄,牙签方可涤昏蒙。起来已被诗魔引,窗外寒敲翠竹风。

郡斋寓兴

依约樊川似旭川,郡斋风物尽萧然。秋庭碧藓铺云锦,晚阁红蕖簇水仙。醉笔语狂挥粉壁,歌梁尘乱拂花钿。情怀放荡无羁束,地角天涯亦信缘。

郡楼闲望书怀

郡城楼阁绕江滨,风物清秋入望频。铜鼓祭龙云塞庙,芦花飘市雪粘人。莲披净沼群香散,鹭点寒烟玉片新。归去杜陵池馆在,且将朝服拂埃尘。

玉烛花

袅袅香英三四枝,亭亭红艳照阶墀。正当晚槛初开处,却似春闱就试时。少女不吹方熠爚,东君偏惜未离披。夜深斜倚朱栏外,拟把邻光借与谁?

从弟舍人惠茶

曾求芳茗贡芜词,果沐颁沾味甚奇。龟背起纹轻炙处,云头翻液乍烹时。老丞倦闷偏宜矣,旧客过从别有之。珍重宗亲相寄惠,水亭山阁自携诗。

再看光福寺牡丹

去年曾看牡丹花,蛱蝶迎人傍彩霞。今日再游光福寺,春风吹我入仙家。当筵芬馥歌唇动,倚槛娇羞醉眼斜。来岁未朝金阙去,依前和露载归衙。

海棠花

淡淡微红色不深,依依偏得似春心。烟轻虢国警歌黛,露重长门敛泪衿。低傍绣帘人易折,密藏香蕊蝶难寻。良宵更有多情处,月下芬芳伴醉吟。

新竹
近窗卧砌两三丛,佐静添幽别有功。影镂碎金初透月,声敲寒玉乍摇风。无凭费叟烟波碧,莫信湘妃泪点红。自是子猷偏爱尔,虚心高节雪霜中。

木芙蓉
素灵失律诈风流,强把芳菲半载偷。是叶葳蕤霜照夜,此花烂熳火烧秋。谢莲色淡争堪种,陶菊香秋亦合羞。谁道金风能肃物,因何厚薄不相俦。

送二郎君归长安
我儿辞去泪双流,蜀郡秦川两处愁。红叶满山归故国。黄茅遍地住他州。荷衣晓挂惭官吏,菱镜秋窥讶鬓髽。好向云泉营旧隐,莫教庄叟畏牺牛。

送文英大师
屈指平阳别社莲,蟾光一百度曾圆。孤云自在知何处,薄宦参差亦信缘。山郡披风方穆若,花时分袂更凄然。摇鞭相送嘉陵岸,回首群峰隔翠烟。

酬句评事
闲庭攲枕正悲秋,忽觉新编浣远愁。才薄只愁安雁户,<small>夷人内有雁户,盖徙移不定之故也。</small>年高空忆复渔舟。鹭翘皓雪临汀岸,莲袅红香匝郡楼。对景却惭无藻思,南金荆玉卒难酬。

初至郡界
嘉陵江畔接荣川,两畔旌旗下濑船。郡印已分炎瘴地,朝衣犹惹御炉烟。莲塘小饮香随艇,月榭高吟水压天。锦字莫嫌归路远,华夷一统太平年。

到郡后有寄 一作到郡后寄西川从弟舍人、右司阎郎中、齐殿院
蜀路新修尽坦平,交亲深幸再逢迎。正当返袂思乡国,却似归家见弟兄。沾泽只惭尧绔重,溯流还喜范舟轻。欲将感恋裁书旨,多少鱼笺写得成。

长春节
圣朝佳节遇长春,跪捧金炉祝又焚。宝藏发来天地秀,兵戈销后帝皇尊。太平基址千年永,混一车书万古存。更有馨香满芳槛,和风迟日在兰荪。

登郡楼书事
偶奉纶书莅旭川,郡楼嘉致尽依然。松敧鸟道云藏寺,月满渔舟水浸天。望帝古祠花簇簇,锦城归路草芊芊。有时倚槛垂双袂,故国风光似眼前。

旭川祁宰思家而卒,因述意呈秦川知己
岁稔民康绝讼论,政成公暇自由身。朝看五马闲如社,夜拥双姬暖似春。家计不忧凭冢子,官资无愧是朝臣。岂同龌龊祁员外,至死悲凉一妇人。

登郡楼书怀
烟雨楼台渐晦冥,锦江澄碧浪花平。卞和未雪荆山耻,庄舄空伤越国情。天际寂寥无雁下,云端依约有僧行。登高欲继离骚咏,魂断愁深写不成。

边郡荒凉悲且歌,故园迢递隔烟波。琴声背俗终如是,剑气冲气又若何。朝客渐通书信少,钓舟频引梦魂多。北山更有移文者,白首无尘归去么?

莫嗔阮氏哭途穷,万代深沈恨亦同。瑞玉岂知将抵鹊,铅刀何事却屠龙。九夷欲适嗟吾道,五柳终归效古风。独倚郡楼无限意,满江烟雨正冥蒙。

偶闻官吏举请,辄有一篇寄从弟舍人
官吏潜陈借寇词,宦情乡梦两相违。青城锦水无心住,紫阁莲峰有意归。张翰鲈鱼因醉忆,孟光书信近春稀。黄茅瘴色看看起,贪者

犹疑别是机。

诫是非

巧舌如簧总莫听,是非多自爱憎生。三人告母虽投杼,百犬闻风只吠声。辨玉且宽和氏罪,诬金须认不疑情。因思畴昔游谈者,六国交驰亦受烹。

简竖儒

蹄涔岂信有沧浪,萤火何堪并太阳。渊奥未曾探禹穴,矜夸便拟越丘墙。小巫神气终须怯,下里音声必不长。近日冰壶多晦昧,虎皮羊质也观光。

贻诸学童

横经义手步还趋,积善方知庆有余。五个小雏离学院,一行新雁入贫居。攘羊告罪言何直,舐犊牵情理岂虚。劝汝立身须苦志,月中丹桂自扶疏。

全唐诗卷七百六十七

孙元晏

孙元晏,不知何许人。曾著咏史诗七十五首,今编为一卷。

吴

黄金车

分擘山河即渐开,许昌基业已倾颓。黄金车与斑斓耳,早个须知入谶来。

赤壁

会猎书来举国惊,只应周鲁不教迎。曹公一点奔波后,赤壁功传万古名。

鲁肃指囷

破产移家事亦难,佐吴从此霸江山。争教不立功勋得,指出千囷如等闲。

甘宁斫营

夜深偷入魏军营,满寨惊忙火似星。百口宝刀千匹绢,也应消得与甘宁。

徐盛

欲把江山鼎足分,邢真衔册到江南。当时将相谁堪重,徐盛将军最不甘。

鲁肃

斫案兴言断众疑,鼎分从此定雄雌。若无子敬心相似,争得乌林破魏师。

武昌

西塞山高截九垓,谶谣终日自相催。武昌鱼美应难恋,历数须归建业来。

顾雍

赞国经纶更有谁,蔡公相叹亦相师。贵为丞相封侯了,归后家人总不知。

吕蒙
幼小家贫实可哀,愿征行去志难回。不探虎穴求身达,争得人间富贵来。

介象
好道君王遇亦难,变通灵异几多般。介先生有神仙木,钓得鲈鱼在玉盘。

濡须坞
风揭洪涛响若雷,枕波为垒险相限。莫言有个濡须坞,几度曹公失志回。

周泰
名与诸公又不同,金疮痕在满身中。不将御盖宣恩泽,谁信将军别有功。

张纮
东部张公与众殊,共施经略赞全吴。陈琳漫自称雄伯,神气应须怯大巫。

太史慈
圣德招贤远近知,曹公心计却成欺。陈韩昔日尝投楚,岂是当归召得伊。

孙坚后
委付张公翊圣材,几将贤德赞文台。争教不霸江山得,日月徵曾入梦来。

陆统
将军身殁有儿孤,虎子为名教读书。更向宫中教骑马,感君恩重合何如。

青盖
历数将终势已摧,不修君德更堪哀。被他青盖言相误,元是须教入晋来。

晋

七宝鞭
天命须知岂偶然,乱臣徒欲用兵权。圣谟庙略还应别,浑不消他七宝鞭。

庾悦鹅炙
春暖江南景气新,子鹅炙美就中珍。庾家厨盛刘公困,浑弗相贻也恼人。

谢玄
百万兵来逼合肥,谢玄为将统雄师。旌旗首尾千余里,浑不消他一局棋。

谢混
尚主当初偶未成,此时谁合更关情。可怜谢混风华在,千古翻传禁脔名。

陆玩
陆公高论亦由衷,谦让还惭未有功。天下忠良人欲尽,始应交我作三公。

王坦之
晋祚安危只此行,坦之何必苦忧惊。谢公合定寰区在,争遣当时事得成。

蒲葵扇
抛舍东山岁月遥,几施经略挫雄豪。若非名德喧寰宇,争得蒲葵价数高。

王郎
太尉门庭亦甚高,王郎名重礼相饶。自家妻父犹如此,谁更逢君得折腰。

刘毅
绕床堪壮喝卢声,似铁容仪众尽惊。二十七人同举义,几人全得旧功名。

王恭
春风濯濯柳容仪,鹤氅神情举世推。可惜教君仗旄钺,枉将心地托牢之。

谢公赌墅
发遣将军欲去时,略无情挠只贪棋。自从乞与羊昙后,赌墅功成更有谁。

符坚投箠
投箠填江语未终,谢安乘此立殊功。三台

星烂乾坤在,且与张华死不同。

卫玠

叔宝羊车海内稀,山家女婿好风姿。江东士女无端甚,看杀玉人浑不知。

郭璞脱襦

吟坐因思郭景纯,每言穷达似通神。到头分命难移改,解脱青襦与别人。

庾楼

江州楼上月明中,从事同登眺远空。玉树忽蘦千载后,有谁重此继清风?

新亭

容易乘虚逼帝畿,满江艨艟与旌旗。卢循若解新亭上,胜负还应未可知。

宋

大岘

大岘才过喜可知,指空言已副心期。公孙计策嗟无用,天与南朝作霸基。

放宫人

纳谏廷臣免犯颜,自然恩可霸江山。姚兴侍女方承宠,放出宫闱若等闲。

借南苑

人主词应不偶然,几人曾说笑掀天。不知南苑今何在,借与张公三百年。

谢澹云霞友

仗气凌人岂可亲,只将范泰是知闻。缘何唤作云霞友,却恐云霞未似君。

乌衣巷

古迹荒基好叹嗟,满川吟景只烟霞。乌衣巷在何人住,回首令人忆谢家。

袁粲

负才尚气满朝知,高卧闲吟见客稀。独步何人识袁尹,白杨郊外醉方归。

刘伯龙

位重何如不厌贫,伯龙孤子只修身。固知生计还须有,穷鬼临时也笑人。

王方平

拂衣耕钓已多时,江上山前乐可知。著却貂裘将采药,任他人唤作渔师。

黄罗襦

戚属群臣尽见猜,预忧身后又堪哀。到头委付何曾是,虚把罗襦与彦回。

谢朏

谢家诸子尽兰香,各震芳名满帝乡。惟有千金更堪重,只将高卧向齐王。

羊玄保

运命将来各有期,好官才阙即思之。就中堪爱羊玄保,偏受君王分外知。

齐

谢朏

解玺传呼诏侍中,却来高卧岂疏慵。此时忠节还希有,堪羡君王特地容。

小儿执烛

谢公情量已难量,忠宋心诚岂暂忘。执烛小儿浑放去,略无言语与君王。

王僧祐

肯与公卿作等伦,澹然名德只推君。任他车骑来相访,箫鼓盈庭似不闻。

王僧虔

位高名重不堪疑,悬让仪同帝亦知。不学常流争进取,却忧门有二台司。

明帝裹蒸

至尊尊贵异人间,御膳天厨岂等闲。惜得裹蒸无用处,不如安霸取江山。

郁林王
强哀强惨亦从伊,归到私庭喜可知。喜字漫书三十六,到头能得几多时。

何氏小山
显达何曾肯系心,筑居郊外好园林。赚他谢朓出山去,赢得高名直至今。

王伦之
豫章太守重词林,图画陈蕃与华歆。更奠子将并孺子,为君千载作知音。

潘妃
曾步金莲宠绝伦,岂甘今日委埃尘。玉儿还有怀恩处,不肯将身嫁小臣。

王亮
后见梁王未免哀,奈何无计拯倾颓。若教彼相颠扶得,争遣明公到此来。

梁

分宫女
涤荡齐宫法令新,分张宫女二千人。可怜无限如花貌,重见世间桃李春。

马仙埤
齐朝太守不甘降,忠节当时动四方。义士要教天下见,且留君住待袁昂。

勍敌
传闻天子重儒才,特为皇华绮宴开。今日方惊遇勍敌,此人元自北朝来。

蔡撙
紫茄白苋以为珍,守任清真转更贫。不饮吴兴郡中水,古今能有几多人?

楚祠
曾与萧侯醉玉杯,此时神影尽倾颓。莫云千古无灵圣,也向西川助敌来。

谢朓小舆
小舆升殿掌钧台,不免无憀却忆回。应恨被他何胤误,悔先容易出山来。

八关斋
依凭金地甚虔诚,忍溺空王为圣明。内殿设斋申祷祝,岂无功德及台城。

庾信
苦心词赋向谁谈,沦落周朝志岂甘。可惜多才庾开府,一生惆怅忆江南。

陈

王僧辩
彼此英雄各有名,石头高卧拟争衡。当时堪笑王僧辩,待欲将心托圣明。

武帝蚌盘
金翠丝黄略不舒,蚌盘清宴意何如?岂知三阁繁华日,解为君王妙破除。

虞居士
苦谏将军总不知,几随烟焰作尘飞。东山居士何人识,惟有君王却许归。

姚察
曾佐徐陵向北游,剖陈疑事动名流。却归掌选清何甚,一匹花䌷不肯收。

宣帝伤将卒
前后兵师战胜回,百余城垒尽归来。当时将卒应知感,况得君王为举哀。

临春阁
临春高阁上侵云,风起香飘数里闻。自是君王正沈醉,岂知消息报隋军。

结绮阁
结绮高宜眺海涯,上凌丹汉拂云霞。一千朱翠同居此,争奈恩多属丽华。

望仙阁

多少沈檀结筑成,望仙为号倚青冥。不知孔氏何形状,醉得君王不解醒。

三阁

三阁相通绮宴开,数千朱翠绕周回。只知断送君王醉,不道韩擒已到来。

狎客

八宫妃尽赋篇章,风揭歌声锦绣香。选得十人为狎客,有谁能解谏君王。

淮水

文物衣冠尽入秦,六朝繁盛忽埃尘。自从淮水干枯后,不见王家更有人。

江令宅

不向南朝立谏名,旧居基在事分明。令人惆怅江中令,只作篇章过一生。

后庭舞

嫣婉回风态若飞,丽华翘袖玉为姿。后庭一曲从教舞,舞破江山君未知。

全唐诗卷七百六十八

严识玄 以下有爵里,无世次。

严识玄,魏州刺史,后为兵部郎中。诗一首。

班婕妤 一作严武诗

贱妾如桃李,君王若岁时。秋风一已劲,摇落不胜悲。寂寂苍苔满,沈沈绿草滋。繁华非此日,指辇竟何辞。

何象

何象,遂宁令。诗一首。

赋得御制句朔野阵云飞

塞日穿痕断,边鸿背影飞。缥缈浮黄屋,阴沈护御衣。御制诗有"銮舆临紫塞,朔野阵云飞"之句。象进《銮舆临紫塞》赋、《朔野阵云飞》诗,召对嘉赏,授赞善大夫。

张震

张震,河间人。江西采访使。诗一首。

宿金河戍

朝发铁麟驿,夕宿金河戍。奔波急王程,一日千里路。但见容鬓改,不知岁华暮。悠悠沙漠行,王事弥多故。

丘光庭

丘光庭,吴兴人。国子博士。集三卷,今存诗七首。

补新宫 并序,解。

新宫,成室也。宫室毕,乃祭而落之。又与群臣宾客燕饮,谓之成也。昭二十五年《左传》:叔孙昭子聘于宋,公享之。赋新宫,又燕礼,升歌《鹿鸣》,下管《新宫》。今《诗序》无此篇,盖孔子返鲁之后,其诗散逸,采之不得故也。三百之篇,孔子既已删定,子夏从而序之。其序不冠诸篇,别为编简,纵其辞寻逸,则厥义犹存。若《南陔》、《白华》之类，故束暂得以补之。惟此《新宫》，则辞义俱失。苟非精考，难究根源。按新者，有旧之词也。新作南门，新作延厩是也。宫者，居处燕游宗庙之总称也。士苪城绛以深其宫、梁伯沟其公宫，居处之宫也。楚之章华、晋之虒祁，燕游之宫也。成三年新宫灾，祢庙之宫也。然则正言新宫，居处宫也。盖文王作丰之时，新建宫室。宫室初成而祭之，因之以燕宾客，谓之为考。考，成也。若宣王斯干考成室之类是也。亦谓之落。落者，以酒浇落之也。若楚子成章华之台，愿与诸侯落之类是也。因此之时，时人歌咏其美，以成篇章，故周公采之为燕享歌焉。必知此新宫为文王诗者，以燕礼云。下管《新宫》，下管者，堂下以笙奏诗也。乡饮酒《礼》云：工升而歌《鹿鸣》、《四牡》、《皇皇者华》。歌讫笙入，立于堂下，奏《南陔》、《白华》、《华黍》。笙之所奏，例皆小雅，皆是文王之诗。新宫既为下管所奏，正与《南陔》事同，故知为文王诗也。知非天子诗者，以天子之诗，非宋公所赋、下管所奏故也。知非诸侯诗者，以诸侯之诗，不得入雅，当在国风故也。知非祢庙之诗者，以祢庙之诗，不可享宾故也。知非燕游之宫诗者，以燕游之宫，多不如礼，其诗必当规刺。规刺之作，是为变雅，享宾不用变雅故也。由此而论，则《新宫》为文王之诗，亦已明矣。或问曰："文王既非天子，又非诸侯，为何事也？"答曰："周室本为诸侯，文王身有圣德，当殷纣之代。三分天下之众，二分归周，而文王犹服事纣。武王克殷之后，谥之曰文，追尊为王。其诗有风焉，周、召南是也。有小雅焉，《鹿鸣》、《南陔》之类是也。有大雅焉，《大明》、《棫朴》之类是也。有颂焉，《清庙》、《我将》之类是也。四始之中，皆有诗者，以其国为诸侯，身行王道，薨后追尊故也。新宫既为小雅，今依其体，以补之云尔。"

奂奂新宫，礼乐其融。尔德惟贤，尔□维忠。为忠以公，斯筵是同。人之醉我，与我延宾。第四句缺一字。

奂奂新宫，既奂而轮。其固如山，其俨如云。其寝斯安，□□□分。我既考落，以燕群臣。第六句缺三字。

奂奂新宫，既祭既延。我□□镛，于以醉贤。有礼无愆，我有斯宫。斯宫以安，康后万年。第三句缺二字。

补茅鸱并序，解。

茅鸱，刺食禄而无礼也。在位之人，有重禄而无礼度。君子以为茅鸱之不若，作诗以刺之。襄二十八年《左传》：齐庆封奔鲁，叔孙穆子食庆封。庆封汜祭，穆子不说，使工为之讽《茅鸱》。杜元凯曰："《茅鸱》，逸诗，刺不敬也。"凡诗，先儒所不见者，皆谓之逸，不分其旧亡与删去也。臣以《茅鸱》非旧亡，盖孔子删去耳。何以明之？按襄二十八年，孔子时年八岁。《记》曰：男子十年，出就外傅，学书记。十有三年，学乐习诗舞。《论语》曰：吾十有五，而志于学。则庆封奔鲁之日，与孔子就学之年，其间相去不远，其诗未至流散。况周礼尽在鲁国，孔子贤于叔孙，岂叔孙尚得见之，而孔子反不得见也？由此而论，《茅鸱》之作不合礼，又为依孔子删去，亦已明矣。或曰："安知《新宫》不为删去耶？"答曰："《新宫》为周公所收，燕礼所用，不与茅鸱同也。"曰："《茅鸱》为风乎，为雅乎？非雅也，风也。何以言之？以叔孙大夫所赋，多是国风故也。今之所补，亦体风焉。"

茅鸱茅鸱，无集我冈。汝食汝饱，莫我为祥。愿弹去汝，来彼凤凰。来彼凤凰，其仪有章。

茅鸱茅鸱，无啄我雀。汝食汝饱，莫我肯略。愿弹去汝，来彼瑞鹊。来披瑞鹊，其音可乐。

茅鸱茅鸱，无搏鹨鹈。汝食汝饱，莫我为休。愿弹去汝，来彼鸤鸠。来彼鸤鸠，食子其周。

茅鸱茅鸱，无嗝我陵。汝食汝饱，莫我好声。愿弹去汝，来彼苍鹰。来彼苍鹰，祭鸟是徵。

武翊黄

武翊黄，府选为解头，及第为状头，宏词为敕头，时号武氏三头。诗一首。

瑕瑜不相掩

抱璞应难辨，妍媸每自融。贞姿偏特达，微玷遇磨砻。泾渭流终异，瑕瑜自不同。半曾光透石，未掩气如虹。缜密诚为智，包藏岂谓忠。停看分美恶,今得值良工。

李祜

李祜,江南录事参军,篡之子。诗一首。

袁江口怀王司勋王吏部

京年不啻三千里,客泪如今一万双。若个最为相忆处,青枫黄竹入袁江。

韩屿

韩屿,祠部郎中。诗一首。

赠进士李守微

一定童颜老岁华,贫寒游历贵人家。炼成正气功应大,养得元神道不差。乌曳鹤毛干毵毸,杖携筇节瘦槎牙。如何蓬阆不归去,落尽蟠桃几度花。

李茂复

李茂复,泗州刺史。诗二首。

马上有见

行尽疏林见小桥,绿杨深处有红蕉。无端眼界无分别,安置心头不肯销。

自叹

落日西山近一竿,世间恩爱极难拚。近来不作颠狂事,免被冤家恶眼看。

李曜

李曜,官尚书,尝为歙州刺史。诗一首。

赠吴圆 抒情诗。曜罢歙州,与吴圆交代。有酒录事名媚川,明慧,曜颇留意,托圆令存恤,有诗云。

经年理郡少欢娱,为习干戈间饮徒。今日临行尽交割,分明收取媚川珠。

吴圆

吴圆,歙州刺史。诗一首。

答李曜

曳履优容日日欢,须言达德倍汍澜。韶光今已输先手,领得蚖珠掌上看。韶光,营籍妓名。

陆弘休

陆弘休,桂府从事。诗一首。

和訾家洲宴游

新春蕊绽訾家洲,信是南方最胜游。酒满百分殊不怕,人添一岁更堪愁。莺声暗逐歌声艳,花态还随舞态羞。莫惜今朝同酪酊,任他龟鹤与蜉蝣。

安 一作郑 锜

安锜,普州从事。诗一首。

题贾岛墓

倚恃才难继,昂藏貌不恭。骑驴冲大尹,夺卷忤宣宗。驰誉超先辈,居官下我侬。司仓旧曹署,一见一心忡。

油蔚

油蔚,淮南幕职,奉使塞北。诗一首。

赠别营妓卿卿

怜君无那是多情,枕上相看直到明。日照绿窗人去住,鸦啼红粉泪纵横。愁肠只向金闺断,白发应从玉塞生。为报花时少惆怅,此生终不负卿卿。

胡玢 一作汾

胡玢,隐庐山,苦心五言。李腾廉问江西,弓旌不至,人惜之。诗三首。

巢燕

燕来巢我檐,我屋非高大。所贵儿童善,保尔无殃祸。莫巢孀妇家,孀妇怨孤坐。妒尔长双飞,打尔危巢破。

庐山桑落洲

莫问桑田事,但看桑落洲。数家新住处,昔日大江流。古岸崩欲尽,平沙长未休。想应百年后,人世更悠悠。

石楠树

本自清江石上生,移栽此处—作地称闲情。青云士尽识珍木,白屋人多唤俗名。重布绿阴滋藓色,深藏好鸟引雏声。余今一日千回看,每度看来眼益明。

句

轮中别有物,光外更无空。《咏月》。

卢注

卢注,家荆南。举进士,二十上不第。诗二首。

酒胡子

同心相遇思同欢,擎出酒胡当玉盘。盘中虺虺不自定,四座清宾注意看。可亦不在心,否亦不在面,徇客随时自圆转。酒胡五藏属他人,十分亦是无情劝。尔不耕,亦不饥。尔不蚕,亦有衣,有眼不能分黼黻,有口不能明是非。鼻何尖,眼何碧,仪形本非天地力。雕镂匠意苦多端,翠帽朱衫巧妆饰。长安斗酒十千酤,刘伶平生为酒徒。刘伶虚向酒中死,不得酒池中拍浮。酒胡一滴不入眼,空令酒胡名酒胡。

西施

惆怅兴亡系绮罗,世人犹自选青娥。越王解破夫差国,一个西施已是多。

胡幽贞

胡幽贞,四明人,自号无生居士。诗二首。

题西施浣纱石

一朝入紫宫,万古遗芳尘。至今溪边花,不敢娇青春。

归四明

海色连四明,仙舟去容易。天籁岂辄问,不是卑朝士。

狄焕

狄焕,字子炎,梁公仁杰之后,隐于南岳。诗三首。

送人游邵州

春江正渺渺,送别两依依。烟里棹将远,渡头人未归。渔家侵叠浪,岛树挂残晖。况入湖湘路,那堪花乱飞。

题柳

天南与天北,此处影婆娑。翠色折不尽,离情生更多。雨余笼灞岸,烟暝夹隋河。自有佳名在,秦松继得么?

咏南岳径松

一阵雨声归岳峤,两条寒色下潇湘。客吟晚景停孤棹,僧踏清阴彻上方。

句

数点当秋霁,不知何处峰。《石楼晓望》。

更无声接续,空有影相随。《孤雁》,见《诗话拾遗》。

韩溉

韩溉,江南人。诗一卷,今存七首。

浔阳观水—作韩喜诗

朝宗汉水接阳台,哈呀填坑吼作雷。莫见九江平稳去,还从三峡崄巇来。南经梦泽宽浮日,西出岷山劣泛杯。直至沧溟涵贮尽,沈深不动浸昭回。

水—作韩喜诗

方圆不定性空求—作柔,东注沧溟早晚休。高截碧塘长耿耿,远飞青嶂更悠悠。潇湘月浸千年色,梦泽烟含万古愁。别有岭头鸣咽处,为君分作断肠流。

松

倚空高槛冷无尘,往事闲微梦欲分。翠色

本宜霜后见,寒声偏向月中闻。啼猿想带苍山雨,归鹤应和紫府云。莫向东园竞桃李,春光还是不容君。

柳

雪尽青门弄影微,暖风迟日早莺归。如凭细叶留春色,须把长条系落晖。彭泽有情还郁郁,隋堤无主自依依。世间惹恨偏饶此,可是行人折赠稀。

竹

树色连云万叶开,王孙一作家不厌满庭栽。凌霜尽节无人见,终日虚心待风来。谁许风流添兴咏,自怜潇洒出尘埃。朱门处处多闲地,正好移阴覆一作结翠苔。

鹊

才见离巢羽翼开,尽能轻扬出尘埃。人间树好纷纷占,天上桥成草草回。几度送风临玉户,一时传喜到妆台。若教颜色如霜雪,应与清平作瑞来。

灯一作韩喜诗

分影由来恨不同,绿窗孤馆两何穷。荧煌短焰长疑暗,零落残花旋委空。几处隔帘愁夜雨,谁家当户怯秋风。莫言明灭无多重,曾比人生一世中。

句

门掩落花人别后,窗含残月酒醒时。《愁时》,见《吟窗杂录》。

金昌绪

金昌绪,余杭人。诗一首。

春怨一作伊州歌

打一作却起黄莺儿,莫教枝上啼。啼时一作几回惊妾梦,不得到辽西。

曾麻几

曾麻几,吉州人。诗一首。

放猿

孤猿锁槛岁年深,放出城南百丈林。绿水任从联臂饮,青山不用断肠吟。

全唐诗卷七百六十九

郑轨 诗一首。以下无世次、爵里可考。

观兄弟同夜成婚

棠棣开双萼,夭桃照两花。分庭含佩响,隔扇偶妆华。迎风俱似雪,映绮共如霞。今宵二神女,并在一仙家。

刘戬 诗一首。

夏弹琴 一作刘希戬诗,又作刘希夷诗。

碧山本岑寂,素琴何清幽。弹为风入松,崖谷飒已秋。庭鹤舞白雪,泉鱼跃洪流。予欲娱世人,明月难暗投。感叹未终曲,泪下不可收。呜呼钟子期,零落归荒丘。死而若有知,魂兮从我游。

杨齐哲 诗一首。

过函谷关

地险崤函北,途经分陕东。逶迤众山尽,荒凉古塞空。河光流晓日,树影散朝风。圣德今无外,何处是关中。

刘夷道 诗一首。

伤死奴

丹籍生涯浅,黄泉归路深。不及江陵树,千秋长作林。

杨希道 诗五首。

侍宴赋得起坐弹鸣琴二首 此下俱互见杨师道集

北林鹊夜飞,南轩月初进。调弦发清徵,荡心祛褊吝。变作离鸿声,还入思归引。长叹未终极,秋风飘素鬓。

丝传园客意,曲奏楚妃情。罕有知音者,空劳流水声。

咏琴
久擅龙门质,孤竦峄阳名。齐娥初发弄,赵女正调声。嘉客勿遽反,繁弦曲未成。

咏笙
短长插凤翼,洪细摹鸾音。能令楚妃叹,复使荆王吟。切切孤竹管,来应云和琴。

咏舞
二八如同雪,三春类早花。分行向烛转,一种逐风斜。

王勣 诗三首。

咏妓 此下诗俱互见王绩集
妖姬饰靓妆,窈窕出兰房。日照当轩影,风吹满路香。早时歌扇薄,今日舞衫长。不应令曲误,持此试周郎。

益州城西张超亭观妓
落日明歌席,行云逐舞人。江前飞幕雨,梁上下轻尘。冶服看疑画,妆台望似春。高车勿遽返,长袖欲相亲。

辛司法宅观妓
南国佳人至,北堂罗荐开。长裙随风管,促柱送鸾杯。云光身后落,雪态掌中回。到愁金谷晚,不怪玉山颓。

郭恭 诗一首。

秋池一枝莲
秋至皆零落,凌波独吐红。托根方得所,未肯即随风。

张烜 诗一首。

婕妤怨
贱妾裁纨扇,初摇明月姿。君王看舞席,坐起秋风时。玉树清御路,金陈翳垂丝。昭阳无分理,愁寂任前期。

张修之 诗一首。

长门怨 一作张循之诗
长门落景尽,洞房秋月明。玉阶草露积,金屋网尘生。妾妒今应改,君恩昔未平。寄语临邛客,何时作赋成?

梁献 诗一首。

王昭君
图画失天真,容华坐误人。君恩不可再,妾命在和亲。泪点关山月,衣销边塞尘。一闻阳鸟至,思绝汉宫春。

符子珪 诗一首。

芳树
芳树宜三月,瞳瞳艳绮年。香交珠箔气,阴占绿庭烟。小叶风吹长,繁花露濯鲜。遂令秾李儿,折取簪花钿。

李何 诗一首。

观妓
向晚小乘游,朝来新上头。从来许长袖,未有客难留。

郑锡 诗四首。

邯郸侠少年
夜渡浊河津,衣中剑满身。兵符劫晋鄙,匕首刺秦人。执事非无胆,高堂念有亲。昨缘秦苦赵,来往大梁频。

玉阶怨
昔日同飞燕,今朝似伯劳。情深争掷果,宠罢怨残桃。别殿春心断,长门夜树高。虽能不自悔,谁见旧衣裒。

婕妤怨

南国承欢日，东方候晓时。那能妒褒姒，只爱笑唐儿。宝叶随云髻，珠丝锻履綦。不知飞燕意，何事苦相疑。

入塞曲

留滞边庭久，归思岁月赊。黄云同入塞，白首独还家。宛马随秦草，胡人问汉花。还伤李都尉，独自没黄沙。

纥干著 诗四首。

赏残花

零落多依草，芳香散著人。低檐一枝在，犹占满堂春。

古仙词

珠幡绛节晓霞中，汉武清斋待少翁。不向人间恋春色，桃花自满紫阳宫。

感春词

未得鸣珂谒汉宫，江头寂寞向春风。悲歌一曲心应醉，万叶千花泪眼中。

灞上

鸣鞭晚日禁城东，渭水晴烟灞岸风。都傍柳阴回首望，春天楼阁五云中。

李习 诗一首。

凌云寺

古寺临江间碧波，石梯深入白云窠。僧禅寂寂无人迹，满地落花春又过。

颜舒 诗一首。

凤栖—作楼怨

佳人名莫愁，珠箔上花钩。清镜鸳鸯匣，新妆翡翠楼。捣衣明月夜，吹管白云秋。惟恨金吾子，年年向陇头。

朱绛 诗一首。

春女怨

独坐纱窗刺绣迟，紫荆花下啭黄鹂。欲知无限伤春意，尽在停针不语时。

徐璧 诗一首。

失题

双燕今朝至，何时发海滨。窥檐向人语—作窥人向檐语，如道故乡春。

徐安期 诗一首。

催妆

传闻烛—作灯下调红粉，明镜台前别作春。不须面上—作满面浑妆却，留著双眉待画人。

裴延 诗二首。

隔壁闻奏伎—作陈萧琳诗

徒闻管弦切，不见舞腰回。赖有歌梁合，尘飞一半来。

咏剪花

花寒未聚蝶，色艳已惊人。悬知陌上柳，应妒手中春。

陈述 诗一首。

叹美人照镜

插花枝共动，含笑靥俱生。衫分两处色—作彩，钏响一边声。就中还妒影，恐夺可怜名。

朱琳 诗一首。

开缄怨

夫婿边庭久，幽闺恨几重。玉琴知别日，金镜识愁容。懒寄云中服，慵开海上封。年年得衣惯，且试莫裁缝。

谢陶 诗一首。

杂言

天不与人言,祸福能自至。水火虽活人,暂不得即死。蹈之焚斯须,凭之溺容易。水火与祸福,岂有先言耳。

何赞 诗一首。

书事

果决生涯向路中,西投知己话从容。云遮剑阁三千里,水隔瞿塘十二峰。阔步文翁坊里月,闲寻杜老宅边松。到头须卜林泉隐,自愧无能继卧龙。

解彦融 诗一首。

雁塔 开元八年,清河傅岩题此诗于雁塔。

峥嵘彻倒景,刻峭俯无地。勇进攀有缘,即崄恐迷坠。窅然丧五蕴,蠢尔怀万类。实际罔他寻,波罗必可致。南山缭上苑,祇树连岩翠。北斗临帝城,扶宫切太清。餐和禅日用,味道懿天明。绿野冷风浃,紫微佳气晶。驯禽演法要,忍草藉经行。本愿从兹适,方知物世轻。

全唐诗卷七百七十

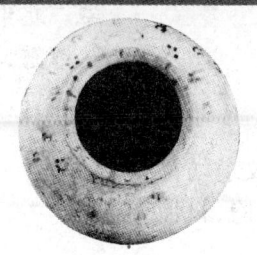

董初诗一首。

昭君怨—作董思恭诗

新年犹尚小,那堪远聘秦。裾衫沾马汗,眉黛染胡尘。举眼无相识,路逢皆异人。唯有梅将李,犹带故乡春。

贺朝清诗二首。

南山—作贺朝诗。

湖北雨初晴,湖南山尽见。岩岩石帆影,如得海风便。仙穴茅山峰,彩云时一见。邀君共探此,异箓残几卷。

赋得游人久不归—作刘孝孙诗,又作贺朝诗。

乡关眇天末,引领怅怀归。羁旅久淹滞,物色屡芳菲。稍觉私意尽,行看鬓发稀。如何千里外,伫立沾裳衣。

杨衡诗二首。

白纻辞 此二首又见贞元进士杨衡集中,《诗纪》、《诗所》俱编入初唐。

玉缨翠珮杂轻罗,香汗微渍朱颜酡。为君起唱白纻歌,清声袅云思繁多。凝箜哀琴时相和,金壶半倾芳夜促。梁尘霏霏暗红烛,令君安坐听终曲,坠叶飘花难再复。

蹑珠履,步琼筵,轻身起舞红烛前。芳姿艳态妖且妍,回眸转袖暗催弦。凉风萧萧漏一作流水急,月华泛溢红莲湿,牵裙揽带翻成泣。

唐暄诗三首。

还渭南感旧二首

寝室悲长簟,妆楼泣镜台。独悲桃李节,不共一时一作夜泉开。魂兮若有感,仿佛梦中来。

常时华室静,笑语度更筹。恍惚人事改,冥漠委荒丘。阳原叹薤露,阴壑悼藏舟。清夜妆台月,空想画眉愁。

赠亡妻张氏
峄阳桐半死,延津剑一沈。如何宿昔内,空负百年心。

李韶诗一首。

题司空山观
梁代真人上紫微,水盘山脚五云飞。松杉老尽无消息,犹得千年一度归。

韦鹏翼诗一首。

戏题盱眙壁
岂肯闲寻竹径行,却嫌丝管好蛙声。自从煮鹤烧琴后,背却青山卧月明。

安鸿渐诗一首。

题杨少卿书后
端溪石砚宣城管,王屋松烟紫兔毫。更得孤卿老书札,人间无此五般高。

李延陵诗一首。

自紫阳观至华阳洞,宿侯尊师草堂简同游
石林媚烟景,句曲盘江甸。南向佳气浓,峰峰遥隐见。渐临华阳口,微路入葱蒨。七曜悬洞宫,五云抱山殿。银函意谁发,金液徒堪荐。千载桃花春一作空桃花,秦人深不见。东溪喜相遇,贞白如会面。青鸟来去闲,红霞朝夕变。一从化真骨,万里乘飞电。萝月延步虚,松花醉闲宴。幽人即长往,茂宰应交战。明发归琴堂,知君懒为县。

秦尚运诗一首。

题钟雅青纱枕
阴香装艳入青纱,还与敧眠好事家。梦里却成山色雨,沈山不敢斗青华。

张仲谋诗一首。

题搔口
尝闻烧尾便拿空,只过天门更一重。大禹未生门未凿,可能天下总无龙。

冯少吉诗一首。

山寺见杨少卿书壁,因题其尾
少卿真迹满僧居,只恐钟王也不如。为报远公须爱惜,此书书后更无书。

殷陶诗一首。

经杜甫旧宅
浣花溪里花多处,为忆先生在蜀时。万古只应留旧宅,千金无复换新诗。沙棚水槛鸥飞尽,树压村桥马过时。山月不知人事变,夜来江上与谁期?

罗炯诗一首。

行县至浮查寺一作罗昫诗
二十年前此布衣,鹿鸣西上虎符归。行时宾从光前事,到处松杉长旧围。野老竞遮官道拜,沙鸥遥避隼旟飞。春风一宿琉璃地,自有泉声惬素机。

韩雄诗一首。

敇和元相公家园即事寄王相公
共列中台贵,能齐物外心。回车青阁晚,解带碧芳深。夜水随畦入,晴花度竹寻。题诗更相应,一字重千金。

苗仲方 诗一首。

仲秋太常寺观公辂车拜陵

南宫初开律,金风已戒凉。拜陵将展敬,车辂俨成行。士庶观祠札,公卿习旧章。郊原佳气引,园寝瑞烟长。卤簿辞丹阙,威仪列太常。圣心何所寄,惟德在无忘。

陈嶰 诗一首。

寻易尊师不遇

烂熳红霞光照衣,苔封白石路微微。华阳洞里何人在,落尽松花不见归。

张起 诗二首。

早过梨岭,喜雪书情呈崔判官

度岭逢朝雪,行看马迹深。轻标南国瑞,寒慰北人心。皎洁停丹嶂,飘飖映绿林。共君歌乐土,无作白头吟。

春情

画阁余寒在,新年旧燕归。梅花犹带雪,未得试春衣。

陈政 诗一首。

赠窦蔡二记室入蜀

昆山积良宝,大厦构众材。马卿委官去,邹子背淮来。风流信多美,朝夕豫平台。逸翮独不群,清才复遒上。六辅昔推名,二江今振响。英华虽外发,磨琢终内朗。四海奋羽仪,清风久播驰。沈郁林难厕,青山翻易阻。回首望烟霞,谁知慕俦侣。飘然不系舟,为情自可求。若奉西园夜,浩想北园愁。无因逐萍藻,从尔泛清流。

李建业 诗一首。

采菊

簇簇竟相鲜,一枝开几番。味甘资曲蘖,香好胜兰荪。古道风摇远,荒篱露压繁。盈筐时采得,服饵近知门。

罗维 诗一首。

水精环

王室符长庆,环中得水精。任圆循不极,见素质仍贞。信是天然瑞,非因朴斫成。无瑕胜玉美,至洁过冰清。未肯齐珉价,宁同杂佩声。能衔任黄雀,亦欲应时明。

殷益 诗一首。

看牡丹

拥毳对芳丛,由来趣不同。发从今日白,花是去年红。艳色随朝露,馨香逐晚风。何须待零落,然后始知空。

李得 诗一首。

赋得垣衣

漠漠复霏霏,为君垣上衣。昭阳辇下草,应笑此生非。掩蔼青春去,苍茫白露稀。犹胜萍逐水,流浪不相依。

王邵 诗一首。

冬晚对雪忆胡处士

寒更传唱晚,清镜览衰颜。隔牖风惊竹,开帘雪满山。洒空深巷静,积素广庭闲。借问袁安舍,翛然尚闭关。

曹脩古 诗一首。

池上

荷叶罩芙蓉,圆青映嫩红。佳人南陌上,翠盖立春风。

朱子真 诗一首。

对赵颖歌

人间几日变桑田,谁识神仙洞里天。短促

虽知有殊异,且须欢醉一作笑在生前。

严郭 诗一首。

赋百舌鸟
此禽轻巧少同伦,我听长疑舌满身。星未没河先报晓,柳犹粘雪便迎春。频嫌海燕巢难定,却讶林莺语不真。莫倚清风更多事,玉楼还有晏眠人。

张子明 诗一首。

孤雁
只影翩翩下碧湘,傍池鸳鹭宿银塘。虽逢夜雨迷深浦,终向晴天著旧行。忆伴几回思片月,蜕翎多为系繁霜。江南塞北俱关念,两地飞归是故乡。

李谨言 诗二首。

水殿抛球曲二首
侍宴黄昏晓未休,玉阶夜色月如流。朝来自觉承恩最,笑倩傍人认绣球。

堪恨隋家几帝王,舞裀揉尽绣鸳鸯。如今重到抛球处,不是金炉旧日香。

吴烛 诗一首。

铜雀妓
秋色西陵满绿芜,繁弦急管强欢娱。长舒罗袖不成舞,却向风前承泪珠。

张保嗣 诗一首。

戏示诸妓
绿罗裙上标三棒,红粉腮边泪两行。抄手向前咨大使,这回不敢恼儿郎。

潘图 诗一首。

末秋到家
归来无所利,骨肉亦不喜。黄犬却有情,当门卧摇尾。

潘佐 诗一首。

送人往宣城
江畔送行人,千山生暮氛。谢安团扇上,为画敬亭云。

李逸 诗一首。

洛阳河亭奉酬留守郡公追送 一作李益诗
离亭饯落晖,腊酒减征衣。岁晚烟霞重,川寒云树微。戎装千里至,旧路十年归。还似汀洲雁,相逢又背飞。

沈麟 诗一首。

送道士曾昭莹
南北东西事,人间会也无。昔曾栖玉笥,今也返玄都。雪片随天阔,泉声落石孤。丹霄人有钓,去采石菖蒲。

安凤 诗一首。

赠别徐侃
一自离乡国,十年在咸秦。泣尽卞和血,不逢一故人。今日旧友别,羞此漂泊身。离情吟诗处,麻衣掩泪频。泪别各分袂,且及来年春。

李伦 诗一首。

顾城
世久荒墟在,白云几代耕。市廛新草绿,里社故烟轻。不谨罹天讨,来苏岂忿兵。谁云殷鉴远,今古在人程。

卢子发诗一首。

金钱花

轮廓休夸四字书,红窠写出对庭除。时时买得佳人笑,本色金钱却不如。

王梦周诗一首。

故白岩禅师院

能师还世名还在,空闭禅堂满院苔。花树不随人寂寞,数株犹自出墙来。

孙咸诗一首。

题九天使者庙又见谶记卷

独入玄宫礼至真,焚香不为贱贫身。秦淮两岸沙埋骨,溢浦千家血染尘。庐阜烟霞谁是主,虎溪风月属何人。九江太守勤王事,好放天兵渡要津。

李澣诗一首。

房公旧竹亭闻琴

石室寒飙警,孙枝雅器裁。坐来山水操,弦断吊尘埃。

钱戭诗一首。

清溪馆作

指途清溪里,左右唯深林。云蔽望乡处,雨愁为客心。遇人多物役,听鸟时幽音。何必沧浪水,庶兹浣尘襟。

韦道逊诗一首。

晚春宴

日斜宾馆晚,春轻麦候初。檐暄巢幕燕,池跃戏莲鱼。石声随流响,桐影傍岩疏。谁能千里外,独寄八行书。

王揆诗一首。

长沙六快诗

湖外风物奇,长沙信难续。衡峰排古青,湘水湛寒绿。舟楫通大江,车轮会平陆。昔贤官是邦,仁泽流丰沃。今贤官是邦,剜唊人脂肉。怀昔甘棠花,伤今猛虎毒。然此一郡内,所乐人才六。漕与二宪僚,守连两通属。高堂日暮会,深夜继以烛。帏幕皆绮纨,器皿尽金玉。歌喉若珠累,舞腰如素束。千态与万状,六人欢不足。因成快活诗,荐之尧舜目。

王言史诗一首。

广州王园寺伏日即事,寄北中亲友

南越逢初伏,东林度一朝。曲池煎畏景,高阁绝微飙。竹簟移先洒,蒲葵破复摇。地偏毛瘴近,山毒火威饶。裛汗绤如濯,亲床枕并烧。堕枝伤翠羽,萎叶惜红蕉。且困流金铄,难成独酌谣。望霖窥润础,思吹候纤条。旅恨生乌浒,乡心系浴桥。谁怜在炎客,一夕壮容销。

全唐诗卷七百七十一

宋雍一作邕,诗二首。以下爵里、世次俱无考。

春日

轻花细叶满林端,昨夜春风晓色寒。黄鸟不堪愁里听,绿杨宜向雨中看。

失题

斜雨飞丝织晚风,疏帘半卷野亭空。荷花开尽秋光晚,零落残红绿沼中。

戴休珽诗一首。

古意

穷秋朔风起,沧海愁阴涨。虏骑掠河南,汉兵屯灞上。羽书惊沙漠,刁斗喧亭障。关塞何苍茫,遥烽递相望。弱龄负奇节,侠客多招访。投笔弃繻一作书生,提戈逐飞将。拔剑照霜白,怒发冲冠壮。会立万里功,视君封侯相。

卢钲诗一首。

勖曹生

桑扈交飞百舌忙,祖亭闻乐倍思乡。尊前有恨惭卑宦,席上无憀爱艳妆。莫为狂花迷眼界,须求真理定心王。游蜂采掇何时已,只恐多言议短长。

赵抟诗二首。

琴歌

绿琴制自桐孙枝,十年窗下无人知。清声不与众乐杂,所以屈受尘埃欺。七弦脆断虫丝朽,辨别不曾逢好手。琴声若似琵琶声,卖与时人应已久。玉徽冷落无光彩,堪恨钟期不相待。凤哢吟幽鹤舞时,拈弄铮摐声亦在。向曾守贫贫不彻,贱价与人人不别。前回忍泪却收来,泣向秋风两条血。乃知凡俗难可名,轻者却重重者轻。真龙不圣土龙圣,凤皇哑舌鸱枭鸣。何殊此琴哀怨苦，寂寞沈埋在幽户。万重山水不肯听，俗耳乐闻人打鼓。知君立身待分义，驱喝风雷在平地。一生从事不因人，健步窣云皆自致。不辞重拂弦上尘，市廛不买多诳人。莫辞憔悴与买取，为君一曲号青春。

废长行辨其惑于无益之戏而不务恤民也

紫牙镂合方如斗，二十四星衔月口。贵人迷此华筵中，运木手交如阵斗。不算劳神运枯木，且废为官恤悍独。门前有吏吓孤穷，欲诉门深抱冤哭。耳厌人催坐衙早，才闻此戏身先到。理人似爱长行心，天下安平多草草。何当化局为明镜，挂在高堂辨邪正。何当化子作笔锋，常在手中行法令。莫令终日迷如此，不治生民负天子。

张安石

有《涪江集》一卷，今存诗二首。

玉女词

绮荐银屏空积尘，柳眉桃脸暗销春。不须更学阳台女，为雨为云趁恼人。

苦别

向前不信别离苦，而今自到别离处。两行粉泪红阑干，一朵芙蕖带残露。

蒋吉 诗十五首。

石城

系缆石城下，悠吟怀暂开。江人桡艇子，将谓莫愁来。

汉东道中

九十九冈遥，天寒雪未消。赢童牵瘦马，不敢过危桥。

高溪有怀

驻马高溪侧，旅人千里情。雁山山下水，还作此泉声。

寄进士贾希

恨苦泪不落，耿然东北心。空囊与瘦马，羁绁意应深。

出塞

瘦马赢童行背秦，暮鸦撩乱入残云。北风吹起寒营角，直至榆关人尽闻。

旅泊

霜月正高鹦鹉洲，美人清唱发红楼。乡心暗逐秋江水，直到吴山脚下流。

次青云驿

马转栎林山鸟飞，商溪流水背残晖。行人几在青云路，底事风尘犹满衣。

大庾驿有怀

一囊书重百余斤，邮吏宁知去计贫。莫讶偏吟望乡句，明朝便见岭南人。

题商山修路僧院

此地修行山几枯，草堂生计只瓶盂。支郎既解除艰险，试看人心平得无。

题长安僧院

出门争走九衢尘，总是浮生不了身。惟有水田衣下客，大家忙处作闲人。

次商於感旧寄卢中丞

昔年簪组隘丘门，今日旌幢一院存。何事商於泪如雨，小儒偏受陆家恩。

樵翁

独入深山信脚行，惯当豺虎不曾惊。路傍花发无心看，惟见枯枝刮眼明。

四老庙

无端舍钓学干名，不得溪山养性情。自省此身非达者，今朝羞拜四先生。

昭君冢

曾为汉帝眼中人，今作狂胡陌上尘。身死

不知多少载，冢花犹带洛阳春。

闻歌竹枝
巡堤听唱竹枝词，正是月高风静时。独向东南人不会，弟兄俱在楚江湄。

周濆 诗四首。

重门曲
憔悴容华怯对春，寂寥宫殿锁闲门。此身却羡宫中树，不失芳时雨露恩。

山下水
背云冲石出深山，浅碧泠泠一带寒。不独有声流出此，会归沧海助波澜。

逢邻女
日高邻女笑相逢，慢束罗裙半露胸。莫向秋池照绿水，参差羞杀白芙蓉。

废宅
牢落画堂空锁尘，荒凉庭树暗消春。豪家莫笑此中事，曾见此中人笑人。

全唐诗卷七百七十二

赵起 诗一首。以下无世次、爵里可考。

奉和登会昌山应制 一作钱起诗

睿想入希夷,真游到具茨。玉鸾登嶂远,云辂出花迟。泉壑凝神处,阳和布泽时。六龙多顺动,四海正雍熙。

王瓒 诗二首。

冬日与群公泛舟焦山

江外水 一作水初 不冻,今年寒复迟。众芳且未歇,近腊仍夹衣。载酒适我情,兴来趣渐微。方舟大川上,环酌对落晖。两片青石棱,波际无因依。三山安可到,欲到风引归。沧溟壮观多,心目豁暂时。况得穷日夕,乘槎何所之。

纵步不知远,夕限犹未回。好花随处发,流水趁人来。

慕容韦 诗一首。

度揭鸿岭 漳州

闽越曾为塞,将军旧置营。我歌空感慨,西北望神京。

黄文 诗一首。

湘江

潇湘江头三月春,柳条弄日摇黄金。鹧鸪一声在何许,黄陵庙前烟霭深。丹青欲画无好手,稳提玉勒沈吟久。马蹄不为行客留,心挂长林屡回首。

唐温如 诗一首。

题龙阳县青草湖

西风吹老洞庭波,一夜湘君白发多。醉后不知天在水,满船清梦压星河。

欧阳宾一作賔。诗一首。

訾家洲
旧业分明桂水头,人归业尽水东流。春风日暮江头立,不及渔人有钓舟。

何敬诗一首。

题吉州龙溪
龙溪之山秀而峙,龙溪之水清无底。狂风激烈翻春涛,薄雾冥蒙溢清泚。奔流百折银河通,落花滚滚浮霞红。四时佳境不可穷,仿佛直与桃源通。

杨彝诗一首。

过睦州青溪渡
天阔衔江雨,冥冥上客衣。潭清鱼可数,沙晚雁争飞。川谷留云气,鸂鶒傍钓矶。飘零江海客,欹侧一帆归。

裴瑶诗一首。

阖闾城怀古
五湖春水接遥天,国破君亡不记年。惟有妖娥曾舞处,古台寂寞起愁烟。

郑玉诗一首。

苇谷
水会三川漾碧波,雕阴人唱采花歌。旧时白翟今荒壤,苇谷凄凄风雨多。

麻温其诗一首。

登岳阳楼
湖边景物属秋天,楼上风光似去年。仙侣猴生留福地,湘娥帝子寄哀弦。云门自统轩台外,木叶偏飞楚客前。极目江山何处是,一帆万里信归船。

韦镒诗一首。

经望湖驿
大漠无屯云,孤峰出乱柳。前驱白登道,顾失飞狐口。遥忆代王城,俯临恒山后。累累多古墓,寂寞为墟久。岂不固金汤,终闻击铜斗。交欢初仗信,接宴翻贻咎。埋宝贼夫人,磨笄伤彼妇。功成行且薄,义立名不朽。莫慎纤微端,其何社稷守。身殁国遂亡,此立人君丑。

谢太虚诗一首。

杪秋洞庭怀王道士
漂泊日夏日,洞庭今更秋。青桃亦何意,此夜催人愁。惆怅客中月,裴回江上楼。心知楚天远,目送沧波流。谢客久已灭,微言无处求。空余白云在,客兴随孤舟。千里杳难尽,一身常独游。故国夏何许,江汉徒迟留。

周岳秀诗一首。

君山祠
万顷湖波浸碧天,旌封香火几千年。风涛澎湃鱼龙舞,栋宇峥嵘燕雀迁。远岫光中浓淡树,斜阳影里往来船。江河愿借吹嘘便,应有神功在目前。

马逢诗五首。

新乐府
温谷春生至,宸游近甸荣。云随天上转,风入御筵轻。翠盖浮佳气,朱楼依太清。朝巨冠剑退,宫女管弦迎。

部落曲
蕃军傍塞游,代马喷风秋。老将垂金甲,阏支著锦裘。雕戈蒙豹尾,红旆插狼头。日暮天山下,鸣笳汉使愁。

从军

　　汉马千蹄合一群,单于鼓角隔山闻。沙堆风起红楼下,飞上胡天作阵云。

宫词二首——作顾况诗

　　金吾持戟护轩檐,天乐传教万姓瞻。楼上美人相倚看,红妆透出水晶帘。

　　玉楼天半起笙歌,风送宫人笑语和。月影殿开闻晓漏,水晶帘卷近秋河。

全唐诗卷七百七十三

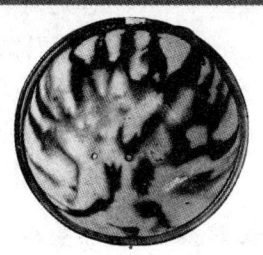

萧意 诗一首。以下见《玉台后集》。

长门失宠

自从别銮殿,长门几度春。不知金屋里,更贮若为人。

徐之才 诗一首。

下山逢故夫

踟蹰下山妇,共申别离久。为问织缣人,何必长相守。

张陵 诗一首。

虏患

今日汉家探使回,蚁叠胡兵来未歇。春风渭水不敢流,总作六军心上血。

蔡瑰 诗一首。

夏日闺怨

桃径李蹊绝芳园,炎氛炽日满愁轩。枝上鸟惊朱槿落,池中鱼戏绿蘋翻。君恋京师久留滞,妾怨高楼积年岁。非关曾入楚王宫,直为相思腰转细。卧簟乘闲乍逐凉,熏炉畏热懒焚香。雨沾柳叶如啼眼,露滴莲花似汗妆。全由独自羞看影,艳是孤眠疑夜永。无情拂镜不成妆,有时却扇还风静。近日书来道欲归,鸳鸯文锦字息机。但恐愁容不相识,为教恒著别时衣。

唐怡 诗二首。

咏破扇

轮如明月尽,罗似薄云穿。无由重掩笑,分在秋风前。

述怀

万事皆零落,平生不可思。惟余酒中趣,不减少年时。

潘求仁诗一首。

咏烛寄人

烛与人相似,通宵遽白煎。不应须下泪,只是为人然。

阎德隐诗二首。

薛王花烛行 第三句缺六字

王子仙车下凤台,紫缨金勒驭龙媒。□□□□□□出,环佩锵锵天上来。鸂鶒楼前云半卷,鸳鸯殿上月裴回。玉盘错落银灯照,珠帐玲珑宝扇开。盈盈二八谁家子,红粉新妆胜桃李。从来六行比齐姜,自许千门奉楚王。楚王宫里能服饰,顾盼倾城复倾国。合欢锦带蒲萄花,连理香裙石榴色。金炉半夜起氛氲,翡翠被重芳合熏。不学曹王遇神女,莫言罗敷邀使君。同心婉娈若琴瑟,更笑天河有灵匹。一朝福履盛王门,百代光辉增帝室。富贵荣华实可怜,路傍观者谓神仙。只应早得淮南术,会见双飞入紫烟。

三月歌

洛阳城路九春衢,洛阳城外柳千株。能得来时作眼觅,天津桥侧锦屠苏。

刘元叔一作淑。诗一首。

妾薄命

自从离别守空闺,遥闻征战赴一作起云梯。夜夜思君辽海北,年年弃一作抛妾渭桥西。阳春白日照空暖,紫燕衔一作红花向庭满。彩鸾琴里怨声多,飞鹊镜前妆梳一作颜色断。谁家夫婿不从征,应是渔阳别有情。莫道红颜燕地少,家家还似洛阳城。旦一作且逐新人殊未归,还令秋至夜霜飞。北斗星前横旅一作度雁,南楼月下捣寒衣。夜一作更深闻雁肠欲绝,独坐缝衣灯又灭一作独处挑灯灯复灭。暗啼罗帐空自怜,梦度阳关向谁说。每怜容貌宛如神,如何薄命不如人。待君朝夕燕山至,好作明年杨柳春。

常理诗二首。

古别离

君御狐白裘,妾居缃绮帱。粟钿金夹膝,花错玉搔头。离别生庭草,征衣断戍楼。蟏蛸网清曙,菌苔落红秋。小胆空房怯,长眉满镜愁。为传儿女意,不用远封侯。

妾薄命

十五玉童色,双蛾青弯弯。鸟衔樱桃花,此时刺绣闲。娇小恣所爱,误人金指环。艳花句引落,灭烛屏风关。妾怕愁中画,君偷薄里还。初谓来心平若案,谁知别意险如山。乍啼罗袖娇遮面,不忍看君莫惜颜。

冯待征诗一首。

虞姬怨 第二十句缺三字

妾本江南采莲女,君是江东学剑人。逢君游侠英雄日,值妾年华桃李春。年华灼灼艳桃李,结发簪花配君子。行逢楚汉正相持,辞家上马从君起。岁岁年年事征战,侍君帷幕损红颜。不惜罗衣沾马汗,不辞红粉著刀环。相期相许定关中,鸣銮鸣佩入秦宫。谁误四面楚歌起,果知五星汉道雄。天时人事有兴灭,智穷计屈心摧折。泽中马力先战疲,帐下蛾眉□□□。君王是日无神彩,贱妾此时容貌改。拔山意气都已无,渡江面目今何在。终天隔地与君辞,恨似流波无息时。使妾本来不相识,岂见中途怀苦悲。

冷朝光诗一首。

越溪怨

越王宫里如花人,越水溪头采白蘋。白蘋

未尽人先尽,谁见江南春复春。

卫万 诗一首。

吴宫怨

君不见吴王宫阁临江起,不见珠帘见江水。晓气晴来双阙间,潮声夜落千门里。句践城中非旧春,姑苏台下一作上起黄尘。只今唯有西江月,曾照吴王宫里人。

李章 诗一首。

春游吟

初春遍芳甸,十里蔼盈瞩。美人摘新英,步步玩春绿。所思杳何处,宛在吴江曲。可怜不得共芳菲,日暮归来泪满衣。

王沈 诗一首。

婕妤怨

长信梨花暗欲栖,应门上钥草萋萋。春风吹花乱扑户一作石,班绝车声不至啼。

王偃 诗二首。

夜夜曲

北斗星移银汉低,班姬愁思凤城西。青槐陌上行人绝,明月楼前乌夜啼。

明君词

北望单于日半斜,明君马上泣胡沙。一双泪滴黄河水,应得东流入汉家。

李暇 诗五首。

拟古东飞伯劳歌

秦王龙剑燕后琴,珊瑚宝匣镂双心。谁家女儿抱香枕,开衾灭烛愿侍寝。琼窗半上金镂帱,轻罗掩一作隐面不遮一作障羞。青绮帏一作帐中坐相忆,红鸾镜里见愁色。檐花照月莺对栖,空将可怜暗中啼。

怨诗三首

罗敷初总髻,蕙芳正娇小。月落始归船,春眠恒著晓。

何处期郎游,小苑花台间。相忆不可见,且复乘月还。

别前花照路,别后露垂叶。歌舞须及时,如何坐悲妾。

碧玉歌

碧玉上官妓,出入千花林。珠被玳瑁床,感郎情意深。

李播 诗一首。

见美人闻琴不听

洛浦风流雪,阳台朝暮云。闻琴不肯听,似妒卓文君。

辛弘智 诗三首。

赋诗

《谈宾录》云:弘智在国子盗,赋此诗,同房常定宗改始字为转字,争之为己作。同下牒见博士罗道琮。判云:昔五字定表,以理切称奇。今一言竞诗,取词多为主。诗归弘智,转还定宗,以状牒知,任为公验。

君为河边草,逢春心剩生。妾如台上镜,得照始分明。

自君之出矣

《乐府诗集》作李康成诗。按康成撰《玉台后集》,以此首为弘智作,康成别有一作。

自君之出矣,梁尘静不飞。思君如满月,夜夜减容辉。

又见《吟窗杂录》

自君之出矣,宝镜为谁明?思君如陇水,常闻呜咽声。

全唐诗卷七百七十四

吉师老 诗四首。以下世次、爵里俱无考。

题春梦秋归故里 一本无秋归故里四字

故国归路赊,春晚在天涯。明月夜来梦,碧山秋到家。开窗闻落叶,远墅见晴鸦。惊起晓庭际,莺啼桃杏花。

看蜀女转昭君变

妖姬未著石榴裙,自道家连锦水濆。檀口解知千载事,清词堪叹九秋文。翠眉颦处楚边月,画卷开时塞外云。说尽绮罗当日恨,昭君传意向文君。

放猿

放尔千山万水 一作里身,野泉晴树好为邻。啼时莫近 一作向潇湘岸,明月孤舟有旅人。

鸳鸯

江岛蒙蒙烟霭微,绿芜深处刷毛衣。渡头惊起一双去,飞上文君旧锦机。

吴商浩 诗九首。

巫峡听猿

巴江猿啸苦,响入客舟中。孤枕破残梦,三声随晓风。连云波澹澹,和雾雨蒙蒙。巫峡去家远,不堪魂断空。

长安春赠友人

繁华堪泣帝城春,粉堞青楼势碍云。花对玉钩帘外发,歌飘尘土路边闻。几多远客魂空断,何处王孙酒自醺。各有归程千万里,东风时节恨离群。

塞上即事

身似星流迹似蓬,玉关孤望杳溟濛。寒沙万里平铺月,晓角一声高卷 一作绕风。战士殁边魂尚哭,单于猎处火 一作烧犹红。分明更想残宵梦,故国依然在 一作到甬东。

宿山驿

　　文战何堪功未图,又驱羸马指天衢。露华凝夜渚莲尽,月彩满轮山驿孤。岐路辛勤终日有,乡关音信隔年无。好同一作乘范蠡扁舟兴,高挂一帆归五湖。

北邙山

　　北邙山草又青青,今日销魂事可明。绿酒醉来春未歇,白杨风起柳初晴。冈原旋葬松新长,年代无人阙半平。堪取金炉九还药,不能随梦向浮生。

秋塘晓望

　　钟尽疏桐散曙鸦,故山烟树隔天涯。西风一夜秋塘晓,零落几多红藕花。

水楼感事

　　高柳蝥啼雨后秋,年光空感泪如流。满湖菱荇东归晚,闲倚南轩尽日愁。

泊舟

　　身逐烟波魂自惊,木兰舟上一帆轻。云中有寺在何处,山底宿时闻磬声。

湘云 首句缺一字

　　□满湘江云莹空,纷纷长对水溶溶。日西遥望自归处,尽挂九疑千万峰。

沈祖仙 一作山,诗一首。

秋闺

　　白马三军客,青娥十载思。玉庭霜落夜,罗幌月明时。炉冷蜘蛛喜,灯高一作寒熠耀期。愁多不可曙,流涕坐空帏。

邵士彦 诗一首。

秋闺

　　斜日空庭暮,幽闺积恨盈。细风吹帐冷,微月度窗明。怨坐啼相续,愁眠梦不成。调琴欲有弄,畏作断肠声。

吴大江 诗一首。

捣衣

　　沙塞秋应晚,金闺恨已空。那堪裂纨素,时许出房栊。杵影弄寒月,砧声调夜风。裁缝双泪尽,万里寄云中。

荆叔 诗一首。

题慈恩塔

　　汉国山河在,秦陵草树深。暮云千里色,无处不伤心。

萧静 诗一首。

三湘有怀

　　柳絮飞来别洛阳,梅花落后到三湘。世情已逐浮云散,离恨空随江水长。

元凛 诗二首。

九日对酒

　　嘉辰复遇登高台,良朋笑语倾金罍。烟摊秋色正堪玩,风惹菊香无限来。未保乱离今日后,且谋欢洽玉山颓。谁知靖节当时事,空学狂歌倒载回。

中秋夜不见月

　　蟾轮何事色全微,赚得佳人出绣帏。四野雾凝空寂寞,九霄云锁绝光辉。吟诗得句翻停笔,玩处临尊却掩扉。公子倚栏犹怅望,懒将红烛草堂归。

徐振 诗二首。

雷塘

　　九重城阙悲凉尽,一聚园林怨恨长。花忆所为犹自笑,草知无道更应荒。诗名占得风流在,酒兴催教运祚亡。若问皇天惆怅事,只应斜日照雷塘。

古意

扰扰都城晓又昏,六街车马五侯门。箕山渭水空明月,可是巢由绝子孙?

张侹 诗一首。

寄人

酷怜风月为多情,还到春时别恨生。倚柱寻思倍惆怅,一场春梦不分明。

方泽 诗一首。

武昌阻风

江上春风留客舟,无穷归思满东流。与君尽日闲临水,贪看飞花忘却愁。

景池 诗一首。

秋夜宿淮口

露白草犹青,淮舟倚岸停。风帆几处客,天地两河星。树静禽眠草,沙寒鹿过汀。明朝谁结伴,直去泛沧溟。

张鸿 诗一首。

赠乔尊师

长忌时人识,有家云涧深。性惟耽嗜酒,贫不破除琴。静鼓三通齿,频汤一味参。知师最知我,相引坐桧阴。

姚揆 诗二首。

村行

天淡雨初晴,游人恨不胜。乱山啼蜀魄,孤棹宿巴陵。影暗村桥柳,光寒水寺灯。罢吟思故国,窗外有渔罾。

颍川客舍

素琴孤剑尚闲游,谁共芳尊话唱酬。乡梦有时生枕上,客情终日在眉头。云拖雨脚连天去,树夹河声绕郡流。回首帝京归未得,不堪吟倚夕阳楼。

王训 诗一首。

独不见

日晚宜春暮,风软上林朝。对酒近初节,开楼荡夜谣。石桥通小涧,竹路上青霄。持底谁见许,长愁成细腰。

张炽 诗一首。

归去来引

归去来,归期不可违。相见旋明月,浮云共我归。

虞羽客 诗一首。

结客少年场行

幽并侠少年,金络控连钱。窃符方救赵,击筑正怀燕。轻生辞凤阙,挥袂上祁连。陆离横宝剑,出没鹜征旗。蒙轮恒顾敌,超乘忽(一作怱)争先。摧枯逾百战,拓地远三千。骨都魂已散,楼兰首复传。龙城含宿雾,瀚海接(一作隔)遥天。歌吹金微返,振旅玉门旋。烽火今已息,非复照甘泉。

郑渥 诗二首。

塞上

出门何处问西东,指画翻为语论同。到此客头潜觉白,未秋山叶已飘红。帐前影落传书雁,日下声交失马翁。早晚回鞭复南去,大衣高盖汉乡风。

洛阳道

客亭门外路东西,多少喧腾事不齐。杨柳惹鞭公子醉,苎麻掩泪鲁人迷。通宵尘土飞山月,是处经营夹御堤。顷刻知音几存殁,半回依约认轮蹄。

全唐诗卷七百七十五

崔江 诗一首。以下世次、爵里俱无考。

宜春郡城闻猿

怨抱霜枝向月啼,数声清绕郡城低。那堪日夜有云雨,便似巫山与建溪。

李伉 诗一首。

谪宜阳到荆渚

汉江江水水连天,被谪宜阳路几千。为问 一作恨 野人山鸟语,问予归棹是何年。

刘望 诗一首。

九巇山 山在萍乡,上有九巇仙观

鼎湖冠剑有遗踪,晋汉真人羽化同。九转药成丹灶冷,五车云去玉堂空。仙家日月蓬壶里,尘世烟花梦寐中。徒有旧山流水畔,老松枝叶苦吟风。

易思 一作偲。诗四首。

郡城放猿献卫使君

千岩万壑与云连,放出雕笼任自然。叶洒惊风啼暮雨,月凝残雪饮流泉。临岐莫似三声日,避射须依绕树年。应解感恩寻太守,攀萝时复到楼前。

题袁州龙兴寺

百尺古松松下寺,宝幡朱盖画珊珊。闲庭甘露几回落,青石绿苔犹未干。

山中送弟方质

山中殷勤弟别兄,兄还送弟下山行。芦花飞处秋风起,日暮不堪闻雁声。

寻易尊师不遇

烂漫红霞光照衣,苔封白石路微微。华阳洞里人何在,落尽松花不见归。

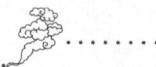

赵防诗一首。

秋日寄弟

凉风飒庭户,渐疑华发侵。已经杨柳谢,犹听蟋蟀吟。雨助滩声出,云连野色深。鹡鸰今在远,年酒共谁斟。

刘廓诗一首。

杨岐山

千峰围古寺,深处敞楼台。景异寻常处,人须特达来。松杉寒更茂,岚霭昼还开。欲续丰碑语,含毫恨不才。

姚倨诗一首。

南源山

修径投幽隐,轻裘怯暮寒。闲僧能解榻,倦客得休鞍。白雨鸣山麓,青灯语夜阑。明朝梯石路,更仗笋舆安。

戴衢诗一首。

下第夜吟

扰扰东西南北情,何人于此悟浮生,还缘无月春风夜,暂得独闻流水声。

句

坐落千门日,吟残午夜灯。

李建枢诗一首。

咏月

昨夜圆非今夜圆,却疑圆处减婵娟。一年十二度圆缺,能得几多时少年。

谢邈诗二首。

谢人惠琴材

风撼桐丝带月明,羽人乘醉截秋声。七弦妙制饶仙品,三尺良材称道情。池小未开春浪泛,岳低犹欠暮云生。何因乞与元中术,临化无妨膝上横。

谢僧寄拄杖

峭壁猿啼采处深,一枝奇异出孤岑。感师千里寄来意,发我片云归去心。窗外冷敲檐冻折,溪边闲点戏鱼沉。他年必藉相携力,蹇步犹能返故林。

唐备诗三首。

失题二首

天若无雪霜,青松不如草。地若无山川,何人重平道。

一日天无风,四溟波尽息。人心风不吹,波浪高百尺。

道傍木

狂风拔倒树,树倒根已露。上有数枝藤,青青犹未悟。

方棫诗一首。

失题一作陈叔宝诗

午醉醒来晚,无人梦自惊。夕阳如有意,长傍小窗明。

范夜诗一首。

失题

举意三江竭,兴心四海枯。南游李邕死,北望宋珪殂。

卢群玉诗二首。

失题

酒泻银瓶倒底清,夜深丝竹凤凰鸣。红妆醉起一花落,更引春风无限情。

投卢尚书

无力不任为走役,有文安敢滞清平。从来

若把耕桑定,免恃雕虫误此生。

杨行敏 诗二首。

失题二首

驽骀嘶叫知无定,骐骥低垂自有心。山上高松溪畔竹,清风才动是知音。

杜鹃花里杜鹃啼,浅紫深红更傍溪。迟日雾光搜客思,晓来山路恨如迷。

张怀 诗一首。

吴江别王长史

多年襆被玉山岑,鬓雪欺人忽满簪。驽马虽然贪短豆,野麋终是忆长林。鲈鱼未得乘归兴,鸥鸟惟应信此心。见说新桥好风景,会须乘月濯烦襟。

赵湘 诗一首。

题天台石桥

白石峰犹在,横桥一径微。多年无客过,落日有云归。水净苔生发,山寒枝著衣。如何方广寺,千古去人稀。

杨持 诗一首。

寄朗陵兄

刺举官犹屈,风谣政已成。行看换龟组,奏最谒承明。

李聪 诗一首。

咏溧溪 在历阳西一里 第二句缺一字

泠泠一带清溪水,远派□通历阳市。涓涓出自碧湖中,流入楚江烟雾里。

徐介 诗一首。

耒阳杜工部祠堂

手接汨罗水,天心知所存。固教工部死,来伴大夫魂。流落同千古,风骚共一源。消凝伤往事,斜日隐颓垣。

李士元 或云:尝为僧,返初。诗二首。

登单于台

悔上层楼望,翻成极目愁。路沿葱岭去,河背玉关流。马散眠沙碛,兵闲倚戍楼。残阳三会角,吹白旅人头。

登阁

乱后独来登大阁,凭阑举目尽伤心。长堤过雨人行少,废苑经秋草自深。破落侯家通永巷,萧条宫树接疏林。总输释氏青莲馆,依旧重重布地金。

全唐诗卷七百七十六

冯道之一作用之。诗一首。以下无世次、爵里可考。

山中作

草堂在岩下,卜居聊自适。桂气满阶庭,松阴生枕席。远瞻惟鸟度,旁信无人迹。霭霭云生峰,潺潺水流石。颇寻黄卷理,庶就丹砂益。此即契吾生,何为苦尘役。

徐谦诗二首。

短歌二首

穷通皆是运,荣辱岂关身。不愿一作顾门前客,看时逢故人。

意气青云里,爽朗烟霞外。不羡一囊钱,唯重心襟会。

杨达诗二首。

塞下曲

秋日并州路,黄榆落故关。孤城吹角罢,数骑射雕还。帐幕遥临水,牛羊自下山。行人正垂泪,烽火起云间。

明妃怨

汉国明妃去不还,马驼弦管向阴山。匣中纵有菱花镜,羞对单于照旧颜。

杨逵诗一首。

送邹尊师归洞庭一作杨达诗

众岛在波心,曾居一作为旧隐林。近闻飞檄急,转忆卧云深。卖药唯供酒,归舟只载琴。遥知明月夜,坐石自开襟。

魏兼恕 诗一首。

送张兵曹赴营田

河曲今无战，王师每务农。选才当重委，足食乃深功。草色孤城外，云阴绝漠—作汉中。萧关休叹别，归望在乘骢。

贾彦璋 诗四首。

晚霁登汝南大云阁

禅宫新歇雨，香阁晚登临。邑树晴光起，川苗佳气深。水包城下岸，云细郢中岑。自叹牵卑日，聊开望远心。

宿香山阁

暝望香山阁，梯云宿半空。轩窗闭潮海，枕席拂烟虹。朱网防栖鸽，纱灯护夕虫。一闻鸡唱晓，已见日曈曈。

苏著作山池

水树子云家，峰瀛宛不赊。芥浮舟是叶，莲发岫为花。酌蚁开春瓮，观鱼凭海查。游苏多石友，题赠满瑶华。

王龙骧墓

昔擅登坛宠，爰光典午朝。刀悬临益梦，龙启渡江谣。茂绩当年举，英魂此地销。唯余孤垄上，日夕起松飙。

欧阳瑾 诗一首。

折杨柳

垂柳拂妆台，葳蕤叶半开。年华枝上见，边思曲中来。嫩色宜新雨，轻花伴落梅。朝朝倦攀折，征戍几时回。

李叔卿 诗二首。

江南曲

湖上女，江南花，无双越女春浣纱。风似箭，月如弦，少年吴儿晓进船。郗家子弟谢家郎，乌巾白袷紫香囊。菱歌思欲绝，楚舞断人肠。歌舞未终涕双陨，旧宫坡陁才—作绝嶙隐。西山暮雨过江来，北渚春云沿海尽。渡口水流缓，妾归宵剩迟。含情为君再理曲，月华照出澄江时。

芳树

春看玫瑰树，西邻即宋家。门深垂暗叶，墙近度飞花。影拂桃阴浅，香传李径斜。靓妆愁日暮，流涕向窗纱。

熊曜 诗一首。

送杨谏议赴河西节度判官兼呈韩王二侍御

贤哉征西将，幕府多俊人。筹议秉刀尺，话言在经纶。先鞭羡之子，走马辞咸秦。庭论许名实，数公当即真。行行弄文翰，婉婉光使臣。今者所从谁，不闻歌苦辛。黄云萧关道，白日惊沙尘。虏寇有时猎，汉兵行—作仍复—作夜巡。王师已无战，传檄奉良臣。

李宾 诗二首。

登巴陵开元寺西阁赠衡岳僧方外

衡岳有开士，五峰秀贞骨。见君万里心，海水照秋月。大臣南溟去，问道皆请谒。洒以—作明非甘露言，清凉润肌发。湖海落天镜，香阁凌银阙。登眺餐惠风，心花期启发。

登瓦官寺阁

晨登瓦官阁，极眺金陵城。钟山对北户，淮水入南荣。漫漫雨花落，嘈嘈天乐鸣。两廊振法鼓，四角吹风筝。杳无—作出霄汉上，仰攀日月行。山空霸气灭，地古寒阴生。寥廓云海晚，苍茫宫观平。门余阊阖字，楼识凤凰名，雷作百川—作动，神扶万栱倾。灵光一向贵，长此镇吴京。

唐尧臣诗一首。

金陵怀古

晋末英雄起,神器沦荒服。胡月蚀中原,白日升旸谷。金陵实形胜,关山固重复。巨壑堑北堧,长江堑西隩。凿山拟嵩华,穿地象伊瀔。草昧席罗图,荜路戴黄屋。一时因地险,五世享天禄。礼乐何煌煌,文章纷郁郁。多士春林秀,作颂清风穆。出入三百年,朝事几翻覆。搀抢如云勃,鲸鲵旋自曝。倦闻金鼎移,骤睹灵龟卜。吁嗟王气尽,坐悲天运倏。天道何茫茫,善淫乃相复。行路偏衣半,遂亡大梁族。日隐汀洲上,登舻朓川陆。月回吴山树,风闻楚江鹄。因依兰蕙丛,采撷不盈掬。

郑缙诗二首。

咏浮沤为辛明府作

行潦散轻沤,清规吐一作晚未收。雨来波际合,风起浪中浮。晶晃明苔砌,参差绕芥舟。影疑星泛晓,光似露涵一作含秋。皎皎珠同净,漂漂梗共流。洁容无变染,圆知有谦柔。欲作微涓效,先从淡水游。

莺一作孙处玄诗

欲转声犹涩,将飞羽未调。高风不借便,何处得迁乔。

吴英秀诗一首。

鹦鹉

莫把金笼闭鹦鹉,个个聪明解人语。忽然更向君前言,三十六宫愁几许。

陈凝诗一首。

马

未明龙骨骏,幸得到神州。自有千金价,宁忘伯乐酬。虽知殊款段,莫敢比骅骝。若遇追风便,当轩一举头。

伊梦昌诗一首。

凤

好是山家凤,歌成非楚鸡。毫光洒风雨,纹彩动云霓。竹实不得饱,桐孙何足栖。岐阳今好去,律吕正凄凄。

郑严诗一首。

送韦员外赴朔方

白露边秋早,皇华戎事催。已推仙省妙,更是幕中才。出饯倾朝列,深功伫帝台。坐闻长策利,终见勒铭回。

柳曾诗一首。

险竿行

山险惊摧辀,水险能覆舟。奈何平地不肯立,走上百尺高竿头。我不知尔是人耶复猱耶,使我为尔长叹嗟。我闻孝子不许国,忠臣不爱家。尔今轻命重黄金,忠孝两亏徒尔夸。始以险技悦君目,终以贪心媚君禄。百尺高竿百度缘,一足参差一家哭。险竿儿,听我语,更有险徒险于汝。重于权者失君恩,落向天涯海边去。险竿儿,尔须知,险途欲往尔可思。上得不下下不得,我谓此辈险于险竿儿。

牛殳诗二首。

琵琶行

何人劚得一片木,三尺春冰五音足。一弹决破真珠囊,迸落金盘声断续。飘飘飖飖寒丁丁,虫豸出蛰神鬼惊。秋鸿叫侣代云黑,猩猩夜啼蛮月明。澶澶洄洄声不定,胡雏学汉语未正。若似长安月蚀时,满城敲鼓声嶙嶙。青山飞起不压物,野水流来欲湿人。伤心忆得陈后主,春殿半酣细腰舞。黄莺百舌正相呼,玉树后庭花带雨。二妃哭处山重重,二妃没后云溶溶。夜深霜露锁空庙,零落一丛斑竹风。金谷园中草初绿,石崇一弄思归曲。当时二十四友人,手把金杯听不足。又似贾客蜀道间,千铎万磬鸣空山。未若此调呦呦兮喝喝,嘈嘈兮啾啾。引之于山,兽不能走。吹之于水,鱼不能游。方知此艺不可有,人间万事凭双手。若何为我再三弹,送却花前一尊酒。

方响歌

乐中何乐偏堪赏,无过夜深听方响。缓击急击曲未终,暴雨飘飘生坐上。铿铿铛铛寒重重,盘涡蹙派鸣蛟龙。高楼漏滴金壶水,碎电打着山寺钟。又似公卿入朝去,环珮鸣玉长街路。忽然碎打入破声,石崇推倒珊瑚树。长短参差十六片,敲击宫商无不遍。此乐不教外人闻,寻常只向堂前宴。

卫光一 诗一首。

经太华

太华五千寻,重岩合—作才沓起。势飞白云外,影倒黄河里。上有千莲叶,服之久不死。山高采难得,叹息徒仰止。

林璠 诗一首。

季夏入北山

整驾俟明发,迤逦历险途。天形逼峰尽,地势入溪无。树绕圆潭密,云横叠障孤。谁怜后时者,六月未南图。

颜胄 诗一首。

适思

芳岁不我与,飒然凉风生。繁华扫地歇,蟋蟀充堂鸣。感物增忧思,奋衣出游行。行值古墓林,白骨下纵横。田竖鞭髑髅,村童扫—作摇精灵。精灵无奈何,像设安所荣—作营。石人徒瞑目,表柱烧无声。试读碑上文,乃是昔时英。位极君诏葬,勋高盈忠贞。宠终禁樵采,立嗣修坟茔。运否前政缺,群盗多蚊虻。即此丘垄坏,铁心为霑缨。当其崇树日,岂意侵夺并。冥漠生变故,凄凉结幽明。悲端岂自我,外物纷相萦。所适非所见,前登江上城。倚楼临绿—作浸水,一望解伤情。

全唐诗卷七百七十七

邢象玉 诗一首。

古意

家中酒新熟,园里叶初荣。伫杯欲取醉,悒然思友生。忽闻有奇客,何姓复何名。嗜酒陶彭泽,能琴阮步兵。何须问寒暑,径共坐山亭。举袂祛啼鸟,扬巾扫落英。心神无俗累,歌咏有新声。新声是何曲,沧浪之水清。

张敬徽 诗一首。

采莲曲

游女泛江晴,莲红水复清。竞多愁日暮,争疾畏船倾。波动疑钗落,风生觉袖轻。相看未尽意,归浦棹歌声。

徐玄之 诗一首。

采莲

越艳荆姝惯采莲,兰桡画楫满长川。秋来江上澄如练,映水红妆如可见。此时莲浦珠翠光,此日荷风罗绮香。纤手周游不暂息,红英烂熳殊未极。夕鸟栖林人欲稀,长歌哀怨采莲归。

郭泭 诗一首。

同崔员外温泉宫即事

辇辂移双阙,宸游整六师。天回紫微座,日转羽林旗。雷气寒戈戟,军容壮武貔。弓鸣射雁处,泉暖跃龙时,惠化成观俗,讴谣入赋诗。同观王道盛,相与咏雍熙。

权彻诗一首。

题沈黎城

苏子卧北海,马翁渡南洲。迹恨事乃立,功达名遂休。夜闻羽书至,召募此边州。铁骑耀楚甲,玉匣横吴钩。雪厚群山冻,蓬飞荒塞秋。久戍曷辞苦,数战期封侯。不学竖儒辈,谈经空白头。

豆卢回一作田。诗一首。

登乐游原怀古

缅惟汉宣帝,初谓皇曾孙。虽在襁褓中,亦遭巫蛊冤。至哉丙廷尉,感激义弥敦。驰逐莲勺道,出入诸陵门。一朝风云会,竟登天位尊。握符升宝历,负扆御华轩。赫奕文物备,葳蕤休瑞繁。卒为中兴主,垂名于后昆。雄图奄已谢,余址空复存。昔为乐游苑,今为孤兔园。朝见牧竖集,夕闻栖鸟喧。萧条灞亭岸,寂寞杜陵原。幂房野烟起,苍茫岚气昏。二曜屡回薄,四时更凉温。天道尚如此,人理安可论。

张南容诗一首。

静女歌

静女乐于静,动合古人则。妙年工诗书,弱岁勤组织。端居愁若痴,谁复理容色。十五坐幽闺,四邻不相识。夭夭邻家子,百花装首饰。日月淇上游,笑人不逾阈。河水自浊济自清,仙台蛾眉秦镜明。为照齐五门下丑,何如汉帝掌中轻。

沈徽诗二首。

古兴二首

蔓草自细微,女萝始夭夭。贪缘至百尺,荣耀非一朝。敷色高碧岭,流芳薄丹霄。如何摧秀木,正为余波漂。茎叶落岩迹,英蕤从风飙。洪柯不足恃,况乃托陵苕。

长安富豪右,信是天下枢。戚里笙歌发,禁门冠盖趋。攀云无丑士,唾地尽成珠。日晏下双阙,烟花乱九衢。恩荣在片言,零落亦须臾。何意还自及,曲池今已芜。

林琨诗一首。

晚望一作夕次华阴北亭

清晨孤亭里,极目对前岑。远与天水合,长霞生夕林。苍然平楚意,杳霭半秋阴。落日川上尽,关城云外深。方予事岩壑,及此欲抽簪。诗一作待就蓬山道,还兹契宿心。

吴象之诗二首。

阳春歌

帘低晓露湿,帘卷莺声急。欲起把一作把筌篌,如凝彩一作管弦涩。孤眠愁不转,点泪声相及。净扫阶上花,风来更吹入。

少年行

承恩借猎小平津,使气常游中贵人。一掷千金浑是胆,家无四壁不知贫。

郑德玄诗一首。

晚至乡亭

长亭日已暮,驻马暂盘桓。山川杳不极,徒侣默相看。云夕荆台暗,风秋郢路寒。客心一如此,谁复采芳兰。

张轸诗一首。

舟行旦发

夜帆时未发,同侣暗相催。山晓月初下,江鸣潮欲来。稍分扬子岸,不辨越王台。自客水乡里,舟行知几回。

蔡文恭 诗一首。

奉和夏日游山应制

首夏林壑清,薄暮烟霞上。连岩耸百仞,绝壑临千丈。照灼晚花鲜,潺动夕流响。悠然动睿思,息驾寻真赏。揆彼涡川作,怀兹洛滨想。窃吹等齐竽,何用承恩奖。

贾宗 一作琮。诗一首。

旅泊江津言怀

征途几迢递,客子倦西东。乘流如泛梗,逐吹似惊蓬。飘飖万里外,辛苦百年中。异县心期阻,他乡风月同。云归全岭暗,日落半江红。自然堪进泪,非是泣途穷。

唐尧客 诗一首。

大梁行

客有成都来,为我弹鸣琴。前弹别鹤操,后奏大梁吟。大梁伤客情,荒台对古城。版筑有陈迹,歌吹无遗声,雄哉魏公子,畴日好罗英。秀士三千人,煌煌列众 一作象 星。金槌夺晋鄙,白刃刎候嬴。邯郸救赵北,函谷走秦兵。君子荣且昧,忠信莫之明。间谍忽来及,雄图靡克成。千龄万化尽,但见汴水清。旧国多孤垒,夷门荆棘生。苍梧彩云没,湘浦绿池平。闻有东山去,萧萧班马鸣。河洲寨宿莽,日夕泪沾缨。因之唁公子,慷慨此歌行。

朱晦 诗一首。

秋日送别

荒郊古陌时时断,野水浮云处处秋。唯有河边衰柳树,蝉声相送到扬州。

石召 诗二首。

送人归山

相逢唯道在,谁不共知贫。归路分残雨,停舟别故人。霜明松岭晓,花暗竹房春。亦有栖闲意,何年可寄身?

早行遇雪

荒郊昨夜雪,羸马又须行。四顾无人迹,鸡鸣第一声。

林梦 诗一首。

送安养阎主簿还竹寺

分手怨河梁,南征历汉阳。江山追宋玉,云雨梦襄王。醉里宜城近,歌中郢路长。更寻栖枳处,犹是念仇香。

卫叶 诗一首。

晚投南村

客行逢日暮,原野散秋晖。南陌人初断,西林鸟尽归。暗蓬沙上转,寒叶月中飞。村落无多在,声声近捣衣。

全唐诗卷七百七十八

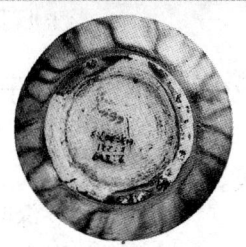

李季华诗一首。以下无世次、爵里可考。

题季子庙
季子让社稷,又能听国风。宁知千载后,蘋藻冷祠宫。

王玄诗一首。

听琴
拂尘开按匣,何事独颦眉。古调俗不乐,正声君自知。

李归唐诗一首。

失鹭鹚
惜养来来岁月深,笼开不见意沉吟。也知只在秋江上,明月芦花何处寻。

朱光弼诗二首。

铜雀妓
魏王铜雀妓,日暮管弦清。一见西陵树,心悲舞不成。

宫词
梦里君王近,宫中河汉高。秋风能再热,团扇不辞劳。

顾甄远诗九首。

惆怅诗九首
魂黯黯兮情脉脉,帘风清兮窗月白。梦惊枕上炉烬销,不见蕊珠宫里客。

禁漏声稀蟾魄冷,纱厨筠簟波光净。独坐愁吟暗断魂,满窗风动芭蕉影。

别恨离肠空恻恻,风动虚轩池水白。莫言灵圃步难寻,有心终效偷桃客。

愁遇人间好风景，焦桐韵满华堂静。鉴鸾钗燕恨何穷，忍向银床空抱影。

绿槐影里傍青楼，陌上行人空举头。烟水露花无处问，摇鞭凝睇不胜愁。

役尽心神销尽骨，恩情未断忽分离。平生此恨无言处，只有衣襟泪得知。

浓醑艳唱愁难破，骨瘦魂消病已成。若为多罗年少死，始甘人道有风情。

泪满罗衣酒满卮，一声歌断怨伤离。如今两地心中事，直是瞿昙也不知。

横泥杯觞醉复醒，愁牵时有小诗成。早知惹得千般恨，悔不天生解薄情。

魏峦 诗一首

登清居台

迤逦清居台，连延白云外。侧聆天上语，下视飞鸟背。

柳明献 诗一首

游昌化精舍

宝台侵汉远，金地接霞高。何必游天外，忻此契卢敖。

蔡昆 诗一首

善卷先生坛

几到坛边登阁望，因思遗迹咏今朝。当时为有重华出，不是先生傲帝尧。

句

飘飘随暮雨，飒飒落秋山。《落叶》王正字《诗格》。

令狐挺 诗一首

题郦州相思铺 一作令狐楚诗

谁把相思号此河，塞垣车马往来多。只应自古征人泪，洒向空川作逝波。

滕潜 诗二首

凤归云二首

金井栏边见羽仪，梧桐枝上宿寒枝。五陵公子怜文彩，画与佳人刺绣衣。

饮啄蓬山最上头，和烟飞下禁城秋。曾将弄玉归云去，金翅斜开十二楼。

夏侯子云 诗一首

药圃

绿叶红英遍，仙经自讨论。偶移岩畔菊，锄断白云根。

方愚 诗一首

读孝经

星彩满天朝北极，源流是处赴东溟。为臣为子不忠孝，辜负宣尼一卷经。

潘雍 诗一首

赠葛氏小娘子

曾闻仙子住天台，欲结灵姻愧短才。若许随君洞中住，不同刘阮却归来。

梁陟 诗一首

送孙舍人归湘州

盛才倾世重，清论满朝归。作隼他年计一作系，为鸳此日飞。比肩移一作趋日近，抗首出郊畿。为报清漳水，分明照锦衣。

朱延 诗一首

再登河阳城怀古

客游倦旅思，憩驾陟崇墉。元凯标奇迹，安仁擅美踪。远近一作远远浊河流一作溜，出没一作浸青山峰。伫想空不极，怀古怅无从。

寇埴 诗一首。

题莹上人院

舍筏求香偈,因泉演妙音。是明捐俗网,何独—作必在山林。缭绕藤轩密,逶迤竹径深。为传同学志,兹宇可清心。

冯渚 诗一首。

燕衔泥—作冯著诗

双燕碌碌飞入屋,屋中老人喜燕归,裴回绕我床头飞。去年为尔逐黄雀,雨多屋漏泥土落。尔莫厌老翁茅屋低,梁头作窠梁下栖。尔不见东家黄鹂鸣啧啧,蛇盘瓦沟鼠穿壁。豪家大屋尔莫居,骄儿少妇采尔雏。井旁写水泥自足,衔泥上屋随尔欲。

全唐诗卷七百七十九

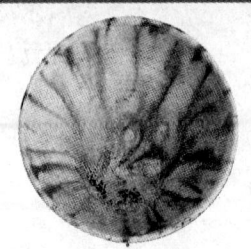

王约 诗一首。以下并省试诗。爵里、世次俱无考。

日暖万年枝

霭霭彤庭里,沈沈玉砌陲。初升九华日,潜暖万年枝。煦妪光偏好,青葱色转宜。每因韶景丽,长沐惠风吹。隐映当龙阙,氤氲隔凤池。朝阳光照处,唯有近臣知。

郭求 诗一首。

日暖万年枝

旭日升溟海,芳枝散曙烟。温仁临树久,煦妪在条偏。阳德符君惠,嘉名表圣年。若承恩渥厚,常属栋梁贤。生植虽依地,光华只信天。不才堪厌陋,徒望向荣先。

郑师贞 诗一首。

日暖万年枝

禁树敷荣早,偏将丽日宜。光摇连北阙,影泛满南枝。得地方知照,逢时异赫曦。叶和盈数积,根是永年移。宵露犹残润,薰风更共吹。余晖诚可托,况近凤凰池。

石殷士 诗二首。

日华川上动

曙霞攒旭日,浮景弄晴川。晃曜层潭上,悠扬极浦前。岸高时拥媚,波远渐澄鲜。萍实空随浪,珠胎不照渊。早暄依曲渚,微动触—作澄轻涟。孰假咸池望,幽情得古篇。

闻击壤

尧年听野老,击壤复何云。自谓欢由己,宁知德在君。气平闲易畅,声贺作难分。耕凿方随日,恩威比望云。簨𥯗均下调,和木等南薰。无落于吾事,谁将帝力闻。

柴宿诗二首。

初日照华清宫

灵山初一作煦照泽一作日,远近见离宫。影动参差里,光分缥缈中。鲜飙收晚翠,佳气满晴空。林润温泉入,楼深复道通。璇题生炯晃,珠缀引朣胧。凤辇何时幸,朝朝此望同。

瑜不掩瑕

朗玉微瑕在,分明异璞瑜。坚贞宁可杂,美恶自能殊。待价知弥久,称忠定不诬。光辉今见黜,毫发外呈符。岂假良一作相工指,堪一作甘为达士模。他山倪磨琢,慕爱昌洪炉。

陶拱一作洪。诗一首。

秋日悬清光

秋至云容敛,天中日景清。悬空寒色净,委照曙光盈。泫泫看弥上,辉辉望最明。烟霞轮乍透,葵藿影初生。鉴下应无极,升高自有程。何当回盛彩,一为表精诚。

刘瑰诗一首。

三让月成魄不得泛说乡饮之事

为礼依天象,周旋逐月成。教人三让美,为客一宵生。初进轮犹暗,终辞影渐明。幸陪宾主一作客位,取舍任亏盈。

朱华诗一首。

海上生明月

皎皎秋中月,团圆一作团海上生。影开金镜满,轮抱玉壶清。渐出三山笏,将凌一汉横。素娥尝药去,乌鹊绕枝惊。照水光偏白,浮云色最明。此时尧砌下,蓂荚自将荣。

戴察诗一首。

月夜梧桐叶上见寒露

萧疏桐叶上,月白露初团。滴沥清光满,荧煌素彩寒。风摇愁玉坠,枝动惜珠干。气冷疑秋晚,声微觉夜阑。凝空流欲遍,润物净宜看。莫厌窥临倦,将晞聚更难。

孙顾诗一首。

清露被皋兰

九皋兰叶茂,八月露华清。稍与秋阴合,还将晓色并。向空罗细影,临水泫微明。的皪添幽兴,芊绵动远情。夕芳人未采,初降鹤先惊。为感生成惠,心同葵藿倾。

孙颖诗二首。

宿烟含白露

柹柹有新意,微微曙色幽。露含疏月净,光兴晓烟浮。迥野遥凝素,空林望已秋。着霜寒未结,凝叶滴还流。比玉偏清洁,如珠讵可收。裴回阡陌上,瞻想但淹留。

送薛大夫和蕃

亚相独推贤,乘轺向远边。一心倾汉日,万里望胡天。忠信皇恩重,要荒圣德传。戎人方屈膝,塞月复婵娟。别思流莺晚,归朝候雁先。当书外垣传,回奏赤墀前。

陈璀诗一首。

风光草际浮

春风泛摇草,旭日遍神州。已向花间积,还来叶上浮。晓光缘圃丽,芳气满街流。澹荡依朱萼,飘扬带玉沟。向空看转媚,临水见弥幽。况被崇兰色,王孙正可游。

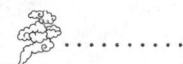

裴杞 诗一首。

风光草际浮

澹荡和风至，芊绵碧草长。徐吹遥—作摇扑翠，半偃乍浮光。叶似翻宵露，丛疑扇夕阳。逶迤明曲渚，照耀满回塘。白芷生还暮，崇兰泛更香。谁知揽结处，含思向余芳。

陈祐 诗一首。

风光草际浮

香发王孙草，春生君子风。光摇低偃处，影散艳阳中。稍稍移蘋末，微微转蕙丛。浮烟倾绿野，远色澹暗空。泛彩池塘媚，含芳景气融。清晖谁不挹，几许赏心同。

吴秘 诗一首。

风光草际浮

草色春沙里，风光晓正幽。轻明摇不散，郁昱丽仍浮。吹缓苗难转，晖闲叶本柔。碧凝烟彩入，红是日华流。耐可披襟对，谁应满掬收。恭闻掇芳客，为此尚淹留。

张复元 诗一首。

风光草际浮

纤纤春草长，迟日度风光。霢靡含新彩，霏微笼远芳。殊姿媚原野，佳色满池塘。最好垂清露，偏宜带艳阳。浅深浮嫩绿，轻丽拂余香。好助莺迁势，乘时冀便翔。

穆寂 诗二首。

冬至日祥风应候

节逢清景至，占气二仪中。独喜登台日，先知应候风。呈祥光舜化，表庆感尧聪。既一作况与乘时叶，还将入律同。微微万井遍，习习九门通。更绕炉烟起，殷勤报岁功。

清风戒寒

风清物候残，萧洒报将寒。扫得天衢静，吹来眼界宽。条鸣方有异，虫思乱无端。就树收鲜腻，冲池起涩澜。过山岚可掬，度月色宜看。华实从兹始，何嗟岁序殚。

王景中 诗一首。

风草不留霜

繁霜当永夜，寒草正惊风。飘素衰蘋末，流光晚蕙丛。悠扬方泛影，皎洁却飞空。不定离披际，难凝蘜荟中。低昂闲散质，肃杀想成功。独感玄晖咏，依依此夕同。

邓倚 诗一首。

春云

摇曳自西东，依林又逐风。势移青道里，影泛绿波中。夕霁方明日，朝阳复蔽空。度关随去马，出塞引归鸿。色任寒暄变，光将远近同。为霖如见用，还得助成功。

汤洙 诗一首。

登云梯

谢客常游处，层峦枕碧溪。经过殊俗境，登陟象云梯。步步劳山屐，行行蹑涧霓。迥临天路广，俯眺夕阳低。赏咏情弥惬，风尘事已暌。前修如可慕，投足固思齐。

殷琮 诗一首。

登云梯

碧落远澄澄，青山路可升。身轻疑易蹑，步独觉难凭。迤逦排将近，回翔势渐登。上宁愁屈曲，高更喜超腾。江树遥分漓，山岚宛若凝。赤城容许到，敢惮百千层。

朱延龄诗一首。

秋山极天净

雨洗高秋净,天临大野闲。葱茏清万象,缭绕出层山。日落千峰上,云销万壑间。绿萝霜后翠,红叶雨来殷。散彩辉吴甸,分形压楚关。欲寻霄汉路,延首愿登攀。

全唐诗卷七百八十

郑贲 诗二首。

春台晴望

追赏层台迥,登临四望频。熙熙山雨霁,处处柳条新。草长秦城夕,花明汉苑春。晴林翻去一作度鸟,紫陌阅行人。旅客风尘厌,山家梦寐亲。迁莺思出谷,骞翥待芳辰。

天骥呈材

毛骨合天经,拳奇步骤轻。曾邀于阗驾,新出贰师营。喷勒金铃响,追风汗血生。酒亭留去迹,吴坂认嘶声。力可通衢试,材堪圣代呈。王良如顾盼,垂耳欲长鸣。

裴元 诗一首。一作裴次元诗。

律中应钟

律穷方数寸,室暗在三重。伶管灰先动,秦正节已逢。商声辞玉笛,羽调入金钟。密叶翻霜彩,轻冰敛水容。望鸿南去绝,迎气北来浓。愿托无凋性,寒林自比松。

杜周士 诗一首。

闰月定四时

得闰因贞岁,吾君敬授时。体元承夏道,推历法尧咨。直取归余改,非如再失欺。葭灰初变律,斗柄正当离。寒暑功前定,春秋气可推。更怜幽谷羽,鸣跃尚须期。

乐伸 诗一首。

闰月定四时

圣代承尧历,恒将闰正时。六旬余可借,四序应如期。分至宁愆素,盈虚信不欺。斗杓重指甲,灰琯再推离。羲氏兼和氏,行之又则之。愿言符大化,永永作元龟。

徐至诗一首。

闰月定四时

积数归成闰,羲和职旧司。分铢标斗建,盈缩正人时。节候潜相应,星辰自合期。寸阴宁越度,长历信无欺。定向铜壶辨,还从玉律推。高明终不谬,委鉴本无私。

纥干讽诗一首。

新阳改故阴

律管才推候,寒郊忽变阴。微和方应节,积惨已辞林。暗觉余澌断,潜惊丽景侵。禁城佳气换,北陆翠烟深。有截知遐布,无私荷照临。韶光如可及,莺谷免幽沉。

朱休诗一首。

春水绿波

芳时淑气和,春水澹烟波。溉养滋兰杜,沦涟长芰荷。晚光扶翠潋,潭影写青莎。归雁追飞尽,纤鳞游泳多。朝宗终到海,润下每盈科。愿假中流便,从兹发棹歌。

李沛诗二首。

海水不扬波

明朝崇大道,寰海免波扬。既合千年圣,能安百谷王。天心随泽广,水德共灵长。不挠鱼弥乐,无澜苇可航。化流沾率土,恩浸及殊方。岂只朝宗国,惟闻有越裳。

四水合流

禹凿山川地,因通四水流。萦回过凤阙,会合出皇州。天影长波里,寒声古度头。入河无昼夜,归海有谦柔。顺物宜投石,逢时可载舟。羡鱼犹未已,临水欲垂钩。

成崿诗一首。

登圣善寺阁望龙门

高阁聊登望,遥分禹凿门。刹连多宝塔,树满给孤园。香境超三界,清流振陆浑。报慈弘孝理,行道得真源。空净祥烟霁,时光受日温。愿从初地起,长奉下生尊。

夏侯楚诗一首。

秋霁望庐山瀑布

常思瀑布幽,晴眺喜逢秋。一带连青嶂,千寻倒碧流。湿云应误鹤,翻浪定惊鸥。星浦虹初下,炉峰烟未收。岩高时裛裛,天净起一作越悠悠。傥见朝宗日,还须济巨舟。

胡权诗一首。

济川用舟楫

渺渺水连天,归程想几千。孤舟辞曲岸,轻楫济长川。迥指波涛雪,回瞻岛屿烟。心迷沧海上,目断白云边。泛滥虽无定,维持且自专。还如圣明代,理国用英贤。

郭邕诗一首。

洛出书

德合天贶呈,龙飞圣人作。光宅被寰区,图书荐河洛。象登四气顺,文辟九畴错。氤氲瑞彩浮,左右灵仪廓。微造功不宰,神行利攸博。一见皇家庆,方知禹功薄。

张钦敬诗一首。

洛出书

浮空九洛水,瑞圣千年质。奇象八卦分,图书九畴出。含微卜筮远,抱数阴阳密。中得天地心,傍探鬼神吉。昔闻夏禹代,今献唐尧日。谬此叙彝伦,寰宇贺清谧。

叔孙玄观诗一首。

洛出书

清洛含温溜,玄龟荐宝书。波开绿字出,瑞应紫宸居。物着群灵首,文成列卦初。美珍翔阁凤,庆迈跃舟鱼。俾姒惟何远,休皇复在诸。东都主人意,歌颂望乘舆。

王季友诗一首。与开、宝间王季友同名,另一人也。

玉壶冰

玉壶知素结,止水复中澄。坚白能虚受,清寒得自凝。分形同晓镜,照物掩宵灯。璧映圆光入一作出,人惊爽气凌。金罍何足贵,瑶席几回升。正值求珪瓒,提携共饮冰。

南巨川诗一首。

美玉

抱玉将何适,良工正在斯。有瑕宁自掩,匪石幸君知。雕琢嗟成器,缁磷志不移。饰樽光宴赏,入珮奉威仪。象德曾留记一作誉,如虹窃可奇。终希逢善价,还得桂林枝。

丁居晦诗一首。

琢玉

卞玉何时献,初疑尚在荆。琢来闻制器,价衒胜连城。虹气冲天白,云浮入信贞。珮为廉节德,杯作侈奢名。露璞方期辨,雕文幸既成。他山岂无石,宁及此时呈。

辛宏诗一首。

白圭无玷

片玉表贤贞,逢时宝自呈。色鲜同雪白,光润夺冰清。皎皎无瑕玷,锵锵有珮声。昆山标重价,垂棘振香名。抱璞心常苦,全真道未行。琢磨忻大匠,还冀动连城。

康翊仁诗一首。

鲛人潜织

珠馆冯夷室,灵鲛信所潜。幽闲云碧牖,溞漆水精帘。机动龙梭跃,丝萦藕淬添。七襄牛女恨,三日大人嫌。古乐府《焦仲卿妻诗》:三日断五匹,大人故嫌迟。透手击吴练,凝冰笑越缣。无因听札札,空想濯纤纤。

陈中师诗一首。

瑕瑜不相掩

出石温然玉,瑕瑜素在中。妍媸因异彩,音韵一作响信殊风。让美心方并,求疵意本同。光华开缜密,清润仰磨砻。秀贡非攘善。贞姿肯废忠。今为傥成器,分别在良工。

管雄甫诗一首。

戛玉有余声

戛玉音难尽,凝人思转清。依稀流户牖,仿佛在檐楹。更逐松风起,还将涧水并。乐中和旧曲,天际转余声。漂一作飘渺浮烟远,温柔入耳轻。想如君子佩,时得上堂鸣。

邓陟诗一首。

珠还合浦

至宝含冲粹,精虚映浦湾。素辉明荡漾,圆彩色玢璘。昔逐诸侯去,今随太守还。影摇波里月,光动水中山。鱼目徒相比,骊龙乍可攀。愿将车饰用,长得耀君颜。

吕价诗一首。

浊水求珠

至宝诚难得,潜光在浊流。深沈当处晦,皎洁庶来求。缀履将还用,褰裳必更收。蚌胎应自别,鱼目岂能俦。日彩逢高鉴,星光讵暗投。不因今日取,泥滓出无由。

苑咸诗一首。一作范咸。

暗投明珠

　　至宝欣怀日,良兹岂可俦。神光非易鉴,夜色信难投。错落珍寰宇,圆明隔浅流。精灵辞合浦,素彩耀神州。抱影希人识,承时望帝求。谁言按剑者,猜忌却生雠。

罗泰诗一首。

暗投明珠

　　媚川时未识,在掌共传名。报德能欺暗,投人自欲明。月临幽室朗,星没晓河倾。的砾骊龙颔,荧煌彩凤呈。守恩辞合浦,擅美掩连城。鱼目应难近,谁知按剑情。

崔藩诗一首。

暗投明珠

　　至室看怀袖,明珠出后收。向人光不定,离掌势难留。皎澈虚临夜,孤圆冷莹秋。乍来惊月落,疾转怕星流。有泪甘瑕弃,无媒自暗投。今朝感恩处,将欲报隋侯。

李勋诗一首。

泗滨得石磬

　　浮磬潜清深,依依呈碧浔。出水见贞质,在悬含玉音。对此喜还叹,几秋还到今。器古契良觌,韵和谐宿心。何为值明鉴,适得离幽沈。自兹入清庙,无复泥沙侵。

全唐诗卷七百八十一

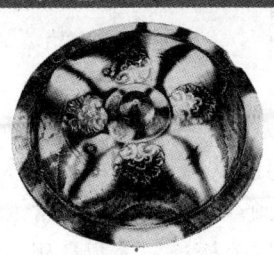

赵铎 一作驿。诗一首。

玄元皇帝应见贺圣祚无疆

圣主今司契,神功格上玄。岂唯求傅野,更有叶钧天。审梦西一作南山下,焚香北阙前。道光尊圣日,福应集灵年。咫尺真容近,巍峨大象悬。觞从百寮献,形为万方传。声教唯皇矣,英威固邈然。惭无美周颂,徒上祝尧篇。

徐元鼎 诗一首。

太常寺观舞圣寿乐

舞字传新庆,人文迈旧章。冲融和气洽,悠远圣功长。盛德流无外,明时乐未央。日华增顾眄,风物助低昂。翥凤方齐首,高鸿忽断行。云门与兹曲,同是奉陶唐。

严巨川 诗二首。

太清宫闻滴漏

玉漏移中禁,齐车入太清。渐知催辨色,复听续余声。乍逐微风转,时因杂珮轻。青楼人罢梦,紫陌骑将行。残魄栖初尽,余寒滴更生。惭非朝谒客,空有振衣情。

仲秋太常寺观公卿辂车拜陵

南吕初开律,金风已戒凉。拜陵将展敬,车辂俨成行。士庶观祠礼,公卿习旧章。郊原佳气引,园寝瑞烟长。卤簿辞丹阙,威仪列太常。圣心何所寄,惟德在无忘。

吕炅 诗一首。

贡举人谒先师闻雅乐

礼圣来群彦,观光在此时。闻歌音乍远,合乐和还迟。调朗能谐竹,声微又契丝。轻泠流簨簴,缭绕动缨綏。九变将随节,三终必尽仪。国风由是正,王化自雍熙。

刘公兴诗一首。

望凌烟阁

　　画阁凌虚构,遥瞻在九天。丹楹崇壮丽,素壁绘勋贤。霭霭浮元气,亭亭出瑞烟。近看分百辟,远揖误群仙。图列青云外,仪刑紫禁前。望中空霁景,骧首几留连。

王卓诗一首。

观北番谒庙

　　肃肃层城里,巍巍祖庙清。圣恩覃布濩,异域献精诚。冠盖分行列,戎夷变姓名。礼终齐百拜,心洁尽忠贞。瑞气千重色,箫韶九奏声。仗移迎日转,旆动逐风轻。休运威仪盛,丰年俎豆盈。不堪惭颂德,空此望簪缨。

石倚诗一首。

舞干羽两阶

　　干羽能柔远,前阶舞正陈。欲称文德盛,先表乐声新。肃肃行初列,森森气益振。动容和律吕,变曲静风尘。化美超千古,恩波及七旬。已知天下服,不独有苗人。

叶元良一作亮。诗一首。

御制段太尉碑

　　多难全高节,时清轸圣君。园茔标石篆,雨露降天文。义激忠贞没,词伤兰蕙焚。国人皆堕泪,王府已铭勋。揭出临新陌,长留对古坟。睿情幽感处,应使九泉闻。

裴大章诗一首。

恩赐魏文贞公诸孙旧第,以导直臣

　　邢茅虽旧锡,邸第是初荣。迹往伤遗事,恩深感直声。云孙方庆袭,池馆忽春生。古甃

开泉井,新禽绕画楹。自然垂带砺,况复激忠贞。必使千年后,长书竹帛名。

崔宗诗一首。

恩赐耆老布帛一作李绛诗

　　涣汗中天发,殊私海外存。衰颜逢圣代,华发受皇恩。烛物明尧日,垂衣辟禹门。惜时悲落景,赐帛慰余魂。厚泽沾祥咏,微生保子孙。盛明今尚齿,欢洽九衢樽。

郑馥诗一首。

东都父老望幸

　　鸾舆秦地久,羽卫洛阳空。彼土虽凭固,兹川乃得中。龙颜觐白日,鹤发仰清风。望幸诚逾邈,怀来意不穷。昔因封泰岳,今仵蹋维嵩。天地心无异,神祇理亦同。翠华翔渭北,玉检候关东。众愿其难阻,明君早勒功。

吴叔达诗一首。

言行相顾

　　圣人垂政教,万古请常传。立志言为本,修身行乃先。相须宁得阙,相顾在无偏。荣辱当于己,忠贞必动天。大名如副宝一作实,至道亦通玄。千里犹能应,何云尔者焉。

孟翱诗一首。

言行相顾

　　将使言堪复,常闻行欲先。比珪斯不玷,修已直如弦。跬步非全进,吹嘘禀自然。当令夫子察,无宿仲由贤。正遇兴邦际,因怀入署年。坐知清监下,相顾有人焉。

郑昉诗一首。

人不易知

　　如面诚非一,深心岂易知。入秦书十上,投楚岁三移。和玉翻为泣,齐竽或滥吹。周行

虽有置,殷鉴在前规。寅亮推多士,清通固赏奇。病诸方号哲,敢相反成疵。冬日承余爱,霜云喜暂披。无令见瞻后,回照复云疲。

袁求贤 诗一首。

早春送郎官出宰

仙郎今出宰,圣主下忧民。紫陌轩车送,丹墀雨露新。趋程犹犯雪,行县正逢春。粉署时回首,铜章已在身。鸣琴化欲展,起草恋空频。今日都门外,悠悠别汉臣。

孟匡明 诗一首。

饯王将军赴云中

一师凭庙略,分阃佐元戎。势亚彤弓宠,时推金印雄。关山横代北,旌节壮河东。日转前茅影,春生细柳风。饮冰君—作传命速,挥涕钱—作别筵空。伫听阴山静,谁争万里功。

李子昂 诗一首。

西戎即叙

悬首藁街中,天兵破犬戎。营收低陇月,旗偃度湟风。肃杀三边劲,萧条万里空。元戎咸服罪,余孽尽输忠。圣理符轩化,仁恩契禹功。降逾洞庭险,枭拟郅支穷。已散军容捷,还资庙算通。今朝观即叙,非与献馘同。

全唐诗卷七百八十二

员南溟 诗二首。

禁中春松

郁郁贞松树,阴阴在紫宸。葱茏偏近日,青翠更宜春。雅韵风来起,轻烟雾后新。叶深栖语鹤,枝亚拂朝臣。全节长依地,凌云欲致身。山苗荫不得,生植荷陶钧。

玉烛 一作间月

历象璿玑正,休征玉烛明。四时佳气满,五纬太阶平。律吕风光至,烟云瑞色呈。年和知岁稔,道泰喜秋成。寰海皇恩被,乾坤至化清。自怜同野老,帝力讵能名。

李甝 诗一首。

文宣王庙古松

列植成均里,分行古庙前。阴森非一日,苍翠自何年。寒影烟霜暗,晨光枝叶妍。近檐阴更静,临砌色相鲜。每愧闻钟磬,多惭接豆笾。更宜教胄子,于此学贞坚。

郑述诚 诗一首。

华林园早梅

晓日东楼路,林端见早梅。独凌寒气发,不逐众花开。素彩风前艳,韶光雪后催。蕊香沾一作繁香紫陌,枝亚拂青苔。止渴曾为用,和羹旧有才。含情欲攀折,瞻望几裴回。

宋迪 诗一首。

龙池春草

凤阙韶光遍,龙池草色匀。烟波全让绿,堤柳不争新。翻叶迎红日,飘香借白蘋。幽姿偏占暮,芳意欲留春。已胜生金埒,长思藉玉轮。翠华如见幸,正好及兹辰。

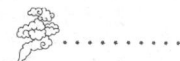

万侯造诗一首。

龙池春草

暖积龙池绿,晴连御苑春。迎风茎未偃,裛露色犹新。苒苒分阶砌,离离杂荇蘋。细丛依远渚,疏影落轻沦。迟引紫花蝶,偏宜拾翠人。那怜献赋者,惆怅惜兹辰。

钱众仲诗二首。

贡院楼北新栽小松

爱此凌霜操,移来独占春。贞心初得地,劲节始依人。笼月烟犹薄,当轩色转新。枝低无宿羽,叶静不留尘。每与芝兰近,常惭雨露均。幸因逢顾盼,生植及兹辰。

玉壶冰

冬律初阴结,寒冰贮玉壶。霜姿虽异禀,虹气亦相符。对月光宜并,临池影不孤。贞坚方共济,同处岂殊途。色莹一作润连城璧,形分照乘珠。提携今在此,抱素节宁渝。

吕敞诗二首。

潘安仁戴星看河阳花发

行春潘令至,勤恤戴星光。为政宵忘寝,临人俗冀康。晓花迎径发,新蕊满城香。秀色沾轻露,鲜辉丽早阳。津桥见来往,空雾拂衣裳。桃李今无数,从兹愿比方。

龟兹闻莺

边树正参差,新莺复陆离。娇非胡欲变,啼是汉音移。绣羽花间覆,繁声风外吹。人言曾不辨,鸟语却相知。出谷情何寄,迁乔义取斯。今朝乡陌伴,几处坐高枝。

郑衮诗一首。

好鸟鸣高枝

养翻非无待,迁乔信自卑。影高迟日度,声远好风随。云拂千寻直,花催百啭奇。惊人时向晚,求友听应知。委质经三岁,先鸣在一枝。上林如可托,弱羽愿差池。

张公乂诗一首。

金谷园花发怀古

今日春风至,花开石氏园。未全红艳折,半与素光翻,点缀疏林遍,微明古径繁。窥临莺欲语,寂寞李无言。谷变迷铺锦,台余认树萱。川流人事共,千载竟谁论。

张何诗一首。

织乌

季春三月里,戴胜下桑来。映日华冠动,迎风绣羽开。候惊蚕事晚,织向女工裁。旅宿依花定,轻飞绕树回。欲过高阁柳,更拂小庭梅。所寄一枝在,宁忧弋者猜。

濮阳瓘诗一首。

出笼鹘

玉镞分花袖,金铃出彩笼。摇心长捧日,逸翰镇生风。一点青霄里,千声碧落中。星眸随狡兔,霜爪落飞鸿。每念提携力,常怀搏击功。以君能惠好,不敢没遥空。

王若岩诗一首。

试越裳贡白雉

素翟宛昭彰,遥遥自越裳。冰晴朝映日,玉羽夜含霜。岁月三年远,山川九泽长。来从碧海路,入见白云乡。作瑞兴周后,登歌美汉皇。朝天资孝理,惠化且无疆。

张随诗二首。

敕赐三相马

上苑骅骝出,中宫诏命传。九天班锡礼,三相代劳年。顾主声犹发,追风力正全。鸣珂龙阙下,喷玉凤池前。四足疑云灭,双瞳比镜悬。为因能致远,今日表求贤。

河中献捷

　　叛将忘恩久,王师不战通。凯歌千里内,喜气二仪中。寇尽条山下,兵回汉苑东。将军初执讯,明主欲论功。落日烟尘静,寒郊壁垒空。苍生幸无事,自此乐尧风。

徐仁嗣诗一首。

天骥呈材

　　至德符天道,龙媒应圣明。追风奇质异,喷玉彩毛轻。蹀躞形难状,连拳势乍呈。效材矜逸态,绝影表殊名。岐路宁辞远,关山岂惮行。盐车虽不驾,今日亦长鸣。

卢征诗一首。

天骥呈材

　　异产应尧年,龙媒须制牵。权奇初得地,蹀躞欲行天。讵假调金埒,宁须动玉鞭。嘶风深有恋,逐日定无前。周满夸常驭,燕昭恨不传。应知流赭汗,来自海西偏。

顾伟诗一首。

雪夜听猿吟

　　寒岩飞暮雪,绝壁夜猿吟。历历和群雁,寥寥思客心。绕枝犹避箭,过岭却投林。风冷声偏苦,山寒响更深。听时无有定,静里固难寻。一宿扶桑月,聊看怀好音。

沈鹏诗一首。

寒蝉树

　　一叶初飞日,寒蝉益易惊。入林惭织细,依树愧身轻。大干时容息,乔枝或借鸣。心由饮露静,响为逐风清。忝有翾翩分一作翼,应怜喈喥声。不知微薄影,早晚挂绥缨。

薛少殷诗一首。

临川羡鱼

　　曾是归家客,今年且未旋。游鳞方有待,织网岂能捐。向水烟波夕,吟风岁月迁。莓苔生古岸,葭菼变清川。不逐沧波叟,还宗内外篇。良辰难自掷,此日愿忘筌。

张元正诗一首。

临川羡鱼

　　有客百愁侵,求鱼正在今。广川何渺漫,高岸几登临。风水宁相阻,烟霞岂惮深。不应同逐鹿,讵肯比从禽。结网非无力,忘筌自有心。永存芳饵在,伫立思沈沈。

全唐诗卷七百八十三

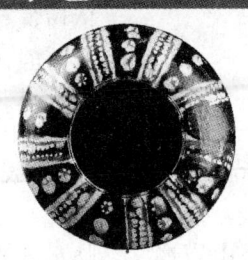

辛学士诗一首。

答王无功入长安咏秋蓬见示

托根虽异所,飘叶早相依。因风若有便,更共入云飞。

卢尚书诗一首。

哭李远

昨日舟还浙水湄,今朝丹旐欲何为。才收北浦一竿钓,未了西斋半局棋。洛下已传平子赋,临川争写谢公诗。不堪旧里经行处,风木萧萧邻笛悲。

郑仆射诗一首。

湘中怨讽

青鹢苦幽独,隔江相对稀。夜寒芦叶雨,空作一声归。

郑中丞诗一首。

登汾上阁

汾桂秋水阔,宛似到阊门。惆怅江湖思,惟将南客论。

韩常侍诗三首。

为御史衔命出关谳狱,道中看华山有诗

野麋蒙象暂如犀,心不惊鸥角骇鸡。一路好山无伴看,断肠烟景寄猿啼。御史出使,不得与人同行,故云无伴。

寄织锦篇与薛郎中 时为补阙,谢病归山

锦字龙梭纤锦篇,凤皇文采间非烟。并他时世新花样,虚费工夫不直钱。

和人忆鹤

拂拂云衣冠紫烟,已为丁令一千年。留君且伴居山客,幸有松梢明月天。

句
　　情多不似家山水,夜夜声声旁枕流。《忆山泉》,《诗话总龟》。

梁补阙诗一首。

赠米都知
　　供奉三朝四十年,圣时流落发衰残。贪将乐府歌明代,不把清吟换好官。

卢尚书诗一首。

题安国观东都政平坊安国观,玉真公主所建,女冠多上阳退宫嫔御。
　　夕照纱窗起暗尘,青松绕殿不知春。君看白首诵经者,半是宫中歌舞人。

苏广文诗三首。

自商山宿隐居一作灵一诗
　　闻道桃源堪避秦,寻幽数日不逢人。烟霞洞里无鸡犬,风雨林中有鬼神。黄公石上一作庭下三芝秀,陶令门前五柳春。醉卧白云闲入梦,不知何物是吾身。

夜归华川因寄幕府
　　山村寥落野人稀,竹里衡门掩翠微。溪路夜随明月入,亭皋春伴白云归。嵇康懒慢仍耽酒,范蠡逋逃又拂衣。汀畔数鸥闲不起,只应知我已忘机。

春日过田明府遇焦山人
　　陶公归隐白云溪,买得春泉溉药畦。夜静林间风虎啸,月明竹上露禽栖。陈仓邑吏惊烽火,太白山人讶鼓鼙。相见只言秦汉事,武陵溪里草萋萋。

任生诗二首。

题升山
　　城外升山寺,城中望宛然。及登无半日,欲到已经年。

投曹文姬诗文姬,长安中娼女,工翰墨,时号书仙。
　　玉皇前殿掌书仙,一染尘心下九天。莫怪浓香薰骨腻,云衣曾惹御炉烟。

吴公诗一首。

绝句吴塘山田园幽旷,林木苍翠。唐末有吴公者,弃官隐此。石上刻有诗,后书乾宁三年秋。
　　去国投兹土,编茅隐旧踪。年年秋水上,独对数株松。

曹生诗一首。

献卢常侍
　　《云溪友议》记卢常侍钘牧庐江日,相座荐生来署郡职。生悦营妓名丹霞者,卢牧沮而不许。会饯朝客于短亭,生献诗云:
　　拜玉亭前闲送客,此时孤恨感离乡。寻思往岁绝缨事,肯向朱门泣夜长。

缪氏子诗一首。

赋新月开元时,缪氏有子七岁,聪慧能文,以神童召试。赋新月诗,称旨。
　　初月如弓未上弦,分明挂在碧霄边。时人莫道蛾眉小,三五团圆照满天。

京兆韦氏子诗一首。

悼妓诗
　　《唐阙史》:韦尝纳一妓于洛,颜色明秀,尤善音律。工书,尝令写杜工部诗,有论辄能改正,韦甚溺之。年二十一卒,韦情痛。有嵩山任处士得返魂术,用一经身金缕裙导期魂,招之,果映帏而出。幽芳怨态,若不自胜。与之言,颔首而已。逾刻灭,生长恸赋诗。
　　惆怅金泥簇蝶裙,春来犹见伴行云。不教布施刚留得,浑似初逢李少君。

全唐诗卷七百八十四

景龙文馆学士 诗一首。

长宁公主宅流杯

凭高瞰迥足怡心,菌阁桃源不暇寻。余雪依林成玉树,残霓点岫即瑶岑。

神龙从臣 诗一首。

侍宴桃花园咏桃花应制

《纪事》:张仁亶自朔方入朝,中宗迎宴于桃花园,命从臣咏桃花。时李峤、赵彦昭等各有赋,此诗失姓名。

源水丛花无数开,丹跗红萼间青梅。从今结子三千岁,预喜仙游复摘来。

天宝时人 诗一首。

玉龙子诗

《太平广记》云:玉龙子,本太宗晋阳宫物,文德皇后尝赐大帝。广不数寸,而温润精巧,非人间所有。后则天以赐玄宗,开元中三辅旱,祈祷无应,乃密投于南山龙池,风雨随作。及上皇幸西蜀,目次渭水,左右临流濯弄,沙中得之。人有诗曰:

圣运潜符瑞玉龙,自兴云雨更无踪。不如渭水沙中得,争保銮舆复九重。

僖宗朝北省官 诗一首。

寄兄江邻几《杂志》云:僖宗幸蜀,有北省官避地江左,而元昆崑崿在蜀,因寄诗。

涉江今日恨偏多,援笔长吁欲奈何。倘使泪流西去得,便应添作锦江波。

洪州将军 诗一首。

题屈原祠

《青琐集》:屈子沈沙之处,在岳州境内汨罗江,上有祠,以渔父配享。唐末,有洪州衙前军将,忘其姓名,题一绝,自后能诗者不能措手。

苍藤古木几经春,旧祀祠堂小水滨。行客

谩陈三酹酒，大夫元是独醒人。

贞元文士 诗一首。

题端正树

《酉阳杂俎》云：长安西端正树，去马嵬一舍之程，乃德宗皇帝幸奉天，观其蔽芾，锡以美名。有文士经过，题诗逆旅，不显姓名。

昔日偏沾雨露荣，德皇西幸赐嘉名。马嵬此去无多地，合向杨妃冢上生。

河北士人 诗二首。

寄内诗

《本事诗》：河北朱滔括兵，不择士族，悉令赴军。自阅于球场，有士子容止可观，进趋淹雅。滔召问曰："所业者何？"曰："学为诗。"问有妻否，曰："有。"即令作寄内诗及代妻答诗，援笔立成，滔怜之，遗束帛遣归。

握笔题诗易，荷戈征戍难。惯从鸳被暖，怯向雁门寒。瘦尽宽衣带，啼多渍枕檀。试留青黛著，回日画眉看。

代妻答诗

蓬鬓荆钗世所稀，布裙犹是嫁时衣。胡麻好种无人种，合是归时底不归？ 此诗一作女郎葛鸦儿作。

元和举子 诗一首。

丙申岁诗 《摭言》曰：元和十一年丙申，中书舍人李逢吉下放高湜等三十三人，多取寒素，时有诗。

元和天子丙申年，三十三人同得仙。袍似烂银文似锦，相将白日上青天。

懿宗朝举子 诗一首。

刺安南事诗

《北梦琐言》云：懿宗朝，安南失于抚柔，劳动兵役。有举子闻许卒二千没于蛮乡，有诗以刺，吟之，知失于授任。为国家生事尔。

南荒不择吏，致我交趾覆。联绵三四年，致我交趾辱。儒者斗则退，武者兵益黩。军容满天下，战将多金玉。刮得齐民疮，分为猛士

禄。雄雄许昌师，忠武冠其族。去为万骑风，住为一川肉。时有残卒回，千门万户哭。哀声动闾里，怨气成山谷。谁能听鼓声，不忍看金镞。念此堪泪流，悠悠颍川绿。

白衫举子 诗一首。

歌 《侯鲭录》：敬翔当权时，有一举子白衫，作舞歌，唱云：

执板狂歌乞个钱，尘中流浪且随缘。直饶到老常如此，犹胜危时弄化权。

唐末朝士 诗一首。

睹野花思京师旧游

曾过街西看牡丹，牡丹才谢便心阑。如今变作村园眼，鼓子花开也喜欢。

西鄙人 诗一首。

哥舒歌 天宝中，哥舒翰为安西节度使，控地数千里，甚著威令，故西鄙人歌此。

北斗七星高，哥舒夜带刀。至今窥牧马，不敢过临洮。

太上隐者 诗一首。

答人 《古今诗话》云：太上隐者，人莫知其本末。好事者从问其姓名，不答，留诗一绝云：

偶来松树下，高枕石头眠。山中无历日，寒尽不知年。

黄山隐 诗一首。

向竹吟

《云溪友议》云：皇甫大夫素好道术，在夏口时，有一人著道士服，策杖躧履，直入戟门。公遽起迎之，道士则傲然不窥，向竹而吟云云，自谓我是七贤中一贤也，问姓名，云黄山隐。公未能明其真伪，留于宫观，曰："斯人若是至道，名利俱捐。"试令军将持书送绢百匹，钱一百千文。山隐启缄忻喜，立修回报。遂乃脱其道服，饰以青衿，引见谢陈，礼度甚恭，殊异初来傲

睨之态。皇甫公判书之末,乃至尽刑。山隐拟为妖惑,敢蔑公侯,死无干吉。致孙策镜里之妖,来非许迈,起刘恢身中之顾,足见凡愚。自贻伊祸。云是王相公事。

　　积尘为太山,掬水成东海。富贵有时乖,希夷无日改。绛节出崆峒,霓衣发光彩。古者有七贤,六个今何在?

婺州山中人诗一首。

歌
《葆光录》:婺州有僧入山,见一人古貌,巾褐,骑牛,手执鞭,光铄日色。扣角而歌云云。僧揖之,不应,驰去。

　　静居青嶂里,高啸紫烟中。尘世连仙界,琼田前路通。

同谷子诗五首。

五子之歌
《纪事》云:昭宗播岐,何后用事。有同谷子者,咏《五子之歌》。何后潜令秦王诛之,事未行而奔去。

　　邦惟固本自安宁,临下常须驭朽惊。何事十旬游不返,祸胎从此召殷兵。

　　酒色声禽号西荒,那堪峻宇又雕墙。静思今古为君者,未或因兹不灭亡。

　　唯彼陶唐有冀方,少年都不解思量,如今算得当时事,首为盘游乱纪纲。

　　明明我祖万邦君,典则贻将示子孙,惆怅太康荒坠后,覆宗绝祀灭其门。

　　仇雠万姓遂无依,颜厚何曾解忸怩。五子既歌邦已失,一场前事悔难追。

崔公佐客诗一首。

献公佐诗
《郡阁雅谈》云:公佐牧郡,日宴宾僚。有一客巾屦不完,衣破肘见,突筵而入。崔喜其来,令下牙筹,引满数觥,神色自若。饮妓骇其蓝缕,因大噱,客献诗云云。崔令掩口,无哈贤士。

　　破额幞头衫也穿,使君犹许对华筵。今朝幸倚文章守,遮莫青蛾笑揭天。

洛中举子诗二首。

赠妓茂英
《太平广记》:茂英年小时,举子与相识。后到江外,偶于饮席遇之,因赠

　　忆昔当初过柳楼,茂英年小尚娇羞。隔窗未省闻高语,对镜曾窥学上头。一别中原俱老大,再来南国见风流。弹弦酌酒话前事,零落碧云生暮愁。

又赠
举子时谒节帅,留连数月。宴饮既频,茂英为酒纠,谐戏颇洽。一日告辞,师开筵送别,因暗留绝句与之。帅取览,知其情,即令人送付举子。

　　少插花枝少下筹,须防女伴妒风流。坐中若打占相令,除却尚书莫点头。

江陵士子诗一首。

寄故姬
《卢氏杂记》曰:江陵寓居士子,忘其姓名。有美姬,甚贫。去游交广间,戒其姬曰:"我若五年不归,任尔改适。"去后五年未归,姬遂为前刺史所纳,在高丽坡底。及明年归,已失姬所在。寻访知处,遂为诗寄之。刺史见诗,给一百千及资装,遣还士子。

　　阴云幂幂下阳台,惹著襄王更不回。五度看花空有泪,一心如结不曾开。纤萝自合依芳树,覆水宁思返旧杯。惆怅高丽坡底宅,春光无复下山来。

织锦人诗一首。

吟
《卢氏杂说》云:卢氏子失第,徒步出都城,逆旅寒甚。有一人续至,附火吟云云。卢愕然,以为白乐天诗。问姓名,曰姓李,世织绫锦,前属东都官锦坊,近以薄伎投本行。皆云以今花样,与前不同,不谓伎俩。见以文彩求售者,不重于世如此。且东归去。

　　学织缭绫功未多,乱拈机杼错抛梭。莫教官锦行家见,把此文章笑杀他。

句

　　如今不重文章士,莫把文章夸向人。

吏部选人 诗一首。

送南中尉
羡君初拜职,嗟我独无名。且是正员尉,全胜兼试卿。

建业卜者 诗一首。

题紫微观
昨日朝天过紫微,醮坛风冷杏花稀。碧桃泥我传消息,何事人间更不归。

天峤游人 诗一首。

题邓仙客墓 邓仙客,晋延康代为国师,锡紫服,葬麻姑山
鹤老芝田鸡在笼,上清那与俗尘同。既言白日升仙去,何事人间有殡宫。

骊山游人 诗一首。

题故翠微宫 《谈苑》云:翠微寺在骊山绝顶,旧骊宫也。唐太宗避暑于此,后寺亦废,有游人题云:
翠微寺本翠微宫,楼阁亭台几十重。天子不来僧又去,樵夫时倒一株松。

衡州舟子 诗一首。

吟 《语林》云:衡州人多文词,至于樵夫,往往能言诗。尝有人赴广州幕府,夜闻舟中吟,问之,乃其所作也。
野鹊滩西一棹孤,月光遥接洞庭湖。堪嗟回雁峰前过,望断家山一字无。

华山老人 诗一首。

月夜
涧水泠泠声不绝,溪流茫茫野花发。自去自来人不知,归时常对空山月。

终南山翁 诗一首。

终南 一作陈季卿诗
霜鹤鸣时夕风急,乱鸦又向寒林集。此君辍棹悲且吟,独对莲花一峰立。

吴越失姓名人 诗五首。

大庆堂赐宴元瑴,有诗呈吴越王
非为亲贤展绮筵,恒常宁敢恣游盘。绿搓杨柳绵初软,红晕樱桃粉未干。谷鸟乍啼声似涩,甘霖方霁景犹寒。笙歌风紧人酣醉,却绕珍丛烂漫看。

又和
樱桃花下会亲贤,风远铜壶转露盘。蝶下粉墙梅乍折,蚁浮金罍酒难干。云和缓奏泉声咽,珠箔低垂水影寒。狂简斐然吟咏足,却邀群彦重吟看。

再和
我有嘉宾宴乍欢,画帘纹细凤双盘。影笼沼沚修篁密,声透笙歌羯鼓干。散后便依书簏寐,渴来潜想玉壶寒。樱桃零落红桃媚,更俟旬余共醉看。

重和
冷宴殷勤展小园,舞鞾柔软彩虹盘。簪花尽日疑头重,病酒经宵觉口干。喜树倚楼青琐暗,晚云藏雨碧山寒。文章天子文章别,八采卢郎未可看。

御制春游长句
天意分明道已光,春游嘉景胜仙乡。玉炉烟直风初静,银汉云销日正长。柳带似眉全展绿,杏苞似脸半开香,黄莺历历啼红树,紫燕关关语画梁。低槛晚晴笼翡翠,小池波暖浴鸳鸯。马嘶广陌贪新草,人醉花堤怕夕阳。比屋管弦呈妙曲,连营罗绮斗时妆。全吴霸越千年后,独此升平显万方。

全唐诗卷七百八十五

无名氏

明月湖醉后蔷薇花歌

万朵当轩红灼灼,晚阴照水尘不著。西施醉后情不禁,侍儿扶下蕊珠阁。柔条嫩蕊一作叶轻鲸鳃,一低一昂合又开。深红浅绿状不得,日斜池畔香风来。红能柔,绿能软,浓淡参差相宛转。舞蝶双双谁唤来,轻绡片片何人剪。白发使君思帝乡,驱妻领女游花傍。持杯忆著曲江事,千花万叶垂宫墙。复有同心初上第,日暮华筵移水际。笙歌日日征教坊,倾国名倡尽佳丽。我曾此处同诸生,飞盂落盏纷纵横。将欲得到上天路,刚向直道中行去。一朝失势当如此,万事如灰壮心死。谁知奏御数万言,翻割龟符四千里。丈夫达则贤,穷则愚。胡为紫,胡为朱?莫思身外穷通事,且醉花前一百壶。

春二首

袅袅东风吹水国,金鸦影暖南山北。蒲抽小剑割湘波,柳拂长眉舞春色。白铜堤下烟苍苍,林端细蕊参差香。绿桑枝下见桃叶,回看青云空断肠。

乌足迟迟日宫里,天门击鼓龙蛇起。风师剪翠换枯条,青帝挪蓝染江水。蜂蝶缤纷抱香蕊,锦鳞跳掷红云尾。绣衣白马不归来,双成倚槛春心醉。

夏

赤旁旗迎火云起,南山石裂吴牛死。绣楹夜夜箔鰕须,象榻重重簟湘水。彤彤日脚烧冰井,古陌尘飞野烟静。汉帝高堂汗若珠,班姬明月无停影。

秋

月色驱秋下穹昊,梁间燕语辞巢早。古苔凝紫贴瑶阶,露槿啼红堕江草。越客羁魂挂长道,西风欲揭南山倒。粉娥恨骨不胜衣,映门楚碧蝉声老。

冬

苍茫枯碛阴云满,古木号空昼光短。云拥三峰岳色低,冰坚九曲河声断。浩汗霜风刮天地,温泉火井无生意。泽国龙蛇冻不伸,南山瘦柏销残翠。

鸡头

湖浪参差叠寒玉,水仙晓展钵盘绿。淡黄根老栗皱圆,染青刺短金罂熟。紫罗小囊光紧蹙,一掬真珠藏猬腹。丛丛引觜傍莲洲,满川恐作天鸡哭。

红蔷薇 一作庄南杰诗

九天碎霞明泽国,造化工夫潜剪刻。浅碧眉长约细枝,深红刺短钩春色。晴日当楼晓香歇,锦带盘空欲成结。谢豹声催麦陇秋,春风吹落猩猩血。

斑竹簟

龙鳞满床波浪湿,血光点点湘娥泣。一片晴霞冻不飞,深沈尽讶蛟人立。百朵排花蜀缬明,珊瑚枕滑葛衣轻。闲窗独卧晓不起,冷浸羁魂锦江里。

听琴

六律铿锵间宫徵,伶伦写入梧桐尾。七条瘦玉叩一作印寒星,万派流泉哭纤指。空山雨脚随云起,古木灯青啸山鬼。田文堕泪曲未终,子规啼血哀猿死。

石榴

蝉啸秋云槐叶齐,石榴香老庭枝低。流霞色染紫罂粟,黄蜡纸苞红瓠犀。玉刻冰壶含露湿,斒斑似带湘娥泣。萧娘初嫁嗜甘酸,嚼破水精千万粒。

秦家行

彗孛飞光照天地,九天瓦裂屯冤气。鬼哭声声怨赵高,宫花滴尽扶苏泪。祸起萧墙不知戢,羽书催筑长城急。剑上忠臣血未干,沛公已向函关入。

小苏家

双月讴谣辗秋碧,细风斜掩神仙宅。麦门冬长马鬣青,茱萸蕊绽蝇头赤。流苏斗帐悬高壁,彩凤盘龙缴香额。堂内月娥横剪波,倚门肠断鰕须隔。

斑竹

浓绿疏茎绕湘水,春风抽出蛟龙尾。色抱霜花粉黛光,枝撑蜀锦红霞起。交戛敲欹无俗声,满林风曳刀枪横。殷痕苦雨洗不落,犹带湘娥泪血腥。袅娜梢头扫秋月,影穿林下疑残雪。我今惭愧子猷心,解爱此君名不灭。

天竺国胡僧水晶念珠

天竺胡僧踏云立,红精素贯鲛人泣。细影疑随焰一作烂火销,圆光恐滴袈裟湿。夜梵西天千佛声,指轮次第驱寒星。若非叶下滴秋露,则是井底圆春冰。凄清妙丽应难并,眼界真如意珠静。碧莲花下独提携,坚洁何如幻泡影。

白雪歌

皇穹何处飞琼屑,散下人间作春雪。五花马踏白云衢,七香车碾瑶墀月。苏岩乳洞拥山家,涧藤古栗盘银蛇。寒郊复叠铺柳絮,古碛烂熳吹芦花。流泉不下孤汀咽,断臂老猿声欲绝。鸟啄冰潭玉镜开,风敲檐溜水晶折。拂户初疑粉蝶飞,看山又讶白鸥归。孙康冻死读书闱,火井不暖温泉微。

琵琶

粉胸绣臆谁家女,香拨星星共春语。七盘岭上走鸾铃,十二峰头弄云雨。千悲万恨四五弦,弦中甲马声骈阗。山僧扑破琉璃钵,壮士击折珊瑚鞭。珊瑚鞭折声交戛,玉盘倾泻真珠滑。海神驱趁夜涛回,江娥蹙踏春冰裂。满坐红妆尽泪垂,望乡之客不胜悲。曲终调绝忽飞去,洞庭月落孤云归。

伤哉行

兔走乌飞不相见,人事依稀速如电。王母夭桃一度开,玉楼红粉千回变。车驰马走咸阳道,石家旧宅空荒草。秋雨无情不惜花,芙蓉一一惊颠倒。劝君莫谩栽荆棘,秦皇虚费驱山力。英风一去更无言,白骨沈埋暮山碧。

留赠偃师主人

孤城漏未残,徒侣拂征鞍。洛北去愁远,淮南归梦阑。晓灯回壁暗,晴雪卷帘寒。更尽主人酒,出门行路难。

长门

怅望黄金屋,恩衰似越逃。花生针眼刺,月送剪肠刀。地近欢娱远,天低雨露高。时看回辇处,泪脸湿夭桃。

宴李家宅

画屏深掩瑞云光,罗绮花飞白玉堂。银槛酒倾鱼尾倒,金炉灰满鸭心香。轻摇绿水青蛾敛,乱触红丝皓腕狂。今日恩荣许同听,不辞沈醉一千觞。

长信宫

细草侵阶乱碧鲜,宫门深锁绿杨天。珠帘欲卷抬秋水,罗幌微开动冷烟。风引漏声过枕上,月移花影到窗前。独桃残烛魂堪断,却恨青蛾误少年。

骊山感怀

武帝寻仙驾海游,禁门高闭水空流。深宫带日年年色,翠柏凝烟夜夜愁。鸾凤影沈归万古,歌钟声断梦千秋。晚来惆怅无人会,云雨能飞傍玉楼。

绝句

石沈辽海阔,剑别楚山长。会合知无日,离心满夕阳。

听唱鹧鸪

金谷歌传第一流,鹧鸪清怨碧云愁。夜来省得曾闻处,万里月明湘水流。

杂诗

劝君莫惜金缕衣,劝君须惜少年时。有花堪折直须折,莫待无花空折枝。

青天无云月如烛,露泣梨花白如玉。子规一夜啼到明,美人独在空房宿。

空赐罗衣不赐恩,一薰香后一销魂。虽然舞袖何曾一作时舞,常对春风裛泪痕。

不洗残妆凭绣床,也同女伴一作却嫌鹦鹉绣鸳鸯。回针刺到双飞处,忆著征夫泪数行。

眼想心思梦里惊,无人知我此时情。不如池上鸳鸯鸟,双宿双飞过一生。

一去辽阳系梦魂,忽传征骑到中门。纱窗不肯施红粉,徒遣萧郎问泪痕。

莺啼露冷酒初醒,罨画楼西晓角鸣。翠羽帐中人梦觉,宝钗斜坠枕函声。

行人南北分征路,流水东西接御沟。终日坡前怨离别,谩名长乐是长愁。一作白居易诗。

偏倚绣床愁不起,双垂玉箸翠鬟低。卷帘相待无消息,夜合花前一作开日又西。

悔将泪眼向东开,特地愁从望里来。三十六峰犹不见,况伊如燕这身材。

满目笙歌一段空,万般离恨总随风。多情为谢残阳意,与展晴霞片片红。

两心不语暗知情,灯下裁缝月下行。行到阶前知未睡,夜深闻放剪刀声。

近寒食雨草萋萋,著麦苗风柳映堤。早是有家归未得,杜鹃休向耳边啼。

水纹珍簟思悠悠,千里佳期一夕休。从此无心爱良夜,任他明月下西楼。

数日相随两不忘,郎心如妾妾如郎。出门

便是东西路,把取红笺各断肠。

　　无定河边暮角声,赫连台畔旅人情。函关归路千余里,一夕秋风白发生。

　　花落长川草色青,暮山重叠两冥冥。逢春便觉飘蓬苦,今日分飞一涕零。

　　洛阳才子邻箫恨,湘水佳人锦瑟愁。今昔两成惆怅事,临邛春尽暮江流。

　　浙江轻浪去悠悠,望海楼吹望海愁。莫怪乡心随魄断,十年为客在他州。

初过汉江

　　襄阳好向岘亭看,人物萧条值岁阑。为报习家多置酒,夜来风雪过江寒。

读庾信集

　　四朝十帝尽风流,建业长安两醉游。惟有一篇杨柳曲,江南江北为君愁。

全唐诗卷七百八十六

无名氏

题长乐驿壁
《摭言》云：大中十年，郑颢典文，放榜后，谒假覲省于洛。生徒饯长乐驿，颢有纪于屋壁云：

三十骅骝一烘尘，来时不锁杏园春。杨花满地如飞雪，应有偷游曲水人。

绝句

传闻天子访沈沦，万里怀书西入秦。早知不用无媒客，恨别江南杨柳春。

题取经诗
载《翻译名义集》，云唐义净三藏作。

晋宋齐梁唐代间，高僧求法离长安。去人成百归无十，后者安知前者难。路远碧天唯冷结，沙河遮日力疲殚。后贤如未谙斯旨，往往将经容易看。

题水心寺水轩

有人以诗谒岭南李国老，大加称赏。贵数百缗，于金陵酒楼数日而尽。醉中挂帆数百里，至落星湾半醒，烟雨中登水心寺，题诗于水轩。

分飞南渡春风晚，却返家林事业空。无限离情似杨柳，万条垂向楚江东。

王昭君

猗兰恩宠歇，昭阳幸御稀。朝辞汉阙去，夕见胡尘飞。寄信秦楼下，因书秋雁归。

又
一作崔国辅诗

一回望月一回悲，望月月移人不移。何时得见汉朝使，为妾传书斩画师。

粉笺题诗

三月江南花满枝，风轻帘幕燕争飞。游人休惜夜秉烛，杨柳阴浓春欲归。

咏美人骑马

骏马娇仍稳，春风灞岸晴。促来金镫短，扶上玉人轻。帽束云鬟乱，鞭笼翠袖明。不知从此去，何处更倾城。

六言诗

把酒留君听琴,那堪岁暮离心。霜叶无风自落,秋天不雨多阴。人愁荒村路远,马怯寒溪水深。望尽青山犹在,不知何处相寻。

胡笳曲

月明星稀霜满野,毡车夜宿阴山下。汉家自失李将军,单于公然一作日暮来牧马。

桃源行送友人

武陵川径入幽遐,中有鸡犬秦人家,家傍流水多桃花。桃花两边种来久,流水一道何时有。垂条落蕊暗春风,夹岸芳菲至山口。岁岁年年能寂寥,林下青苔日为厚。时有仙鸟来衔花,曾无世人此携手。可怜不知若为名,君往一作任从之多所更。古驿荒桥平路尽,崩湍怪石小溪行。相见维舟登览处,红堤绿岸宛然成。多君此去从仙隐,令人晚节悔营营。

唐衢墓 一作贾岛诗

京洛先生三尺坟,阴风惨惨土和云。从来有感君皆哭,今日无君谁哭君?

宫词

花萼楼前春正浓,蒙蒙柳絮舞晴空。金钱掷罢娇无力,笑倚栏干屈曲中。

抛球诗 一作李谨言诗

侍宴黄昏未肯休,玉阶夜色月如流。朝来自诧承恩最,笑倩傍人认绣球。

艳歌

月里嫦娥不画眉,只将云雾作罗衣。不知梦逐青鸾去,犹把花枝盖面归。

杨柳枝

万里长江一带开,岸边杨柳几千载。锦帆未落西风起,惆怅龙舟去不回。

河中石刻 许彦周云:嘉祐中,河滨渔网得一小石,刻有此,不知唐时何人作。

雨滴空阶晓,无心换夕香。井梧花落尽,一半在银床。

古砚

癖性爱古物,终岁求不得。昨朝得古砚,兰河滩之侧。波涛所击触,背面生隙。质状朴且丑,令人作不得。

绝句

钓罢孤舟系苇梢,酒开新瓮鲊开包。自从江浙为渔父,二十余年手不抈。

题童氏画 《宣和画谱》:童氏者,五代时江南人。画学王齐,工道释人物。有文士题其画云:

林下材华虽可尚,笔端人物更清妍。如何不出深闺里,能以丹青写外边。

失题 第五句缺一字

春朝散微雨,庭树开芸绿。上有怀春鸟,间关断复续。谓言□野中,定是珠城曲。我自牵时幸,以惭羁旅束。尔不鸣幽林,来此将何欲。

姜宣弹小胡笳引歌 《蜀中方物记》:桂府王推官,出蜀匠雷氏金徽琴,请姜宣弹小胡笳引,时有为作歌者云:

雷氏金徽琴,王君宝重轻千金。三峡流中将得来,明窗拂席幽匣开。朱弦宛转盘凤足,骤击数声风雨回。哀筝慢指董家本,姜宣得之妙思忖。泛徽胡雁咽萧萧,绕指轳轳圆衮衮。吞恨含情乍轻激,故国关山心历历。潺湲疑是舞鹍鸡,耆骜如闻发鸣镝。流宫变徵渐幽咽,别鹤欲飞猿欲绝。秋霜满树叶辞风,寒雏坠地乌啼血。哀弦已罢春恨长,恨长何如怀我乡。我乡安在长城窟,闻君肤奏心飘忽。何时窄袖短貂裘,胭脂山下弯明月。

罗浮山

《太平广记》云:此山本只名罗山,忽海上有山浮来相合,是谓罗浮山,有十五岭、二十一峰、九百八十

瀑泉洞穴,他山无山其右也。旧有诗曰:

　　四百余峰海上排,根连逢岛荫天台。百灵若为移中土,嵩华都为一小堆。

汤周山 山在今万载县,相传晋汤周二仙人修道之所,故名

　　汤周二大仙,庐此得升天。风俗因兴庙,春秋不记年。锦云张紫盖,琴溜泻鸣泉。丹灶犹存鼎,仙花发故园。

永州舜庙诗

　　《舆地碑目》云:虞帝庙在州学西,唐元结作《舜庙状》及《舜祠》,俱江华令瞿令问篆刻石上。按志旧载谓侯熊渠作,不知何谓,诗乃唐人作也。

　　游湘有余怨,岂是圣人心。行路猿啼古,祠宫梦草深。素风传旧俗,异迹闭荒林。巡狩去不返,烟云愁至今。九嶷天一半,山尽海沈沈。

绝句

　　绿杨阴转画桥斜,舟有笙歌岸有花。尽日会稽山色里,蓬莱清浅水仙家。

三学山盘陀石上刻诗

　　拔地山峦秀,排空殿阁斜。云供数州雨,树献九天花。夜月摩峰顶,秋钟彻海涯。长松拂星汉,一一是仙槎。

合水县玉泉石崖刻

　　山脉逗飞泉,泓澄傍岩石。乱垂寒玉篆,碎洒珍珠滴。澄波涵万象,明镜泻天色。有时乘月来,赏咏还自适。

纪游东观山 山在桂林府城外三里

　　瑰奇恣搜讨,贝阙青瑶房。才隘疑永巷,俄敞如华堂。玉梁窈浮溪,琼户正当窗。仙佛肖仿佛,钟鼓铿击撞。赑赑左顾龟,狺狺欲吠狵。丹灶俨亡恙,芝田霭生香。搏噬千怪聚,绚烂五色光。更无一尘涴,但觉六月凉。玲珑穿屡折,诘曲通三湘。神鬼若剜刻,乾坤真混茫。入如深夜暗,出喜瞰日光。隔世惊瞬息,异境难揣量。

题焚经台

　　《译经图纪》云:汉明帝世,佛法初入中国,于永平十四年正月十五日,大集白马寺南门。会道士,赍灵宝诸经,与佛经像舍利,置两坛,举火焚烧。佛舍利放光,道经独毁烬无存,后人因其处称焚经台也。此诗载《翻译名义集》,云唐太宗作,其声调不类,要是后人妄托。

　　门径萧萧长绿苔,一回登此一徘徊。青牛漫诿涵关去,白马亲从印土来。确实是非凭烈焰,要分真伪筑高台。春风也解嫌狼籍,吹尽当年道教灰。

全唐诗卷七百八十七

无名氏

日暮山河清

天高爽气晶,驰景忽西倾。山列千重静,河流一带明。想同金镜澈,宁让玉壶清。纤翳无由出,浮埃不复生。荣纡分汉苑,表里见秦城。逸兴终难系,抽毫仰此情。

秋日悬清光

寥廓凉天静,晶明白日秋。圆光含万象,碎影入闲流。迥与青冥合,遥同江甸浮。昼阴殊众木,斜影下危楼。宋玉登高怨,张衡望远愁。余辉如可托,云路岂悠悠。

落日山照曜

裴回空山下,晼晚残阳落,圆影过峰峦,半规入林薄。余光澈群岫,乱彩分重壑。石镜共澄明,岩光同照灼。栖禽去杳杳,夕烟生漠漠。此境一作景谁复知,独怀谢康乐。

月映清淮流

淮月秋偏静,含虚夜转明,桂花窥镜发,蟾影映波生。澹滟轮初上,裴回魄正盈。遥塘分草树,近浦写山城。桐柏流光逐,蠙珠濯景清。孤舟方利涉,更喜照前程。

寿星见

玄象今何应,时和政亦平。祥为一人寿,色映九霄明。皎洁垂银汉,光芒近斗城。合规同月满,表瑞得天清。甘露盈条降,祥烟向日生。无如此嘉祉,率土荷秋成。

华山庆云见

圣主祠名岳,高风发庆云。金柯初缭绕,玉叶渐氤氲。气色含珠日,光明吐翠雯。依稀来鹤态,仿佛列仙群。万树流光影,千潭写锦文。苍生忻有望,祥瑞在吾君。

清风戒寒

萧飒清风至，悠然发思端。入林翻别叶，绕树败红兰。晓拂轻霜度，霄分远籁攒。稍依帘隙静，遍觉座隅寒。乍逐惊蓬振，偏催急漏残。遥知洞庭水，此夕起波澜。

空水共澄鲜

悠然四望通，渺渺水无穷。海鹤飞天际，烟林出镜中。云消澄遍碧，霞起澹微红。落日浮光满，遥山翠色同。樵声喧竹屿，棹唱入莲丛。远客舟中兴，烦襟暂一空。

寒流聚细文

晓野方闲眺，横溪赏乱流。寒文趋浦急，圆折逐烟浮。不谓飘疏雨，非关浴远鸥。观鱼鳞共细，间石影疑稠。猎猎风冷夕，潺潺濑响秋。仙槎如共泛，天汉适淹留。

长安早春

杳霭三春色，先从帝里芳。折杨犹恨短，测景已忻长。莺和红楼乐，花连紫禁香。跃鱼惊太液，佳气接温汤。风送飞珂响，尘蒙翠辇光。熙熙晴煦远，徒欲奉尧觞。

嘉禾合颖

天祚皇王德，神呈瑞谷嘉。感时苗特—作自秀，证道叶方华。气转腾佳色，云披映早霞。薰风浮合颖，湛露净祥花。六穗垂兼倒，孤茎袅复斜。影同唐叔献，称庆比周家。

膏泽多丰年

帝德方多泽，莓莓井径同。八方甘雨布，四远报年丰。厩庆千厢在，山流万壑通。候时勤稼穑，击壤乐农功。畎亩人无惰，田庐岁不空。何须忧伏腊，千载贺尧风。

玉壶冰

玄律阴风劲，坚冰在玉壶。暗中花更出，晓后色全无。涸沍谁能伴，凄清讵可渝。任圆空似璧，照物不成珠。素质情方契，孤明道岂

殊。幽人若相比，还得咏生刍。

望禁苑祥光

佳气生天苑，葱茏几效祥。树遥—作摇三殿际，日映九城傍。山雾宁同色，卿云未可彰。眺汾疑鼎气，临渭想荣光。当并春陵发，应开圣历长。微臣时一望，短羽欲飞翔。

晨光动翠华

早朝开紫殿，佳气逐清晨。北阙华旟在，东方曙景新。影连香雾合，光媚庆云频。鸟羽飘初定，龙文照转真。直疑冠佩入，长爱冕旒亲。摇动祥云里，朝朝映侍臣。

观南郊回仗

传警千门寂，南郊彩仗回。但惊龙再见，谁识日双开。德泽施云雨，恩光变烬灰。阅兵貔武振，听乐凤凰来。候刻移宸辇，尊时集观台。多惭远臣贱，不得礼容陪。

谒见日将至双阙

晓色临双阙，微臣礼位陪。远惊龙凤睹，谁识冕旒开。蔼蔼千年盛，颙颙万国来。天文标日月，时令布云雷。迥出黄金殿，全分白玉台。雕虫意—作竟何取，瞻恋不知回。

尚书郎上直闻春漏

地即尚书省，人惟鸳鹭行。审时传玉漏，直夜递星郎。历历闻仙署，泠泠出建章。自空来断续，随月散凄锵。物静知声远—作近，寒轻觉夜长。听余残月落，曙色满东方。

华清宫望幸

骊岫接新丰，岩峣驾碧空。凿山开秘殿，隐雾蔽仙宫。绛阙犹栖凤，雕梁尚带虹。温泉曾浴日，华馆旧迎风。肃穆瞻云辇，深沈闭绮栊。东郊望幸处，瑞气霭蒙蒙。

御题国子监

宸翰符玄造，荣题国子门。笔锋回日月，字势动乾坤。檐下云光绕，梁间鹊影翻。张英

圣莫拟,索靖妙难言。为著盘龙迹,能彰舞凤蹲。更随垂露像,常以沐皇恩。

郊坛听雅乐

泰坛恭祀事,彩仗下寒垧。展礼陈嘉乐,斋心动众灵。韵长飘更远,曲度静宜听。泛响何清越,随风散杳冥。彻悬和气聚,旋退晓山青。本自钧天降,还疑列洞庭。

册上公太常奏雅乐

司乐陈金石,透迤引上公。奏音人语绝,清韵佩声通。应律烟云改,来仪鸟兽同。得贤因举颂,修礼便观风。圣寿三称内,天欢九奏中。寂寥高曲尽,犹自满宸聪。

听霜钟

渺渺飞霜夜,寥寥远岫钟。出云疑断续,入户乍春容。度枕频惊梦,随风几韵松。悠扬来不已,杳霭去何从。仿佛烟岚隔,依俙岩峤重。此时聊一听,余响绕千峰。

听霜钟

寥亮来丰岭,分明辨古钟。应霜如自击,中节每相从。静听非闲扣,潜应蕴圣踪。风间时断续,云外更春容。虚警和清籁,雄鸣隔乱峰。因之论知己,感激更难逢。

笙磬同音

笙声闻何处,凄锵宛在东。激扬音自彻,高下曲宜同。历历俱盈耳,泠泠递散空。兽因繁奏舞,人感至和通。讵间洪纤韵,能齐搏拊功。四悬今尽美,一听辨移风。

玉卮无当

共惜连城宝,翻为无当卮。讵惭君子贵,深讶拙工隳。泛蚁功全少,如虹色不移。可怜珍砾石,何计辨糟醨。江海诚难满,盘筵莫妄施。纵乖斟酌意,犹得奉光仪。

府试古镜

旧是秦时镜,今来古匣中。龙盘初挂月,凤舞欲生风。石黛曾留殿,朱光适在宫。应知道泰,监物觉神通。肝胆诚难隐,妍媸信易穷。幸居君子室,长愿免尘蒙。

焚裘

今主临前殿,惩奢焚异裘。忽看阳焰发,如睹吉光流。丽彩辞宸扆,余香在御楼。火随余烬灭,气逐远烟浮。素朴回风变,雕华逐志休。永垂恭俭德,千古揖皇猷。

送薛大夫和蕃

戎王归汉命,魏绛谕皇恩。旌斾辞双阙,风沙上五原。往途遵塞道,出祖耀都门。策令天文盛,宣威使者尊。澄波看四海,入贡仡诸蕃。秋杪迎回骑,无劳枉梦魂。

观剑南献捷

遐圻新破虏,名将旧登坛。戎甗西南至,毡裘长幼观。边疆氛已息,矛戟血犹残。紫陌欢声动,丹墀喜气盘。唐虞方德易,卫霍比功难。共睹俘囚入,赓歌万国安。

云母屏风隔坐

彩障成云母,丹墀隔上公。才彰二纪盛,荣播一朝同。近玉初齐白,临花乍散红。凝姿分缥缈,转佩辨瓏玲。意惬恩偏厚,名新宠更崇。谁知历千古,犹自仰清风。

白受采

晶晶金方色,迁移妙不穷。轻衣尘迹化,净壁一作笔缋文通。沙变蓝溪渍,冰渝墨沼空。似甘言受和,由礼学资忠。皎洁形无定,玄黄用莫同。素心如可教,愿染古人风。

人不易知

权衡谅匪易,愚知信难移。九德皆殊进,三端岂易施。同称昆岫宝,共握桂林枝。郑鼠今冥别,齐竽或滥吹。瑶台有光一作空鉴,屡照不应疲。片善当无掩,先鸣贵在斯。龙门峻且极,骥足庶来驰。太息李元礼,期君幸一知。

晦日同志昆明池泛舟

灵沼疑河汉,萧条见斗牛。烟生知岸近,水净觉天秋。落月低前树,清辉满去舟。兴因孤屿起,心为白蘋留。晓吹兼渔笛,闲云伴客愁。龙津如可上,长啸且乘流。

礼闱阶前春草生

河畔虽同色,南宫淑景先。微开曳履处,常对讲经前。得地风尘隔,依林雨露偏。已逢霜候改,初寄日华妍。景与丛兰杂,荣将众卉连。哲人如不薙,生意在芳年。

秋风生桂枝

寒桂秋风动,萧萧自一枝。方将击林变,不假舞松移。散翠幽花落,摇青密叶离。哀猿惊助裹,花露滴争垂。遗韵连波聚,流音万木随。常闻小山里,遁客最先知。

幽人折芳桂

厚地生芳桂,遥林耸干长。叶开风里色,花吐月中光。曙鸟啼馀翠,幽人爱早芳。动时垂露滴,攀处拂衣香。古调声犹苦,孤高力自强。一枝终是折,荣耀在东堂。

霜菊

秋尽北风去,律移寒气肃。淅沥降繁霜,离披委残菊。华滋尚照灼,幽气含粉郁。的的冒空园,萋萋被幽谷。骚人有遗咏,陶令曾盈掬。倪使怀袖中,犹堪袭馀馥。

金谷园花发怀古

春风生梓泽,迟景映花林。欲问当时事,因伤此日心。繁华人已殁,桃李意何深。涧咽歌声在,云归盖影沈。地形同万古,笑价失千金。遗迹应无限,芳菲不可寻。

骊龙

有美为鳞族,潜蟠得所从。标奇初韫宝,表智即称龙。大壑长千里,深泉固九重。奋髯云乍起,矫首浪还冲。荀氏传高誉,庄生冀绝踪。仍知流泪在,何幸此相逢。

鹤鸣九皋

胎化呈仙质,长鸣在九皋。排空散清唳,映日委霜毛。万里思寥廓,千山望郁陶。香凝光不见,风积韵弥高。凤侣攀何及,鸡群思忽劳。升天如有应,飞舞出蓬蒿。

霜隼下晴皋

九皋霜气劲,翔隼下初晴。风动闲云卷,星驰白草平。棱棱方厉疾,肃肃自纵横。掠地秋毫逈,投身逸翮轻。高墉全失影,逐雀作(一作乍)飞声。薄暮寒郊外,悠悠万里情。

河鲤登龙门

年久还求变,今来有所从。得名当是鲤,无点可成龙。备历艰难遍,因期造化容。泥沙宁不阻,钓饵莫相逢。击(一作激)浪因成势,纤鳞莫继踪。若令摇尾去,雨露此时浓。

全唐诗卷七百八十八

联句

李白

改九子山为九华山联句并序

青阳县南有九子山，山高数十丈，上有九峰如莲花。按图征名，无所依据。太史公南游，略而不书。事绝古老之口，复阙名贤之纪。虽灵仙往复，而赋咏罕闻。予乃削其旧号，加以九华之目。时访道江汉，憩于夏侯迴之堂，开檐岸帻，坐眺松雪，因与二三子联句，传之将来。

白　高霁　韦权舆

妙有分二气，灵山开九华白。层标遏迟日，半壁明朝霞霁。积雪曜阴壑，飞流喷阳崖权舆。青莹玉树色，缥缈羽人家白。

杜甫

夏夜李尚书筵送宇文石首赴县联句

甫　李之芳　崔　或全节人,官太子省詹事。

爱客尚书贵，之官宅相贤甫。酒香倾坐侧，帆影驻江边之芳。翟表郎官瑞，凫看令宰仙或。雨稀云叶断，夜久烛花偏甫。数语敧纱帽，高文掷彩笺之芳。兴饶行处乐，离惜醉中眠或。单父长多暇，河阳实少年甫。客居逢自出，为别几凄然之芳。

颜真卿

登岘山观李左相石尊联句

真卿　刘全白评事,后为膳部员外郎,守池州。　裴循长城县尉　张荐　吴筠　强蒙处士,善医。　范缙　王纯　魏理评事　王修甫　颜岘真卿兄子　左辅元抚州人　刘茂魏县尉　颜浑真卿族弟。官太子通事舍人。杨德元　韦介　皎然名昼　崔弘　史仲宣　陆羽　权器校书郎　陆士修嘉兴县尉　裴幼清　柳淡　释尘外号北山子　颜颉以下三人并真卿族侄　颜须　颜项　李谔字伯高，赵人。擢制科，历官庐州刺史。

李公登饮处，因石为洼尊真卿。人事岁年改，岘山今古存全白。榛芜掩前迹，苔藓余旧痕循。叔子尚遗德，山公此回轩荟。维舟陪高兴，感昔情弥敦筼。蔼蔼贤哲事，依依离别言蒙。岖嵚横道周，迢递连山根缙。余烈暖林野，众芳揖兰荪纯。德晖映岩足，胜赏延高原理。远水明匹练，因晴见吴门修甫。陪游追盛美，揆德欣讨论岘。器有成形用，功资造化元辅元。流霞方沺淡，别鹤遽翩翻茂。旧规倾逸赏，新兴丽初曛浑。醉后接篱倒，归时䯀骑喧德元。迟回向遗迹，离别益伤魂介。鉴事古兴属，送人归思繁皎然。怀贤久徂谢，赠远空攀援弘。八座钦懿躅，高名播乾坤仲宣。松深引闲步，葛弱供险扪羽。花气酒中馥，云华衣上屯器。森沈列湖树，牢落望效园士修。白日半岩岫，清风满丘樊幼清。旌麾间翠幄，箫鼓来朱轓淡。闲路蹑云影，清心澄水源尘外。萍连浦中屿，竹绕山下村颉。景落全溪暗，烟凝半岭昏须。去日往如复，换年凉代温项。登临继风骚，义激旧府恩谔。

水堂送诸文士戏赠潘丞联句

真卿　潘述　陆羽　权器　皎然　李谔

居人未可散，上客须留著。莫唱阿鞞回，应云夜半乐真卿奉潘丞。诗教刻烛赋，酒任连盘酌。从他白眼看，终恋青山郭述奉陆三。林栖非姓许，寺住那名约。会异永和年，才同建安作羽呈权十四。何烦问更漏，但遣催弦索。共说长句能，皆言早归恶器呈然公。那知殊出处，还得同笑谑。雅韵虽暂欢，禅心肯抛却皎然上侍御。一宿同高会，几人归下若。帘开北陆风，烛焯南枝鹊谔奉潘十五。文场苦叫窃，钓渚甘漂泊。弱质幸见容，菲才诚重诺述。

与耿湋水亭咏风联句

真卿　裴幼清　杨凭　杨凝　左辅元　陆士修　权器　陆羽　皎然　耿湋　乔失姓　陆涓吴人，阳翟令。

清风何处起，拂槛复萦洲幼清。回入飘华幕，轻来叠晚流凭。桃竹今已展，羽翣且从收凝。经竹吹弥切，过松韵更幽辅元。直散青蘋末，偏随白浪头士修。山山催雨过，浦浦发行舟器。动树蝉争噪，开帘客罢愁羽。度弦方解愠，临水已迎秋真卿。凉为开襟至，清因作颂留皎然。周回随远梦，骚屑满离忧湋。岂独销繁暑，偏能入迥楼乔。王风今若此，谁不荷明休涓。

又溪馆听蝉联句

真卿　杨凭　杨凝　权器　陆羽　耿湋　乔失姓　裴幼清　伯成失姓　皎然

高树多凉吹，疏蝉足断声凭。已催居客感，更使别人惊凝。晚夏犹知急，新秋别有情器。危湍和不似，细管学难成羽。当教附金重，无贪曜火明真卿。青松四面落，白发一重生湋。向夕音弥厉，迎风翼更轻乔。单嘶出迥树，余响思空城幼清。嗒咪松间坐，萧寥竹里行伯成。如何长饮露，高洁未能名皎然。

送耿湋拾遗联句

真卿　耿湋

尧舜逢明主，严徐得侍臣。分行接三事，高兴柏梁新真卿。楚国千山道，秦城万里人。镜中看齿发，河上有烟尘湋。望阙飞青翰，朝天忆紫宸。喜来欢宴洽，愁去咏歌频真卿。顾盼情非一，睽携处亦频。吴兴贤太守，临水最殷勤湋。

五言月夜啜茶联句以下七首又见《皎然集》

真卿　陆士修　张荐　李谔　崔万　昼

泛花邀坐客，代饮引情言士修。醒酒宜华席，留僧想独园荐。不须攀月桂，何假树庭萱谔。御史秋风劲，尚书北斗尊万。流华净肌骨，疏沦涤心原真卿。不似春醪醉，何辞绿菽繁昼。素瓷传静夜，芳气满闲轩士修。

五言夜宴咏灯联句

真卿　陆士修　张荐　昼　袁高

桂酒牵诗兴，兰釭照客情士修。讵惭珠乘朗，不让月轮明荐。破暗光初白，浮云色转清真卿。带花疑在树，比燎欲分庭昼。顾已惭微照，开帘识近汀高。

三言喜皇甫曾侍御见过南楼玩月
　　真卿　陆羽　皇甫曾　李萼　昼　陆士修
　　喜嘉客，辟前轩。天月净，水云昏真卿。雁声苦，蟾影寒。闻裛浥，滴檀栾羽。欢宴处，江湖间曾。卷翠幕，吟嘉句。恨清光，留不住萼。高驾动，清角催。惜归去，重裴回昼。露欲晞，客将醉。犹宛转，照深意士修。

七言重联句
　　真卿　皇甫曾　李萼　陆羽　昼
　　顷持宪简推高步，独占诗流横素波。不是中情深惠好，谁能千里远经过真卿。诗书宛似陪康乐，少长还同宴永和。夜酌此时看碾玉，晨趋几日重鸣珂皇甫曾。万井更深空寂寞，千方雾起隐嵯峨。荧荧远火分渔浦，历历寒枝露鸟窠萼。汉朝旧学君公隐，鲁国今从弟子科。只自倾心惭煦濡，何曾将口恨蹉跎羽。独赏谢吟山照耀，共知殷勤树婆娑。华毂苦嫌云路隔，衲衣长向雪峰何昼。

五言送李侍御联句
　　真卿　昼　张荐　李萼
　　吾友驻行轮，迟迟惜上春真卿。东西出饯路，惆怅独归人昼。欢会期他日，驱驰恨此身荐。须知贡公望，从此愿相因萼。

五言玩初月重游联句
　　真卿　张荐　李萼　昼
　　春溪与岸平，初月出溪明荐上十二老丈。璧彩寒仍洁，金波夜转清萼。孤光远近满，练色往来轻真卿。望望随兰棹，依依出柳城昼。

五言重送横飞联句
　　真卿　李萼　昼
　　春田草未齐，春水满长溪萼上十二兄。出饯风初暖，攀光日渐西真卿。归期江上远，别思月中迷昼。

五言夜集联句
　　真卿　昼
　　寒花护月色，坠叶占风音昼。兹夕无尘虑，高云共片心真卿。

三言拟五杂组联句以下八首又见《皎然集》
　　真卿　李萼　殷佐明正字　袁高　陆士修　蒋志秘书郎
　　五杂组，盘上菹。往复还，头懒梳。不得已，罾里鱼高。五杂组，郊外芜。往复还，枥上驹。不得已，谷中愚佐明。五杂组，绣与锦。往复还，兴又寝。不得已，病伏枕真卿。五杂组，酒与肉。往复还，东篱菊。不得已，醉便宿高。五杂组，阛阓间。往复还，门上关。不得已，鬓毛斑士修。五杂组，绣纹线。往复还，春来燕。不得已，入征战志。

三言重拟五杂组联句
　　真卿　张荐　李萼　昼
　　五杂组，四豪客。往复还，阡与陌。不得已，长沙谪荐。五杂组，五辛盘。往复还，马上鞍。不得已，左降官萼。五杂组，甘咸醋。往复还，鸟与兔。不得已，韶光度真卿。五杂组，五色丝。往复还，回文诗。不得已，失喜期昼。

七言大言联句
　　真卿　昼　李萼　张荐
　　高歌阆风步瀛州昼，燀鹏瀹鲲餐未休真卿。四方上下无外头萼，一啜顿涸沧溟流荐。

七言小言联句
　　真卿　昼
　　长路迢遥吞吐丝真卿，蟭螟蚊睫察难知昼。

七言乐语联句
　　真卿　李萼　昼　张荐
　　苦河既济真僧喜萼，新知满座笑相视真卿，戍客归来见妻子昼，学生放假偷向市荐。

七言嚵语联句

　　真卿　李萼　昼　张荐

拈馈舐指不知休萼,欲炙侍立涎交流真卿。
过屠大嚼肯知羞昼,食店门外强淹留荐。

七言滑语联句

　　真卿　昼　刘全白　李萼　李益

雨里下山蹋榆皮真卿,莓苔石桥步难移昼。芜荑酱醋吃煮葵全白,缝靴蜡线油涂锥萼,急逢龙背须且骑益。

七言醉语联句

　　真卿　刘全白　昼　陆羽

逢糟遇曲便酩酊全白,覆车坠马皆不醒真卿。倒著接䍦发垂领昼,狂心乱语无人并羽。

全唐诗卷七百八十九

联句

皇甫曾

建元寺昼分与崔秀才见过联句,与郑奉礼说同作以下二首又见《皎然集》

　　曾　　昼　郑说太常寺奉礼郎　崔子向

　　人闲宜岁晚,道者访幽期。独与寒山别,行当暮雪时曾。柏台辞汉主,竹寺寄潜师。荷策知君待,开门笑我迟昼。暮阶悬雨足,寒吹绕松枝。理辩尘心妄,经分梵字疑说。久承黄纸诏,曾赋碧云诗。然诺惊相许,风流话所思子向。筌忘心已默,磬发夜何其。愿结求羊侣,名山从所之曾。

建元寺西院寄李员外纵联句

　　曾　崔子向　郑说　昼

寄隐霜台客,相思粉署人子向奉上侍御。诚知阡陌近,无奈别离频曾奉奉礼。夜色迷双树,钟声警四邻说奉崔秀才。散才徒仰鲍,归梦远知秦台上。雨带清笳发,花惊夕漏春昼。招摇随步锡,仿佛听行轮子向奉侍御。要路推高足,空林寄一身曾奉奉礼。盛名知独擅,良会忆相亲说奉崔十一。稍涤心中垢,都遗陌上尘子向奉。今宵此堂集,何事少遗民昼。

严维

中元日鲍端公宅遇吴天师联句此首又见崔元翰集

　　维　鲍防　谢良辅　杜弈　李清　刘蕃
　　谢良弼　郑概　陈元初　樊珣　丘丹　吕渭
　　范淹　吴筠

　　道流为柱史,教戒下真仙维。共契中元会,初修内景篇防。游方依地僻,卜室喜墙连良辅。宝筒开金箓,华池漱玉泉弈。怪龙随羽翼,青节降云烟清。昔去遗丹灶,今来变海田蕃。

养形奔二景，炼骨度千年良弼。骑竹投陂里，携壶挂牖边概。洞中尝入静，河上旧谈玄元初。伊洛笙歌远，蓬壶日月偏珣。青骡蓟训引，白犬伯阳牵丹。法受相君后，心存象帝先渭。道成能缩地，功满欲升天淹。何意迷孤性，含情恋数贤筠。

酒语联句，各分一字

维　刘蕡　鲍防　谢良辅　沈仲昌　丘丹　吕渭　郑概　陈元初　迥失姓

山简酣歌倒接䍦蕡，看朱成碧无所知防。耳鸣目眩驷马驰良辅，口称童羖腹鸱夷维。兀然落帽灌酒卮仲昌，太常吏部相对时维。藉糟枕曲浮酒池丹，瓮间篱下卧不移渭。叫呼不应无事悲概，千日一醒知是谁元初？左倾右倒人避之迥。

一字至九字诗联句

维　鲍防　郑概　成用　陈元初　张叔政　贾弇　周颂

东，西防，步月，寻溪维。鸟已宿，猿又啼概。狂流碍石，进笋穿硡用。望望人烟远，行行萝径迷。探题只应尽墨，持赠更欲封泥元初。松下流时何岁月，云中幽处屡攀跻叔政。乘兴不知山路远近，缘情莫问日过高低弇。静听林下潺潺足湍濑，厌问城中喧喧多鼓鼙颂。

李益

宣上人病中相寻联句

益　广宣

策杖迎诗客，归房理病身。闲收无效药，偏寄有情人广宣。草木分千品，方书问六陈。还知一室内，我尔即天亲益。

八月十五夜，宣上人独游安国寺山庭院，步入迟明将至，因话昨宵，乘兴联句以下三首又见《广宣集》

益　广宣

九重城接天花界，三五秋生一夜风。行听漏声云散后，遥闻天语月明中广宣。含凉阁迥通仙掖，承露盘高出上宫。谁问独愁门外客，清谈不与此宵同益。

重阳夜集兰陵居与宣上人联句

益　广宣

蟋蟀催寒服，茱萸滴露房。酒巡明刻烛，篱菊暗寻芳益。新月和秋露，繁星混夜霜。登高今夕事，九九是天长广宣。

与宣供奉携瘿尊归杏溪园联句

益　广宣

千畦抱瓮园，一酌瘿尊酒。唯有沃洲僧，时过杏溪叟益。追欢君适性，独饮我空口。儒释事虽殊，文章意多偶广宣。

兰陵僻居联句

益　广宣　杜羔

潘岳闲居赋，陶潜独酌谣。二贤成往事，三径是今朝广宣。生幸逢唐运，昌时奉帝尧。进思谐启沃，退混即渔樵益。蠹简封延阁，雕阑闶上霄。相从清旷地，秋露挹兰苕羔。

天津桥南山中各题一句

益　韦执中　诸葛觉　贾岛

野坐分苔席益，山行绕菊丛执中。云衣惹不破觉，秋色望来空岛。

红楼下联句

益　广宣　杜羔

佛刹接重城，红楼切太清。紫云连照耀，丹槛郁峥嵘广宣。榱栋烟虹入，轩窗日月平。参差五陵晚，分背八川明益。松韵风初过，莲陂浪欲倾。敬瞻疑涌见，围绕学无生羔。

赋应门照绿苔

益　法振

宫阙何年月，应门何岁苔。清光一以照，白露共裴回益。珠履久行绝，玉房重未开。妾心正如此，昭阳歌吹来法振。

耿湋

寄司空曙李端联句

湋　王早　辛晃

长安一分首,万里隔烟波早。海上青山暮,天涯白发多湋。寻僧因看竹,访道或求鹅晃。云树无猿鸟,阴崖足薜萝湋。醉中留越客,兴里眄庭柯晃。黄叶身仍逐,丹霄背未摩湋。别愁连旦暮,归梦绕关河晃。高柳寒蝉对,空阶夜雨和湋。年华空荏苒,名宦转蹉跎晃。南陌东城路,春来几度过湋。

连句多暇赠陆三山人

湋　陆羽

一生为墨客,几世作茶仙湋。喜是攀阑者,惭非负鼎贤羽。禁门闻曙漏,顾渚入晨烟湋。拜井孤城里,携笼万壑前羽。闲喧悲异趣,语默取同年湋。历落惊相偶,衰羸猥见怜羽。诗书闻讲诵,文雅接兰荃湋。未敢重芳席,焉能弄彩笺羽。黑池流研水,径石涩苔钱湋。何事亲香案,无端狎钓船羽。野中求逸礼,江上访遗编湋。莫发搜歌意,予心或不然羽。

李景俭

字宽中,贞元中登进士第,官终少府少监。

道州春日感兴

景俭　吕温　吕恭字恭叔,温之弟。官殿中侍御史。

始见花满枝,又看花满地景俭。且持增气酒,莫滴伤心泪温。深诚长郁结,芳晨自妍媚恭。啸歌聊永日,谁知此时意景俭。

武元衡

中秋夜听歌联句

元衡　崔备　裴度　柳公绰　卢放　卢士玫

此夕来奔月,何时去上天备。云鬟方自照,玉腕更呈鲜度。燕婉人间意,飘飖物外缘公绰上相公。诗裁明月扇,歌索想夫怜元衡奉卢侍御。暗染荀香久,长随楚梦偏放。会当来彩凤,仿佛逐神仙士玫。

全唐诗卷七百九十

联句

裴度

春池泛舟联句 此首又见刘禹锡、张籍集

度 刘禹锡 崔群字敦诗,清河人。元和中户部侍郎同平章事。贾𫗧河南人。太和中中书侍郎同平章事。张籍

凤池新雨后,池上好风光禹锡上相公。取酒愁春尽,留宾喜日长度送户部。柳丝迎画舸,水镜写雕梁群送贾院长。潭洞迷仙府,烟霞认醉乡𫗧送张司业。莺声随笑语,竹色入壶觞籍送主客。晚景含澄澈,时芳得艳阳禹锡。飞凫拂轻浪,绿柳暗回塘度。逸韵追安石,高居胜辟强群。杯停新令举,诗动彩笺忙𫗧。顾谓同来客,欢游不可忘籍。

西池落泉联句 以下三首又见刘禹锡、白居易、张籍集。

度 行式失姓 张籍 白居易 刘禹锡

东阁听泉落,能令野兴多行式。淙时犹带沫,淙处即跳波度。偏洗磷磷石,还惊泛泛鹅籍。色清尘不染,光白月相和居易。喷雪萦松竹,攒珠溅芰荷禹锡。对吟时合响,触树更摇柯籍。照圃红分药,侵阶绿浸莎居易。日斜车马散,余韵逐鸣珂禹锡。

首夏犹清和联句

度 白居易 刘禹锡 行式 张籍

记得谢家诗,清和即此时居易。余花数种在,密叶几重垂度。芳谢人人惜,阴成处处宜禹锡。水萍争点缀,梁燕共追随行式。乱蝶怜疏蕊,残莺恋好枝籍。草香殊未歇,云势渐多奇居易。单服初宁体,新筵已出篱度。与春为别近,觉日转行迟禹锡。绕树风光少,侵阶苔藓滋行式。惟思奉欢乐,长得在西池籍。

蔷薇花联句

度　刘禹锡　行式　白居易　张籍

似锦如霞色,连春接夏开_{禹锡}。波红分影入,风好带香来_度。得地依东阁,当阶奉上台_{行式}。浅深皆有态,次第暗相催_{禹锡}。满地愁英落,缘堤惜棹回_度。芳浓濡雨露,明丽隔尘埃_{行式}。似著胭脂染,如经巧妇裁_{居易}。奈花无别计,只有酒残杯_籍。

喜遇刘二十八偶书两韵联句_{以下四首又见刘禹锡、白居易集}

度　刘禹锡　白居易　李绅

病来佳兴少,老去旧游稀。笑语纵横作,杯觞络绎飞_度。清淡如水玉,逸韵贯珠玑。高位当金铉,虚怀似布衣_{禹锡}。已容狂取乐,仍任醉忘机。舍眷将何适,留欢便是归_{居易}。凤仪常欲附,蚁力自知微。愿假尊罍末,膺门自此依_绅。

刘二十八自汝赴左冯,途经洛中相见联句

度　白居易　李绅　刘禹锡

不归丹掖去,铜竹漫云云。唯喜因过我,须知未贺君_度。诗闻安石咏,香见令公熏。欲首函关路,来披緱岭云_{居易}。貂蝉公独步,鹓鹭我同群。插羽先飞酒,交锋便战文_绅。镇嵩知表德,定鼎为铭勋。顾鄏容商洛,征欢候汝坟_{禹锡}。频年多谑浪,此夕任喧纷。故态犹应在,行期未要闻_度。游藩荣已久,捧袂惜将分。讵厌杯行疾,唯愁日向曛_{居易}。穷阴初莽苍,离思渐氤氲。残雪午桥岸,斜阳伊水濆_绅。上谟尊右掖,全略静东军。万顷徒称量,沧溟讵有垠_{禹锡}。

度自到洛中与乐天为文酒之会,时时构咏,乐不可支。则慨然共忆梦得,而梦得亦分司至止。欢惬可知,因为联句。

度　白居易　刘禹锡

成周文酒会,吾友胜邹枚。唯忆刘夫子,而今又到来_度。欲迎先倒屣,亦坐便倾杯。饮许伯伦右,诗推公干才。并以本事。_{居易}。久曾聆郢唱,重喜上燕台。昼话墙阴转,宵欢斗柄回_{禹锡}。新声还共听,故态复相咍。遇物皆先赏,从花半未开_度。起时乌帽侧,散处玉山颓。墨客喧东阁,文星犯上台_{居易}。咏吟君称首,疏放我为魁。忆戴何劳访,时梦得分司而来。留髡不用猜。宴席上,老夫暂起,乐天密坐不动足。_度。奉觞承曲糵,落笔捧琼瑰。醉弁无妨侧,词锋不可摧。此两韵美令公也。_{居易}。水轩看翡翠,石径践莓苔。童子能骑竹,佳人解咏梅。陪游南宅之境。_{禹锡}。洛中三可矣,邺下七悠哉。自向风光急,不须弦管催_度。乐观鱼踊跃,闲爱鹤裴回。烟柳青凝黛,波萍绿拨醅_{居易}。春榆初改火,律管又飞灰。红药多迟发,碧松宜乱栽_{禹锡}。马嘶驼陌上,鹢泛凤城隈。色色时堪惜,些些病莫推_度。涸流寻轧轧,余刃转恢恢。从此知心伏,无因敢自媒_{禹锡}。室随亲客人,席许旧寮陪。逸兴嵇将阮,交情陈与雷。此二句属梦得也。_{居易}。洪炉思哲匠,大厦要群材。他日登龙路,应知免曝鳃_{禹锡}。

宴兴化池亭送白二十二东归联句_{此首又见张籍集}

度　刘禹锡　白居易　张籍

东洛言归去,西园告别来。白头青眼客,池上手中杯_度。离瑟殷勤奏,仙舟委曲回。征轮今欲动,宾阁为谁开_{禹锡}?坐弄琉璃水,行登绿缛堆。花低妆照影,萍散酒吹醅_{居易}。岸荫新抽竹,亭香欲变梅。随游多笑傲,遇胜且裴回_籍。澄澈连天镜,潺湲出地雷。林塘难共赏,鞍马莫相催_度。信及鱼还乐,机忘鸟不猜。晚晴槐起露,新雨石添苔_{禹锡}。拟作云泥别,尤思顷刻陪。歌停珠贯断,饮罢玉峰颓_{居易}。虽有逍遥志,其如磊落才。会当重入用,此去肯悠哉_籍。

西池送白二十二东归兼寄令狐相公联句_{此首又见刘禹锡集}

度　刘禹锡　张籍　行式

促坐宴回塘,送君归洛阳,彼都留上宰,为

我说中肠度。威凤池边别,冥鸿天际翔。披云见居守,望日拜封章禹锡。春尽年华少,舟通景气长。送行欢共惜,寄远意难忘籍。东道瞻轩盖,西园醉羽觞。谢公深眷眄,商皓信辉光行式。旧德推三友,新篇代八行以下缺。

李绛

杏园联句 以下二首又见刘禹锡、白居易集

绛　崔群　白居易　刘禹锡

杏园千树欲随风,一醉同人此暂同群上司空。老态忽忘丝管里,衰颜宜解酒杯中绛上白二十二。曲江日暮残红在,翰苑年深旧事空居易上主客。二十四年流落者,故人相引到花丛禹锡。

花下醉中联句

绛　刘禹锡　白居易　庾承宣　杨嗣复

共醉风光地,花飞落酒杯绛送刘二十八。残春犹可赏,晚景莫相催嗣送白侍郎。酒幸年年有,花应岁岁开居易送兵部相公。且当金韵掷,莫遣玉山颓绛送庾阁长。高会弥堪惜,良时不易陪承宣送主客。谁能拉花住,争换得春回禹锡送吏部。我辈寻常有,佳人早晚来嗣复送白侍郎。寄言三相府,欲散且裴回居易。时户部相公同会。

刘禹锡

乐天是月长斋,鄙夫此时愁卧。里闾非远,云雾难披,因以寄怀,遂为联句。所期解闷,焉敢惊禅

禹锡　白居易

五月长斋月,文心苦行心。兰葱不入户,苍卜自成林禹锡。护戒先辞酒,嫌喧亦彻琴。尘埃宾位静,香火道场深居易。我静驯狂象,餐余施众禽。定知于佛伎,岂复向书淫禹锡。阑药雕红艳,庭槐换绿阴。风光徒满目,云雾未披襟居易。树为清凉倚,池因盥漱临。蘋芳遭燕拂,莲坼待蜂寻禹锡。舍下环流水,窗中列远岑。苔斑钱剥落,石怪玉欹岑居易。鹊顶迎秋秃,莺喉入夏暗。绿杨垂嫩色,绽棘露长针禹

锡。散秩身犹幸,趋朝力不任。官将方共拙,年与病交侵居易。徇乐非时选,忘机似陆沈。鉴容称四皓,扪腹有三壬禹锡。携手惭连璧,同心许断金。紫芝虽继唱前后各在宾客,白雪少知音居易。忆罢吴门守,相逢楚水浔。舟中频曲宴,夜后各加斟禹锡。浊酒销残漏,弦声间远砧。酡颜舞长袖,密坐接华簪居易。持论峰峦峻,战文矛戟森。笑言诚莫逆,造次必相箴禹锡。往事应如昨,余欢迄至今。迎君常倒屣,访我辄携衾居易。阴魄初离毕,时有雨候阳光正在参五月之节。待公休一食,纵饮共狂吟禹锡。

白居易

秋霖即事联句三十韵 以下三首又见刘禹锡、王起集

居易　王起　刘禹锡

萧索穷秋月,苍茫苦雨天。泄云生栋上,行潦入庭前居易送上仆射。苔色侵三径,波声想五弦。井蛙争入户,辙鲋乱归泉起送上中丞大监。高雷愁晨坐,空阶惊夜眠。鹤鸣犹未已,蚁穴亦频迁禹锡送上少傅侍郎。散漫疏还密,空蒙断复连。竹沾青玉润,荷滴白珠圆居易。地湿灰蛾灭,池添水马怜。有苗沾霡霂,无月弄潺湲起。篱菊潜开秀,园蔬已罢鲜。断行随雁翅,孤啸耸鸢肩禹锡。桥柱粘黄菌,墙衣点绿钱。草荒行药路,沙泛钓鱼船居易。长者车犹阻,高人榻且悬。此思刘白之来也。金乌何日见,玉爵几时传起。近井桐先落,当檐石欲穿。趋风诚有恋,披雾邈无缘禹锡。以答悬榻之召。廪米陈生醭,庖薪湿起烟。鸣鸡潜报晓,急景暗雕年居易。盖洒高松上,丝繁细柳边。拂丛时起蝶,堕叶乍惊蝉起。巾角皆争垫,裙裾别似湔。人多蒙翠被,马尽著连乾禹锡。好客无来者,贫家但悄然。湿泥印鹤迹,漏壁络蜗涎居易。坟聚雷侵室,鸥翻浪满川。上楼愁冪冪,绕舍厌溅溅起。律候今秋矣,欢娱久旷焉。但令高兴在,晴后奉周旋禹锡。

喜晴联句

居易　王起　刘禹锡

苦雨晴何喜,喜于未雨时。气收云物变,声乐鸟乌知居易送上仆射。蕙泛光风圃,兰开皎月池。千峰分远近,九陌好追随起送上尚书。白日开天路,玄阴卷地维。余清在林薄,新照入涟漪禹锡。碧树凉先落,青芜湿更滋。晒毛经浴鹤,曳尾出泥龟居易。舞去商羊速,飞来野马迟。柱边无润础,台上有游丝起。桥净行尘息,堤长禁柳垂。宫城开睥睨,观阙丽罘罳禹锡。洛水澄清镇,嵩烟展翠帷。梁成虹乍见,市散蜃初移居易。藉草风犹暖,攀条露已晞。屋穿添碧瓦,墙缺召金锤起。迥彻来双目,昏烦去四支。霞文晚焕烂,星影夕参差禹锡。爽助门庭肃,寒摧草木衰。黄干向阳菊,红洗得霜梨居易。假盖闲谁惜,弹弦燥更悲。散蹄良马稳,炙背野人宜起。洞户晨晕入,空庭宿雾披。推林出书目,倾箧上衣橇禹锡。道路行非阻,轩车望可期。无辞访圭窦,且愿见琼枝居易。山阁蓬莱客,古以秘书喻蓬莱。储宫羽翼师。此言少傅。每优陪丽句,何暇觐英姿起。以酬圭窦之言。玩景方搔首,怀人尚敛眉。因吟仲文什,高兴尽于斯禹锡。

会昌春连宴即事

居易　刘禹锡　王起

元年寒食日,上巳暮春天。鸡黍三家会,莺花二节连居易。光风初潋滟,美景渐暄妍。簪组兰亭上,车舆曲水边禹锡。松声添奏乐,草色助铺筵。雀舫宜闲泛,螺杯任漫传起。园蔬香带露,厨柳暗藏烟。丽句轻珠玉,清谈胜管弦居易。陌喧金距斗,树动彩绳悬。姹女妆梳艳,游童衣服鲜禹锡。圃香知种蕙,池暖忆开莲。怪石云疑触,夭桃火欲然起。正欢唯恐散,虽醉未思眠。啸傲人间世,追随地上仙居易。燕来双涎涎,雁去累翩翩。行乐真吾事,寻芳独我先禹锡。滞周渐太史,太史公留滞周南,今荣冬,渐古人矣。入洛继先贤。此言刘白声价与二陆争长矣。昔恨多分手,今欢谬比肩起。病犹陪宴饮,老更奉周旋。望重青云客,情深白首年居易。遍尝珍馔后,许入画堂前。舞袖翻红炬,歌鬟插宝蝉禹锡。断金多感激,倚玉贵迁延。说史吞颜注,论诗笑郑笺起。松筠寒不变,胶漆冷弥坚。兴伴王寻载,谓随仆射过尚书也。荣同隗在燕居易。自谓。掷卢夸使气,刻烛斗成篇。实艺皆三捷,虚名愧六联禹锡。兴阑犹举白,话静每思玄。更说归时好,亭亭月正圆起。

仆射来示,有三春向晚,四者难并之说。诚哉是言。辄引起题,重为联句。疲兵再战,勍敌难降。下笔之时,靦然自哂。走呈仆射兼简尚书此首又见刘禹锡集

居易　王起　刘禹锡

三春今向晚,四者昔难并。借问低眉坐,何如携手行居易。旧游多过隙,新宴且寻盟。鹦鹉林须乐,麒麟阁未成起。分阴当爱惜,迟景好逢迎。林野熏风起,楼台谷雨晴禹锡。墙低山半出,池广水初平。桥转长虹曲,舟回小鹢轻居易。残花犹布绣,密竹自闻笙。欲过芳菲节,难忘宴慰情起。月轮行似箭,时物始如倾。见雁随兄去,听莺求友声禹锡。蕙长书带展,菰嫩剪刀生。坐密衣裳暖,堂虚丝管清居易。峰峦侵碧落,草木近朱明。与点非沂水,陪膺是洛城。白为三川守,故云。起。拨醅争酿醋,卧酪待朱樱。几处能留客,何人唤解酲禹锡。旧仪尊右揆,新命宠春卿。有喜鹊频语,无机鸥不惊居易。青林思小隐,白雪仰芳名。访旧殊千里,登高赖九城起。鄘侯司管钥,疏傅傲簪缨。纶绋曾同掌,烟霄即上征禹锡。册庭尝接武,书殿忝连衡。兰室春弥馥,松心晚更贞居易。琴招翠羽下,钩制紫鳞呈。只愿回鸟景,谁能避虎觥起。方知醉兀兀,应是走营营。凤阁鸾台路,从他年少争居易更呈二公。

全唐诗卷七百九十一

联句

韩愈

城南联句 此首又见张籍集

愈 孟郊

竹影金琐碎愈,泉音玉淙琤。琉璃剪木叶愈,翡翠开园英。流滑随仄步郊,搜寻得深行。遥岑出寸碧愈,远目增双明。乾穟纷挂地郊,化虫枯捔茎。木腐或垂耳愈,草珠竞骈睛。浮虚有新剧郊,摧抓饶孤撑。囚飞粘网动愈,盗啅接弹惊。脱实自开坼郊,牵柔谁绕縈。礼鼠拱而立,骇一作骏牛躅且鸣。蔬甲喜临社郊,田毛乐宽征。露萤不自暖愈,冻蝶尚思轻。宿羽有先晓郊,食鳞时半横。菱翻紫角利愈,荷折碧圆倾。楚腻鱣鮪乱郊,燎羞蠃蟹并。桑蠖见虚指愈,穴狸闻斗狞。逗翳翅相筑郊,摆幽尾交搒。蔓涎角出缩愈,树啄头敲铿。修箭袅金饵郊,群鲜沸池羹。岸壳圹玄兆愈,野蕛渐丰萌。窑烟羃疏岛郊,沙篆印回平。痒肌遭眊刺愈,啾耳闻鸡生。奇虑恣回转郊,遐睎纵逢迎。颠林戢远睫愈,缥气夷空情。归迹归不得郊,舍心舍还争。灵麻撮狗虱,村稚啼禽猩。红皴晒檐瓦郊,黄团系门衡。得隽蝇虎健愈,相残雀豹趫。束枯樵指秃郊,刘熟担肩赪。涩旋皮卷臠愈,苦开腹彭亨。机春潺湲力郊,吹籁飘飖精。赛馔木盘簇愈,靸妖藤索絣。荒学五六卷郊,古藏四三茎。里儒拳足拜愈,土怪闪眸侦。蹄道补复破郊,丝窠扫还成。暮堂蝙蝠沸愈,破灶伊威盈。追此讯前主郊,答云皆冢卿。败壁剥寒月愈,折篁啸遗笙。袿熏霏霏在郊,綦迹微微呈。剑石犹竦槛,兽材尚挐楹。宝唾拾未尽郊,玉啼堕犹铃。窗绡疑闷艳愈,妆烛已销檠。绿发抽珉甃郊,表肤耸瑶桢。白蛾飞舞地愈,幽蠹落书棚。惟昔集嘉咏郊,吐芳类鸣嘤。窥奇摘海异愈,恣韵激天鲸。肠胃绕万象郊,精神驱五兵。蜀雄李杜拔愈，岳力雷车轰。大句斡玄造郊，高言轧霄峥。芒端转塞燠愈，神助溢杯觥。巨细各乘运愈，湍涧亦腾声。凌花咀粉蕊郊，削缕穿珠樱。绮语洗晴雪愈，娇辞哢雏莺。酣欢杂弁珥郊，繁价流金琼。菡萏写江调郊，萎蕤缀蓝瑛。庖霜脍玄鲫愈，淅玉炊香粳。朝馔已百态郊，春醪又千名。哀匏螫驶景愈，洌唱凝余晶。解魄不自主郊，痹肌坐空瞠。扳援贱蹙绝愈，炫曜仙选更。丛巧竞采笑郊，骈鲜互探嘤。桑变忽芜蔓愈，樟裁浪登丁。霞斗讵能极郊，风期谁复赓。皋区扶帝壤愈，瑰蕴郁天京。祥色被文彦，良才插杉柽。隐伏饶气象，兴潜示堆坑。擘华露神物郊，拥终储地祯。讦谟壮缔始愈，辅弼登阶清。全秀恣填塞愈，呀灵滀淳澄。益大联汉魏愈，肇初迈周嬴。积照涵德镜郊，传经俪金籯。食家行鼎鼐愈，宠族饫弓旌。奕制尽从赐郊，殊私得逾程。飞桥上架汉愈，缭岸俯规瀛。潇碧远输委郊，湖嵌费携擎。萄首从大漠愈，枫楮至南荆。嘉植鲜危朽郊，膏理易滋荣。悬长巧纽翠愈，象曲善攒玎。鱼口星浮没郊，马毛锦斑驿。五方乱风土愈，百种分钮耕。葩虆相妒出郊，菲茸共舒晴。类招臻倜诡愈，翼萃伏衿缨。危望跨飞动郊，冥升蹑登闳。春游轹霹靡愈，彩伴飒妾娱。遗灿飘的皪，淑颜洞精诚。娇应如在寤愈，颓意若含酲。鸲鹆翔衣带，鹅肪截佩璜。文升相照灼愈，武胜屠檄枪。割锦不酬价郊，构云有高营。通波物鳞介愈，疏畹富萧蘅。买养驯孔翠郊，远苞树蕉栟。鸿头排刺芡愈，鹁鹉攒瑰橙。鹜广杂良牧郊，蒙休赖先盟。罢旄奉环卫愈，守封践忠贞。战服脱明介郊，朝冠飘彩纮。爵勋逮僮隶愈，簪笏自怀缨。乳下秀嶷嶷郊，椒蕃泣喤喤。貌鉴清溢匣愈，眸光寒发硎。馆儒养经史郊，缀戚馂孙甥。考钟馈郜核愈，夏鼓侑牢牲。飞膳自北下郊，函珍极东烹。如瓜煮大卵愈，比线茹芳菁。海岳错口腹郊，赵燕锡猫姪。一笑释仇恨愈，百金交弟兄。货至貊戎市郊，呼传鹦鹆令。顺居无鬼瞰愈，抑横免官评。杀候肆凌剪，笼原匝置纮。羽空颠雉鷇愈，血路迸狐獐。折足

去蹎跲郊，蹙騺怒髬髵。跃犬疾骛鸟愈，呀鹰甚饥虻。算蹄记功赏郊，裂脑擒搜挋。猛毳牛马乐愈，妖残枭鸩悍。窟穷尚嗔视郊，箭出方惊抨。连箱载已实愈，碍辙弃仍赢。喘觑锋刃点郊，困冲株梗盲。扫净豁旷旷愈，骋遥略苹苹。馋扠饱活脔郊，恶嚼嘊腥鲭。岁律及郊至愈，古音命韶韯。旂旆流日月郊，帐庐扶栋甍。磊落奠鸿璧愈，参差席香蘋。玄衹祉兆姓郊，黑秬饛丰盛。庆流孀瘝疠愈，威畅捐辖枻。灵燔望高冏郊，龙驾闻敲飏。是惟礼之盛愈，永用表其宏。德孕厚生植郊，恩煦完刖剠。宅土尽华族愈，连田间强氓。荫庚森岭桧郊，啄场翙祥鹏。畦肥剪韭虀愈，陶固收盆罂。利养积余健郊，孝思事严祊。掘云破嶂嵴愈，采月漉坳泓。寺砌上明镜郊，僧盂敲晓钲。泥象对骋怪愈，铁钟孤春锽。瘿颈闹鸠鸽郊，蜿垣乱蚪蝾。葚黑老蚕蠋愈，麦黄韵鹂鹒。韶曙迟胜赏，贤明戒先庚。驰门填偃仄愈，竞墅辗砑砯。碎缬红满杏郊，稠凝碧浮饧。蹙绳觐娥婺愈，斗草撷玑瑅。粉汗泽广额郊，金星堕连璎。鼻偷因淑郁愈，眼剽强盯睜。是节饱颜色郊，兹疆称都城。书饶馨鱼茧愈，纪盛播琴筝。奚必事远觐愈，无端逐羁伦。将身亲魍魅愈，浮迹侣鸥鸧。腥味空奠屈郊，天年徒羡彭。惊魂见蛇蚓愈，触麚值虾蟊。幸得履中气郊，忝从拂天棖。归私暂休暇愈，驱明出庠黉。鲜意辣轻畅郊，连辉照琼莹。陶暄逐风乙愈，跃视舞晴蜻。足胜自多诣郊，心贪敌无勍。始知乐名教愈，何用苦拘伫。毕景任诗趣郊，焉能守硁硁愈。

会合联句

愈　张籍　孟郊　张彻

离别言无期，会合意弥重籍。病添儿女恋，老丧丈夫勇愈。剑心知未死，诗思犹孤笻彻。愁去剧箭飞，欢来若泉涌彻。析言多新贯，摅抱无昔壅籍。念难须勤追，悔易勿轻踵愈。吟巴山荦峃音学，说楚波堆垄郊。马辞虎豹怒，舟出蛟鼍恐彻。狂鲸时孤轩，幽狖杂百种愈。瘴衣常腥腻，蛮器多疏冗籍。剥苔吊斑林，角

饭饵沈冢愈。忽尔衔远命，归欤舞新宠郊。鬼窟脱幽妖，天居觌清楲愈。京游步方振，谪梦意犹悯籍。诗书夸旧知，酒食接新奉愈。嘉言写清越，愈病失肬肿郊。夏阴偶高庇，宵魄接虚拥愈。雪弦寂寂听，茗碗纤纤捧郊。驰辉烛浮萤，幽响泄潜蜑愈。诗老独何心，江疾有余尰郊。我家本瀍榖，有地介皋巩。休迹忆沈冥，峨冠惭阛阓愈。升朝高謇逸，振物群听悚。徒言濯幽泌，谁与薙荒苴籍。朝绅郁青绿，马饰曜珪珙。国雠未销铄，我志荡邛陇郊。君才诚倜傥，时论方汹溶音勇。格言多彪蔚，悬解无桔棒。张生得渊源，寒色拔山冢。坚如撞群金，眇若抽独蛹愈。伊余何所拟，跛鳖讵能踊。块然堕岳石，飘尔冒巢氉郊。龙旂垂天卫，云韶凝禁甬。君胡眠安然，朝鼓声汹汹愈。

斗鸡联句

愈　孟郊

大鸡昂然来，小鸡竦而待愈。峥嵘颠盛气，洗刷凝鲜彩郊。高行若矜豪，侧睨如伺殆愈。精光目相射，剑戟心独在郊。既取冠为胄，复以距为镦。天时得清寒，地利挟爽垲愈。磔毛各噪痒，怒瘿争碨磊。俄膺忽尔低，植立瞥而改郊。腷膊战声喧，缤翻落羽皠。中休事未决，小挫势益倍愈。妒肠务生敌，贼性专相醢。裂血失鸣声，啄殷甚饥馁郊。对起何急惊，随旋诚巧绐。毒手饱李阳，神槌因朱亥愈。恻心我以仁，碎首尔何罪。独胜事有然，帝惊汗流浼郊。知雄欣动颜，怯负愁看贿。争观云填道，助叫波翻海愈。事爪深难解，嗔晴时未怠。一喷一醒然，再接再砺乃。头垂碎丹砂，翼揭拖锦彩。连轩尚贾余，清厉比归凯愈。选俊感收毛，受恩惭始隗。英心甘斗死，义肉耻庖宰。君看斗鸡篇，短韵有可采郊。

纳凉联句

愈　孟郊

递啸取遥风，微微近秋朔郊。金柔气尚低，火老候愈浊愈。熙熙炎光流，竦竦高云擢愈。闪红惊蚴虬，凝赤耸山岳。目林恐焚烧，耳井忆瀺灂。仰惧失交泰，非时结冰雹。化邓渴且多，奔河诚已悫。喝道者谁子，叩商者何乐。洗矣得滂沱，感然鸣鸑鷟。嘉愿苟未从，前心空缅邈。清础千回坐，冷环再三握。烦怀却星星，高意还卓卓郊。龙沈剧煮鳞，牛喘甚焚角。蝉烦鸣转喝，乌噪饥不啄。昼蝇食案繁，宵蚋肌血渥。单绨厌已褫，长箑倦还捉。幸兹得佳朋，于此荫华桷。青荧文簟施，淡澈甘瓜瀑。大壁旷凝净，古画奇骏犖。凄如扛寒门，皓若攒玉璞。扫宽延鲜飙，汲冷渍香穱。筐实摘林珍，盘馔馈禽鸀。空堂喜淹留，贫馔羞龌龊愈。殷勤相劝勉，左右加砮矾。贾勇发霜硎，争前曜冰槊。微然草根响，先被诗情觉。感衰悲旧改，工异逞新貌。谁言摈朋老，犹自将心学。危檐不敢凭，朽机惧倾扑。青云路难近，黄鹤足仍锃。未能饮渊泉，立滞叫芳药郊。与子昔睽离，嗟余苦屯剥。直道败邪径，拙谋伤巧诼。炎廋度氛氲，热石行荤硞。痟肌夏尤甚，痁渴秋更数。君颜不可觌，君手无由搦。今来沐新恩，庶见返鸿朴。儒痒瓷游息，圣籍饱商榷。危行无低徊，正言免咿喔。车马获同驱，酒醪欣共欤。惟忧弃营蒯，敢望侍帷幄。此志且何如，希君为追琢愈。

秋雨联句

愈　孟郊

万木声号呼，百川气交会郊。庭翻树离合，牖变景明蔼愈。潦泻殊未终，飞浮亦云泰郊。牵怀到空山，属听迕惊濑愈。檐垂白练直，渠涨清湘大郊。甘津泽祥禾，伏润肥荒艾愈。主人吟有欢，客子歌无奈郊。侵阳日沈玄，剥节风搜兑愈。块圠游峡喧，飕飀卧江汏郊。微飘来枕前，高洒自天外愈。蚕穴何迫迮，蝉枝扫鸣哕郊。棪菊茂新芳，径兰销晚馤愈。地镜时昏晓，池星竞漂沛郊。欢呿寻一声，灌注咽群籁愈。儒宫烟火湿，市舍煎熬忕郊。卧冷空避门，衣寒屡循带愈。水怒已倒流，阴繁恐凝害郊。忧鱼思舟楫，感禹勤畎浍愈。怀襄信可畏，疏决须有赖郊。筮命或冯蓍，卜晴将问蔡愈。庭商忽惊舞，埔崇亦亲酹郊。氛氲稍疏映，雾乱还拥荟。阴旌时摎流，帝鼓镇訇磕。枣圃落青矶，瓜畦烂文贝。贫薪不烛灶，富粟空填瘞愈。秦俗动言利，鲁儒欲何匂。深路倒羸骖，弱途拥行轪。毛羽皆遭冻，离褫不能翙。翻浪洗虚空，倾涛败藏盖郊。吾人犹在陈，僮仆诚自郐。因思征蜀士，未免湿戎旆。安得发商飙，廓然吹宿霭。白日悬大野，幽泥化轻壒。战场暂一干，贼肉行可脍愈。搜心思有效，抽策期称最。岂惟虑收获，亦以救颠沛郊。禽情初啸俦，础色微收霈。庶几谐我愿，遂止无已太愈。

征蜀联句

愈　孟郊

日王忿违慠，有命事诛拔。蜀险豁关防，秦师纵横猎愈。风旗匝地扬，雷鼓轰天杀。竹兵版皴脆，铁刀我枪齾郊。刑神咤馨脪，阴焰飑犀札。翻霓纷偃蹇，塞野颁垙圠愈。生狞竞掣跌，痴突争填轧。渴斗信嘔呕，哎奸何噢嘈郊。更呼相簸荡，交研双缺齾。火发激铛䠙，血漂腾足滑愈。飞猱无整阵，翩鹘有邪夏。江倒沸鲸鲲，山摇溃貙貜郊。中离分二三，外变迷七八。逆颈尽徽索，仇头恣髡髢。怒须犹犛挈，断臂仍瓝瓞愈。石潜设奇伏，冗觥骋精察。中矢类妖狖，跳锋状惊豽。蹋翻聚林岭，斗起成埃坲郊。施亡多空杠，轴折鲜联辖。㓨肤浃疮痍，败面碎剖劂。浑奔肆狂勣，捷窜脱趑黜。岩钩踔狙猿，水漉杂鱣蛚。投奔闹碻磝，填隍俶傗愈。强睛死不闭，犷眼困逾眦。藟煠爎歊，抉门呀坳阔。天刀封未坼，酋胆慑前握。跉梁排郁缩，闯窦揳窑窡。迫胁闻杂驱，咿呦叫冤趴郊。穷区指清夷，凶部坐雕铄。邛文裁斐亹，巴艳收馆衲。椎肥牛呼牟，载实驼鸣闱。圣灵闵顽嚚，焘养均草蘖。下书邀雄俉，解罪吊挛瞎愈。战血时销洗，剑霜夜清刮。汉栈罢鼖镛，獠江息澎汃。戍寒绝朝乘，刁暗歇宵詧。始去杏飞蜂，及归柳嘶蚻。庙献繁觥级，乐声洞栒楬郊。台图焕丹玄，郊告俨匏稽。念齿慰

徽鼗，视伤悼瘢痍。休输任诡寝，报力厚敩秸。公欢钟晨撞，室宴丝晓拤。杯孟酬酒醪，箱箧馈巾帊。小臣昧戎经，维用赞勋劼愈。

同宿联句

愈　孟郊

自从别君来，远出遭巧谮愈。斑斑落春泪，浩浩浮秋浸郊。毛奇睹象犀，羽怪见鹏鹣愈。朝行多危栈，夜卧饶惊枕郊。生荣今分逾，死弃昔情任愈。鸰行参绮陌，鸡唱闻清禁郊。山晴指高标，槐密鸶长荫愈。直辞一以荐，巧舌千皆斟郊。匡鼎惟说诗，桓谭不读谶愈。逸韵何嘈嗷，高名俟沾凭郊。纷葩欢屡填，旷朗忧早渗愈。为君开酒肠，颠倒舞相饮郊。曦光霁曙物，景曜铄宵祲愈。儒门虽大启，奸首不敢阚。义泉虽至近，盗索不敢沁。清琴试一挥，白鹤叫相喑。欲知心同乐，双茧抽作纴郊。

莎栅联句

愈　孟郊

冰溪时咽绝，风枥方轩举愈。此处不断肠，定知无断处郊。

雨中寄孟刑部几道联句

愈　孟郊

秋潦淹辙迹，高居限参拜愈。耿耿蓄良思，遥遥仰嘉话郊。一晨长隔岁，百步远殊界愈。商听饶清弆，闷怀空抑噫。美君知道腴，逸步谢天械愈。吟馨铄纷杂，抱照莹疑怪郊。撞宏声不掉，输逸澜逾杀愈。檐泻碎江喧，街流浅溪迈郊。念初相遭逢，幸免因媒介。祛烦类决痈，惬兴剧爬疥。研文较幽玄，呼博骋雄快。今君轺方驰，伊我羽已铩。温存感深惠，琢切奉明诫愈。迨兹更凝情，暂阻若婴瘵。欲知相从尽，灵珀拾纤芥。欲知相益多，神药销宿愈。德符仙山岸，永立难敧坏。气涵秋天河，有朗无惊湃郊。祥凤遗蒿鹖，云韶掩夷籟。争名求鹄徒，腾口甚蝉喝。未来声已赫，始鼓敌前败。斗场再鸣先，遐路一飞届。东野继奇躅，修纶悬众犗。穿空细丘埜，照日陋菅蒯愈。

小生何足道，积慎如触蛮。惛惛抱所诺，翼翼自申戒。圣书空勘读，盗食敢求嚵。惟当骑款段，岂望觊珪瑑。弱操愧筠杉，微芳比萧虉。何以验高明，柔中有刚夬_郊。

远游联句

愈　孟郊　李翱

别肠车轮转，一日一万周_郊。离思春冰泮，烂漫不可收_愈。驰光忽以迫，飞辔谁能留_郊。取之诋灼灼，此去信悠悠_翱。楚客宿江上，夜魂栖浪头。晓日生远岸，水芳缀孤舟。村饮泊好木，野蔬拾新柔。独含凄凄别，中结郁郁愁。人忆旧行乐，鸟吟新得俦_郊。灵瑟时窅窅，霰猿夜啾啾。愤涛气尚盛，恨竹泪空幽。长怀绝无已，多感良自尤。即路涉献岁，归期眇凉秋。两欢日牢落，孤悲坐绸缪_愈。观怪忽荡漾，叩奇独冥搜。海鲸吞明月，浪岛没大沤。我有一寸钩，欲钓千丈流。良知忽然远，壮志郁无抽_郊。魍魅暂出没，蛟螭互蟠蟉。昌言拜舜禹，举驷凌斗牛。怀糈馈贤屈，乘桴追圣丘。飘然天外步，岂肯区中囚_愈。楚些待谁吊，贾辞缄恨投。翳明弗可晓，秘魂安所求。气毒放逐域，蓼杂芳菲畴。当春忽凄凉，不枯亦颼飀。貃谣众猥款，巴语相咿嚘。默誓去中俗，嘉愿还中州。江生行既乐，躬辇自相戮。饮醇趣明代，味腥谢荒陬_郊。驰深鼓利楫，趋险惊蛰辀。系石沈靳尚，开弓射鹏殴。路暗执屏翳，波惊戮阳侯。广泛信缥缈，高行恣浮游。外患萧萧去，中恬稍稍瘳。振衣造云阙，跪坐陈清猷。德风变逸巧，仁气销戈矛。名声照西海，淑问无时休。归哉孟夫子，归去无夷犹_愈。

晚秋郾城夜会联句

愈　李正封

从军古云乐，谈笑青油幕。灯明夜观棋，月暗秋城柝_{正封上中丞}。羁客方寂历，惊鸟时落泊。语阑壮气衰，酒醒寒砧作_{愈奉院长}。遇主贵陈力，夷凶匪兼弱。百牢犒舆师，千户购首恶_{正封}。平生耻论兵，末暮不轻诺。徒然感恩义，谁复论勋爵_愈。多士被沾污，小夷施毒蠚。何当铸剑戟，相与归台阁_{正封}。室妇叹鸣鹳，家人祝喜鹊。终朝考蓍龟，何日亲丞衲_愈。间使断津梁，潜军索林薄。红尘羽书靖，大水少囊涸_{正封}。铭山子所工，插羽余何怍。未足烦刀俎，只应输管钥_愈。雨矢逐天狼，电矛驱海若。灵诛固无纵，力战谁敢却_{正封}。峨峨云梯翔，赫赫火箭著。连空暵雉堞，照夜焚城郭_愈。军门宣一令，庙算建三略。雷鼓揭千枪，浮桥交万筰_{正封}。蹂野马云腾，映原旗火铄。疲氓坠将拯，残虏狂可缚_愈。摧锋若狙犸，超乘如猱玃。逢掖服翻惭，缦胡缨可愕_{正封}。星陨闻雏雉，师兴随唳鹤。虎豹贪犬羊，鹰鹯憎鸟雀_愈。烧陂除积聚，灌垒失依托。凭轼谕昏迷，执殳征暴虐_{正封}。仓空战卒饥，月黑探兵错。凶徒更蹈藉，逆族相唼嚼_愈。轴轳亘淮泗，斾旌连夏鄂。大野纵氏羌，长河浴骝骆_{正封}。东西竞角逐，远近施赠缴。人怨童聚谣，天殃鬼行疟_愈。汉刑支郡黜，周制闲田削。侯社退无功，鬼薪征不恪_{正封}。余虽司斧锧，情本尚丘壑。且待献俘囚，终当返耕获_愈。藁街陈铁铖，桃塞兴钱镈。地理画封疆，天文扫寥廓_{正封}。天子悯疮痍，将军禁卤掠。策勋封龙额，归兽获麟脚_愈。诘诛敬王怒，给复良人瘰。泽发解兜鍪，酡颜倾盏斝_{正封}。安存惟恐晚，洗雪不论昨。暮鸟已安巢，春蚕看满箔_愈。声明动朝阙，光宠耀京洛。旁午降丝纶，中坚拥鼓铎_{正封}。密坐列珠翠，高门涂粉膜。跛朝贺书飞，塞路归鞍跃_愈。魏阙横云汉，秦关束岩崿。拜迎罗橐鞬，问遗结囊橐_{正封}。江淮永清晏，宇宙重开拓。是日号升平，此年名作噩_愈。洪赦方下究，武飙亦旁魄。南据定蛮陬，北攫空朔漠_{正封}。儒生悀教化，武士猛刺斫。吾相两优游，他人双落莫_愈。印从负鼎佩，门为登坛凿。再入更显严，九迁弥謇谔_{正封}。宾筵尽狐赵，道骑多卫霍。国史擅芬芳，宫姓分绰约_愈。丹掖列鵷鹭，洪炉衣狐貉。摛文挥月毫，讲剑淬霜锷_{正封}。命衣备藻火，赐乐兼拊搏。两厢铺氍毹，五鼎调匀药_愈。带垂苍玉佩，綮蹙黄金络。诱接喻登龙，趋驰状倾藿_{正封}。青娥翳长袖，红颊吹鸣籥。伣不忍辛勤，何由瓷欢谑愈。惟当早富贵,岂得暂寂寞。但掷雇笑金,仍祈却老药正封。殁庙配尊罍,生堂合鬻铸。安行庇松篁,高卧枕莞蒻愈。洗沐恣兰芷,割烹厌腒腜。喜颜非忸怩,达志无陨获正封。诙谐酒席展,慷慨戎装著。斩马祭旄纛,焄羔礼芒屦愈。山多离隐豹,野有求伸蠖。推选阅群材,荐延搜一鹗正封。左右供谄誉,亲交献谀讆。名声载揄扬,权势实熏灼愈。道旧生感激,当歌分酬酢。群孙轻绮纨,下客丰醴酪正封。穷天贡琛异,匝海赐醽醁。作乐鼓还槌,从禽弓始彉愈。取欢移日饮,求胜通宵博。五日气争呼,六奇心运度正封。恩泽诚布濩,嚚顽已箾勺。告成上云亭,考古垂矩矱愈。前堂清夜吹,东第良晨酌。池莲拆秋房,院竹翻夏箨正封。五狩朝恒岱,三旺宿杨柞。农书乍讨论,马法长悬格愈。雪下收新息,阳生过京索。尔牛时寝讹,我仆或歌咢正封。帝载弥天地,臣辞劣萤爝。为诗安能详,庶用存糟粕愈。

石鼎联句_{有序}

元和七年十二月四日,衡山道士轩辕弥明自衡下来,旧与刘师服进士衡湘中相识,将过太白。知师服在京,夜抵其居宿。有校书郎侯喜新有能诗声,夜与刘说诗。弥明在其侧,貌极丑,白须黑面,长颈而高结,喉中又作楚语。喜视之,若无人。弥明忽轩衣张眉,指炉中石鼎谓喜曰:"子云能诗,能与我赋此乎?"刘往见衡湘间人说云,年九十余矣,解捕逐鬼物,拘囚蟂蛟虎豹,不知其实能否也。见其老,颇貌敬之,不知其有文也,闻此说,大喜,即援笔题其首两句,次传于喜,喜踊跃即缀其下云云。道士哑然笑曰:"子诗如是而已乎?"即袖手耸肩,倚北墙坐,谓刘曰:"吾不解世俗书,子为我书。"因高吟曰:"龙头缩菌蠢,豕腹涨彭亨。"初不似经意,诗旨有似讥喜。二子相顾惭骇,欲以多穷。即又为,传之喜,喜思益苦,务欲压道士,每营度欲出口吻,声鸣益悲。操笔欲书,将下复止。竟亦不能奇也。毕即传道士,道士高踞大唱曰:"刘把笔,吾诗云云。"其不用意而功益奇不可附说,语皆侵刘、侯。喜益忌之,刘与侯皆已赋十余韵,弥明应之如响,皆脱颖含讥讽。夜尽三更,二子思竭不能续。因起谢曰:"尊师非世人也,某伏矣。愿为弟子,不能更论诗。"道士奋曰:"不然,章不可不成也。"又谓刘曰:"把笔来,吾与汝就之。"即又唱出四十字为八句。书讫使读,读毕,谓二子曰:"章不已就乎?"二子齐应曰:"就矣。"道士曰:"此皆不足与语。此宁为文邪?吾就子所能而作耳,非吾之所学于师而能者也。吾所能者,子皆不足以闻也,独文乎哉!语亦不当闻也,吾闭口矣。"二子大惧,皆起立床下拜曰:"不敢他有问也,愿闻一言而已。先生称吾不解人间书。敢问解何书?请闻此而已。"道士寂然,若无闻也,累问不应。二子不自得,即退就座。道士倚墙睡,鼻息如雷鸣。二子恒然失色,不敢喘。斯须,曙鼓鼟鼟。二子亦困,遂坐睡。及觉,日已上,惊顾,觅道士不见。即问童奴,奴曰:"天且明,道士起出门,若将便。"旋然,奴怪久不返,即出到门,觅无有也。二子惊惋自责,若有失者。间遂诣余言,余不能识其何道士也。尝闻有隐君子,弥明岂其人邪?韩愈序。

<u>刘师服</u>进士　<u>侯喜</u>字叔退,登贞元进士第,官终国子主簿。<u>轩辕弥明</u>

巧匠斫山骨,刳中事煎烹_{师服}。直柄未当权,塞口且吞声_喜。龙头缩菌蠢,豕腹涨彭亨_{弥明}。外苞干藓文,中有暗浪惊_{师服}。在冷足自安,遭焚意弥贞_喜。谬当鼎鼐间,妄使水火争_{弥明}。大似烈士胆,圆如战马缨_{师服}。上比香炉尖,下与镜面平_喜。秋瓜未落蒂,冻芋强抽萌_{弥明}。一块元气闭,细泉幽窦倾_{师服}。不值输写处,焉知怀抱清_喜。方当洪炉然,益见小器盈_{弥明}。睆睆无刃迹,团团类天成_{师服}。遥疑龟负图,出曝晓正晴_喜。旁有双耳穿,上有孤髻撑。或讶短尾铫,又似无足铛_{师服}。可惜寒食球,掷此傍路坑_喜。何当出灰灺,无计离瓶罂_{弥明}。陋质荷斟酌,狭中愧提擎_{师服}。岂能煮仙药,但未污羊羹_喜。形模妇女笑,度量儿童轻_{弥明}。徒示坚重性,不过升合盛_{师服}。傍似废毂仰,侧见折轴横_喜。时于蚯蚓窍,微作苍蝇鸣_{弥明}。以兹翻溢愆,实负任使诚_{师服}。常居愿盼地,敢有漏泄情_喜。宁依暖蒸弊,不与寒凉并_{弥明}。区区徒自效,琐琐不足呈_喜。回旋但兀兀,开阖惟铿铿_{师服}。全胜瑚琏贵,空有口传名。岂比俎豆古,不为手所撜。磨砻去圭角,浸润著光精。愿君莫嘲诮,此物方施行_{弥明}。

孟郊

有所思联句

郊　韩愈

相思绕我心，日夕千万重。年光坐婉娩，春泪销颜容郊。台镜晦旧晖，庭草滋深茸。望夫山上石，别剑水中龙愈。

遣兴联句

郊　韩愈

我心随月光，写君庭中央郊。月光有时晦，无心安所忘愈。常恐金石契，断为相思肠郊。平生无百岁，岐路有四方愈。四方各异俗，适异非所将郊。驽蹄愿挫秣，逸翮遗稻粱愈。时危抱独沈，道泰怀同翔郊。独居久寂默，相顾聊慨慷愈。慨慷丈夫志，可以曜锋铓郊。蓬宁知卷舒，孔颜识行藏愈。殷鉴谅不远，佩兰永芬芳郊。苟无夫子听，谁使知音扬愈。

赠剑客李园联句

郊　韩愈

天地有灵术，得之者惟君郊。筑炉地区外，积火烧氛氲愈。照海铄幽怪，满空欷异氛郊。山磨电奕奕，水淬龙蝹蝹愈。太一装以宝，列仙篆其文郊。可用慑百神，岂惟壮三军愈。有时幽匣吟，忽似深潭闻郊。风胡久已死，此剑将谁分愈。行当献天子，然后致殊勋郊。岂如丰城下，空有斗间云愈。

贾岛

过海联句

岛　高丽使

沙鸟浮还没，山云断复连高丽使。棹穿波底月，船压水中天岛。

全唐诗卷七百九十二

联句

张祜

妓席与杜牧之同咏

　　祜　杜牧

骰子逡巡裹手拈，无因得见玉纤纤牧。但知报道金钗落，仿佛还应露指尖祜。

杜牧

同赵二十二访张明府郊居联句

　　牧　赵蝦

陶潜官罢酒瓶空，门掩杨花一夜风牧。古调诗吟山色里，无弦琴在月明中蝦。远檐高树宜幽鸟，出岫孤云逐晚虹牧。别后东篱数枝菊，不知闲醉与谁同蝦。

段成式

游长安诸寺联句 并序

　　武宗癸亥三年夏，予与张君希复善继同官秘书，郑君符梦复连职仙局，会假日，游大兴善寺。因问《两京新记》及《游目记》，多所遗略。乃约一旬寻两街寺，以街东兴善为首。二记所不具，则别录之。游及慈恩，初知官将并寺，僧众草草。乃泛问一二上人及记塔下画迹，游于此遂绝。后三年，予职于京洛，及刺安成，至大中七年归京，在外六甲子。所留书籍，揃坏居半。于故简中睹与二亡友游寺，沥血泪交。当时造适乐事，邈不可追。复方刊整。才足续穿蠹，然十亡五六矣。

靖恭坊大兴善寺

　　寺取大兴两字坊名，一字为名。《新记》云：优填像，总章初为火所烧。据梁时西域优填在荆州，言隋自台城移来此寺，非也。今又有旃檀像，开目，其工颇拙，尤差谬矣。不空三藏塔前多老松，岁旱则官伐其枝为龙骨以祈雨。盖三藏役龙，意其木必有灵也。东廊之南素和尚院庭，有青桐四株，素之手植。元和中，卿相多游此院。桐至夏有汗，污人衣如辇脂，不可浣。昭国东门郑相尝与丞郎数人避暑，恶其汗，谓素曰："弟子为和尚伐此木，各植一松以代。"及暮，素戏祝木曰："我值汝二十余年，汝以汗为人所恶。来岁若复有汗，我必薪汝。"自是无汗。宝历末，予见说已十五年无汗矣。素公不出院。转《法华经》三万七千部，夜常有貉子听经，斋时鸟鹊就掌取食。长庆初，庭前牡丹一朵合欢，有僧玄幽题此院诗，警句云：三万莲经三十春，半生不蹋院门尘。左顾蛤像。旧传云：隋帝嗜蛤。所食必兼蛤味，数逾千万矣。忽有一蛤，椎击如旧。帝异之，置诸几上，一夜有光。及明，肉自脱，中有一佛二菩萨像。帝悲悔，誓不食蛤。非陈宣帝。

老松青桐联二十字绝句

成式　张希复　郑符字梦复,官校书郎。

有松堪系马，遇钵更投针。记得汤师句，高禅助朗吟成式。乘晴入精舍，语默想东林。尽是忘机侣，谁惊息影禽希复。一雨微尘尽，支郎许数过。方同䪥蒼卜，不用算多罗符。

蛤像联二十字绝句

成式　张希复

相好全如梵，端倪只为隋。宁同蚌顽恶，但与鹬相持成式。虽因雀变化，不逐月亏盈。纵有天中匠，神工讵可成希复。

圣柱联句 上有铁索迹

成式　张希复

天心惟助善，圣迹此开阳成式。载恐雷轮重，絙疑电索长希复。上冲挟蟏蛸，不动束银铛成式。饥鸟未曾啄，乖龙宁敢藏希复。

长乐坊安国寺

红楼，睿宗在藩时舞榭。东禅院亦曰木塔院，院门西北廊五壁，吴道子弟子释思道画释梵八部，不施彩色，尚有典刑。禅师法空影堂，世号吉州空者。久养一骡，将终，鸣走而死。有弟子允嵩惠风，常于空室埋一柱锁之，僧难辄愈。佛殿，开元初明皇拆寝室施之。当阳弥勒像，法空自光明寺移来。建都时，此像在村兰若中，往往放光，因号光明寺。寺在怀远坊，后为延火所烧，唯像独存。法空初移像时，索大如虎口，数十牛曳之，索断不动。法空执炉，依法作礼九拜，泣涕发誓。像身忽㗲㗲作声，身迸分为数十段，不终日移至寺焉。利涉塑堂元，和中取其处为圣容院，造像庑下。上忽梦一僧，形容奇伟。诉曰："暴露数日，岂圣君意耶？"及明，驾幸，验问如梦。即令移就堂中，侧施帷帐。光明寺中鬼子母及文惠太子塑像，举止态度如生。工名李岫。山庭院，古木崇阜，幽若山谷。当时挲土营之。上座璘公院，有穗柏一株，衢柯偃覆，下坐十余人。

红楼联句 隐侯休

成式　张希复

重叠碎晴空，余霞更照红。蝉踪近鸡鹒，鸟道接相风希复。苔静金轮路，云轻白日宫。元和中,帝幸此宫。壁诗传谢客，词人陈至题此院诗云：藻井尚寒龙迹在，红楼初起日光通。门榜占休公。广宣上人住此院,有诗名,时号《红楼集》。成式。

穗柏联句

成式　张希复

一院暑难侵，莓苔共影深。标枝争息鸟，余吹正开襟成式。宿雨香添色，残阳石在阴。乘闲动诗意，助静入禅心希复。

题璘公院 一言至七言,每人占两题

成式　郑符

静，虚。热际，安居符。龛灯敛，印香除。东林宾客，西涧图书。檐外垂青豆，经中发白蕖。纵辩宗因衮衮，忘言理事如如成式竟。泉台定将入流否，邻笛足疑清梵余成式新度。

常乐坊赵景公寺

隋开皇三年置，本曰弘善寺，十八年改焉。南中三门里东壁上，吴道玄白画地狱变，笔力劲怒，变状阴怪，睹之不觉毛戴，吴画中得意处，三阶院西廊下范长寿画西方变及十六对观宝池，尤妙绝。谛视之，觉水入浮壁。院门上白画树石，颇似阎立德。余携立德行天祠粉本验之，无异。西中三门里门南，吴生画龙及刷天王须，笔迹如铁，有执炉天女，窈眸欲语。

吴画联句

成式　张希复　郑符　升上人

惨淡十堵内,吴生纵狂迹。风云将逼人,神鬼如脱壁成式。其中龙最怪,张甲方汗栗。黑云夜塞窣,焉知不霹雳希复。此际忽仙子,猎猎衣舄奕。妙瞬乍疑生,参差夺人魄符。往往乘猛虎,冲梁耸奇石。苍峭束高泉,角膝惊敧侧成式。冥狱不可视,毛戴腋流液。苟能水成河,刹那沈火宅升上人。

题约公院
　　成式　张希复　郑符　升上人
印火荧荧,灯续焰青希复。七俱胝咒,四阿含经成式。各录佳语,聊事素屏符。丈室安居,延宾不扃升上人。

大同坊云华寺
大历初,僧俨讲经,天雨花,至地尺而灭。夜有光烛室,敕改为云华。俨即康藏之师也。康本住恭靖里毡曲,忽睹光如轮,众人皆见,遂寻光至俨讲经所灭。佛殿西廊立高僧一十六身,天宝初自南内移来,画迹拙俗。观音堂在寺西北隅,建中末,百姓屈严患疮且死,梦一菩萨摩其疮曰:"我住云华寺。"严惊觉,汗流数日而愈。因诣寺寻检,至圣画堂,见菩萨一如其睹。倾城百姓瞻礼,严遂立社,建堂移之。

偶联句
　　成式　郑符　张希复　升上人
共入夕阳寺,因窥甘露门升上人。清香惹苔藓,忍草杂兰荪符。捷偈飞钳答,新诗倚仗论成式。坏幡标古刹,圣画焕崇垣希复。岂慕穿笼鸟,难防在牖猿成式。一音唯一性,三语更三幡希复。

道政坊宝应寺
韩干,蓝田人。少时常为酒家送酒,王右丞兄弟未遇,每贳酒漫游。干常征债于王家,乃戏画地为人马,右丞精思丹青,奇其意趣,乃岁与钱二万,令学书十余年。今寺中释梵天女,悉齐公妓小小等写真也。寺有韩干画下生弥勒,衣紫袈裟。右边仰面菩萨及二师子,尤入神。又有王家旧铁石及齐公所衣一岁子,漆之如罗睺罗,每盆供日出之。寺中弥勒殿,齐公寝堂也。东廊北面杨岫之画鬼神,齐公嫌其笔迹不工,故止一堵。

僧房联句
　　成式　张希复
古画思匡岭,上方疑傅岩。蝶闲移忍草,蝉晓揭高杉成式。香字消芝印,金经发莒函。井通松底脉,书坼洞中缄希复。

小小写真联句
　　成式　郑符　张希复
如生小小真,犹自未栖尘符。榆荚将离座,斜柯欲近人成式。昔时知出众,情宠占横陈希复。不遣游张巷,岂教窥宋邻符。庾楼吹笛裂,弘阁赏歌新成式。蝉怯纤腰步,蛾惊半额干希复。图形谁有术,买笑讵辞贫成式。复陇迷村径,重泉隔汉津符。同心知作羽,比目定为鳞希复。残月巫山夕,余霞洛浦晨成式。

平康坊菩萨寺
佛殿东西障日,及诸柱上图画,是东廊迹,旧郑法士画。开元中,因屋坏移入大佛殿内北壁食堂前。东壁上吴道玄画智度论。色偈、变偈,是吴自题,笔迹遒劲,如磔鬼神毛发,次堵画礼骨仙人,天衣飞扬,满壁风动。佛殿内后壁,吴道子画消灾经事,树石古崄。元和中,上欲令移之,虑其摧坏,乃下诏择画手写进。佛殿内槽东壁维摩变,舍利弗角膝而转。元和末,俗讲僧文淑装之,笔迹尽矣。故兴元郑公尚书题此壁僧院诗曰:"但虑彩色污,无虞臂胛肥。"置寺碑阴,雕饰奇巧,相传郑法士所起样也。初,会觉上人以利施起宅十余亩,工毕,酿酒百石,列瓶瓮于两廊下,引吴道玄观之。因谓曰:"檀越为我画,以是赏之。"吴生嗜酒,且利赏,欣然而许。予以纵迹似不及景公寺画右三门内东门神,善继云:是吴生弟子王耐儿之手也。

书事联句
　　成式　郑符　张希复　升上人
悉为无事者,任被俗流憎符。客异干时客,僧非出院僧成式。远闻疏牖磬,晓辨密龛灯希复。步触珠幡响,吟窥钵水澄符。句饶方外趣,游惬社中朋成式。静里已驯鸽,斋中亦好鹰希复。金涂笔是毠,彩溜纸非缯升上人。锡杖已克锻,田衣从怀胨成式。占床暂一胁,卷箔赖长肱希复。佛日初开照,魔天破几层成式。咒中陈秘计,论处正先登希复。勇带绽针石,危防丘井藤升上人。

光宅坊光宅寺
本官蒲萄园中禅师影堂,师号惠中,肃宗上元二年征至京师,初居此寺。诏云:"杖锡而来,京师非远。斋心已久,副朕虚怀。"

中禅师影堂联句
　　成式　张希复　郑符　升上人
名下固无虚,敖曹貌严毅。洞达见空王,圆融入佛地希复。一言当要害,忽忽醒诸醉。不动须弥山,多方辩无匮符。坦率对万乘,偈答无所避。尔如毗沙门,外形如脱履成式。但以理为量,不语怪力事。木石摧贡高,慈悲引贪恚升上人。当时乏支许,何人契深致。随宜讵说三,直下开不二成式。

翊善坊保寿寺
本高力士宅,天宝九载,舍为寺。初铸钟成,力士设斋庆之,举朝毕至,一击百千。有规其意,连击二十杵。经藏阁规创危巧,二塔火珠,受十余斛。河阳从事李涿性好奇古,与僧智增善,尝俱至此寺,观库中旧物,忽于破瓮中得物如被,幅裂污垒,触而尘起。涿徐视之,乃画也,因以州县图三及缣三十获之。令家人装治,大十八幅,访于常侍柳公权,方知张萱所《石桥图》也。玄宗赐高力士,因留寺中。后为鬻画人宗牧言于左军,寻有小使领军卒数十人至宅,宣敕取之,即日进入。先帝好古,见之大悦,命张于卢韶院。寺见有先天菩萨帧,本起成都妙积寺。开元初,有尼魏八师者,常念大悲咒。双流县民刘乙名意儿,年十一,自欲事魏尼,遣之不去。常于奥室立槃,白魏云:"先天菩萨见身此地。"筛灰于庭,一夕有巨迹数尺,轮理成就。因谒画工,随意设色,悉不如意。有僧杨法成,自言能画,意儿常合掌瞻仰,然后指授之。以近十稔,工方就。后塑先天菩萨,由二百四十二首。首如塔势,分臂如意,蔓其榜子,有一百四十日鸟树、一凤四翅、水肚树。所题深怪,不可详悉。画样凡十五卷。柳七师者,崔宁之甥。分三卷,往上都流行。时魏奉古为长史,进之。后因四月八日赐高力士。今成都者,是其次本。

光天帧赞联句
　　成式　张希复　郑符
观音化身,厥形孔怪。胣脑淫厉,众魔膜拜希复。指梦鸿纷,榜列区界。其事明张,何不可解成式。阎阿德川,大士先天。众象参罗,福源田田符。百亿花发,百千灯然。胶如络绎,浩汗连绵希复。焰摩界戚,洛迦苦霁。正念皈依,众青如簋成式。庋宰可汰,痴膜可蜕。稽首如空,睟容若睇希复。阐提墨师,睹而面之。寸念不生,未遇乎而成式。

宣阳坊静域寺
本太穆皇后宅,寺僧云:"三阶院门外是神尧皇帝射孔雀处。"禅门内外,《游目记》云王昭隐画。门西里面,和修吉龙王有灵。门外之西,大目药叉及北方天王甚奇猛。门东里面,贤门也野叉部落。鬼首上蟠蛇,汗烟可惧。东廊树石峻怪,高僧亦怪。西廊万菩萨院门里南壁,皇甫轸画鬼神及雕,形势若脱。轸与吴道玄同时,吴以其艺逼己,募人杀之。万菩萨堂内有宝塔,以小金铜塔数百饰之,大历中,将作刘监子,合手出胎,七步念《法华经》。及卒,焚之,得舍利数十粒,分藏于金铜塔中。善继云:"合是刘铦。"佛殿东廊有古佛堂,其地本雍村,堂中像设,悉是石作,相传云隋恭帝终此堂。

三阶院联句
　　成式　张希复　郑符
密密助堂堂,隋人歌壓桑。双弧摧孔雀,一矢陨贪狼成式。百步望云立,九规看月张。获蛟徒破浪,中乙漫如墙希复。还似贯金鼓,更疑穿石梁。因添挽河力,为灭射天狂成式。绝艺却南牧,英声来鬼方。丽龟何足敌,殪豕未为长符。龙臂胜猿臂,星芒超箭芒。虚夸绝高鸟,垂拱议明堂成式。

崇义坊招福院
本曰正觉,国初毁,以其地立第赐诸王,睿宗在藩居之。乾封二年,移长宁公主佛堂于此,重建此寺。

赠诸上人联句
　　成式　张希复

翻了西天偈,烧余梵宇香。拄眉愁俗客,支颊背残阳成式。洲号惟思沃,山名只记匡。辨中摧世智,定里破魔强希复。许睿禅心彻,汤休诗思长。朗吟疏磬断,久语贯珠妨成式。乘兴书芭叶,闲来入豆房。漫题存古壁,怪画匝长廊希复。

招国坊崇济寺

寺内有天后织成蛟龙披袄子及绣衣六事。东廊从南第二院,有宜律师制袈裟堂。曼殊堂有松数株,甚奇。

奇松联二十字绝句

成式　张希复　郑符　升上人

杉松何相疏,榆柳方迴屑。无人擅谈柄,一枝不敢折成式。中庭苔藓深,吹余鸣佛禽。至于摧折枝,凡草犹避阴希复。僻径根从露,闲房枝任侵。一株风正好,来助碧云吟符。时时扫窗声,重露滴寒砌。风飐一枝遒,闲窥别生势升上人。偃盖入楼妨,盘根侵井窄。高僧独惆怅,为与澄岚隔成式。

永安坊永寿寺

三门东吴道子画,似不得意。佛殿名会仙,本是内中梳洗殿。贞元中,有证智禅师,往往灵验。或时在张棣兰若中治田,及夜归寺,若在金山界。相去七百里。

闲中好

成式　郑符　张希复

闲中好,尽日松为侣。此趣人不知,轻风度僧语符。闲中好,尘务不萦心。坐对当窗木,看移三面阴成式。闲中好,幽磬度声迟。卷上论题肇,画中僧姓支希复。

崇仁坊资圣寺

净土院门外,相传吴生一夕秉烛醉画。就中戟手,视之恶骇。院门里,卢棱伽常学吴势,吴亦授以手诀,乃画总持三门寺。方半,吴大赏之。谓人曰:"棱伽不得心诀,用思太苦,其能久乎?"画毕而卒。中门窗间,吴画高僧,韦述赞,李严书。中三门外两面上层,不知何人画,人物颇类阎令。寺西廊北隅,杨坦画近塔天女,明睐将瞬。因塔院北堂,有铁观音,高三丈余。观音院两廊四十二贤圣,韩干画,元中书赞。东廊北头散马,不意见者,如将嘶蹀。圣僧中龙树、商那和修绝纱。因塔上菩萨,李真画,四面花鸟,边鸾画。药师菩萨顶上莪葵尤佳。塔中藏千部《妙法莲华经》。

诸画联句 柏梁体

成式　张希复　郑符

吴生画勇矛戟攒成式,出变奇势千万端希复。苍苍鬼怪层壁宽符,睹之忽忽毛发寒成式。棱伽之力所疲殚成式,李真周昉优劣难符。活禽生卉推边鸾成式,花房嫩彩犹未干希复。韩干变态如激湍符,惜哉壁画世未殚成式,后人新画何汗漫希复。

全唐诗卷七百九十三

联句

皮日休

北禅院避暑联句 院昔为戴颙宅，后司勋陆郎中居之
    日休　陆龟蒙

歊蒸何处避，来入戴颙宅。逍遥脱单绞，放旷抛轻策。爬搔林下风，偃仰涧中石_{日休}。残蝉烟外响，野鹤沙中迹。到此失烦襟，萧然揖禅伯。藤悬叠霜蜕，桂倚支云锡_{龟蒙}。清阴竖毛发，爽气舒筋脉。逐幽随竹书，选胜铺苮席。鱼跳上紫芡，蝶化缘青壁_{日休}。心是玉莲徒，耳为金磬敌。吾宗昔高尚，志在羲皇易。岂独断韦编，几将刓铁擿_{龟蒙}。天书既屡降，野抱难自适。一入承明庐，盱衡论今昔。流光不容寸，斯道甘柱尺_{日休}。既起谢儒玄，亦翻商羽翼。封章帷幄遍，梦寐江湖白。摆落函谷尘，高敧华阳帻_{龟蒙}。诏去云无信，归来鹤相识。半病夺牛公，全慵捕鱼客。少微光一点，落此芒磔索_{日休}。释子问池塘，门人废幽赜。堪悲东序宝，忽变西方籍。不见步兵诗，空怀康乐屐_{龟蒙}。高名不可效，胜境徒堪惜。墨沼转疏芜，玄斋逾闃寂。迟迟不可去，凉飔满杉柏_{日休}。日下洲岛清，烟生苾苔碧。俱怀出尘想，共有吟诗癖。终与净名游，还来雪山觅_{龟蒙}。

寂上人院联句
    日休　陆龟蒙

瘿床空默坐，清景不知斜。暗数菩提子，闲看薜荔花_{日休}。有情惟墨客，无语是禅家。背日聊依桂，尝泉欲试茶_{龟蒙}。石形蹲玉虎，池影闲金蛇。经笥安岩匦，瓶囊挂枝枒_{日休}。书传沧海外，龛寄白云涯。竹色寒凌箔，灯光静隔纱_{龟蒙}。趁幽翻小品，逐胜讲南华。莎彩融黄露，莲衣染素霞_{日休}。水堪伤聚沫，风合落天葩。若许传心印，何辞古堞赊_{龟蒙}。

独在开元寺避暑,颇怀鲁望,因飞笔联句
　　　日休　陆龟蒙

烦暑虽难避,僧家自有期。泉甘于马乳,苔滑似龙鬐日休。任诞襟全散,临幽榻旋移。松行将雅拜,篁阵欲交麾龟蒙。望塔青髯识,登楼白鸽知。石经森欲动,珠像俨将怡。笻簟临杉穗,纱巾透雨丝。静谭蝉噪少,凉步鹤随迟日休。烟重回蕉扇,轻风拂桂帷。对碑吴地说,开卷梵天词。积水鱼梁坏,残花病枕攲。怀君潇洒处,孤梦绕罘罳龟蒙。

寒夜文宴联句
　　　日休　张贲　陆龟蒙

文星今夜聚,应在斗牛间日休。载石人方至,乘槎客未还贲。送觥繁露曲,征句白云颜龟蒙。节奏惟听竹,从容只话山日休。理穷颂秘藏,论猛折玄关贲。酃酒分中绿,巴笺擘处殷龟蒙。清言闻后醒,强韵压来艰日休。犀柄当风挥,琼枝向月攀贲。松吟方嘈嘈,泉梦忆潺潺龟蒙。一会文章草,昭明不可删日休。

药名联句
　　　日休　张贲　陆龟蒙

为待防风饼,须添薏苡杯贲。香然柏子后,尊泛菊花来日休。石耳泉能洗,垣衣雨为裁龟蒙。从容犀局静,断续玉琴哀贲。白芷寒犹采,青箱醉尚开日休。马衔衰草卧,乌啄蠹根回龟蒙。雨过兰芳好,霜多桂末摧贲。朱儿应作粉,云母讵成灰日休。艺可屠龙胆,家曾近燕胎龟蒙。墙高牵薜荔,障软撼玫瑰贲。鼯鼠啼书户,蜗牛上研台日休。谁能将藁本,封与玉泉才龟蒙。

陆龟蒙

寒夜联句
　　　龟蒙　皮日休

静境揖神凝,寒华射林缺龟蒙。清知思绪断,爽觉心源彻日休。高唱戛金奏,朗咏铿玉节龟蒙。我思方沉寥,君词复凄切日休。况闻风篁上,摆落残冻雪龟蒙。寂尔万籁清,皎然诸霭灭日休。西窗客无梦,南浦波应结龟蒙。河光正如剑,月魄方似玦日休。短烬不禁挑,冷毫看欲折龟蒙。何夕重相期,浊醪还为设日休。

开元寺楼看雨联句
　　　龟蒙　皮日休

海上风雨来,掀轰杂飞电。登楼一凭栏,满眼蛟龙战龟蒙。须臾造化惨,倏忽堪舆变。万户响戈铤,千家披组练日休。群飞抛轮石,杂下攻城箭。点急似摧胸,行斜如中面龟蒙。细洒魂空冷,横飘目能眩。垂檐珂珮喧,擗瓦珠玑溅日休。无言九陔远,瞬息驰应遍。密处正垂绠,微时又悬线龟蒙。写作玉界破,吹为羽林旋。翻伤列缺劳,却怕丰隆倦日休。遥瞻山露色,渐觉云成片。远树欲鸣蝉,深檐尚藏燕龟蒙。残盏隐磷尽,反照依微见。天光洁似磨,湖彩熟于练日休。疏帆逗前渚,晚磬分凉殿。接思强挥毫,窥词几焚研龟蒙。佶栗乌皮几,轻明白羽扇。华景好疏吟,余凉可清宴日休。君携下高磴,僧引还深院。驳藓净铺筵,低松湿垂冕龟蒙。斋明乍虚豁,林霁逾葱蒨。早晚重登临,欲去多离恋日休。

报恩寺南池联句 第四句缺一字,第八句缺三字
　　　龟蒙　嵩起失姓　皮日休

古岸涵碧落龟蒙,虚轩明素波。坐来鱼阵变日休,吟久菊□多。秋草分杉露嵩起,危桥下竹坡。远峰青髻并龟蒙,□□□髾和。赵论寒仍讲日休,支硎僻亦过。斋心曾养鹤嵩起,挥翰好邀鹅。南峰院即故相国裴公书额。倚石收奇药龟蒙,临溪藉浅莎。桂花晴似拭日休,荷镜晓如磨。翠出牛头笕嵩起,苔深马迹陂。石上有支公马迹。伞欹从野醉龟蒙,巾侧任田歌。杷柯松形矮日休,般跚桧樾矬。香飞僧印火嵩起,泉急使镛珂。菱钿真堪帖龟蒙,莼丝亦好拖。几时无一事日休,相伴著烟萝嵩起。

安守范 蜀彭州刺史安思谦之子

天台禅院联句
守范　杨鼎夫 定远推官　周述 怀远军巡官

李仁肇 眉州判官

偶到天台院，因逢物外僧 守范。忘机同一祖，出语离三乘 鼎夫。树老中庭寂，窗虚外境澄 述。片时松影下，联续百千灯 仁肇。

全唐诗卷七百九十四

联句

清昼

讲德联句

  清昼 潘述 汤衡官评事

先王设位,以正邦国。建立大官,封植有德述。二南敷化,四岳述职。其言不朽,其仪不忒衡。暨于嬴刘,乃创程式。罢侯置守,剖竹分域昼。赫矣皇唐,康哉立极。精选藩翰,庸资正直述。爰命我公,东土作则。克己恭俭,疲人休息衡。济济闲闲,油油黍稷。既富既教,足兵足食昼。恤其雕瘵,剪其荆棘。威怀遗叛,扑灭螫贼述。疾恶如仇,闻善不惑。哀矜鳏寡,旌礼儒墨衡。乃修堤防,乃浚沟洫。以利通商,以溉嘉谷昼。征赋以节,计功以时。人胥怀惠,吏不能欺述。我政载孚,我邦载绥。猛兽不暴,嘉鱼维滋衡。肃恭明神,齐沐不亏。岁或骄阳,雨无愆期昼。帝嘉有庸,宠命来斯。紫绂载绥,金章陆离述。资忠履孝,阅礼敦诗。明德惟馨,自天祐之衡。

讲古文联句

  清昼 潘述 裴济字方舟,曾为从事。 汤衡

帝出于震,文明始敷述。山岳降气,龟龙负图济。爰有书契,乃立典谟昼。先知孔圣,飞步天衢衡。汉承秦弊,尊儒尚学述。百氏六经,九流七略济,屈宋接武,班马继作昼,或颂燕然,或赞麟阁衡。降及三祖,始变二雅述。仲宣闲和,公干萧洒昼。士衡安仁,不史不野。左张精奥,嵇阮高寡衡。暨于江表,其文郁兴衡。绮丽争发,繁芜则惩述。词晔春华,思清冬冰述。景纯跌宕,游仙独步衡。青云其情,白璧其句衡。灵运山水,实多奇趣述。远派孤峰,龙腾凤翥述。陶令田园,匠意真直昼。春柳寒松,不雕不饰昼,江淹杂体,方见才力衡。拟之信工,似而不

逼衡。鲍昭从军，主意危苦述。气胜其词，雅愧于古述。隐侯似病，创制规矩昼。时见琳琅，惜哉榛楛昼。谢朓秀发，词理翩翩衡。孤标爽迈，深造精研衡。惠休翰林，别白离坚述。有会必惬，无惭囊贤述。吴均颇劲，失于典裁昼。竟之泛澜，徒工边塞昼。彼柳吴兴，高视时辈衡。汀洲一篇，风流寡对衡。何逊清切，所得必新述。缘情既密，象物又真述。江总徵正，未越常伦昼。时合风兴，或无淄磷昼。二杜繁俗，三刘琐碎衡。陈徐之流，阴张之辈衡。伊数公者，阃域之外述。吁此以还，有固斯郐述。

项王古祠联句

清昼 潘述 汤衡

遗庙风尘积，荒途岁月侵述。英灵今寂寞，容卫尚森沈昼。霸楚志何在，平秦功亦深衡。诸侯归复背，青史古将今述。星聚分已定，天亡力岂任昼。采蘩如可荐，举酒沥空林衡。

还丹可成诗联句

清昼 潘述 汤衡

羽化自仙骨，延年资养生昼。金经启灵秘，玉液流至精述。八石思共炼，九丹知可成衡。吾心苟无妄，神理期合并昼。封灶用六一，置门考休京述。浮光含日彩，圆质焕云英衡。持此保寿命，服之颐性情昼。跂予望仙侣，高咏升天行述。鹤驾方可致，霓裳定将迎衡。不因五色药，安著七真名昼。挥妙在微密，全功知感诚述。与君弃城市，携手游蓬瀛衡。

建安寺西院喜王郎中遘恩命初至联句 时郎中正入西方道场

清昼 王遘祠部郎中 齐翔前吏部郎中，兼括州刺吏 李纵驾部员外 崔子向官御史

迹就空门退，官从画省迁。住持良有愿，朝谒冗无缘遘。身净金绳内，心驰玉扆前昼。荣添一两日，恩降九霄年翔。慕法能轻冕，追非欲佩弦纵。栖闲那可久，鸳鹭待行联子向。

建安寺夜会，对雨怀皇甫侍御曾联句

清昼 李纵 郑说 王遘 崔子向 齐翔

相思非是远，风雨遣情多昼。愿欲披云见，难堪候晓过纵。夜长同岁月，地近极山河说。戒相初传授，文章旧切磋遘。时称洛下咏，人许郢中歌子向。惆怅徒延首，其如一水何翔。

泛长城东溪，暝宿崇光寺，寄处士陆羽联句

清昼 崔子向

箬水青似箬，玉山碧于玉子向。逼霄沓万状，截地分千曲昼。萍解深可窥，林豁遥在瞩子向。已高物外赏，稍涤区中欲昼。野鹤翔又飞，世人羁且跼子向。沈吟迹所误，放浪心自足昼。缅怀虚舟客，愿寄生刍束子向。说诗整頽波，立义激浮俗昼。荆吴备登历，风土随编录子向。恨与清景别，拟教长路促昼。溪鸟语鷽喽，寺花翻踯躅子向。印围水坛净，香护莲衣触昼。捧经启纱灯，收衽礼金粟子向。安得扣关子，玄言对吾属昼。

与崔子向泛舟，自招橘经箬里，宿天居寺。忆李待御崿，渚山春游，后期不及，联一十六韵以寄之

清昼 崔子向

晴日春态深，寄游恣所适昼。宁妨花木乱，转学心耳寂子向。取性怜鹤高，谋闲任山僻昼。倚舷息空曲，舍履行浅碛子向。渚箬入里逢，野梅到村摘昼。碑残飞雉岭，井翳潜龙宅。即陈帝宅。子向。坏寺邻寿陵，古坛留劫石昼。穿阶笋节露，拂瓦松梢碧子向。天界细云还，墙阴杂英积昼。悬灯寄前焰，遥月升圆魄子向。何意清夜期，坐为高峰隔昼。茗园可交袂，藤涧好停锡子向。微雨听湿巾，进流从点席昼。戏猿隔枝透，惊鹿逢人踯子向。睹物赏已奇，感时思弥极昼。芳菲如驰箭，望望共君惜子向。

渚山春暮，会顾丞茗舍，联句效小庾体

清昼 陆士修 崔子向

谁是惜暮人，相携送春日，因君过茗舍，留客开兰室士修。湿苔滑行屐，柔草低藉瑟。鹊喜语成双，花狂落非一子向。烟浓山焙动，泉破

水春疾。莫拟挂瓢枝，会移闻书帙昼。颇容樵与隐，岂闻禅兼律。栏竹不求疏，网藤从更密士修。池添逸少墨，园杂庄生漆。景晏枕犹敧，酒醒头懒栉子向。云教淡机虑，地可遗名实。应待御荪青，幽期踏芳出昼。

与李司直令从荻塘联句

清昼 李令从司直

画舸悠悠荻塘路，真僧与我相随去。寒花似菊不知名，霜叶如枫是何树令从。倦客经秋夜共归，情多语尽明相顾。遥城候骑来仍少，傍岭哀猿发无数昼。心闲清净得禅寂，兴逸纵横问章句。虫声切切草间悲，萤影纷纷月前度令从。撩乱云峰好赋诗，婵娟水月堪为喻。与君出处本不同，从此还依旧山住昼。

远意联句

清昼 疾失姓 澄失姓 严伯均 巨川失姓

家在炎州往朔方疾，岂知于阗望潇湘澄。曾经陇底复辽阳巨川，更忆东去采扶桑昼。楂客三千路未央均，烛龙之地日无光疾。将游莽苍穷大荒昼，车辙马足逐周王均。

暗思联句

清昼 疾 巨川 严伯均 从心失姓

斜风飘雨三十夜疾，邻女余光不相借巨川。迹灭尘生古人画昼，洞房重扉无隙罅均，烛灭更深月西谢从心。

乐意联句一首

清昼 均 疾 澄 巨川

良朋益友自远来均，万里乡书对酒开昼。子孙蔓衍负奇才疾，承颜弄鸟咏南陔澄，鼓腹击壤歌康哉巨川。

恨意联句

清昼 疾 均 澄 从心 杭失姓

同心同县不相见疾，独采蘼芜咏团扇均。莫听东邻捣霜练昼，远忆征人泪如霰澄。长信空阶芜草遍从心，明妃初别昭阳殿杭。

秋日卢郎中使君幼平泛舟联句一首

清昼 卢藻 卢幼平郎中，吴兴守。 陆羽 潘述 李恂 郑述诚

共载清秋客船，同瞻皂盖朝天藻。悔使比来相得，如今欲别潸然幼平。渐惊徒驭分散，愁望云山接边昼。魏阙驰心日日，吴城挥手年年羽。送远已伤飞雁，裁诗更切嘶蝉述。空怀鄂杜心醉，永望门栏胫捐恂。别思无穷无限，还如秋水秋烟述诚。

重联句一首

清昼 卢幼平 陆羽 潘述 卢藻 惇失姓

相将惜别且迟迟，未到新丰欲醉时幼平。去郡独携程氏酒，入朝可忘习家池羽。仍怜故吏依依恋，自有清光处处随述。晚景南徐何处宿，秋风北固不堪辞昼。吴中诗酒饶佳兴，秦地关山引梦思藻。对酒已伤嘶马去，衔恩只待扫门期惇。

与潘述集汤衡宅怀李司直纵联句

清昼 汤衡 潘述

幽独何以慰，友人顾茅茨衡。已忘岁月念，载说清闲时述。旭日舒朱槿，柔风引绿蓰昼。迢迢青溪路，耿耿芳树枝衡。执袪空踯躅，来城自逶迤述。相思寄采掇，景晏独驱驰昼。

安吉崔明甫山院联句一首

清昼 崔逵安吉令

人不扰，政已和。世虑寡，山情多昼。禅客至，墨卿过。兴既洽，情如何逵。

重联句一首

清昼 崔逵

肃肃清院，翛翛碧鲜。已见心远，何关地偏昼。自公退食，升堂草玄。纷纷已隔，云心淡然逵。

重联句一首

瀑溜闻窗外，晴风逼座间昼。挂冠徒有

意,芳桂杳难攀逵。

重联句一首
　　清昼　崔逵
　　清高素非宦侣,疏散从来道流。今日还轻墨绶,知君意在沧洲昼。浮云任从飘荡,寄隐也信沈浮。不似漳南地僻,道安为我淹留逵。

重联句一首
　　清昼　崔逵
　　刘令兴多常步履,柴桑事少但援琴。闲招法侣从山寺,每掇幽芳傍竹林昼。卷帘只爱荆峰色,入座偏宜郢客吟。谁许近来轻印绶,因君昨日悟禅心逵。

道观中和潘丞观青溪图联句
　　清昼　崔万　潘述
　　画得青溪样,宜于紫府观昼。日明烟霭薄,风落水容宽万。画野高低接,商工井邑攒述。疏川因稼穑,出使问艰难昼。

春日对雨联句一首
　　清昼　韩章武康令
　　春烟带微雨,漠漠连城邑。桐叶生微阴,桃花更宜湿章。萧条暗杨柳,散漫下原隰。归路不我从,遥心空伫立昼。林低山影近,岸转水流急。芳草自堪游,白云如可揖章。寻山禅客意,苦雨陶公什。游衍情未终,归飞暮相及昼。峰高日色转,潭净天光入。却欲学神仙,空思谢朋执章。为道贵逍遥,趋时多苦集。琼英若可餐,青紫徒劳拾昼。

春日会韩武康章后亭联句
　　清昼　韩章　杨秦卿　仲文失姓
　　后园堪寄赏,日日对春风。客位繁阴下,公墙细柳中昼。坐看青嶂远,心与白云同章。林暗花烟入,池深远水通秦卿。井桃新长蕊,栏药未成丛仲文。松竹宜禅客,山泉入谢公昼。砌香翻芍药,檐静倚梧桐章。外虑宜帘卷,忘情与道空秦卿。楚僧招惠远,蜀客把扬雄仲文。便寄柴桑隐,何劳访剡东昼。

康录事宅送僧联句
　　清昼　崔子向
　　莲衣宜著雨,竹锡好随云昼。见鹤还应养,逢鸥自作群子向。

与邢端公李台题庭石联句
　　共题诗句遍,争坐藓文稀昼。　余缺。

冬日建安寺西院,喜昼公自吴兴至,联句一首以下四首附见《清昼集》
　　王遘　李纵　郑说　崔子向　齐翔
　　宗系传康乐,精修学远公遘。相寻当暮岁,行李犯寒风纵。累积浮生里,机惭半偈中说。传家知业坠,继祖忝声同昼。云与轻帆至,山将本寺空子向。向来忘起灭,留我宿花宫翔。

秋日潘述自长城至霅上,与昼公、汤评事游集累日。时司直李公瑕往苏州,有阻良会,因与二公联句以寄之第十句缺一字
　　潘述　清昼　汤衡
　　离念非前期,秋风忽已至述。芸黄众芳晚,摇荡居人思昼。白霜凄以积,高梧飒而坠衡。悠然越山川,复此恨离异述。时景易迁谢,欢□难兼遂昼。惜分缓回舟,怀遥企归驷衡。休浣情自高,来思日云未述。

喜昼公寻山回相遇联句一首
　　潘述　清昼
　　几年无此会,今日喜相从述。后夏仍多病,前书达几封昼。水华迎暮雨,松吹引疏钟昼。出谷随初月,寻僧说五峰述。

送昼公联句
　　韩章　清昼　顾况
　　相逢情不厌,惜别意难为章。吾道应无住,前期未可知。轻霜凋古木,寒水缩荒陂章。宾雁依沙屿,浮云惨路岐昼。林疏看野迥,岸转觉山移章。寄赏惊摇落,归心叹别离昼。草堂思偃蹇,尘尾去相随况。勿谓光阴远,禅房会一窥。

郑遨

与罗隐之联句

遨　罗隐之

一壶天上有名物,两个世间无事人_遨。醉却隐之云叟外,不知何处是天真_{隐之}。

全唐诗卷七百九十五

句

李日知
荥阳人,历相中宗、睿宗。

所愿暂知居者乐,无使时称主者劳。中宗幸安乐公主第,从官赋诗。日知卒章,独存规诫,识者多之。

赵仁奖
河南人,景龙中为御史。睿宗朝,左授上蔡丞。

令乘骢马去,丞脱绣衣来。《赠上蔡令潘好礼拜御史》,见《朝野佥载》。

郭廷谓
魂逐东流水,坟依独坐山。《哭陈子昂》。

韦青 官将军
三代掌纶诰,一身能唱歌。见《乐府杂录》。

尉迟匡
幽并人,开元进士。

明月飞出海,黄河流上天。《暮行潼关》。

芙蓉初出水,桃李忽无言。《观内人楼上踏歌》。

夜夜月为青冢镜,年年雪作黑山花。《塞上曲》。

何涓
雁影数行秋半逢,渔歌一声夜深发。

杜伟
忽睹邢武辞,泠其金石备。《宣城总集》云:唐开元甲子,武平一同河间邢巨同游泾川琴溪,题绝句,古刻尚存。后一纪,杜伟自柱史谪掾宣城,陪连帅班景倩来观,题句云云。余逸。

申堂构

丹徒人,尝为武进尉。

霜添柏树冷,气拂桂林寒。

周愿

竟陵刺史。

八十年前棠树阴,竟陵太守公先人。愿与竟陵陆羽尝佐岭南连帅李复幕府。后愿刺竟陵,则复已捐馆,而羽亦前谢。复父斋物先亦为竟陵守,愿因为工言诗陈事。见《方舆胜览》。

第五琦

字禹珪,长安人。肃宗朝为盐铁铸钱使,拜相。坐事长流,终太子宾客。

阴天闻断雁,夜浦送归人。《送丘郎中》。

颜允南

历官司封郎中、国子司业。

谁言百人会,兄弟也沾陪。《侍宴》,见《颜真卿集》。

季广琛

瓜州刺史,历肃、代朝,终散骑常侍。

刻舟寻已化,弹铗未酬恩。河西骑将宋青春有剑,是青龙精。刃所及,若叩铜铁。青春死,为广琛所得。或风雨后逆光出室,环烛方丈。哥舒翰求易以他宝,广琛不与,因赠诗。见《酉阳杂俎》。

陈蜕

肃、代间人。

梦里换春秋。《咏华清宫》。

卫准

准一作单。大历五年进士。

莫言闲话是闲话,往往事从闲话来。何必剃头为弟子,无家便是出家人。并见张为《主客图》。

杜鸿渐

字之巽,濮阳人。累官朔方官支副使。以迎立肃宗,封卫国公。代宗朝拜相。

常愿追禅理,安能把化源。鸿渐酷好浮屠道,晚年乐退静,常悠然赋句,朝士多属和之。见本传。

李挚

贞元十二年宏词科登第。

因缘三纪异,契分四般同。挚与李行敏同姓、同甲子、同年登第,俱二十五岁,又同门,故云。见《纪事》。

韦绶

德宗朝翰林学士。

在室愧屋漏。绶子温疾革,诵绶此句曰:"今不负斯诚矣。"见《唐书》。

冯戡

东川人。

桃花浪里成龙去,竹叶山头退鹢飞。《赠柳棠及第》,见《纪事》。

韩泰

字安平,昌黎人。户部郎中。以附王叔文,贬虔州司马,后终郴州刺史。

瘐岭东边吏隐州,溪山竹树亦清幽。见《方舆胜览》。

卢并

文宗朝资州守。

地灵无俗草,岩静有仙禽。《等慈寺北岩》,见《方舆胜览》。

缪岛云

岛云少从浮图,武宗朝准敕反初服。

白鸟远行树,玉虹孤饮潭。《庐山瀑布》。

四五片霞生绝壁,两三行雁过疏松。以上见《纪事》。

抛芥子降颠狒狒,折杨枝洒醉猩猩。见《摭言》。

刘敬之 云安人。

山近衡阳虽少雁，水连巴蜀岂无鱼。敬之甥雍陶，蜀川上第后，薄于亲友，不寄书。敬之让焉，陶得诗愧报。

李涛

长沙人。温飞卿任太学博士，主秋试，涛与卫丹、张郃等诗赋，皆榜于都堂。

水声长在耳，山色不离门。

扫地树留影，拂床琴有声。

落日长安道，秋槐满地花。以上并见《纪事》。

高元裕

字景圭，渤海人。开成中翰林学士，终吏部尚书。

中丞为国拔贤才，寒俊欣逢藻鉴开。《赠知贡举陈商》，见《池阳志》。

韦澳

字子斐。大中初，以考功郎、知制诰，充翰林学士承旨，终户部侍郎。

莫将韦监同殷监，错认容身是保身。懿宗朝，澳为吏部侍郎，不受请托。为执政所恶，出为邠宁节度。时宰复发其部事，罢镇，以秘书监分司东都。尝戏吟此句，京师权幸闻而尤怒之。见《唐书》。

王龟

字大年。官会稽太守。

珠箔卷繁星，金樽泻月明。

李郁 泉州人。

身死为修刘积表，名高因让陆洿书。《吊欧阳秬》。秬，詹从子，开成中擢第。司勋郎中陆洿弃官隐吴中，后赴召复出，秬移书让之，因不出。秬名益闻，竟赴泽潞刘稹幕辟。稹表指斥时政，朝廷疑秬所草，流崖州，赐死。

詹雄

字伯镇，福州人，不第终。

尘飞遗恨尽，花落古宫平。《洛阳古城》。

任涛

豫章筠州人，咸通中十哲之一也。不第终。

露团沙鹤起，人卧钓船流。见《摭言》。

剧燕

蒲坂人，为诗雅正，亦十哲之一也。后客王重荣。被杀。

只向国门安四海，不离乡井拜三公。《赠王重荣》。《纪事》：重荣镇河中，燕投此诗，甚加礼敬。竟以凌轹诸从事，受正平之祸。

王璘

璘词学富赡，崔詹事廉问表荐于朝。先试之使麛，璘请十书吏，皆给笔札，璘口授，十吏笔不停缀，日未亭午，已七千余言。时路岩方当钧轴，道一介召之。璘曰："请俟见帝。"岩大怒，亟命奏废万言科，璘杖策而归。

芍药花开菩萨面，棕间叶散野人头。璘与李群玉相遇岳麓寺，群玉待之甚浅。曰："请与公联句。"破题而授之，璘略不伫思，继之云云。群玉遂屈。见《纪事》。

李蔚

咸通中宰相，后出为节镇。

虚心纤质雁衔余，凤吹龙吟定不如。薛阳陶善吹芦管。蔚镇淮海，阳陶为浙右小校，监押度支。运米至，蔚召，令出芦管，于赏心亭奏之。蔚大嘉赏，赠诗，此其终篇也。

王枳

常州刺史。

今朝拜贡盈襟泪，不进新芽是进心。常州旧贡阳羡茶。僖宗幸蜀，枳间关驰贡，故有此句。见《常州志》。

郑赏

字贡华，乾符进士。

万蕴千牌次碧牙，缥笺金字间明霞。赏善

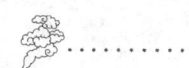

楷书。天复中,挈家自华至陈,示尝废词翰。其题经藏有此句,见《宣和书谱》。

张莹

速江人。大顺初登第,官至礼部尚书。

一箭不中鹄,五湖归钓鱼。见《地志》。

吴霭

字廷俊,连州人。光化三年进士,为朱忠幕僚。

烟随红焰断,化作白云飞。七岁时咏野烧,识者知其为青云器。

陈咏

眉州青神人。善谈奕棋,昭宗时登第。

隔岸水牛浮鼻渡,傍溪沙鸟点头行。见《纪事》。

蒋密

零陵儒士。

绮罗因片叶,桃李谩同时。《咏桑》,见《诗注总话》。

符蒙

字适之,后唐同光三年进士,官侍郎。

都缘心似水,故以钵为舟。《题壁画杯渡道人》。

李景遂

字退身,元宗母弟。初封燕王,改封晋王。

路指丹阳分虎节,心存双阙恋龙颜。《赴润州镇赐饯》,见《江表志》。

李弘茂

字子松,元宗第二子。早卒,追赠庆王。

甜于泉水茶须信,狂似杨花蝶未知。《咏雪》。

半窗月在犹煎药,几夜灯闲不照书。《病中》,并见《江表志》。

李平

关右人,本姓名曰杨讷。归南唐,官尚书郎、卫尉卿。

至人无梦梦不到,天道恶盈盈有余。《闲书》。

龙髯已断嫔嫱老,豹尾不来岐路长。《读武帝内传》。

胡元龟

庐陵人,官临川令。

翻身腾白浪,探爪擢明珠。永新令请题屏画戏珠龙。令好受馈遗,元龟写意讥之。令悟,追捕,遂亡入金陵。

蒋钧

字不器,营道人。

因借梦书过竹寺,学耕秋粟绕茆原。《寄柳宣》。

芭蕉叶上无愁雨,自是多情听断肠。戎昱诗有"一夜不眠孤客耳,主人门外有芭蕉"。代为之答。

史虚白

字畏名,山东人。与韩熙载同投南唐,署郡从事,不受,隐庐山。

风雨揭却屋,全家醉不知。《咏渔父》,见《江南野录》。

夏宝松 庐陵人。

孤猿叫落中岩月,野客吟残半夜灯。

雁飞南浦砧初断一作钟初动,月满西楼酒半醒。

晓来赢驷依前去,目断遥山数点青。《宿江城》,并见《锦绣万花谷》。

赵庆

水曹郎。

迈古文章金鸑鷟,出群行止玉麒麟。《赠邵拙》,见《马令书》。

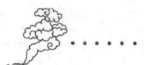

潘天锡

南唐时为省郎。

风便磬声远,日斜楼影长。《游古观》,见《郡阁雅谈》。

朱飕

南唐时尝为县令。

好是晚来香雨里,担篁亲送绮罗人。见《诗史》。

齐（一作唐）镐

莲中花更好,云里月常新。南唐宫宵娘善舞,后主作金莲,令宵娘缠足作新月状,舞莲中,镐诗因宵娘作也。见《道山清话》。

黄可

字不可,南唐时人。

天下传将舞马赋,门前迎得跨驴宾。《献高侍郎》。

高元矩

宣城人。

砚贮寒泉碧,庭堆败叶红。《赠宣城宰》。

燕掠琴弦穿静院,吏收诗草下闲庭。《赠徐学士》,见《雅言系述》。

陈贶

南唐处士。

年年闻尔者,未有不伤情。《蝉》。

出得风尘者,合知岐路人。

拂榻灯未来,开门月先入。

忽生云是匣,高以月为台。

入夜虽无伤物意,向明还有动人心。《画虎》,并见《吟窗杂录》。

赵休

幸赏逊同时人。

金茎来白露,玉宇起清风。《侍宴》,见《吟窗杂录》。

庸仁杰

泉州人,初为僧,陈德诚劝之反初服,官终汾阳令。

红旆渡江霞蘸水,青蛇出匣雪侵衣。《赠池阳守陈德诚》。

云散便凝千里望,日斜长占半城阴。《升元阁》。

只住此山宁有意,向来求佛本无心。《赠嘉禾峰僧》。

邵拙

字拙之,宣城人。

万国不得雨,孤云犹在山。见《江南野录》。

毛炳

南唐时丰城人。

先生不在此,千载只空山。《题斋壁》,见《江南野录》。

陈德诚

建州人,百胜军节度使。

建水旧传刘夜坐,螺川新有夏江城。刘洞有《夜坐》诗,夏宝松有《宿江城》诗,皆见长一时,号刘夜坐、夏江城云。

陈甫

字惟岳,吉州人。

一雨洗残暑,万家生早凉。《漳江感怀》。

暮鸟归巢急,寒牛下陇迟。《村居》。

算吟千百首,方得两三联。

清时不作登龙客,绿鬓闲梳傍草堂。《赠黄岩》并《雅言系述》。

徐融

南唐人。

淮船分蚁队,江市聚蝇声。《夜宿金山》,见

《古今诗话》。

高若拙

荆南高从诲幕客。

人间不见月,天外自分明。《中秋不见月》,见《大定录》。

皮光业

字文通,日休之子,吴越署为推官,后拜相。

烧平樵路出,潮落海山高。见《葆光录》。

行人折柳和轻絮,飞燕衔泥带落花。见《西清诗话》。

屠瑰智

海盐人。越州指挥,赠节使、上柱国。

轻身都是义,殉主始为忠。《咏志》。

元德昭

字名远,杭州人,吴越相。

满堂罗绮兼朱紫,四代儿孙奉老翁。德昭理家以孝爱闻,每时序置酒,环列几席者凡四从,故其诗云。见《备史》。

林无隐

闽人,寓明州。吴越相鼎,即其子也。

雪浦二月江湖阔,花发千山道路香。见《备史》。

杨义方

眉山人,王建时举进士。

海边红日半离水,天外暖风轻到花。《春日》。

两声鞭自禁门出,一簇人从天上来。《赠王枢密处回》,见《异闻录》。

王廷珪

孟蜀兵部尚书。

十字水中分岛屿,数重花外见楼台。浣花溪江皆创亭榭,孟昶游之,曰:"曲江金殿锁千门,未及此。"廷珪赋句,昶称善。见《蜀梼杌》。

欧阳彬

字齐美,衡山人。孟昶时为嘉州刺史,后至夔州节度。

无钱将乞樊知客,名纸生毛不为通。彬初投谒马殷,知客樊姓者索贿不得,不与通。后为《九州歌》干之,又不问,因入蜀。见《南部新书》。

桑柘残阳里,儿孙落叶中。彬有子稚齿,作《田父诗》云云。廖凝见之,知其不寿,寻果卒。见《郡阁雅谈》。

李尧夫

蜀梓潼山人。

向外疑无地,其中别有天。《大内盆池》。

方外共推为道友,关中独自占诗家。《赠滕郎中》。

炎暑郁蒸无处避,凉风消息几时来。见《古今诗话》。

石文德

连州人。仕长沙,历水部员外郎、融州刺史。

月沈湘浦冷,花谢汉宫秋。《挽马希范夫人》,见《五代史补》。

戴偃

金陵人,避地湘中,值希范大兴土木,自称玄黄子,献《渔父》诗百篇以讽。希范怒,迁之湖上。

须把咽喉吞世界,盖因奢侈致危亡。

若须抛却便抛却,莫待风高更亦深。并《渔父》篇,见《五代史补》。

张迥

湖南诗人。

夜长灯影灭,天绕鹤声孤。见《吟窗杂录》。

钟元章

南汉员外郎。

金筈离弦三尺电,星髇破的一声雷。《射》,《吟窗杂录》。

杨凫

字舄之,闽人。

背日流泉生冻早,逆风归鸟入巢迟。《山中即事》,见《雅言系述》。

王俊

考功郎中。

胜日登楼望,山川一半春。《桂林逍遥楼》。

薛沆

庐州刺史。

也知别有风光主,花蕾枝枝似去年。《题藏舟浦花》,见《南部新书》。

张颢

官左司郎中。

金殿圣人看纵笔,玉堂词客尽裁诗。《赠罃光》。

张林

擢进士第,官至御史。

菱叶乍翻人采后,芰荷初没舸行时。见《纪事》。

卢休

春寒酒力迟,冉冉生微红。《寒月》。

自然草木性,谁祝元化功。

溢浦风生破胆愁。血染剑花明帐幕,三千车马出渔阳。

入门堪笑复堪怜,三径苔荒一钓船。并见张为《主客图》。

陈峤

字景山,闽人。暮年登第,还乡不仕。

小桥风月年年事,争奈潘郎去□何。见《南部新书》,第二句缺一字。

李范

关中人。

清猿啼远木,白鸟下前滩。《秋日江干远望》。

鹤归秋汉远,人去草堂空。《经王山人旧居》。

虽当南北路,不碍往来人。《道傍树》。

钓叟无机沙鸟睡,禅师入定白牛闲。《江寺闲书》。

天涯故友无来信,窗外拒霜空落花。《暮秋怀故人》,并见《雅言杂载》。

卞震

蜀人。

雨壁长秋菌,风枝落病蝉。《即事》。

老笻揩瘦影,寒木凭吟身。

诗债到春无处避,离愁因醉暂时无。《春日偶题》。

茶香解睡磨铛煮。山色牵怀著屐登。《即事》。

林楚才

贺州富川人。

身闲不恨辞官早,诗好常甘得句迟。《赠致仕黄损》,见《雅言系述》。

孟不疑

有诗名,溺于游览,不复应举。

白日故乡远,青山佳句中。见《酉阳杂俎》。

庞季子

冥云生易满,秋草长难高。

郭思

落星一石几千年,门外何人扣汉川。《白石镇古城》。

卢载

五千里地望皆见,七十二峰中最高。《祝融

峰》。

郑翶

　　花烧落第眼,雨破到家程。《下第东归》,见《海录碎事》。

郑说

　　架上紫衣闲不著,案头金字会长看。《赠温州大云寺僧鸿楚》,见《高僧传》。

史瑜

　　溪从沮水流嶓冢,岭接青泥入剑天。《青泥山》。

贺公

石晋兵部。

　　但存方寸地,留与子孙耕。

米都知

伶人也,善骚雅,梁补阙尝赠以诗。

　　小旗村店酒,微雨野塘花。见《南部新书》。

陈秀才

　　地偏云自去,日暮山更深。

崔李二生

　　恰似传花人饮散,空抛床下最繁枝崔。

　　艳魄香魂如有在,还应羞见堕楼人。二生并与武橤游,步非烟死,同赋其事。

范氏子

　　《纪事》云:吴人摅子,七岁能诗。方干见其《赠隐者》句曰:"此子他日必成名。"又吟《夏日》句,干云:"必不享寿。"果十岁卒。摅即撰《云溪友议》者。

　　扫叶随风便,浇花趁日阴。《赠隐者》。

　　闲云生不雨,病叶落非秋。《夏日》。

临川小吏

　　李建勋镇临川,赏牡丹,有小吏捧砚,举止有士人风。公曰:"学诗乎?"对曰:"粗亲笔砚。"因令口占一篇,公奇之,勉充就学,因成诗名。

　　三月能辞千日醉,一生能得几回看。见《诗话总龟》。

韩熙载客

　　最是五更留不住,向人枕畔著衣裳。熙载婢妾甚多,不为防闲,往往私出侍客,客赋诗云云。见《南唐近事》。

段义宗外夷。

　　悬心秋夜月,万里照乡关。《思乡》。

　　玉排复道珊瑚殿,金错危栊翡翠楼。《题三学院经楼》。

　　此花不与众花同,为感高僧护法功。《大慈寺芍药》,并《吟窗杂录》。

全唐诗卷七百九十六

句

无名氏

都来消帝力,全不用兵防。以下齐己《风骚旨格》。

道远擎空钵,深山踏落花。
船中江上景,晚泊早行时。
山寺钟楼月,江城鼓角风。
雨过花争出,云空月半生。
鸟正啼隋柳,人须入楚山。
高松飘雨雪,一室掩香灯。
遂有冥心者,还寻此境来。
又因风雨夜,重到古松门。
道晦金鸡伏,时来木马鸣。
谁来看山寺,自去扫松门。
此生还自喜,余事不相侵。
白鬓无心镊,青山得意多。

一春能几日,无雨亦多风。
苦雨秋涛涨,狂风野烧翻。
须知三尺剑,只为不平磨。
要路争先进,闲门肯暂过。
已难消永夜,况复听秋霖。
大雪路亦宿,深山水也吞。《赠僧》。
卷帘黄叶落,锁印子规啼。
亡国空流水,孤祠掩落花。
山魅隔窗舞,鹏鸟入帘飞。
万里八九月,一身西北风。
磴危攀薜荔,石滑疏莓苔。
日落无行客,天寒有去鸿。
正思浮世事,又到古城边。
寻常风雨夜,应有鬼神看。
寄宿山中寺,相辞海上僧。
风吹榆荚叶,雨打木瓜花。炙毂子《诗格》,句内叠韵。

是星皆拱北,无水不朝东。以下梅尧臣《续金针诗格》。

西风起边雁,一一向潇湘。
那堪怀远路,独自上高楼。
白云风散尽,红叶水流来。以下徐寅《雅道机要》。

妾如无异意,君弃也甘心。
野过云根阔,山高树影长。
古迹应重别,生缘不暂停。
一个字未稳,数宵心不闲。
别地叶频落,去程山已寒。
但取诗名得,何论下第频。
早起赴前程。邻鸡尚未鸣。以下文彧《诗格》。

白地一回雨,儿孙拾得金。
轩车在何处,雨雪满前山。
灯微山馆雨,角咽海城秋。
去帆看已远,临水立多时。以下《桂林诗评》。

家贫为客早,路远得书稀。
瀑布五千仞,草堂瀑布边。
我忆云门寺,门前千万峰。
一瓶居无外,万木老禅中。
秋江洗一钵,寒日晒三衣。
空山行客少,独树晚蝉多。
一片月生海,几家人上楼。《待月》。以下王正字《诗中旨格》。

窗寒风渐紧,灯落夜将深。《秋日言怀》。
云梦几行去,潇湘一夜空。《送雁》。
无风来竹院,有月在莎庭。《蟋蟀》。
故园从小别,夜雨近秋闻。
书剑别南州,炎荒万里游。
山盘樵径上,人到雪房迟。
路经秋雨后,人入乱峰来。
独树知秋早,孤舟觉夜寒。
马饥餐落叶,鹤宿晒残阳。
路远春行尽,家贫愁到时。以下《吟窗杂录》。
临水通宵坐,知君此兴同。
江声兼小雨,暝色入啼猿。以下并见《树萱录》。

藕隐玲珑玉,花藏缥缈容。
红树醉秋色,碧溪弹夜弦。
网断蛛犹织,梁空燕不归。
倒身无著处,呵手不成温。《苦寒》,见《事文类聚》。

几多诗弟子,无限酒知闻。《悼方干》,见《海录碎事》。

床上小薰笼,韶州新退红。《乐府》,见陆务观集注。

看时人步涩,展处蝶争来。《题于兢画牡丹》,兢字德源,长安人,梁冀相也,见《见闻志》。

酒味杂莲气,香冷胜于冰。
轮囷如象鼻,潇洒绝青蝇。《碧筩杯》,见杨慎《艺林伐山》。

太宗皇帝真长策,赚得英雄尽白头。《国史补》曰:进士科得之艰难,其有老死于文场者,亦无所恨,故诗云。《画墁录》以为赵嘏作。

曾题名处添前字,送出城人乞旧衣。神龙已来,杏园宴后,皆于慈恩塔下题名,及第后知闻。或遇未及第时题名处,则为添前字,故诗云。见《摭言》。

华阳观里钟声集,建福门前鼓动期。新进士放榜后翌日,排光范门候过宰相。虽云排建福门。实集于西方馆,故诗云云。见《南部新书》。

陇右诸侯供语鸟,日南太守送名花。李德裕营平泉,远方之人,多以异物奉之,时有题诗云云。见《剧谈录》。

八百孤寒齐下泪,一时回首望崖州。德裕为相。颇为寒进开路。及谪官南去,人咏此。见《摭言》。

让劫已令多士伏,沽名还得世人闻。陈咏有诗名,善奕棋。昭宗幸陕之发,策名归蜀,韦庄以诗贺之。乡中有嫉善者,属和韦诗云云,比之涤器当垆也。见《纪事》。

人为子推初禁火,花愁青女再飞霜。《寒食》,见《事文类聚》。

楝花开后风光好,梅子黄时雨意浓。江南自初春至初夏,有二十四番花信风,最后为楝花风,故诏人有此句。见《东皋杂录》。

兰汤备浴传荆俗,水马浮江吊屈魂。唐人《午日》诗。南方竞渡,治其身使轻利,名飞凫,名水车,又名水马。见《荆楚岁时记》。

城头椎鼓传花枝,席上抟拳握松子。见《东皋杂录》。

鸟向不香花里宿,人从无影月中归。《雪》。

轻著冻痕销水面,密随和气入花根。《春雪》。

万木尽如花落候,四檐鸣□雨来时。《晴雪》。

王安石尝举此三联,云唐人诗。

浓绿万枝红一点,动人春色不须多。王安石在翰苑,见榴花止开一朵,有诗。

陈正敏谓此及唐人诗,非安石所作。见《泊宅编》。

晚菘细切服牛肚,新笋初尝嫩马蹄。见《锦绣万花谷》。

蝉离楚树鸣犹少,叶到嵩山落更多。以下见《风骚旨格》。

风和日暖方开眼,雨润烟浓不举头。
窗前闲咏鸳鸯句,壁上时观獬豸图。

可能有事关心后,得似无人识面时。
一点孤灯人梦觉,万重寒叶雨声多。以下见炙毂子《诗格》。

此心只待相逢说,时复登楼看远山。
九江有浪船难济,三峡无猿客有愁。
四海鱼龙精魄冷,五山鸾凤骨毛寒。
谁家绿酒欢留客,何处红楼睡失明。
雨露施恩无厚薄,蓬蒿随分有枯荣。以下见梅尧臣《续金针格》。

去年花下留连饮,暖日夭桃莺乱啼。
今日江边容易别,淡烟衰草马频嘶。
蛇蝎性灵生便毒,蕙兰根异死犹香。
三间茅屋无人到,十里松门独自游。
翻忆旧山青碧里,绕庵闲伴野僧禅。《云》。

不甘五等诸侯荐,直肯九重天子知。刘素者,字仲华。好学,不事科举,颇通迁、固、寿、晔之忆,尝有人贻诗云云,然卒不及仕。见《江南野志》。